有爱的青春陪伴者

半看星

不知江月 /著

江苏凤凰文艺出版社
JIANGSU PHOENIX LITERATURE AND
ART PUBLISHING

图书在版编目（CIP）数据

眷星 / 不知江月著. -- 南京：江苏凤凰文艺出版社, 2025.5. -- ISBN 978-7-5594-9479-5
Ⅰ. I247.5
中国国家版本馆CIP数据核字第2025KR1373号

眷星

不知江月 著

责任编辑	王昕宁
特约编辑	狐小九
责任校对	言　一
出版发行	江苏凤凰文艺出版社
	南京市中央路165号，邮编：210009
网　　址	http://www.jswenyi.com
印　　刷	长沙鸿发印务实业有限公司
开　　本	880mm×1230mm 1/32
印　　张	9.5
字　　数	497千字
版　　次	2025年5月第1版
印　　次	2025年5月第1次印刷
书　　号	ISBN 978-7-5594-9479-5
定　　价	42.80元

江苏凤凰文艺版图书凡印刷、装订错误，可向出版社调换，联系电话025-83280257

目 录

001 第一章
四十四次日落

040 第二章
流泪的风险

100 第三章
独一无二的玫瑰

目 录

196 第四章
会有一颗星

288 第五章
小满星

294 独家番外
时光

第一章

四十四次日落

四月初,春暖花开。

崇光路两旁的海棠树摇曳生姿,花瓣坠落满地。

一辆自行车骑得飞快,"嗖"地带起一阵粉色的风,吹得陈星夏的刘海跟着开花。

她抬手压了压,一个潇洒转弯,车子在前面路口右拐,进入巷子。

东棠里——临饶市保存最为完整的洋楼建筑群,有各国风格的建筑两百余栋,一半被国家作为文物单位保护了起来,一半的一半成了各种餐厅、咖啡厅、甜品屋,剩下的是私产。

陈星夏的家是这些为数不多的私产之一,她从出生开始就生活在这里。

巷子深处,孩子们围着骑士铜像玩游戏。

陈星夏按响车铃提示,大家散到一边,有人喊道:"是甜宝栗子的香味儿!"

"小狗鼻子啊你。"陈星夏回头笑了笑,"下次请你们吃栗子饼!"

"谢谢星夏姐!"

进了自家院子,陈星夏随手把车停在一边。

鹦鹉"大阿哥"在笼子里蹦跶,叫着:"小满回来了!我们家皮猴小满回来了!"

陈星夏冲它扮了个鬼脸,然后进屋洗手,便窝在摇椅上剥栗子。

凉了可就不好吃了呢。

她这副不吃这口刚出锅的栗子就没法过了的架势,在妈妈夏澜出来时,变成皱着眉头,不耐烦地拿纸擦手上的栗子油——前后转换不过三分钟。

要说陈星夏也算不得有洁癖,但独独受不了手上粘着黏糊糊的东西,惹得她浑身难受。

夏澜放下水果盘,说:"昨天有剥好的热乎栗子你不吃,什么毛病?"

陈星夏选择性不听,抽了一张新纸继续擦。

夏澜摇摇头,知道这小性子是还没耍够,也亏得有人愿意这么一直惯着。

"不是和萌萌去文具店了?"夏澜又问,"怎么这么快就回来了?"

不提这个还好,一提,陈星夏更烦自己这双怎么都擦不干净的手:"就二萌的脑子,金鱼都得排她后面！她回家补作业去了。"

她彻底放弃剥栗子。栗子固然好吃，但剥栗子不是人干的活儿，白瞎她费劲巴拉地骑那么快的车。

陈星夏又去洗了手，出来问：" 爷爷什么时候回来？"

陈星夏的爷爷陈沛山前不久刚过完七十二岁生日。

他老当益壮，每年这个时候，也就是他和老伴结婚纪念日的这几天，都会出去旅游，这次已经去了快一个礼拜。

"明天中午。"夏澜走到沙发旁边，"你爸去接。"

陈星夏点头，楼上到半截，夏澜又叫住她，把几个大袋子放在了地上。

袋子里全是特产和纪念品。

这是陈沛山的习惯，出去玩必须买当地的东西。他以前每次带回来都有种去批发市场上货了的感觉，现在学精明了，提前寄回来。

夏澜指指袋子："这是小宵的，你现在给送过去。"

听到那两个字，陈星夏的脸瞬间沉下来："不去。"

这话说得硬气，但夏澜丝毫没被唬住。

夏女士年轻的时候是有名的高冷女神，现在高冷里还多了威严，全家基本没人敢违抗。

"不就是没能去看星空展？"夏澜说，"再说，小宵也和你道歉了。"

道歉有什么用！

上周末，有男同学约陈星夏去看星空展，时间不巧和夏女士为她报名的一个高二学习讲座撞了。

她当然选择去看星空展。

陈星夏瞒天过海的计划天衣无缝，结果临出门杀出个程咬金——严宵来了她家，说是和她一起去听讲座。

这人的成绩已经焊死在第一上了，还要听讲座？陈星夏让他有多远走多远，他不仅不走，还说："你不是去听讲座，是去看星空展。"

不等陈星夏狡辩，过来的夏女士听到这话，当场送了她一个"教育大礼包"。

最终，陈星夏偷鸡不成蚀把米，星空展没看成，数落挨了好几天。

全拜严宵所赐。

"告状者，狗也。"陈星夏咬牙。

"你骗人还有理了是吧？"夏澜懒得废话，又指指厨房，"还有给小宵准备的饭菜，你一起带过去。"

陈星夏"哼"了声，母女俩谁也不肯让步，局面陷入僵持。

过了一会儿，陈星夏想到给她撑腰的人目前全不在家，她好汉不吃眼前亏，便又放软语气："话剧节的海报还没画完，我现在得上去画完，实在没时间呢。"

"十分钟而已，你少刷会儿手机就能挤出来。"

"我累了，刚才买栗子排了好久的队。"

"想吃甜宝家的栗子，都得排队。昨天那袋还是小宵排队买的，他还给你剥好了，你不吃怪谁？"

陈星夏"哎呀"一声蹲下，脑袋从栏杆缝里挤出来，像个幽怨的大头娃娃："妈，我也一把岁数了，要脸面的，你就不能……"

"你就该多和小宵待待，向人家好好学学。"

又是这一套,没完没了。

陈星夏孤立无援,到底是拧不过夏女士,下楼,踹了袋子一脚:"这么多我怎么拿!"

"那儿。"夏女士瞟了眼院子,"拉你爸买菜的小推车去。"

陈星夏拎着大包小包出了门,没拉陈教授的专用小推车是她最后的尊严。

见她出来,"大阿哥"又蹦跶起来:"小满去找小宵了!小满又去找小宵了!"

好一个"又"字。

陈星夏捡起地上的小石子扔向笼子:"早晚拔光你的毛!"

午后的东棠里有种处处放慢了的惬意。

古旧的小楼之间,谁家播的京剧《贵妃醉酒》和胡同拐口下象棋的大爷们说的"将你"融合在一起,自然和谐。

陈星夏掂了掂手里的袋子。

她家和严家隔着一条巷子,走过去只需要三分钟。

她故意拖延,一会儿去给下棋的大爷们支招,一会儿和居委会的张大妈八卦。

聊到后面,张大妈去抢前面菜市场甩卖的鸡蛋了,她便坐在台阶上看小孩们玩游戏,就是不往严宵家走。

陈星夏的爷爷和严宵的爷爷是挚友,两人以前都在市建筑设计院工作,后来还成了邻居。

陈星夏和严宵各自在娘胎里时就认识,除去严宵五岁到七岁那段时间,严宵爸爸举家搬到沿海城市做生意,他们几乎没有分开过。

换句话说,陈星夏一直活在严宵的光辉之下。

这个学习比她好,性格也比她懂事听话的"竹马",不仅处处压她一头,现在还学会了告状——还得特别自然巧妙。

这说明什么?

说明他翻了天了!

所以,去你的吧,谁给你又送吃的又送礼的。

陈星夏起身拍拍屁股,招手喊杨奶奶家的柄柄。

柄柄屁颠屁颠地跑过来:"怎么了,星夏姐?"

"你把这些送到严宵家。"

"这么多……我怎么拿?"

"你傻啊,不会分几次拿?还有,你不会动员一下你的朋友?"

"他们可是无利不起早啊。"

现在七八岁的孩子都这么现实了吗?

陈星夏想着去前面买几支棒棒糖好了,刚放下袋子,孩子们中有个女孩喊道:"严宵哥哥!"

陈星夏转头看去。

巷口那里有树,阳光穿过树叶缝隙,投下一地碎了的光点。

严宵骑车驶过那片光出来,风吹起他的碎发和浅蓝色的衬衣,连带藏在衣领窝陷处的一片海棠花瓣也被吹走,散入空中。

孩子们一拥而上,围着严宵"哥哥长、哥哥短"。

严宵怕往来车辆剐到他们,让他们往边上站,不要乱跑。这群熊孩子也都听他的话,乖乖地排排站。

003

呵，一群被外表欺骗的肤浅之人。

陈星夏撇撇嘴，再一抬眼，和严宵的目光撞在一起。

少年额头上覆着一层薄汗，濡湿的几缕头发贴在额头，衬得他的冷白皮快成一块无瑕白玉，而那双干净的黑眸像是被水洗过，水水亮亮的。

他就这么看着她。

平心而论，严宵长得非常好看，哪怕在帅哥堆里也是拔尖的。

但这副好皮囊落入陈星夏眼中，什么作用都没有。

十几年的相处，他们太熟悉彼此。

对陈星夏而言，严宵的优点并不突出，突出的只有他沉闷的性格，三棍子打不出一句话，次次惹得她起急。

就像现在，他倒是说话啊，看她能看出什么花来？

算了，不说也好，省她嗓子了。

陈星夏冷酷地指了指台阶上的袋子，走人。

刚拐过巷子没几步，手机振动，她收到一条来自苏雨萌的微信。

二萌：我听谢正说严宵找到了那套绝版漫画的PDF版！

二萌：姐妹，求分享！

看到这条消息，陈星夏的脚步戛然而止。

她很肯定这套漫画就是她找了两个月，去了无数书店，连书摊都没放过，却始终没能找到的那套。

严宵是怎么搞来的？

有时候，陈星夏会觉得自己并不了解严宵，明明话少得可怜，还一副清冷到仿佛世界与自己无关的样子，却什么事都逃不过他的眼。

不过，又是送栗子，又是借二萌的口送漫画，这认错的态度倒还算诚恳。

要不给个面子？

陈星夏天人交战了一分钟——先把漫画看了再说。

回到刚才的地方，熊孩子们已经散了，严宵还在，一个人拎着那几个袋子，两只手都占满了。

见她回来，严宵毫不意外，又开始和她你看着我，我看着你。

片刻后，陈星夏板着脸过去推车。

严家的小洋楼是私产中最气派的，不仅有地下室，还是前后两个院。

听说，从严宵的太爷爷那辈起就住在这儿，房子里不少摆设都是古董级的，随便拿出去一个都能卖上不少钱。

陈星夏走前头，进屋前有一扇密码门，她熟练地按下密码，进去后，直奔严宵的卧室。

严宵放下东西去洗手，然后拿小熊杯斟好了草莓汁，才进房间。

陈星夏已坐在电脑前翻找文件夹，找了半天都没找到，急道："放哪儿了？你不会是不小心删了吧？"

那套漫画不止故事好，作者还是她十分欣赏的漫画家，绝对是精品中的精品，不看抱憾终生。

"没删。"

严宵放下杯子走过去。他特意建了一个文件夹，挺好找的。

只是陈星夏坐在椅子上把空间都占据了，他立在她身边，靠得太近，稍一低眼，都能清晰地看到她后颈被红绳压出来的印儿。

严宵抿抿唇:"你要不先起来?"

陈星夏并没有意识到自己挡着他了,更没觉得两人靠得近,只以为他电脑里有什么见不得人的东西,怕她发现。

陈星夏"啧"了声,推着严宵的胳膊,借力让转椅往一边滑去:"快点儿。"

没了"障碍",严宵在电脑屏幕前搜寻。

他侧脸也好看,睫毛很长,还密,斜斜地垂下来,跟小扇子似的。

陈星夏小时候总爱用手去拨,拨完还拔,贴在自己的眼皮上。

有一次她戳到了他的眼睛,弄得他眼里红了一大片。他本人倒没什么,却吓得她"哇哇"大哭,怕他以后都看不见了。

最后,还是他闭上一只眼挡住了吓人的血红,又告诉她没事,她才慢慢消停。

"找到了。"

闻言,陈星夏拽着严宵的胳膊再滑回来。

严宵还没站好,她这么一来,毛茸茸的脑袋顺着他的脖子扫到下巴,拂起丝丝痒意。

陈星夏迫不及待地要看这部绝世漫画,上前一把夺过鼠标,也不管严宵还没撒手,就压了上去。

他的手有一点凉,从她掌心抽出去时,像是块有棱有角的宝石在滚动。

"吃什么?"严宵直起身,手插进口袋。

陈星夏摆摆手:"随便。"

严宵把家里存着的她爱吃的那几样小零食都拿了过来。

之后见陈星夏沉浸到漫画中了,他便拿了一本书,坐在一旁的飘窗上阅读。

午间浓烈的阳光随太阳西落渐渐变得柔和。

房间里很静,只有鼠标按键的声音和书籍翻页的声音,偶尔夹杂着陈星夏咬薯片时的脆响。

气氛是在夏女士发来微信时被打破的。

陈星夏意犹未尽地从漫画中抽离,拿了一张纸巾擦擦手,回消息。

皇后娘娘:又去哪儿作妖了?

陈星夏"啧"了一声:在你亲儿子这里受熏陶呢。

皇后娘娘:哦,带一瓶醋回来。

皇后娘娘:然后你就可以去找你亲生父母了。

她果然是抱错了。

陈星夏撂下手机,余光瞄向在飘窗上看书的某人。

他一看起书来就变得特别沉静,白纱帘被风吹得时不时扫到手,也打扰不了他。

"喂。"陈星夏踢踢人,"把漫画拷给我。"

严宵合上书起身,想操作电脑,"障碍"又立在那里,还玩起了手机。

他不好再开口,拉开抽屉取出U盘,尽量避着些弯下腰。

刚靠近,陈星夏突然站起来。

这一次,她的脑袋实实在在地磕到了严宵的下巴,那一声,音量不小。

陈星夏捂着头,严宵捂着下巴,两人再度开启互看模式。

"疼死我了!"

严宵又不说话了,嘴长这位身上真是浪费了。

陈星夏又疼又急,可急也急习惯了,能有什么办法?

她嘟嘟囔囔离开房间。严宵站在原地定了会儿,听到外面的关门声,揉了揉下巴,然后抬起手放到鼻子前。

皮肤上沾上了洗发水的味道,是清甜的玫瑰香……

从卫生间出来,陈星夏无所事事地在客厅里晃悠了一圈。

严家的装修很考究,符合现代人喜欢的那种复古风。

就是复古的同时又难免显得沉重,还是严宵那个后妈买了些花花绿绿的假花摆在各个角落,让屋子里有了些生机。

只是色彩是有了,却也俗气。

陈星夏从餐厅旁走过,看到桌上放着的两袋方便面。

恰好严宵这时候出来,她随口问:"你晚上就打算吃这个?"

严宵点头。

严家的家庭成员很简单,他爸、他后妈、他妹妹。

当年,严宵爸爸做生意失败回到临饶后,就去了一家国企。

最近两年,这家国企的总部要在临饶隔壁的二线城市成立分公司,有意提拔严宵爸爸当分公司总经理。

为争取这个机会,严宵他爸这段时间几乎驻扎在了隔壁市,而他后妈到了周末就带着他妹妹去团圆,不管严宵的吃饭问题。

夏澜常说,好脑子和好身体是吃出来的。

可陈星夏就纳闷了,有人隔三岔五就吃这些垃圾食品,怎么脑子也不见变笨、身体也没见不好呢?

陈星夏推开方便面,拽来夏女士的保温包,命令:"我妈做的,必须吃光。"

严宵刚才就看到了。

他嘴角很浅地一弯,连带两个酒窝跟着在脸颊淡淡地凹进去,然后又快速变平:"替我谢谢澜姨。"

面对长辈时就有话,可讲礼貌呢。

陈星夏不置可否,一口干了剩下的草莓汁,出发给夏女士买醋。

路上,陈星夏掂掂 U 盘,琢磨这是不是就算翻篇了?

翻得有些太简单了,可又确实是就这么过去了。

不夸张地讲,一年 365 天,陈星夏有 300 天都在和严宵置气,剩下的 65 天在置气的路上。

她和严宵的性格好像天生反向。

陈星夏从小喜欢热闹,喜欢朋友;严宵呢,喜欢安静,玩游戏都是自己搭积木,不吵不闹。

按理说,这也是井水不犯河水,可她就是不想严宵太平,总是想尽各种办法搅和他,硬拉着他和其他小伙伴一起做游戏,好像带动他可以让她产生巨大的成就感似的。

而严宵明明也知道她的个性,每次还都和她对着干,非得等她急了,不理他了,他又反过来一遍遍地磨,磨到她消气为止。

世上大概没有他们这款青梅竹马吧?

陈星夏叹口气,收好 U 盘,来到了东棠里的后面。

她家只吃一家店酿的老陈醋,买了普通的回去,夏女士又要开始唠叨她,能从一瓶醋发散到她一岁时犯的事。

唉,生活对她真是不宽容。

陈星夏又要叹气，身后突然传来一声："抓小偷啊！抓小偷！"

她扭过头，一个小矮子龇牙咧嘴地往她这边跑，嘴里喊着"滚开"。

陈星夏很识时务地躲了，但在小矮子快过来时，伸出了腿。

可对方还没过来，一股极大的力气就将她向后扯去，擦身之间，她闻到一阵被阳光晒过后的青草味。

"挺勇敢啊。"

陈星夏回头，看到一张年轻又张扬的脸。

他翘着一侧的嘴角，笑容有几分爽朗天真，也有几分不羁痞坏，脖子上挂着一条金属制的纯黑色军牌吊坠，光芒一闪而过。

陈星夏跟跄跑到了墙边，而这个男生正面迎上小偷，一拳招呼过去，小偷倒地。

紧接着，失主赶过来，行人围过来，不少人赞扬这场见义勇为。

"小伙子，谢谢啊！谢谢！"

"没事，您看看东西少没少？"

男生拍拍身上的灰，身上散发着行侠仗义的潇洒气，瞥到站在外围的陈星夏。他挤过人群，走了过来。

"同学，刚才没伤着吧？"男生说，"以后遇到这种事，你还是先保护自己，这种人身上都有刀。"

陈星夏点了下头："谢、谢谢。"

"客气了。"

随后，警察赶到，逮捕了小偷，围观的人潮也渐渐散去，连带那个男生。

只有陈星夏还站在墙边，心脏快速激烈地跳动着。

转天，周一。

夏澜敲了三次门都没听到动静，进屋掀被。

看到陈星夏蜷缩成一团，她愣了愣："不舒服？"摸了摸女儿的额头。

"没事，就是困。"陈星夏揉揉眼睛，"几点了？"

夏澜："六点半了。"

陈星夏一惊，然后以最快的速度赶到骑士铜像。

那里，苏雨萌正拿着谢正的卷子改答案，谢正在一边小口吸溜保温杯里的养生茶，至于严宵，站在老桂花树旁，板正得可以和铜像拜把子。

"夏姐昨晚没睡好啊？"谢正举杯，"有黑眼圈呢。"

陈星夏抓抓刘海："起晚了。咱们赶紧的吧，要不抢不上了。"

每周一，学校食堂的早点是牛肉面，一种可以抚慰学生周一上学综合征的"神药"，他们四个人经常去吃。

"走走走！"苏雨萌咬着笔帽把笔套进去，"不改了！工程太大！"

崇光路上，海棠花迎风飘舞。

陈星夏和苏雨萌骑在前面，严宵和谢正跟在后头。

东棠里距离七中不远不近，公交车六站地，骑车大概二十分钟。

他们到校时，正是学生进校的高峰。

四个人在车棚存好车，马不停蹄前往食堂，万幸，面还有。

落了座，谢正的话匣子也就打开了，主要围绕学校即将举办的话剧节。

这是七中的特色实践教育活动，早年七中的一位毕业生如今是国家话剧院的副院长，为回馈母校,也为了在青少年中宣传话剧这门艺术,给七中捐了钱。

话剧节每年都办,以年级为单位,是七中的大活动。

高二今年的表演剧目是《音乐之声》,会有一小部分唱歌环节。

苏雨萌有一副好嗓子,在里面扮演重要角色,谢正问她:"练得怎么样了?"

苏雨萌非常自信:"也就还有七八个地方跑调,其他没毛病。"

谢正又看向严宵,颇为惋惜:"严同学,老师让你演男主角,你为什么拒绝?你要是演了,咱们年级肯定第一。"

严宵刚剥好鸡蛋,分离了蛋白和蛋黄,蛋黄拨到小碟里,推到陈星夏手边。

"没表演天赋。"严宵说。

苏雨萌"扑哧"一笑,咕哝:"还能有星夏没天赋?"

陈星夏可谓从小美到大。

基本上一有这种需要露脸的活动,老师都会第一时间找上她,可只要老师看了她的表演,没一个不忍痛放弃的。

僵尸演戏都比她灵活。

所以,她要么演树,要么演山。

现在升级了些,因为她会画画,不演道具了,改画道具。

"星夏,你海报画完了吗?"苏雨萌问,"听说这次的海报要……星夏?"

陈星夏回过神,下意识地把碗里不爱吃的蘑菇夹到严宵的碗里,还问:"蛋黄呢?"

她吃煮鸡蛋只吃蛋黄,恰好严宵爱吃蛋白,这是他俩为数不多合拍的地方。

"这不在这儿吗?"苏雨萌替答,"你怎么了?心不在焉的。"

陈星夏摇头:"没事。"

苏雨萌看了眼谢正,谢正耸耸肩,她又看向严宵,对方依旧安安静静,吃着蘑菇。

从食堂出来,苏雨萌要去小卖部买饮料,谢正和她一起。

陈星夏和严宵在门口等,严宵递来一个U盘。

陈星夏刚问了句"什么呀",就想起来昨天她因为急着买醋,漫画只拷了一半,这应该是剩下的一半。

她伸手去拿,一个抱着整箱矿泉水的男同学从小卖部出来,离她有些近。

陈星夏要躲,严宵先她一步上前,挡在了她身前。

于是,她的手就戳在了严宵的肚子上。

陈星夏发誓,她绝对不是故意的,不过……这小子腹肌练得很不错啊,都能摸出肌肉的垒块来。

她指尖微动,抬头看了一眼严宵。他正侧头看着身后的男同学,露出了清晰的下颌,以及脖子上凸出来的喉结。

不知怎么的,陈星夏忽然就觉得戳严宵的那只手,掌心发热,当即收回了手。

男同学走开,严宵也站回原来的位置。

陈星夏在他身边,还觉得手里热得慌,便找话道:"二萌怎么还不出来?肯定是'谢大爷'又在科普反式脂肪酸的危害。"

严宵没说话,陈星夏也没指望他说话,并且在他第二次递来U盘,对上那道目光时,很自然地不问自答:"我真没事,就是没睡够。"

"嗯。"严学霸可算是开了金口,"今天早点休息。"

几分钟后,苏雨萌和谢正归队。

陈星夏和苏雨萌在五班,严宵和谢正在一班,两个班不在一个楼层,四人在二楼分开。

进了教室,苏雨萌说:"你这次和严宵闹挺久了,还没结束?"

陈星夏"啊"了声,像是没听清。

苏雨萌以为她无精打采是因为还在和严宵赌气,又说:"要我说,你没去星空展也对。十班那个陆勇请你去,十有八九是想和你进一步接触,你不去是对的。"

陈星夏不知道还有这事:"不是为了谢我之前借他复习资料?"

苏雨萌一脸"你不懂":"那都是借口,小说里都这么写的。"

小说里怎么写她和陆勇,陈星夏不感冒,但如果要是那个人……

昨晚,陈星夏做了一夜的梦,乱七八糟。

可是每次,那块黑色的军牌,还有那张笑脸,都会出现,跟印在了她脑子里似的。

"哦,我知道了,你该不会是因为那什么吧?"

"什么什么呀?"

"话剧啊,老师让严宵演男主角,没叫你演女主角。"

脑海里的人一下烟消云散,取而代之的是严某万年不变的清冷脸。陈星夏嘴角一抽:"我有这么无聊吗?"

"你有。"苏雨萌笃定,"你就是爱和严宵较劲儿。"

话题无法再继续下去,陈星夏拿出小本,趴在桌上瞎画。

不过话说回来,自从她开始演树,严宵好像也一直在演道具,再没演过人。后来,干脆连道具都不演了。

放学后,苏雨萌去阶梯教室排练话剧,谢正被她征用,要求等她一起回家。

谢正不肯,苏雨萌就问他二人还是不是表姐弟。

谢正一听,就表姐弟和等不等放学这一问题,展开了千字小作文的阐述,最后被苏雨萌拎着衣领拖进了阶梯教室。

剩下的陈星夏和严宵去了车棚取车。

陈星夏的海报明天也得交了,可家里的水粉笔用完了,她得去补货。

"我要去文具店,你去吗?"她问。

严宵点头,迈上车。

和七中隔一条街的地方是文具店聚集地,学生们大多来这里买东西。

陈星夏去了常去的那家店,拿了自己要买的水粉笔。路过笔记本区,她看到一个星空图案的活页本,很漂亮。

"这个不错啊。"她拿起来看看。

不知是不是因为名字里带了一个"星"字,陈星夏格外喜欢星空元素,连带着也喜欢蓝色,各种蓝:深蓝、浅蓝。

她决定再买下这个活页本,正想说去结账,身边跟着的"活体吉祥物"忽然开口。

"之前的星空展,"严宵顿了下,"这周末还有。"

陈星夏歪歪头,心说这位是要约自己去?

"这周末我……"

文具店大门的风铃"叮咚"作响,进来了几个学生,打头的是十班的陆勇。

看到陈星夏,陆勇眼前一亮,但紧接着看到她身边的严宵,他又皱了下眉头。

严宵在学校的人缘其实不错。

长得好本身讨喜就不说了,关键他这人虽然冷淡,但很有礼貌,谁要是有什么事问他,他都会回答,而且从不装,低调谦逊。

可就是这么个人，陆勇只要和他那双眼睛对上，就觉得后背发紧。

要不是因为大家都知道严宵和陈星夏是从小就认识的好朋友，他都要怀疑严宵把他当成假想敌了。

"来买东西啊。"陆勇过来，冲陈星夏挥了下手。

他身后跟着的男生们互相交换眼神，提高音量说什么不打扰了，去了另一边买东西。

这波起哄让陈星夏信了苏雨萌的话，她点点头："刚挑完。"

陆勇"哦"了声，看到她手里拿着的笔记本，想起之前没去成的星空展，打算再约一波。

只不过严宵就那么杵在一边，他有点儿张不开嘴。

这哥们儿有没有眼力见啊？

陆勇犹犹豫豫不开口，倒是陈星夏主动问道："你去看星空展了吗？好看吗？"

陆勇欣喜，想着这不就是天降台阶吗，结果又听："这周末我和严宵也去看。"

陆勇立刻望向严宵，严宵还是老样子，却把头转向了陈星夏，目光似柔和了些。

"是、是吗？"欣喜变失落，陆勇干笑一声，"还行，挺好看的。"

"那就好，值回票价。"

说完，陈星夏示意严宵走人。

严宵接过她手里的东西，转身时，眼风轻轻带过陆勇。

从文具店出来，严宵把东西放到车筐里。

见陈星夏没因为拒绝陆勇有任何情绪，他又说："星空展旁边有甜品店。"

哟，还真是约她。

可是——

"我有说我要和你一起去看吗？"

严宵愣了下，刚刚……

陈星夏冷哼，看着严宵的表情又开始眼睛不是眼睛，鼻子不是鼻子。

"这周末我表姑他们一家过来，我们订了去农家院吃饭。"她噘噘嘴，"怎么去啊！"

所以说，星空展也不是想看就能看的，机不可失，失不再来。

听完这个理由，严宵又不言语了。

陈星夏一看他这样就着急，火冒三丈的那种急，心道：你就不会说一句"那就下次"吗？说了会死吗？会吗！

他们的友谊能走到今天，真就是全靠她这人心大。

陈星夏蹬起自行车，骑出了脚踩风火轮的架势。严宵跟在后面，依旧保持沉默。

就这么又要开始不对付地来到崇光路，在等最后一个红灯时，严宵开了口。

"吃吗？"他指指前面。

陈星夏一看，是卖竹筒粽的奶奶又出来摆摊了。

这位奶奶卖的竹筒粽不仅软糯香甜，粽子外面还裹上了一层花生芝麻碎，特别好吃。

只是奶奶年纪大了，很少出摊，想吃一口粽子是可遇不可求。

陈星夏抿抿唇，还没说话，严宵见绿灯一亮就骑车过去了。

因为一根竹筒粽，陈星夏的脾气又被磨没了。

严宵陪她在路边吃完竹筒粽，两人没再骑车，推着进了巷子。

天色沉下来，东棠里家家户户亮起灯。

熊孩子们趁还没开饭，就在巷子里多玩一会儿，跑得哪儿哪儿都是。

陈星夏手上沾了糯米粒，弹出去了也还是黏糊糊的，她纸巾也用光了，没法儿擦，弄得她烦躁。

"你那儿有纸巾吗？给我用用。"

不巧，严宵的同桌今天流鼻血，纸巾都借出去了。

眼看陈星夏脸变得皱巴巴的，严宵拽起自己的衣角。

陈星夏没犹豫，毕竟她以前也没少干。

陈星夏在严宵的衣服上用力碾着手指，还换了好几个地方擦，确保一定要擦干净。

严宵一动不动地等着她，一只手支撑车，一只手移到身后，半垂着眼眸，视线落在那圆润莹白的耳垂上。

周遭将暗未暗，两人在朦胧之中变成一团融合在一起的长影，映在墙面之上。

"好了。"陈星夏笑笑，"没了。"

她是擦干净了，但严宵的校服起了一道道褶子。

陈星夏象征性地拍拍，回去推车，身后的人问："为什么撒谎？"

"撒谎？"陈星夏转头，"我什么时候撒谎了？你可别污蔑我啊，要不……哦，你是不是说刚才陆勇的事？"

要说这么多年的相处，陈星夏面对严宵也不是只有被磨的份儿，有时候她可以展现出独门绝技之"读宵机"的本领。

两人推着车继续走。

陈星夏自是不能说她听了苏雨萌的话，怕陆勇真对自己有意思，所以用这种委婉的方式表达了自己的想法。万一不是那么回事，显得她自作多情。

"我和他又不熟，不想去，拿你当个借口不行？"她理直气壮，"有意见？"

严同学回以如常的安静。

但可能是错觉吧，陈星夏觉得他好像有些开心？

莫名其妙。

快到骑士铜像时，陈星夏隐约看到有人站在那里。

她一下认出是谁，骑上车，喊道："爷爷！"

陈沛山转身。

老人穿着不变的白衬衣、蓝裤子，戴一副玳瑁小圆片眼镜，气质颇有过去书堂教书先生的儒雅。

"慢点儿骑。"陈沛山说，"别再摔了。"

陈星夏才不听，故意快骑到陈沛山跟前来了个急刹车，她跳下来，抱着陈沛山的手臂："爷爷，我想死您了！"

陈沛山摸摸孙女的脑袋，还未说话，鼻子先嗅了嗅："吃什么好东西了？"

陈星夏"嘿嘿"笑："刘奶奶的竹筒粽子。"

她说完，严宵也过来了，叫了声："爷爷。"

陈沛山笑着点头："不用问，肯定是小宵给你买的。"

陈星夏心说他那买的不是粽子，而是他不说话的代价，这是两回事。

"爷爷，谢谢您的礼物。"严宵说，"以后不要麻烦了。"

陈沛山说不麻烦："我就喜欢给你们带些有意思的东西，不过……"

老人点点孙女的额头："你要是过意不去的话，下次能不能别光带这个丫头吃独食？把我也带上。"

"爷爷！"陈星夏无语，"医生说您不能吃甜的。"

陈沛山竖起食指："吃一点点，没事。"

陈星夏拿这个老小孩没办法，看了眼严宵，两人一左一右，跟着陈沛山回家。

夏澜一直等这祖孙俩回来，等了半天没见人，都要打电话问问了，才听见外面传来动静。

陈星夏一进家门就问她爸陈教授去哪儿了。

"调课了，应该不回来了，直接住宿舍。"夏澜端着盘子从厨房出来，"怎么这么久才回来？"

陈沛山说："遇上小宵那孩子，说了几句。"

一听是严宵，夏女士再无怨言。

洗好手，三人围在餐桌旁吃饭。

陈家不奉行食不言的规矩，一般吃饭时间就是交流大会时间。

陈沛山起头，说了说这次旅行的所见所感。陈星夏则吐槽起学校开话剧节的那些事，她那张海报改了快八百次。

"稿子这种东西就是用来改的。"陈沛山说，"要有耐心。"

陈沛山以前是临饶建筑设计院的设计师，用现在的话来说，那就是卑微乙方，最擅长的就是改稿子。

陈星夏吐掉排骨，抱怨："可这又不给钱。学校还打算让我写字，简直就是逮着我这一只羊薅。"

除了绘画，陈星夏也写得一手好毛笔字，陈沛山亲自教的。

陈沛山笑笑想说什么，夏澜插话叫他们先顾吃，要不饭菜都凉了。

陈星夏说："妈，你没什么有价值的消息要说吗？那你可是白听我和爷爷说话。"

"你当我乐意听？"夏女士十分高冷，"再说了，你怎么知道我没有？"

祖孙俩一听，齐声问："什么呀？"

夏澜咽下嘴里的饭菜，说："梁慧婷的儿子转学来临饶了。"

——梁慧婷，严宵的后妈。

"儿子？"陈沛山一阵思索，"她第一段婚姻时生下的那个？不是一直在老家吗？"

夏澜说："为什么过来就不知道了。不过说是不住这里，住校。只不过可能周末时不时地过来。"

说到这儿，夏澜又意味不明地笑了声："正常。老严那么好面子，怎么会让人住下？"

夏澜不太喜欢严宵的爸爸严歧，觉得这人太假。

可陈星夏对严歧的印象很不错，有气质，还非常绅士，对街坊邻里的老人们很恭敬。

陈沛山又问："那孩子多大？"

"和小宵差不多大。"夏澜说，"可能比小宵小一个月。"

陈星夏挑眉："那他岂不是又能当哥了？"

"这种哥有什么好当的？"

"妈，你这是对后妈有偏见。"

就严宵的这个后妈，是逢人就夸严宵多么多么好、多么多么优秀，那骄傲的样子，比亲妈还与有荣焉。

整个东棠里都说严宵能遇上梁慧婷，是严宵的福气。

夏澜放下碗，起身去厨房端汤，撂下句："你一个小孩儿懂什么！"

梁慧婷的儿子来临饶的事很快在东棠里传开。

苏雨萌和谢正也听说了，还打听到对方来这边上的是体校，学跨栏，这次过来是外婆跟着一起。

前情铺垫完毕,大家就等着看这位儿子的庐山真面。

陈星夏无所谓。

不就是个人吗?又不是妖怪。

她的海报好不容易过稿,现在就想周末和家人去农家院好好玩一天。

出发当天,表姑一家早早过来了。

农家院距离市中心不远,表姑父找同事借了商务车,四十分钟就能到。

时间充裕,表姑父便陪陈沛山在院子里下会儿围棋,夏澜和表姑洗路上要带的水果,陈星夏埋伏在一旁偷吃。

至于陈星夏她爸陈教授,临时接到通知,要去外地开研讨会,错过了这次团聚的机会。

厨房里,表姑说起孩子最近成绩有些下滑,长吁短叹了一阵,忽而想起什么,又说:"我哥去不了,名额空出来一个,不如让小满把她那个发小叫上?"

夏澜:"你说小宵?"

"对对对。"表姑笑道,"那孩子是真优秀啊,家里怎么教育的?我家这个有人家一半省心,我就烧高香了。"

嚼着草莓的陈星夏"呵呵":又一个严宵的妈妈粉。

"我让小满问问去。"夏澜说,"要不那孩子没人管饭,我也惦记。"

夏女士给陈星夏递去眼色,陈星夏装傻,又往嘴里塞了一颗樱桃,咕哝:"别了吧,咱们一家人叫他来干什么?"

不等夏女士发威,表姑说:"那怎么了?你跟他一起长起来的。快去快去,咱们一会儿就该出发了。"

说完,她又和夏女士就严宵多么出色展开商业吹捧。

陈星夏真服了,到底谁是陈家人啊?

被逼无奈,陈星夏来到严家门外,吼了几声,气势十分像上门要债的。

结果喊了半天都没有人应,打电话,也没人接。

想了想,陈星夏决定进去看看。

按下密码,"嘀嘀嘀"的通行声响起。

她一把打开门,带起的风卷起清润的皂香味,扑面而来。

严宵站在门后,身上套件深蓝色T恤,皱巴巴的,估计是穿的时候着急,一边的衣摆都没捋平,向里卷着。

这模样,明显是刚洗完澡。

"找我?"

说着,严宵整理了下衣服。

见他头发还有些湿,陈星夏挤进去,开门见山:"我妈让你跟我们去农家院,你去吗?"

严宵抹掉流到下巴的水珠,陈星夏又说:"提前说好啊,这是我表姑的主意。她叫你去,很有可能是想向你取经。我表弟今年初一,也参加数学竞赛什么的。"

严宵没有立刻回复。

他这副样子,陈星夏再熟悉不过,每次也都急得不行,可不知道为什么,今天多了点儿耐心。

她分析,很有可能是因为眼前的他看起来好像一只湿漉漉的大狗狗,有那么一丢丢可爱。

"你的家庭聚会,我……"

"想去就去!"陈星夏打断,转过身挠挠脸,"给个痛快话!"

严宵顿了顿:"给我五分钟。"

随后,陈星夏和严宵返回陈家,夏澜那边已经整装待发。

看到严宵来了,表姑激动得啊,笑脸相迎,一个劲儿地夸,说他越长越帅了,个子和去年比也高了很多,再这样下去,以后怕是得当大明星了。

陈星夏听得快要吐了。严宵则一副乖学生模样,先是谢谢表姑,表示叨扰了,然后从书包里拿了几个笔记本出来,说是他初中参加数学竞赛的笔记,希望可以帮到表弟。

一听笔记,表姑的表情跟中了五百万似的。

陈星夏还没见过表姑开心成这样。

想想自己刚才一直催某人出门,可某人坚持要回卧室拿东西……她瞥过去:"我发现你这人很会来事儿啊。"

严宵垂着眼,长密的睫毛轻微颤了颤。

陈星夏习惯性手痒,琢磨要不要浅拨一下,夏澜插话:"你们别愣着了,快上车吧。"

一路上,轻松快乐。

表姑父在人事部工作,脑子活,言谈幽默,很会带动气氛。

大家说说笑笑,不知不觉到达目的地,时间还不到上午十点。

农家院旁边有钓鱼池塘和采摘园。

表姑之前说的名额,就相当于这些游乐项目的门票,只要买了,可以进去随便玩。

陈沛山和表姑父去池塘钓鱼,夏澜和表姑在茶室唠家常,陈星夏他们几个小的就去采摘园玩。

表弟一直跟着严宵,一口一个"哥哥",问他关于数学竞赛方面的事,那一脸崇拜,被他妈洗脑洗得也是透透的。

而严宵倒也给面子,一改不言语的作风,和表弟有问有答。

陈星夏在边上揪树叶玩,腹诽怎么自己就没这个待遇?平时说十句,换不来一个逗号。

她不屑与学霸为伍,自己一个人去果园采摘桑葚。

半路上,陈星夏看见一棵桃树,上面坠满了粉粉白白的桃子。

"看起来很好吃啊。"表弟说。

陈星夏扭头:"你怎么来了?容斥原理问题不讨论了?"

表弟害羞地搔搔脑袋:"我听不太懂,严宵哥说去拿个纸笔给我讲。"

呵,严老师真称职。

"表姐,我好羡慕你。"

陈星夏正在找上树的支点,冷不丁听了这话,纳闷:"羡慕我什么?"

"有严宵哥这样的发小啊。"表弟叹了口气,"我怎么就没有这么聪明,学习这么好,长得也帅的……"

"打住。"陈星夏尔康手,"你们一个个被严宵下迷魂药了吗?他有什么好的?"

表弟"喊"了声,说:"你就是嘴硬,人家……哎,你要上去啊?要不我来吧。"

"你还是省了吧。"

陈星夏扶住两边枝杈,一个灵巧起身,站到了树中间。

爬个树而已,她小时候一天爬八回。

表弟围着树转悠,一边帮忙找哪个桃子最大,一边和陈星夏聊天。

表弟这时发现一个大桃子,刚要指给陈星夏看,陈星夏喊了声:"轩轩。"

声音有点儿抖。

"怎么了?"表弟问,"你没劲儿了?"

陈星夏盯着距离自己手不到半米位置的灰棕蛇,吞了下口水。

"去叫人来。"她说,"看看附近有没有工作人员,要是没有,找爷爷。"

表弟也看到缠在树上的蛇了,吓得后退几步:"你、你要不、要不先下来?"

这不废话吗?她要是能下来,还叫人干吗?

腿已经吓软了,再说万一她一动,惊吓到这条蛇怎么办?

表弟赶紧跑回去搬救兵,陈星夏挂在树上,一动不敢动。

如今正是四月中旬,虽说气温已经变暖了,但农家院这边树林多,空气里带着凉意,吹得人寒毛直竖。

陈星夏控制不住哆嗦起来,那蛇似乎是有所察觉,尾巴动了动。

好端端吃什么桃!

陈星夏悔得肠子都青了,偏她踩着的那个地方也不是最好的落脚点,她的脚有往下滑的趋势。

好的不灵,坏的灵。

陈星夏才发现踩不稳,她人就往下掉了……这动静,蛇百分之百会被惊吓到。

陈星夏心想这下完了,可就在这时,一只手托住了她的脚。

树轻微地晃动了下,蛇没有动。

陈星夏惊魂未定,向下看去,见到了严宵。

他是跑着过来的,头发有些凌乱,白净的面颊稍稍泛红。

"这样能撑住吗?"严宵问。

陈星夏又看了眼托着她的手,足够宽大,分开的五指也牢牢抓紧她,只是手掌和手腕连接处的青筋分明。

其实,在田间遇到蛇的时候,最好的办法就是和它比耐心,只要你不动,蛇察觉你没有威胁,过一会儿自己就会走。

相反,如果你惊慌乱动,吓到了蛇……蛇的速度可不是一般快。

"还行。"陈星夏说,"你行吗?"

"行。"

简单一个字,给了陈星夏底气。

他们保持着这个姿势,等待工作人员过来,又或是蛇自己走。

陈星夏今天大概不宜出门,明明她也没动,那蛇却直直地盯着她,慢慢直起了上半身。

这是要攻击的前兆。

"严宵……"

严宵也看到了。

他没犹豫,说:"我把你的脚放在一个可以踩的地方,你尽量慢些动作。"

"你要做什么?"

"信我。"

陈星夏深呼吸,在蛇的吐芯下,把脚慢慢从严宵的手中移开,踩在了两个枝杈之间。

她一稳,严宵脱下冲锋衣,说:"把眼睛闭上。"

"啊?"

"闭上,小满,不怕。"

随即,在陈星夏闭上眼睛的那一瞬,她感到桃树晃动了下,一股疾风吹过,熟悉的皂香味再次扑到她鼻前，给了她心安的感觉。

一切结束得很快，等陈星夏再次睁开眼，面前的蛇已经不见了。

严宵穿着单薄的白T恤回到树下，他身上带了纸巾，把手擦干净伸了出去："来，我接着你。"

"你该不会是……"

"嗯。"

陈星夏有点儿不敢相信，但身体诚实地放松下来，腿上绷着的劲儿也一下子卸掉，整个人向下坠。

在她的想象中，这个过程说不定会有失重感，不会好受。

可事实上，她才松手没一秒，就有手臂箍住了她的腰。

陈星夏陷入温暖的怀抱，心脏归位。

很快，陈沛山他们也赶来了。

工作人员讶异于严宵的勇敢，以及他动作的快准稳。

刚才的情况，蛇马上就会展开攻击，根本等不到他们过来，要不是这样的处理，陈星夏一定会被咬。

工作人员用专业工具处理好蛇，把衣服还给严宵，好心地嘱咐："小伙子，这次是没事了，但以后如果遇到类似情况，你还是别这样。太不安全了，蛇会攻击你。"

严宵点头，向工作人员道谢。

有惊无险。

夏澜看着陈星夏运气，陈星夏也知道这次是自找的，躲在严宵身后，不敢言语。

严宵往侧面站一站，挡住人，说："澜姨，没事了。"

夏澜看看他，又看看他护着的那个，长舒了口气，低声说"没事就好"，压着火回农家院。

陈沛山点点陈星夏的额头："小皮猴。"

少女撇撇嘴："我知道错了。"

她挽上陈沛山的手臂，蔫得像只脱水蘑菇，严宵跟在她身边，三人也往农家院的方向走去。

一个不怎么愉快的插曲。

但此情此景，倒是让陈沛山想起陈星夏小时候的一件事。

那时，陈星夏也就四岁。

街坊中不知道谁家的年轻人赶新潮，养了一只宠物蜥蜴。

那个年代，养这种另类宠物的人毕竟是少数，所以大家也不知道这种东西伤不伤人，本能上都会觉得害怕。

某天，那只蜥蜴没关好，跑了出来。

陈星夏当时正带领一群小朋友捅蚂蚁窝，见躲在一边的蜥蜴十分新奇，就丢了根木棍过去。

这一下子把蜥蜴给惊了。

蜥蜴四处乱窜，小朋友们也四处乱窜。

陈星夏不知被谁绊了一下，趴在地上，那蜥蜴就像知道是她吓唬自己似的，"刺溜"一下爬到了她背上。

陈星夏吓得一动不敢动，周围也没人敢伸出援手。

就在她快要吓哭了的时候，严宵上前一把抓起蜥蜴丢到了一边。

蜥蜴受到惊吓，张嘴就咬了严宵一口。

陈星夏真哭了。

她后悔自己非得皮这一下，抓着严宵的手臂，鼻涕泡吹了一个接一个，坚定道："我来救你。"说完，就学着电视里看到的那些桥段，对着严宵的手又吸又嘬的。

最后，严宵没中毒，但陈星夏的抢救手段让严宵手上留下了一道非常淡的疤痕。

想到这儿，陈沛山笑了笑。

陈星夏以为爷爷这是笑自己摘桃不成还差点儿被蛇咬，嘟囔："我也没想到自己那么倒霉。"

"你是挺倒霉的。"

陈沛山说着，余光扫过身边的少年。

少年虽面容清俊，但已经显现出果敢锋利的棱角。

老人笑容加深，补了句："但有人给你兜着啊。"

因为这个突发事件，陈星夏在严宵面前失去了高地位置。

夏澜一个劲儿让她好好谢谢严宵，可她会骂、会损、会怼，就是不会谢。

不过吃饭的时候，陈星夏把自己喜欢的炸河虾分给严宵一半，也算是表态了。

这趟农家院之行在夕阳落幕前结束。

表姑一家还要回去和长辈吃饭，就没在陈家多逗留。

夏澜整理好采摘的果蔬，让陈星夏帮着严宵捎回家。

陈星夏一听，那句"他是腿断了还是手折了"已经到嘴边，在对上夏女士的死亡凝视后，又咽了回去。

巷子里街灯亮起，照着脚下的路。

陈星夏拎着最轻的袋子，跟在严宵身边，单手在手机上打字，和苏雨萌说今天的惊险历程。

陈星夏多少有些好奇，就问了出来："你当时不怕吗？"

严宵看过来，她继续："万一那条蛇咬到你怎么办？"

"不会。"严宵说，"而且被咬，就咬了。"

他这话说得平常，就跟他平时和她对话一样，陈星夏不禁毛骨悚然。

她一把拉住严宵："你知道你在说什么吗？你是哪根筋搭错了，严宵？被蛇咬一口是闹着玩的吗？以后再遇到这种情况，不许像今天这样！"

"救别人前，得先保证自己的安全。"

今晚月色很浅，细弯弯地挂在天空。

严宵低头看了眼女孩抓着自己的手，一句话藏在喉咙间，要脱口而出。

"你不是……"

他欲言又止，这比不说话还让陈星夏着急，恨不得找根棍子撬开这只千年老蚌的嘴。

她用力抓了抓他："我不是什么？你说啊。"

严宵张了张嘴，还未出声，不远处的暗处走出来一个人。

路灯从这人头顶拂过，模糊了他的脸，只有胸膛那里，有什么东西闪了下光。

他向陈星夏和严宵走来。

"抱歉，打扰二位了。"

话音落下，那张挂着痞坏笑容的脸被光照亮。

"这位是严宵吧？"男生抬抬下巴，"能借下手机吗？我是梁慧婷的儿子，盛昊。"

熊孩子们在玩摔炮，惊飞了电线杆上的小鸟。

盛昊双手插着口袋，站得不太正，接近一米九的身高在地上拉出长长的影子。

他看着严宵，嘴角斜翘，模样称不上吊儿郎当，但和一向端正规矩的严宵同框，对比还是很明显的。

短暂沉默。

严宵放下袋子，拿出手机。

盛昊说了声"谢了"，上前取，瞥到严宵身边的少女，微微一愣。

"是你啊，同学。"

以陈星夏的长相，盛昊能记住很正常。

他过去在老家的学校，隔壁是舞蹈附中，每次女孩们放学出来，都是一道亮丽的风景线。

陈星夏比之那些姑娘，毫不逊色。

陈星夏没想到对方能记得自己。

那次照面短得像一场梦，她以为只有自己念念不忘。

突然的重逢，陈星夏手心发潮，下意识地移到身后抹了抹，镇定道："真巧啊，你居然是慧婷阿姨的儿子，来找慧婷阿姨？"

盛昊举着严宵的手机，简单解释了几句。

大概意思就是梁慧婷让他今天过来吃饭，他到了，可房子里没人，想打电话，手机又没电了，他就一直在门口等。

说完，电话接通。

盛昊去一边讲电话，陈星夏攥紧手里的袋子，目光时不时往那边瞄……

直到被一堵人墙挡住视线。

严宵垂眸看着陈星夏，表情淡淡，但眼神里多了几许疑问。

陈星夏抿抿唇，把那天遇到小偷的事情和严宵说了一遍。

没过一会儿，盛昊回来，一边归还手机，一边说："我妈说让我先进去，她遇上堵车，在路上了。"

严宵点点头，盛昊这人也不见外，帮着严宵拎了几个袋子。

到陈星夏身边时，他说："同学，你也住东棠里？"

陈星夏瞥到那块黑色军牌，嘴里发干："是，住这儿。"

"那还真是巧了。"盛昊爽朗一笑，"以后有机会一起玩。对了，你叫什么名字？"

陈星夏抬起头，视线恰好带过严宵。

他背光站着，整个人看起来阴沉沉的，也不说过来帮她和他这位继弟做个介绍。

她正要自己回答，这人又不知抽什么风，把盛昊要接走的袋子拽了过去，站在她和盛昊之间，岿然不动。

"她是陈星夏。"严宵说，"我的同学。"

陈星夏回了家。

夏澜今晚没准备晚饭，叫的外卖，这会儿正在院子里喂"大阿哥"，顺带等外卖小哥送餐来。

"小满回来了！我们家皮猴小满回来了！"

陈星夏关上门，趿拉着脚往里走。

夏澜扭头一看，问："怎么了又？魂不守舍的。和小宵吵架了？你这孩子怎么就……"

"妈。"

"什么？"

"我看见慧婷阿姨的儿子了。"

夏澜稍愣，放下手里的鹦鹉食，拍拍手："看见就看见了，有什么问题？"

挺有问题的，但看着夏女士那一副正气凛然的样子，陈星夏没什么说话的欲望。

她摇摇头："我回屋了。"

夏澜叫住她，跟着一起进门，语气严肃："今天的事，你要长教训。都这么大了，做事稳重些，不要为着玩不管不顾。如果不是小宵，你怎么办？"

夏女士现在想起轩轩过来说陈星夏遇到蛇了的情景，后背都还会冒汗。

陈星夏"嗯"了声，该乖的时候还是挺乖的："我记住了。"

夏澜拍拍女儿的肩膀，让她上去陪会儿爷爷，等等就可以吃饭了。

日子又过去了几天，七中的话剧节将在这周六举办。

对于学校选择在休息日办活动的这个安排，学生们无力吐槽，毕竟话剧节结束之后的下一周，学校又将无缝衔接期中考试。

这是七中的常规操作。

学生们年年抱怨，但校长说这是让学生们提早体会大起大落的感觉，这样到了社会上才不会轻易被击垮。

周五，晚自习课上。

苏雨萌给陈星夏传字条，说是放学后想去小鹿家吃甜品，好为明天的表演鼓舞士气。

小鹿家甜品店就开在东棠里，陈星夏和苏雨萌是老主顾了。

盯着字条看了会儿，陈星夏点点头。

最近这些天，她晚上写完作业就会陷入无尽的发呆中，手机都拯救不了，吃点儿甜的可以换换心情。

下课铃响，陈星夏和苏雨萌收拾好书包，先去了车棚旁边的小花坛。

严宵和谢正今天值日，得晚些出来。

苏雨萌还没忘记陈星夏遇蛇这件事，一直念叨着严宵多么多么厉害。

陈星夏听得耳朵起茧子，随口道："也就那么回事。"

"那、么、回、事？"苏雨萌眼睛瞪得像铜铃，"徒手抓蛇啊，你抓一个给我看看？"

"姐妹，我请你知足。有这么一个竹马，别的不说，起码靠谱啊。"

这话倒也不假。

虽说陈星夏看严宵早没小时候那么顺眼，但这么多年的交情，有了什么事，她信他，无条件的那种。

"靠谱是靠谱，"陈星夏叹了口气，"可也气人哪。"

就严宵那个闷劲儿，一般人谁受得了。

苏雨萌没反驳这话，看着闺蜜问："你这些天怎么了？总唉声叹气的，感觉不在状态，有心事？"

不问还好，一问，陈星夏十分想倾吐一下。

她勾勾手指，苏雨萌凑过去，听到她说："你见到慧婷阿姨的儿子了吗？"

苏雨萌摇摇头："没呢。你见着了？"

陈星夏揪揪书包带，默认。

苏雨萌是个单纯的娃，俗称脑子不会拐弯，回道："那怎么了？和咱们也没什么关系啊。"

"我……"陈星夏一时卡顿,"我也是随口一说,没别的意思。"

苏雨萌觉得哪里怪怪的,想再问问,没来得及开口,车棚这边来了几个女同学,说话声有些吵——是岑璐和她的小姐妹们。

岑璐是十二班的,平日里在学校晃晃荡荡,和陈星夏他们没什么交集。

但因为她和苏雨萌在话剧节共同争取过一个角色,还输了,所以每次见到苏雨萌就会有些阴阳怪气。

这会儿,岑璐跟小姐妹们一道走,看着苏雨萌的笑容就很奇怪。

苏雨萌权当看不见,拉着陈星夏还要说话,严宵和谢正又来了。

话题就此中断。

苏雨萌问:"怎么这么半天?"

谢正说:"刚才音乐老师找严同学,想让他明天救下场,弹钢琴。"

苏雨萌不知道严宵还会弹琴,这一听,心说她姐妹的竹马还挺多才多艺的,拿出去多有面儿!

再看她表弟,保温杯不离手,整个一大爷。

严宵走到陈星夏身边,陈星夏自觉摘掉书包放到谢正的车筐里。

她今天起晚了,打车来的学校,现在得坐严宵的顺风车回去。

天气越来越暖,天也不似之前很早就黑下。

四个人迎着夕阳余晖,骑车驶过他们日日都要经过的路。

中途,严宵赶上红灯,和苏雨萌、谢正拉开了距离。

陈星夏坐在严宵身后,染着皂香的风吹得她刘海有些乱,她拨了拨,问:"你明天弹什么曲子啊?"

前面的路大概是有装载车路过,遗留下好多小石子。

严宵减慢速度,说:"没想好。"

"弹个最难的!"陈星夏说,"不然显示不出严大师的水平。"

"什么是难的?"

这话说的,好像你什么都能弹似的。

但事实就是这讨厌鬼确实能弹,弹得还很好听。

陈星夏记得严宵是初中考的钢琴十级。

临近考试时,教他的老师生病住院了,他没人把关,就找到了陈星夏她爸。

陈教授的钢琴水平那可是演奏级的,教八个严宵都不成问题。

于是,严宵那段时间就在陈家练琴。

这一练不要紧,严大神的新技能被陈家人发现后,新一轮赞美滚滚而来。就连陈教授都说严宵有天赋走专业,更别说夏女士得有多么欣赏了。

陈星夏每天听严宵弹琴不说,还要听家里人不停夸他,又烦又嫉妒。

不为别的,就因为陈星夏在弹钢琴上,天赋为负。

她小时候,任由陈教授怎么教,都扶不上墙。

于是,陈星夏开始热衷于在严宵练琴时进行全方位的搅和,说他弹得难听像猪哼哼、说他考试必败,还说他选的曲子毫无品位。

搅和了几天,毫无成效。

而陈星夏是个不服输的,又开始琢磨还能有什么新招数烦人。就在这时,严宵弹了《小星星变奏曲》。

这是她最喜欢的曲子。

从那以后,陈星夏放过了弹琴的严宵。

"你弹个江南皮革厂BGM好了。"陈星夏说,"咱们那儿的大妈跳广场……哎哟!"车子压了个小石子,颠得陈星夏屁股疼,她抱怨:"你看着点儿路!那眼睛——"又一下。

陈星夏有理由相信是因为江南皮革厂BGM。

很好,报复她是吧。

陈星夏得想个招儿反击,正琢磨着,车子又压过什么。

这次颠簸大了些,陈星夏身体不受控往后倒斜,幸亏严宵眼疾手快抓住她,这才稳住平衡。

"扶好了。"严宵嘱咐,"这里路面不平。"

"我看你分明是——"

"没有。"

严宵知道她的心思,缓缓松开手,骑得更加小心,轻声补充道:"什么BGM都行。"

前面,苏雨萌和谢正停车靠在路边。

"哎!这儿!等你们呢。"

陈星夏和严宵归队,大家继续往东棠里的方向走。

苏雨萌忽然骑到严宵跟前,说:"星夏,我刚才问'谢歪'了,他说他也还没见过慧婷阿姨的儿子呢。"

陈星夏愣了下,不仅她愣,她还感觉到严宵也是一怔。

不待她说什么,严宵问:"你们讨论过盛昊?"

苏雨萌点头:"星夏之前问我的啊。严宵,你肯定早见了吧?人怎么样?"

要不怎么说和脑子不会拐弯的人做朋友是喜忧参半呢。

陈星夏就这么使眼色让苏雨萌别说了,这位姐跟失明了似的,看不见,末了还问一句:"星夏,你眼睛不舒服?"

陈星夏想换个话题,谢正又过来发表观点:"我觉得,这人怎么样,还是得相处过后才能知道,光看外表是看不出来的。"

"严同学,你认为呢?"谢正以探讨学术的认真度问。

又是一个红灯。

这次四个人停在了一个水平线上。

周围有汽车引擎的轰鸣,有电动车喇叭声,以及人来人往的喧闹。

严宵清冷的声音穿透这些纷扰:"不清楚。"

"我只关注我认为重要的人。"

周六,话剧节举办当日。

除了苏雨萌,严宵和谢正在话剧比赛正式开始前,都会参与文艺表演,所以也要早到学校一个小时。

陈星夏落单,在家里吃完早餐,慢悠悠地去了学校。

说是慢悠悠,但到得也比规定时间早,因为苏雨萌想装扮好以后叫她看看,万一哪里还能再美一下,赶紧补上。

陈星夏到了音乐厅。

她从正门进去,迎面立着的就是她画的海报。

不得不说，天才之作啊！

陈星夏立在海报前，得意了好一阵儿，谢正的声音这时候传来。

"不愧是夏姐，画得牛！"

陈星夏扭头，就见严宵和谢正从侧面通道出来。

他们穿着学校统一发放的服装，白衬衣、黑西裤，衬衣胸口两侧有竖着的褶皱作为装饰，怎么看怎么像……酒店侍应生。还是那种非五星级的城镇酒店。

尤其谢正，系了个暗红色的领结，简直土得冒傻气。

两人过来，谢正还想说几句，被他同伴打断，叫他进去再串一遍词。

剩下陈星夏和严宵，两人如常开启互看模式。

进入音乐厅的学生逐步增多，其中还有来晚了的表演同学，他们也穿着衬衣西裤，系着领结，和谢正一看就是一个村儿的。

看来只要是在前面参加文艺表演的男生都是这个打扮，那某人为什么没有？

陈星夏这个想法刚冒出来，严宵就把手插进口袋。

陈星夏眼疾手快，先一步抢走他口袋里的东西——一条暗红色的领结。

"你怎么不戴？"她眼里已然透着狡黠，"是不是觉得自己是好学生就搞特殊？"

严宵抿抿唇，老样子，不言语。

陈星夏挑眉，抓着某人的手腕，拽到了旁边的安全通道里。

笨重的大铁门关上，隔绝了外面的声音。

陈星夏站到台阶上，女王似的扬着下巴，命令："过来。"

严宵看她一眼，吸了口气又呼出去，过去。

陈星夏"啪"地甩出领结，义正词严："集体活动就要服从学校的安排，不能搞特殊，明白吗？"

严宵还是不说话，陈星夏管他呢，踮起脚把领结的带子绕到他脖子后面。

"你弯点儿腰。"陈星夏胳膊抻着累得慌，"长得高了不起啊？"

严宵弯下腰，任人宰割。

安全通道有凉风流窜，陈星夏的刘海和严宵的碎发都被轻轻吹起，差一点交缠到一块儿。

陈星夏并没有察觉他们挨得有些近了，更没察觉有道目光始终没有离开过她。

她专注地系领结，一心想看某人出丑。

陈星夏总是嫉妒严宵睫毛长，但事实上，她的也不短，而且天生有些微微上翘，像蜷曲的花蕊。

严宵屏着呼吸，不动声色地将视线从女孩的睫毛一点点移到眼睛上。

再想往下，他克制了。

陈星夏系好领带，点了严宵肩膀一下，让他往后站，她看看效果。

十七八岁的男生普遍不适合衬衣西裤的打扮，他们穿不出那份成熟不说，一个弄不好，还会叫人觉得有点装。

陈星夏本以为"土人帮"会增加一名成员，可她一看，有人一点儿也不土，不仅不土，还有几分绅士味道。

陈星夏忍不住又打量一遍。

确实是好看的，严宵个子高，颈长肩宽，是天生的衣服架子，这一身穿他身上，毫不违和。

想看的没看到，还白费了工夫，陈星夏跳下台阶，咕哝："没意思。"

"嗯？"

"嗯什么嗯？猪啊。"陈星夏过去开门，突然想起什么，回头问，"你待会儿弹什么？"

他又不说话。

"这有什么好保密的？"陈星夏无语，"我待会儿又不是听不到？"

"那你一会儿就知道了。"

行啊，会噎她了。

陈星夏瞪人，本来就大的眼睛又圆了一圈，跟个大眼洋娃娃似的。

她气呼呼地要走人，一只胳膊按住了门。

"干吗？"陈星夏没好气道，"还想气我？"

严宵不知是哪里又得罪了她，垂着眼眸，说："谢正说下周末有个集市，去吗？"

陈星夏变脸跟翻书似的，问："小动物那个？"

"嗯。"

"去去去！"陈星夏点头，"正好也考完期中测试，我们去放松一下！"

陈星夏心情瞬间美丽，刚才那点儿气自然也就散了，她帮严宵又正了正领结。

"好好弹。"她说，"别丢了我们东棠里的脸面。"

严宵低头扫过那只白皙的手，唇角轻弯，"嗯"了一声。

从安全通道出来，严宵去找他的伙伴，陈星夏往后面的化妆间走。

她估计苏雨萌那边差不多了，她再看看有什么地方能帮忙，就可以坐等看表演。

可不想，她才进休息区，就看到站在角落的苏雨萌和老师。

老师的表情像是生无可恋，苏雨萌则是快要哭了。

陈星夏跑过去问怎么了。

苏雨萌手里抱着待会儿要穿的戏服，哑着嗓喊了声"星夏"，给她看衣服。

陈星夏一看吓一跳。

好好的裙子居然被剪成了一条一条。

因为戏服比较大件，老师怕学生们带来带去会有损坏，就统一要求大家把衣服放到更衣室，今早直接来换就行。

苏雨萌昨天看裙子还是好好的，可今天化好妆再去拿衣服，看到的就是这么个墩布头子。

"这怎么回事？谁弄的？"陈星问，"绝对故意的啊！"

苏雨萌也知道自己被人阴了，可现在能怎么办？

正式比赛前的文艺表演最多四十分钟，这就要开始了，而高二抽签抽的第一个上，时间紧迫，上哪儿也买不了第二条裙子。

苏雨萌看向老师，把希望寄托在老师身上。

老师不是哆啦A梦，变不出来，再说老师现在的心情也就是一个字：累。

弄这一帮倒霉孩子，至少折寿十年。

师生俩愁云惨淡，陈星夏看着戏服，想到个主意："老师，我有条大裙摆的裙子，就是颜色和这个不一样，但也是偏向礼服的，行吗？"

那裙子是去年万圣节，陈教授他们大学的学生玩Cosplay，她从一位学姐那里看到的，很喜欢。而学姐喜欢她，说她可爱，就把裙子送给了她。

都到了这个节骨眼儿，老师点点头："行。"

陈星夏又看向苏雨萌，笑着说："你等我，我现在回家拿，赶得上的。"

苏雨萌哭得说不出话，一个劲儿点头。

在陈星夏的计划里,这趟回去,时间足够。

可她忘了今天建峰路有个商场开业,来时因为时间早,还比较通畅,现在就堵了起来,耽误不少时间。

眼看疏通无望,陈星夏给司机师傅付钱,下车后扫了辆共享单车,一路狂奔。

家里空无一人。

陈沛山周末找棋友下棋,走得比陈星夏还早,夏澜也去上班了。

陈星夏两级并作一级上了楼,把衣柜翻了个底朝天,找到裙子。

她松口气,装好裙子,返回学校。

为求不堵,陈星夏还是扫的共享单车。

她骑得飞快,路过骑士铜像时,不知道压了个什么东西,就听"砰"的一声巨响。

之后不等她反应,前面的车胎就爆了,车子失控,带着陈星夏人仰马翻,滚在了地上。

她压的是一个摔炮,被崩了。

陈星夏的手臂和手掌撑地,磨破了皮,顿时渗出血来。

手上火辣辣地疼,她拍拍土,想去捡裙子,结果膝盖也磕破了,走路都提不上劲儿。

时间剩得不多了,陈星夏有些慌,想给严宵打电话。

号码拨出去一半,她想起严宵这会儿怕是该上台表演了。

后手不在,陈星夏只好咬牙爬起来,打算坚持到走出去,打辆车。

就在这时,有人叫了她名字。

盛昊今天过来替外婆给梁慧婷送家乡的烧鸡,谁想那家里又没人。

他正烦躁,就看到陈星夏一身狼狈地坐在路中间。

"你怎么了?"盛昊扶人,"摔着了?"

陈星夏仿佛看到救星,赶紧把事情交代了,拜托他把衣服送到学校。

盛昊这人一贯热心肠,一口答应下来,但看眼前的女孩这么惨,又说:"我要不先送你去医院?"

"不用,我没事。"陈星夏说,"我会让我同学在学校门口等你,你……"

话没说完,陈星夏就被打横抱起。

盛昊笑道:"前面是你们社区卫生院吧?送那里总行了吧?"

不知道是这抹笑容太耀眼,还是那块黑色军牌又开始闪闪发光,陈星夏觉得自己心里也亮了下,还热了下,"扑通扑通"直跳。

"谢、谢谢你。"

"客气了。"

一如上次的对话。

陈星夏被抱到卫生院,整个人有些飘浮。

但她没忘记正事,又嘱咐了盛昊一遍。盛昊有些中二地学着漫画里的人物,两指并拢点了点眼侧。

"使命必达。"

成功逗笑陈星夏。

谢正他们组的诗朗诵是第三个节目。

他下了台,才知道发生什么事。

苏雨萌自责:"星夏为我还摔了一跤……我这表演个节目怎么那么难?早知道我就不演了。"

"别这么想，夏姐也不会怪你的。"谢正说，"你说夏姐安排谁来送衣服？"

"慧婷阿姨的儿子。"

谢正点点头："我现在去传达室等着，你看着点儿我微信。"说完一转身，看见了严宵。

严宵脸色很不好，非常冷。

"严同学，你怎么在这儿？不是马上到你……"

"她摔着了？"

"啊？啊，夏姐……你干吗去？马上到你了！"

严宵直奔楼梯。

没能出去，找他的老师也过来了，拉住人："你要去哪儿？下一个就是你！"

严宵还是要走，谢正和他说陈星夏没事，人在卫生院，都是皮外伤，现在过去也做不了什么，还是先把演出完成。

"而且，"谢正靠过去，压低声音，"你这时候撂挑子，学校肯定得有说法。夏姐要是知道你因为她受处分，心里会过意不去的。"

几番劝说，严宵还是冷静下来，上了台。

他一开始报的曲子是《小星星变奏曲》，音乐老师还觉得以他的水平不够炸场子，结果他上台之后，把曲子又换成了肖邦的《黑键练习曲》。

那突突的，炸得人头皮发麻。

表演结束，严宵也去了传达室。

谢正已经在等了，两人照面，谢正见严宵沉着一张脸，也不敢贫。

等了会儿，一辆出租车停在学校门口，盛昊下车。

看到严宵，他打了个招呼，说："没耽误你们同学的表演吧？"

谢正忙说："没有没有，谢谢了啊！"

"没事。"盛昊想起什么，勾唇一笑，"幸好完成任务，不然我就在人家面前吹牛了。"

时间紧，谢正没咂摸这话，拉着严宵说回去吧，而严宵看着盛昊，眼珠一动不动。

"怎么了？"谢正问。

严宵没答，还是看着盛昊，隔了几秒，说："麻烦你照顾她，谢谢。"

陈星夏在卫生院上了药。

今天值班的是吴姨，柄柄的妈妈。

都是街坊邻里，大家对陈星夏皮猴的外号也是如雷贯耳，吴姨一边清理伤口，一边念念叨叨。

"这要是让你爷爷看见了，又得心疼。"吴姨说，"多大孩子了？骑车也不看着点儿？"

陈星夏心说摔炮那么小一点儿，哪里看得见？而且谁又知道那个摔炮没被摔开。

"没事。"陈星夏笑道，"回头我去莹芳斋买点儿我爷爷喜欢的点心，他就高兴了。"

吴姨说她贼，小鬼精灵。

但话说回来，东棠里谁家不羡慕陈家有这么个机灵、贴心的姑娘？会疼人的小棉袄啊。

吴姨处理好创面，又仔细检查一遍，确保都弄干净了，说："你妈今天加班去了？"

夏澜在一家会计事务所工作，加班是家常便饭。

"嗯。"陈星夏点头，"我在您这里等药干了就走。"

吴姨说："你还是悠着点儿吧，回头再摔了。柄柄跟他奶奶去市场了，一会儿回来我叫他来扶你。"

陈星夏星星眼："吴姨您就是天使，谢谢吴姨！"
等待的时间里无所事事，陈星夏窝在沙发上刷手机。
话剧节还在如火如荼地办着，不少同学发了朋友圈，关于严宵的占了90%。
△我们学校第一！
△人比人气死人啊！
△这手弹得也太溜了吧？是真手吗？
陈星夏点开视频，听到某人的演奏现场。
居然弹肖邦的《黑键练习曲》，小子挺狂啊！
陈星夏弹琴是没天赋，但好歹是陈教授的女儿，是懂欣赏的。
严宵这曲子弹得像是机器人，手速是够快，也准，但隐隐透着焦躁厌烦，可以说毫无美感，纯为了炫技。
这不符合严某低调的作风啊。
陈星夏皱皱眉，给谢正发了一条微信：有没有出其他事？
谢正那边估计在忙，没回复。
这一大早着急慌张到现在，可算是消停了下来。陈星夏打了个哈欠，揉揉眼，犹豫是再玩会儿手机还是眯一觉，这时，卫生院的门开了，灌进一阵微凉的风。
"小宵？你怎么来了？"吴姨问，"不舒服？"
陈星夏一愣，困劲儿消了一半，探头一看，还真是严宵。
严宵说了声"没事"，走到沙发那边。
陈星夏仰头看他："你怎么来了？"
"完事了。"严宵蹲下，"请假了。"
他查看了陈星夏腿上和手上的伤，确实是皮外伤，不严重，只是样子吓人。
陈星夏又问："怎么就完事了？不是刚开始比赛吗？"
严宵没回答，过去问了吴姨伤口有哪些注意事项，之后回来又蹲在陈星夏身边，背对着人。
"回家吗？"
陈星夏"哦"了声，暂且也不问为什么了，作势爬上严宵的背。
吴姨从办公桌后面走出来，看着这两个小年轻，笑眯眯地说："背着好，要不膝盖那里走路疼。那我就不让柄柄过来了。"
有人来了，陈星夏一改萎靡的状态。
她伏在严宵背上，大有太后出宫的派头，还命令"小严子"带自己去小卖部买酸奶雪糕。
严宵："凉。"
"都什么天气了？早能吃了。"陈星夏说，"快去。"
吃上雪糕，陈星夏觉得自己还能再战五百年。
她吃得开心，但抱怨也没停过，一会儿怨伪劣摔炮，一会儿怨自己看不到话剧，还怨人家建峰路的商场非今天开业。
严宵安静地听她说，等她说够了，问："盛昊带你去的卫生院？"
闻言，陈星夏被点了穴般。
她只是听到了那个名字，心里便漾起层层涟漪，更有种头脑空白，仿佛什么秘密被铺开到阳光之下的紧张。
这一会儿愣神的工夫，严宵脚步慢了下来。

意识到他这是要回头，陈星夏顿感心虚，刚要说话，雪糕化下来的一滴奶油滴到了严宵的脖子上，顺着就往里面流。

陈星夏"哎呀"一声，另一只手钻进严宵的衣领里想给他擦。

严宵抱着人的手顿时不听使唤地松了劲儿。

陈星夏一下子从严宵背上滑下去，两脚着地，震得膝盖疼了下。

严宵立刻转身扶人："没事吧？"

以陈星夏从小到大的受伤程度，这点儿痛算什么。

但面对严宵的询问，她就觉得好疼好疼，抓住这个良机责备回去："你干什么？想害我是不是？干什么突然松手！"

严宵垂眸，抿了抿唇，他想蹲下看看伤口，陈星夏不让，说怕他想别的花招害自己。

不对付又将拉开序幕。

陈星夏盯着严宵，力求在气势上的绝对碾压。

一只黄狗从前面巷子口露头，本想走过去，见他俩在那儿杵着，果断变道。

严宵没有表情地站在原地，半晌，指了下陈星夏的手。

雪糕不知什么时候化得这么厉害，奶油滴了一手。

陈星夏一口气提上来，正要发作，严宵拿走剩下的雪糕扔进了垃圾桶。

等回来看她嫌恶地看着手，小脸皱巴巴的，他拉过她手腕，拽起自己的衣摆给她擦。

少年低着头，表情专注。

他有一双桃花眼，眼尾略有些下垂，平时正常看东西时，带着清冷疏离，但当他看着一个地方不错眼神时，又会给人很深情的感觉。

当然，陈星夏从不会感到"深情"。

她只觉得这双眼睛会骗人，小时候他俩一起犯错，但只要大人们一看到他这双清澈的大眼睛，就啥事都能原谅。

陈星夏的手干净了，见他还算上道，也懒得计较。

更重要的是，她这样一通胡搅蛮缠，估计严宵也就忘了盛昊那茬儿了。

陈星夏提醒："你后背上也有奶油，你回去记得洗。"

严宵点头，重新把人背上。

之前的问题还没有得到答案，但他也没有再问。

陈星夏吃完午饭，补了个午觉，醒来就躺在床上做作业，一直到苏雨萌和谢正来找她。

看到伤口，苏雨萌更自责了。

"我就不该演什么话剧！"她懊悔道，"我今儿一紧张还忘词了，丢死人！"

陈星夏惊讶："又忘？你不是和我背了好多遍了吗？"

苏雨萌严肃："我怀疑我有健忘症。"

不过即便是忘词，高二的《音乐之声》还是拿了一等奖。

虽说就三个年级，且高三的压根儿就是凑个数，但高二年级组长还是在音乐厅激动得落泪。

陈星夏看着谢正拍的照片，笑了笑，问："那今天没什么别的事吧？严宵提前回来，年级组长也没说什么吧？"

苏雨萌和谢正对视一眼，摇摇头。

年级组长确实没说什么，但音乐老师貌似和严宵动了气，找到一班班主任说他表演不走心，还说学习再好也该尊重老师，改换曲子也不知道商量，简直任意妄为……巴拉巴拉。

但严宵不在意，也告诉苏雨萌和谢正别告诉陈星夏，他俩就没说。

三人在陈星夏的卧室里,一时有些安静。

苏雨萌瞥到陈星夏桌上的小熊崽,说:"你给它加了个玻璃罩子?"

陈星夏也看过去。

她特别喜欢小熊崽,屋子里放了各种各样大大小小的小熊崽。

桌上那个,是严宵当年离开临饶时送给她的。

这都多少年了,早洗秃噜毛了。

夏澜说别要了,陈星夏没让,找了一个玻璃罩子把小熊崽保护住,勉强留下做个装饰。

说到小熊,陈星夏想起下周末小动物集市的事。

苏雨萌说:"我来买票,我请客。"

"干吗你请客?"陈星夏不让,"我们还是……"

"你为我摔成这样,这不应该的吗?你就别推托了。"

苏雨萌一根筋,要是不让她这么干,她更难受。

于是,陈星夏说"好吧",又问:"你们查到裙子是谁剪的了吗?"

谢正举手:"这个事已经落在我身上,请组织放心交给我吧!"

陈星夏:"准了。"

该说的事情都说好了,马上就是期中考,苏雨萌和谢正也得回家复习,没在陈星夏这里再多待。

临出门前,苏雨萌想起什么,又说:"星夏,我想着去集市的话,是不是也请慧婷阿姨的儿子去?人家这次也帮忙了。"

陈星夏愣了愣,看向苏雨萌的眼神忽然就多了柔和。

"行啊。"陈星夏揪着被单,"你和严宵说下。"

"我?还是你和他说吧。"

"我不,我懒得理他。"

苏雨萌看向谢正,谢正站出来:"那还请组织把这个任务也交给我吧。"

经过话剧节和期中考的双重洗礼,周五考完那天,大家都觉得如获新生。

四人组照旧在车棚碰头。

陈星夏和苏雨萌已经讨论起明天去集市穿什么,要不要带零食。

"我听说那附近有家比萨店,味道很不错。"苏雨萌说,"我们去吃比萨吧!"

陈星夏一百个赞同。

她把书包放到谢正的车筐里,然后上了严宵的车。

因为膝盖上有伤,陈星夏现在出行有坐骑了,不用自己来。

谢正的后车筐大,放三个书包不在话下。他整理好,问道:"严同学,你和盛同学联系了吗?他明天去吗?"

听到这话的陈星夏,耳朵竖起来变成小雷达。

严宵把自己的书包放到前面车筐,放的力气有些大,车头歪到了一边。

他扶正,低声回了句"嗯"。

陈星夏弯弯唇。

"那咱们明天就还是在骑士铜像见。"苏雨萌说,"坐地铁去。"

临饶的春天已经进入尾声,夏日热意初现。

陈星夏哼着小曲,看掠过的风景。

刚才和苏雨萌讨论明天穿搭的时候,意见有些不统一。

于是,她问严宵明天她是穿牛仔裙好,还是百褶裙好。
前面红灯,严宵按下刹车。
陈星夏因为惯性头碰了碰他后背,听他说:"穿裙子?"
"对啊,我不能穿?"
和大多数爱美的女孩一样,陈星夏也爱美,还是特别爱的那种。
可她自己都没有发现,因为好动的性子,她其实平时不太会穿裙子,怕穿了影响她皮猴的发挥。
严宵握紧车把,半天不说话。
陈星夏一个劲儿戳他,非逼他开口不可。
最后,严宵说:"你腿上的伤能穿裙子?"
她把这事儿忘了。

去集市这天,天气格外好。
陈星夏又是最后一个到的骑士铜像,出现时,小小惊艳了一下其他人。
今天的她穿了一件粉色卫衣,搭配浅色牛仔背带裤,万年不变的高马尾斜编成麻花辫垂放在胸前,清纯甜美又元气满满。
"这也太好看了吧!"
苏雨萌跑过去围观,骄傲得不行,她姐们儿太给她长脸了。
谢正也竖起大拇指,夸赞不愧是夏姐。
至于严宵,无任何表示。
陈星夏难得有些害羞。
她心里其实挺没底的,因为这不是她喜欢的颜色,她喜欢蓝色。
可网上都说女孩子穿粉色好看,她就把表姑去年去国外旅游给她带回来的这件衣服翻了出来。
陈星夏别别耳边的碎发,余光扫了一圈四周,说:"等等就出发?"
"咱们现在走。"苏雨萌挽上闺蜜,"严宵说慧婷阿姨的儿子直接过去。"
陈星夏"哦"了声,心里有些失落。

东棠里这片区域十几年前是临饶的中心。
这些年为了保护老城区,政府就渐渐把中心向北边转移,但崇光路这一带依旧是交通枢纽,许多地铁线路都在这里设置站点。
陈星夏他们到了地铁站,一个词形容:人山人海。
好不容易挤上地铁,里面也是人挤人,还不如外面,起码空气流通些。
陈星夏随人流走到了车厢和车厢连接处的位置,旁边站着一位中年大叔,还有两位阿姨。
"星夏,我们在这儿了啊。"苏雨萌挥手,"南狮子路站下车。"
陈星夏说"知道了"。
路途较长,陈星夏闲着也是闲着,就用手机看起了建筑杂志。
受陈沛山影响,陈星夏非常喜欢建筑设计,大学想考土木工程专业。
夏澜总说女孩子学这个将来太辛苦,可也从没反对过,家里人总是支持和尊重她的想法。
陈星夏看得认真,就没太仔细握着把手。

她站的位置又晃得比较厉害,有一站停得比较粗暴,乘客们集体成了歪脖树。

陈星夏也不能幸免。

只是她在倒之前看到身边那个大叔看自己的眼神,顿时不太舒服,这万一叫他挨着了,不得恶心死?

她想躲,可是没地方。

正想着要不拿包挡一下,严宵也不知道什么时候挤到了她身边,扶了她一下。

最后,大叔倒在严宵怀里。四目相对,大叔反应过来后,嘴角抽搐,火速在这站下了车。

陈星夏抓着严宵的手臂,笑了半天。

地铁上人还是很多,但陈星夏身后有了严宵,他帮自己隔绝掉周围的人,她就可以安心看杂志了。

"你看这个,典型的巴洛克式,设计是不是很大胆?"

陈星夏指给严宵看,严宵弯下腰从她脸侧探过去,看到画面里的建筑,点头赞同。

她还给他指了很多细节地方,说着一些专业上的词汇。

严宵在听,但心思克制不住飘到别处。

她很少穿粉色,而粉色衬得她格外白,不管是衣领处露出的那一截脖子,还是袖管处露出的纤细手腕,就像桃花下面生长着的嫩枝,柔软、脆弱,带着淡淡芬芳。

严宵抿抿唇,想要直起身子。

这时,地铁来到一处换乘站,大批乘客再次拥了进来。

陈星夏和严宵从原来的位置被挤到了车厢里。

陈星夏拽着严宵的衣角,站到角落,严宵再次充当起盾牌,帮陈星夏抵御人流。

移动中,严宵的手就放在陈星夏腰间。

陈星夏对此并无反应,哪怕在他们站好后,她也没察觉那只手没有移开。

严宵呼吸稍沉,垂眸看着身前的人。

她几乎快要贴着他站,一缕头发搭在他手臂上,心无旁骛地看着杂志,完全不设防。

几秒后,严宵把手放下,并向后倾了倾身体。

南狮子路站到了。

陈星夏一行人从地铁站出来,还没玩就有点累了。

苏雨萌说赶紧去外面喘喘气,歇一会儿,要不然待会儿没有战斗力。

调整过后,四人来到集市检票处。

按照约定时间,盛昊应该已经到了,却不见人。

"是不是遇上堵车了?"谢正问,"严同学,要不你打个电话问问?"

严宵刚拿起手机,盛昊来了。

他身后还跟着两个男生,看身高、体型,也是体育生。

"他们是我同学,一听我要出来玩就跟着了。"盛昊说,"他们自己都买好票了,在那儿验码是吧?"

盛昊示意同学先过去,然后和苏雨萌他们正式自我介绍。

苏雨萌:"衣服的事真是谢谢你了,辛苦跑一趟。"

"没什么,举手之劳。"盛昊说,"咱们现在进去?"

大家往验码处走。

看到陈星夏,盛昊关心道:"身上的伤好些了吗?注意别沾水啊。"

陈星夏道了谢,说已经快好了。

验码完成,每个人手上多了一个纸质手环,凭借手环可以进入集市区域。

苏雨萌来到陈星夏身边,小声说:"慧婷阿姨这儿子很帅啊。"

"你也觉得帅?"陈星夏有些小激动,"是不是气质特潇洒?"

苏雨萌心说潇洒是蛮潇洒,但谈不上是气质,盛昊给她的感觉……她不知道怎么形容,总之,就是和他们这种按部就班上学的学生不太一样。

"那边是不是卖小动物明信片啊?"苏雨萌管他是什么气质,"我们去看看!"

女孩对这些可爱事物没有抵抗力,陈星夏和苏雨萌也不例外。

谢正跟在她们屁股后面,逮着机会就科普一些哺乳动物的知识,严宵则保持往日的沉默。

隔着些距离,盛昊对严宵说:"我听说你学习特别好,是你们学校的尖子生。厉害啊!"

这话要是说给"社恐",得到的应该会是尴尬;说给"社牛",可能得到圆滑的客套。

但说给严宵,那就是——没有回答。

盛昊看着他等下文,严宵面不改色,见陈星夏他们又往前走了,便说:"走吧。"就先走了。

盛昊愣了愣,他的两个同学过来问怎么个意思。

"学霸,"盛昊挑眉,"多少有些脾气。"

陈星夏和苏雨萌来到一个卖帽子的摊位。

这里卖的帽子全是小动物耳朵的造型,毛茸茸的,特别可爱。

陈星夏发现一顶小熊帽,想着某人戴上一定好玩,就把严宵喊了过来。

严宵站到陈星夏的身边,看她还是那么喜欢小熊,嘴角不自觉弯了弯。

"你低头。"陈星夏勾勾手。

严宵知道她要干吗,没动。

"低头啊。"陈星夏又说,"我用你当个模特,这是信任你。"

还是没动。

"怎么,我还请不动你了是吧?"

三次不成,陈星夏就要上手,和严宵料想的一样。

他刚要配合,陈星夏却突然停住动作,转身说了句:"算了,你头大。"

陈星夏把小熊帽子放回原处。

刚才,她是想给严宵戴上的,可当她看到盛昊往这边走来,就改了主意。

"星夏,你看这个兔子的可爱吗?"苏雨萌问,"我戴怎么样?"

陈星夏又往那边瞄了一眼,见对方并没有注意到他们这边,稍稍松口气,说:"好看,适合你。"

"那我这个呢?"谢正插话。

他戴了一顶青蛙耳朵的帽子,还学着"呱呱"了两声,惹得周围人都笑了。

陈星夏继续看别的,严宵问:"不买?"

她知道他说的是小熊帽子,摇摇头说:"不了,我有顶差不多的。"

逛到一半,有一家卖奶茶的小店。

盛昊说他请大家喝,就算是他来东棠里交朋友的见面礼。

于是,一行人人手一杯奶茶,坐在路边一边喝一边歇脚。

谢正这人话痨,嘴闲不住,问:"盛同学,来临饶这边还适应吗?"

"叫我盛昊就行。"他说,"挺好的。你们这边玩的比我们那里多,就是吃的东西偏咸,我们那里喜欢吃辣。"

谢正说:"辣还是少吃,容易上火。而且我们这里气候干燥,辣吃多了更……"

苏雨萌把奶茶撑谢正嘴里,叹了一口气:"不好意思。我表弟活得比较像大爷。"

盛昊直笑:"没事。你们都住东棠里?一起长大的?"

谢正解释住东棠里不假,但一起长大稍有偏颇。

苏雨萌一家是她小学五年级时搬到的东棠里,谢正更晚,初二才来。

四个人总是一起,主要是因为苏雨萌和陈星夏关系好,而陈星夏和严宵是发小,谢正相当于"充话费送的"。

听到这儿,盛昊看向严宵,笑了笑说:"青梅竹马啊,挺让人羡慕。"

严宵还是不说话,把口袋里的餐巾纸递给陈星夏。

陈星夏下意识就接了,接得相当自然,完全没听出盛昊话里是不是有别的意味。

但她觉得她该说些什么,不然显得傻呵呵的。

可刚要开口,盛昊的手机响了。

他手里拿着奶茶,滑屏幕的时候没操作好,碰到了扬声器,里面传出来一个女孩子的声音。

盛昊见状又把扬声器关掉,和大家指指旁边,去讲电话了。

他一走,谢正又跟他那两个同学聊上,聊得也一套一套的,自来熟得很。

陈星夏盯着手里的杯子,有些发呆。

"有仙豆糕。"严宵问,"吃吗?"

陈星夏回过神,见那边盛昊笑容满面地讲电话,闷声说:"都行。"

之后再往下逛,陈星夏多少有些心不在焉。

"星夏你看!"

苏雨萌指着一个娃娃机,里面装满各种各样的玩偶。

"和市面上的那些不太一样哎。"苏雨萌说,"好可爱。"

这些玩偶的设计师就在旁边,她说这是她和好友设计的,每一个都是独一无二的,全在娃娃机里了。

这么一听,陈星夏又来精神了。

她在玻璃前搜寻,找了一会儿,在最角落也是最难抓的位置,看到小熊崽。

陈星夏和苏雨萌对视一眼,心照不宣。

两人去前面交钱买游戏币,就见严宵和盛昊刚刚买完回来。

盛昊掂了掂手里的游戏币,笑着说:"就一个机器,怎么办?"

"你说。"

盛昊还是笑:"那不如一人一局,谁先抓上来,谁赢。"

一个抓娃娃的游戏而已,现在成了竞技场。

不少游客过来围观。

严宵和盛昊,两个完全不同风格的少年,几乎是一动一静,一冷一热,就连穿的衣服也是严宵浅蓝,盛昊深黑。

不过不同虽多,相同点却也明显:养眼。

看热闹的人越聚越多,谢正兴奋地"苍蝇搓手":"我要是现在组织个下注,能不能赚一波啊?"

苏雨萌:"去派出所待一波是稳的。"

陈星夏看着娃娃机前的两人,觉得有些莫名其妙。

尤其严宵,他根本不玩这些,参加干吗?

"你先吧。"盛昊说,"学霸优先。"

严宵没理会这个揶揄,也没虚伪谦让,投币。

他手按下去的那一刻,陈星夏心脏跟着"咚"地跳了下。

严宵是真没玩过娃娃机。

他把爪子移动到角落位置,那爪子松垮垮,放下去的时候都没碰到玩偶,撞了下墙就结束了。

盛昊见状,似笑非笑。

他的两个同学就不怎么隐晦了,直接笑出声。

他们一笑,本着好玩心态的苏雨萌和谢正一下子不笑了。

虽说严宵跟他们关系不怎么近,即便天天一起上下学,话也说不上几句,但四人组就是四人组,是一体的。

这样的嘲笑一下点燃胜负之争的火焰。

苏雨萌清清嗓:"没事,严宵!第一把先熟悉熟悉!"

"没错。"谢正拍手,"严同学,拿下它。玩娃娃机,咱们也要做第一。"

两人一唱一和说完,看向陈星夏。

苏雨萌:"星夏,你也说两句啊。"

陈星夏抿了抿唇。

其实她的心情和苏雨萌、谢正一样,不喜欢别人笑严宵,总觉得这是一荣俱荣,一损俱损。况且,严宵能轻松利用微积分计算出曲线长度,他们行吗?也好意思笑。

可这些她都没说出口,因为此时此刻,盛昊投币了。

陈星夏下意识屏住呼吸,也不清楚自己是希望盛昊能夹上来还是夹不上来。

要是他夹上来了,严宵面子往哪儿放?开局就出局。

好在盛昊也不是游戏神,第一把同样失败。

陈星夏松了口气,想过去和严宵说别玩了,结果这人不知是上头了还是怎么的,很快又投了币。

严宵和盛昊你一轮、我一轮,没完没了。

看热闹的起初还觉得有意思,后面就都看腻了,纷纷离开。

只有苏雨萌和谢正还在真情实感地在心中默默祈祷:不能输,四人组不能输!

盛昊的同学看看时间,催促:"那边人都到了。"

闻言,盛昊"啧"了声,又投下一枚游戏币。

他从容地按下按钮,漫不经心地看着里面的玩偶,说:"抓不到很正常,学霸不擅长玩这些东西。"

话音落下,一个玩偶掉进通道,从下面出口出来。

盛昊拿起玩偶,晃了晃,笑道:"承让了。"

他同学围过来,说他磨磨叽叽,早抓上来不就完事了吗?

盛昊笑而不语,走到陈星夏面前,把玩偶递过去:"这个送你,能帮我个忙吗?"

陈星夏"啊"了声,一脸蒙地看着苏雨萌和谢正。

盛昊也看着这两人,又说:"一会儿有点儿事。等下次,我请你们吃饭。今天的话,这个玩偶就算了。"

言外之意,只有陈星夏有份儿。

"礼物"来得过于突然,陈星夏还不太能感到喜悦,问:"你要我帮什么忙?"

盛昊指了指前面一个卖发饰的摊位,解释:"我表妹刚才给我打电话,知道我在外面玩,想让我从临饶给她买个小礼物寄回去。"

电话?表妹?

唔摸过来这话意思的陈星夏终于感到了开心,她压了压快到嘴边的笑意,忍不住再确认一遍:"刚才是你表妹给你打电话啊?"

"对呀。"盛昊笑出声,说着,又指了一次摊位,"帮我一下吧。我是真不会挑,麻烦了。"

陈星夏说不客气,和盛昊去了摊位那里。

苏雨萌和谢正留在原地,你看看我、我看看你,也品不出心里是个什么滋味,就觉得这是输了?

这时,严宵过来,给了他俩一人一个玩偶。

是一只小黄鸭和一只柴犬。

谢正:"这哪儿来的?"

不远处的小姐姐帮忙回答:"刚抓的,一口气抓两个。厉害!"

苏雨萌&谢正:所以这波我们到底输没输?

严宵无法回答,他看着陈星夏和盛昊说笑的样子,半天没动地方。

盛昊和他同学没留下吃午饭,先行离开了。

陈星夏振臂一呼,说请大家吃比萨,还点了好多炸鸡和薯条,表示吃完再去别的地方逛逛。

这一天玩得痛快,回到东棠里已经日落。

临进巷子前,严宵说了句有事,便又往回走了。

苏雨萌碰碰陈星夏的胳膊,说:"我怎么觉得严宵不太高兴呢?"

"有吗?"陈星夏没注意,"他天天不都这样?你把玩偶拿出来,我看看。"

因为背的是小挎包,容量小,陈星就把玩偶放到了苏雨萌的包里。

刚才要不是地铁上人那么多,她早就拿出来看了。

苏雨萌把三个玩偶都拿了出来,谢正也不说让让,歘地夺走柴犬玩偶,说自己要这个。

苏雨萌白他一眼,看了看陈星夏手里的小猴子。

她记得她小学刚转过来,五年级的时候,学校组织去动物园,陈星夏被一只猴子揪过头发,从那以后就和猴子们结下梁子,不喜欢猴子玩偶。

于是,苏雨萌说:"星夏,我和你换吧。"虽然她更喜欢小黄鸭。

可谁想陈星夏不肯,还说:"小猴子挺好的啊,我要这个就行。"

苏雨萌有点儿不明白,但见陈星夏是真的想要猴子,也就没再多说什么。

三人在骑士铜像前分别。

陈星夏回家,"大阿哥"见了她照旧是高声播报:"小满回来了!我们家皮猴小满回来了!"

陈星夏今儿心情好,姑且原谅"大阿哥"的造次。

她进屋洗手,把猴子放到房间后,去厨房找夏女士。

夏女士正在剁馅儿,剁得震天响。

陈星夏贼兮兮地潜伏过去,偷了两块火腿,塞嘴里:"妈,知道的您是要做饺子,不知道的以为咱家改杀猪厂了。"

"啪!"

夏女士一刀入菜板,冷声道:"做给你吃、做给你喝,你还挑剔起我来了是吧?"

好大的火气。

陈星夏收回还要伸向火腿的爪子,咕哝:"谁又惹你了?我一天都没在家啊。"

"谁惹我了?"夏澜抄起菜刀又一番猛剁,"你们父女俩,我光是看见了就闹心!"

敢情是因为陈教授。

陈星夏又打听了下,根本原因是陈教授说好今天回家,可出差的地方有当年的老同学,对方盛情相邀,陈教授不好推托,就答应留下观光两天。

"出去一趟,家都不回了,要疯了吧?"

"也不是不回啊,是晚……"

"还有你!"

夏女士扭过头,目光炯炯:"别说我没提醒你,还有三个月升高三。该放松的时候玩玩是可以,但你别分不清主次。"

陈星夏点头如捣蒜,夹着尾巴跑去楼上了。

简直殃及无辜。

二楼,陈沛山房间的门敞着。

老人听着歌剧,声音没有调得很大,靠在藤椅上睡着了。

陈星夏见状,蹑手蹑脚地进屋,关掉留声机,又拿了毯子,打算给爷爷盖上。

刚靠近过去,陈星夏又看到爷爷膝盖上放着的铁盒。

那里面是陈沛山和老伴何筱桢过去的来往信件。

据说,陈沛山对何筱桢是一见钟情。

陈沛山是理科生,不懂风花雪月的浪漫事,就想了一个笨法子,给何筱桢写情书。

但所谓情书,里面的内容大多跟流水账差不多,是陈沛山的一些日常分享,以及一些土味情话。

何筱桢一直保留着这些情书。

后来,陈沛山支援国家建设,四年没有回家,何筱桢便又开始给陈沛山写信。

两人一来一往,就积攒了这厚厚的一沓。

陈星夏想把铁盒移开,才碰到盒子边缘,陈沛山就醒了。

老人睡得迷糊,看着陈星夏的目光有一瞬湿润的恍惚,片刻后,才说道:"是小满啊。"

陈星夏蹲在陈沛山身边,说:"爷爷又想奶奶了。"

陈沛山摸摸孙女的脑袋,笑了笑,然后将铁盒仔细盖好,放进床头柜的抽屉里,上了锁。

其实,陈星夏对奶奶并没有具体的印象。

奶奶是在她一岁半时去世的,她根本没有两人相处的记忆,但神奇的是,她始终觉得奶奶是亲切实在的,并不单薄。

这可能是因为陈沛山,也可能是因为她的小名。

——何须多虑盈亏事,终归小满胜万全。

小满,是奶奶给她起的。

陈星夏扶着陈沛山坐好。

陈沛山问:"和小宵他们玩得还开心吗?"

"开心。"陈星夏说,"比萨也好吃,回头我请您吃。"

陈沛山笑着说"好"。

"爸。"

夏澜在楼下喊了一声，说是黄伯伯串门来了。

黄伯伯是陈沛山的棋友，两人交情不浅，但黄伯伯一般没事不会登门。

陈沛山下楼，陈星夏坐到藤椅上晃悠玩。

陈星夏抬起头，她对面的柜子上摆着何筱桢的照片，照片前有一束新鲜的玫瑰，是陈沛山每天去花店买来的。

望着奶奶，陈星夏产生了一个不是很大胆的想法。

周一，牛肉面时间。

陈星夏难得没踩点儿来，到得挺早，帮着苏雨萌一起改作业。

谢正在旁边吹着保温杯里的菊花茶，说："夏姐心情不错啊，有什么好事吗？"

谢大爷还真是心老眼却尖。

陈星夏笑道："就是想通了一些事。"

谢正点点头，想问什么事，突然听到苏雨萌大喊一声："这题怎么没一个步骤和我一样！是我的问题吗？"

陈星夏看看，这题昨晚她做的时候也摸不准，卡了好久。

"问问严宵，他肯定……严宵呢？"

"来晚了。"谢正咂口热茶，"我还是第一次见他迟到。"

严宵是迟到了，但也就比约定时间晚了五分钟，跟陈星夏这种懒觉选手比，还是强很多的。

"昨晚挑灯夜战了？"陈星夏看他眼下有层淡淡的乌青，故意调侃，"学霸真是争分夺秒啊。"

严宵稍调整下呼吸，说："走吧。"

四个人又幸运地买到了牛肉面。

陈星夏和严宵先落座，苏雨萌和谢正去排队买南瓜饼。

老样子，陈星夏把鸡蛋推给严宵。

严宵擦了擦手，开始剥。陈星夏就观察他——是有些没睡够的疲惫。

"你到底几点睡的？"她问，"不会不舒服吧？"

严宵摇头："没事。"

看他这样子也不像在说谎，陈星夏卷了一筷子面，送到嘴边吹吹……吹了半天。

直到严宵把分出来的蛋黄放她碗里，她放下筷子，问了句："你现在和盛昊熟吗？"

严宵收回去的手停顿了下，低声道："不熟。"

"哦。"陈星夏挠挠脸颊，"那你现在每个周末都能见他？"

"不一定。"

"可慧婷阿姨……"

"啪！"

严宵蓦地放下筷子，陈星夏一愣，两人四目相对。

周围学生来来往往，各种说话声交织，严宵嘴唇微动，似乎想说什么，但最后又低下了头。

碎发挡住他的眉眼，陈星夏感觉不对劲儿，他是心情不好吗？

"你怎么了？"陈星夏问，"是不是遇到……"

严宵："没有。"重新拿起筷子，"昨天看书看得比较晚。"

难怪了。

陈星夏知道他这毛病，一旦看书看进去了，时间什么的就都忘脑后了。

陈星夏给他夹了一片牛肉，笑道："我还以为你不开心呢。书再好看也要慢慢看，再说了，你少看十本也耽误不了你做学霸。"

严宵没言语，专注吃面。

随后，谢正和苏雨萌回来，严宵吃得差不多，就说去教室上自习，先走一步。

苏雨萌纳闷："怎么了这是？"

"看书看得魔怔了。"陈星夏解释。

苏雨萌心说怪不得人家学习好，她看书只有怔。

"哎，听说理科成绩都出来了。"谢正说，"语文估计明天也差不多。"

苏雨萌哭丧着脸："我的好日子要到头了。"

谢正："万一你这次考得不赖呢？"

"你在拿我找乐子吗？"苏雨萌说。

姐弟俩又掐起来。

陈星夏"煽风点火"，心里却还想着，她需要严宵帮忙，可严宵看起来并不那么乐于助人。

陈星夏叹口气，谢正夺回他的香菇，说："快些吃吧，我一会儿还得去办大事。"

"什么大事？"苏雨萌问，"上厕所啊？"

"待会儿你们就知道了。"

这个"待会儿"是第一节课下课之后。

五班的八卦小分队带来一手消息，说是十二班的岑璐被叫到教导室。

原来，谢正口中的大事就是去举报岑璐剪了苏雨萌的戏服裙子。

要说岑璐看苏雨萌不顺眼，很多人都是知道的。

刚开学时，话剧节选演员，岑璐和苏雨萌因为唱歌都好听，就去竞争了同一个角色，可结果就是岑璐输了。

岑璐不是那种乖学生，因为这事没少挤对苏雨萌。

但挤归挤对，都是同学，谁也没想到岑璐还能干出来剪裙子这种事，这是要玩死苏雨萌的节奏啊！

知道真相，苏雨萌气坏了，也去了教导室。

她一着急就嘴笨，好在谢正在，他从品性道德说到了这是思想缺失的高度。教导主任觉得非常有道理，让岑璐回去写检查，周一升旗的时候当着全校师生的面念。

这口气总算是出了，直到放学，苏雨萌都觉得心情舒爽。

陈星夏也说谢正这次可是办了一件漂亮事，值得嘉奖。

"什么奖不奖，一切为了正义。"谢大爷作揖，"我也就是出了点儿绵薄之力。"

苏雨萌笑道："说你胖还喘上了。走！小鹿家，我请客。"

刚好午休时间，一行人离开学校。

陈星夏今天恢复自己骑车了，不再享用"严坐骑"，也就没办法和他说点儿悄悄话。

况且，从早餐过后，严宵就看起来格外冷淡，也不知道看的是什么书，看得筋都搭错了。

四人来到东棠里商业区。

在距离小鹿家还有一条街时，有家店铺前面围了好多人。

谢正率先去探消息，回来报："是一家新开业的甜品店。在搞开业活动，说是玩游戏赢的人今天可以享用霸王餐，还送一对限量马克杯。"

这就有点诱人了。

陈星夏他们把车停在不碍事的地方，过去凑热闹。

为了招揽路人多参与活动，店家搞的是默契大拷问这个游戏。

就是两两一组，背对着站，主持人问完问题后，两人分别在白板上写下答案，答案一致就算赢。

游戏过于老套，综艺节目里不知看了多少遍。

但话又说回来，真去玩和单纯看，还是不一样的，很多人参与完了，哪怕没赢到奖品，也是乐呵呵的。

"我来。"苏雨萌撸撸袖子，"星夏，咱们走。"

陈星夏和苏雨萌信心满满地报名参加，第一轮就败了。

主持人问苏雨萌最爱吃的东西是什么。

陈星夏写的奶油曲奇，苏雨萌写的芝士蛋糕。

陈星夏："你上次吃曲奇，不是说这是你一生最爱吗？"

苏雨萌："我的最爱太多了。"

后面，陆陆续续又有其他人参加，基本上都是一轮游。

苏雨萌为了霸王餐，又拽着谢正上去。

两人第一轮居然答对了，可第二轮又失败，还是白搭。

有人说："没人能答对三道，我亲妈都没那么了解我，我也不了解我亲妈。"

大家笑起来，主持人说："我们五点开始搞活动，到现在也还没见到三道都答对的。刚才老板给我发微信，说是只要今天有人都能答对，我们赠送三次霸王餐！"

苏雨萌激动地抓着陈星夏："三次啊！白吃三次！星夏，我们……你和严宵是不是还没试过？"

从开始站这里凑热闹起，严宵就跟透明的似的。

要不是陈星夏被人挤到时，回头总能看见严宵，她都以为严宵回家了。

他到底怎么了？是不是遇到事了？

陈星夏看向严宵，问："你想参加吗？"

严宵也看着她："你想吗？"

她点头。

"那试试吧。"

陈星夏和严宵报名。

主持人看他们穿着一样的校服，笑着说："祝二位好运哦。"

第一道题，送分题：陈星夏最爱吃什么？

几乎没有一秒犹豫，陈星夏和严宵同时写下答案：甜宝栗子。

第二道题，说简单也简单，说难也有些难：陈星夏给严宵的微信备注是什么？

苏雨萌看向谢正："你知道我给你的备注是什么吗？"

"谢歪？"

"错。"苏雨萌摇头，"是表弟。"

所以，这个问题看着好答，却不一定就能对，毕竟很少人会去关注。

但严宵很快写下答案，反倒是陈星夏想了想才写出来。

结果，又一次答对了。

就是这个答案，看得在场人啼笑皆非。

"无敌讨厌宵。"

陈星夏脸色通红，恨不得找个地缝钻进去。

她以前没觉得这个备注名有问题，严宵就是讨厌，特别讨厌，但现在写出来，倒感觉她给人家起这个名字才是中二。

不过，严宵怎么会连她的备注都这么清楚？

主持人："哇，最后一道题了。两位能成为我们今天的默契王吗？"

默不默契不知道，反正脸是丢完了。

陈星夏扭头看了眼严宵。

他单手拿白板，略低着头，背影瘦瘦高高，似乎没计较那个备注名。

陈星夏舒口气，想着知道啥写啥好了。而苏雨萌和谢正紧张得脚趾抓地，能不能白吃白喝就在此一举了。

第三道题，也是最后一道：严宵最爱看的书是什么？

苏雨萌＆谢正：完蛋，这位爱看的书很多，很多。

苏雨萌："《高中奥数专题讲座》吧，我看他写过。"

谢正："他还看过物理和化学的呢。"

苏雨萌十分无语。

"依我看，"谢正摸摸下巴，"严同学对航天一直很感兴趣，应该是《飞行器设计与分析》才对。"

这什么玩意儿？

苏雨萌刚想反驳，人群里爆出惊呼。

陈星夏和严宵已经写完答案，并且答对了。

——安托万·德·圣埃克苏佩里的《小王子》。

主持人和在场观众全部鼓掌祝贺，只有苏雨萌和谢正二脸蒙。

等陈星夏和严宵一回来，他俩一人拉住一个问为什么是这本？

陈星夏心想这有什么了，理所应当道："他小时候就爱看这本，现在也还看。一直放在床边。"

严宵则简单多了："就是这本。"

苏雨萌＆谢正：七中第一的枕边书是一本儿童文学？

说出去谁信啊。

主持人过来给陈星夏三张霸王券，还有马克杯。

"你们今天想吃吗？"主持人问，"现在就可以用，进去随便点。"

还在一脑门问号的苏雨萌和谢正眼前一亮，果断进店——严宵爱看什么书就看什么书。

陈星夏跟在他们后面，打开礼盒查看，马克杯一个粉色、一个蓝色。

她把蓝色的拿走，粉色的塞严宵手里，美其名曰："你的生活该有些颜色点缀。"

这种得了便宜还卖乖的事，陈星夏早对严宵做习惯了，严宵也从来没说过什么。

可这会儿，她说完话对上严宵那张清冷脸，又有些犹豫。

"你是不是心情不好？"陈星夏问，"要是你不喜欢粉色，我……"

"我有话和你说。"

这不是巧了吗，她也有话和他说。

陈星夏跃跃欲试，严宵又说："周六，我们见面。"

还要周六啊。

不过这样也好，她也可以再想想。

陈星夏点头："行，那周六。"

第二章

流泪的风险

这周五值日轮到了陈星夏和苏雨萌。

去楼下垃圾集中处倒垃圾时,苏雨萌问陈星夏明天要不要一起写作业。

东棠里有个公共图书馆可以上自习,他们总去。

陈星夏说:"上午不行,下午我去找你。"

"好。"苏雨萌点头,"那我和'谢歪'先去占座。"

说曹操曹操到,谢正和严宵刚好从楼上下来,两人各自抱着一摞作业,给老师跑腿。

谢正问:"你们快完事了吗?"

"马上。"苏雨萌说,"一会儿回教室收拾书包。"

谢正点头,这时,楼上又下来几个人——岑璐和她的小姐妹们。

冤家路窄。

对上岑璐看过来的目光,苏雨萌撇了撇嘴。

苏雨萌最讨厌耍阴招的人,但岑璐下周一就要检讨,事情也算有了结果,她也不想不依不饶。

苏雨萌这边想得开,而岑璐不行。

岑璐示意身边的小姐妹们等会儿,自己走下来。

陈星夏下意识挡在苏雨萌前面,但谁想,岑璐找的是谢正。

谢正一贯嘻嘻哈哈,笑着说:"岑同学好啊。"

"好个屁!"岑璐气道,"上次在教导室你挺能说呀,这么能说怎么不去说相声?"

谢正:"不才,鄙人还真会。竹板这么一打啊,别的咱不夸,夸一夸……"

岑璐的小姐妹中有人憋不住先笑了。

陈星夏看岑璐憋得也挺费劲儿,但怎么说也是带头大姐,到底是忍住了。

"闭嘴。"她喊道,"找打是吧?"

谢正还是笑:"哪能啊?我又没病。"

接连碰了两次软钉子,岑璐气势有点崩。

陈星夏拉拉苏雨萌，又看了眼严宵。严宵会意，和谢正说："走吧，老师还在等。"两人往办公室方向去。

谢正路过岑璐身边时，岑璐冷笑一声，用只有他们能听见的声音说："你给我等着。"

二十分钟后，大家在车棚会合。

陈星夏解车锁的时候，严宵在她旁边，她便问："明天去哪儿？那家甜品店的霸王券还有两张呢。"

严宵说："去小星星。"

"小星星？"

这一嗓子声音有点儿大，苏雨萌那边问怎么了。

陈星夏说没事，看向严宵再次确认，严宵点头。

小星星是一家星空主题西餐厅，很多博主都去打卡。

在那里，不仅可以吃到好吃的特色菜，还跟置身在星海里一样，非常浪漫。

就是对学生来说，太贵了。

严宵怎么会想去那里？

陈星夏想不通，但严宵已经迈上车先出去，没给她提问的机会。

转天，周六。

陈星夏睡了个美美的懒觉。

眼看快要到约定的时间，她也不着急，慢悠悠地从柜子里拿出平时穿的衣服，梳好头就出门了。

严宵已经在骑士铜像等。

他今天穿了一件深蓝色的带帽卫衣，下面是一条卡其色的休闲裤，气质清冷，抬头看着巷子里老桂花树的侧影，像是漫画里的俊朗少年。

陈星夏再看看自己穿的蓝色开衫和牛仔裤，觉得逊色不少。

不过这是她最舒服的穿搭，她一向这么穿。

陈星夏过去，说："别拗造型了，走吧。"

严宵转过头，递来一份芝麻糕，是巷子前面一位老爷爷卖的，卖了十几年。

陈星夏爱吃这个，接过去，心说正好她起得晚没吃早餐。

两人从东棠里出来，去了公交车站。

其实坐地铁更快些，但公交车是直达，人也不会那么多。

车站旁，等车的人三三两两。

陈星夏闷头踢石子玩，时不时偷瞄身边的人一眼。

该怎么开口呢？他会不会笑话自己？

陈星夏昨天做了一晚上的心理建设，现在临门一脚，建设也塌得差不多。

"那个……"

"嗯？"

"我……数学卷子的最后一道大题你写出来了吗？"

五班和一班是一个数学老师，每次留的作业都一样。

也因此，陈星夏总能看到铁面无私的数学老师在提起严宵时，那和蔼的模样。

严宵说："还没写。"

没写？

这可不像严学霸的作风，他一般周五晚上就会把常规作业都写完，剩下的时间做难题。

"那、那物理你……"

"你是不是有事？"严宵一语戳穿。

陈星夏抿抿唇，还是问不出来，只好转移话题："你不也说有话要和我说？要不你先说吧。"

这又轮到严宵犹豫。

正好公交车这时候来了，陈星夏又道："算了，我们吃饭的时候再说吧。"

能拖一会儿是一会儿。

车上，最后一排还有个双人座。

陈星夏进到里面坐下，见严宵摘下书包，就问包里装的是什么，鼓鼓囊囊的。

挺简单的一个问题，可严同学"又又又"不说话。

有时候，陈星夏会问自己，究竟是造了什么孽，才会摊上这么个竹马。别人都是互帮互助一起长大，她是没事净找沉默。

陈星夏"哼"了声，别过头看窗户外面，不说就不说，谁还不是高贵冷艳了？

过了一会儿，陈星夏听到背包拉链打开的声音。

她立马转头看过去，而严宵更是个精的，从里面拿出东西就把拉链拉上，拉得严严实实。

"严宵！"陈星夏不乐意了，"你小不小气？我看……"

"喝吗？"他递来一瓶草莓汁。

别说，芝麻糕吃完之后，她一直想喝东西。

陈星夏瞪着眼睛，后半句"我看看怎么了"含在喉咙里，愣是说不出来。

几秒后，她夺走瓶子，但严宵没有松手。

陈星夏又要急眼，正要爆发，严宵替她把盖子拧松递了回来。

虚晃一枪是吧。

陈星夏又气又不气的，或者说，她也不知道自己该不该气。

迷糊了一会儿，她喝下草莓汁，嗓子一舒服，是真不气了。

公交车摇摇晃晃地开，像个大摇篮。

陈星夏明明睡得够多，这会儿还是不由自主地眼皮打架。

看了眼某人非常好睡的肩膀，她忍了忍，没有靠上去。

他们是青梅竹马不假，但毕竟都长大了，有些动作再做就越界了。

不过——

陈星夏又看了一眼某人肩膀。

现在要比初中那时候宽了很多。

她记得那一次，是她参加绘画比赛。

考点特别远，从东棠里自驾开车都要四十分钟路程。

偏巧比赛当天，家里人还都有事，没人能送她去，夏澜没办法，就问严宵能不能辛苦一下，做个伴儿。

那场比赛，陈星夏画得不顺利。

现场素描，她因为生理期前吃冰激凌，肚子疼得笔都握不稳。

等她从考场出来，严宵就在马路对面等她，也不问问她比得怎么样，默默跟在她身边。

还是陈星夏这个急性子憋不住话，说自己没画好，肯定拿不到奖了。

严宵听她诉了半天苦，依旧一句话不说。

陈星夏肚子更疼了。

正要发火，严宵跟变戏法儿似的从口袋里拿出来一个热烘烘的烤红薯，递给她，她又一下子被治愈了。

之后，他们坐公交车回家。

当时正值黄昏，路上车水马龙，行人不断。

陈星夏吃饱喝足，靠在严宵肩膀上睡得昏天黑地。

等到她再睁眼时，从严宵的衣服里钻出来一看，车已经驶入崇光路，很快就要到家。

为此，她那段时间还给严宵起了个"枕头"的外号。

回忆到这儿，陈星夏杵杵严宵的胳膊，问："你是怎么知道我给你设置的备注名的？"

这事虽然已经过去快一个礼拜，但她还是想不明白。

甚至琢磨严宵这家伙别是有什么透视眼，那她以后做起坏事岂不是很不方便？

严宵说："截图。"

"什么截图？"

"群里的。"

"哪个群？"陈星夏想不到。

"四人群。"

这一下一下挤牙膏呢，陈星夏一脚踩过去，让他把话一口气说明白。

严宵今天新换的白鞋，他轻叹了口气，说就是在他们和苏雨萌的四人小群里，有一次她把他教她的解题思路截图放到群里，那上面有他的备注名。

"那你就记住了？"陈星夏又问，"没生气？"

"没有。"

"我不信。你给我看看我的备注名。"

严宵犹豫了一下。

就是这一下，陈星夏又来劲儿了，非看不可。

严宵不给她，她就自己去抢，反正她知道他的手机密码。

陈星夏两手抓住了严宵的手。

你不是不撒开吗？没关系，我直接在你手上操作。

陈星夏权当严宵的手是手机支架，输入密码，进入微信。

"我倒要看看你这个小心眼儿，会用什么……"

小满。

严宵给她的备注是小满。

看着这两个字，陈星夏心里似有触动，仿佛有一根羽毛在心尖划过。

"你……"她有点儿理亏，"你这个备注名有什么好藏的？"

一直不给她手机，她还以为他也给她起了个类似"无敌讨厌宵"的备注名。

严宵没有回答这个问题，手指动了动，说："松开吧。"

陈星夏"啊"了一声，一看，她还死死抱着严宵的手没放。

脸上一热，陈星夏赶紧松开。

严宵把手收回去，整理下凌乱的衣服，然后插进口袋，在衣服布料上蹭了蹭掌心的汗。

两人一时都没有说话。

一种说不清道不明的东西在他们之间流窜，尤其陈星夏，心里浮荡起毛毛的慌乱，之前从未有过……

"新悦路到站,请下车的乘客到后门准备下车。"

这车到得可太是时候了。

陈星夏松口气,也不想了,拽拽严宵:"走吧。"

下了车,马路对面就是小星星。

这家店铺是找很厉害的设计师设计的,连招牌都做的是星空图案,好看极了。

陈星夏说:"我早就想来了。"就是太贵。

她和严宵从斑马线那里过了马路,来到餐厅门口。

考虑到这家餐厅真的不便宜,陈星夏最后一次拦下严宵,认真地问:"你想和我说什么事啊?需要非得在这里说吗?"

严宵看着陈星夏,清亮的黑眸透出几分坚定:"需要。"

那好吧。

陈星夏笑笑,开心地跳上台阶。

她伸手推门,还没摸到把手,手机突然"哇"地响起来:"姐就是女王,自信放光芒。"

这是苏雨萌要求陈星夏为她设定的专属铃声。

陈星夏愣愣,掏出手机:"二萌怎么这时候给我打电话?"

她接通,没来得及说话,就听苏雨萌哭着跟她喊:"星夏,'谢歪'叫人给打了!"

饭是吃不成了,陈星夏和严宵赶到中心医院。

谢正的爸爸、妈妈也在,说他大多是挫伤,不严重,唯一麻烦的是左手手腕骨折,得养一段时间。

陈星夏问苏雨萌怎么会这样。

苏雨萌说:"我俩去图书馆写作业,我想吃徐记的黄焖鸡就让'谢歪'去买……他好久没回来,等再给我打电话时就说让我去找他。"

苏雨萌哭得一抽一抽的,陈星夏安慰,目光投向严宵。

严宵去找谢正。

谢正说打他的人是七中隔壁职高的,有一个他见过,总在七中对面的便利店买东西。

"职高的干吗打你?"苏雨萌问,"你嘴又欠了?"

谢正苦笑:"我撑谁也不会撑他们啊。"

"那你好端端挨了顿打?"苏雨萌又要哭,"你戴的佛牌也……"

对谢正来说,这顿打不算什么,骨折也没关系,最要命的是他的佛牌被抢走了。

谢正是个早产儿,小时候特别难养。他的爸爸、妈妈没办法全天候照顾他,就把他送到乡下爷爷那里。

谢爷爷是一名中医,根据谢正的体质一点点帮他调养,谢正的身体才日渐好转。

爷孙俩在乡下一起生活了好几年,感情很好。

谢爷爷在谢正初一时去世,死前留给谢正一块佛牌,是老人三拜九叩在庙里求的,为的就是保谢正一生平安。

可以说,谢正的佛牌是他最最重要的东西,没有之一。

而这块佛牌,被职高的人抢走了。

病房里一时鸦雀无声。

过了会儿,医生过来说谢正并无大碍,只要再观察一下午,没事就可以回家。

谢正的爸爸、妈妈都是临时请假过来的,现在见谢正情况稳定,苏雨萌也在,只得先赶回岗位。

谢正让陈星夏和严宵也回去,陈星夏说:"我看这附近有些小吃店,我们去买点儿吃的来。"

出了医院，陈星夏问严宵怎么看这事。

严宵反问她。

陈星夏说："我怀疑是岑璐。"

之所以会有这个怀疑，是因为岑璐的表哥就是隔壁职高的。

以前有同学惹到岑璐，就出过放学后被职高的学生威胁的事，可当时也只是吓唬两句，没动手。

但如果不是岑璐，谢正也没得罪过别人。

严宵："没有证据。"

"那怎么办？"陈星夏皱眉，"就让谢正被白打一顿？还有那块佛牌，我看谢正刚刚都是强颜欢笑，心里肯定不好受。"

两人来到马路边，陈星夏光顾着急了，没有看路。

一辆电动车从她身边疾驰而过，亏得严宵反应快，将她拉回来。

这一把抓得突然，多少有些弄疼了陈星夏，叫她本能想要挣开。

可当带起的风让她闻到那股熟悉的皂香时，她的习惯大于了本能，心也跟着安定下来。

严宵低下头，见陈星夏嘴上粘了一根发丝，想伸手帮她弄下来，可待抬起手时又变成指了指自己的嘴，提醒她。

陈星夏拨开头发，听严宵说："别急，我再想想。"

就是这么一句话，陈星夏忽然就踏实了，也相信事情是能够解决的了，同时，她还觉得找严宵帮忙的决定是正确的。

这段时间，她想了很多，虽然这件事最好是她一个人的秘密，可她需要帮助。

严宵除了占据近水楼台的先决条件，归根结底，还是因为她认为把秘密告诉他，应该是稳妥的。

严宵，靠谱。

两人找了一家快餐店，里面有蛋糕卖，可以给苏雨萌捎一块回去。

点好餐，陈星夏和严宵坐在靠窗的位置等。

严宵翻出包里的消毒湿巾，替陈星夏擦拭餐具。

陈星夏看着那斜垂下来的睫毛，也不想再整什么前情铺垫，鼓起勇气说："严宵，你能帮我给盛昊递信吗？"

话音落下，时间似乎静止了一秒。

陈星夏看着严宵，又不敢太过直视，忐忑不安。

她捏着衣摆，越捏越紧，指甲泛起一层白。

她不喜欢这时候的安静，想说什么，就听"扑通"一声，一个小男孩在柜台前躺下了。

那男孩要他的妈妈再给他多买一角巧克力蛋糕，不买就打滚儿不走。

他妈妈也不惯着，抬腿就是一个潇洒转身，吓得男孩一愣一愣的，又赶紧过去抱住妈妈的腿，号得声嘶力竭。

这一幕，看得现场顾客真是又烦又想笑。

陈星夏也无语了，想和严宵吐槽两句，再看向严宵，又是一怔。

严宵坐在那里，没表情、没动作、没反应，甚至头都没有抬一下，沉静到仿佛出离了此刻。

陈星夏莫名想到一句话，周遭人声鼎沸，他不属于这个世界。

心好像被什么扎了一下，但那感觉太过微小，陈星夏还未察觉，就已消失。

"怎么了？"她问，"是不是我……太突然了？"

这话她都已经纠结一周了。

自从从小动物集市回来，她就萌生了给盛昊写信的想法。

陈星夏学习成绩还可以，虽不像严宵那样学霸级，但也稳定在年级前三十。

可是，如果只是前三十，要考上国内最好的建筑学专业，大概率是痴人说梦。

所以，她的绝大部分精力还是要放在学习上，这点毋庸置疑，她不可能拿自己的前途开玩笑。

但她也想和盛昊成为朋友，混个印象分。

综上，写信是最好的办法，就像当年爷爷那样。

严宵半晌没有回应。

就在陈星夏犹豫是不是再和他剖析一下内心时，他终于动了，拿起面前的杯子，喝了口柠檬水，说："为什么选我？"

他声音不大，还有些发涩，陈星夏没听清："什么？"

"为什么，"严宵抬眸，"选我？"

陈星夏明白过来，"哦"了声："你离他近啊。"

严宵又问："为什么不自己送？"

陈星夏眼睛一下瞪起来："我傻吗我自己送？我这信上面……没署名的。还有，你也不能让他知道是我写的。"

听到这话，严宵握着杯子的手稍稍松了些，沉声道："可如果是近水楼台，他就会知道信是我放的，早晚会猜到你身上。"

好像也是这么回事。这点，陈星夏欠考虑了，光想着严宵能递信了。

可除了严宵能递信，还有别的法子吗？

她一时想不出，干脆耍起赖："我不管，你得帮我！反正你不能让他知道……"

"好。"

"什么？"

"我帮你递信，不让他发现是你。"

事情进展得有些过于顺利，陈星夏慢了两拍才惊喜道："你这是同意了？"

严宵垂眸，凝视着水杯上他印出来的深深的指纹，点头。

陈星夏顿时心花怒放。

她还以为让严宵答应这事，得得得磨了，现在看来，这么多年的友情不是白瞎的，关键时刻不掉链子！

"这就对了嘛。"陈星夏又开始得了便宜还卖乖，"我这也是出于对你的信任，才把这么重要的任务交给你。你不仅要帮我好好完成，更要替我保密，知道吗？"

"嗯。"

"你要是敢骗我又或者去告状，我就跟你绝交，没商量。"

"……嗯。"

大石头落地，陈星夏憋了半天，这会儿必须去趟卫生间。

她和严宵说了声，笑嘻嘻地走了。

严宵望着她透出喜悦的背影，再盯向对面空了的位置，一动不动。

哭闹的小男孩到底是被他妈妈拖走了。

不过两人掰扯间，买的椰蓉酥球从袋子里滚出来了几颗，刚好被过来给严宵他们这桌上菜的服务生踩到。

服务生脚底打滑，慌乱之下抓了一把严宵这边的椅子，弄倒了放在上面的书包，餐盘也摔碎了。

等到服务生勉强站住，她连声抱歉："不好意思！不好意思！我待会儿叫厨师重新做一份。"

严宵沉默地蹲下捡东西。

刚才拿消毒湿巾的时候，书包开了一个口子没拉上，这一掉，口子被抻大，东西撒了出来。

服务生帮着一起捡。

瞥到少年书包里毛茸茸的玩偶，服务生觉得眼熟，就问了句："这是前段时间小动物集市那家娃娃机里的玩偶吗？"

严宵依旧沉默，冷峻的脸上写着生人勿近。

服务生尴尬了一下，也不再说话，可一低头，又发现严宵手里握着一块餐盘碎片。

这人是怎么回事？魂儿丢了吗？

"你快松手！"服务生说，"流血了，松手！"

陈星夏回来，听到这话，再看看这一地的狼藉，忙问："怎么了？"

严宵回过神，淡淡说了句"没事"，然后松开碎片，随手拿起桌上的纸巾擦了擦血。

服务生说："我们这里有急救箱，我去拿，好歹贴个创可贴。"

陈星夏道谢，绕着碎片走到严宵身边，嘀咕："怎么这么不小心？手疼吗？"

严宵没说话，默默拉上书包拉链。

服务生来到后面的休息室。

同事兼室友问她外面出什么事了。

她说了情况，问："咱们上周去的那个小动物集市你还记得吧？"

"记得啊。"室友说。

服务生想拉室友出去看看是不是那只小熊崽，想想又觉得没这个必要。

她们上周去的小动物集市，但是在晚上去的，到的时候，围着娃娃机的游客刚刚散去。听说，有个人夹了两个小时的娃娃，就为了要里面的小熊崽，执拗得老板都看不下去。可说送他吧，他又不要，非自己夹。

她好奇心被勾起来，就想着到底是个什么样的小熊崽能有这样的魔力？

她找老板看了照片，是可爱。

和少年包里的那一模一样，她非常肯定。

严宵的伤口不深，消了毒又贴上创可贴就没事了。

陈星夏买好吃的，两人回到病房。

一进去，苏雨萌就拉着陈星夏，眼珠子快要瞪出来，说她觉得这事和岑璐脱不了关系。

陈星夏问谢正："谢大爷，你觉得呢？"

谢正摸着脖子的位置，叹了口气："我觉得没用啊。"

"怎么没用？"苏雨萌说，"周一我就找她去！我一定让她把佛牌还回来！"

谢正急道："你可别！回头再找你麻烦。"

"找就找！那我也得把佛牌给你要回来！"

这对姐弟平时互损互掐，但真遇到了事，都一心护着对方。

陈星夏放下吃的，问严宵有什么好办法。

严宵站在窗边，看着楼下，整个人看起来有些轻飘飘的。

"怎么了？"谢正问，"严同学怎么手还受伤了？"

陈星夏解释了下，苏雨萌抓抓头发："我怎么感觉咱们几个那么不顺呢？"

"我挺顺的啊。"陈星夏瞄了严宵一眼，"你别说丧气话。"

苏雨萌过不去这个坎儿，总觉得谢正这场无妄之灾都是因为自己。

可她智力有限，也想不出办法去帮谢正出口气，更要不回来佛牌，急得眼睛都红了。

陈星夏也着急，几次问严宵，想让他出主意，但严同学就跟遁入空门似的，毫无反应。

无奈之下，四个人只有等谢正确定没事了后，先离开医院。

大家照旧在骑士铜像分开。

陈星夏看苏雨萌扶着一瘸一拐的谢正，心疼之余，愤怒的火焰也越烧越旺。

她必须帮谢正讨回公道。

"要不我直接找岑璐对峙去？"陈星夏问严宵意见，"再要不告诉老师？"

严宵淡声道："没用。"

"怎么没用？也许……"还真没用。

且不说他们没证据证明是岑璐找人干的，就算闹到了老师那里，岑璐不承认，也拿她没辙。

陈星夏"哎呀"一声："怎么办啊？"

严宵停下脚步，转头看过去："你很想帮谢正？"

陈星夏点头："我们是朋友啊，而且我挺理解他的心情的。"

严宵扫了眼挂在女孩脖子上的红绳，说知道了。

两人来到分别的巷口。

谢正的事一时没有头绪，先放放，陈星夏让严宵等她一下，她回去拿信。

而走出去没几步，陈星夏又想起个事儿来，转头问："对了，你想和我说的是什么啊？"

严宵一顿，低声说"没事"。

"没事？"陈星夏不信，"没事你非带我去小星星？是不是有事找我帮忙啊？你说。"

严宵放在口袋里的手紧握成拳。

有那么一刹那，他想拉开书包把小熊崽给她，再把想了很久的话一一说给她听。

但他知道，没用了。

都没用了。

"之前没让你去成星空展，"严宵说，"算是道歉。"

陈星夏还以为什么事呢，原来是这个。

她承认，她对严宵是有那么一点点的苛刻，但也不至于斤斤计较成这样啊。

"那事过去了，你别放在心上。"陈星夏笑了笑，跑回去拿信。

"那就拜托你了。"信交出去的那一刻，她有些害羞地说。

严宵接过信，捏了捏，放进口袋，回道："我先走了。"

陈星夏目送严宵离开，在他快要拐弯时，说："周一我给你带桃酥吧！"

带零食这件事，他们小时候几乎天天做。

那时候年纪小，就觉得我能记得给你带零食，就证明咱俩关系好，是真朋友。后来随着年龄越来越大，陈星夏越看严宵越觉得不顺眼，自然也就没有这好事了。

但现在，严宵帮了她一个大忙，她也不是不知道知恩图报的人，怎么着也得对人家稍微好一些。

严宵回头看了眼女孩的笑脸,说:"随你。"

算上这晚,严宵已经失眠七天。

坐在桌前,他看着面前的信,淡粉色的信封,上面有她画的小花小草,隐隐散发着的玫瑰香和她的洗发水是一个味道。

严宵就这么看了将近半个小时。

其中有无数个瞬间,他想把这封信撕了。

可最终,他轻轻拿起信放到鼻尖闻了闻,将它藏在了自己的枕下。

他很抱歉,要辜负她的信任了。

美好的牛肉面时间因为谢正请假没来而取消了。

今日早餐,陈星夏、严宵、苏雨萌三人在学校对面的便利店买了饭团,闷声吃着。

苏雨萌吃一口叹三回气,叹到后面,店员都在看她,估计是怕她影响其他顾客的心情。

"我真后悔参加话剧节。"苏雨萌说,"要是没参加,什么事都没有。"

陈星夏拍拍她的肩膀,想安慰两句,便利店门口的小猴子忽然喊起"欢迎光临"——又是岑璐和她的小姐妹们。

看见岑璐,苏雨萌"啪"地扔下饭团就要过去,陈星夏拉住了她。

岑璐笑道:"怎么了?遇到什么事了吗?和我说说,都是同学,也许我能帮上忙呢。"

苏雨萌咬牙:"猫哭耗子假慈悲。"

如果说之前大家还怀疑是不是岑璐找人欺负的谢正,到这会儿,就是百分之百肯定了,毕竟岑璐就差把"是我干的"写脑门上了。

"我和你的事,为什么扯上别人?"苏雨萌说,"还有,你们拿走了谢正的佛牌,这是抢!"

苏雨萌其实还想再说一句,他们可以去派出所报案。但谢正说了,抢他佛牌的人走前警告过他,要是敢报案,就直接毁了佛牌。

岑璐掏掏耳朵,一副小太妹做派:"你说什么?我怎么听不见呢?"

苏雨萌气得又要过去,陈星夏还是拉着不让。

已经倒霉一个了,难不成还要买一送一?

可这口气是真咽不下去啊。

陈星夏琢磨该怎么回击才好,一直没说话的严宵这时站了出来。

他立在两个女孩前面,垂眼看着岑璐。

岑璐本来嚣张得都要冒泡了,对上严宵冷淡的目光后,下意识后退了一步,像是畏惧,但与此同时,脸上又散开一层红晕……像害羞。

此情此景,陈星夏和苏雨萌对视一眼:难道可以用美男计?

严宵不知道自己差点儿就要被献出去,他和岑璐说:"人已经打了,谢正不追究。但佛牌,还请你们归还。"

岑璐看着严宵那张脸,舔舔唇,有那么一秒想说:行啊,还你。

可好在严宵脸虽好看,但表情太过冷漠,浇灭了粉红泡泡,岑璐说:"什么佛牌?我听不懂。"

"你装什么装?"苏雨萌说,"把佛牌还了,不然……"

严宵抬手,陈星夏赶紧捏了捏苏雨萌,苏雨萌闭嘴。

严宵说:"佛牌是谢正爷爷从一位得道高僧那里求的,之后又请百名僧人念经开光,对谢正意义非凡。还请你们归还。"

便利店里有不少七中的学生在，严宵声音不大不小，很多人都听见了，纷纷议论什么佛牌这么牛？

陈星夏和苏雨萌也听到了，就是有点儿蒙。

谢正不是说那佛牌就是从他老家一座普通寺庙里求的吗？怎么现在又是高僧又是开光了？

苏雨萌张张嘴，陈星夏摇头示意她别言语。

而岑璐听完严宵的话，眼珠转了转，最后还是说不知道什么佛牌，就和小姐妹们走了。

周一的升旗仪式，岑璐应付差事念了检讨。

不仅苏雨萌听不进去，很多同学也没在听，大家都在讨论谢正佛牌的事，各种灵异故事层出不穷……一直到放学，还都聊得热火朝天。

回到东棠里，陈星夏他们和谢正在骑士铜像碰头。

谢正现在是学校里重量级人物了。

有人说他手持佛牌念个咒就能让人口吐白沫，还有人说他平时的大爷作风是因为他身体里有高僧的魂魄。

听到这些，谢正心说这都什么乱七八糟的？

他要有这本事还跟这儿念书呢？直接被抓去实验室了。

苏雨萌说："事儿越传越邪乎，要不要解释啊？"

"不要。"严宵说，"如果有人问你，你也要回答得模糊些。"

什么叫模糊些？

以苏雨萌不会拐弯的脑子，最不会的就模糊些。

陈星夏解释："比如人家问你谢正这个事是不是真的？你就说你也不知道。"

"我本来就不知道啊。"苏雨萌摊手，"'谢歪'，这佛牌到底有没有这么神啊？"

够模糊了，这都已经分不清真假了。

"我已经收到好多微信问我佛牌在哪儿求的了。"谢正无奈地笑，"我怎么回？"

严宵说："不回。"

"那……"

"你再多请几天假，不要来学校。"

"行。"

大家都没问为什么，但也都知道严宵这是开始在帮忙了。

碰头会结束，苏雨萌和谢正一道往左走，陈星夏和严宵推着车拐进右边巷子。

陈星夏问："你这是什么计划？好歹给我透露一下。"

严宵看着前方，说："再等等。"

等什么？

她看他就是不想说，小气巴拉。

陈星夏又要发脾气，话到嘴边，她想起今时不同往日——严宵是她恩人。

想到这儿，陈星夏换个方向推车，好挨着严宵近些。

"昨天你有没有……"

"严宵哥哥！星夏姐！"

柄柄突然一嗓子，吓了陈星夏一跳。

陈星夏摆手打招呼，还想和严宵套近乎，就听严宵问："杨奶奶最近还去小庙街吗？"

"去啊。"柄柄说，"一有时间就去。我奶奶说心诚则灵。"

小庙街但凡是个人路过，就会有大哥或者大姐拉住你说："算一卦吗？不准不要钱。"

杨奶奶早年在那里认识一个算卦的，说是算得比她活得还明白，简直是"神仙转世"，杨奶奶总过去唠嗑。

陈星夏问严宵问这个干吗。

严宵没解释，让柄柄回去找小伙伴们继续玩。

"喂，你为什么什么都不和我说？"陈星夏不开心，还有些委屈。

如今天黑得越来越晚，夏天气息日渐清晰。

女孩鼻子上浮着一层细密的汗珠，嘴巴微微噘起，白皙的面颊透出淡淡粉红，像是崇光路上盛开的海棠花。

严宵摆正视线，说："现在还没把握，晚些和你说。"

"喊，你就是故弄玄虚。"

陈星夏嘴上不饶人，但听了这话，也没再死缠烂打。

主要是她信严宵的计划肯定能成，只不过好奇他到底想的是什么主意罢了。

两人继续往前走。

这会儿，巷子里没有疯跑的熊孩子，安静了下来。

陈星夏逮住机会，杵杵严宵的胳膊，小声问："你昨天把信给他了吗？"

严宵手指微颤，握紧车把，回道："没有。"

"为什么！"这一声有些大，陈星夏连忙捂住嘴，四下看看，见没人才接着问，"为什么不给啊？"

严宵下颌紧绷："太明显。"

陈星夏可不这么认为，她恨不得她给了严宵，严宵就给盛昊。

但稍一想，盛昊才回东棠里吃个饭，口袋里就多封信，傻子都能猜出来送信的可能是谁。

"你说得对。"陈星夏点头，"再等等。"

话是这么说，但女孩还是无法掩饰心中的失落。

她叹了口气，埋头往前走。

走出去一段，她发现身边少了什么，又扭头看去，就见严宵还站在原地。

他低着头，陈星夏看不清楚他的表情，只是此刻黯淡的光落在他身上，让他看起来有些孤独。

"怎么了？"陈星夏倒退着回去，"想什么呢？是不是……"

"你欣赏他什么？"

"什么？"

陈星夏斜着身子靠近过去听。

严宵看着女孩发顶翘起来的一小撮发丝，又一次闻到那股淡淡的玫瑰香，心口堵得厉害。

"盛昊。"他低声说，"你欣赏他什么？"

闻言，陈星夏脸颊发热，站直了，咕哝："这个嘛……第一眼感觉？"

她到现在都还记得她和盛昊第一次见面时，盛昊不羁中带着几分阳光味道的爽朗笑容，以及他黑色军牌发出的耀眼光芒。

她觉得这个男孩这么热心，应该是很善良的。

陈星夏看了眼一点儿开口的意思都没有的严宵，心说你又不说话，那你问什么啊？

她扫兴地摇摇头："走吧，回家。今天作业不少呢。"

陈星夏走出去几米，严宵又没跟上来。

好端端的，这人抽什么风？

陈星夏踮下脚撑，回去拽人，刚碰到书包带，手腕就被握住。

严宵掌心很热。

甚至可以说是滚烫，灼得陈星夏神经跳了下。

"你发烧了吗？"她问，"要不咱们去卫生院看看？"

严宵看着陈星夏，手上不由自主地用力，几次犹疑徘徊，张口叫了一声："小满。"

陈星夏被抓得有些疼，但没挣扎，点点头："我在呀。你是不是不舒服？"

严宵不答，眼里带着的情绪叫陈星夏读不懂。

"你到底怎么了？"陈星夏着急，"都这么多年朋友了，你有事就说啊。"

那两个字一说出来，陈星夏手腕顿时松快了。

严宵背过身，手重新握紧车把，似是叹息又似是无力地说了句："回家吧。"

陈星夏看看自己红了一圈的手腕，说他莫名其妙。

不过见人终于要走了，她追上去，问道："你是不是心情不好？我总觉得这段时间你有些奇怪。"

"没事。"

"你看你这人，我那么大的秘密都告诉你了，你却什么都不和我说。"

陈星夏属于对方越不想她越想类型，又或者说只针对严宵，那就是严宵越不想怎么样，她就必须怎么样。

眼看怎么问都没结果，陈星夏放出大招："你说啊！还是不是朋友了？"

严宵心中轻哂：那你还要和别人做朋友。

时间一晃到了周五。

学校里关于"谢大神"与神奇佛牌的热度非但没有减退，反而随谢正重返校园掀起更大的热潮。

单是谢正去食堂吃个早点，一路上就有无数人和他打听佛牌的事。

好不容易坐下喝上小米粥，谢正感叹："早知道再在家歇一天。"

"知足吧。"苏雨萌说，"小姨要不是看你成绩凑合，能让你躺这么多天？"

"躺着也很累的啊。"

"找抽是吧？"

苏雨萌瞪去一眼，谢正老实了。

随后，苏雨萌从包里拿出几个瓶子，说："我妈榨的葡萄汁。"

谢正这一受伤，苏雨萌的妈妈也很上心照顾，买了一大堆东西，结果买水果买超了，剩下好多葡萄，就给榨成汁了。

"我昨天去便利店买的一次性瓶子。"苏雨萌分葡萄汁，"放冰箱里两三天坏不了。"

陈星夏接过瓶子，直接拧开尝了一口，见苏雨萌还要递给严宵，她说："他不能喝，葡萄过敏。"

苏雨萌不知道这事，想了想，说："那要不给严宵的妹妹带回去尝尝？"

陈星夏看向严宵，见他没有反对的意思，就说"可以"，替他装包里了。

吃得差不多，谢正想起个事儿来。

"你们明天中午都有空吗？"他问，"我昨天遇见盛昊，他说想请咱们吃饭。"

陈星夏一惊："你怎么不早说？"

谢正愣了愣："怎么了？现在说很晚吗？"

意识到自己失态，陈星夏说没有，赶紧低头吃东西。

谢正说能遇上盛昊也是凑巧。

昨天中午他在巷子里看大爷下象棋，正好盛昊体校没课，就过来给梁慧婷送东西，两人聊了几句。

"我加了他微信。"谢正说，"我现在建个群，咱们就在里面约吧。"

陈星夏掏出手机，很快，她就看到一个篮球明星的头像出现在聊天界面里。

盛昊：大家好。

笑对人生：我把你要请客的事和大家说了，咱们就在群里联系。

盛昊：OK！

盛昊：想吃什么大家提啊。

苏雨萌问陈星夏想吃什么。

陈星夏没听到，她犹豫要不要借此机会单独加一下盛昊。

理由是什么呢？

正犯难，她就看到联系人那里多了一个红色的"1"。

她点进去一看，盛昊居然加她了！

陈星夏差点儿叫出来，好在苏雨萌又喊了她一次，才让她保持住了冷静。

"怎么了？"苏雨萌问，"想好吃什么了？"

陈星夏平复着心情，说："我都行。"

苏雨萌又问严宵。

严宵收回余光，端起餐盘起身，淡声说："随便。"

谢正手还折着，骑不了车，苏雨萌就陪他坐公交车上下学。

剩下陈星夏和严宵照常骑车回去。

路过小卖铺，陈星夏心情好，问严宵喝不喝饮料，她请客。

严宵拒绝了，她自讨个没趣，咬着酸奶雪糕回家。

一进院子，最先传来的永远是"大阿哥"的播报："小满回来了！我们家皮猴小满回来了！"

陈星夏锁上车准备好好"爱"下这只目无尊卑的鸟，转过头，就见陈教授端着鹦鹉食，满脸笑意地看着她。

"爸！"

陈星夏这下也成了小鸟，飞跑到陈教授跟前。

这一个月来，陈慕桢又是出差，又是上课，还要带着研究生搞论文，忙得不可开交，都没怎么和女儿说说话。

放下鹦鹉食，陈慕桢笑道："又吃凉的。"

陈慕桢气质也是儒雅温和那一型，五官轮廓更是和陈沛山有七八分像，就是眼睛像何筱桢，几乎是一个模子里刻出来的。

"这都什么天气了？"陈星夏说，"早能吃了。"

陈慕桢点点小丫头的额头："拉肚子可别闹疼。"

陈星夏吐吐舌头，看陈教授一身西装革履，就问是不是开完会回来。

"没。"陈慕桢说，"待会儿……"

话没说完，夏澜从屋里出来了。

夏女士穿了一条宝石蓝连衣裙，仔细看看，还化了淡妆，将那一张本就漂亮的脸刻画得更加温婉美丽。

陈慕桢从陈星夏身边走过，来到夏澜身边，绅士地屈起手臂。

夏女士瞟丈夫一眼，面色红润，将手挽了上去。

"今晚，我和你妈妈约了去看音乐剧。"陈慕桢说，"你和爷爷看家。"

这父女之情还没焐热乎，爸爸就走了。

什么叫父母是真爱，孩子只是个意外，陈星夏算是明白了。

陈星夏说："那我妈走了，我和爷爷吃什么？"

"比萨。"夏澜说，"你盯着点儿爷爷，别叫他吃太多，不好消化。"

话音刚落，屋里就传来一声清嗓。

陈某山表示：比萨很好消化。

夏澜冲陈星夏使眼色，陈星夏比了个"OK"，陈慕桢便说："走吧，小澜。"

夫妻俩就手挽手离开了家。

瞧那二人的背影，不知道的还以为刚恋爱不久呢。

这晚上没人管，陈星夏和陈沛山一边看综艺节目，一边吃比萨、喝可乐，那叫一个惬意。

等时间差不多，陈沛山回房休息，陈星夏在客厅留了小夜灯，也回了卧室。

打开衣柜，她开始思索明天穿什么好。

粉色卫衣已经穿过了，她必须换个新花样出来。

长裙还是短裙？白色还是米色？

陈星夏又想求助网友，但转念一想，她现在不是有个现成的顾问吗？

一闪一闪亮晶晶：干吗呢？

一闪一闪亮晶晶：有个事想问你意见。

严宵刚洗完澡，黑色T恤半贴着胸膛，坐在床边，一只手擦头发，一只手打字回消息。

无敌讨厌宵：你说。

这两个字一发出去，严宵收到一串照片，全是衣服。

一闪一闪亮晶晶：你觉得我穿哪个好看？

严宵没仔细看，但见其中有几条短裙，皱起了眉。

无敌讨厌宵：浅灰色。

陈星夏拿起那条浅灰色连体裤。

这条裤子平平无奇，长裤长袖，只是穿上挺显白，她才把这件列入其中。

如果必须从这些衣服里面删掉一件，她第一个选这件。

结果严宵就挑的这件？

这是男生和女生的眼光不一样？还是某人审美不行啊？

一闪一闪亮晶晶：你确定是这件？

无敌讨厌宵：嗯。

陈星夏深表怀疑。

她坐在床边扒拉其他衣服，打算让严宵再看看，但又想起另一件重要的事，便问：**明天他是从东棠里走吗？**

这个"他"，现在仿佛成了陈星夏和严宵的密语。

想想这样也挺好，虽然严宵知道了她的密码，会有些风险，但最起码有个人能听她说话，还能给她出出主意。

无敌讨厌宵：不知道。

一闪一闪亮晶晶：那你在群里问问，行吗？

发完这条消息，陈星夏也没心思再找衣服，就等严宵在群里说话。

其实她也能问，就是太突兀，也显得很有问题。

早上盛昊加她微信，两人就说了一句话。

盛昊：以后有需要我帮忙的，微信联系我。

一闪一闪亮晶晶：好的。

以前看网上说聊天是个技术活儿，陈星夏还觉得扯，聊天就聊天，聊天都得思考八百个回合，还聊什么？多累啊。

等到事情放到她身上，她才知道自己是站着说话不腰疼。她是真的不知道该和盛昊说什么。

可话又说回来，她跟严宵也没话，又或者准确点儿说，严宵没话。

但她就能从他没话中找出话来说，毕竟逼迫严宵张嘴是她的乐趣和使命。

一闪一闪亮晶晶：你怎么还不问啊？

一闪一闪亮晶晶：问问呗。

严宵又是半天没回应。

就在陈星夏要发语音催促的时候，群里有了消息。

严宵：明天你从哪里去餐厅？@盛昊

过了一会儿，盛昊回复：学校。

好吧。

陈星夏倒在一堆衣服的床上，望着天花板叹了口气，给严宵发条消息：谢啦。

收到消息的严宵同样也躺在床上，望着天花板。

他的头发还没完全干透，濡湿凌乱地落在枕头上，也有几缕贴在额间，与冷白的皮肤形成鲜明对比。

他知道，她很期待明天一起吃饭。

但是，不行。

转天，陈星夏起了个大早。

她又是洗头又是搞造型的，鼓捣了一个多小时才做好准备工作。

谢正要去医院复查手腕，正好医院离吃饭的地方不远，苏雨萌就跟他一起，看完病直接去餐厅，不折腾再回东棠了。

陈星夏收拾好下楼。

夏澜正在客厅扫除，见到女儿，稍稍一愣。

"怎么穿这身衣服？"夏澜问，"你不是说你不喜欢鹅黄色吗？"

陈星夏揪了揪裙带，说："偶尔换个风格。好看吗？"

夏澜又打量了女儿一番。

不是她有亲妈滤镜，她的小满结合了她和陈慕桢的所有优点，长相真是没得挑，一双漂亮的小鹿眼，又亮又灵。

在这个家里，陈星夏是最有何筱桢年轻时影子的人。

何筱桢当年可是上流社会最受人追捧的名媛。

"好看。"夏澜难得笑了笑,"不过,我认为你穿蓝色更好看。"

陈星夏过去抱住夏女士的手臂,撒娇:"那母后过两天带我去买衣服吧,好久没逛商场了。"

闻言,夏女士翻脸如翻书:"你现在这件最好看。"

我一定是被抱错了才来到这个家。

陈星夏松开人,"哼"了一声。夏女士也不哄,憋着笑叫她等等,去厨房拿来了自己做的蛋卷。

"阿正那孩子不是爱吃这个?"夏澜说,"你给他带些,还有给萌萌和小宵的。"

陈星夏"哦"了声,一拿又觉得哪儿不对:"怎么没有慧婷阿姨儿子的?"

夏澜还真忘了这茬:"你和小宵说一下,分一点儿给那个孩子就是。"

"那行啊。"陈星夏挑眉,"只要你别觉得委屈了你'亲儿子'就行。"

夏女士作势要揍人,陈星夏麻溜地跑了。

听到院子里传来的关门声,夏澜笑着摇摇头,继续做清除。

提及梁慧婷的儿子,昨晚她听陈慕桢含糊地提了句,说是严宵他爸严歧似乎还不知道梁慧婷让人周末来东棠里的事。

这么一看,往后且有得闹呢。

陈星夏在骑士铜像等严宵。

其实从骑士铜像到他们的家有一段重合的路,但这么多年,只要是约了见面,都是直接在这里见。

陈星夏一边等,一边在四人小群里发消息。

一闪一闪亮晶晶:我妈做了蛋卷给你们。

笑对人生:替我谢谢澜姨!

二萌:待会儿快给他吃点儿,堵住嘴。

二萌:刚才在医院,医生碰了碰他手腕,他"嗷嗷"叫得护士都看不下去。

笑对人生:姐,那是真疼啊!

陈星夏笑笑,问苏雨萌是不是录视频了。

那必然是录了的。

陈星夏点开视频等待缓冲,忽而发现严宵好像迟到了。

她看看时间,还真迟到了,距约定的时间已经过去了十分钟。

这可是少见。

陈星夏给严宵发私信,没回;她又在小群里问严宵有和他们联系吗,答案也是没有。

陈星夏觉得不对劲儿,往严家走去。

她照例在门口先喊了几声,没人应,她才输密码进去。

打开门,屋子里凉飕飕的,仿佛一股阴气在飘荡。

"严宵?"陈星夏喊道,"严宵你在家吗?"

声音在房里有一点儿回声的效果,配合着这些复古风的深色家具,莫名瘆人。

陈星夏心想家里该不会是招贼了吧?

她没敢再进去,打算回去和夏澜说,刚转身,突然隐隐听到有个沙哑的声音在叫"小满"。

陈星夏心下一紧。

她冲进严宵房间,就见他人倒在地上,浑身是汗,整个人跟煮熟的虾子一样,通体泛红。

还有他的脸,长了很多疹子。

"你怎么了?"陈星夏连忙蹲下查看,"你这是……"

她看到桌上放着的还剩下半瓶的葡萄汁,就是苏雨萌昨天给的那个,一下子明白过来。

"你疯了吗!"陈星夏扶起人,"快!我带你去医院!"

饭是又吃不成了。

陈星夏这段时间就没有被人请吃饭的命。

不过好在这趟医院来得及时,再告诉医生过敏原是什么,严宵很快输上了液,症状有所缓解,疹子也消下去了。

苏雨萌他们已经到了餐厅,给陈星夏发微信问到哪儿了,也得不到回信。

陈星夏哪里顾得上回消息,吓都吓死了。

这会儿坐在输液室的椅子上,她才喘口气,开始说明缘由。

她是在四人小群里说的,苏雨萌问这饭还吃不吃。

人家都到了,没有因为个别人去不了就取消的道理,陈星夏让他们该吃吃,以后大家再一起聚。

放下手机,陈星夏长叹口气。

看着自己挑了一晚上的裙子,她心里发闷……还以为能借这次吃饭和盛昊拉近些关系呢。

陈星夏耷拉着嘴角,无精打采。

她今天梳的低马尾,用的发圈有一点蕾丝元素,一直扎得她脖子疼,现在索性就摘了。

反正也没人看。

严宵输着液,人刚缓过来些。

朦胧视线中,他看到披散着长发的陈星夏。

窗外融融的阳光洒在她身上,严宵不懂那些形容女孩子的词,只觉得小时候看到的那些童话电影里的公主,要是放到现实,该是这样。

严宵手指微动,陈星夏察觉到,问:"怎么了?不舒服吗?"

严宵摇头。

陈星夏正坐那儿伤心呢,看着这个"罪魁祸首"快要恢复了,气不打一处来。

"你没事吃什么葡萄?"陈星夏问,"你葡萄过敏不知道吗?还是说你活腻味了,不打算在地球上过了?"

她着急的时候,眉心会皱起一个小鼓包。

严宵抿抿干涩的嘴唇,声音像是黏在了一起又撕扯开,说:"对不起。"

谁用他说对不起?

她就是想出去吃这顿饭!

陈星夏气沉丹田,非要把这股火发出去不可,话到嘴边,她看着严宵此刻的模样,又怎么都说不出口。

他个子高,腿长,虽然瘦,但不是那种干瘦,有着属于介于男人和少年之间的肌肉轮廓,很结实。

就这么一个挺高大的人,蜷缩在小小的输液沙发里,腿没地方放,脑袋也软趴趴地靠在椅背上,苍白的皮肤一点儿血色没有,好像整个人快要碎掉。

都这样了,陈星夏哪里还忍心说出埋怨的话?

她又叹了口气，但有个事儿还是得问："你能跟我说你为什么要喝葡萄汁吗？"

严宵对葡萄严重过敏。

只要食用，轻则起疹子抽搐，重则会引发哮喘，直接窒息休克。

严宵又抿唇，看得陈星夏心里难受，找护士要来棉签，蘸着水帮他涂了涂嘴唇，好润一润。

严宵目不转睛地看着女孩着急中又带着认真的样子，有些动摇。

可也只是动摇了一下。

他说："忘了。"

忘了？

陈星夏差点翻白眼：你是忘了你过敏，还是忘了你得活着？

严宵说他就是肚子有些饿，去冰箱找吃的，只有这瓶葡萄汁了。

加上当时他正在解道难题，脑子都在解题思路上，没注意就把饮料喝了，等发现时，已经喝下半瓶。

"肚子饿你喝东西？"陈星夏无语，"这跟水饱有什么区别？再说了，你家冰箱里就这么空？吃的呢？"

严宵没言语，垂着眼，长密的睫毛轻轻一颤。

陈星夏还想问，忽然又想到因为严歧在隔壁市驻扎，梁慧婷逢周末就会带着女儿去隔壁市团聚，一直到周日晚上才会回来。

所以，周六、周日这两天，严宵是没人管饭的。

也因为这，夏澜时不时会叫她给严宵送点儿吃的，否则严宵要么外卖，要么方便面。

想到这儿，陈星夏也就想通了，但又觉得奇怪。

整个东棠里都知道梁慧婷是个尽职尽责的好后妈，可这么一个好后妈为什么出门前不给继子准备些饭菜呢？

陈星夏不明白，但再看向严宵，是一句责备的话也说不出来了。

不仅说不出来，她多少还有些同情。

算了，一顿饭而已，不吃就不吃。

陈星夏陪着严宵输液。

输液室里大多是父母照顾孩子，哭闹声断断续续。

陈星夏烦得慌，光玩手机也无趣，就坐那儿发呆，发着发着，她问了个问题。

"你到底打算什么时候帮我送信？"

严宵说："尽快。"

"尽快是什么时候？"陈星夏又问，"这都已经一周了。"

严宵顿了顿，反问："只是送信的话，你有想过回信吗？"

还真没想过。

"他会给我回吗？"陈星夏问，"他又不知道是谁写的。"

严宵不置可否，但心中又多了几分把握，起码的，不回信她也不会起疑。

陈星夏当然不会知道严宵这个问题背后的用意，倒是想起爷爷、奶奶，这会儿待着也是无聊，有些想找人说说话。

"我爷爷、奶奶的事，你听说过吗？"

严宵点头："知道一些。"

据说，陈星夏的奶奶何筱桢以前是有钱人家的千金小姐，养尊处优。

直到后来，家里生意失败，欠了很多债，父母也因此垮了身体，她就肩负起养家和照顾父母的责任,先是打工还债,之后就开了一家甜品店,自力更生。

陈沛山也是在这个时候遇到的何筱桢,便开启了天天去甜品店吃点心的日子。

"我奶奶做的点心可好吃了。"陈星夏笑着说,"不过,我没吃过。是我爷爷说的。"

陈沛山爱吃莹芳斋的糕点,陈星夏也觉得很好吃,但陈沛山说好吃是好吃,不如何筱桢做的一半好吃。

"我看我爷爷就是吃着人家莹芳斋的点心,念着我奶奶。"陈星夏说,"他总能找出各种方法和我奶奶挂上钩。"

就比如结婚周年去旅游,那是何筱桢生前定下的规矩。

现在陈沛山一个人了,也还在遵守,风雨无阻。

听到这儿,严宵嘴角浅浅一扬:"爷爷还想着奶奶。"

"对啊。"陈星夏托着下巴,"我爷爷是我见过的最好的男人,我爸只能排第二。"

严宵说:"爷爷是最好的,奶奶也是最好的。"

陈星夏一愣:"嗯?"

"因为奶奶好,所以爷爷一直不会忘。"严宵说,"这是相互的。"

相互的?

这个问题,陈星夏居然从没想过。

这么多年,她只看到陈沛山对何筱桢的深情,却忘了一个可以让另一个人变得如此深情的人,必定也是一个很好的人。

陈星夏心口一热,下意识地去摸胸前的珠子。

那是颗星月菩提,奶奶留给她的。

夏澜曾告诉过她,何筱桢在知道夏澜怀孕后,拉着陈沛山去了庙里,想要给未见面的孙子孙女求平安。

两人烧完香后,何筱桢在一棵樟树下发现一颗星月菩提。

僧人说,上个月他们寺的主持去世,弟子在收拾遗物时,不小心弄断了主持的念珠,珠子掉落满地,其中有一颗怎么都找不到。

不想会被何筱桢捡到。

佛法讲究一切皆有缘,僧人说何筱桢既是有缘人,那这颗星月菩提就送给何筱桢,愿佛祖保佑她。

而何筱桢把这颗星月菩提送给了陈星夏。

陈沛山用红绳穿着菩提,陈星夏从出生戴到了现在,健康无忧。

那是佛祖保佑了她?还是奶奶保佑了她?

陈星夏喉咙里蓦地泛起哽咽,揉揉眼,趴在了输液椅子的扶手上。

见状,严宵将手放在她脑袋上,轻轻抚着。

还剩下半袋药水就大功告成时,苏雨萌和谢正来了。

谢正跟领导下基层慰问职工似的,张口就是严同学你受罪了、辛苦了、这回得好好养着……叽叽一通,就是没带个果篮。

苏雨萌问陈星夏严宵怎么样了。

陈星夏说:"死不了,输完液就可以回家了。"

三人围着严宵坐下,听谢正唠叨。

苏雨萌烦躁,说怎么就是手腕骨折呢,该嘴受伤才对,也能清静清静。

谢正嘻嘻哈哈:"那哪能啊?我现在也就嘴厉害。"

"呵，你那是嘴欠。"苏雨萌拆台，"还是为我欠的，要不也……"

"打住。这事儿过去了，不提了。"

苏雨萌哪里过得去。

谢正的佛牌一天没回来，她就自责一天。

现在，他们已经确定这事就是岑璐表哥干的。

前两天放学，苏雨萌拍下岑璐和职高的人一起聊天的画面，给谢正看了，他也认出来抢他佛牌的是谁。

就是岑璐的表哥。

他们什么都知道了，都清楚了，但佛牌就是回不来。

苏雨萌说："我觉得咱们几个最近流年不利，现在给严宵也整医院里来了。要不我找高人给破破？"

受谢大爷与神奇佛牌的影响，苏雨萌现在也热衷神奇力量。

陈星夏"哎呀"一声："你别犯神经了。要是遇到困难找人算算就能破，那……"

"是该找人算算。"

严宵淡淡的一句话，给陈星夏他们三个都说愣了。

苏雨萌真诚发问："你说真的啊？咱们真去算？"

"算什么算？"陈星夏反对，嗔怪地看了严宵一眼，"过个敏把你脑细胞都杀死了是吗？"

严宵想解释一下，陈星夏发现他的输液线被别住了。

于是，她又握起严宵的手帮他解。

严宵手指收了收，贴了下陈星夏掌心，陈星夏打他手背，叫他别动。

等弄好了，她让严宵继续。严宵看了眼这么快就解开的输液线，慢了两拍，说："明天，我们去小庙街。"

周日这天，风和日丽。

小庙街少有地迎来如此年轻的四个人。

站在牌楼前，主张请高人指点的苏雨萌反倒怂起尿。

严宵拿出从柄柄那里得到的地址，在前面带路。

苏雨萌紧张得不行，抱着陈星夏的手臂，小声问："这招真管用啊？"

昨天在医院，严宵说了他的计划，一句话总结：用魔法打败魔法。

他们四个人，岁数也不算很小了，一些利害关系还是懂的。

岑璐这件事，他们不能硬刚。

一是没证据，二是职高的那些人进派出所像回老家似的，真要吵起来，最后玩不起的是他们。

他们是正经学生，还要上学的。

所以，佛牌得要，但最好是表哥自己主动还回来。

严宵通过谢正的描述，得知表哥当时看到佛牌时，一眼就认出来这是药师佛，从而断定要么表哥家里有人信佛，要么他本人多少对玄学的事情感兴趣。

严宵利用在便利店里说的话，在学校引起讨论。岑璐那种外放的性子，不可能不和她表哥说，搞不好，兄妹俩现在还觉得得到了什么神物呢。

在这些前提的加持下，严宵说还差最后一步。

"管用。"陈星夏说，"咱们就配合。"

苏雨萌擦擦头上的汗，还是觉得玄乎，但陈星夏无条件相信严宵，她也只有信了。

到店铺门口，严宵敲门。

几秒过后，一位中年妇女探头出来："什么事？"

谢正非常热情，充分发挥"社牛"属性："哎哟，我的'赵大仙'，可找到您老了！"

四个人进了门。

谈话时间并不长。

严宵言简意赅，谢正东拉西扯，"赵大仙"很快明白了他们的意思。

只是跟几个小孩做买卖，"赵大仙"不稀罕费劲儿。

谢正说："'赵大仙'，您就当做做好事呗。再说了，您就演两场戏，我们又不是不给您辛苦费。您就当玩了。"

"你这小子说话挺有意思。""赵大仙"笑道，"你能给多少辛苦费？"

谢正看向严宵，严宵说："给多少，这钱也是好挣。"

听这语气，"赵大仙"打量起严宵。

男孩年纪不大，气度却很沉稳，眉眼中也透着坚定，就是眼神干净归干净，但含着深沉，没有这个年龄该有的简单。

"赵大仙"纵横卦界多年，通灵一说实属扯淡，但看面相还真有些本事。

她敢断言，眼前这个男孩有头脑、有胆魄，最重要的是心思深，会算计把控人心。

陈星夏见"赵大仙"半天不吱声，悄悄拽了拽严宵。

严宵反手捏捏她，她放心些，说："您就帮帮我们吧。我同学的佛牌是他爷爷去世前给他的唯一纪念。"

"赵大仙"又看看陈星夏，这个小姑娘倒是个心思纯真的。

思考片刻，"赵大仙"也懒得在一群小鬼身上耗时间，既然给钱，那就干呗，活儿又不累。

"说你们的要求吧。""赵大仙"说，"先交一半定金啊。"

从小庙街出来，苏雨萌吐了口气。

她刚才一直没说话，一是怕嘴笨说错话，二是也没啥好说的。

"我就是个傻子。"苏雨萌嘴角抽抽，"我还真信他们是仙人，这不就一演员吗？给钱就演。"

谢正说："那你以为呢？人和人之间谈的不就是利益。"

苏雨萌一声叹息，说："那'赵大仙'也答应帮我们了，我们真能让表哥主动把佛牌还回来？"

"能。"谢正没犹豫。

一个能一眼认出药师佛的人，必定信这些，他们的心理防线很脆弱，受不得撺掇。

不得不说，这招实在是高。

既不会给他们惹上麻烦，又能要回佛牌。

谢正看着严宵，有佩服，有感激，还有几分看不透。

坦白地讲，他们四个人中，严宵看似在这个集体里，实则一直游离在外。

如果不是陈星夏的这层关系，严宵估计都不会和他们说话。

谢正没想过严宵会像现在这样，考虑了他们每个人的情况，最后用了这么一个方法。

他是最大的受益人，这自是不必说，更重要的是，如果对方主动把佛牌还了，苏雨萌也就不会被岑璐纠缠了。

皆大欢喜。

谢正上前拍拍严宵的肩膀，说："谢谢你，严同学。"

"不用谢。"

严宵回道，看向前面和苏雨萌说说笑笑的女孩。

因为星月菩提，她理解谢正的心情。

既然理解，那就必定会难过，他不想她难过。

四人在小庙街附近随便找了家餐厅吃午饭。

回到东棠里，苏雨萌得赶紧回家写作业去，谢正也得补这段时间落下的笔记，大家没再闲聊，约好明天见。

走在午后的巷子里，陈星夏打了个哈欠，问严宵作业都写完没有。

严宵没来得及回答，夏澜从前面巷口出来，看那步伐匆匆的模样，估计又是事务所紧急召回。

"你们回来了。"夏澜说着，看了看严宵的脸色。

她昨天听陈星夏说严宵过敏去医院了，心里总惦记……她就知道梁慧婷根本不是真心对严宵好，连口饭都不愿意提前做。

"今天到家里吃饭。"夏澜说，"爷爷和你陈叔去钓鱼了，正好晚上吃。"

严宵道谢，婉拒道："不打扰了，澜姨。我回去还要写……"

"作业带着，和小满一起写。"

夏澜不容拒绝，嘱咐完严宵现在就过去，便走了。

被遗忘的陈同学：我挺多余哈。

陈星夏就纳闷了："我妈为什么这么喜欢你？因为你学习好，还是长得好？"

严宵垂眸："我还是不去了，你……"

"别。"陈星夏打断，"你不去，我妈又得唠叨是我欺负你。你现在去拿作业，正好我也有题问你。"

陈星夏先回了家。

她去楼上抱下来书包，放到餐桌这边。

这里桌子大，够她和严宵写作业。

之后，陈星夏进厨房觅食。

刚才在餐厅她没吃两口，实在是太难吃了，现在饿劲儿上来，她犹豫要不煮个水饺？

陈星夏在冰箱里翻了半天，找出一袋花生馅汤圆来。

炸汤圆可是一大美味啊。

陈星夏果断抛弃水饺，当即撕开了包装袋。

严宵收拾好东西来到陈家。

推开门，"大阿哥"在笼子里蹦蹦跳跳："有人来了！有人来了！"

对"大阿哥"而言，小宵是活在陈家人台词中的重要人物，且与小满紧密相连，单看人的话，还没聪明到能认出来。

严宵拿了点儿鹦鹉食放到"大阿哥"的饭碟里，"大阿哥"开心："谢谢！谢谢！"

严宵弯弯唇，有意想教鹦鹉学舌，就听屋里传来一声惨叫。

陈厨子的炸汤圆首秀——失败。

那个油实在太可怕了，"噼里啪啦"一通乱溅，溅到陈星夏的手背和胳膊上。

她不敢上前关火，好不容易磨蹭过去，才伸手又被烫了下，疼得她叫了一声。

就是在这时，外面传来声响。

陈星夏看也没看，呼叫严宵。

严宵一进厨房就把陈星夏拉到了边上，然后盖锅盖、关火、开窗户，一气呵成。

虽然屋子里的煳味儿还是呛人，但陈星夏可算是踏实了。

"炸汤圆好难。"她说，"我记得我妈炸的时候不是这样啊。"

严宵掀盖看了看锅底那一层薄薄的油，一时也不知道这是炸汤圆还是煎汤圆。

他让陈星夏出去，他来。

陈星夏不听，她求学（捣乱）心切，要观摩严大厨一展风采。

既然这样，严宵也不再赶人，整理好厨具，重新炸汤圆。

要说这人的气质真是神奇，有些人明明在做最接地气的事，可举手投足带着不食人间烟火的清冷感。

严宵半卷着衣袖，站在灶台前，淡定地将汤圆放进滚烫的油锅中，其中几次热油崩裂外溅，他也只是侧侧身子或者偏偏头。

陈星夏想起自己刚刚上蹿下跳的样子，肯定很滑稽。

这就是差别吗？

她心里"哼"了声，瞥到桌面上放的炸煳了的汤圆，手又痒了。

是时候皮一下了。

陈星夏找出双筷子，假模假样地在品尝什么，然后就夹着煳汤圆送到严宵嘴边。

"你尝尝哎。"她说，"我感觉还挺好吃的。"

严宵在给汤圆翻个儿，看都没看，直接张嘴。

等他尝到味道的时候，陈星夏"扑哧"大笑起来："好吃吗？是不是别有一番滋味？哈哈哈！"

严宵抽张纸将汤圆吐出去，本想告诉她这种煳的东西还是不要尝，就见陈星夏笑得倒着走，马上就要踩到地上的抹布。

陈家厨房是窄长条形。

陈星夏身后正对水池，要是倒下磕到后脑，不是闹着玩的。

严宵喊了声"小满"。

可惜还是晚一步，陈星夏已经踩上抹布并滑倒，整个人向后仰。

情急之下，严宵只好用力抓住陈星夏的胳膊往回拽，两人都听到了骨关节发出"嘎"的一声。

陈星夏皱了下眉。

但没顾得上疼，人先是生生被拽回来，再来是腰被紧紧扣住。

陈星夏脑子里空白了一瞬，有些迷茫地抬起眼，映入眼帘的是凸起的喉结。

两人因为拉扯，严宵的衣服被她抓得有些歪了，露出半边锁骨，那锁骨窝里还有颗很小的黑痣。

陈星夏甚至可以感觉到严宵呼吸的起伏。

有些急。

陈星夏就这么宕机了一会儿，忽然间，她的心脏"噔"地，像是通了电，狂跳起来。

她"唰"地抬起头，恰好严宵低头，两人就这么撞上了。

这事之前也发生过——严宵捂着下巴，陈星夏捂着头。

但那会儿，陈星夏直接抱怨他下巴硬，现在却跟吞了哑药似的，说不出话来。

两人互看了几秒，严宵先打破了僵局。

"手臂，疼吗？"

他下意识地伸出手要检查，陈星夏也下意识地躲了下，极小的微妙让局面再次陷入僵持。

陈星夏觉得这很不对劲儿。

可哪儿不对劲，她又说不上来。

最后，是油锅里又快要煳了的汤圆将他们拉回现实。

陈星夏攥紧衣摆，先发制人："你下巴是铁做的吗？戳死人啊。"

"我、我去洗手。"她快步走出厨房，"等我出来吃到汤圆，你快些弄。"

陈星夏反手拉上厨房的门，直奔卫生间。

严宵透过门合上前的缝隙，瞥见女孩慌乱的背影。

卫生间里，陈星夏后知后觉地感到胳膊疼。

但不严重，就是那一拽抻了一下。

她扭动着肩膀，看见镜子里自己那张红透了的脸，心情颇为复杂。

平心而论，严宵是好意，怕她摔倒。

刚刚的一切不过是巧合，但这样的巧合似乎不该发生在他们身上。

在陈星夏眼里，严宵是异性，但不是那种异性，是……她不知道该怎么形容！

总之，她没想过她和严宵之间会有这样的接触，更没料到它发生了之后，自己会是这样的反应。

按理说，她应该一拳撑过去，怒道："你趁机占我便宜是吧！"

但直到此时此刻，她的心跳都没有平复，"扑通扑通"，好像随时都会跳出来。

严宵有毒啊，不仅俘获了夏女士，对她造成全方位的语言打击，现在还企图控制她的心理健康？

陈星夏拧开水龙头，洗了把脸。

她告诉自己镇定些，没什么大不了的，是意外。

洗脑奏效，陈星夏逐渐冷静下来，再次看向镜中，她也想明白了严宵就算再怎么特别，终究还是个异性。

他们都大了，以后多注意就好。

陈星夏从卫生间出来，餐桌上已经放着炸好的汤圆。

而严宵背着书包，像是要出去。

陈星夏一愣，问："你干吗去？"

严宵的视线扫过女孩的额头，抿抿唇："我回去。"

至于为什么，不需要点破。

陈星夏低下头，嘟囔着有什么好回去的，想去厨房里再拿一双筷子，因为没看路，差点儿撞墙上。

她故作淡定，命令："你去拿筷子和我一起吃。还有，你留下写作业。晚上我妈看不见你，肯定得念叨死我。你休想又害我。"

说完，她也不看人，回到餐桌旁坐下，吃起炸汤圆。

过了几秒，严宵摘下书包，进了厨房。

陈星夏收回余光，莫名松口气。

一颗煳汤圆引发陈星夏和严宵的新一轮不对付。

但鉴于目前是她有求于人家，所以陈星夏也尽量克制，不怎么怼人，顶多阴阳两句。

再者说，他们还有大事要办。

周三这天放学,四人组来到七中后街。

这里有个网吧,是职高学生们的最爱。

谢正已经摸清楚了,岑璐表哥每周三都会来这里打游戏打到半夜。

四个人在网吧外面等了会儿,果然看到从网吧出来抽烟的表哥。

又等了等,"赵大仙"按照约定也到位了。

苏雨萌见了"赵大仙"就紧张,问陈星夏能不能骗得过去。

这话叫"赵大仙"听见,她说:"别问能不能,该问多久就能。要是连这点职业素养都没有,我白在小庙街混那么多年了。"

苏雨萌缩着脖子不敢说话,这时,表哥扔掉了烟。

快到饭点,表哥没有直接回网吧,而是进了后街旁边的小吃巷子。

"赵大仙"捋捋头发:"各位,擎好吧。"

四个人面面相觑,小心跟上"赵大仙"。

"赵大仙"先是装作不经意地和表哥擦肩而过,然后也不知打哪儿冒出来一个人,抓着"赵大仙"的手就不放,念叨着什么"大仙,求您再救我一次吧"!

陈星夏和苏雨萌震惊,敢情"赵大仙"还有自己的团队?

只见那队员声泪俱下地求"赵大仙",这来来往往那么多人,直接就跪,也不怕别人看。

"赵大仙"叹了口气,闭上眼,脑袋抽搐似的转了转,再睁眼时,说:"我不是让你不能再进那间屋子吗?你没听!"

"我!我!"队员磕头,"我错了!"

"赵大仙"又是一声叹息,扶起人,两人去了僻静处。

苏雨萌"哎"了声:"怎么走了?"

她才说完,表哥就跟上了"赵大仙"。

后面,陈星夏他们没敢再跟着听,怕被发现。

但"赵大仙"带回来的消息是这周末表哥会去小庙街找她,到时候她会按照事前说好的,让表哥把佛牌埋在指定位置。

"赵大仙"走后,苏雨萌一愣:这就成了?

"不然呢?"谢正笑道,"这表哥一看就迷信,不然也不会跟上去。"

苏雨萌"啧啧"半天,说这钱也太好挣了,赶明儿她也去小庙街摆摊吧。

"你快拉倒吧。"谢正说,"半天就让人送派出所了。"

苏雨萌想反驳,但忽然又点点头:"倒也是那么回事。"

闻言,大家都笑起来。

苏雨萌看了眼严宵,和陈星夏说:"不愧是学霸!这招都能想出来,牛!"

陈星夏不屑地说就那么回事,侧过头,见严宵也在看自己,"哼"了声,转回去。

因为这事,四人耽误不少时间。

既然已经事成,就不在外面再晃悠了,赶紧回东棠里。

在骑士铜像分别后,陈星夏和严宵照旧右拐。

陈星夏不愿意搭理严宵,走得很快,而严宵就跟着,半步没落下。

"干吗?显你腿长?"

她都快跑起来了,他倒好,就是走得稍微快了那么一点点。

严宵垂着眼,不作声,长密的睫毛好像天生就是为他挡住情绪的。

陈星夏懒得和他消耗心力,又要推车时,严宵从书包里拿出一块软糖,递过去。

是陈星夏爱吃的那个牌子新出的树莓口味。

很好,又拿吃的糊弄她是吧?

觉得她是吃货吗?

哼,她就吃,花光他的钱!

陈星夏欻地拿走软糖,揣口袋里,软糖硬吃:"别以为这样就没事了!你想得轻巧!"

她放完狠话在那儿运气,运来运去,又把那一块软糖拿出来,掰成两半,撒气似的将一半扔进严宵的车筐里。

月色轻柔,混着街灯的微光罩在两人身上。

严宵弯弯唇,一场小小的风波就此化解。

两人继续往家的方向走,快要分别时,前面传来脚步声。

盛昊插着口袋从巷口出来,看那神情像是刚和谁吵过架,又生气,又不耐烦。

陈星夏有段日子没见盛昊,冷不丁见到人,顿时愣在原地。

而盛昊看见她和严宵,语气算不上好,但也正常:"这么晚才放学啊?"

"有点儿事。"陈星夏忙说,"你、你找慧婷阿姨?"

盛昊也不知想到什么,冷笑一声,没回答这个问题:"遇都遇上了,一块儿吃顿饭吗?上次你俩没来,还欠你们一顿。"

陈星夏内心狂喜,这简直是天降洪福啊。

她看向严宵,轻轻点了下头,示意他答应,可严宵说——

"不去。"

盛昊眼里的情绪一闪而过。

紧接着,他一边的嘴角翘起要说话,但被振动的手机打断了。

盛昊去边上讲电话。

抓住这个机会,陈星夏停好车来到严宵跟前。

"为什么不去?"她压着声音说,"去吧去吧!你不去的话,我一个人也没办法和他去。你就当帮帮我,行吗?"

见严宵不为所动,陈星夏抓着他的袖口晃了晃:"去嘛。"

陈星夏对严宵撒娇的次数屈指可数,一般都是直接武力压制。

可能是物以稀为贵吧,只要她撒娇,还没有严宵不答应的事,这可以说是撒手锏。

严宵终于看向陈星夏,漂亮的桃花眼在路灯的映照下,泛着水光。

陈星夏以为有戏,刚要说走吧,就听严宵用冷淡又不容商量的口吻说:"不去。"

为什么!

陈星夏不明白,还想再求求,盛昊回来了。

陈星夏赶紧松开手,站到了一边,盛昊说:"不巧,我那边正好也有些事。那就改天再请你们吧。"

他看着严宵,挑眉一笑。

盛昊就这么走了。

陈星夏在电线杆旁边呆站了一会儿,也骑上车回家。

走时看都没看严宵一眼。

这一晚上,陈星夏写作业都写不顺手。

严宵这种关键时刻掉链子的行为极大地挑战了他们友谊的坚固性!

上次,她明明可以和盛昊吃饭,但他抽风喝葡萄汁,她为了救他,才错失大好机会。

这次,盛昊主动说要再请,多好啊,他却不去!

什么意思?

看她着急他很开心吗?

陈星夏越想越气，抄起手机准备开骂，结果鬼使神差先点进了朋友圈，就看到盛昊半小时前发了一条朋友圈：学霸，了不起。

配图是"我不配"三个字。

直觉告诉陈星夏，盛昊是在说严宵。

想想也是，人家好心好意想请个客，换来的却是热脸贴冷屁股，谁能不气?

但严宵……也不是故意的吧?

陈星夏犹豫了下，还是想替严宵和盛昊解释几句，就给盛昊发了一条：在吗?

盛昊那边回复得挺快：在，你说。

——没什么特别的事，就是想跟你说严宵不是故意装，而是天生性格有病，请你不要在意。

陈星夏这么想，可怎么组织语言说呢?

毕竟人家盛昊也就是发个朋友圈，万一不是指严宵呢。

哎，冲动了。

陈星夏琢磨半天，有点儿后悔主动说话，最后只好回复：没什么事！就是下次有机会一起吃饭哈。

盛昊：别了。

盛昊：学霸哪瞧得上我这种不学无术的?我就不自找没趣了。

还真是说的严宵。

陈星夏盯着这两条消息，心里有种说不上来的滋味。

她理解盛昊为什么生气，但又清楚严宵真不是那种自视清高的人。

他是从小就话少，也不怎么喜欢参加集体活动，总是一个人，习惯了。

陈星夏叹了口气，也不知道怎么接这个话，举着手机好久，还是盛昊又发了一条"先不聊了，有事"，才终结这次对话。

陈星夏一头栽在床上，裹着被子打滚。

想让一个人了解另一个人，好难啊！

有一个这种倒霉性格的竹马，好气啊！

严宵今晚的学习效率也有些低。

一道数列题，他看了好久，却迟迟没有下笔。

他料想陈星夏该是生气了，还是很生气的那种。

这次该用什么办法让这件事翻篇?

严宵思考着，这时，门外突然传来敲门声，女人略带低沉的声音隔着门板传来："你出来，我有话问你。"

客厅里，梁慧婷跷着二郎腿坐在沙发上。

她穿着一条长款丝质裙，在外面加了一件披肩，披肩上有纯手工刺绣，花样繁复。

这两件衣服都是大牌，也都价格不菲，可搭配在一起，怎么看怎么不协调。

"阿昊回来的事，你没和你爸说吧?"梁慧婷问。

严宵："没有。"

回答过于简短，梁慧婷挑眼看着少年。

她这些年保养得很不错，嫁给严歧就开始做全职太太，没怎么辛苦过，眼角眉梢的皱纹都比同龄人少。

东棠里很多女人明里暗里都羡慕她。

片刻后,梁慧婷看了看新做的美甲,似笑非笑地说:"在这个家里,认清你的身份,不该说的话不要说,这样子,你好我也好,是不是?"

严宵面无波动,转身回房。

严宜早早"埋伏"在楼梯口。

见人过来,她跳出来用魔法棒指着严宵,大喊"让他变成猪"。

严宵就当没看见,绕开人继续走。

严宜"喊"了一声,迈出腿踢了严宵一脚:"木头人。怪不得爸爸不喜欢你。活该!"

进了房间,严宵坐回桌前。

他根本什么都不用说,等着看戏就是。

不同于以往,这次陈星夏怒动得有些大,持续冷脸,怼都不想怼严宵,连苏雨萌都问她出什么事了。

而气就气在这儿了。

陈星夏不能跟别人说,只能生憋着。

就这么一直到了周末,拿回佛牌的大日子。

据可靠的小道消息,岑璐和她的小姐妹们吐槽她表哥这几天神神道道,说什么占了不该是他的东西,要走大霉运,必须赶紧处理掉。

因为之前有谢正神奇佛牌的渲染,岑璐小姐妹们也说那得赶紧办好,不然会招来不祥。

岑璐五迷三道的,压根儿没想过可能是谢正他们这边做了什么。

临近傍晚,陈星夏一行人在骑士铜像碰头。

表哥没说具体几点去找"赵大仙",只说下午,所以他们得提前去计划好的地点等着。

地点选的是东棠里后面的一处公园。

陈星夏他们在公园对面的麦当劳,找了一个靠窗的位置,静静等候鱼儿上钩。

但这个等候过程对陈星夏来说多少有些煎熬。

她从今早起床就开始不舒服。

不为别的,就因为她那不准的生理期,以及她无处排解的怨气,让她在昨天吃了一根酸奶雪糕。

"星夏,你行吗?"苏雨萌小声问,"我看你嘴唇都有些白了。"

陈星夏摇头:"没事,你帮我要杯热水就行。"

她才说完,严宵就拿着纸杯回来了。

陈星夏瞥他一眼,别过头。

苏雨萌便做中间人,接过水送到陈星夏嘴边。

肚子实在是疼得厉害,陈星夏别扭两下,也还是喝了。

谢正一直盯着公园入口的动静。

他估计表哥怎么也得等天擦黑了才来,不然在公园里公然挖土,太惹眼。

但有一点——

"这个公园只有这一个门吗?"

谢正的问题,令现场沉默。

严宵百度了地图,看完后说还有一个后门,得有人过去盯着。

那么问题又来了。

陈星夏现在这状况肯定是少折腾好，那谁留下陪她呢？

"我自己过去盯着就行。"谢正贴心地说，"你们三个就在这儿……"

严宵看过去一眼。

"要不还是我和表姐一块儿吧。"谢正严肃道，"两个人保险一些，咱们有事电话联系。"

苏雨萌和谢正麻溜儿地撤了。

陈星夏和严宵面对面坐着。

店里放着英文民谣，伴着咖啡香气，比较惬意的气氛。

但陈星夏不惬意。

她不想看见严某，索性趴在了桌上。

等过了一会儿，她感到手臂那里有什么热烘烘的东西贴着皮肤，抬头一看，是一杯新的热水。

刚才那杯水已经变成温的了。

陈星夏看着这杯水，又瞄了瞄拿出书正在阅读的某人，一只手按着肚子，到底是没能忍住，还是问了："你那天为什么不肯帮我？"

严宵抿抿唇，视线从书上移开，落在那个水变温了的纸杯上。

"说话！"陈星夏把杯子挪走，"我非要知道原因不可。"

严宵顿了顿："误会。"

"误会什么？"

"我和你。"

"你想活活气死我是吧？"

能不能一口气把话说痛快了！

他俩能有什么叫人误会的！

陈星夏就差掀桌了，但掀之前，她脑海里莫名浮现出上次在厨房的画面。

难道严宵的意思是如果他们三个一起去吃饭，盛昊会误会她和严宵的关系？

这不可能，他们只是朋友而已。

可不知怎么的，陈星夏这会儿竟没法理直气壮地说出这话来，下意识想喝口水降降温，随意抓起了桌上的纸杯。

结果手被按住。

严宵制止了她的动作，说："那杯。"

陈星夏"啊"了声，一看，她拿的是那杯快要凉了的。

而这一看，她自然也看到严宵的手，手掌很大，手指瘦削修长，骨节分明，指甲修得很整齐，也干净。

陈星夏转而拿了另一杯。

她心不在焉地喝着，严宵这时说："今天，我帮你送信。"

"什——咳咳！咳咳！"陈星夏呛了一口，眼泪都咳出来了。

严宵见状，坐到她身边，帮她拍背。

陈星夏拿张纸巾擦擦嘴："今天帮我送？真的？"

严宵点头。

这一番操作下来，陈星夏又觉得严宵挺好。

为避免有误会，拒绝了和盛昊吃饭；但那也不是不帮她，这就要为她送信。

综上，她这个帮手有头脑且靠谱。

那她还生什么气？不应该啊。

这时，谢正的电话进来了。

表哥上钩了。

严宵不想陈星夏过去。

但陈星夏认为事情就差最后这一步，万一有什么，她好歹能帮帮忙。

严宵改变不了陈星夏的想法，只好从包里拿出冲锋衣，让她穿上。

"你看过天气预报吗？"陈星夏无语，"这都五月了，多热啊。"

严宵说："看过，今天降温。"

这话甚是耳熟。

陈星夏想了想，是早上陈沛山和她提过一句：小满，现在早晚温差大，今天还降温，你出门多带件衣服。

"讨厌宵"居然和她爷爷是一个思路的。

末了，陈星夏套上这件比她体形至少大两倍的冲锋"裙"。

滑稽是滑稽了些，但对于陈星夏现在的情况，总比着凉了让肚子更疼的好。

陈星夏和严宵来到公园后门。

苏雨萌冲他们招手，带他们去了公园偏僻的一角。

四人凑齐，躲在一块假石后面。

表哥带着一把玩具铲子，蹲在大树旁，一边挖土，一边碎碎念。

"莫怪莫怪！我不是有心的。请大师原谅我的无知，我现在就将东西归还。莫怪莫怪啊……"

这套说辞是"赵大仙"教的。

苏雨萌越听越想笑，捂着嘴，脸憋通红。

眼看表哥就要埋土，他们只要在表哥走后，把佛牌再挖出来，这件事就能神不知鬼不觉地解决时，岔子来了。

一个捡瓶子的老太太不知道什么时候溜达到他们身后，拍了拍谢正的肩膀，问："你口袋里的塑料瓶还要吗？"

那是瓶矿泉水，谢正之前买的，还没喝完。

老太太惊动了表哥。

表哥看到了谢正，和他小眼对小眼互望了一会儿，蒙圈了。

谢正试探着挥了挥手，表哥撂下铲子，抄起入了半截土的佛牌，跑了。

苏雨萌喊道："快追啊！"

谢正"噌"地窜出去。

陈星夏也要去，严宵卸下书包交给她，说："你不能去。"

"我……"

"听话。"

严宵跟着谢正追了出去。

苏雨萌问陈星夏："我们不去吗？"

陈星夏冷静一想，她确实不方便追，更何况她们这速度也追不上。

"我们去那边堵。"陈星夏背上书包，"咱们两边夹击。"

选择这处公园的优势在此刻体现出来了。

陈星夏他们小时候是在这个公园玩着长大的，闭眼都能知道表哥会选择什么路线。

陈星夏和苏雨萌在一个可以通往东棠里的巷口旁等着，一人手上拿着一根刚找的长树枝，以备不时之需。

不过十分钟，她们就听到急促的脚步声，还有表哥大喊着："滚！别追了！"

陈星夏和苏雨萌探头看，就见严宵一把抓住表哥的两只手腕，将人脸冲墙给按住了。

谢正很快也来了，呼哧带喘，手点着表哥，几次想说话却只有捯气儿的声音。

"你们想怎么着？"表哥跟条待宰的鱼似的蛄蛹，"你们也不打听打听我郭俊琨的名号是吗？信不信我叫我那几个兄弟来打得你们跪下叫爸爸？"

严宵手上稍微使力，郭俊琨叫唤一声，差点儿先叫了爸。

"我们不想怎么样，"严宵说，"只是想要回佛牌。"

郭俊琨闻言，眼珠滴溜溜地转，和岑璐一样，没安好心。

苏雨萌拽拽陈星夏，急得快要哭出来，她怕辛苦了这么半天，最后还是没能让谢正拿回佛牌。

陈星夏让她别急，严宵肯定有办法。

果然，严宵又说："上次你打人的事，我们可以不追究。你抢了我同学的佛牌，我们没证据，也不能拿你如何。可这次，我们录像了。你亲口说这东西不是你的。"

郭俊琨一怔："什么？什么录像？你少吓唬人了！"

他才说完，陈星夏扔了树枝，掏出手机给他调出来一段视频："我录了。这次证据确凿，你要是不还佛牌，我们就去派出所。"

郭俊琨不说话了。

这会儿天色已黑，他根本不会看清那段视频其实是陈星夏录的一只小猫埋屎。

见郭俊琨有了松动，陈星夏和严宵交换眼神。

陈星夏挑眉：我可比你机智多了。

瞧她那得意的小样子，严宵嘴角一扬。

谢正缓过气，上前和郭俊琨说："同学，上回你打我一顿给你表妹出气，咱俩也算两清了吧？这个佛牌你就还给我，我保证不报警。"

郭俊琨还在犹豫。

严宵说："你看得出是药师佛，证明你多少也懂点门道。不是你的东西，还是不要拿的好。"

郭俊琨的奶奶确实信佛。

他本身对这些嗤之以鼻，但禁不住老人天天念叨，他就信了。

"我把佛牌还了，咱们两清？"郭俊琨说，"说到做到？"

谢正举手："我跟你保证。"

"谁要你保证？"

郭俊琨费劲地扭头看了严宵一眼。

这哥们儿手劲儿真大，跑得也快，要是动起手来，他未必打得过。

而且，明眼人一眼就能看出来，这人看着跟个文弱书生似的，实际主事的是他。

严宵点头："说到做到。"

双方达成共识，严宵松开人，郭俊琨也去掏佛牌。

就在即将成功的这 0.01 秒之际，今晚的第二个岔子出现——盛昊。

盛昊刚和梁慧婷吵了一架。

从东棠里出来，他浑身带着躁意，正准备叫上朋友去打球，就见陈星夏他们一个个表情紧张。

"怎么了？"盛昊问，"出什么事了？"

盛昊的眼神很锐利，一下子打在郭俊琨身上。

这郭俊琨也是个滑头，见事情有转机，竟然想跑。

苏雨萌第一个发现，喊："不能让他走！他抢了我表弟的佛牌！"

盛昊一听，冲过去直接就是一脚。

好歹也是出来混的，这多栽面儿，郭俊琨骂了一声，爬起来和盛昊打了起来。

盛昊和郭俊琨越打越凶，谢正想上去劝架，被严宵拉回来。

谢正想说怎么了，一看，自己手还残着。

严宵过去将莫名其妙上了头的两人强行分开。

盛昊被拉走时还愣了下，看着严宵，语调带笑："有两下子啊，学霸。"

严宵没接话，找郭俊琨要佛牌，郭俊琨梗着脖子："我现在又不想给了！"

他啐了一口，嘴里有血。

"别不给啊。"盛昊扭扭脖子，"刚才是我动的手，你有事冲我来。该给还是给人家，这点儿敞亮，咱们还是得有的。"

郭俊琨不愿意，但又心想一个严宵他都够呛对付，现在再来一个，打不过啊。

最终，郭俊琨还是交出了佛牌，走时指着盛昊说："兄弟，你行。我记住你了。"

佛牌回到谢正手里。

谢正一个平时没啥正形的嘴欠少年，捧着佛牌，拿纸巾仔仔细细把它擦了一遍，然后挂在脖子上，抚了抚。

"谢谢大家。"谢正鞠了一躬。

苏雨萌也跟着道谢，陈星夏想说他们是朋友，但没能说出来。

她指望严宵说，但这位还是淡淡的，沉默如旧。

谢正笑道："都这个时间了，我请大伙儿吃饭吧。你们想吃什么？"

这是第几回请吃饭了？

可惜，陈星夏还是无福消受。

刚才情况紧急，她不是紧张就是吓的，倒也忘了肚子疼。

而眼下，她小腹坠痛得叫她思维都变得迟钝，连盛昊在打量她身上这件冲锋衣，她都做不出反应。

严宵不动声色地走到陈星夏的身边，摘下她背上的书包，背到自己身上，说："改日吧。"

谢正挠挠头，盛昊也说："改日吧，我已经有约了。"

既然如此，吃饭作罢。

盛昊在路边打了辆车直接离开，剩下四人回到东棠里，在骑士铜像分别。

路上，苏雨萌感叹盛昊好帅啊！

"那飞踢出去的一脚，跟拍偶像剧似的。"苏雨萌说，"盛昊就是那种不羁又仗义的江湖少侠！太有范儿了！"

是仗义、够帅，但也挺冲动，二话不说上来就动手。

不是谢正不知道感恩，而是事情本不该是这样解决的。

他们叫郭俊琨发现设局已经背离他们不想惹到职高那群学生的本意，好在严宵句句游说都在点子上，倒也没让事态太坏。

但最后盛昊这一通打，不知道郭俊琨那边会怎么样。

谢正叹了口气，摸摸胸前的佛牌，说："希望别再有什么事了。"

另一边，陈星夏还顾不上回味盛昊今天的英姿飒爽。

她疼得有些耳鸣了,停住脚步,猫着腰,正要扶墙,严宵先过来让她靠着了。
"很疼?"严宵问。
陈星夏稍抬起头,她视线也有些模糊,看不清严宵的表情,只隐约觉得他好像皱着眉。
"疼。"陈星夏声如蚊蚋,"严宵,好疼。"
严宵摸摸她的头,轻声说:"背你回家,马上就不疼了。"
陈家今晚没人。
陈沛山去吃朋友孙子的满月酒,陈慕桢和夏澜都临时有工作要处理,得晚些回来。
严宵把陈星夏安置在客厅的沙发上。
他拿了条薄毯给她盖好,便去厨房冲红糖水。
等他回来,就见陈星夏脸埋在抱枕里,眼睫毛轻颤,毫无活力。
严宵眉头皱得更深了,扶起人:"来,喝水。"
陈星夏摸到暖暖的玻璃杯就觉得舒服,再一尝里面的红糖水,不管是温度还是甜度,都恰到好处,她喝了一整杯。
严宵给她擦嘴,问:"澜姨留了饭菜,现在吃吗?"
陈星夏摇摇头,钻回沙发里,想用抱枕将自己围住。
严宵又去翻药箱,止痛药没有了,他打算出去买,陈星夏没让。她现在疼痛有所减缓,不至于吃药,要是一会儿又疼起来,再去买也不迟。
严宵重新给陈星夏盖好毯子,然后就坐在旁边的沙发上看书。
总得等到大人回来一个。
时间一点点滑走。
窗外微风起,邻居家炖肉的香味飘了进去。
睡得迷糊的陈星夏咂巴嘴,跟只馋嘴小猫似的,看得严宵弯了弯唇。
"饿吗?"他问,"吃不吃饭?"
陈星夏还是摇头,咕哝了句什么。
严宵听不清,放下书弯腰靠过去,听到她问他:"我们是不是最好的朋友?"
这时候的陈星夏是神志不清的,只是潜意识里,她记得今天有个很重要的问题没有和严宵说,就在这会儿呓语了出来。
严宵看着女孩。
她侧躺着,面朝沙发背,只露出了半张脸,有些圆嘟嘟的,带着一点婴儿肥,两瓣柔软的嘴唇一张一合,在轻轻呼吸。
严宵清楚她的心理,也知道她这话背后的意思。
他伸手将贴在陈星夏耳畔的发丝拨开,回答她:"我们是。"

之后的一段日子,岑璐没找过苏雨萌麻烦,也没找谢正的,佛牌一事彻底落幕。
另一边,严宵说他已经帮忙将信放到了盛昊的口袋,至于盛昊是何反应,严宵也不得而知。
陈星夏对此倒不在意,给了严宵第二封信,叫他再找准机会给盛昊。
生活继续,仿佛还是按照计划在继续。
而随着天气一天比一天热,今年的高考余额已经不足一个月。
高二所在的教学楼和高三的隔空相望,陈星夏每每走在连廊上,都能清晰地感受到来自高三的紧迫。
再过不久,她也将搬到对面。

周六这天,中午。

陈星夏写完作业帮夏澜跑腿,去小超市买调料。

回来路过小卖部,陈星夏仿佛看到酸奶雪糕在向她招手,很热情的那种。

但鉴于之前她疼得都快要爹妈不认,只能忍痛放弃,想着天儿再热一些,天一热,吃凉的正好中和。

陈星夏溜达着往家的方向走。

拐过一个巷口,遇上居委会张大妈。

张大妈今天又在菜市场抢到不少实惠好货,看见陈星夏,笑得眼睛眯成一条缝,往她手里塞了个大苹果。

"谢谢张奶奶。"陈星夏说,"这苹果看着就甜。"

张大妈说没你嘴甜,刚想让孩子快回家吧,又想起什么,把人拉住。

"小宵他们家出什么事了,你知道吗?"

陈星夏一愣,摇摇头。

严宵今天代表区里参加数学竞赛,得下午才能回来。

张大妈说:"我早些时候路过小宵他们家,里面传出好大的动静!慧婷喊了好几声呢。"

陈星夏问:"喊什么?"

"这个……"张大妈咧嘴笑笑,"就是什么不争气之类的吧。"

其实当时,张大妈都快粘严家门上听了。

可惜这人一上岁数啊,是哪儿哪儿都不灵了,根本听不清。

陈星夏松口气。

这该不是说严宵,严宵要是都不争气,那就是没气了。

可如果不是严宵,那是说谁?严宜吗?

陈星夏和张大妈告别,边走边琢磨这事。

快到家门口时,苏雨萌忽然在四人群里疯狂输出。

二萌:出事了!

二萌:出事了!

二萌:盛昊和人打架进派出所了!

陈星夏脑子"嗡"的一声。

她放下袋子,连忙在群里问怎么回事。

二萌:让"谢歪"说!@表弟

很快,谢正发来几条59秒语音方阵。

大概意思就是因为上次佛牌的事,盛昊和郭俊琨结下了梁子。

昨天,这两人狭路相逢,又或者说郭俊琨是故意叫上了兄弟去堵人,双方一言不合打了起来。

当时,盛昊的两个同学也在。

都是体校的,三打六,愣是没让郭俊琨他们这边占到便宜。

但九个人打架,总归惹人注目,最后引来了巡逻的片警。

谢正:"都是未成年,主要是批评教育为主。盛昊昨天晚上就从派出所出来了,但我听说他和慧婷阿姨貌似起了龃龉,吵得挺凶的。"

这下,陈星夏知道张大妈说的不争气是谁了。

回到家里，陈星夏因为担心盛昊坐立难安。

夏澜看她魂不守舍的，就问是不是出了什么事。

陈星夏说："妈，你听说慧婷阿姨儿子进派出所的事了吗？"

"派出所？"夏澜摇头，"没听说。怎么了？"

陈星夏说也没什么大事，心里惦记是不是在微信上和盛昊说说话，哪怕只是闲聊呢。

她作势上楼，夏澜让她等等。

"小满，小宵他们家，你接触小宵就好。"夏澜说，"其他人，敬而远之。"

"为什么？"

夏澜并不想多解释，只说："很多事不是你看到的那样，你那脑子不够用。"

这不就是说她傻吗？

陈星夏不服："妈，你就是对慧婷阿姨有偏见。那后妈也有好的，你不能以偏概全。"

夏女士笑起来："这么说，你懂得比我多？是，后妈有好的，甚至有的比亲妈还好。但梁慧婷不是。"

"怎么就……"

算了，陈星夏懒得掰扯，她还是上楼想想怎么安慰盛昊吧。

客厅里，夏澜关了电视，去院子里喂"大阿哥"。

她这人的性格不是很讨喜的那种，主要是因为她人到中年，却学不会曲意逢迎那套。

她要是看不上一个人，就没法儿笑脸相待。

梁慧婷看着是和气、端庄，但骨子里洗不掉小市民的市侩虚荣。

很久以前，夏澜也是好心和梁慧婷说太鲜艳的衣服不适合她，梁慧婷便话里话外嘲笑夏澜不懂奢侈品，还说——

"你家小满长得那么漂亮，将来找个有钱人嫁了，你们一家就都熬出来了。"

就这一句话，夏澜记梁慧婷一辈子。她以为人人都和她一样唯利是图、见钱眼开？

就算是世界首富，只要小满不喜欢，那就是配不上她夏澜的女儿。

陈星夏酝酿一下午，没酝酿出一句该和盛昊说的话。

太关心了，她怕盛昊觉得她是在看笑话；随便说吧，她又怕盛昊觉得她没话找话，脑子不正常。

纠结无果，陈星夏化沮丧为力量，做了张数学卷子，结果光选择题就错了五道。

打击加倍。

好不容易熬到五点半，陈星夏第一时间给严宵打了电话。

严宵刚开机，从考场正往外走，听到陈星夏问的事情，他表示回家看看，晚些再联系。

过后，他要把手机放回口袋时，又看到两个小时前，严歧发来的短信。

严歧：小宜妈妈的儿子回东棠里多久了？

严宵没有回复。

梁慧婷太蠢。

她以为趁严歧不在临饶的这段时间让盛昊回来，事情不会传到严歧耳朵里，又或者说她认为严歧知道了，也就是说几句，不会如何。

那她还是不了解严歧。一切危害到严歧颜面，以及不服从严歧管控的人和事，都会被严歧想办法消灭。

严宵收好手机，预测回去不会太平。

严家，钟点工在做最后的扫尾工作。

不少花瓶碎片被收拾起来，还有盛昊留在严家的两件衣服，也被扫地出门。

严宵进屋，就见梁慧婷站在楼梯上，跟个雕塑似的。

见他回来，梁慧婷先是让严宜回屋不许出来，再来就是示意钟点工立刻走人。

钟点工听从，走时关上了门。

客厅内沉静下来，深色家具带来的厚重感透着压抑。

"说说吧。"梁慧婷抱臂走到沙发坐下，"阿昊去派出所的事，是不是告诉你爸爸的？"

严宵还是言简意赅："不是。"

梁慧婷盯着少年，突然一笑，抄起茶几上的烟灰缸朝严宵丢了过去……

陈星夏一直等严宵的消息。

等来等去，连个逗号都没有，不会是忘了吧？

陈星夏的性格就是缺乏耐心，都这么久了，早已经忍到极限，趁着夏澜在厨房忙晚饭，她溜出了家门。

来到严家门口，陈星夏知道家里有人，没想好是叫严宵出来，还是进去。

正犹豫，她听到一声不小的闷响，像是什么笨重的东西砸在了地上。

该不会是梁慧婷又在和盛昊吵架吧？

陈星夏把心一横，不管那么多了——先过去偷听。

她轻手轻脚地打开严家院子的大门，然后来到进入屋内的密码门前，侧头听里面的动静。

"不说话是吧？在这个家里，这么多年，你就跟个丧门星一样，问什么都不说……你是觉得你不说话就可以安然无恙了吗？

"你是不是忘了是你妈当初跟别人跑了，是你妈不要你了，你爸才不得不养的你！你就是个拖油瓶！

"如果不是我心善，你能太太平平考你的第一吗？当着外人的面，我给你脸面，你还真以为你是严家长子了呢？什么东……"

"砰！"

陈星夏一把推开严家的门。

她和梁慧婷的视线撞个正着，那个往日里对谁都笑意盈盈的慧婷阿姨，这会儿眼睛瞪得大大的，眼里全是凶戾的光，活活一个夜叉。

梁慧婷没想到陈星夏会突然出现，脸上的一切表情都来不及收了，她只能沉声问："谁让你进来的？你妈没告诉你进别人家之前要敲门吗？"

陈星夏鲜被人这么凶过，一时战斗力失灵，没有言语。

严宵第一时间来到她面前，挡住了她的视野，问："怎么过来了？"

"我……"陈星夏一顿，发现严宵下巴那里有道血口子，"这怎么弄的？"

说罢，她瞥见摔在地上粉碎的烟灰缸，猜想估计是被它的碎片划的。

"严宵，让星夏回去。"梁慧婷说，"我的话还没说完。"

严宵眼里浮现出一瞬阴鸷，但在看向陈星夏时，又变成往日里干净淡漠的模样。

他侧过头，说："您的意思我已经知道，我没有多过嘴。"

严宵确实没有告诉过严政关于盛昊的任何事。

这点，梁慧婷其实心里也清楚，可她依旧咽不下这口气，又或者说她的这口气总得有发泄的地方。

上午和盛昊争执的时候,她没有发泄出去;下午严歧质问她的时候,她更不能有任何怨言;那么,只有严宵。

梁慧婷再次说:"让星夏回家。"

严宵沉沉气,正要和陈星夏说回去吧,陈星夏往旁边迈了一步,反手把严宵拉到了身后。

她冲梁慧婷笑笑:"慧婷阿姨您别生气。我爸总说人在气头上时说的话不理智,我看不如我先带严宵出去,省得您见了他来气。"

梁慧婷张了张嘴,陈星夏又说:"您刚才的样子吓我一跳呢。从没见过您这样,不知道的,还以为我以前看见的慧婷阿姨都是假的。"

女孩玩笑似的这句话让梁慧婷心里"咯噔"一下。

她连忙抿抿唇,嘴角时不时抽动两下,半晌,才回道:"刚才我是真让严宵这孩子气昏头了,都是气话。"

陈星夏还是笑:"我就知道肯定是他惹您生气,我这就带他出去。"

陈星夏拉着严宵离开。

她也不知道该往哪儿走,手都还在抖。

一方面她无比佩服自己高超的演技,默默在心里给自己颁了个奥斯卡小金人;一方面她觉得过去的自己简直就是睁眼瞎。

梁慧婷亲切……个屁啊!

陈星夏一肚子气,就这么把严宵薅到了骑士铜像这边。

"你刚才干吗呢?"她问,"平时不言不语就算了,有人这么说你,你也不说话?傻了吗?"

严宵垂眸:"没事。"

还没事呢!

陈星夏告诉自己别气别气,身体是自己的,但不行,还是火大!

她受不了某人这副逆来顺受的样子!都让人欺负到头上来了。

陈星夏呼气,刚想再说两句,看到他下巴上的口子还在流血,转而又叹了口气。

"去我家。"她说,"我给你上药。"

严宵摇头:"别让澜姨知道。"

十分钟后,两人在附近药店买了药,然后在广场上找了把长椅坐下上药。

陈星夏先给自己的手消了消毒,然后掰开碘酒棒,涂在严宵的伤口上。

万幸,口子不长也不深。

不然要是破了相,再加上那倒霉性格,以后在社会上怎么混。

"她……就慧婷阿姨,总这样吗?"陈星夏问。

严宵说没有。

大部分时间,在那个家里,他周围是真空的。

梁慧婷不会和他说话,严歧更少,只是偶尔严宜会弄些小恶作剧。

陈星夏不明白:"她刚才为什么要这么说你?"

"因为盛昊的事。"严宵说,"我爸知道盛昊来东棠里了。"

"这怎么了?有什么问题?"

又又又……不说话!

陈星夏这脾气啊,直接拿棉签戳了伤口一下。

严宵倒也没喊疼，只是蹙了下眉，说："我爸不喜欢被人议论。"
陈星夏还是不明白。
严家在东棠里算得上是模范之家。
严歧工作体面，收入高；梁慧婷待人和善，跟谁也都客客气气；还有严宜，上的是临饶最贵最好的国际私立小学，起跑线不知比邻里那些孩子高出多少。
至于严宵，那简直是东棠里所有家长的梦中情儿。
她家夏女士不就是这些家长之一？
如果不是刚才亲耳听见梁慧婷那些尖酸刻薄的话，又亲眼看见梁慧婷丑恶的嘴脸，打死陈星夏也不会想到严家内部会是这样。
她还以为严宵一直过得挺滋润呢。
想到这儿，陈星夏心好像被揪了一下。
她偷偷看了严宵一眼，然后用手蘸了药膏，这次再涂的时候，力气很轻。
"那你一会儿回去，慧婷阿姨还会骂你吗？"陈星夏问，"还骂你就听着？"
严宵说："应该不会了，我也不回应。"
呵，你还觉得你话少是个技能是吧？
陈星夏知道严宵不说话的这个毛病是让人着急，她就是资深受害者，可那是他的性格，又不是什么伤天害理的事。
"还疼吗？"
"不疼。"
"我劝你这时候别逞强，身上没有别的伤吧？"
"没有。"
行吧。
陈星夏收回手，稍稍抬眼，笑了笑："搞定。"
女孩说这话时，严宵还没来得及收回视线，两人的目光便猝不及防地碰撞到了一起，心中各自一怔。
严宵目不转睛看着她，眸光微闪，长密的睫毛扇动了下，漆黑的瞳孔里映出她有些呆呆的模样。
天边红霞翻滚，仿佛给他们的脸上都笼了一层淡淡的红。
陈星夏呼吸微滞，回过神后，赶紧直起身坐好，屁股也往边上挪了挪。
她借着收拾药膏，嘟囔："我又帮了你一次。你可好好记着吧，将来得知恩图报。"
严宵有些放空地望着前方，听到陈星夏的话，嘴角勾起淡淡的苦笑。
他没想到她只是听梁慧婷说了他几句就会这样坚定地带他走。
理智告诉他，借着眼下的机会他该再多释放一些信息，让她同情自己，这样会令他在她心里的位置再多些。
可又觉得，让她开心，比什么都重要。
最终，严宵选择了后者。
"盛昊没事，你放心。"他说。
陈星夏顿了下，有些没反应过来。
隔了几秒，她才想起自己来找严宵是为了打听盛昊的事。
这一着急，全忘了。
盛昊没事的消息固然让陈星夏开心。
但眼下，她因为梁慧婷，幼小的心灵受到巨大冲击。

晚上睡不着，陈星夏回想起一些她以前不曾注意过的事。

比如，前年。

陈慕桢随学校前往法国交流，带了几盒巧克力回来，她忍痛割爱给严宵留了一盒，以为严宵会喜欢。

结果转天，她就看见严宜把她的巧克力分给了其他小朋友。

当时梁慧婷也在边上，说："严宵这孩子就是疼妹妹，看小宜喜欢就都给她了。星夏，这是你爸爸从法国带来的？"

陈星夏的回应大概比哭还难看。

她气坏了，觉得严宵不拿自己当回事，也不珍惜自己送的礼物，和严宵不对付好几天。而严宵那时说了什么来着？

"不是我给的"？还是"我没有要给她"？

陈星夏翻个身，记不清了。

还有，每次她去严宵家找严宵，如果遇上梁慧婷和严宜也在，这母女俩都是在客厅看电视，吃着各种高级的进口水果，而严宵必定在房里。

那么，这些水果给严宵吃过吗？

答案不得而知。

除了这些，陈星夏记得今天梁慧婷骂严宵时，还提到了严宵的妈妈？

陈星夏对严宵妈妈的印象很模糊，只依稀感觉是个很温柔的阿姨。

严家一家从沿海城市搬回东棠里的时候，严宵父母就已经离婚，严宵的妈妈再没有出现过。

街坊邻里之间的说法是夫妻俩性格不合，和平分手。

怎么到了梁慧婷嘴里却成了严宵妈妈不要严宵了呢？

陈星夏想得脑袋疼。

但不管怎么样，她决定明天先探探严家内部情况的虚实。

清早，陈星夏顶着两个黑眼圈，下楼吃早餐。

吃完之后，她又背了三十个单词，便去巷子里转悠。

不一会儿，陈星夏看到柄柄和其他小朋友在做游戏，里面包括严宜。

因为盛昊的事，梁慧婷这周没带严宜去隔壁市，这位"小公主"难得参与下集体活动。

只见她穿着粉色蓬蓬裙，站在台阶上，扬着下巴，指挥大家一会儿上这儿，一会儿上那儿，弄得人晕头转向。

"严宜。"陈星夏喊她，"你过来一下。"

严宜闻言看过去。

小姑娘是漂亮的，遗传了她妈妈的娇俏，就是少了点儿小孩子的天真无邪，总是爱装小大人。

"干吗？"严宜问，"我很忙。"

忙着瞎指挥吗？

陈星夏微微一笑："你来，我想问你点事。"

严宜抱臂，噘嘴说："那你说公主殿下请过来。"

你比你哥还烦人，你知道吗？

陈星夏嘴角抽抽，违心道："公主殿下，请你过来。"

她一说完，柄柄他们都笑了。

笑就笑吧，管用就行。

陈星夏和严宜去了相对安静的地方。

为了能顺利套话，陈星夏还带了两块酥糖来，结果被严宜嫌弃都是工业糖精，拒吃。

陈星夏接着忍，默默把这笔账算到严宵身上。

"昨天我看见你妈妈说你哥了，"陈星夏自己剥了块糖吃，"你妈经常那么说他吗？"

严宜"呵呵"："我妈才不说那块木头呢。我们家，我、爸爸、妈妈，我们三个人都不怎么和他说话，他也不和我们说话。"

陈星夏皱眉："你们是一家人，一起生活，怎么会不说话呢？"

"爸爸不爱说话啊。"严宜耸耸肩，"而且我妈也说了，在外面给严宵面子就行，回家该干吗干吗。严宵跟我们不是一条心的，早晚会离开。"

六七岁的小孩再怎么装熟，说的话也是最真实的。

她一口一个严宵，完全没把对方当作自己的哥哥看待，不仅没有，估计态度可能连陌生人都不如。

陈星夏越发搞不懂严家内部究竟是个什么构造，但有一点，倒是基本确定无疑。

夏女士的话一点错没有：梁慧婷不是个好后妈。

严宜回到孩子们中，继续做她的指挥小公主。

陈星夏则来到骑士铜像这边，等苏雨萌。

她们约了去隔壁街的书店买习题和教辅，之后再顺便去小鹿家小吃一顿。

苏雨萌到的时候，陈星夏还在想事。

苏雨萌叫了她好几声，她才有反应，苏雨萌说："你琢磨什么呢？"

"没什么。"陈星夏摇头，"我昨天看了下，你想买的那本，我之前买过。你就别买了，用我的。"

苏雨萌高兴，说又省了一笔。

两人从巷子里出来，来到崇光路。

如今时节，海棠花已经没有之前开得那么繁盛，正在一片片凋零。

陈星夏看似随意地问了句："你觉得慧婷阿姨怎么样？"

"挺好的啊。"苏雨萌说。

"怎么好？"

"就……长得漂亮，穿得也好。"苏雨萌顿了顿，"有一次我小舅妈来我家碰上慧婷阿姨，说慧婷阿姨那个包好几万呢。"

陈星夏管她的包多少钱，接着问："我是说你觉得她当妈，当后妈，怎么样？"

苏雨萌"啊"了声："这我上哪儿知道？她又不是我后妈。"

"不过，我觉得不会太好吧。"

陈星夏一愣，心说二萌都看出来梁慧婷不行了？

结果苏雨萌说："电视里都那么演的，那种家庭伦理狗血剧，我和我妈可爱看了。"

陈星夏叹了口气，她还是高估她的二萌了。

两人来到书店门口。

进去前，她们的手机同时响动了一下。

苏雨萌正拿着手机，先看到了群里消息，说："是盛昊哎。约咱们晚上吃烤肉，去吗？"

陈星夏没犹豫："去啊！"

知道了梁慧婷这么颠覆她三观的存在，可算是来了一件好事。

这次她爬着也得去。

和苏雨萌从书店买完书,陈星夏火速回家捯饬起自己来。
陈星夏哼着歌,给严宵发微信:晚上你去吗?
严宵到现在都还没在群里说话,她不知道他是不是因为昨天梁慧婷的事心情不好,不想出门。
过了几分钟,严宵回复她:去。
一闪一闪亮晶晶:那你来我家接我。
一般情况下,他们约见面都是在骑士铜像。
陈星夏说到她家接,严宵便知道有事,但他没问,直接过去了。
陈星夏给严宵拿了一盒巧克力。
这盒巧克力是她表姑之前在国外旅游时买的,盒子的图案特别好看,是好几只小熊在开会,她一直舍不得吃,便宜某人了。
严宵接过巧克力,问:"为什么送我?"
"给你你就拿着,哪那么多话?"陈星夏说,"收好了啊,别再叫你妹拿走。"
严宵愣了愣,想起很久之前的一桩事,浅笑了下。
他笑起来的时候有酒窝,会因此在不经意间带出几分男孩子的腼腆来,融化掉他的清冷。
陈星夏小时候可羡慕他这对酒窝了,就跟羡慕他的长睫毛似的,总是忍不住用手去戳。
可不知道从什么时候开始,严宵就很少笑了。
而且哪怕笑了,也是这种浅浅的,酒窝凹进去一下就变平。
"你是不是故意装酷啊?"陈星夏问,"还是为了保持高冷人设?"
严宵没明白:"什么?"
"笑一个,我叫你笑一个,不然还我巧克力!"
严宵不明所以,但还是尽可能牵动嘴角,露出了一个微笑。
"傻死了!"陈星夏无情地嘲笑,"你还是别笑了,学校里那群女生要是看见你这样,我怕你校草位置不保。"
说着,她故意使坏用力戳了下严宵的酒窝,然后跑了。
严宵被她弄得脸上红了一块,他揉了一下,看看手里的巧克力,上前追人。
可惜,陈星夏没看到。
少年转身时露出的笑容,比今天的艳阳还要耀眼。

终于,陈星夏享受到了被请客的待遇。
不仅如此,她也可算是有机会能和盛昊再接触一下。
陈星夏想好了,也不提什么派出所的事,她告诉苏雨萌他们也别提,太扫兴,大家就高高兴兴吃顿饭。
四个人到了店里,盛昊比他们早到,占了一张大圆桌,冲他们招手。
陈星夏看了眼自己的着装,捋捋头发,过去落座。
谢正上来便说:"今天我请客。上次就说好请大家的,正好今天了。"
"没错。"苏雨萌接话,"大家随便点,不用给'谢歪'省钱。"
陈星夏拿着菜单,借这个掩护打量盛昊。

心想待会儿听听他爱吃什么,这样以后再吃饭就可以给他点了。

她想得挺美,旁边的严宵接走菜单后,把她点的沙冰用笔画掉了。

"你干吗?"陈星夏问,"那是我点的。"

严宵知道是她点的,他把沙冰换成了常温酸奶,说:"你才刚好。"

管得真多!

和她爷爷一样,老年思维!

陈星夏正腹诽,但见谢正直接点了一壶铁观音,想想又觉得严宵还算年轻的。

"这养生啊,就得从小抓起。"谢大爷又开始他的小课堂,"要我说,咱们今天吃烤肉,就该搭配大麦茶,刮油。"

苏雨萌翻白眼:"那多麻烦?待会儿我们吃肉,你吃生菜叶子吧,无油。"

"那也……不行。"谢正搓搓手,"我还挺想烤肉这口的。"

大家都笑了笑。

等菜点得差不多了,盛昊说:"今天这顿还是我来。"

"不行!"谢正忙说,"盛同学,说好……"

"毕竟之后再想请你们,就不知道得等到什么时候了。"

这话一出,大家都定了定。

苏雨萌问:"为什么啊?"

盛昊笑道:"我可能有段时间不能回东棠里了。"

他没说为什么,但理由也没那么难猜,必定和这次进派出所有关。

谢正拧着眉,低声说:"对不住,盛同学,是我连累了你。"

"没有,你可别瞎揽。"盛昊笑了笑,"我那天憋了一肚子火,那小子撞上来,我拿他撒气而已。是我自己的问题。"

说着,他喝了口饮料。

遇上郭俊琨那天,盛昊刚和梁慧婷吵完一架。

这事不是第一次发生。

自从来了临饶,他在距离上离亲妈是近了些,可实际情况还不如他在老家时痛快。

每次去东棠里,就跟谍战片似的,要提前发短信,还要再三确定时间,不能太早、不能太晚,必须严格遵守规则。

盛昊不喜欢被约束,为了梁慧婷只能忍。

可最近,梁慧婷越发爱挑他的毛病,明里暗里认为他是个体育生不够光彩,有时还会拿严宵和他比较,听得他烦躁。

这次进派出所,母子俩算是彻底闹翻了。

梁慧婷指责他不争气,盛昊也受够了见一面自己的妈还要偷偷摸摸,干脆就不来了。

"也不是完全不回来啊。"盛昊说,"正好我们学校有个封闭培训项目,练得好能进国家队,我就报名了。"

男生的笑容依旧爽朗阳光,潇洒夺目。

可陈星夏心里就跟灌下一杯又苦又涩的中药一般,不是滋味。

她以为她和他终于要有一个良好的开始了,结果却是他们即将连面都见不到了。

苏雨萌说:"你也别太冲动啊。咱们做孩子的,哪有不和父母吵架的?你还是再想想,封闭训练很辛苦的吧?"

"我这个事,不是光吵架的问题。"盛昊看了眼严宵,"至于训练辛不辛苦,运动员不都这样?"

谢正叹了口气，还是觉得自己连累了盛昊。

那天盛昊出手，他还想着郭俊琨会不会又找他和苏雨萌麻烦。

谁想找的是盛昊。

盛昊拍拍谢正的肩膀，笑着说："我来这儿不久，除了同学，你们算是我认识的第一批朋友。以后有机会，你们再带我玩。"

他举起杯，苏雨萌和谢正过意不去，一时没做反应。

陈星夏低着头，更是不想动。

反倒是严宵，他斟满了饮料，和盛昊碰了下。

盛昊眉峰一挑，没说什么，两人都是一口气干了杯中的饮料。

这顿饭高开低走，每个人都是食不知味。

饭后，陈星夏拉着苏雨萌去餐厅对面的一家糕点铺子买东西，谢正跟着一起。

严宵和盛昊在门口等。

盛昊瞥了眼身边依旧沉默的人，忽然笑了："你知不知道你这个性格很找打？"

严宵说："你还没打够？"

盛昊被噎了下，笑声也更大了："其实你挺对我胃口的，搞不好咱俩会成朋友？"

"是吗？"严宵回头望了望还在店里挑东西的女孩，"你为什么会有这种想法？"

盛昊说很简单，因为："同病相怜。"

他俩本质上讲都是单亲家庭的孩子。

盛昊看得出来，严宵在严家的状况不是表面那么简单，他那个爸爸严歧是个狠角色，不然梁慧婷也不会怕成这样。只严歧一句话，梁慧婷就不让他再来东棠里。

更何况，在他们母子的几次私下交谈中，梁慧婷话里话外也多少带出严宵并不受重视的意思。

严宵没想到盛昊会这么说。

他早就料到盛昊会被赶出东棠里，但此刻看着这位"敌人"，心中有那么一刻生出了一些惺惺相惜之感。

但他们终究不一样。

"你比我幸运。"严宵沉声道，"起码你还能见到你的妈妈。"

盛昊笑容一滞，稍稍卸下身上那股轻松的劲儿，有些恳切地说："别太和我妈计较，她也没那么坏。"

片刻后，陈星夏他们出来。

陈星夏拿了一个大大的袋子，递给盛昊，说："这里面都是临饶的特色点心，不知道你都尝过了吗？"

盛昊接过去看看，笑道："没呢。谢谢啊。"

"不客气。"

说出这三个字，陈星夏鼻尖一酸。

她想起初遇盛昊的那一天，当时，还是她谢谢他，他和她说不客气。

这才短短一个多月的时间，却反了过来。

盛昊拎着陈星夏买的点心，冲大家挥挥手，说等以后再一起吃饭，然后便坐上车，消失在了茫茫车流中。

陈星夏他们四人目送盛昊离开。

谢正数不清自己第多少次叹气："都怨我。"

苏雨萌说："谁都不想的。"

083

之后，苏雨萌和谢正还要去亲戚家，就不和陈星夏、严宵一起回东棠里了。
等这两个人也走了，陈星夏依旧站在路边没动。
她心口堵得厉害。
本以为谢正佛牌的事已经解决了，谁知后面又冒出来这么多事。
先是严宵疑似受后妈欺压，再来居然是盛昊就这么走了。
刚才有好几次，陈星夏想上去和盛昊说些什么，起码让他知道，能认识他，她很开心。
可她还是怯懦了。
她摸不准盛昊如何看她，就不敢轻易迈出那一步。
"严宵。"
"嗯。"
"你还会帮我送信吗？"
严宵微愣，陈星夏又说："我知道他短期可能回不来东棠里，但是……怎么着也不可能完全不回来，你说是吧？"
女孩抿着唇，极力在克制自己的情绪。
但那种难过是无法掩饰的。
严宵面色冷峻，一时没有作声。
陈星夏以为他是不敢保证盛昊什么时候能回来，所以选择沉默，便自我安慰说："没事，不递信也无所谓。反正上面也没写是我……我就等高考完，直接跟他说去。"
她扬起一抹笑容："到时候我就没有后顾之忧了。"
看着陈星夏的笑，严宵喉咙一哽。
他既心疼她的赤诚，又想告诉她，她所期待的不会实现。
两人在路边默默站了良久。
最后，严宵问道："吃甜宝栗子吗？"
陈星夏低头揉了揉眼，说："吃。"

在今年最热的时候，陈星夏迎来高三。
面对这个巨大压力，陈星夏也渐渐搁下盛昊离开的事，把精力集中到学习上。
不过她和严宵说了，如果盛昊回东棠里，一定要和她说。
对此，严宵没答应，但也没说不行。
七中给每位家长发了一封信，意思是为了让学生们更好适应高三生活，学校将在暑假期间义务组织自习，从八月中开始，直通开学。
信上说是自愿，让学生根据自身情况决定是否参加，但又有哪个学生会不来呢。
高三了，要努力了。

周一这天，天热得离奇。
教室里空调"呼呼"吹着，却感觉不到凉，每个人坐在座位上，挥汗如雨地写着卷子。
"我要晕了。"苏雨萌抹把汗，"我连题目都看不进去。"
陈星夏递来一张湿巾，说："一会儿去小卖部买冷饮。"
苏雨萌摆摆手："我中午得出去吃冷面。食堂里的东西也令我头晕。"
她悄悄摸出手机，在群里问有没有一起去吃的。
坚持夏天也要喝温水的谢正第一个举手，他表示自己快化了，不吃凉的怕是熬不过今天。

严宵则简单回复一个"去"字，看起来还是不热。
中午，四个人出校。
其实出去这一趟也挺挑战的，室内再热，也好过在外面"蒸桑拿"。
但为了能舒服一会儿，也只有咬咬牙忍一下了。
进入餐厅，凉爽的冷气迎面吹来。
"啊。"苏雨萌闭上眼，"续命了。"
四人扫码点餐。
严宵照例掏出消毒湿巾，帮陈星夏擦拭餐具。
餐厅旁边就是一家奶茶店，等填饱肚子，他们又去买饮料。
陈星夏想尝试新出的一款口味，正要和店家说三分糖多冰时，严宵先她一步告诉人家少冰。
自从那次生理期肚子疼，严宵就开始控制她吃凉的东西。
陈星夏反抗过，但严宵一个"疼"字，她就败了。
可今天太热了。
"我就要多冰。"陈星夏挤过去要和店家说，"你少管我。"
严宵挡着不让："太凉。"
"你看看这天儿！"她指了指，"回去这段路要是没有这杯多冰饮料，我得中暑。"
说着，她还模仿了下酷暑中的小狗吐舌头。
店里工作的小姐姐们看见，直呼好萌好可爱，帮着陈星夏说话："同学，今天多些冰没关系的，天多热啊。"
严宵板着脸看陈星夏赖皮。
天气是热，她的脸庞沁出小汗珠，白皙的皮肤也晕开淡淡粉红，像颗多汁的水蜜桃。
严宵努力克制住想要捏她脸的冲动，转过身，说："不行。"
饮料到手，陈星夏狠狠瞪了严宵一眼。
她爷爷都没他这么怕凉！
这么注意保暖，怎么不在这时候贴个暖宝宝呢？
而这鬼天气也实在是邪门，饮料才拿出来，杯壁上就瞬间凝出一层水珠。
陈星夏弄湿了手，正好，在某人背上抹干净。
严宵站着让她擦，反手摸摸她的杯子，瞧那表情似乎还是嫌冰放多了。
大家往学校方向走。
陈星夏专挑阴凉的地方，走着走着看到一家新开的礼品店，直接换了个路线。
这种店铺开在学校附近，对学生的吸引力极大。
眼下，陈星夏和苏雨萌顿时又不畏炎热，非得进去逛逛不可。
谢正甩甩汗，看了严宵一眼，苦哈哈地跟上。
店里零星有几个七中的学生，其中有一个是苏雨萌初中时的同班同学。
"雨萌，你知道这个吗？"同学问。
苏雨萌过去一看，是一家新开的网红餐厅——玩偶工厂。
这家餐厅最近很火，不仅能吃饭，关键是可以在店里自选材料，制作玩偶。
苏雨萌叫陈星夏也来看。
"你一定喜欢。"苏雨萌说，"这些玩偶好可爱，可以做小熊吧？"
陈星夏是喜欢。
她以前在网上看见过这种店，就特别想去，没想到临饶居然开了一家。

苏雨萌的同学说:"现在到店制作玩偶,还能免费在玩偶脚上绣字呢。等过了这个月就没这个活动了。"

"这怎么办?"苏雨萌挠头,"这个月的话,我陪不了你啊。"

苏雨萌上次小测没考好,她妈妈给她请了家教,如今周末两天就在家学习,哪儿也不许去。

"没事。"陈星夏心中可惜,"等等再去也不迟。"

她没说她一直就想买只小熊,然后在它脚底下绣字,这回还能自己制作,简直不要太好。

但再好,谁叫现在是高三特殊时期呢,一切也只能以学习为重了。

苏雨萌和同学又聊些别的,陈星夏就先自己逛逛。

看到一条小星星手链,她觉得挺好看的,就问店员能不能拿下来试试。

店员说可以,她便取了下来。

正在那儿臭美自己手腕怎么也长这么漂亮,严宵在她身后说了句话。

"你想去玩偶工厂?"

陈星夏吓一跳,转过身就是一掌:"你怎么走路没声音?"

严宵抿了抿唇,恰好有店员抱着箱子运货,从他们这条道过,他就又自觉上前充当挡板,护着陈星夏。

陈星夏下意识地往后仰了仰。

严宵身上是熟悉的皂香味,带着这个年纪该有的清爽干净。

陈星夏稍低下头,眼神随便落在桌面的饰品上。

等店员走了,她从严宵的包围圈里移动出来,把手链放回原处。

"不买?"严宵问。

陈星夏摇头,她就是试试。

陈星夏继续逛,严宵跟在她身边,又问了一句玩偶工厂的事。

"想去啊。"陈星想说,"但二萌现在不能出门,再等等吧。"

严宵说:"那是不是不能绣字了?"

呵,他了解得还挺全面。

陈星夏想说不能绣就不绣吧,但忽而思路一转,想起个事来。

她四下看看,见他们周围没什么人,才小声问:"我听巷子里的人说,严叔叔没升上去是吗?"

严歧在隔壁市驻扎了好长一段时间,为的就是分公司成立后升任总经理,这要是没成,之前不就白干了?

"嗯。"严宵点头,"调回来了。"

陈星夏"哦"了声。

自从知道梁慧婷人前一套、背后一套,她对严歧便多了一丝畏惧。

从前,她只觉得严歧是个超帅的叔叔,虽然为人冷淡,但很绅士,对巷子里的老人也恭敬礼貌……可现在,她不知道自己看到的是不是真的。

逛得差不多,陈星夏叫上苏雨萌,还有在空调附近定格了的谢正,四人回校。

进入教学楼,大家照旧在楼梯口分开。

陈星夏把她那杯饮料塞给严宵,叫他帮自己扔了。

严宵问她为什么不要了,她自然不能说这个新口味实在是难喝,必须把责任全部推在严宵身上才行。

"你说呢？"她反问，"一点儿也不凉，不爱喝。"

说完，拉着苏雨萌走了。

严宵握着杯子，觉得这已经很凉了。

陈星夏和苏雨萌走到教室门口，有同学传话数学老师找苏雨萌。

苏雨萌心一梗，颤抖道："准没好事。"

"别紧张。"陈星夏说，"我也要去厕所，办公室门口等你吧。"

苏雨萌进了办公室，陈星夏方便完，就在拐角的地方等着。

这会儿是午休时间，楼道里人不多。

陈星夏无所事事，在心里默背单词，手机这时振了下。

她掏出查看，是严宵给她发了一条消息。

无敌讨厌宵：周六一起去玩偶工厂吗？

陈星夏也是这时候才明白严宵之前问了她两次的意思。

一闪一闪亮晶晶：就咱俩啊？

无敌讨厌宵：嗯。

陈星夏有些犹豫。

一方面，她觉得出去玩就该与朋友们一起，那才热闹；另一方面，她又觉得和严宵单独出去……有些微妙。

可哪里微妙她又说不上来。

以前也没这种感觉啊。

陈星夏抓抓下巴，抬起头，苏雨萌出来了，看样子被批得怀疑人生。

"没事吧？"陈星夏问。

苏雨萌叹了口气："没事，我一会儿忘了就好了。"

陈星夏一顿，转而又问："你说我和严宵去玩偶工厂合适吗？"

"这有什么不合适的？"苏雨萌说，"我现在也去不了，你俩先去看看，做了玩偶正好绣字啊。"

听了苏雨萌这话，陈星夏心想也是，便没再矫情。

回到教室坐下后，她给严宵回：行啊，我们去。

两天之后，一则"噩耗"传来——学校决定在九月初正式开学后，举行考试。

而且，这次考试还不是小打小闹的测试，而是整个年级大分班，排考场的那种。

苏雨萌心想，要是这次开学考她再考砸，她妈非要她命不可。

周五放学后，四人组照旧在车棚聚首。

苏雨萌神神道道地还在背着单词，谢正劝她悠着点儿，别回头出门撞到脑子，到时候更背不下来。

"撞到就好了。"苏雨萌哭丧着脸，"就我这种没傻透的才麻烦。"

陈星夏笑笑："单词回头我抽查你，现在先好好骑车，万一真摔了怎么办？"

如今的四人组娱乐项目骤减。

以前放学还能去小鹿家撮一顿，现在是直奔家去，写卷子、背书、复习一条龙。

高三倒计时就像是炸弹导火索，随着逐渐烧短而迫在眉睫。

在它爆开前，如果你抱着炸弹扔对了地方，那就是遍地开花；可如果没扔对，那就是将自己炸个粉身碎骨。

几人骑到崇光路,在还有一个路口拐进东棠里时,苏雨萌指了指前面,问那是不是严叔叔的车。

陈星夏也定睛看了看,还真是严歧的车。

严歧开的是一辆黑色奔驰,是他们这片儿最贵的车,很好认。

四人在奔驰旁停下来,严歧也恰好下车。

男人戴着副金丝眼镜,皮肤有些苍白。

他身上的衬衣西裤没有半分褶皱,关车门时,腰板也挺得笔直,不管是体态还是气质,都优雅精致得无可挑剔。

"爸。"

严宵先叫了一声,剩下陈星夏他们三个,一起叫"叔叔"。

严歧颔首示意一下,看看腕表,对严宵说:"回去吧。"

他说完便走,丝毫没有等严宵一起的意思。

严宵也不在意,和陈星夏他们道别,准备离开。

"等一下。"

陈星夏说道,见严歧没回头看自己,莫名松口气。

她一向很会应对长辈,常常是一两句话就让长辈开怀,可独独面对严歧,她素来只有恭敬,不敢多说什么。

陈星夏让严宵过来,和他说:"明天还去玩偶工厂吗?"

严宵:"去。"

陈星夏犹疑,她怕严歧知道严宵这个时候还陪她出去玩,会不高兴。

"要不我们还是等等再去吧?"陈星夏说,"没有绣字也……"

"明天骑士铜像见。"

严宵拉了下陈星夏滑出肩膀的书包带,先走一步,和严歧拐进不是他们四个常走的巷口。

等看不见他们了,苏雨萌才说:"我看严叔叔不太高兴呢。"

"努力半天没升职,这谁能高兴?"谢正说,"而且,我以前也没觉得严叔叔高兴过。他一直都是这种冷淡风。"

苏雨萌赞同:"严宵的性格大概就是随爸爸了。"

"不一样。"陈星夏说。

严宵性子是冷了些,但那种冷不带有攻击性,别人只要接触了,就知道他的冷只是他的性格使然。

而严歧的冷带了压迫感,仿佛是种外表武器。

即便他对谁都很讲礼貌,但依旧会让人觉得这人有上位者的强势。

"咱们也走吧。"谢正说,"知识的海洋还等着你我徜徉。"

苏雨萌仰天长啸。

陈星夏则是看了眼严宵离开的方向,轻叹了口气……

严宵和严歧前后脚进了家门。

梁慧婷在玄关笑脸相迎。

她今天很早就开始化妆,还换衣服、做头发,此刻站在门口,不说美得惊艳,但看着也确实是赏心悦目。

严宜在她腿边,也打扮得俏皮可爱。

见严歧回来了,她跑过去,笑着叫"爸爸"。

严歧没有回应,连看都没看严宜一眼,绕过人,直接上了二楼,回书房。

气氛冰冷。

严宜耷拉着脑袋,拽拽梁慧婷的衣服问:"爸爸怎么又不说话?他总不理我。"

梁慧婷咬咬牙,挤出个笑:"你爸累了,等他休息好了就好了。"说着,看了眼在换鞋的严宵,命令,"待会儿你叫你爸下来吃饭。"

严宵没说什么,也回了房间。

心情不好的严歧没人敢惹,这种不讨好的事情,必然是他来做。

周六,上午。

吃完早餐,陈星夏回房找衣服。

打开衣柜,她习惯性去拿平时穿的T恤、牛仔裤,可等要穿的时候,她又停下了。

总这么穿是不是太单调?

陈星夏又看了遍衣服,最后挑出一条天蓝色的吊带连衣裙,搭配薄款白色针织衫。

穿上后,她一照镜子,十分满意。

再来就是发型。

她平时不太喜欢散发,现在又那么热,干脆就扎一个丸子头好了。

等这些都弄好了,陈星夏准备出门。

可站在门口,她又觉得穿这样一身见严宵是不是有些别扭。

认识太多年,陈星夏在不知不觉中对严宵产生了一种拧巴的矛盾感。

大多时间里,她在严宵面前可以完全做自己,不用任何伪装,怎么舒服怎么来;但有时候,她也会无意识地在他面前露出女孩该有的某些特性,像是矜持、害羞。

可每当她有这样的情绪时,她又会及时遏制,仿佛在严宵面前做女孩是种错。

看来,太熟悉彼此也是把双刃剑。

陈星夏在那儿想东想西,楼下传来夏女士的声音。

"你怎么还在家?"夏澜问,"不是和小宵定的十点半?这都十点四十了。"

陈星夏"啊"了一声,也来不及换回平时的衣服,赶紧往骑士铜像跑去……

严宵站在老桂花树下看书,还是那本《小王子》。

这本书他已经快背下来了,但每次看,他都还是会被吸引。

大概是这本书里的每个人物都能让他看到别人或自己的影子吧。

他现在阅读到小王子遇到沙漠里的蛇。

书上说:星星那么亮,是不是为了让每个人终有一天能回到自己的星球?

这个问题一度是严宵最大的疑问。

他不知道这里的每个人是否包括他自己,也不知道他是否也能有属于自己的星球。

直到——

"我来了!"

严宵抬眼,就见陈星夏从巷子口跑出来冲他挥手。

他笃定了他的星球在何处。

陈星夏跑得有些喘,脸红扑扑的:"等很久了吗?走吧。"

严宵递过去一瓶酸奶,眼睛不由自主地打量了一下女孩。

她今天穿的这条裙子不长不短,到膝盖上面一点,露出了笔直纤细的小腿,而轻薄的针织衫罩住她的肩膀、手臂,裙子的吊带若隐若现。

严宵移开视线，问："坐地铁？"
"不要。"陈星夏果断地拒绝，"太挤了，还是坐公交车吧。"
她一说挤，严宵又看了眼裙子边缘下的白皙，说："打车。"
"打车？不用这么……"
"打车。"
行吧，谁出钱谁是大爷，就听谁的。
两人半小时后到了商场。
玩偶工厂在五楼，听说它的开业给商场带来了很大的客流量。
陈星夏一开始还想那能带来多少客流量，等到了地方一看，傻眼了，排号居然排到了八十多！他们前面还有二十多桌！
这些人是睁眼就来这儿排队了吗？
陈星夏拿着号，问严宵等不等。
严宵看了看餐厅外的等候区，还有几个空座，说："坐着等。"
坐下后，陈星夏又看看队伍，忍不住说："这得排到几点？"
她一着急就爱出汗，脖子后面好几串汗珠顺着往下淌，没入衣领中。
严宵拿出纸巾给她，她接过去一边擦，一边寻思这么干等也不是事儿。
"要不我们先……"
"粘脖子上了。"
夏天就是容易有这种尴尬。
纸巾擦汗时一湿会卷成一小条一小条的纸屑，弄不好就会粘在皮肤上。
陈星夏顿时有些脸红，转过身不让严宵看，一个劲儿用手抹。
可越抹纸屑越碎，粘上的也就越多，怎么都弄不干净。
陈星夏怕被严宵看见了会难为情，不让他看，这么面对面和他坐着，也浑身不自在。
弄来弄去，她抹得自己脖子后面全是碎纸屑，最终放弃了。
"你帮我弄干净吧。"陈星夏小声说，"痒死了。"
她的脖子也很细。
因为一直拿手搓，红了一片，印在白净的皮肤上，让严宵想起了日落时，飘浮在天空的粉白色云朵。
他盯着这片淡淡粉红，迟迟没有动手。
陈星夏转过身体，看不到人，只是半天没察觉到动作，催了一句"快些"。
周遭人来人往。
身边等号的顾客在聊天说笑，唯有他们这一小方天地仿佛隔绝掉声音，静得只剩下自己的心跳声。
严宵深吸口气，挪了挪椅子，慢慢靠近。
当他的手即将要触碰到那片肌肤时，他下意识地屏住呼吸，尽可能让自己心无旁骛，也尽可能只拈走纸屑，不碰到她。
尽管他很克制，也很小心了，陈星夏在感到他指尖的轻触时，还是没忍住身体一颤。
"痒？"严宵问。
陈星夏喉咙发干，她的脖子经这一下，就跟过电似的，都麻了，哪里还有别的知觉。
"就、就难受呗。"她不耐烦地敷衍，"你快点儿弄。"
严宵稍调整呼吸："嗯。"
两人各自不好受地煎熬完这十几秒。

等脖子上干净了，陈星夏装作没事似的抱怨严宵磨蹭，还吐槽餐厅人怎么这么多，总之，各种找话。

而她心里的想法只有一个：以后出汗再也不用纸擦了，用湿巾，安全。

东拉西扯了一会儿，陈星夏的尴尬劲儿缓解了些，便拿出手机刷小视频，打发时间。

严宵去前面拿了店家给等待顾客准备的水和小零食，两人挤在一根柱子后面挨着坐，等叫号。

"你有想做的玩偶吗？"陈星夏问，"我昨天查了，里面有好多'皮肤'，什么动物都有。"

严宵摇头。

陈星夏龇他无聊，还想说什么，微信来了一条消息。

严宵扫了眼陈星夏的手机，问："苏雨萌？"

"不是。"陈星夏说，"我们班宣传委员，认识吗？"

"男生？"

"对啊，总和我一起画板报。"

"他找你什么事？"严宵又问。

陈星夏解释了下，就是对方也喜欢书法，想找她借字帖临摹。

提到写字，陈星夏不由得嘚瑟起来："不是我说，你写字嘛，就一般般。"

严宵嘴角轻翘："那你教我？"

"我教？"陈星夏心道，倒也不是不行，"我出场费很贵啊，你先攒钱吧。"

话音刚落，前面工作人员叫号叫到了他们这桌。

陈星夏惊讶怎么这么快，拽起严宵就跑了过去。

工作人员说他们很幸运，前面的很多号都是四人桌，两人桌的话，溜号的不少，这就到他们了。

要说这餐厅这么火爆，不是没有道理，里面布置得太少女心了。

陈星夏拍了好多照片发给苏雨萌，还发现了一只至少得有两米高的玩偶熊，想上前跟玩偶合照。

可这时候，她对严宵的拧巴感又来了。

就，不好意思。

拍照时，严宵肯定会等着她，有他在，她就感觉自己会笑不露齿，也不敢摆任何动作。

陈星夏在大熊面前逗留片刻，严宵想和她说话，一位拿着拍立得的工作人员过来了。

"你们要和我们的熊崽合照吗？"小姐姐说，"今天到店任意消费，都可以免费合影一张的。"

陈星夏还是想照，瞥着身边的人，要不干脆一起照？那他就不会看着自己了。

陈星夏问："一起吗？"

严宵顿了顿，小姐姐说："当然要一起啊。你俩是我见过的最登对的呢。"

陈星夏一愣，立刻摆手："我们是朋友！"

小姐姐说："朋友也能一起合影啊。"

陈星夏想说还是算了，去吃饭吧，结果严宵说照。

小姐姐闻言去拿相纸，陈星夏问："你真想照啊？"

"嗯。"严宵点头，"你不想？"

"我……"

她是想，但没想到眼前这位也这么少女心。

陈星夏犹豫的这会儿工夫，严宵就说去把背包放到座位上。

她见他如此积极，那就还是照吧，毕竟朋友确实可以一起照相嘛。

过了不到半分钟，严宵和小姐姐一起过来。

两人不知道说了什么，小姐姐冲严宵点点头，笑得跟朵花似的，然后就过来指挥他们站好，准备照相。

"两人站得稍微近些。"小姐姐说，"头都向着彼此歪歪，哎，对，没错，男生笑一笑啊，都别紧张。"

这话术怎么听着那么别扭呢。

不待陈星夏细想，小姐姐又说："我喊'一二三'就照了哈。"

她一听，赶紧整理了一下衣服，还不忘给严宵也看看。

但这好心也是多余。

这家伙今天穿了一件浅蓝色的棒球T恤，下面是一条藏青色的工装裤，简简单单，干净大方，像是这炎热夏季里一股清爽的风，看得人舒心。

"你笑笑好吧。"陈星夏挑不了穿着就挑人，"能和我一起照相是你的荣幸。高兴点儿！"

"好了！准备！"

前面小姐姐比画手势："一、二——"

"确实。"

在小姐姐喊出"三"的时候，严宵说了这么一句。

陈星夏没听见，只顾笑了。

拍完之后，陈星夏第一时间过去看。

总体不错，她自然就不说了，天生上镜脸，而她这位常年冰块脸的竹马，虽然没有笑出酒窝，但眼角眉梢透着轻松，看得出是开心的。

陈星夏收好照片，和小姐姐道谢，去桌位那里点餐吃饭。

这里饭菜的味道不怎么样，但来这儿的人也没多少是为了吃，都是奔着里面的玩偶工厂去的。

陈星夏吃好了，就又马不停蹄地和严宵去工厂。

网友诚不我欺，真的有好多种"皮肤"！每个都特别可爱！

陈星夏先是挑了一只小兔子的，打算做好了送给二萌，再来就是给自己选了一只小熊。

"你要不要做？"陈星夏问严宵，"我感觉那只乌龟挺适合你的。"

严宵："为什么？"

陈星夏微微一笑："大概是你散发出的能活很久的沉稳气质吧。"

第一次制作玩偶，虽然工作人员都说了，很简单，第一步就是用机器往皮肤里打棉花。

但陈星夏不敢上来就做兔子，便拿自己的小熊做实验。

严宵在旁边看着，陈星夏充棉花这步完成得不错，小熊肚子鼓鼓的，是她喜欢的类型。

接着，就是把小熊的后背缝上。

缝之前可以往里面放心跳或者录音的小配件，到时候一按小熊肚子就会响。

陈星夏想了想，录音什么的没新意，都是"你好"或者"Hello"，不如心跳好玩，她就选了心跳。

万事俱备，就差缝好了。

可也就是这最后一步，陈星夏弄不好。

经她缝的小熊，后背宛如被狗啃过，惨不忍睹。

"丑死了。"陈星夏看看人家的例子，根本不敢多对比，"怎么缝个线也这么难呢？"

严宵一看，说："我试试？"

"你还会缝纫？"

"试试。"

严宵接过小丑熊，先是用剪子将那些曲里拐弯的线剪掉抽出来，再来就是观察摆在桌上的例子。

他观察例子认真，陈星夏就观察他。

这趟出来，陈星夏其实没抱多大希望。

严宵是什么性格，她再清楚不过，平时有苏雨萌和谢正两人活跃气氛，他在中间还不会显得太突兀。

要是没这两人，就他那三棍子打下去说不出一句话的毛病，非得把人急死不可。

可一直到现在，陈星夏有过着急，但从没觉得无趣，也没觉得不好玩。

她似乎习惯了严宵默默在她身后，哪怕什么都不说，不和她互动，她也没关系。

他们之间，有他们自洽的相处逻辑。

陈星夏坐在一旁等"严师傅"缝小熊，没几分钟，她就开始坐不住。

"好了没？"她骚扰起人来，"你这不行啊，我还以为学霸就是方方面面都优秀，你还是得……"

"这样行吗？"

严宵将小熊递过来，陈星夏一看，这还行吗？是太行了！

她不知道严宵怎么操作的，她看到的就是他捏着针，和她一样，在小熊身上穿来穿去。

可人家穿的，那走线，就跟机器缝的似的。

陈星夏很想鸡蛋里挑骨头，但很遗憾，这次真挑不出。

她接走小熊，越看越喜欢，可又不想严宵看了得意，就绷着嘴角说："去选衣服吧。"

等小熊这边弄好了，陈星夏又着手给二萌选的兔子。

她打算还让严宵缝，但这回，他说什么都不肯，最后只好多花十块钱让工作人员缝。

拿到兔子时，陈星夏果断批评道："浪费钱！"

对此，某宵又不言语。

绣字需要等一段时间，借着这会儿空隙，陈星夏和严宵在商场里随便溜达溜达。

路过奶茶店，陈星夏要喝奶茶。

严宵问她喝什么，她皮笑肉不笑地说："我能喝什么？只要不是热的，你看着点吧。"

严宵买了一杯陈星夏爱喝的芋泥啵啵奶茶，然后说要去趟卫生间，让她在这里等，不要乱走。

陈星夏摆摆手，心说这位真是往她爷爷那边发展了。

还不要乱走，拿她当三岁小孩吗？

陈星夏坐在奶茶店外喝奶茶，严宵则快速返回玩偶工厂。

照相的小姐姐看见他，心下了然，招招手让他过来，两人到一边安静的地方说话。

"照得是真好。"小姐姐拿出照片，"你们要是同意，我都想贴在店里展示了。"

严宵接过照片，捧在手心里。

画面中，他们肩并肩站在一起，女孩甜美灿烂的笑容，看得他也弯起了唇。

小姐姐打量着少年,姨母心泛滥,问:"你们是同学吗?认识多久了?"

严宵说:"一出生就认识了。"

小姐姐"哎哟"一声:"青梅竹马啊!"

开学的第一个月,大家在适应高三生活的节奏中度过。

有些同学虽然看起来和过去没什么不同,但只要细心一点儿,就会发现小卖部里高三学生变少了,课间留在座位上做题的高三学生越来越多。

陈星夏也是其中一员。

她适应得还不错,开学考成绩也还可以,进了年级前十五。

但她也清楚,这距离全国第一的建筑系还远着呢。

陈星夏给自己制订了学习目标和计划,从现在起,她坚持每天复习到凌晨一点,周六、周日也不再赖床,早早起来做题。

他们四人学习小组的成效也很不错。

大家在最近的小测中都有进步,尤其苏雨萌,忽然就跟开窍了似的,感觉再努力努力,考上一个211不是梦。

就这样,时间来到十一假期。

这个假,高三就放两天,剩下的时间全部到校上自习,会有老师答疑解惑。

时间非常紧迫,但苏雨萌坚持要用半天时间给陈星夏过生日。

陈星夏说不用,苏雨萌表示:"高三是重要,但咱们也不是坐牢啊。更何况,犯人坐牢还有放风时间呢。"

大家一致同意放这个风,而陈星夏生日是10月9日,正日子过肯定是不行。

就只有10月2日。

活动安排也不复杂,地点就定在意式风情大道的商业街。

这条商业街开设的大多是咖啡厅和甜品店,还有些私家菜馆,总体和东棠里有些相似。

但它的发展态势和东棠里比,差了一截。

直到去年,政府把大道挨着的景春河又给开发了,这条街才算是一下子被盘活。

日落时分,许多人划船在景春河上喝着咖啡看夕阳,那画面要多出片有多出片。

苏雨萌提早预订了四人船票,只等中午吃完饭,下午去划船。

陈星夏对这个英明决策双手赞成。

他们这顿午饭吃得晚,一是十一客流量大,餐厅得排队;二是他们吃得也磨蹭,出来时,已经快两点半。

"最多三点半,咱们就得去排队。"苏雨萌说,"我看攻略了,必须排上五点那拨上船,不然欣赏不了日落。"

陈星夏点点头。

她拎着苏雨萌和谢正送的礼物,拎累了,甩手给严宵拿。

苏雨萌一看,叹着气吐槽:"'谢歪',你脑子真是有病。送什么高三学生营养餐大全,书拿着多沉啊!"

"这事是我欠考虑了。"谢正抱歉,"严同学,给我拿吧。"

陈星夏说:"就让他拿。空手来的人,再不付出点儿劳动,像话吗?"

严宵看看陈星夏,没言语。

四人在商业街周边悠闲散步,权当锻炼。

说实在的,他们不怎么想谈论高三生活,但又没别的可谈,毕竟时间和精力都给高三了。

陈星夏想着高三的重重压力,叹了口气,严宵这时说:"棉花糖,吃吗?"

"不想吃。"陈星夏瞅了一眼,"但……尝尝也行。"

是小熊形状的棉花糖哎,怪可爱的。

严宵就知道,把东西给谢正先拿会儿,过去买。

正要穿过前面这条小马路,他一转头,看到一个颇为熟悉的身影站在对面。

不待他反应,苏雨萌那双尖的,立刻指着说:"那是不是盛昊啊?"

陈星夏不由自主地往前走了两步。

马路对面,盛昊站在路牌旁边。

他穿着一身灰色运动装,头发比之前理得短了些,皮肤也更黑了些,整个人看起来有些严肃,但很精神。

还有,就是他的黑色军牌摘下了。

是训练时不方便佩戴吗?

许久未见,陈星夏的心脏"咚咚"跳。

她庆幸自己今天因为过生日稍稍打扮了下,没有那么不修边幅,但因为每天熬夜复习,她的黑眼圈又不怎么美丽。

盛昊先看到了谢正。

见他们一起,他愣了下,随即又看看周围,似乎是在看还有没有别人。

可看了一圈,也并不见其他熟人。

"这么巧。"盛昊挥下手,从对面过来,"你们来这边玩?"

苏雨萌说:"是啊,来给星夏过生日。"

闻言,盛昊看向陈星夏,笑着说:"生日快乐。"

"谢谢。"陈星夏清了下嗓子,"你和同学也来这边玩?"

盛昊一顿,说:"没。过来见个朋友,完事了,准备走了。"

"哦。"陈星夏有些失望。

"都完事了,还走什么?"谢正说,"跟我们一起玩会儿呗,都这么久没见了。"

陈星夏又生出一丝期待,但听盛昊说:"今天不行啊,待会儿我还有别的事。要不明天?我最近知道了一家不错的馆子,一起尝尝?"

谢正可惜:"我们明天就上课了。"

心情就像坐过山车。

陈星夏从见面时的惊喜到说话时的拘谨,再到渴望能够多相处一会儿的期待,直至希望破灭,不到两分钟的时间。

她忽然有点儿理解那句"相见不如怀念"。靠自己的想象,总是能编织出更符合自己意愿的梦境,也就不会有落空的难过。

陈星夏悄悄叹了口气,严宵不知道什么时候走到她身边,递给了她小熊棉花糖。

"草莓口味。"他说。

陈星夏有被治愈到那么一点,尝了口棉花糖,很甜。

既然待会儿还有事,盛昊也就不再留下继续多聊了。

他和大家道了再见,转身离开时,瞥到旁边一个卖小玩意的摊位,又改了方向过去。

过了会儿,盛昊拿着什么东西来到陈星夏面前。

"也不知道你过生日,一点儿心意。"他摊开掌心,露出一只小柿子钥匙扣,"卖东西的大姐说这叫心想'柿'成。"

陈星夏愣了半天。

等反应过来的时候，她举着棉花糖手足无措，只好塞回严宵手里，接过了那枚钥匙扣。

"谢谢啊。"

"别客气。"

如果说刚才的心情是坐过山车，那现在的陈星夏就是又冲上云霄了，简直不要太美好。

她紧紧握着那颗小柿子，全然没注意到严宵阴沉的脸。直到苏雨萌提醒棉花糖不吃一会儿会化掉，她才找严宵又要了回来。

盛昊过了马路。

苏雨萌挽上陈星夏的手臂，说去前面的小店里转转，陈星夏笑着说"好"。

而谢正看向严宵，对方还站在原地看盛昊。

"严同学，咱们是不是……"

话没说完，严宵突然朝盛昊走去。

谢正并不知道陈星夏对盛昊有好感，只以为严宵是受不了有男生给陈星夏送礼物，吓了一跳，差点儿就要喊：冷静！动手别打脸！

话没出口，谢正又看到严宵在对面捡了什么东西，要还给盛昊。

那是枚樱桃发夹。

严宵自是不懂什么饰品，但这东西是女孩子用的，他还是能一眼看出来的。

盛昊口袋里放着一个女孩子的物件？

严宵不动声色，将东西物归原主。

盛昊看到发夹，瞳孔微颤，下意识就摸了摸自己口袋，这反应明显是很在意发夹。

"谢谢啊。"盛昊接过去。

严宵没说话，淡淡地看了他一眼，回归四人组。

排队等划船的场面那真叫一个红旗招展，人山人海。

苏雨萌闷出一脑袋汗，实在热得受不了，叫上谢正陪她去前面给大家买饮料。

他们一走，陈星夏终于可以拿出小柿子仔细看。

其实样子非常简单，就是用毛线手工编的，手艺也没有很好，有的线头还露在外面。

但因为是盛昊送的，陈星夏就觉得好极了。

"是心想'柿'成哎。"她笑着和严宵分享，"寓意真好。"

严宵面无表情，一只手插在口袋里，用力攥着那个小丝绒盒。

陈星夏沉浸在喜悦中，也就不计较严宵又哑巴了，反正他连个礼物都没给自己准备，也没脸说什么。

队伍往前迈进了半米，严宵提醒陈星夏往前走。

听他这冷冰冰的口气，陈星夏多少察觉到不太对劲儿了，转头问："你怎么了？不开心吗？"

严宵目光扫过那颗柿子，心底腾起巨大的烦躁。

这烦躁叫他一时丧失了本来的克制力，张口问："如果他不在意你呢？"

"什么？"陈星夏没明白。

"盛昊，"严宵垂眸看着人，"他不在意你，你怎么办？"

这个问题，陈星夏似乎想过，又似乎没想过。

如果盛昊不在意她,她也不会勉强人家。

但严宵冷不丁地这么一问,她又忽然觉得心里没谱儿……

"我不知道。"陈星夏如实说,"不过——"

"不过什么?"

"如果他有在意的人,那我百分之百会放弃。"

听了这话,严宵想起刚刚那枚樱桃发夹……

两人一时无言,都陷入了自己的思索中。

前面队伍又动了,他们也没发现。

后面带孩子出来玩的家长见他俩一动不动,本来就站得心烦,这下就有些不客气地推了严宵一把。

"走啊!要愣出去愣!"

严宵正走神儿,被推了便本能往前冲,陈星夏反应过来赶紧扶他。

接触间,陈星夏手指磕在严宵口袋里的盒子上。

她这人好奇心一向重,对象又是严宵,很自然就上手在严宵的口袋外摸了摸。

严宵本来就没有站稳,感到那只手,差点儿膝盖打弯扑在陈星夏身上。

偏偏陈星夏无知无觉,因为没摸出来是什么,还要再摸。

严宵脸色都不好了,一把抓住陈星夏的手,哑声说:"别动。"

"你口袋里装着什么啊?"陈星夏还是想知道,"打火机吗?"

陈星夏不喜欢烟的味道。

"你不许抽知道吗?"她说,"又臭,对身体也不好。"

严宵强压着,点头:"不抽。"

"那你口袋里是什么?"

陈星夏不知道不罢休。

严宵拿她没办法,本想掏出来给她看,结果他一松开,陈星夏的手就直接钻了进去。

严宵呼吸一沉,闭了闭眼。

苏雨萌和谢正这时带着饮料回来。

看到陈星夏手里小巧又精致的深蓝色丝绒盒子,苏雨萌惊呼:"这是什么啊?钻戒吗?"

陈星夏太阳穴一跳,险些弄掉了盒子。

她说是从严宵那里"搜刮"得到的,苏雨萌便说:"这肯定是生日礼物!严宵,你刚才怎么不给啊?"

严宵看着身后,无话可说。

而陈星夏在苏雨萌的催促下,打开了盒子。

是一条小星星吊坠手链。

夏天最热那时,陈星夏在学校门口的礼品店见过一条小星星手链,挺漂亮的,但和眼前的比,这条甩那条几百条街。

"这也太漂亮了吧!"苏雨萌赞叹,都不敢用手碰,"这是蓝宝石吗?"

谢正笑道:"怪不得严同学刚才没送,这是给咱俩留面子呢。"

谢正和苏雨萌,一个送《决战高考:高三生营养餐大全》,一个送小熊八音盒。

都不是贵重的礼,但也符合学生之间送礼的实际条件。

反倒是严宵这个,有点过头了。

陈星夏也很惊讶,问:"你哪儿来的钱啊?这个很贵吧?我……"

"奖金。"严宵说。

哦，对。

严宵参加的那些比赛，奖金都是以万为单位起步。

但就算他有钱，这个礼物也太贵重了。

严宵就是怕陈星夏有这个负担，所以打算找个合适的时候送给她。

现在，都毁了。

不过好在苏雨萌一直都是直线条，她就觉得这东西好看，配得上她姐妹，那就收，不收是傻子。

"星夏你快戴上试试啊。"苏雨萌说，"你手腕白，戴上一定好看。"

陈星夏犹疑，看看严宵。

严宵沉默不语，谢正说："夏姐，你就收着吧。都是严同学的一片心意，再说你不收，他能送给谁啊？"

一想到这手链还有可能送别人，陈星夏莫名有些不高兴。

上面的小星星就代表她，某人还敢送别人？

她想了想，收就收！

她从现在开始存钱，等到明年一月中旬的时候，她也回严宵一个大礼。

嗯，没占他便宜。

陈星夏小心翼翼地取出手链，先在手腕上比了下。

这是一条铂金手链，坠了一颗小星星，星星里面镶嵌一颗蓝宝石，漂亮极了。

陈星夏迫不及待想要戴上，但单手总是不好扣。严宵见状想要上前帮忙，被苏雨萌抢先一步。

戴上后，苏雨萌拍了下手："太好看了！大小也正好，简直像是为你定做的！"

陈星夏晃晃手腕，也非常喜欢，又看了看严宵。

严宵说："好看。"

她笑了笑。

排完漫长的队伍，四人按计划顺利排上日落时分的小船。

严宵和谢正两个苦力负责蹬，苏雨萌则各种拍照、录小视频。

陈星夏也拍照，只是每次抬起手时，小星星都会折射出太阳的光，闪到她的眼。

她轻轻抚着那颗小小的蓝宝石，琢磨是不是先把手链放回盒子里，万一弄丢了？或者掉进河里怎么办？

陈星夏越想越担心，翻出包里的蓝丝绒盒子。

盒子因为和小柿子钥匙扣挨在一起，沾了不少橘色的毛线。

她摘了摘，打开盒子拽出里面的海绵层，发现盒子底下还垫了一张很小的证书。

上面记录了一些官方数据，以及这条手链的名字：星想事成。

心下一动。

陈星夏凑近一点想再看看，碰到小柿子钥匙扣，它一下子滚到书包最底层，看不见了。

陈星夏的生日过后，高三的生活依旧继续。

陈星夏全力以赴，打起十二分精神，所有心思全部扑到了复习上。

为此，也忘了要交给严宵第四封信。

一直到过年，她才想起来信还没送。

今年的寒假，学校安排了七天的时间让学生们好好休息，也稍稍放松下身心，之后的时间全部到校开始二轮复习。

陈星夏在刚结束的期末考试中又有了进步，考到了第九名，第一次挺进年级前十。

陈沛山为表鼓励，特意买了投影仪，又命令陈教授安装好，以便让陈星夏在大年初三或者初四邀请严宵他们来家里玩。

陈星夏在群里说这事时，数苏雨萌最高兴。

苏雨萌的成绩也进步了，虽然距离考上名牌大学还有很长的路，但过一本线已经不成问题。

四人约好初三下午见。

严宵是最先到陈家的，不为别的，主要是陈星夏想在院子里看露天电影，但又嫌冷，就找表姑父借了帐篷，到时候再拿出取暖器来，氛围感妥妥的。

只是构思很好，但陈星夏不会装帐篷。

而陈慕桢又去拜访老师了，只能让严宵来。

别看严宵平时总捧着书看，但他不是书呆子，动手能力非常强悍，没一会儿就把帐篷组装完毕。

陈星夏给他递水，见夏澜还在屋里忙，趁机拿出了第四封信。

"就这一封了。"陈星夏说，"一直到高考完，我都不麻烦你。"

她做了个"拜托拜托"的手势，严宵没说什么，将信放进口袋。

陈星夏笑笑，正想道谢，外卖小哥给她来了通电话。

她订了一大盒杯子蛋糕，可外卖小哥头一次送东棠里这边，在巷子里转悠了几圈就迷路了。

"那您现在在哪儿啊？"陈星夏问，"哦，我知道。要不您就原地等我，我过去拿吧。"

她刚说完，严宵放下水："哪里？我去拿。"

严宵很快找到外卖小哥。

其实外卖小哥离他们很近了，就在东棠里西南口这边，但对于不熟悉地形的人来说，也确实不好找到路。

取到蛋糕，严宵往回走，但瞥到不远处有卖手工酸奶的，又过了马路。

穿过人行横道时，严宵和一个女孩擦肩而过。

女孩本身没什么特殊，但女孩头上戴着的发饰——樱桃发夹，十分眼熟。

严宵扭头多看了一眼，只当是巧合。

而等他买了酸奶回来，在巷子口，他再次遇到这个女孩。

女孩正在打电话："他真的搬到这里了吗？我已经来这里好几天了，一次也没看见他。"

说着，女孩眼睛一下红了。

因为太冷，她鼻头也跟着泛红，看起来柔弱又无助。

沉默片刻，女孩吸了吸鼻子，带着哭腔和电话里的人说："盛昊不会真的再也不理我了吧？"

第三章
独一无二的玫瑰

或许真的有命运之手。

它会在某个节点、某个时刻,突然出现,推你一把。

此时的严宵就是。

他听见女孩亲口说出盛昊的名字,看到她头上戴着盛昊在意的樱桃发夹,而他自己的口袋里是第四封信……一个计划在他脑海中形成。

他握紧手中的袋子,向女孩走去。

符瑶见有人走来时,下意识想要闪躲。

临饶这座城市太大了,于她而言处处都是陌生,要不是因为盛昊在这里,她根本不敢来。

不过,她在看清过来人的脸时,紧张稍稍减缓。

眼前的男生不像是坏人。

"有事吗?"符瑶小声问。

严宵垂眸看着女孩。

她个子在女孩中不算矮的,但身材颇为纤细,一双大大的杏眼单纯无辜,看起来估计比实际年龄小。

"你认识盛昊?"严宵问。

符瑶眼前一亮,激动之下又难免有些警惕:"你、你到底有什么事?"

严宵说了些已知的盛昊信息,以换取信任,最后又说:"盛昊的妈妈是我的继母。"

符瑶彻底信了。

她做自我介绍,说她是盛昊老家的同学,念舞蹈附中,这次过来是专门来找盛昊的,但她只知道一个大概的地址,具体的并不清楚。

严宵说:"他现在不在这里。"

除夕那天,他听见梁慧婷私下给盛昊打电话。

盛昊自知过年不可能来东棠里,就带着外婆去周边的小镇观光了,初五以后才会回来。

"初五?"符瑶拧起眉,"我最晚初四就要回去了。"说着,眼睛又红了。

严宵递给她纸巾,她接过去擦了擦,央求:"同学,我能要一个你的联系方式吗?你放心,我平时绝对不会骚扰你,我就……偶尔向你问问他。"

"我不和他住在一起,"严宵淡淡道,"恐怕帮不了你。"

他越是这样说,符瑶越觉得必须抓住眼前这根稻草。

抛开是不是一起生活不说,这是她目前唯一能和盛昊搭上联系的媒介,简直是天降的运气。

"同学,真的求求你了。你就……"

严宵打断:"你为什么不直接找他?"

"我们……闹了些矛盾。"符瑶低下头,"同学,你就帮帮我,行吗?"

周围各家店铺张灯结彩,来来往往的车辆也是络绎不绝,这些热闹喜庆衬得单薄的女孩尤为孤独。

良久,严宵掏出手机。

他说:"不要让盛昊知道,我和他不熟。"

陈星夏发了好几条微信给严宵,都没回复。

让他拿个蛋糕,又不是去现做,怎么这么半天?

苏雨萌和谢正早就到了。

谢正在取暖器上烤着手,说:"要不我去找找吧?搞不好外卖小哥找不到地方,给严同学也……"

话没说完,院子门开了,严宵回来。

陈星夏过去帮他拎东西,刚想抱怨几句,见他手里还拿着手工酸奶,又消了气。

四人组到齐。

夏澜给他们准备了零食和饮料,等到晚上还会有餐厅送比萨过来。

安排好这些,夏女士也和小姐妹去聚餐了,家里随这群小的怎么闹,开心就行。

陈星夏他们不着急看电影,先在帐篷里聊天吃东西。

要说陈星夏露天电影的构思真是不错,新鲜又好玩,比出去还有意思。

"能在这里待半天,我这个假也算没白放。"苏雨萌叹了口气,"要不我总觉得放假比上课还累。"

这话搁别人恐怕不太理解,但他们念高三的都明白。

放了假在家,想玩吧,有负罪感,感觉没抓紧时间就是犯罪;不玩,外面都是欢欢喜喜过大年的,心沉不下来。

高中时代的最后一个寒假,并不好过。

谢正见大家的高三悲伤症又要犯,搓搓手,说:"你们都想好学什么专业了吗?"

苏雨萌说:"你肯定是去中医药大学吧。"

"那必须的。"谢正笑道,"唯一志愿。"

陈星夏放下饮料,说:"我想去华凌大学念建筑学院。"

"那可是国内顶尖的大学了!"谢正激动道,"和北城大学齐名!"

北城有一对双子星学府,一是北城大学,另一个是华凌大学。

北城大学的教育学和法学全国闻名,还有机械工程和数学系也是名不虚传;华凌大学的王牌专业则是建筑学和生物制药,以及为国家培养出许多重量级人才的航天航空学院里的所有专业。

从这里出来的，都是大神中还得是大佬的级别。

想到航天航空，陈星夏看了眼严宵。

而不待严宵自己说，谢正就了然道："严同学肯定也是去华凌吧！你是想学工程力学，还是航天航空工程？"

又是不等人家严宵说话，陈星夏接过去："别说得好像任他挑选似的，那是说去就能去的？"

想考华凌的航天航空学院，难度也是地狱中还遇上了死神的级别。

严宵浅笑："尽力一试。"

苏雨萌听三位好友都目标明确，而她，目标就保一本，要是能争个211，她爸说回来就去老家给祖坟栽树翻土。

不过虽说是有学上就行，但苏雨萌也是有理想的。

在别人面前，甚至家人亲戚面前，她不好意思说，怕被嘲笑，但面对陈星夏他们，她多少有些勇气。

"我……我挺想留在咱们临饶师范念、念新闻学的。"苏雨萌小声说，"我想当个社会记者，行侠仗义。"

陈星夏一听，说"这个好啊，适合你"。

而且她家陈教授就任职临饶师范文学院，这要是去了，也算是有人罩着了。

只是临饶师范也是211，分数不低。

苏雨萌笑了笑："我知道我悬，但是……"

"未必就悬。"陈星夏说，"离高考还有五个多月呢，这段时间你再冲一把，希望很大。"

谢正点头："就是！表姐最近进步不小。再说了，你不是还有我们仨吗？"

是啊，她有三个学习好的带着呢，里面还包括要和课本上的人物成为同学的严同志。

苏雨萌看向严同志。

严同志正在看"陈建筑师"，察觉到她的目光，点点头："没问题的。"

苏雨萌感觉自己又行了！

"好！那就祝咱们都能得偿所愿！"苏雨萌举起杯子，"最后五个月，加油！"

"加油！"

发表完壮志雄心，准备看电影。

苏雨萌和谢正在那儿争是看喜剧片还是悬疑片，陈星夏想起来还有水果没拿，就去了厨房。

严宵跟她一起，并且主动承担了洗草莓的任务。

陈星夏悠哉地靠着冰箱看严宵干活儿，有句话不知道该不该讲。

寒假前，北城大学和华凌大学的数学系都来找严宵了，说是愿意提供自主招生名额。只要严宵自主招生考试通过了，高考时，他就能获得一定的优惠。

而更直接的，他得了奥数金牌，只要和北城大学数学系签了定向培养协议，能够直保。

但这些，严宵都拒绝了。

他还是想考航天航空学院，相当明确，明确得老师们一个个急得不行。

"哎，你为什么那么喜欢航天这些？"陈星夏问，"你又不当宇航员。"

严宵沥干水果上的水，说："执念吧。"

"什么执念？是小时候那位从航天局退休了的爷爷吗？"

"嗯。"

早些年，他们东棠里那也是卧虎藏龙。

有一对退下来的老夫妻，以前的身份说出来能吓死人。

陈星夏至今不知道出于什么原因，反正那时候严宵的妈妈经常带着严宵去那对老夫妻家里做客。渐渐地，严宵就受了那位爷爷的影响，对航天这方面产生了兴趣。

后来，严宵一家搬走，老夫妻还特意来送他。

而再后来，严宵又搬回来，那位航天爷爷却在一年前因为心脏病去世。

他的老伴，那个陈星夏记忆里总是笑嘻嘻给小孩儿分糖吃的奶奶，是在灵堂守着爷爷时走的。

陈星夏模模糊糊地记得，陈沛山去吊唁时，还不禁落了泪。

人的理想总是带着不一样的光芒。

未必多么耀眼，但足够照亮前行的路。

航天爷爷的遗物都是他的学生帮着收拾的，除去各种书籍和笔记，还有手稿，连一件像样儿的个人物品都没有。可以说，一辈子都奉献给祖国航天事业了。

严宵大概是被航天爷爷身上的光芒照到，所以也有了自己的路吧。

"那你可得好好复习了。"陈星夏说，"不是我泼你冷水，你现在的成绩也未必十拿九稳啊。"

严宵一顿："你看了航天航空学院的录取分数线？"

陈星夏"啊"了声，挠挠脸颊，咕哝："随便、随便看的。"

主要是上礼拜是严宵十八岁生日。

她之前收了人家的小星星手链，计划攒钱也回个大礼。

想法依旧是美好的，就是钱吧，不知道攒到哪里去了……贫穷的她实在没办法，就只能亲手画了张画送出去。

美其名曰过几年一升值，能让严宵净赚十条手链。

她构思画的时候，想着要有浩瀚星空，要有航天器，还要有讨厌宵，她特意去华凌大学航天航空学院的网页找灵感。

这一找，她发现这学院真不是人待的地方。

它咋不招全科满分的进去呢？那么难，怎么考啊……

陈星夏转过身玩冰箱上的冰箱贴。

而严宵还不了解她？

嘴硬心软。

他平时大多保持沉默，这会儿，沉默也是最好的回应，省得有人会恼羞成怒。

可偏偏，严宵该沉默时又不想沉默了，他故意问她："就只是随便看看？"

他还敢反问起她来了？

陈星夏咬咬牙，充分发挥气壮优势："我就特意看了，怎么着？不行？我也是想到了你可能还得跟我一个学校，我未雨绸缪！不然我……算了！你别考上！谁还要和你一个学校？爱咋咋的！"

她想要跑路，严宵拉住她，递来一颗草莓。

红通通，上面还沾着水珠，看着就好吃。

但陈星夏忍住了："你别又想用吃的糊弄我，真以为我是吃货吗？"

女孩气鼓鼓的样子，看得人忍不住想戳戳她的脸。

严宵眼里弥漫开层层笑意，说："不是糊弄，算是提前贿赂你。"

"什么提前贿赂？"

"贿赂你之后还跟我在一个学校。"
"你甩不掉我。"

陈星夏看着崇光路的海棠花从盛开到凋落，又是一次轮回。
春去夏来，六月高考也如期而至。
苏雨萌运气爆棚，考场抽签抽到了七中本校，陈星夏和谢正则有缘分在了一个考点，就是离东棠里稍微远了些。
但严宵更远，路程得半个小时。
夏澜抱怨教育局不会安排，要在严宵考场附近订酒店。
严宵不想这么麻烦，但夏女士坚持这么做，也亏得夏女士当机立断，要不然根本就订不上。
为了确保孩子们这一战没有差池，陈沛山亲自出山陪严宵住酒店，陈慕桢和其他两位爸爸负责接送，妈妈们则还是掌管大勺。
至于严歧和梁慧婷，压根儿没算在考虑范畴内。

高考这天，晴朗无云。
学了十二年的学子们在同一时间奔向不同地点，却做着同一件事。
陈星夏看不到苏雨萌和严宵，反正谢大爷这个乐天派是一点儿不紧张，等着进考场前，还摇着扇子喝参茶呢。
谢大爷说了："紧张也这么考，不紧张也这么考，还不如乐和点儿。"
陈星夏叫他把这话快发群里。
苏雨萌最先回复：我挺乐和的，就是我妈一直笑话我顺拐！
陈星夏"扑哧"一笑：顺就顺吧，考得也顺。
发完，她等着严宵的回复。
可眼看考生马上就能进入考场了，他的消息都没有传来。
陈星夏担忧，想给陈沛山打电话问问他们到考场了吗，群里来了一条语音。
陈沛山借着严宵的手机说："开开心心考！人家小宵刚才遇见迷妹了，非要和他握手，想沾沾喜气！"
都什么时候了，有没有谱儿啊？
陈星夏准备语音回击，严宵又发来消息：大家放轻松，一切顺利。
笑对人生：真有迷妹找你要喜气啊？
陈星夏瞪了谢正一眼，谢正"嘿嘿"笑："问问嘛。"
哼，什么迷妹，不就是看他长得还凑合吗？
这么不分场合、不分地点的，简直是对高考的不尊重！
陈星夏十分想说两句，但又想着马上就考了，万一她这嘴突然开光说中了什么不好的怎么办？
忍忍好了。
等考完再算总账。
"哎，严同学回了。"谢正说，"正好，咱们也该进去了。"
陈星夏赶紧点开手机。
无敌讨厌宵：如果我真的有喜气，我把它送给你们。
无敌讨厌宵：祝我们都考出满意成绩。

无敌讨厌宵：@二萌 @ 笑对人生 @ 小满

传说中的高考啊。

一旦考上了，其实也就那么回事了。

陈星夏心态尚可，反正考完一科就忘一科，至于写得对不对，管他呢。

就这样，几天的时间过得飞快。

等陈星夏考完最后一科出来时，第一眼就看到陈慕桢和夏澜在校外冲她招手。

表姑一家也来了，表姑父拿着相机一通猛拍。

谢正不知从哪儿蹦出来，比了个耶，还跟人家表姑父说麻烦多拍几张，他要洗出来，庆祝自己历劫成功。

陈慕桢接过女儿的书包，也不问考得好不好，只说："你表姑订了桌，今天咱们一家，叫上小宵、萌萌和阿正他们三家，一起吃饭！"

陈星夏笑了笑："爷爷来消息了吗？严宵怎么样？"说着，又问谢正、苏雨萌那边出来了没有。

都考完出来了。

高考，结束了。

吃完欢快的庆祝宴后，陈星夏把自己关在屋里睡了个昏天黑地。

夏女士也不睬她了，只要人还会吃饭喝水，也还能喘气就行，剩下的，等睡饱了，再说吧。

就这么昏睡了三天，陈星夏顶着惨不忍睹的邋遢造型出了屋。

苏雨萌和谢正也休息够了，问她要不要活动活动，去小鹿家吃个甜品。

提议不错。

一闪一闪亮晶晶：给本宫半小时梳洗打扮一下。

二萌：还叫严宵吗？

一闪一闪亮晶晶：他好了吗？

说起严学霸，庆祝宴当天晚上就病倒了。

陈慕桢带他去医院，医生说就是这段时间复习强度太大，神经一直紧绷，现在突然松快了，之前靠意志压着的那些不舒服，通通找上门。

严宵在医院输了一宿液，之后回了严家。

陈星夏也是惦记他的，无奈她的睡眠质量不给她这个机会，实在太好了，根本醒不了。

一闪一闪亮晶晶：我一会儿去他家看看。

笑对人生：严同学什么身子骨？已经没事了！

笑对人生：昨天还有人看见他和一个女生在巷子后面说话呢。

陈星夏一愣。

二萌：女生？什么女生？星夏不是"休克"了吗？

她那是补觉好吗？

笑对人生：不是咱们巷子的人，是谁的话，我也不认识，[摊手.jpg]。

陈星夏放下手机，眉头慢慢皱起。

严宵和一个不是他们巷子里的女生说话？

世界第九大奇迹啊！

会是谁呢？

夏女士推门进来，就见陈星夏顶着个爆炸头盘腿坐在椅子上，那模样仿佛让夏澜已经看到女儿六十岁以后的样子。

"不睡了就收拾一下好吧？"夏澜叹口气，"高考是结束了，但你的青春还有几年呢。"

"……哦。"

陈星夏洗漱好恢复了青春。

她给严宵发消息，意思是要去小鹿家，他如果去的话，就在骑士铜像见。

那家伙回得挺快，说的却是他晚些直接去小鹿家，话里话外的意思明显是人不在东棠里。

这才刚考完就有情况了？

陈星夏不知该作何感想，但心中似乎隐隐发闷，满脑子都在想和严宵说话的女孩会是谁。

想来想去，实在想不出，她只好先去小鹿家。

苏雨萌和谢正已经到了，点了他们常吃的那几样。

苏雨萌说："美美姐知道咱们考完了，特意请咱们的！不要钱。"

陈星夏一听，过去和老板美美姐道谢，之后回到卡座坐下。

谢正说班里已经有人对过答案了，但他没对，也希望二位人美心善的姐姐不要提，他想在成绩出来前好好生活。

"瞧你那出息。"苏雨萌"啧"了声，"我听六班的大喇叭说，学校老师昨天给严宵打电话了，听严宵的意思，市状元八九不离十。"

谢正竖起大拇指："严同学就是稳。哎？他人呢？"

陈星夏戳着面前的芝士蛋糕，语气不明地说："说待会儿直接过来。"

苏雨萌和谢正"哦"了声，都没觉得有什么。

陈星夏心说这两个就是不关心朋友，他们的万年哑巴孤独精不仅人不在东棠里，还和神秘女生说话了，他们居然无动于衷？

"谢正。"陈星夏敲敲桌子，"你是听谁说严宵和一个女生在巷子后面说话的？"

谢正喝了一口饮料，回道："张大妈啊。"

据张大妈传来的可靠消息，女生长得非常漂亮，看身段像是学舞蹈的，而且面生得很，不像他们巷子的。

听完这话，陈星夏一叉子穿透蛋糕。

好你个严宵啊。

学会有事瞒着她了是吧？

陈星夏也不知道自己哪儿来那么大的气性，反正就是不高兴，觉得严宵有情况不和自己说，不够朋友。

所以等严宵来了小鹿家以后，她理都不理人家，如果要说话，那就戗着来。

苏雨萌和谢正见怪不怪，只道是寻常。

"音乐节去不去呀？"苏雨萌问，"就在挨着咱们临饶的一座滨海小城的沙滩上举办。"

谢正笑道："听着挺有意思哈。"

"就当一场小旅行呗。"苏雨萌也笑了笑，"两个礼拜后举办，够咱们订车票和旅店什么的。"

陈星夏看了看公众号上的宣传，是很吸引人，得去。

两个女生都说去，严宵和谢正也去。

"你还去啊?"陈星夏斜眼觑着某人,"有时间吗?要是还要忙别的事,你就先去忙你的,不用百忙之中抽时间应付我们。"

严宵抿抿唇,不知道她脾气怎么来的,说:"我不忙。"

"我管你忙不忙!"

从小鹿家出来,苏雨萌和谢正正好坐地铁去亲戚家串门,陈星夏和严宵一道回家。

一路上,陈星夏眼睛不是眼睛,鼻子不是鼻子。

严宵想哄,但又不知从何哄起,一着急起来,人咳嗽了好几声。

到底是生病刚好,身体素质再强悍,也得需要时间调养。

陈星夏瞧他那病恹恹的黛玉样儿,还有工夫和人家舞蹈生聊天呢?

陈星夏是个藏不住话的,憋到这会儿已经是极限。

一过骑士铜像,她就问严宵刚才干吗去了。

严宵拉开书包,里面放着几本市图书馆新上的关于空气动力学的书。

居然是去图书馆了。

那你早说啊!

陈星夏的气焰略降下来,又问:"昨天和你说话的女孩是谁?你别不承认,张大妈说了,是练舞蹈的。张大妈的眼睛就是尺子!"

严宵拉上书包,垂眸默了两秒,说:"问路的。"

"问路的?"陈星夏气笑了,"你蒙傻子呢?问路的……"

"就在光明便利店门口,你可以问便利店老板。说话连半分钟都没有。"

"讨厌宵"这人虽然讨厌,但向来也不会撒谎。

陈星夏琢磨了下,她还是坚定地认为张大妈的眼睛就是尺子,可张大妈的嘴也是漏勺,水分很大。

如此看来,事情大概是个乌龙吧。

陈星夏心里一下子舒畅了,把手里拎的袋子甩给严宵拿,说:"我还以为你有情况不告诉我呢。"

"什么情况?"

"你高考都考完了,别这么幼儿园好吗?"

两人走在林荫树下,尽量避开太阳刺眼的光亮。

其实严宵有情况也正常,没情况才不对。

只是陈星夏没想象过严宵要是有了女朋友的话会是什么样子,而如果他有了女朋友,他们之间……也就会变淡了吧。

陈星夏心里不由得堵了下,但她告诉自己朋友要是找到了喜欢的人,她该替他高兴才对。

想到这儿,陈星夏也要去办她的大事了。

她勾了勾手指,和严宵去了边上人少的角落。

"我明天给你第五封信。"陈星夏说,"我是这么想的……"

她打算直接在信里公布身份,不磨叽了。

如果盛昊愿意,到时候就去心屏公园找她,她会在那里等。

不过,鉴于盛昊回东棠里的时间不定,所以陈星夏决定让严宵见机行事。

"你见了他,放信之前在信封上写好我们见面的日期和时间。"陈星夏说,"然后再发微信告诉我就好。"

"我这么说，你明白吧？"

严宵"嗯"了声，点头。

陈星夏笑着拍拍他的肩膀："要是成功了，我请你吃大餐。"

陈星夏哼着小曲儿回家，心情不错，她想着喂喂"大阿哥"，跟它玩会儿。

不想刚上台阶，陈慕桢和夏澜出来，两人还一人拉着一个行李箱。

"你们这是干吗啊？"陈星夏问，"旅游吗？"

陈慕桢说："你这段时间备战高考，给你妈累坏了。现在你考完，我们俩找个小岛度度假，你和爷爷看家。"

别人家都是孩子考完了，带着孩子一起出去玩。

她爸妈倒好，给她一甩，还叫她看家，他们自己去逍遥，有地方说理吗？

"我已经联系家政阿姨每天过来做饭。"夏澜说，"屋子的话，你们就自己收拾一下。一周而已，我和你爸就回来了。"

陈星夏抽抽嘴角："妈，合适吗？"

陈慕桢"哎"了一声，牵起妻子的手，纠正："伴侣伴侣，就是要多多陪伴。等你将来恋爱了，你放心，爸妈也绝对不当电灯泡。"

夏澜让陈慕桢别乱说，又嘱咐："看好爷爷，知道吗？绝对不能让他吃太多零食，还有你黄伯伯一家和儿女都搬到外地去了，爷爷没了棋友，多半会无聊，你要多陪着。"

"那我呢？"陈星夏指指自己。

夏澜笑道："你还用我们教怎么玩？找小宵去。"

说完，陈慕桢和夏澜还得赶飞机，没工夫耽误，夫妻俩说说笑笑走了。

陈星夏呆呆地站在门口，身边"大阿哥"蹦跶得欢实："宝宝心里苦，但宝宝不说！宝宝心里苦，但宝宝不说！"

没爸妈管就没爸妈管吧，她和爷爷更逍遥。

陈星夏开启在家里想干什么就干什么模式，一会儿和陈沛山练字，一会儿回屋画画，再不济还能拉着二萌逛淘宝，买些新鲜小玩意儿。

自然，她心里也装着那第五封信。

陈星夏不由自主地幻想，要是告白成功的话，她是不是就可以和盛昊一起去音乐节？公众号上的宣传说了，晚上还有篝火和烟花呢。

想想就觉得浪漫。

陈星夏捂着发热的脸，一头栽倒在床上，不停打滚。

她一边期待严宵快点儿给她回信，一边却也会想着万一失败了呢……少女的心事是粉红色的泡泡水，颜色美丽漂亮，但泡泡也非常容易破灭。

就这样，陈星夏在各种纠结与憧憬交织的心情中收到严宵的微信。

这回复也是非常快了。

几乎是在陈星夏给完第五封信的转天就有了回音。

一闪一闪亮晶晶：他今天在东棠里？

无敌讨厌宵：刚走。

看看！这就是天意啊！

连老天都不忍心看她现在这样想东想西，要尽快撮合他们。

一闪一闪亮晶晶：那你在信封上写的明天下午一点半？

无敌讨厌宵：嗯。

陈星夏倒吸一口气,按着心口在床边踱步。

时间是不是有些紧迫了?

她还没准备好见了面说什么呢!

陈星夏心跳得厉害,一会儿跑到衣柜前挑衣服,一会儿去夏澜屋里翻面膜,一会儿又到镜子前练习微笑。

她很忙。

而在她看不见的地方,严宵那里,也不清闲。

是时候该收网了。

严宵点进微信上某个对话框,打字:*如果你必须知道盛昊外婆家的住址,我可以告诉你。*

这条消息几乎是才发出去,对方就回了个:*好!*

告白这天的天气和陈星夏的心情一样:十分火热。

她和爷爷打好招呼,把自己打扮得美美的,出发前往心屏公园。

这一路的心情陈星夏在事后回想起来,几乎没什么触动。

基本就是看看窗外倒退的街景,再时不时傻笑两下,稀里糊涂就到了,连印象深刻的节点都没有。

仿佛也就预示了无疾而终的结局。

陈星夏提前一刻钟到的公园。

心屏公园是临饶近几年新建的公园,除了有个超大广场,音乐喷泉是最大特色。

按照陈星夏的构思,如果盛昊接受了她的告白,那么他们正好可以一起欣赏喷泉表演,还能听听歌。

那如果盛昊不接受,效果大概就变成冷冷的冰雨在脸上胡乱地拍了吧。

但陈星夏认为,只要盛昊来,那这件事就应该会成功。

毕竟她都写上自己的名字了,他要是讨厌她,不来就是最好的拒绝。

陈星夏在大树下焦急又期待地等候。

她本想穿她最喜欢的蓝裙子来着,但又怕女孩穿蓝色不文静,所以换成了白色。

为了淑女些,陈星夏也不敢乱动,要是严宵在,她早踩着边道的石砖走独木桥玩了,现在都只能忍着。

她等啊等。

从最初约定好的一点半等到两点,然后是两点半、三点……

陈星夏的背逐渐被汗水浸湿,因为披散着头发,脖子后面的皮肤几乎是泡在汗水里,此刻开始发出刺痒。

她不知道自己是第多少次擦拭额头上的汗珠,而等这次抬眼望向公园入口,她的视线也终于变得模糊。

等到四点整,陈星夏离开公园。

她拦了一辆出租车,回东棠里。

陈星夏并没有哭,尽管她非常伤心。

但性格使然,遇上这样的事,她是不弄明白绝对不会罢休的,所以她下了车之后直奔严宵家。

她步伐很快,思绪也不怎么清明,当然也就不会注意到有人一直跟着她。

来到严家门口。

严宜从昨天起开始放暑假，梁慧婷便订了今天中午的票带她去了隔壁市，所以严家目前就严宵一个人。

陈星夏没避讳，按了密码直接进门。

她没力气喊人，去了房间，发现严宵不在，她就发微信说自己在他家，叫他立刻回来。

空荡安静的房间里，陈星夏坐在小沙发上，眼睛开始发酸。

虽然她明白盛昊不来就是对她最好的拒绝，可她到底是哪里做得不好？让他这么讨厌，就连拒绝的话都不肯亲自跟她说一句。

陈星夏揉揉眼，一抬头，发现严宵的书桌上放了几本新书，打头那本还是她一直想高考完就看的小说。

估计就是要送给她的吧。

陈星夏必须得转移下注意力，不然她得难受死，便起身过去拿起了书。

这一拿，带出了书下压着的东西，一张张的纸片，全撒在了地上。

陈星夏烦躁地叹了口气，蹲下捡，等看清楚是什么的时候，她脑子里"嗡"的一声，一屁股坐在了地上。

一、二、三、四、五。

整整五封信，全在这里。

陈星夏拆开一封，确定是自己写的；再拆开一封，还是自己写的；五封全部拆开，就是她的那五封。

为什么她的信还在严宵这里？

严宵不是说都帮她给盛昊了吗？

陈星夏蒙了好久，但即使她再笨再傻，到这会儿也明白过来了。严宵根本没帮她送信，她被骗了。

而骗她的人是严宵。

那一刻，告白失败的打击都没有这个认知来得猛烈残酷，陈星夏眼泪几乎是"啪嗒"就滚了出来。

她用力擦掉，颤颤地收好这些信。

这会儿就两个念头，她得重新去找盛昊说清楚，也要好好问下严宵为什么要这么做！

陈星夏从房间出来，迎面遇上站在客厅里的严宵。

四目相对。

陈星夏内心的怒火简直比她人生中加起来的还要多！

"说吧。"她举起手里的信，"什么意思？"

严宵垂眸，还是那副沉默样子。

陈星夏也破天荒地没闹，更没吵着非让他说不可，她把信塞进包里，笑了笑："我现在去找盛昊，等我和他说好了，我再来找你。

"严宵，这件事你必须给我一个交代。"

她向前走去，经过严宵身边时，被他一把抓住了手腕。

"你干吗？"陈星夏冷声说，"松开。听见了吗？我叫你松开！

"松手！"

陈星夏使劲儿甩都甩不开严宵。

她又气又急，整张脸通红，反观严宵，无比镇静，脸上连一丝表情都没有，就那么定定地看着她。

这样的严宵让陈星夏无比陌生，她甚至生出一种仿佛从不认识严宵的错觉来。

"你松不松？"陈星夏最后问，"不松我——"

严宵握得更加用力。

陈星夏一气之下，狠狠咬在了严宵的手腕上。

她这下动作很大，差点儿被椅子腿绊倒。严宵见状赶紧从她身后抱住她，自己则被桌角猛撞了下腰。

严宵微微皱眉，低头看去，陈星夏就像是一只愤怒的小兽，还在死死咬着他。

陈星夏也不知道自己这一口到底是为了让严宵松手，还是在发泄她心中的不满。

她最信任的人一直在骗她。

这样的打击对她而言，好比三观崩塌。

直到尝到了血腥味儿，陈星夏才终于松开口。

看着严宵手腕上那一圈自己的牙印，血珠不断往外冒，都这样了，他居然还不松手。

"你究竟想干吗啊？"陈星夏不解，"我要去找盛昊，你松开，行吗？"

严宵的冷静自持在听到"盛昊"二字时，慢慢有了裂痕。

他问："盛昊究竟哪里好？"

"哪里都好。"陈星夏说。

最起码，他不骗人。

严宵眼里的情绪也有了变化。

他的眼神，深邃之余似乎有暗涌的热浆在翻滚，带着炽烈又压抑的情愫。

这还是陈星夏第一次见到他情绪这么外露的时候。

她莫名心惊，总觉得严宵下一秒就要说出什么，然后就会把他俩推向完全不同的境地。

陈星夏下意识地想逃。

既逃避严宵的眼睛，也逃避严宵可能要说的话。

也就在这个时候，严宵松开了手。

他背过身，被汗水打湿的T恤贴在他背上，背肌抽动了一下。

他随手抽张纸，擦了擦手腕上的血，沉声说："你不是要交代？跟我去个地方。"

陈星夏跟着严宵上了出租车。

一路上，两人都是一言不发。

陈星夏这可不是冷静下来了，她非但没有冷静，还要憋个大的，到时候能一举灭了严宵才好。

不过眼下，她倒要看看严宵能给出个什么交代来。

路程大概二十分钟，车子停在一个小区门口。

这小区有些年头了，但也不是那种老楼，总体环境还算不错。

陈星夏问带她来这里干什么。

严宵说去了就知道。

陈星夏压着火，来到9号楼这边。

这里对着小区的健身区和儿童区，严宵指指大象滑梯旁的大树，示意去那下面站着。

"你到底带我来这里干吗？"陈星夏问，"之前盯梢盯出瘾来了？"

严宵心里计算着时间，回道："我也不确定，再等等。"

她继续压火。

时间一分一秒地过去，一天的酷暑在此刻减弱了威力。

老人和小孩儿来来回回好几拨，跳舞的大妈们笑着说晚上再约，这会儿得回家准备晚饭了。

陈星夏的耐心快要突破极限，就在她要发脾气时，前面拐角位置走出来一个熟悉的身影——盛昊。

陈星夏一惊，下意识张口，又看到盛昊身后跟着一个女孩。

那女孩身材纤细，素净的脸上有着精致的五官，气质清丽大方。

女孩眼眶红红的，跑到盛昊前面拦着他的去路，盛昊有些不耐烦，插着口袋说了句话，女孩便瑟缩着躲开了一下。

盛昊往前走去，但很快，女孩又追上来抓住他的手臂。

盛昊眉头紧锁，扬起手甩开了女孩。女孩没站稳，崴了下脚，差点跌坐在地上，好在盛昊反应极快地抱住了女孩……

两人维持这个姿势定格了几秒，也没说话，更没有看着彼此。

但最终的结果就是盛昊抱起女孩进了楼栋。

目睹这完整的一幕，陈星夏这一天的"火"全部熄灭。

她轻轻指了下，没能说出话来。

严宵解释："这里是盛昊外婆家，那个女孩是盛昊以前在老家的朋友。"

"那他们……"

"我不知道。"严宵说，"只知道盛昊转来临饶体校前和女孩产生了矛盾，不联系了。但女孩没放弃，几次来找盛昊。"

其实，不用严宵多说什么，陈星夏也看得出来。

毕竟是女孩子，心思会更细腻敏感。

且不说她一眼就能看出女孩对盛昊的爱慕，光是盛昊刚刚本能的反应，也足够让她知道女孩在盛昊心里的位置不一般。

所谓的厌恶和拒绝不过是因为在意，才和自己较劲儿罢了。

陈星夏转过身，低声问："你什么时候知道的？"

严宵目光看向一旁的滑梯，隔了几秒，说："你给我第一封信不久后。"

"为什么不告诉我？"陈星夏抿了抿要发抖的嘴唇，"为什么不早告诉我！"

严宵垂眸，轻声道："要高三了。"

陈星夏绷着的劲儿一松，人往后退了两步，靠在树上。

也就是说，严宵怕因为盛昊有喜欢的女孩的这件事影响她在高三时的心情，所以一直瞒着，还故意骗她说信送了。

至少陈星夏是这么理解的。

严宵看陈星夏眼里噙着泪花，上前一步，试探："他们并没有在一起，如果你……"

陈星夏示意不用再说了。

她翻出包里的五封信，交给严宵，淡淡道："你看着处理了吧。"说完，往小区出口方向走去。

严宵捏了捏信，放进口袋。

摸到手机，他掏出来一看，发现几秒钟前有两条微信。

符瑶：严宵，谢谢你这段时间帮我，也谢谢你告诉我盛昊外婆家的地址，我终于见到盛昊了！

符瑶：你可以删掉我的联系方式了，祝你以后心想事成！

严宵点了删除好友。

把手机重新放回口袋，他望了望前面女孩失落的背影，然后又回头看向盛昊外婆家的阳台。

"该我谢谢你。"

因为盛昊的事,陈星夏闭门不出。

陈沛山问她出什么事了。

她叫爷爷别担心,承认是遇到了点儿事,但她能自己消化掉。

在此期间,严宵每天来陪陈沛山下围棋。

严宵刚会些围棋的皮毛,棋艺一般,但陈沛山觉得他是个好苗子,愿意教,两人常常是上午讲棋道,下午切磋,一待就是一天。

陈星夏会在午饭和晚饭时下来,但也就是吃饭,不说话,也不理人,吃完饭就上楼。

严宵担心,却也不敢轻举妄动。

这天,严宵一盘棋输得惨不忍睹。

"抱歉,爷爷。"严宵收拾棋盘,"下一盘我一定专心。"

陈沛山品口茶,眼里带着笑意:"心思都在楼上,怎么专心?"

陈星夏这几天是很不对劲儿。

但自己的孙女,陈沛山清楚,不是那种死钻牛角尖的性格,而且她自己都说她可以消化,那就不是太大的事。

"你们啊,都长大了,心思也多了。"陈沛山说,"但小宵,爷爷有句话得告诉你,这人啊,不能算得太深。有时你把心里话放到台面上说,未必结果就不行。"

严宵手中夹着黑子,放回棋盒里时,发现里面混了一颗白子,非常显眼。

他取出白子归还到陈沛山的棋盒里,回道:"可太突兀就会被摘出来。"

而一旦被摘出来,就没有以后了。

闻言,陈沛山说:"那是因为白子从一开始就没待在对的地方。如果方向错了,后面就都会错。当然,如果你中途能发现自己方向不对,及时修正,那结局可能也会如你所愿。

"毕竟没有波折的人生不叫人生。"

严宵想着陈星夏这些天无精打采的样子,还有回来那天就有些中暑,心里就跟有一只手在不停地拧着他一样,既疼又愧疚。

可他赌不起。

万一她和盛昊真的在一起了,他就没有机会了。

严宵问:"爷爷,要是有人因为一些原因,欺骗了对他来说很重要的人,该怎么办?"

"两个办法。"陈沛山比画,"第一种是之后再用无数的谎言去圆第一个谎言,让这个欺骗越滚越大,直到有一天……爆了。"

严宵一怔,后背一阵发凉。

陈沛山看出少年的害怕,笑了笑,又说:"还有第二种。既然你已经说了因为一些原因,那就也可以算作有苦衷吧。如果是这样,那就把这个谎言烂在肚子里,一辈子都不要让被骗的那个人知道。而骗人的人,以后再也不要说谎,再也不要有欺骗。

"做得到吗?"

对于严宵,陈沛山还是很看好的。

虽然严宵在性格上存在一定缺陷,但他知道那不是孩子的本意,而是家庭环境造就了如今他的寡言少语,心思深沉。

从本性上来讲,严宵还是善良的,值得信任的。

"爷爷,我明白了。"严宵点头,"也知道该怎么做了。"

又过了两天，陈慕桢和夏澜旅游回来。

夏澜给几个孩子买了好多礼物和零食，见院子里是严宵陪着陈沛山下棋，故意提高音量说："有人把我的话都当耳边风，回头把给她的那份都给小宵。"

她以为照着女儿的性子，肯定会风风火火下来理论，结果半天没有动静。

陈沛山说："遇上不高兴的事儿了，都别惹她。"

夏澜和陈慕桢对视，夏澜说："我去看看。"

"先别去。"陈慕桢摇头，"孩子大了，也得有自己的空间。需要咱们的时候自然会来找咱们。"

说着，夏澜从包里挑出一个礼盒给了严宵："小宵，麻烦你把这个草莓派给送上去，小满爱吃。"

这是这么多天以来，严宵第一次有机会和陈星夏说话。

严宵敲了好久的门都没回应。

"小满。"他喊她，"我们出去玩，好不好？"

"叫上苏雨萌和谢正。"

"还是你想做什么，我陪你。"

依旧没有回应。

严宵无法，只得把草莓派放在门口。

他正要离开，里面忽然传来一句："我想吃甜宝栗子。"

严宵眼前一亮："好，我现在去买。"

晚上，严宵留下吃饭。

陈星夏这几天清瘦不少，夏澜看在眼里，着急却又不知道到底是出了什么事。

和陈慕桢在厨房时，她问丈夫："该不是对了答案没考好吧？要是没考好，咱爸就能安慰了。我看这状态……像是感情问题。"

陈慕桢"啪"地转过头，顿时目光如炬："你是说咱闺女谈恋爱了？"

"我说了吗？"夏澜嗔道，但瞧丈夫这急赤白脸的样子，又觉好笑，"之前是谁说女儿将来要是谈恋爱了，自己绝对不当电灯泡？这现在还没恋爱的影儿呢，就不高兴成这样。"

陈教授拒不承认，还说："我那是怕女儿受欺负。"

骗谁呢。

夏女士还不知道陈教授吗？

女儿奴。

不过孩子确实大了，有些事是必然要发生的。

他们家长再不放心，真到了那一天，也只有放手和祝福。

陈慕桢凑到妻子身边，问："会不会和小宵有关？"

夏澜一愣，随即笑道："要真和小宵有关还好了。小宵啊，我放心。可我感觉咱们女儿和小宵够呛。"

"为什么？"

"就你女儿成天欺负人家，压根儿没把小宵当异性看，你觉得这能有戏吗？"

陈慕桢认为世事无绝对。

再说了，感情的事，开窍也就一瞬间。

院子里，陈星夏吃着刚出锅的热栗子。

这会儿天还没黑，但日头已经没那么毒，加上有风轻轻地吹，倒也惬意。

就是某人剥的速度赶不上她吃的速度，影响享受。

不过剥得还算完整，她也就不计较那么多了。

严宵说："谢正问音乐节的事，说再不订票怕不好订了。"

陈星夏瞥来一眼，某人对上她的目光，抿抿唇便低下头继续剥栗子，看那样子乖得跟只大狗狗似的。

哼，都是假象。

陈星夏掏出手机。

这几天，她一直没在群里说话，苏雨萌不放心，找她私聊了好几回。

她说自己是中暑了，不太舒服，苏雨萌脑子直也不会往别处想，就叫她好好休息，也没多打扰。

中午的时候，谢正在群里说音乐节的事。

说是火车票好订，就是音乐节附近的民宿少，再不订就得住远地方了。

一闪一闪亮晶晶：咱们今晚商量一下住哪里，然后今晚就订，怎么样？

二萌：星夏你没事了？

一闪一闪亮晶晶：没事了。

二萌：那就好。

过了会儿，谢正也来了。

笑对人生：夏姐来得正是时候！我这里还有一个事儿要说 [嘿嘿.jpg]。

一闪一闪亮晶晶：什么事？

谢正说他昨天和盛昊在微信上聊了几句。

盛昊提到他要代表省里参加全国比赛，马上就要去东城参加特训，这一去，这个暑假就全耗在那里了。

所以，问问大家有没有时间在他走之前一起吃个饭，聚聚？

看完谢正的叙述，陈星夏放下了手机。

严宵一直剥栗子，没看群里消息，见状，也掏出手机。

看完消息后，他看向陈星夏。

陈星夏瞪过去："看什么看？"

严宵低头，重新剥栗子。

瞧瞧，他以为自己是"栗子姑娘"吗？

陈星夏无语，拿起手机再看，苏雨萌又在群里问是哪天。

谢正回复：不巧就在这里了，定的周三，咱俩和二舅一家约好了去海洋馆。

二萌：那去不了了啊。

二萌：星夏，你和严宵去吧，替我和"谢歪"吃！

严宵把手机放在桌上，没锁屏，余光还能看见群里的消息。

他时而看手机，时而观察陈星夏的表情。

尽管他认为自己非常了解陈星夏，以陈星夏的个性，盛昊的事到这一步，基本就不会再有后续了。

但有一点，严宵是摸不准的。

那就是陈星夏对盛昊的喜欢到底有多深。

万一深到可以允许盛昊身边有过这样一个女孩呢。

严宵不由得放缓了呼吸，手中的栗子被他捏碎了几个，他放回袋子里，只把整的搁到小碟里。

过了会儿,陈星夏开始打字。
一闪一闪亮晶晶:既然都凑不齐人,那我也不去了。

出发去音乐节的火车票时间是早上五点半。
看到这个时间的时候,陈星夏震惊了。
她看向负责买票的谢正,谢大爷咧着嘴笑道:"我用性命担保,只有这个时间点儿的,我也……"
苏雨萌一拳招呼过去。
音乐节的举办地点叫煦柔,是个非常小的城市,大概只有临饶一个区那么大。
当地也没什么特别发达的产业支柱,经济水平一般,在交通运输上可选择的就少,大多是坐动车到与它相邻的城市,然后再坐大巴过去。
苏雨萌说原本有个动车车次是合适的,但谢正睡觉睡过头没抢上票,就只能坐五个小时的绿皮火车去。
"我对不起大家!"谢正趴桌上抱着头,"要杀要剐,请留我一命!"
陈星夏是真要去取狗头铡了!
但想想,这里多少也有她的责任,要不是她忽然"失联",也不会拖到临近了才买票。
陈星夏按捺住了杀意,姑且饶谢正一命。
严宵问她:"去超市买零食?"
也只有靠零食消气了。

音乐节当天。
天不亮,陈星夏就被手机铃声吵醒。
她烦得用被子罩住脑袋,而手机没消停一会儿就又继续响。
意识到这不是闹钟,陈星夏眯着眼滑下屏幕,带着浓重鼻音:"喂。"
"起床了。"严宵说,"给你买了火腿三明治,还有热可可。"
陈星夏想哭,但也想吃,委屈巴巴地说:"你给我把早点送来行吗?我不想离开床。"
听筒里传来一声轻笑:"听话,起来吧。"
也亏得严宵昨天就让她把要带的东西务必都提前收拾好,这要是现在收拾,陈星夏铁定不去了。
拖着仿佛不是自己的身体,陈星夏去了卫生间洗漱。
家里静得半点声音都没有。
她洗漱好,最后勉强检查了下东西都齐没齐,出门。
严宵站在陈家大门对面。
他穿着一条浅色牛仔裤,上面搭配简单的藏青色 T 恤,在路灯下乍一看,简直白得发光,更有清冷少年的味道了。
不过,陈星夏并不关心这些,她关心的是现在街灯都还没有关。
"你几点起的?"陈星夏打着哈欠,看他手里拎着的纸袋,"去 24 小时便利店买的?"
严宵点头:"走吧,他们估计到了。"
四人组在骑士铜像前凑齐,然后在这个晨黑风不高的时候,打车前往火车站。
别说,火车站里早起的战友还是不少的。
陈星夏和苏雨萌一路聊天,啥也不管,只管跟着严宵和谢正走。
等上了火车,他们四个人正好是面对面的双人座。

这大概是坐绿皮火车唯一的优点了。

苏雨萌的爸爸为庆祝高考结束，特意给苏雨萌买了一台数码相机，苏雨萌今天带出来，说是要给大家旅拍。

"我看了之前音乐节的活动照片，今天晚上还有集市呢。"苏雨萌说，"估计就和之前的小动物集市差不多，还卖好多好吃的。"

听到小动物集市，陈星夏心里像是被扎了下。

倒也不疼，只是想起以前的某些回忆，多少有几分低落。

严宵看她转头看向外面，便说："不是带了飞行棋？"

"啊，对。"谢正从包里翻出来，"还有扑克，玩哪个？"

严宵问陈星夏想玩哪个。

陈星夏说扑克好了，飞行棋都是靠运气，没意思。

玩了几把，窗外有暖红的光照了进来。

太阳升起来了。

火车恰好这时通过跨海桥，海面被初升旭日照得一片火红，波光粼粼，特别漂亮。

"太美了。"苏雨萌拿出相机，"不行，这窗户太小了。"

谢正说："餐厅那边好像是大窗户。"

两人说着就往餐厅那边跑，想把这番日出场景拍下来。

陈星夏兴致不高，拿手机随便拍了两张，就又窝在座位里打起哈欠。

"要是困就睡会儿。"严宵说，"离目的地还有一段时间。"

陈星夏眼尾泛着水红，看他一眼，带着些嗔怪，又带着些女孩子的娇俏。

"你是不是以为这两天我和你说话了，就是翻篇了？"她说，"你想得美！骗人就是骗人，别以为自己打着什么'为你好'的旗号就有理了。"

严宵低头，手里还举着陈星夏吃了一半的薯片，说："以后不会了。"

"什么？你大点儿声。"

"以后，"他看向她，"再也不骗你。"

陈星夏没出息地心软了下。

但她又告诉自己绝对不能高高举起，轻轻放下。

而且她心软也就是因为这个讨厌鬼的那双桃花眼而已，惯会扮可怜、博同情，你换成谢正试试，她直接一脚踹过去。

"我看你以后表现。但是，这不代表我现在就消气了。"陈星夏说着，掏了两块薯片出来，咬得"嘎嘣"脆，"我最恨有人骗我。"

苏雨萌和谢正说去拍日出，但半天没回来，也不知道又找了什么新热闹。

陈星夏越来越困，困到后面几乎睁不开眼，实在熬不住，睡了过去。

严宵见状，坐到了她身边。

绿皮火车的颠簸并不大，但陈星夏睡觉是个不老实的，颠三倒四，一会儿点头，一会儿撞窗户，次次都是严宵救她。

后来，陈星夏总这么晃醒也烦了，迷糊着看了眼身边人，知道是严宵，就干脆枕在他肩膀上，睡踏实觉了。

苏雨萌和谢正回来，本来想第一时间分享刚才他们凑热闹知道的八卦，结果被严宵的"嘘"给打住。

陈星夏靠在严宵怀里睡得正甜。

苏雨萌点点头，和谢正坐在了他们对面。

苏雨萌翻看起刚才拍的照片，想叫谢正看看哪张拍得好，瞥到对面，又停顿了下。

陈星夏睡着的时候，脑袋会时不时往下掉，每当这个时候，严宵就会轻轻捧着她的脸，帮她固定住。

几次下来，陈星夏可能还是被烦到，就皱起了眉。

严宵发现，便直接捧着她的脸不再放下，还在她耳边轻声安抚了句什么。

苏雨萌听不见，但她看口型像是在说："没事了。"

要说以前，苏雨萌也觉得严宵对陈星夏没得说。

但那可能是由于她和表弟"谢歪"同志的姐弟情也不是很淡薄，所以她理所应当把严宵对陈星夏的好理解为哥哥对妹妹，毕竟青梅竹马嘛。

可此时此刻，多年阅读小说的经验让苏雨萌想起青梅竹马的另一种关系走向。

她偷偷拿出相机，把眼前的场景拍了下来，心说：我嗑到我姐妹和她竹马了。

到站下车，天光大亮。

陈星夏这一觉补得还不错，再被烈日这么一晒，恢复了精神。

他们根据事先做好的攻略，坐公交车前往音乐节附近的民宿。

煦柔是不大，但它拥有超长的海岸线。

陈星夏望着一望无际的大海，心情一下开阔起来，和苏雨萌说等到了音乐节，多帮她拍几张照片。

"没问题！"苏雨萌笑着挑眉，"给你，还有严宵，都多照些！"

陈星夏嫌弃："怎么还有他的事呢。"

苏雨萌打哈哈："咳，人家严宵长得好看呗。你待会儿等着看，音乐节上肯定有好多小姐姐找严宵合影。"

开玩笑！吹牛皮！

陈星夏六字总结。

然而都没等到音乐节，在民宿，就有几个女大学生找严宵搭讪。

"你也是来音乐节玩的吗？"

"晚上要不要一起做伴啊？"

"听说有家烧烤做得很不错，一起尝尝吗？"

陈星夏：呵呵。

眼不见为净，她拉着苏雨萌回房间，偏苏雨萌补了一刀："看看！我就说嘛，严宵就是受欢迎。"

陈星夏也过去："进屋吧你。"

半小时后，四人整理好内务，在大厅集合。

苏雨萌换了一条黄色碎花吊带裙，青春又靓丽；陈星夏则穿回她喜欢的蓝色，上身是宝蓝色一字领小衫，下面是一条浅色牛仔短裤，甜美之余，带着俏皮。

谢正非常上道地唤两位为仙女，看向陈星夏时，忽然发现了什么，说："我夏姐喜欢穿蓝色，严同学貌似也是啊。"

陈星夏故意不看严宵，回道："他穿蓝色能有我美吗？"

"那必然没有。"谢正说，"夏姐最美。"

陈星夏"哼"了声，转身时视线偷偷划过某人。

谢正不提，她还真没往这上面想。

但事实似乎就是严宵喜欢穿蓝色衣服，各种蓝色，深蓝、浅蓝，除了蓝，就是白色或黑色的基础款。

没想到这家伙和自己一样有品位。

严宵走到陈星夏身边,问:"走吗?"

陈星夏心说和谁走?你的那五个女大学生吗?

她别过头,苏雨萌笑道:"走啊!去吃海鲜烩饭吧!"

音乐节要等下午五点半以后才开始。

在那之前,他们先吃了当地的特色美食,再来就是随便溜达溜达。

等时间差不多,太阳有西下的趋势,便出发前往音乐节举办地。

来这里的年轻人不少,还有外国人。

有些穿着泳衣,直接从海里游上来参加,看着还挺搞笑。

陈星夏和苏雨萌互拍也自拍,还买了泡泡机制造氛围感,力求出片。

快六点时,海滩上的喇叭广播说音乐节即将正式开始,请大家往舞台中心聚集,准备享受这晚的狂欢。

四人一听,又随着大队人马往前走。

主办方给大家发了扇子和荧光棒。

陈星夏以前没参加过音乐节,也没去过演唱会,头一次经历这种场面。

但这事也不需要经验,她甚至连乐队唱的那些歌都没听过,就很自然地跟着节奏,跟着周围人,一起随音乐律动。

渐渐地,心底残存的消极情绪也都不见了。

中场休息,谢正眼疾手快抢占一张长椅。

苏雨萌说去前面买炸串,陈星夏要陪她,她不让,让陈星夏和严宵看座。

陈星夏说:"那让严宵和谢正看座,咱俩去……"

"不用不用。"苏雨萌笑道,"就我和'谢歪'了。"

二萌今天到底怎么回事?

陈星夏咕哝奇奇怪怪的,重新坐下后,严宵递给她一瓶水。

常温的,标准"严爷爷"风格。

陈星夏喝了两口,长舒口气,两条腿伸直了摆在面前,晃着玩。

见她状态轻松了,严宵问:"还难过吗?"

某人其实不说话也挺好,开口就破坏气氛。

陈星夏收回腿,揪着扇子边,叹了一口气:"也不能算是难过吧。不对,是难过,但是……没有那么难过。"

这段时间,陈星夏想了很多。

她从不否认她对盛昊的喜欢,但她也知道这种喜欢源于初见时那一刹那的美好,所以要说这喜欢能有多么深刻,实属也谈不上。

可即便没有那么喜欢,她同样也是难过的。

难过自己人生第一次的喜欢落空,也难过自己喜欢的男生心里先有了别的女孩,更难过自己的少女心事还没见天日就以失败告终。

这里的难过,更多的是她自己。

"你知道吗?"陈星夏问,"我这几天一直在想,如果我告白成功了,我和盛昊会怎么样。"

"怎么样?"

"除了想过可能会和他来看这场音乐节,我没有任何其他想象。

"就是没有具体憧憬,你懂吗?"

当然,并不是说一个人喜欢另一个人就是要把他们的余生都想象一遍才叫喜欢。

但至少她家陈教授说他遇见了夏女士后,经常就会想象能和她看电影、和她喝咖啡、和她在下雨天散步……而这些幻想,陈星夏对盛昊全没有过。

哪怕只是一闪而过,都没有。

严宵问:"想象和另一个人的未来,就是喜欢吗?"

"我哪里知道。"陈星夏噘噘嘴,"我要是知道,我也不会琢磨这么多天了。不过——我应该是放下了。"

既然盛昊心里有过另一个女孩,不管他们以后还会不会在一起,陈星夏都不想再继续了。

她不是不想或者不敢争取,而是还是她从出生到现在,受爷爷、奶奶、爸爸、妈妈爱情观的影响太过深刻。

这可能有些过于感情洁癖了。

但陈星夏就是不能接受她喜欢的人,心里有过别人。

她要的是唯一,绝对的唯一。

或许这话说得太绝对了,等将来有朝一日会打脸,但至少现在,盛昊不足以让她打破这个原则。

陈星夏踢踢严宵的脚,说:"那些信你没给也对了,就当作这件事从来没发生过,挺好的。"

严宵张口要说什么,陈星夏又抢先道:"但这和你骗我说送信了实际没送,是两个概念。我还没有原谅你。"

"那你怎么才能原谅?"

"还没想好。"陈星夏扬着下巴说,"但有一点,这件事你不许告诉任何人,也不许……笑话我。"

第一次对一个人有好感,但连开始都没开始就泡汤了,惨是惨,但也蛮好笑。

陈星夏怕严宵以后会拿这事取笑自己。

"不会。"严宵说,"这件事我不会跟任何人说,更不会笑你。"

"真的?心里笑也不行。"

"嗯。"

他也懂那种感觉,怎么忍心还笑她?

陈星夏深吸口气,站起来,拍拍屁股,宣布:"那这件事就让它过去了吧。"

她刚说完,广播放起音乐,估计是怕大家中场休息时无聊。

陈星夏听了听前奏,惊喜道:"是《怦然心动》的主题曲!你还记得《怦然心动》吗?咱们看过的,那个电影!"

严宵点头:"记得。*Let It Be Me*。"

"就是这个!"陈星夏笑道,"我可喜欢那个男主角了,这首歌我也特别喜欢。"

她跟着哼唱两句,夜空中这时炸开一朵烟花。

陈星夏吓了一跳,以为是哪个爱浪漫的游客放的,结果也是主办方的手笔。

望着一朵朵绽放开来的绚丽烟花,陈星夏终于露出这些天以来久违的笑容,她指了指上方,示意严宵也看。

严宵却移不开目光,直到陈星夏推了推他,催他快看,他才仰起头。

烟花是很美。

周围人都在欣赏,各种惊呼声不断。

但严宵内心非常安静,他在听广播里的歌声:

> I bless the day I found you.
> I wanna stay around you.
> Now and forever.
> …………
> Let it be me.

如果说喜欢一个人就是幻想和这个人的未来——
那在他计划的未来里,每一帧画面,都有她。

从音乐节回来,陈星夏心情是好了大半,但人不敢怎么蹦跶了。
因为再过不久,就要公布高考成绩。
苏雨萌成天在家里求神拜佛。
就这么忐忑不安、恍恍惚惚地挨了几天,该来的还是来了。
公布成绩的这天中午,陈家四口齐聚陈慕桢的书房。
陈星夏攥着准考证,盯电脑屏幕盯得快出重影来,陈慕桢则不停地刷新系统,鼠标"嗒嗒嗒"响个没完。
陈沛山和夏澜比较镇定。
只不过一个是真镇定,一个是假镇定。
——夏女士用叉子插水果吃,插了好几次插的都是空气。
"应该能查了,怎么还不行?"陈星夏问,"爸,你这电脑网速这么慢吗?"
陈慕桢说:"是太多人登录,系统慢。你问问小宵他们……"
"进去了。"
陈沛山这么一说,剩下三个都是呼吸一哽。
陈慕桢抿抿唇,吐了口气,拉出键盘:"小满,念准考证号。"
陈星夏点点头,刚念了两个数字就跑过去找陈沛山,说:"爷爷念!爷爷最厉害,能保我考上华凌!"
"你这孩子。"陈沛山笑了笑,"行,爷爷念。一定让小满考个高分。"
陈沛山接过准考证,走到陈慕桢身后。
随着数字一个接一个念出来,陈星夏也不知道什么时候走到夏澜身边,整个人快蜷在妈妈怀里。
夏澜拍着她,跟哄婴儿似的,念叨:"没事没事,一定能考上。"
"嗒!"
陈慕桢最后按下查询键,屋里瞬间寂静无声。
半天过去,陈星夏伸出半个脑袋,看向陈沛山:"爷爷。"
陈沛山和陈慕桢面色都不太好,夏澜的心也跟着一下子悬起来:"没上690分?685呢?上了吗?"
陈沛山和陈慕桢对视一眼,没说话。
陈星夏眼泪一下就涌出来,扎进夏澜怀里闷声哭起来,夏澜忙说:"没事小满,没考上的话,咱们……"

"爸。"陈慕桢憋着笑,"看不出您也这么皮,孩子都是随您了啊。"

陈沛山说:"你不是我孩子?"

闻言,夏澜急了,放下女儿过去:"考了多少分?都什么时候了还……"

看见分数,夏澜也定住了。

到底多少分!

陈星夏作势起来,陈沛山忽而笑道:"小满,恭喜你。706 分!"

收到苏雨萌消息的时候,陈星夏都快哭蒙了。

苏雨萌症状比她还严重,一句话分成了八条语音,要么是"呜呜呜"在哭,要么就是苏雨萌爸爸在后面吼着"祖宗显灵"。

如此,也不用听最终语音,苏雨萌肯定是考上临饶师范的新闻学了。

二十分钟后。

陈星夏和苏雨萌还有谢正三人在骑士铜像前连蹦带跳、抱头傻笑,最后还跟柄柄他们做游戏似的,手拉手围成一个圈。

"我考上了!考上了!"苏雨萌哭着喊,"我们家祖坟这回冒青烟了!"

谢正也激动坏了:"我以后可以像我爷爷一样治病救人,我要把咱们国家的中医发扬光大!你们以后有病就找我看!"

陈星夏觉得自己也该说些什么,话到嘴边,她笑僵了的嘴一点点收回。

"严宵呢?"她问,"你们有听到严宵的消息吗?"

苏雨萌和谢正一愣,笑容也逐渐不见。

苏雨萌结巴起来:"不、不会、不会吧……"

"按理说,不会。"谢正皱眉,"但我听说像是状元之类的,那些高校都会提前一天半天过来抢人。你们有看到谁往严同学家去吗?"

陈星夏和苏雨萌摇头。

陈星夏说:"是不是打电话抢?"

"也有可能。"

三人面面相觑。

陈星夏等不了,转身就要去找严宵。

还没跑出骑士铜像,张大妈的声音传来。

"你们找我带路那就找对人了。"张大妈说,"东棠里这一片儿没人比我熟!我在这里生活快六十年了。严宵那是我看着长大的,这孩子……"

"大妈,严同学家到底在哪儿?麻烦您快些!不然我们……"

"你们北城大的人够阴啊!"

张大妈身边那位青年的话被打断,又有不少人从巷子里跑出来,看年纪也都是最多二十出头。

"你们华凌的不阴!诈我们多少回了?"青年说,"这次是我们先到的,你们后面去!"

"嘿!你说到后面就后面?人家学弟要去我们学校的航天航空学院知道吗?你们这方面行吗?"

青年顿时脸黑,再要开口,巷子里第三次来人。

这次来的是几个中年人。

为首的两个男人握手时,肚子先在一起碰碰。

"赵主任，抢人这事还是凭本事，您说呢？"

"我当然认同啊，陆主任。可您昨天不还说之前联系过孩子，人家说不来，你们就不折腾了。那今天怎么……"

两位主任相视一笑，齐刷刷地看向张大妈："劳您带路！"

张大妈被他们眼里的杀气吓了一跳，视线瞥到陈星夏他们几个，招招手："星夏啊，你给带路吧。你给带。去小宵他们家。"

好家伙。

知道的是学校来抢人了，不知道的还以为砸场子来的。

陈星夏看看苏雨萌和谢正，又看看两位主任："你们来找严宵……是不是他考了我们市状元？"

华凌的赵主任笑得慈爱："这位同学，严宵可不是你们市状元。他是省状元。"

严宵昨天晚上就知道成绩了。

班主任和校长都给他打过电话，北城和华凌的招生办也打了，他态度很明确，也就没想过还有抢人这个环节。

而之所以没第一时间告诉陈星夏，是不想给她太大压力，想着今天再说。

看看时间，严宵估计他们已经都知道成绩了。

严宵从房间出来，严歧和梁慧婷都在。

严歧依旧不闻不问，梁慧婷则眼神里多不屑，但严宵并不在意。

他准备去找陈星夏，刚进院子，就听见她的声音："这里就是严宵家。"

严宵快步过去打开门，不想面前是乌泱泱的一大拨人。

"严同学！"一个中年男人冲上来握住他的手，"没想到啊！你长得也是一表人才，和我们北城大学数学系实在是配啊！来我们北城大，以后……"

"陆主任！你是不是没搞清楚状况？人家不想上数学系！"

"你说不想就不想？你要是那么自信，那你还来干什么？而且，我这还没开始洗脑呢！"

两个主任又要掐起来。

那边，严歧和梁慧婷听到动静，从屋里出来。

有个不知道是什么人的人一看到严歧，忙说："老同学啊！老同学！还记得我吗？"

"王鹤？"严歧难得愣了下，"你怎么来了？"

自然是助阵抢人。

"老同学啊，我爱人现在是北城大学的财会，你把孩子交给我们培养，绝对的，我还你一个国家栋梁！"

这拐了八道弯的关系都能找到？

浩浩荡荡的人把严家院子堵得水泄不通。

有些学长、学姐和严宵说不上话，就打上了苏雨萌和谢正的主意，想让他们帮着劝。

苏雨萌和谢正都傻了，嘴张了半天也说不出话。

还有人想游说陈星夏，可在那之前，严宵趁着这些人不注意，悄悄带陈星夏出去了。

他们也没走远，就躲在严家院子后面的一个小凹口里，都还能听见那些人说话。

陈星夏到现在还蒙着，瞄了一眼院子里的人，严宵和她说："他们发现不了我们。"

听到这个声音，陈星夏意识回笼，然后笑了，开心地说："严宵，你是省状元！省状元啊！"

严宵淡淡地"嗯"了声,垂眸看着女孩粉红的脸,问:"你怎么样?考得还满意吗?"

陈星夏歪歪头:"你猜。"

"肯定很好。"严宵说,"华凌,对吗?"

"你猜啊。"

陈星夏故意吊着,发现严家后面这里还开着不知名的小黄花,想过去拨着玩。

只是还没蹲下,严宵便抓住了她的手腕。

严宵有些急切,还有些紧张。

这种感觉在他听到自己成绩的时候都没有。

"小满,告诉我。"严宵说,"华凌建筑系,对吗?"

陈星夏看他这么想知道,那就大发慈悲告诉他好了,刚要说话,院子里有人喊道:"严宵同学本人呢?快去找!快去!"

不少人又从严家院子里出来。

陈星夏下意识想躲,严宵已经抓着她藏在凹口的角落里。

这里确实是个藏身的好地方,就是太小太挤,陈星夏都快站到严宵的脚面上了。

如此近的距离让陈星夏很不自在。

这种不自在倒不是说厌恶严宵的靠近,而是她自己的心跳如鼓给了她一种陌生又模糊的局促和心虚。

她低着头,面前是古旧的外墙墙皮,后背则是严宵微热的胸膛。

也幸亏没有面对面,不然她恐怕早受不了窜出去了。

等那群人离开了严家门口,陈星夏不由得松口气,抠着墙皮的手也放下来,想从这个小空间里出去透透气。

但严宵不放手,还把她锁在他和墙之间。

"你还没说。"他声音有些低沉,穿透陈星夏耳膜,"是华凌建筑系吗?"

都问三遍了。

不知道的还以为他是她家长,这么在意。

陈星夏问:"那你是华凌的航天航空工程吗?"

"应该没问题。"

"……你还挺谦虚。"

"你不是让我谦虚些?"

"那照你这意思,我说什么你听什么咯?"

"嗯。"

"那你先松手,我快被挤死了。"

陈星夏终于从凹口后面出来,但也不能移出太多,因为院子里还有人。

可怜苏雨萌和谢正依旧在受着罪。

陈星夏看完大致情况,转身对严宵说:"你要是答应我一件事,我就告诉你。"

"你说。"

"接下来的四年,你得听我使唤,我说让你跑腿你就得去跑腿,我让你往东,你不能往西,做得到吗?"

严宵点头说没问题,然后嘴角就逐渐有了弧度。

陈星夏指指他:"不许笑!"

"为什么?"他看着她,"开心也不可以?"

"是我考上了华凌的建筑系,你开心什么?"

"就是开心。"

说完,两人望着彼此,终是再压不下满心的欢喜,都露出了笑容。

成绩公布后,后面要忙的事也不少。

先是得回学校处理各种表格,还要填志愿、答谢老师、吃散伙饭……总之,一通忙下来,也到七月中旬了。

此时的临侥正值盛夏。

陈星夏回头再望向七中校门时,不禁想起去年这时候她看着学长、学姐们离开学校时的情景,而这会儿,她自己也深有体会。

那是一种永远都不会再有的珍贵和怀念,一生仅此一次的青春。

苏雨萌的爸妈和谢正的爸妈商量两家去国外旅趟游,可劲儿花一次钱。

问及陈星夏和严宵去不去,两人都婉拒了。

谢正也没去。

他倒不是说省钱,而是说想回乡下老家住一段时间,去给爷爷扫扫墓,也陪陪爷爷。

至于严宵,人家是省状元,天天各种座谈会、见面会,甚至有早教培训机构说请他做机构代言人,开口价就是二十万。

陈星夏让他接,夏女士点点女儿的额头:"人家小宵是卖艺的啊?"

卖艺怎么了?

陈星夏也想卖艺,只是没人请罢了。

不过,她虽然没有省状元那么厉害,但也是市里排名前三十的小尖子生,也参加了不少活动。

而等这些事都告一段落了,陈星夏终于安静下来,开始她的挣钱大计。

毕竟虽然没有人请她卖艺,但她也是有艺的。

陈星夏在东棠里旁边的那个广场支了个摊儿,现场给人画素描挣钱。

第一天,她因为画得太过写实,给一小姑娘画哭了,人家闹了半天,她是钱没挣到,生意也被搅黄了不少。

第二天,一个三十多岁的油腻大哥时不时和她搭讪,夸她漂亮甜美,问她考不考虑做他女朋友。

第三天,严宵来了。

他既不捧场,也不说话,就坐在陈星夏待的那棵大树下面看书,看到她收摊为止,陪她回家。

有严宵在,也就没人再敢骚扰陈星夏了。

可即便没人骚扰,陈星夏的卖艺生涯还是在第六天宣告结束。

她一共挣了三十六块,真情实感地感叹了一番生活不易,决定还是回家赚夏女士的钱。

怎么赚呢?也就是跑腿费了。

这天,陈星夏收了五块钱,去给严宵送排骨。

严歧的任命下来了,十月份正式到隔壁市担任分公司总经理。

为此,公司给严歧租了房子,梁慧婷一趟趟收拾东西,打算趁严宜还没开学,多和严歧在隔壁市待待。

严家没别人,陈星夏随性地进了严家。

知道她要来，严宵正在厨房洗樱桃。

陈星夏一看，把排骨往餐桌上一放，直接去了严宵的房间。

她本想在严宵的电脑里下个游戏，回头和他线上一起玩，结果刚进屋就见严宵桌上放着一个玩偶熊崽。

这必然是送她的，陈星夏半分怀疑也没有。

可问题是陈星夏觉得这个熊崽有些眼熟，好像在哪里见过。

她拿起来看看，严宵这时端着樱桃进来。

"给我的吧。"陈星夏说，"什么时候买的？"

严宵垂眸："有段时间了。"

他这几天有去商场吗？

陈星夏不记得，又看了看熊崽屁股后面的商标，上面写着"WQ design"。

还是个设计师款？

陈星夏觉得更眼熟了，但实在想不起到底在哪儿见过。

想再问，院子外有邮递员喊话："严宵在吗？你的录取通知书到了！"

陈星夏和严宵一起出去，陈星夏顺带问她的在不在。

邮递员说有，但是不能在这儿给。

"同学，你别介意。"邮递员说，"我给咱们这片孩子送录取通知书好多年了，这就是你们孩子的前途。我必须亲自送到家里，确保万无一失才行。"

陈星夏一听，说那她现在就回家，严宵陪她一起。

半小时之后，苏雨萌和谢正也收到了录取通知书。

四人来到骑士铜像，苏雨萌说把通知书摆成一排，她要拍照发朋友圈。

等拍好后，他们约好明天去看电影，就又各自回家。

陈星夏举着两张外皮一模一样的录取通知书，走在一道道斑驳的树影下。

"你也要拍照吗？"严宵问。

陈星夏说："刚才二萌不都拍完了？她会发给我。"

严宵说："我的意思是拍我和你的。"

"咱俩有什么好拍的？"陈星夏咕哝一句，却莫名有些心动。

之前知道成绩，她分析自己是能考上华凌的建筑系，也相信严宵考上了航天航空学院，但那都是根据往年成绩的预估而已。

此刻，录取通知书到手，才是最真切的。

"那给我，我拍。"

"你拍？"

严宵要拿走通知书，陈星夏没给："你为什么要拍？"

"纪念。"

"哦。"陈星夏把他的给他，"拍吧。"

可严宵又不拍了。

陈星夏问为什么不拍，严宵看着她。

清风吹着女孩的发梢，光透过摇曳的树叶在她眼里洒下点点浮光。

有那么一瞬，那些光仿佛是时光机器倒回留下的剪影，让严宵看到了过去他和她的点点滴滴。

原来那些回不去的日子没有随时间的流逝而消失，都在他心里了，保存得好好的。

严宵上前，望着陈星夏的眼睛里是浅浅温柔，说："有你的才叫纪念。"

纪念他们曾经度过的每一个夏天,也纪念他们以后的每一个夏天。
——他们还在一起。

随着暑假告急,崭新的大学生活即将开始。
谢正去的南城中医药大学是他们之中最早报到的。
为给谢正送行,四人组在外面吃了饭,苏雨萌几次想哭都让谢正逗笑了回去。
陈星夏想,人生大概就是如此吧。
每段新的旅程固然让人期待,但也会失去过往旅程的风景。
不过谢正说了,很快就是十一长假,他们就又能见面了。
所以,新旅程的开始也并不意味一去不回,尤其是朋友。
真正的朋友就算这一站没在身边,下一站也会回来;又或者哪怕下一站没能回来,但只要心还亲近,就不怕人走得远。
送走谢正不久后,苏雨萌也要报到了。
她还好,起码留在了家里这边,而且陈慕桢在临饶师范任教,是有照应的,两重优势,减弱了不少分别的酸楚。
而等苏雨萌一走,华凌大学报到的日子也到了。
出发去北城的前一晚,夏澜陪着陈星夏最后检查一遍行李。
出门不比在家,东西总是要备得齐齐的,做妈妈的才不会那么担心。
可夏澜也说了,就算把整个家都搬过去,儿行千里母担忧,该惦记还是惦记,根本控制不住。
"要和室友好好相处,不要总使小脾气。"夏澜说,"在外面没人惯你的毛病,知道吗?还有别贪嘴什么都吃,吃坏肚子受罪的是你自己。另外……"
陈慕桢拥拥妻子的肩膀:"她都多大了?这还不知道?"
"知道什么啊?都叫你们宠坏了,万一……"夏澜眼眶一下子红起来,"万一叫人欺负了,受委屈了怎么办?"
夏女士可是"妈妈有泪不轻弹"的代表。
见她哽咽,陈星夏本来还想嘻嘻哈哈的,省得长辈难过,这下也绷不住,扑进了妈妈怀里。
夏澜抱着女儿,陈慕桢抱着她们母女,一家三口满是不舍。
但孩子长大了就是要飞出去的。
即使怕她飞得太累、飞得太远,也还是希望她能天高海阔。
夏澜说:"不难受。等十一了,你回来,爸妈还有爷爷给你过十八岁生日。"
"对,十八了。"陈慕桢摸摸女儿的脑袋,"成人了。"
陈星夏撇着嘴说:"成人也是你们的女儿,你们还是得宠着我。"
闻言,陈慕桢和夏澜都笑起来,陈慕桢:"宠小满到八十都没问题。"
转天,陈家一行人出发前往火车站。
严宵在陈家门口等候,身边站着严歧。
严歧叫了声"陈叔",然后和陈慕桢握手:"慕桢,辛苦你一趟。"
"哪里话。"陈慕桢说,"你放心上任,小宵这边我一定帮你看顾好。"
严歧颔首,又看向夏澜:"麻烦星夏妈妈了。"
夏女士充分发挥昔日高冷女神的范儿,回道:"不麻烦。"
严歧送他们出东棠里。

等上了车，一看不见严歧了，夏女士堪比川剧变脸，小宵长小宵短，关切地询问东西都带齐了吗，没带齐的话等到北城她陪着买。

陈星夏叹了口气，心说她那快一百斤的行李里小宵不是已经占了二十斤东西了吗？

"谢谢澜姨。"严宵说，"我都按着小满给的清单准备了，不差什么了。"

夏澜惊讶："小皮猴还能这么细心？"

陈星夏脸一红，反驳："我怎么就不能？再说了，都是网上搜的，又不用我动脑子。"

严宵笑了笑没说话。

那清单他看了好几遍，有些内容明显就是针对他的习惯特意写的，哪里可能是网上找的。

但某人不认，他就不说。

严宵望向窗外倒退的街景，内心越发期待今后的生活。

从临饶到北城，高铁大约四个小时。

坐飞机能快些，但算上值机的时间，里里外外也差不了多少，不如高铁舒服。

一行人到了北城后，先把东西放到提前预订好的酒店里。

报到时间是后天上午。

明天一天的时间，夏澜他们主要是陪着两个孩子熟悉熟悉环境和交通，也稍稍了解下当地的风土人情。

搬东西去宿舍时，大家没有兵分两路。

严宵先跟着去了陈星夏的宿舍，给她收拾完，大家再一起去严宵的宿舍。

华凌大学是百年老校，但宿舍楼是几年前翻新的，标准四人间，上床下桌，带独立卫生间，条件很不错。

陈星夏到时，宿舍里已经到了两个室友。

一个叫齐媛，一个叫梁亚楠，都是很讲礼貌的女孩，言谈举止也颇为亲和，不像不好相处的。

夏澜送了她们临饶的特产，还和她们闲话家常，陈星夏则一个人在上面苦哈哈地铺床。

人家妈妈来了，不就是给女儿做这些工作的吗？

为什么她家夏女士仿佛是出来微服私访体察民情的？

陈教授还护着他老婆，和陈星夏说："你就该自己干。以后还能叫你妈次次跟着啊？小宵，你也别管。她会，在家都是她自己弄。"

陈星夏看严宵一眼，严宵没说话，快速帮她掖好了床单角。

等之后，陈星夏跟着去严宵宿舍，严宵就没这待遇了。

时间过得很快，夏澜他们帮着两个孩子处理完报到的相关事宜，也是时候该回去了。

五个人在学校附近的餐厅吃了饭。

夏澜说了不难受，临了还是不想放开女儿的手，嘱咐十一就立刻回家，还嘱咐在学校一定要小心谨慎些。

而从送行起就没怎么说过话的陈沛山，将严宵叫到一边，私聊了好一会儿。

夏澜见状，又和陈星夏说："和小宵一定要相互照应。你有什么事拿不准，可以和小宵商量，但你自己也得拿主意。还有，多关心关心小宵，知道吗？你有家人送，他呢？"

"知道。"陈星夏抱着夏女士的胳膊，"你就放心吧。"

说罢，严宵回来，陈沛山又把陈星夏叫过去。

陈星夏最不想让爷爷难过,所以上来就说:"爷爷等我十一回去给您带点心!北城的点心都很有名的,我找家最好吃的给您带。"

陈沛山笑笑:"好。不过爷爷得纠正你,不可能有最好吃的。最好吃的……"

"是我奶奶做的。"陈星夏吐舌头,"我错啦。"

陈沛山摸摸孙女的脑袋,从口袋里掏出一张银行卡,说:"密码是你生日。"

"爷爷……"

"我知道你爸给你钱了,但这是爷爷给的,"陈沛山叹息一声,"也是你奶奶给的。"

当年,何筱桢病中的时候,就要陈沛山准备好两张存折,定期往里存钱。

一张存着给小满将来做嫁妆,一张存着给小满上大学。

何筱桢说女孩子一定要富养,她家小满不能短钱花,什么时候都不能将就。

"爷爷很欣慰你这么争气,奶奶也会为你骄傲。"陈沛山眼底微微湿润,"好好学习,想爷爷了,就给爷爷打视频。爷爷会用。"

等车子消失在路口看不见时,陈星夏憋了太久的眼泪夺眶而出。

严宵知道她难受,上前轻轻抱着她,拍着她的背,安慰:"很快就回去了,一个月都不到。"

陈星夏抓着严宵的衣服,把他 T 恤都哭湿了。

等哭痛快了,她抽抽搭搭地站好了,问:"我爷爷也给你银行卡了?"

严宵愣了下:"什么?"

"给就给呗,我又不抢。"陈星夏吸吸鼻子,"你干吗不承认?"

陈沛山怎么会给严宵银行卡呢?

虽然老人有这个心意,但严宵也不会收的。

更何况,严歧也就在钱上不会计较,给了他很充足的生活费。

"没给银行卡?"陈星夏往严宵肩膀上蹭蹭眼泪,"那我爷爷叫你半天干吗?"

严宵看着她。

陈星夏被看得纳闷:"干吗?"

"没什么。"严宵移开视线,"要不要去哪里逛逛?你不是一直想去复古文化街?"

"那去吧,晚上在那边再吃顿饭。"

"好。"

两人往车站走。

陈沛山说的话有两个中心思想:一是照顾好小满,二是多多表达和循序渐进。

第二点主要针对严宵。

多多表达这点,陈沛山告诉严宵再深再真挚的感情也要通过表达来体现,不然有时叫人曲解了心意,反而麻烦。

可严宵总怕说错话,陈沛山反问:"那不说就一定不错了吗?"

严宵皱了皱眉,回道:"我知道了,爷爷。我会改掉话少的毛病。"

陈沛山拍拍少年的肩膀:"你对小满的心意,爷爷知道。你俩从小一起长大,很熟悉彼此。这是个好事,但也容易生出别的阻碍。所以首先,你得先让小满意识到你不仅仅是她的发小,也是一个异性。"

严宵问:"具体该怎么做?"

陈沛山笑道:"你们年轻人的事,我哪里知道?不过,爷爷看你这长相身材,魅力很足。不用担心。"

"爷爷祝你好运。"

和严宵在外面换了换心情，陈星夏舒服些了。

吃完晚饭，他们回了学校，等明天新生开完会，然后就是军训。

华凌大学非常大，光是湖就有两个，不少学生都配备自行车，要不早上多睡两分钟，赶路上课能跑断气。

陈星夏和严宵商量等空闲了就去买，或者在网上买。

两人来到宿舍楼下，陈星夏说："我到了，你也回去吧。"

严宵没走："明早一起吃早餐？"

"不了吧。"陈星夏想了想，"我得跟我室友去。你也跟你室友一起，前期要搞好关系，知道吗？"

严宵低下头，"嗯"了声。

看他有些不开心，陈星夏又说："要不咱们中午一起吃？我听说后街有家鸡公煲做得很不错。"

"行。"严宵一口答应，"中午我找你。"

陈星夏点头，指指后面，转身走了。

刚迈上台阶，严宵又叫住她，她问："还有什么事？"

严宵抿抿唇，说："我知道离开爷爷他们，你很难过。但是——"

陈星夏心跳跟着严宵的话停顿而停顿，她大概猜到他要说什么了。

可很奇怪，她还是想听他亲口说，但又很纠结，觉得这话于他们而言，似乎有些过于亲密。

在这种矛盾的拉扯下，陈星夏没注意严宵什么时候上了台阶，等反应过来时，他已经来到她身边。

还往她手里塞了什么东西。

陈星夏没来得及看，就听严宵跟她说："你还有我。"

我会一直陪着你。

陈星夏直到进了宿舍楼才摊开掌心，看清了手里的是什么东西。

——一块塑封了的栗子口味饼干。

甜宝栗子家刚出的新品。

之前知道甜宝栗子家要出这款饼干时，她还念叨着得买来尝尝，可因为要准备报到的事，到底还是忘了。

没想到严宵一直记得。

看着这块小小的饼干，陈星夏心中再次涌起形容不清的感觉。

好像自从音乐节回来，她再面对严宵时，心里就会觉得怪怪的。

可要说具体哪里奇怪，她又说不上来。

但不管怎么样，她也不是两三岁的小孩子了，知道一个人对另一个人的好是划分等级的，而这等级的背后也是这个人在那人心里的分量。

可她并不清楚，她对严宵而言，到底是青梅竹马的友谊，还是积年累月朝着更深层发展的亲情呢？

又或者……

陈星夏抿了抿唇，手心倏尔热起来。

"同学，不好意思，请让一下。"

听到声音，陈星夏才意识到自己挡路了，她赶紧道了声抱歉，转过头的同时，也往旁边迈了两步。

女生冲她点点头，淡雅得体的举止引得陈星夏不由自主多看了对方两眼。

这女生个子很高，四肢纤细修长，皮肤白净。

再说五官，偏小巧，并没有很精致立体，可是组合在脸上就很舒服耐看，总体感觉像是清雅知性的温柔姐姐。

陈星夏不知不觉跟在人家屁股后面上了三楼。

她也住三楼，本想上前套个近乎，不想温柔姐姐居然还和她一个宿舍。

"你也住315？"女生问。

陈星夏点头："你是宁歆？"

宁歆打量下陈星夏，也了然了："我知道你是谁了。"

今天上午正式报到，整个建筑学院都传疯了。

说是在一群即将走上艰苦"民工"路的学生中，有个小仙女又纯又甜，看得学长、学姐们一阵心痛，委实不想让孩子将来受罪。

宁歆听到这话时还觉得夸张，现在见到人，也不觉得这说法有问题了。

陈星夏和宁歆一同进了宿舍。

齐媛和梁亚楠刚吃完麻辣烫，弄得屋里有些味道，见她们回来，赶紧开窗户，还拿两本书"呼呼"地扇。

陈星夏笑道："没事，一会儿就没味儿了。"

"我俩也是实在懒了，才叫的外卖。"齐媛有些胖，一笑起来像个可爱的小包子，"你们一起回来的？这位一定是宁歆了吧？"

"大家好，我是宁歆。"宁歆做自我介绍，"今天家里有些事就来得晚了些，明天咱们一起吃饭，我请客。"

梁亚楠是假小子性格，也不见外，立刻举手："一食堂的油泼面说是一绝！"

"好啊，那就吃这个。"宁歆笑笑，让人如沐春风。

建筑学院一向男多女少。

像陈星夏所在的建筑系一班共有二十九人，女生只有六人。

她们四个人能分在一起也是缘分了，剩下那两位女生听说被打散安排到了不同学院，以后上下课连个做伴的人都没有。

现下，四个女生终于凑齐，肯定是少不了聊天八卦环节。

但陈星夏没想到自己居然会是八卦中心。

"陈星夏，今天送你来的那个帅哥是你什么人？"梁亚楠一只脚踩在椅子上，活像个街溜子，"男朋友吗？"

陈星夏头皮一麻，立刻摆手："不是！"

梁亚楠挑眉："这有什么不好意思承认的呢？咱们都上大学了。"

"真不是啊。"陈星夏说，"我不是一来就介绍了？是我朋友，也是我同学，我俩一起长大的，而已。"她着重说了下后两个字。

"真就光是青梅竹马？"

"对啊。"

梁亚楠咬牙"哎呀"一声，掏出手机，给齐媛转了二十块钱。

这两人打赌陈星夏和严宵到底是不是一对，梁亚楠输了。

一旁的宁歆听明白后，笑道："这钱给早了吧？现在不是，万一以后是呢？"

梁亚楠一听,让齐媛赶紧把钱还给自己,齐媛抵死不从,两人扭成一团。

看这情景,陈星夏忙上前阻拦,还强调:"以后也不是!"

"真不是?"梁亚楠眼睛亮得跟测谎仪似的,"你对灯发誓啊!这可是二十块,我两天的早点钱!"

陈星夏哑巴了。

这番沉默给了齐媛缓口气的时间,只见她屁股一撅,给梁亚楠甩一边,笑着说:"星夏,就算以后成了也没事。她这二十块我一会儿就花了,一分都不留给她。"

梁亚楠痛心捶胸:"卑鄙啊,无耻啊。"

能拥有两个活宝室友也是陈星夏的幸运了。

她笑了笑,拿出从家里那边带的零食,分下去,算是缓和气氛,也顺带揭过刚才的话题。

只是齐媛看到她放在桌上的饼干,问是什么好吃的时,她颇为紧张,便说是随便装口袋里的小零嘴,都挤碎了。

可事实上,她是怕她们要吃。

对于梁亚楠的"对灯发誓",陈星夏多少心虚。

因为她隐隐约约感知到她和严宵的关系似乎变得有些复杂,可这复杂的方向究竟通向哪里,她不知道。

也许一切只是她多想吧,严宵不过是出于多年友谊,多照顾她一些罢了。

陈星夏不想再深想下去,坐在椅子上,转而犹豫要不要发个微信问严宵到宿舍了没有。

思来想去,她还是不发了。

他一男的又遇不上什么危险,操这心干什么。

严宵确实没遇上危险,但也没回宿舍。

他的宿舍楼下正好有个观景花坛,花坛周围有几张长椅,他随便挑了一张,坐在上面思考。

思考他刚才的话。

那是他的真心话。

只是如果放在以前,他肯定是不会说出来的,怕因为没掌握好度,惹得小满不自在。

可爷爷说,要学会去表达,他这次是表达了,但又不知道把这样的话说出来算是展现魅力吗?会不会起反作用?

他十分后悔没追着爷爷多教教自己。

严宵叹了口气,起身回了宿舍。

他的宿舍只住了三个人,其中一个还不是他们系的,是物理系单独甩出来的一个人,和他们拼在一起。

这人今天没来报到,说是骨折了还是怎么,要过一段时间养好伤才来。

屋里,仅存的室友张明铭正在看书。

见严宵回来,他主动打了声招呼,还问严宵喝不喝饮料。

严宵道谢说不喝,拿了换洗衣物准备去洗澡,又被张明铭叫住。

"有什么事?"严宵问。

张明铭抬抬厚重的眼镜,有些狗腿地在严宵的桌上又放了一包瓜子,说:"你和建筑系的人认识是不是?"

严宵一顿。

张明铭搓搓手："就是跟你一起来宿舍的那个女孩,她是你什么人啊?"

"有话直说。"严宵语气冷了不少。

闻言,张明铭立刻意识到严宵怕是误会什么了,忙说:"我对你女朋友半点儿意思没有啊!我打听她,是因为她和我女神可能一个宿舍!"

"你女神?"

"嗯,宁歆。"张明铭点头,"我爸是她哥哥的数学老师,我俩算是很早就认识了。我对她……你能问问你女朋友吗?看她们是不是一个宿舍的。"

严宵看着张明铭,眼神里说不出是审视还是有别的意味。

张明铭一个当代正能量笔直少年,被一双含情桃花眼盯得久了,竟有些脸热,干巴巴地杵在原地,不知该再说些什么。

良久,严宵上前拍拍张明铭的肩膀,说:"没问题。"

张明铭蓦地松口气:"谢谢啊。"

陈星夏洗漱完爬上床。

躺在软乎乎的被褥上,再看看她的帘子,她有些想家,也想朋友。

这帘子是二萌和她一起选的呢。

陈星夏在四人小群里发消息问大家怎么样。

笑对人生:晒得我已经秃噜皮了!

笑对人生:我怕是还没治病救人,先得被抢救了!

二萌:[嘿嘿.jpg]

二萌:我们教官人老好了,经常让我们休息。

笑对人生:同人不同命啊!

陈星夏笑笑,也说了自己这边的情况。

二萌:周围都是学霸中的学霸,会不会很有压迫感啊?

二萌:换我肯定心累!

笑对人生:严同学绝对不会累,他都是给别人压迫感[斜眼.jpg]。

二萌:严宵呢?怎么不出来说两句?

陈星夏也纳闷,正要发条私信问问,对面床齐媛"哎哟"一声,叫道:"星夏,这是不是你竹马啊?"

"什么?"

"他被一学姐在华凌的表白墙上表白了。"

陈星夏欻地从帘子后探出脑袋,伸出手:"我看看。"

齐媛递给她手机,她划拉着一看,还真是跟严宵表白,班级什么的都没写错。

表白人是管理学院的一个学姐,在墙上写着:学弟,今天第一次见你,我就有了怦然心动的感觉!如果你愿意谈一场甜甜的恋爱,就加我微信吧!

后面附上联系方式,以及一个粉红色唇印。

陈星夏震惊于华凌学子直接彪悍的作风。

这简直不光是学霸中的学霸,还是恋霸中的恋霸啊,一点儿含蓄不带有的。

斜对面的梁亚楠正在床上练习哑铃,见陈星夏一副"这个世界太疯狂了"的表情,呼了口气,说:"这不是很正常吗?就你朋友这品相,没人表白才邪门吧?"

陈星夏把手机还给齐媛,说:"我就是觉得太快了。"

"妹妹,成年人的世界哟。"梁亚楠抛来眉眼,"就是讲究一个快呢。"

"姐妹们,熄灯吧。"宁歆说,"保养皮肤的黄金时间,咱们不能浪费。"

关了灯,陈星夏趴在床上,脑袋顶着夏凉被。

她有点儿没心情在群里说话,但二萌还在问华凌大学的事,她就耐心地一一解答。

聊到后面,苏雨萌那意思是想十一放假的时候抽出两天时间去北城找陈星夏玩,就是不知道陈星夏和严宵行不行。

毕竟他们也都得趁着假期回家。

陈星夏倒没什么不行,就是要和夏女士好好沟通一下。

她敲着字回复苏雨萌,严宵的消息进来了。

无敌讨厌宵:这边一切都很顺利。

无敌讨厌宵:你们注意防晒。

一看他说话,陈星夏就不想说话了,果断找苏雨萌私聊。

等过了会儿,严宵的私信也发了过来。

无敌讨厌宵:小满,休息了吗?

陈星夏用力戳键盘:睡着了!

无敌讨厌宵:今天累了一天,是该早休息。我有个事想问你,一分钟,行吗?

陈星夏深呼吸:问。

无敌讨厌宵:宁歆和你一个宿舍吗?

看到这条消息时,陈星夏眼睛瞪大了至少三圈。

这个哑巴精居然和她打听女孩子?

真是长出息了。

不仅有学姐和他表白,他自己也双管齐下找找同龄人,这布局相当全面了。

一闪一闪亮晶晶:在。

严宵告诉了张明铭,张明铭激动得拿头"哐哐"撞枕头。

"兄弟,我请你和你女朋友吃饭吧!"张明铭说,"麻烦你女朋友叫上我女神行吗?咱们四个一起!"

"我问问。"

严宵其实并不想和别人一起吃饭,他只想跟陈星夏吃。

可陈星夏叫他和室友搞好关系,他得听。

严宵这么想着,编辑好消息按下发送键,界面上出现了一行字:对方和您并不是好友。

严宵以为自己眼花,一下子坐起来,仔细看了一遍,又发了两条消息,结果都是显示他和陈星夏不是好友。

"兄弟,怎么样了啊?"张明铭等不及问,"你女朋友回复了吗?"

严宵重新申请好友,盯着"等待验证"四个字,皱起眉。

人,就是不能有片刻的得意。

他按按额头,说:"她还不是我女朋友。"

"什么?"

"正在追。"

没有了某讨厌鬼聒噪,陈星夏这觉睡得踏实香甜。

等睡醒了,梁亚楠和宁歆也都起床了,大家商量去食堂吃早餐,然后参加新生会。

梁亚楠说:"可能得领书,三位妹妹可还行?"

"不行也得行。"齐媛已然看透一切,"叫你帮着拿,起步价至少十块!"

梁亚楠笑得鸡贼:"我这也是挣个辛苦费嘛。妹妹们,梁哥随时为你们服务哟。"

陈星夏从上铺下来,宁歆提醒她:"星夏,昨晚你手机好像总响。你快看看吧,别是有什么事。"

陈星夏"哦"了声,拔掉充电线一看,是某人的短信。

——小满,你生气了?

——能告诉我为什么吗?

——通过一下好友,好不好?

——中午去吃的那家鸡公煲,旁边有家奶茶店,有你爱喝的口味。

最后一条的发送时间是十二点之前。

也幸亏他没再说个没完,不然打扰到室友们休息就不好了。

可话又说回来,她怎么觉得这家伙话好像变多了一些呢?

陈星夏暂且先不想这事,转而偷偷瞄了眼宁歆。

她知道,宁歆和严宵别说认识,连面都没见过,严宵忽然这么问,十有八九是替别人打听。

可问题是之前怎么不见他这么热心肠呢?

陈星夏噘了下嘴,回了一条短信:奶茶能喝全冰的吗?

那边几乎秒回:这个不行。

这人就活该被拉黑。

陈星夏不想再说话,抓紧时间洗漱,赶在七点半前,和室友们一起出了门。

所谓新生开会,无非班主任选选班干部,再让大家混个脸熟。

毕竟之后就是军训,一个班的有的是时间磨合。

不过借着这会儿工夫,齐媛还是火眼金睛扫视了一圈班里的男生。

由此,心中爱的火花几乎全部熄灭。

尤其昨天见过严宵那样的极品,这不禁让她感叹都是脑子好的学霸,人家怎么就能均衡发展?而她的同学们,真就是只有脑子了吧。

齐媛叹了口气,拍拍陈星夏的肩膀:"我羡慕你。"

"啊?"

"深深地羡慕。"

班会就开了不到一小时。

班主任最后提醒大家明天早上六点在静思湖集合,然后就让班长组织去领书。

看到第一位进库房的同学搬出来的书时,陈星夏直接愣住。

这么多?

梁亚楠也傻眼了:"怎么不提前告诉一声?咱扛麻袋过来啊。"

"梁哥!"齐媛一改之前的坚决,"我出二十!三十也行!"

陈星夏提议:"要不咱们借个自行车?分几次运回去?"

她才说完,就有个男生说:"我帮你。"

陈星夏扭头一看,是他们班学委,叫什么……不记得了。

但人长得很结实,小麦色皮肤透着健康强壮。

"那也帮帮我呗。"梁亚楠插话,"我们是星夏的室友呢。"

学委想想那书的分量,抽了抽嘴角。

就这犹豫的两三秒,又有一个声音传来:"还是不劳烦这位同学,我们来!"

陈星夏再次扭头,看见了严宵及他身边的男生。

那男生,陈星夏昨天见过,是严宵的室友,高高瘦瘦,有点儿谢正的感觉,一看就是没长肉光长脑子型,猴精。

严宵第一时间走到陈星夏身边,看都没看学委,很自然地将人挤到一边,挡了个严严实实,说:"我给你拿。"

陈星夏"哼"了声。

"你室友的,我也拿。"

"……你怎么不把我们全班的都拿了?"

"也行。"

嘿,他这话什么意思?挖苦还是拱火?

陈星夏瞪了严宵一眼,背冲他站着。

一旁的宁歆第一次见严宵,也被惊艳到了,隔了会儿才看向另一个人,问:"你怎么来了?你们学院不都是在蓝梦楼活动吗?离这里很远啊。"

蓝梦楼算是航空航天学院的专属楼,听名字就知道,关于蓝天的梦想。

张明铭笑得羞涩,抬抬眼镜:"有心不在乎远些。"

梁亚楠和齐媛起了一身鸡皮疙瘩。

在陈星夏和宁歆的双重介绍下,六个人正式认识。

说来也是有缘,两个不同学院不同系的宿舍,竟然有四个人是旧识,还是那种认识时间不短的旧识。

严宵和张明铭帮着陈星夏她们四个人把书搬运到教学楼门口。

张明铭借了一辆小推车,但无奈书实在是太多太沉,有一小部分还得人为来搬。

梁亚楠说要是这样,剩下这些就大家分分,没多沉。

陈星夏接过去几本,拉开书包正要装时,严宵不动声色地从她手里把书拿走,全部放到了他书包里。

他动作很快,其他人都没发现陈星夏"偷工减料"。

一行人走在回宿舍的路上。

齐媛和梁亚楠一道,宁歆则拉着推车的张明铭撑伞,陈星夏身边则是严宵一直跟着。

"小满,"严宵叫她,"能通过我的好友申请吗?"

陈星夏瞟了他一眼,还未说话,先看到豆大的汗珠从他额头滚落下来。

今儿天气闷热,那些书还死沉死沉的。

"你把书分我一些。"陈星夏低声说。

严宵摇头。

"你这人自讨苦吃有瘾啊?"

"不沉。"

"少废话,我让你给我你就……"

"那你通过我的好友申请。"

这人是真学坏了,还会和她讨价还价了。

陈星夏"呵呵":"那你背着吧,沉死你。"

她作势往前走,严宵拉住她的手腕,又说:"犯人被判死罪都得有个罪名,你好歹告诉我错哪儿了,行吗?"

错哪儿了?

大概就是你被学姐表白了吧。

可这事说破天和她陈星夏又有什么关系呢？更轮不到她有任何情绪。

或许这就是青梅竹马最大的弊端。

自小相识陪伴的情谊早模糊了许多显而易见的东西，也让很多行为披着熟悉的外衣，混淆了内在的真实。

陈星夏看不破，也想不通。

但就是觉得心里奇怪，各种奇怪，想克制都克制不住。

瞄了眼还在等自己"宣判"的某人，陈星夏自是不能说出她那见不得人的小心思，只好拿着不是当理说："我嫌你抠。"

"不懂？"陈星夏挑眉，"哪有人送东西就送一小块饼干的？你也好意思拿出来。"

严宵顿了顿，说："剩下的在我宿舍里，我一会儿给你拿。"

陈星夏又瞧了瞧他额头上的汗，莫名心烦："不要不要！你留着自己吃吧！"说完，跑到前面追上了梁亚楠她们。

中午宁歆请客，大家在食堂吃了顿便饭。

陈星夏自己说的鸡公煲，被她选择性遗忘，严宵也就没提。

建筑系的学生下午没有其他安排，只要准备明天的军训就好；航天学院，下午则还要继续开会，说是国家航天局的师哥、师姐会来交流心得。

和严宵分别时，陈星夏拉着脸，往严宵手里塞了包湿巾，还有薄荷糖。

之后一直到晚上，陈星夏都在宿舍瘫着。

梁亚楠找了一部惊悚电影，四个人围在一张桌子前一惊一乍，看得津津有味。

等看完电影，都快八点了。

陈星夏主动收拾了外卖残局，正想去楼下水房打些热水上来，她看到严宵几分钟前发的微信，说是人在她宿舍楼下。

陈星夏立刻跑下楼。

"你怎么来了？"她问，"你们不是快六点才开完会吗？"

严宵递给她一个还冒着热气的袋子，陈星夏一看，是剥好的栗子。

"北城没有甜宝栗子。"严宵说，"张明铭说这家还不错，你尝尝。"

陈星夏攥紧袋子，好不容易消停了的胡思乱想，这会儿又有翻腾的势头。

她压了又压，问："你吃晚饭了吗？"

严宵摇摇头。

陈星夏叹了口气，叫他等等，她上楼换身衣服，陪他去后街吃饭。

餐厅里，严宵吃面，陈星夏吃栗子。

说实话，和甜宝栗子没法儿比。

甜宝栗子甜而不腻，栗子也炒得十分松软，这家的却是糖放太多，有股糖精味道。

要放以前，陈星夏尝第一口就会吐出来，绝对不再吃。

可这会儿，她想着这是严宵一颗一颗剥的，她就觉得那就吃吧，也还能将就。

"明天开始军训，你们方阵在哪里？"陈星夏问，"你带防晒霜了吧？"

严宵点头："我们在明理广场附近。"

那离静思湖还挺远。

陈星夏咬了口栗子，想说隔得远的话，没事就别来找她了，怪折腾的。

但话未出口，严宵先她一步说："小满，你不是因为饼干生气对吗？"

陈星夏一愣，张了张嘴："我……谁说不是？就是。"

见她如此，严宵也没坚持咬死："你说是那就是，不过——"

"什么？"

"我挺笨的。"

陈星夏"啊"了一声，以为自己听错了。

省状元说他自己笨。

这是"高级黑"还是"新型凡尔赛"？

陈星夏无语："你到底想说什么啊？"

严宵抿抿唇，耳边又响起陈沛山说的多多表达和展现异性魅力。

可怎么展现才叫作有魅力？说什么话才不会引起反感？

好像不管他做什么，在她面前都不会激起任何水花。还有，她现在不高兴，是不是因为昨天分别时他的那句话越界了呢？

可他当时看着她的表情，也并没有厌烦的神态。

严宵内心焦急。

他强迫自己静下来，说："我能感觉到你上午说的理由不是真的理由，但我想不出真正的理由。

"我挺笨的，你能告诉我吗？"

这一刻，陈星夏无比后悔自己耍的这个小性子。

她该怎么和严宵解释她也就是一时烦躁加脑子抽风，所以点了删除好友呢？

"你这人怎么那么较真儿啊？"陈星夏咕哝，"我都给你加回来了。"

严宵认真地说："可我不知道你因为什么生气，万一下回还犯怎么办？"

"犯就犯呗，反正你从小……"

"我们不小了。"严宵打断道，"不是小时候了。"

心下一动。

陈星夏很想问问长大了的他们有什么不一样了。

这话就含在喉咙里，几次想要吐露，但还是被陈星夏咽了回去。

有时候，一些事一旦捅破，就再也回不到原来的样子。

起码现在，陈星夏搞不清楚的东西还有很多，她没有足够的勇气，也不想过于冲动。

"我就不告诉你。"陈星夏拿出她多年的赖皮必杀技，"让你难受，欺负死你！"

严宵愣了下，但不仅不恼，还有些想笑。

他想起他们小时候的一件事。

那时，他刚搬回东棠里不久，因为妈妈没有跟着回来，大家很快便知道他的父母离婚了。

不少小朋友从家长那里听到这事，就笑话他是没妈的孩子。

有个很淘气的小男孩，他到现在都还记得，叫小虎，编了个歌谣，教给周围邻居小孩，让他们看见他就唱。

没过两天，这歌传到陈星夏耳朵里。

号称要代表月亮惩罚一切罪恶的陈小公主从路边随便抄起一根树枝，说是魔法棒，就去找小虎算账。

严宵知道时，起初还装作事不关己的样子，反正又不是他让找的。

可回到家后，他怎么都看不进书，最后纠结无果，还是决定出去找人。

在骑士铜像附近，严宵看到陈星夏。

她的脸脏成花猫，手肘和膝盖也都磕破皮，骑在小虎身上，喊道："说！还唱吗？"

小虎"哇哇"大哭:"不唱了!再也不唱了!"
"那还在背后乱说吗?"
"不说了!我知道错了!"
"哼!"陈星夏又抽了小虎屁股一下,"我告诉你,严宵只能我一个人欺负!你们谁再敢乱笑话人,我就消灭他!"

时隔多年,这话真是应验了。
严宵扬着嘴角,越想越要笑,看得陈星夏以为他神经了。
"喂,你怎么了?"陈星夏在他眼前晃晃手,"你该不会是个心理变态吧?或是你觉得我的话这么可笑?"
严宵笑意不减,说:"你就当我是个心理变态吧。"
这家伙今晚怎么回事?
一会儿说自己笨,一会儿说自己心理变态,颠三倒四的。
就删个微信好友而已,至于吗?
陈星夏不知道严宵是因为她这么一句话,反而突然释然了许多。
严宵知道爷爷说的话都对,但他也不能草木皆兵。
多年的相处陪伴是他面对陈星夏时最大的优势,他了解她,知道她心软,吃软不吃硬。她这样的性格就决定了他必须有耐心,不能逼得太紧,否则会适得其反,把人吓跑。
爷爷不也说了?循序渐进。
这么多年都等了,哪怕一直等下去,只要有一天她可以看到自己,严宵也愿意。
"这个事不说了。"严宵揭过这个话题,"但以后别删我微信,好吗?"
"我们现在在一个陌生城市,我不能联系不上你。"
陈星夏被那双桃花眼注视着,好似中邪了一般,心脏"扑通扑通"直跳。
她点了点头,小小的声音带着几分乖巧:"知道了。"

接下来的军训将持续到9月30日,十一放假前的最后一天。
对于华凌为什么会军训这么长时间,这一直是华凌学子心中的未解之谜,多年未讨论出个结果。
静思湖和明理广场是离得最远的两个军训场地,但严宵每天结束训练后都会绕路过来找陈星夏。
梁亚楠就喜欢看陈星夏红着脸叫严宵不许再来,还给他们俩的会面起了个名字叫"鹊桥会"。
陈星夏气死了,不知道严宵执着个什么。
又没什么事,就见个面说两句话,微信聊不行吗?
等又过了两天,陈星夏也不知道严宵从哪儿弄来一辆自行车,改成骑车过来找她,再骑车载她回宿舍。
陈星夏累了一天。
在享受和难为情之间,选择一边难为情一边享受。
而因为严宵这个举动,学校里那些憋着想和陈星夏告白示好的男生,有一大半歇了心思。
至于喜欢严宵的女生,在发现严宵的冰山态度后,也都不敢轻易自讨没趣。
只是表白墙上,两人的匿名表白对象,不减反增。
30号的上午,华凌新生列队表演加上开学典礼,一并搞完。

苏雨萌和谢正知道夏澜几位长辈都很想陈星夏,不敢耽误太多她放假回家的时间,于是就各自和老师请了一天假,30号中午就到了北城。

陈星夏和严宵结束了学校这边的事,就带这两人参观大学。等到转天,他们在北城再玩到下午,便一起回临饶。

梁亚楠和齐媛不是北城人,买了30号下午的票,狂奔回家。

宁歆倒是想尽尽地主之谊,陪同陈星夏和她的朋友好好在北城玩玩,可惜她奶奶十一要过八十岁大寿,也只能遗憾错过。

十一当天,北城国庆气氛浓郁,大街小巷红旗飘扬。

苏雨萌最想玩的是北城开发区的一个实景密室逃脱,场地是山中大宅门,一比一还原阴森现场。

可她想玩,人家北城的少男少女也想玩,根本订不上票。

"等寒假吧。"陈星夏说,"寒假你俩跟我和严宵早几天来北城,我们一起玩。"

四人在北城的网红餐厅吃了饭。

待会儿他们还要去王府路,那里有很多北城老字号,美食多到数不过来。

"北城真好!"苏雨萌说,"超一线和一二线城市就是不一样。"

陈星夏笑道:"后悔没来北城了吧?"

苏雨萌摆手,说那也不是她想来就能来的啊。

而说到这儿,她顺口提了嘴盛昊。

"他被悟城体院录取了,那也是大城市呢。"苏雨萌说,"他还是什么特招进去的?我不太懂,总之,是体育生里挺牛的那种。"

许久没听到那个名字,陈星夏一时竟有些陌生。

她顿了顿,心里没什么波动,说:"那真是恭喜他了。"

严宵余光看着陈星夏的表情,见她并没有失落,稍稍安心,换了话题:"定的几号去童话谷?"

说起这个,那就不得不提陈星夏的十八岁生日了。

苏雨萌计划去临饶新区去年开业的童话谷为陈星夏庆祝,也算是了了他们当时高三没完成的心愿。

"4号。"苏雨萌说,"星夏,澜姨是定的5号到6号,你们一家去古镇是吧?"

陈星夏点头。

谢正笑了笑:"那4号正好!咱们给夏姐好好庆祝一下十八岁大寿!"

闻言,陈星夏下意识地看了严宵一眼。

严宵恰好也在看她,两人目光猝不及防地撞了下,陈星夏赶紧拿起杯子喝饮料。

陈星夏生日是10月9日,并不在十一假期里。

所以,某人前几天就和她说了,他会在9号正日子那天,单独为她庆祝生日。

陈星夏当时一听,第一个想法就是千万不要买贵重礼物。

严宵说礼物不贵,连钱都不要。

他这么一说,陈星夏又觉得那得是什么东西啊?纯手工吗?靠谱吗?

她心里嘀咕,却又情不自禁地开始期待。

陈星夏于十一晚上七点多回到临饶,正好赶上晚饭。

夏澜几乎是拿出满汉全席的架势,外加各种疼爱宠溺女儿,看得陈教授都自愧不如。

可这样的待遇没过两天,夏女士见陈星夏不是躺着就是歪着,就又变了一副嘴脸,成日念叨上个大学把人上废了,这可了得。

陈星夏靠在沙发上，咬着樱桃说："妈，我不回来吧，你想；我回来了，你又嫌弃。那我到底回不回来啊？"

夏澜哼道："爱回来不回来。"

"行，那我明天就走。"陈星夏说，"我去碍眼别人。"

4号，陈星夏早早出门，出发去童话谷。

严宵等在陈家门外，拿着还热的早餐。

今天的他又是一身蓝色。

浅蓝色牛仔裤，深蓝色冲锋服，内里一件纯白T恤。

而陈星夏是深蓝色牛仔裤加baby蓝针织开衫，内里同样一件白T恤。

陈星夏告诉自己别瞎联想，可等苏雨萌见了他们，第一句话就说："你俩是配合着穿的吗？太搭了吧。"

她才没那么无聊好吗？

陈星夏避开严宵的目光，接过热可可，装死。

好在苏雨萌没就这个问题一直说，她另有一件苦恼的事。

"我也没想到我都说了是给好朋友庆生，她还要来。"苏雨萌叹了口气，"对不起，星夏，都是我多嘴。"

昨晚，苏雨萌和她的大学同学聊天，偶然提到今天要去童话谷。

没想那位同学也不怕都是生人，说自己很早就想去了，大家一起做伴正好热闹。

苏雨萌明里暗里表示这是个私人聚会，但对方仿佛听不出她的意思，执意要跟着一起。

"没事。"陈星夏说，"有你同学在没准儿更好玩了。"

四人组坐上园区专线大巴前往童话谷。

至于苏雨萌的同学，说是自己过去。

到了地方，陈星夏远远就已看到排队入园的队伍了，小小震撼了下。

"十一假期就这样。"谢正老神在在地说，"人是第一大风景。"

苏雨萌给她同学发微信，问人到哪里了，刚发出去，就听："雨萌！我在这儿！"

四人组同时转头，又同时稍稍一愣。

居然是两个人，一男一女。

女孩穿着一身名牌，打扮时尚靓丽，一看就是家里宠出来的公主；而男生则颇为成熟稳重，眉眼温和，像是好脾气的邻家哥哥。

邻家哥哥？

这个形容让陈星夏皱了下眉，她觉得男生有些眼熟。

"大家好啊，我是唐佳。"女孩主动打招呼，"这位是我堂哥，唐……"

不待说完，男生的目光便和陈星夏对上，冲她笑着说："真不记得了啊？白吃我那么多的大白兔奶糖了。"

男生作势伤心地叹口气，而陈星夏一听大白兔奶糖，记忆终于复苏。

"唐晨哥哥！你是唐晨哥哥！"

唐晨的笑容亲切温暖："好久不见了，星夏。"

原来，并非苏雨萌的这位唐佳同学不懂人情世故，而是昨晚唐晨到堂妹家做客，听堂妹提起苏雨萌有三个同学非常厉害，还都住在东棠里，询问之下，得知其中有陈星夏，这才让堂妹务必来这一趟。

"你都搬走多少年了啊？"陈星夏说，"我应该前两年还听我妈提起过你，说你去英国念法律了？"

唐晨点头："今年本科毕业，也是刚回临饶不久。没想到就……"

许是在国外待的时间长了，唐晨说着，下意识地张开手臂，想给陈星夏一个拥抱。

陈星夏一直拿唐晨当哥哥，也不骄矜，大大方方过去回应。

刚迈出去一步，手腕一热，严宵抓着她，把她带到了身后。

"唐晨哥。"严宵冷着脸叫人，"好久不见。"

这语气，一点儿久别重逢的喜悦都没有。

但唐晨也没在意，依旧笑着，放下手，打量起严宵，说："都长这么高了。你当年走时，我还想送你来着，可惜还是留了遗憾。"

严宵说："没关系，我又回来了。"

原本以为要带个外人一起玩会不自在，不想现在成了大型认朋友现场。

只是苏雨萌和谢正搬来东棠里的时间比较晚，不太能搞得清楚状况，融入不进去。

但排队的事刻不容缓，不然再这么聊下去，十点都进不去乐园。

于是，大家先去排队，等一会儿进去，有的是时间叙旧。

在此空当，苏雨萌也问了问陈星夏是怎么回事。

说来话长。

唐晨以前也住在东棠里，年长陈星夏和严宵四岁。

因为长得好看，加上脾气也好，唐晨在当时是很多小朋友心中的"偶像"和"权威"，陈星夏也不例外，很喜欢这位大哥哥。

后来，也就是在严宵搬离东棠里的一年后，唐晨因为父母工作调动，也搬走了。

这一分别，就再没了联系。

"是这样啊。"苏雨萌明白了，"那要这么说，这个哥哥也是你青梅竹马了。"

陈星夏点头："差不多吧。"

她说这话时还因为能见到昔日好友而开心，没看到有人表情阴得快下雪。

只有谢正感不妙，眼皮跳了跳。

他们四人组这边说着小话，不远处唐家兄妹也在窃窃私语。

唐佳杵杵堂哥的胳膊，揶揄："我说怎么非来不可呢。这位临饶高考前三十的同学，不仅学习好，还这么漂亮啊。"

唐晨直直望着女孩的笑颜，内心悸动，回道："只有我有收获？别以为我没看到你刚才看见严宵的眼神。"

唐佳顿时脸红："哪有？你别污蔑我。"

"行，我胡说。"唐晨笑了笑，"一会儿看你理不理人家。"

"哥哥！"

唐佳也没想到这位省状元竟然长这么好看。

她还以为学习好成这样，肯定长相很木讷，是那种只会死读书的书呆子呢。

现在见到了庐山真面目，只能说比起那些流量明星什么的，这张脸不仅不逊色，反倒还胜出不少。

半小时后，大家进入园区。

和大多数乐园的招牌项目一样，童话谷也是漂流和过山车最吸引人，所以先去排队的肯定是漂流。

长长的队伍呈"回"字形迷宫排布，苏雨萌看 App 上显示的时长，估计得照着一个小时排了。

既如此，就在队伍里聊天吧。

唐晨站在陈星夏身边，说了不少在国外遇到的趣事，不仅逗得陈星夏一直笑，苏雨萌也听得起劲儿。

谢正瞄着严宵那风雨欲来的脸，小心建议："要不你也过去参与一下？"

严宵看谢正一眼，谢正做了个给嘴巴拉拉链的动作。

队伍一小步一小步地前进，似乎还没开始玩，就耗得大家没了力气。

严宵始终看着陈星夏和唐晨的一举一动，直到胳膊上有什么蹭了下，他才分神看了眼。

是唐佳低头系鞋带时，头发扫到了他。

严宵往边上站了站，唐佳本想抬头时还装作不经意地来点儿小动作，结果撞的是谢正的腿。

严宵早离她半米远了。

唐佳咬咬牙，主动站到严宵身边，说："我听说你考的是华凌的航天航空学院，我家有位长辈也从事这方面工作，要不要介绍你们认识？"

"不用了。"严宵淡漠道，"谢谢。"

唐佳不死心，继续问："你平时喜欢打游戏吗？我打得不错哦，可以给你辅助。"

严宵依旧平淡无波："不打。"

唐佳扯了扯嘴角："那你总该有什么消遣喜好吧？咱们聊聊啊。"

前面，还在听唐晨讲趣事的陈星夏瞥到严宵和唐佳站在一起。

也不知道从什么时候起，他们的队伍分成了两部分。

陈星夏、苏雨萌、唐晨一组；严宵、谢正、唐佳一组。

此刻，谢正孤零零地抱着栏杆，严宵和唐佳倒是走得挺近，怎么，很投缘吗？

注意到陈星夏的目光，唐晨扭头看了眼，并不见怪，说："佳佳对严宵有好感。这丫头一直嚷着上大学得谈场轰轰烈烈的恋爱呢。"

呵呵。

和哑巴精轰轰烈烈？做梦吧。

陈星夏噘噘嘴，又想起华凌表白墙上的学姐，只觉得某人就是个祸害，走到哪里都招蜂引蝶，不知检点。

陈星夏别过头，看着还没个头的队伍，倍感烦躁。

终于熬过漫长的排队时间，他们六个人正好凑一条船。

苏雨萌扶着陈星夏坐上去，三人一排，陈星夏身边还空一个座位，她不由得瞟了眼严宵。

严宵本就是要坐陈星夏身边的。

可他刚要上船，身边的唐佳滑了一跤，一下抓住他手臂，硬是让唐晨先了他一步。

"严宵，你扶我一下啊。"唐佳娇滴滴地说，"我站不稳。"

没把手臂直接甩出去，已经是严宵最后的素质。

他看着唐晨笑着坐在陈星夏身边，冲谢正递过去一个眼色，谢正秒懂。

"哎哟，唐同学你可注意了。"谢正扶起唐佳，"这地上都是水，滑。"

唐佳不情不愿地皱皱鼻子，等上了船又想坐严宵身边，但严宵反应极快，拉着谢正坐在了中间。

工具人谢正冲所有人挥挥手。

陈星夏想笑，但对上严宵投来的目光，又拉下了脸。

船开始发动。

苏雨萌有点儿紧张，说："我看假山那边有水枪，应该不会有人呲我们吧？"

"这可不好说。"谢正笑道，"反正欠就欠了，你也逮不着他啊。"

闻言，苏雨萌立马拉紧小雨衣。

陈星夏也不想弄得一身湿，唐晨发现她的顾虑，便说："别怕。要是有人泼水，我给你挡着。"

他一说完，唐佳立刻助攻："哥你怎么对我没那么贴心呢？我也不想被泼啊。"

唐晨笑道："那你让谢同学和我换个位置吧，我保护你。"

"你这不是强词夺理吗？"唐佳说，"现在还怎么……"

"我跟你换。"

严宵忽然插话，引得大家一顿，齐齐看向了他。

原因无二，主要就是严宵的语气不像在开玩笑，但凡唐晨回个"行"，他现在就敢换。一时之间，气氛是说不上来的怪异，又暗潮汹涌。

唐晨和严宵互不躲闪地对视着，看得陈星夏心里跟着打鼓，就连一向直线条的苏雨萌都不敢乱接话。

片刻后，唐晨先开了口："别开玩笑了，严宵。咱们安全第一。"

严宵抓紧一旁的扶手。

他胸中仿佛闷着一口浊气，下一秒就要爆，再看转头又和陈星夏说笑的唐晨，脸冷得快要结冰。

严宵顶着这样一张表情不善的脸，以至于在船驶过假山时，几个顽皮的小男孩本来都准备好用水枪呲水，但在看见他后，都吓得收了手。

"那个人好恐怖啊。"

"是啊是啊，咱们不要呲他，搞不好他会来追杀咱们。"

"快跑吧！"

才玩完一个漂流项目，就已经中午十二点了。

之前陈星夏看发攻略的博主说什么"排队一小时，快乐三十秒"，她还觉得夸张，现在她知道了，博主挺保守。

"要不咱们先吃饭吧？"苏雨萌提议，"歇会儿。"

大家同意得不能再同意。

可谁又能想到，吃饭也排队？

望着密密麻麻的人头，所有人都皱起了眉。

可园区的这家餐厅实在有名，属于必须打卡的地方，陈星夏他们来都来了，把心一横，排就排，进去了就能可劲儿歇着了。

然而，半小时过去了，实在受不住了。

尤其饭香偶尔飘出来，简直是酷刑加倍。

"不吃了，换一家吧。"唐佳捶着腿说，"随便吃什么都好，能坐下就行。"

陈星夏也有这个想法，可问题是他们现在的处境是前面人山人海，后面人山人海，出都不好出啊。

唐佳去意已决，迈过排队的铁链，硬挤也要挤出去。

唐晨一看，只好跟上人。

谢正说："要不你们找个地方坐着等吧？待会儿能进去了，叫你们。"

"那真的太谢谢了！"唐佳立刻说，"你是个大好人！"

于是，唐家兄妹就暂时出去了，谢正则收获苏雨萌一个白眼。

"就你心肠好是吧？"苏雨萌数落道，"你怎么不让我也出去歇会儿呢？我这腿都站细了。"

谢正赔笑脸："那不正好瘦腿了吗？"

苏雨萌鼻孔出气。

不过话说回来，她还真得出去一趟，去卫生间。

想了想，苏雨萌也不忍心折腾陈星夏陪她走来走去，就拉着谢正走了，留陈星夏和严宵继续排队。

看了眼还长着的队伍，陈星夏绷绷脚背，稍放松下。

严宵见了，想让她也出去歇一会儿，可想到唐晨在外面，他又没言语。

恰好队伍在这时候往前动了动。

他们挨着的餐厅外墙有个凹陷进去的地方，里面嵌着一个天使石像，前面富裕出来的一点边缘，可以容一个瘦人坐坐。

不少人盯着这个地方。

而严宵眼疾手快，也不管身边是七八岁的小女孩，还是二十多岁的小姑娘，直接冲上前抢占了位置。

"来，小满。"他护着位置，"坐。"

在周遭人既羡慕又嫉妒的注视下，陈星夏占领了这块风水宝地。

坐下的那一瞬间，她感觉浑身舒畅。

陈星夏舒了口气，头靠在墙壁上，说："我歇一下，然后你坐。"

严宵摇头。

这会儿的陈星夏也没力气掰扯了，反正等她起来了，硬按着也让他坐下歇歇。

体力得到缓解，人也就有了说话的欲望。

陈星夏评价了下之前玩的项目，然后便提起唐晨和她说的几件有意思的事。

本以为这也是变相给严宵解解闷，让他放松一下，可他不仅丝毫不捧场，还逐渐摆出了冷脸。

"你怎么了？"陈星夏问，"是不是累？那你坐……"

"不累。"

"不累你脸色那么难看？"

严宵低下头，又不言语了。

亏得陈星夏还以为上了大学后，他话少的毛病得到些改善，看来还是本性难移。

"你到底不高兴什么？"陈星夏戳他的胳膊，"不高兴就说啊。"

严宵眼眸稍抬，回道："唐晨。"

"唐晨哥哥怎么了？"

严宵的脸又冷了一分："他和我们不熟。"

"怎么不熟？"陈星夏笑了笑，"也算是跟咱们一起长大的啊。"

不过要说记忆多么深刻，那确实没有。

毕竟都是五六岁之前的交往了，那时不记事，只能说当年那种亲切感还在，就跟人在外地遇到了老乡似的。

严宵说："那既然是'算是'，又怎么会是你的青梅竹马？"

陈星夏不明白这话怎么又扯到青梅竹马了。

但严宵这副颇有几分"质问"意味的架势,让她心里顿生不满,思路"刺溜"一下就偏转到了别的地方。

"你看唐晨哥哥不顺眼的话,那你还怎么和他堂妹相处?"陈星夏反问,"人家是亲戚,可不好得罪。"

严宵皱眉:"提唐佳做什么?"

不知道为何,陈星夏听到严宵嘴里说出"唐佳"二字,就有点儿要炸。

才认识几个小时?名字叫得挺顺口啊。

陈星夏咬咬唇:"我就提了,怎么样?好不容易出来玩一次,你还给我摆冷脸,我招你了?"

严宵面色一松,张了张嘴想说话。

可陈星夏不给他这个机会,又说:"人家唐晨哥哥出来就高高兴兴的,又会照顾人,怎么偏你那么多事?你要是和我聊不来,那你出去找唐佳聊吧!"

又"哥哥"?

那人算什么哥哥!

严宵下颌紧绷了下,心里就跟有火在烧一样。

明明这会儿能哄好人,可他一时没控制住,点点头:"唐晨会照顾人,他才配是你的青梅竹马。"

什么叫他才配?

陈星夏站起来要理论,不想这屁股才离开座位一厘米,就有个小孩一头撞过来把她挤开,坐了上去。

陈星夏腿有点儿发麻,没站稳往前扑,严宵接住她。

碰到女孩温热的皮肤,严宵火气又消了大半,语气也没了刚刚的生硬:"没事吧?有没有磕到哪里?"

陈星夏正生气呢,还委屈,直接推开人喊:"不用你假好心!"

这话被跨越千山万水挤回来的苏雨萌和谢正听到,两人都一愣。

苏雨萌忙问:"怎么了这是?排队排烦了是吧?"

陈星夏瞪着严宵。

她一面觉得他无理取闹,为了外人和自己发脾气,一面又想他现在要是服下软,她也可以大人不记小人过。

结果,他一句话没说,转身出了队伍。

谢正一瞧,交代了声"我去看看",又跨越千山万水挤了出来。

要问谢正这趟出门最大的感受,那就是:珍爱生命,杜绝十一出行。

谢正追上人,也不敢轻易拉住,先问问:"怎么了,严同学?你别急啊,咱们有事好好说。"

严宵不接话。

那谢正只好自说自话:"我知道你烦唐晨,但伸手不打笑脸人,咱怎么也得给人家面子是不是?而且,这是给夏姐过生日啊!"

严宵脚步当即一顿。

其实转身的那一下,他就已经后悔了。

只是她一口一个"唐晨哥哥"弄得他无比心烦,他怕再待下去,还会控制不住脾气。

严宵不是个情绪起伏大的人。

不仅不大,他的情绪基本上平稳到没有波动。

可遇上陈星夏，他是理智没有了，擅长的克制也将要崩盘，现在可好，还在给她过生日时惹她不开心。

严宵叹了口气，不再往前走。

见人是劝住了，谢正又说："那唐晨再在夏姐面前蹦跶，夏姐也就是拿他当个以前的朋友，翻不出花样儿。"

闻言，严宵看过去。

谢正挑眉："信我，我看得真真儿的。"

这边，苏雨萌也哄了陈星夏好一会儿。

陈星夏有心揭露严某的"罪恶"，可话到嘴边，她又觉得说出来显得她多在意似的，所以只能闭上嘴，自己生闷气。

半小时后，一行人终于进入餐厅。

严宵点的都是陈星夏爱吃的，但是陈星夏打定主意和他作对，就不吃他选的，只硬塞自己不爱吃的那些。

回头想想，这种傻子式较劲儿也只有这个年纪做得出来。

等吃完饭，也歇够了，大家继续排队玩项目。

唐晨还想借着排队的工夫和陈星夏聊天，但说真的，十几年没见，哪里有那么多可聊的呢？

之前刚重逢还有新鲜感，到了现下，也就是认识的熟人而已。

陈星夏不咸不淡地因着礼貌应和几句，就这么跟着大部队走走停停，玩得没滋没味。中间很多次，严宵靠近她，她就躲开，要是严宵想跟她说话，她就去找苏雨萌。

一直玩到快五点半，苏雨萌建议看完了一会儿的游车表演，大家随便转转，自由活动；等七点半灯光秀时，记得提前在城堡那里占个好位置就行。

事实上，能上摩天轮看灯光秀是最好的。

可鉴于大家这一天怕是已经走了两万步，再加上长时间站着，腿脚又酸又累，这个浪漫就别要了，留给体力好的朋友们吧。

等待灯光秀表演的这段时间，陈星夏坐在休息椅上吃烤肠。

苏雨萌和唐佳去纪念品商店买小玩意；谢正则不知犯的什么病，硬是拉着唐晨陪他去坐过山车，说什么唐晨一看就胆子大，只有他能陪。

陈星夏不知不觉吃完一根烤肠，正要找餐巾纸擦手，一张纸巾就出现在她面前。

她看都没看，直接拒收。

严宵将纸巾放在椅子上，坐下时，女孩起身，他赶紧一把拉住人。

陈星夏不客气地睥睨过去，跟个女王一样。

但严某并不畏惧女王威严，握着的手更加用力，不给她半分挣脱的机会。

周围来来往往的游客见此情景也不觉奇怪，只当是小情侣闹矛盾。

毕竟在这种地方，这个情况很正常。

陈星夏憋着火，心想你不是不说话嘛，好啊，这次我也不说，咱俩就都憋着，看谁憋得过谁。

她任由严宵握着她的手腕，重新坐下，自己用另一只手刷手机，一副"你随便，我随意"的样子。

就这么耗了几分钟，陈星夏的余光捕捉到严宵不太对劲儿。

他空着的那只手在捂着胃，背都有些弓起来了。

胃疼吗？

陈星夏想了一遍他都吃过什么，没觉得哪里有问题。
那疼什么？
陈星夏腹诽讨厌鬼就是事儿多，稍转过头继续刷手机。
可没过一会儿，严宵几乎蜷成了虾米。
陈星夏皱起眉，踢了下某人的腿，问："你怎么了？"
"胃疼。"
"活该！"陈星夏立刻说，"疼死你。"
严宵也不辩驳，只看着她，一双含情的桃花眼带着几分虚弱、几分无辜，那种清冷的破碎感再次出现。
陈星夏又没出息地心发软，动摇了。
要不就帮他一下吧。
她人美心善，不能叫他砸了自己的招牌。
"那边可以打热水。"陈星夏伸手，"你把杯子给我。"
严宵摇头。
"什么意思？你还想……"
"疼。"
陈星夏心脏抽了下，不由得往严宵那边挪了挪，问："那怎么办？"
"园区有医务室。"严宵说，"你能陪我去吗？"
"行。"
越来越多的游客往灯光秀表演的城堡去，陈星夏和严宵却反其道而行，逐渐脱离了人群。
陈星夏不记得哪里有医务室，只想着快点儿到就好。
可走了好半天，她都没看见，倒是来到了另一个游客聚集地——摩天轮前。
"是这个方向吗？你确定吗？"陈星夏问，"要不找个工作人员问问吧。"
她转过头，就见严宵拿着手机打字。
她以为他在搜地图，想问找到了吗，严宵拉住她的手，说："走这边。"
陈星夏不疑有他，跟着严宵往前走，结果来到了摩天轮的快速通道入口。
"来这里干什么？你不是胃疼吗？"
"不疼了。来。"
陈星夏迷糊着被带进通道，然后在工作人员的安排下，今天第一次没排队，直接进了摩天轮。
等她反应过来自己被诓了的时候，因为过于惊讶某人浑然天成的演技，一时竟然不知道该从哪里发火。
陈星夏顿了几秒，掏出手机，先看看摩天轮的快速通道票多少钱。
这一看，人差点儿厥过去！
五百一位！
陈星夏指着手机，半晌没挤出一句话，最后一拳撑在严宵胸前。
严宵随她打，指了指外面："你看。"
陈星夏哪有心思看。
五百啊！这是抢劫啊！有钱也不能这么花啊！
可不等她批评教育严宵，眼前的景色确实让她呆住了。
夜幕下的童话谷是真正的童话世界，梦幻得有些不真实。

之前因为排队被她抱怨的那些项目,这会儿亮起五颜六色的光,像是天河洒落在人间,在缓缓流动。

"好漂亮啊。"陈星夏扒着窗户惊叹,"你看那里!是不是还有彩色的烟雾?"

严宵捎带看了一眼,说:"你喜欢,我们以后还来。"

陈星夏想说好啊,一转头对上某人,又敛了笑容:"谁和你来。"说着,坐到一旁,继续欣赏外面的风景。

严宵跟过去,望着女孩被琉璃霓彩染红的脸,酝酿过后,开了口:"我只是不同意你说你和唐晨是青梅竹马,不是想冲你发脾气。"

陈星夏一怔:"我什么时候说……"

"说了。"严宵打断,"说得差不多。"

陈星夏回想了下,好像是说了那么一句。

可这不对吗?

她确实在小的时候和唐晨一起玩,唐晨人也不错,很会照顾他们这些邻里的弟弟、妹妹,还总给她大白兔奶糖吃。

严宵问:"如果你们是青梅竹马,那我和你是什么?"

"我们当然也是青……"

"不,只有我和你是。"严宵说,"别人都不行。"

陈星夏脑子里"嗡"的一声,心跳登时快了起来,有些结巴地说:"凭、凭什么啊?你这人、这人怎么这么霸道?"

"你要是这么认为,我很抱歉。"严宵说,"但你只能是我的……"

"嗯?"

"青梅。"

严宵又补了这两个字。

只不过一两秒而已,陈星夏跟坐上跳楼机一样,充满失重感。

她害怕听到他的后半句,可当听到"青梅"二字时,心底又隐隐泛起说不清的失落。

陈星夏转头看外面,嘟囔:"你说什么就是什么?我为什么要听你的?你和唐佳有说有笑时,我看你也没惦记我这个……青梅。"

严宵冤枉:"我什么时候和唐佳有说有笑?"

要不是碍着这么多人在,而且唐佳还是苏雨萌同学,他理都不会理唐佳一下,哪里就有说有笑?

"就有。"陈星夏在玻璃上画圈圈,"我都看见了。"

"小满,你不能……"

"干吗?只许你因为唐晨哥哥和我发脾气,不许我实话实说?"

长这么大,认识这么久,他还从没冲她这么凶过。

想到这点,陈星夏就委屈,特别委屈,鼻子都酸了。

她撇撇嘴,余光偷瞄身后的人,以为他肯定会来哄自己了,谁想,他来了句:"不许叫他哥哥。"

陈星夏这火气啊,"噌"地又蹿上来。

"我为什么不能叫?人家是不是比我大?不叫哥哥叫叔叔吗?"她问,"再说了,我们小时候,我不也叫你哥哥?小宵哥哥!小宵哥哥!"

陈星夏越喊越大声,本意是挑衅,故意气死严宵,可对上严宵的眼神后,又差点儿咬到舌头。

她刚才叫了他什么？

陈星夏一下子红了脸。

在自己干脆从摩天轮上跳下去，一了百了，和把严宵从摩天轮上丢下去，杀人灭口，这两种思路里反复横跳。

就在这时，她听到一句："可以。

"叫我可以。"

话落，窗外闪过一道白光，紧接着音乐响起，灯光秀开始了。

陈星夏却没动，定定地看着眼前的人。

光影越来越多，一道道快速闪动，每一次从他脸庞匆匆拂过时，就会照亮他。

他的眉毛、他的眼睛、他的鼻子、他的嘴巴、他的下巴……还有一闪而过的，他发红的耳垂。

每一处都透着硬朗与柔和相交的英俊帅气。

陈星夏觉得这么说挺酸的，可此刻的她真的觉得外面灯光秀再美，也不及眼前这个人。

她也理解了为什么学姐会高调表白，更理解为什么唐佳那样的小公主会一直围着严宵转。

严宵不像有些少年那样张扬潇洒，却有着独属于他的干净无瑕，就像雪后清晨的第一缕阳光，照在洁白的大地上。

这样的他，恐怕没有人会不喜欢吧。

陈星夏揣着如装小鹿的心脏，嗫嚅着："我才不叫，你少占我便宜。"

严宵微微翘起嘴角："我也不想当你哥哥。但你愿意，可以这么叫我。"

"我不愿意！你……"

"只能叫我，不许叫别人。"

这家伙真是疯了！

这一会儿工夫，他和她说了几个"不许"了？

放在以前的话，你问他敢吗？

陈星夏不想再理这讨厌鬼，转过身，看灯光秀。

不得不说，能从摩天轮上看，是真的好美。

陈星夏利用景色去抵御美色，尽可能让内心平静下来。她可不是那种肤浅之人，再者说了，他冲自己发脾气这事儿，她还没翻篇呢。

如此想着，陈星夏渐渐有了底气。

很快，摩天轮要升到最高处，这时，她身后那个哑巴又说话了。

他不是不爱说？怎么又忽然话多了呢？

陈星夏没好气地回了句："干吗？"

隔了几秒——

"小满，就这一次。"

"我以后绝对不会再冲你发脾气。"

陈星夏一愣，心想这家伙是有读心术不成？

她下意识转过头去，而随着摩天轮升至顶点，灯光秀也在此刻达到高潮。

在天光大亮那一刹，她听到那人平淡如常的口吻中掺了<u>丝丝委屈</u>，对她说："我就是吃醋了。"

从摩天轮出来前，严宵脱下冲锋衣给陈星夏披上。

入夜了确实是冷，还有风。

可陈星夏这会儿也顾不得严宵穿着件短袖会不会着凉，她脑子里像是一锅糨糊，根本转不动。

全程被严宵带着，陈星夏来到前广场，看到苏雨萌他们。

苏雨萌笑着挥手："看到灯光秀了吗？很漂亮吧？"

陈星夏后知后觉，这才明白为什么苏雨萌会带唐佳去纪念品商店，谢正又为什么非要拉着唐晨坐过山车。

都是在给某人制造机会。

六个人聚在一起，时间不早，马上要闭园了。

"你们坐大巴回去？"唐晨说，"我车里位置有限，要不两位女生跟我走吧，我送你们回家。"

苏雨萌看了陈星夏一眼，陈星夏站在严宵身后侧，也没表态。

谢正说："不用麻烦了。我们四个住一起啊，回去不是正好做伴？"

"就是。"苏雨萌接话，"我们一起走很方便。"

话都这么说了，唐晨也不好勉强，和唐佳送陈星夏他们到了大巴专区。

上车前，唐晨叫住陈星夏。

陈星夏后背一僵，低头看了看身上的冲锋衣，转头问有什么事。

"没什么，就是想加你个微信。"唐晨笑着说，"难得遇见以前的朋友，以后可以常联系，出来聚一聚。"

陈星夏生硬地"哦"了声，去掏手机。

不远处，唐佳也在找严宵要微信。

陈星夏一下停住了动作，眼睛虽没往那边看，但耳朵已经竖成小雷达，"哒哒哒"地探测信号。

"关机了。"严宵淡声说。

"那没关系啊，你告诉我你手机号。"唐佳执着道，"我回去加你，你同意就好。"

"手机号不是微信号。"

"那也没……"

"抱歉，我不能加你。"

说完，也不给唐佳再说话的机会，严宵直直走到陈星夏身边，拉着她的手上车，说："回家了。"

如此，唐晨也没得到陈星夏的微信。

回去路上，苏雨萌给陈星夏看今天拍的照片。

陈星夏起初还能转移下注意力，之后就越发控制不住脱缰的思想，满脑子都是严宵今天的言行。

就这么"心事重重"地回到东棠里，四人组在骑士铜像前分别。

陈星夏照例和严宵走剩下一段重合的路。

但在岔路巷口，严宵没走，而是陪着陈星夏来到陈家。

站在门前，两人一时沉默。

头顶的街灯闪了下，唤回陈星夏的反应，她作势脱掉衣服还给严宵。

严宵没让，说："明天我来拿。"

"我都到家了，就几步路了。"陈星夏说，"你还折腾什么？"

严宵说:"几步路也不能着凉。"

陈星夏低下头,抿抿唇:"那行吧,你快回去吧。"

她去开门,严宵又上前挡住:"今天给你庆生庆得不是很好,9号,我陪你过生日。"

"也、也不用那么麻烦,没有总过生日的,我觉得……"

"不麻烦。有惊喜。"

陈星夏瞟过去一眼:"你能准备惊喜?别再是惊吓吧。"

"到时候你亲自验证。"严宵说。

陈星夏好奇心被勾起,多问了句:"不能提前透露一下?"

"不能。"

"可我要是知道了,万一哪里不好,能让你及时修改,保证你不犯错误。"

严宵垂眸思考起来,陈星夏以为有戏,想再问问,结果又听严宵说:"不能说。"

小气巴拉。

陈星夏绕过严宵,语气略带烦乱地说:"不说你就快回家,穿着个短袖冷谁呢?"

"嗯。"严宵点头,"我走了,晚安。"

陈星夏一进院子,"大阿哥"就蹦跶起来:"小满回来了!我们家皮猴小满回来了!"

"大阿哥"每次说完这话,就等着陈星夏欺负它,可偏偏这次陈星夏理都没理它,趴在门那里也不知道听什么动静,没一会儿,捂着脸进屋了。

徒留"大阿哥"失落。

陈星夏直奔餐厅斟了一杯凉水,"咕嘟咕嘟"喝了下去。

夏澜见了,忍不住说:"又喝凉的,回头肚子疼。"

陈星夏不听,还要再斟,陈沛山插话:"小满,少喝些凉的。"

这话令陈星夏想起某人,手一抖,不喝了。

她转身上楼,夏澜又说:"明天去古镇,自己收拾下洗漱用品和衣服。"

"知道了。"

看着孩子慌张失神的样子,夏澜和陈沛山说:"不会是和萌萌他们闹不愉快了吧?"

"不会。"陈沛山说,"我上去看看。"

房间里,陈星夏坐在床边发呆。

陈沛山进来时,她都没注意,直到额头被点了一下,才抬起头。

"怎么了啊?"陈沛山笑道,"魂没了?"

别说,这形容还挺贴切。

陈星夏抱着她的小熊崽,小声道:"爷爷,我想问您点儿事。"

"你说。"

"就是、就是……"她吞了吞口水,"我有个朋友,就是同学,新同学。"

陈沛山拖长音"哦"了声。

陈星夏"哎呀"一声:"是真的!就是我的朋友!"

"爷爷也没说不是啊。"陈沛山好笑道,"你说吧,你朋友怎么了?"

陈星夏深呼吸,开始叙述她的这位"朋友"。

朋友有个青梅竹马,两人感情一般般吧,就是认识的年头长,主要靠时间及女孩子的宽宏大量维持着友谊。

可最近一段时间,女孩发现男孩不太对。

陈沛山问:"怎么不对?"

"就是男孩对女孩……很好。"

陈沛山了然："这很奇怪吗？换作你对……"

"跟我没关系！"

"例子，爷爷举个例子。"陈沛山说，"换作你对阿正，之前阿正佛牌丢过一回，你不也很着急？还帮着把佛牌找回来。"

陈星夏一拍腿，就是这个！

她不知道这种所谓的"好"，到底是因为积年累月培养出的友谊还是其他，可是……

"如果男孩对女孩说他吃醋了呢？"

陈沛山一愣，心道小宵这孩子话一多还挺直球啊。

真是不得不佩服现在的年轻人啊。

陈沛山又问："那你……朋友是怎么想的？"

"她很乱。"陈星夏把脸埋在抱枕上，"而且她也不知道她对男孩到底是友谊还是其他？她很怕男孩会说什么，又怕男孩什么都不说……总之，我真的和他太熟了！我分不清！"

最后一句直抒胸臆地说完，房间里针落可闻。

陈沛山早就憋笑了，这下实在憋不住，笑了起来。

陈星夏的脸红成苹果，下床抓着爷爷的手臂，叫爷爷不许笑话自己，还说："您这样，我以后有秘密可不和您说了！"

"好好好，爷爷不笑了。"陈沛山点头，"不笑了。"

等过了会儿，祖孙俩都稍稍平复下来，陈沛山继续刚才的话题。

"小满，其实不确定的事可以先让它不确定着。"陈沛山说，"你既然还没有完全看清自己的内心，为什么不再看看？或许再等等，又或许再有一件小事，你就想通了。"

陈星夏说："但我这样做，会不会对他不太合适？"

"那也总比不负责任地开始要好吧。"陈沛山笑道，"你们还年轻，慢一些，不怕的。"

是，他们是年轻。

但陈星夏有句话没说：那位十分招人。

万一在她迷糊的期间，事情又有了变数怎么办？

都说少女心事最捉摸不透。

也是到现在，陈星夏才发现属于她的少女心事的威力有多大，就连她自己都无法掌控。

想想之前面对盛昊时的心情，根本只是毛毛雨。

和家人在古镇庆祝完生日，陈星夏7号上午离开临饶。

因为再过不久也就又放寒假了，加之回去还有某人陪同，夏澜很放心，离别的愁绪比起之前，淡了很多。

陈星夏其实也不太纠结这次分别。

马上就是9号，她的心思都放在了这上面，总觉得时间过得既快又慢。

但该来的必定会来。

9号这天，天气晴朗，是个周四。

陈星夏上午满课，之后就可以休息。

严宵则要上完下午的第一节课才没事，所以两人定的三点在宿舍楼下见。

陈星夏中午就开始准备，没过一会儿，发现准备早了。

不同于之前去小动物集市，这次她很肯定自己就要穿她最喜欢的蓝裙子，所以减少了很多挑衣服的时间,早早就打扮完毕。

在距离约定时间还有五分钟时,陈星夏下楼。

推开宿舍楼门,清风迎面吹来,她看到严宵站在树下,穿了件和她裙子颜色一样的T恤。

少年背影挺拔,纯净的清冷感仿佛让周围的喧嚣都安静了三分。

陈星夏的心跳不由得加快了些,走下台阶,叫了他的名字。

严宵转过头,看见陈星夏时,眼里划过惊艳。

陈星夏捕捉到了这一下,信心更足,刚要说话,严宵却先说:"你最好换条裤子。"

"什么?"

"裤子。"严宵扫过女孩白皙笔直的腿,"穿裤子。"

这话就跟一盆凉水似的兜头泼了下来,让陈星夏一度怀疑她是不是自信过头。

可看着严宵坚持的表情,她还是咬牙回了宿舍。

十五分钟后,陈星夏穿着牛仔裤和卫衣下来。

她一路没给严宵好脸色,哪怕上了车,他给她栗子饼干,她也拒绝沟通。

陈星夏就这么运气运了半天,等发现车子开上高速路时,才意识到哪里不对。

"我们不是去吃饭吗?"她问,"难不成你订的农家乐?"

"不是。"

"那现在去哪儿?"

严宵看看时间,回道:"一会儿你就知道了。"

这个"一会儿"等于两个多小时。

车子越开越远,再有一百多千米都要出北城。

陈星夏倒也不担心严宵会把她卖了,只是过什么生日要在荒郊野外?

更何况吃什么啊?

为了晚上这顿,她中午可是一点儿没吃。

陈星夏捂着肚子防止它叫,严宵一看,翻出零食让她先垫垫。

陈星夏接过去,语气凶狠:"你最好真有什么惊喜……"

一直到天蒙蒙黑,车子终于停下,停在了北城新区的天涯海角公园。

说是叫天涯海角,其实就是个小山头,山头下面是海。

陈星夏下车,那一阵老北风混着海风呼地吹来,差点儿给她原地吹走。

她下意识地想抱抱自己,就见严宵从后备箱拿出一个巨大的包背上,然后快速来到她面前给她挡着风,顺带给她披上了一件外套。

这件外套足够宽大,帮陈星夏抵御掉不少冷风。

司机师傅说:"小伙子,我在前面停车场等你们,有事打电话。"

"谢谢您。"严宵说着,紧紧陈星夏的衣领,"上去吧。"

陈星夏看他快要被大包小包压死,说:"你的包给我背,不给我不上去了。"

此时的公园人不多。

陈星夏跟在严宵身边,两人走过一段接一段的人工修的小路和台阶,不知不觉上到山顶,来到了一座小亭子前。

严宵从陈星夏背着的包里拿出暖宝宝和热水,让陈星夏坐在一边等一会儿。

他自己则打开那个巨大的背包,开始组装天文望远镜。

陈星夏惊讶:"这是你租的?"

"嗯。"严宵点头,"找了一位学长帮忙。"

陈星夏猜到严宵是要带她看星星了。

只是为看个星星就这么兴师动众的……这惊喜差些意思啊。

陈星夏认为她和严宵理解的惊喜不是一个层次的，但看严宵认真的模样，她又还是决定待会儿尽量装得高兴些，不然太打击某人积极性。

如此想着，严宵那边也装好了。

等他调试完毕，陈星夏过去，也不敢随便乱摸乱碰，只问："你要给我看什么星？北极星吗？"

严宵摇头："小满星。"

陈星夏一愣："什么？"

严宵再次绕到她的身后，从书包最里面的隔层中，取出一张证书。

将证书捧到陈星夏面前，严宵说："暑假里我参加了一个飞行器设计大赛，一等奖是小行星命名权。"

陈星夏还愣着，耳边风声"呼呼"，好像将严宵的话都吹得发飘了。

"你再说一遍这是什么？"

"小满星。你放心，没有花钱。"

这是花不花钱的问题吗？

他居然用她的名字给一颗小行星命名！

陈星夏难以置信地看着证书，上面清楚记录了小满星所属星座是天秤座，还写了它的赤经赤纬及编号。

最重要的，登记日期是今天。

陈星夏小心翼翼地摸了摸证书上的信息，感觉跟做梦似的："这就算我的星星了？"

严宵非常严谨："授权在你，但星星不归你所有。只有……"

"好了。"

陈星夏让他打住，该闭嘴时不闭嘴，只会煞风景。

她接走证书，想紧紧捏住证书两边，又不敢太使劲儿，怕捏皱了。

严宵弯腰看她，看到她嘴角压不住的笑意，知道她是欢喜的，也跟着浅浅一笑，说："小满，生日快乐。"

如果说陈星夏之前还抱怨严宵准备的惊喜算不上惊喜，那现在就是惊喜过头又会叫人发蒙。

盯着"小满星"三个字，陈星夏耳边回响刚刚的那句"生日快乐"，只觉得心里前所未有的甜。

甜到叫她眩晕。

陈星夏缓了缓，又看看自己的小挎包，后悔没背个大包出来，语气有些急："装不下，怎么办啊？"

严宵带她去亭子边上的座椅，说还放他书包里，可陈星夏说："你书包里好多东西，会压坏我的证书。"

闻言，严宵说："那先吃东西？"

原来，书包里放的都是严宵提前准备好的食物。

花样并不多，甚至可以说有些寒酸，但条件有限，这已经是能带出来的最佳选择。

一个保温桶，里面装着热乎乎的浓汤；一个保鲜盒，里面是煮熟了的小馄饨；再有一个保鲜盒，是一小角蛋糕。

严宵将馄饨倒进保温桶里，盖上盖子，闷一会儿再打开，就是都热了的馄饨。

陈星夏尝了一口，很好吃。

"你也吃啊。"她说，"要不一会儿凉了。"

包里能放的东西不多，就够放一个保温桶，严宵要是也吃，就得和陈星夏吃一碗，还是算了。

意识到这点，陈星夏也不好再说什么。

可她一直吃，就让严宵看着，未免也太说不过去。

"要不你吃蛋糕吧？"陈星夏说。

严宵摇头："你吃。"

她也得吃得下去啊。

想了想，馄饨是不可能了，她用过的勺子都沾进汤里了，可蛋糕的话，虽然只有一块，但一人吃一边总是可以的。

陈星夏塞给严宵叉子，叫他必须吃。

接着自己要尝蛋糕时，严宵又从包里拿出一根蜡烛。

"许愿。"他说。

陈星夏笑了笑："你还挺有仪式感。"

严宵点燃蜡烛，举起了保鲜盒。

看着暖暖的烛火，陈星夏闭上眼，双手合十。

入了夜的山风要比白日里强劲。

严宵用手笼着烛火挡风，目光紧紧黏在女孩的脸上。

橘红光在她白皙的面庞上浮动，光影交织，描摹着她的五官轮廓。

她总说他的睫毛长，可她自己的也并不短，此刻垂在她的眼下，看起来乖巧又恬静。

而等她再一睁开眼，晶亮的黑眸顿时盛满光芒，不知比天上的星星要耀眼多少。

"我吹了啊。"陈星夏提醒一句，俯身轻轻一吹。

拔掉蜡烛，陈星夏叫严宵赶紧开动，两人并肩坐在长椅上，分吃一块蛋糕。

严宵说："明天晚上，我们去餐厅吃饭。"

"还有活动啊？"陈星夏惊讶，"今天这不是……"

"这顿饭不算。"

陈星夏抿抿唇，别过头时快速笑了下。

他们分食着这块小蛋糕。

不知是有心还是无意，那条一开始还很刻意的分食线，逐渐被模糊，奶油和草莓果酱全部混在了一起，早分不清是谁先越了界。

等吃完东西再收拾好，天也基本黑透了。

严宵又调试了一会儿望远镜，然后让陈星夏过来看。

陈星夏眯着一只眼，瞅着望远镜里的群星点点，不知到底哪颗才是小满星。

严宵帮她形容着位置，顺便也再调试下参数。

过了几秒，陈星夏惊呼一声："我看到了！看到了！小满星蛮亮的啊。"

当时，机构让严宵挑选小行星时，他一是要求必须在天秤座，二就是一定要闪烁明亮。毕竟她就发着光，她的星星怎么可以黯淡？

"还能再近一些吗？"陈星夏问，"再放大一点点。"

严宵继续调试。

但再怎么调试这也只是个比入门级高端一点的望远镜，跟那些大型专业级望远镜比起来，相差很远。

调到不能再调，严宵有些抱歉："只能这样了。"

陈星夏听出他语气里藏着的失落，立刻说："很漂亮！你也来看看！"

她这话说得不算突然，但头抬得很突然。

所以还没从望远镜上撤下手来的严宵又被陈星夏撞到了下巴。

两人第三次上演一个捂着脑袋，一个捂着下巴。

只是这次，严宵随意揉了揉自己的下巴，便伸手去揉陈星夏的头，问："很疼？"

陈星夏扬手打他两下："你那下巴怎么就这么硬啊！戳死我了！"

严宵继续给她揉，陈星夏没好气地瞪了他一眼，就见严宵下巴红通通的。

她疼，但她脑壳总归是比下巴硬吧。

于是，陈星夏也没过大脑，下意识就伸手给严宵揉起了下巴，想减轻他的疼痛。

第一下的时候，两人都没反应，第二下、第三下也都自然而然，可再继续下去时，他们同时微微一怔，定格在了原地。

夜风灌进亭子里，搅乱这片小空间的气氛。

陈星夏的手放下来也不是，继续揉更不是，就这么生生贴在严宵下巴那里，半天没动。

不知道的，还以为在逗狗。

而严宵放在陈星夏脑后的手也并未放下，不仅没放，且还在继续揉。

两人保持着一种无比诡异的姿势，心里各自装着纷乱不一的想法和情绪，又不约而同都在极力压抑克制。

最先扛不住的还是陈星夏。

她也不想解释，更不想多说什么，直接就把手收了回去。

可就在她放下时，严宵一把攥住了她的手。

陈星夏的心脏差点儿一下子跳出来，她本能地抽了抽手，没抽出来，只好没什么底气地问："干吗？"

严宵看着她，漆黑的瞳仁含着晦涩不明的情愫，半晌，声音略带低哑地说："你的手好凉。"

陈星夏莫名觉得心软陷进去一块，张了张嘴，没出声。

而严宵也没有松手，一直都没松，下山时都还紧紧地牵着她。

回去的一路上，车里始终很安静。

陈星夏一直扭头看着窗外，她知道，严宵的手就放在她的手边。

她还可以感觉到他手的温度及掌心微潮的湿黏。

甚至他手的宽度，那一根根修长的手指上的骨节，在握着她时是怎么磨碾着她的皮肤的……这些感觉都在。

就好像刚才那一握，他在她手上打上了烙印一样。

陈星夏打了个激灵。

严宵察觉到，麻烦师傅将暖风再调大些，然后又帮陈星夏拉了拉衣服，说："马上就到校了。"

陈星夏快速看了严宵一眼，点点头。

宿舍晚上十点门禁。

车子停在校门口时不到九点半，陈星夏和严宵在学校里不着急地走着。

利用这个时间，陈星夏也给自己做了不少心理建设。

等来到宿舍楼下，她没那么紧绷了，把衣服还给严宵。

严宵接过去，犹疑片刻，开口道："明晚……"

"嗯。"陈星夏点头,"我没忘,我五点半以后没课。"

"我知道。那我六点来接你?"

陈星夏又点点头:"我上去了。"

她迈上台阶,严宵又叫了声"小满"。

陈星夏的心脏不受控地又"咚"地跳了下,回过头:"怎么,还有什么事?"

严宵看着女孩,放在口袋里的手不知不觉地紧握成拳。

陈星夏也难得没了急性子,不催不闹,就站在原地,等他后面的话。

路灯把他们的影子拉得长长的,似乎只要再延伸一点点,就可以彻底相交在一起。

严宵轻轻吐口气,说:"你要是想,明天可以穿裙子。"

陈星夏愣了下,抬眸看他。

少年嘴角轻扬:"你穿裙子很漂亮。"

陈星夏没敢直接回宿舍。

她抱着她的证书偷跑到走廊尽头的阳台上,蹲在地上,看了一遍又一遍。

她能感到从今晚开始,会有事情将变得不同。

尽管她多少还有些迷茫和不确定,但她似乎没那么胆怯了,她想顺其自然,再看看、再等等,兴许到时候她就能豁然开朗。

之前因为担心存在变数,她确实做不到慢下来。

可现在她也不怕了。

那人是严宵啊,她从他那里获得的从来不单单是熟悉的依赖,更多的还有信心和底气。

所以,再慢些,没关系。

如果她认定了,她就会负全责。

陈星夏笑了笑,她的当务之急是该考虑怎么把她的生日礼物带回宿舍。

她有点儿自私,不想和别人分享呢……

另一边,严宵也回了宿舍,就是造型吓了张明铭一跳。

兄弟这是打南极探险回来的啊?

"外面有这么冷吗?"张明铭说,"你怎么穿这么多?"

严宵先摘下装着望远镜的包,然后缓缓脱下身上的外套。过程中,他还可以闻见衣服上淡淡的玫瑰甜香。

将外套放到衣柜最中间位置,严宵说:"还没谢谢你帮我介绍司机。"

张明铭摆手:"小事。我这不也得求着你那个青梅办事吗?咱俩……"

"我觉得——"

"什么?"

严宵抬起头,看向上铺的张明铭:"追人还是得靠自己。"说完,拿了换洗衣物去了卫生间。

张明铭愣了半天,咂摸过这话背后的意味后,"嘿"了一声。

这又不是人家拉黑他的时候了是吧?

刚尝点儿甜头就忘乎所以!可得吃大亏呢!

严宵哪里知道张明铭这嘴是开过光的。

他现在一心只想着今晚该是有了进步,他必须继续努力,徐徐图之,不能掉以轻心。

可远在几千里之外,他的房间里,有件事正在悄然酝酿。

严宜因为没了 A4 纸画画玩，就来严宵屋里翻。

翻来翻去，她发现书柜最下面的抽屉上了锁，一时好奇，就暴力拽起了抽屉。

本也就是撒撒气罢了，可没想到这抽屉这么不经拽，锁居然就这么轻而易举地坏了，抽屉也开了。

抽屉里躺着五封信。

严宜对此并不感冒，只是在看到信封上写的是"盛昊收"时，奇怪了下为什么给盛昊的东西会在严宵这里。

她正纳闷，外面梁慧婷喊她去逛超市。

严宜一有得玩也没工夫想别的了，把信随手扔回坏了的抽屉里，离开房间。

北城的冬天比陈星夏想象中来得早，也更冷。

而大一上学期的课业，也比陈星夏想象中要繁重。

客观来说，陈星夏是聪明的。

但这种聪明和那些真正聪明的人相比，不值一提。

所以，她的高考成绩归根结底靠的是勤能补拙，来了大学后这依旧是她的制胜法宝，只不过这里百分之八十的学生都很勤奋，且还聪明。

在一群学霸 Plus 中，陈星夏压力倍增。

为了期末能考出比较满意的成绩，她给自己下了铁律，每天必须去图书馆自习三小时。

一开始，齐媛和梁亚楠，还有宁歆跟她一起，但后面随着北城进入十二月，天气越来越冷，跟她搭伙的人就只剩下严宵了。

这天，陈星夏他们建筑系的和生物学院的学生一起上思修课。

这种多班的大课都是在阶梯教室上，一大片一大片的学生聚在一起，老师都看不清谁是谁，拿着麦克风一通讲就是了。

刚上课不久，陈星夏脸边划过一阵小风，带着清淡的皂香。

不待她转头，严宵便往她手里塞了一个小热水袋。

"还疼吗？"他半俯着上身轻声问。

陈星夏穿得跟一头熊似的，看严宵一眼费好大劲儿，弱弱地道："疼。"

身边梁亚楠耳朵尖如狸猫，立刻接话："刚才问你，你还说好多了，严宵刺激到你的痛神经是吧？"

陈星夏有气无力地拿笔戳这个坏人，梁亚楠笑了笑，冲严宵打了个招呼。

严宵点点头，和陈星夏说："我背你回宿舍。"

"不要。"陈星夏搓着热水袋，手上星想事成的手链被磨了下，她赶紧小心地拨开，"我一会儿还得去图书馆温书。"

闻言，严宵皱起眉，但最终没多说什么，抬手揉了揉小学霸的脑袋。

下课后，齐媛问陈星夏要不和她们一起回宿舍，陈星夏继续拒绝。

齐媛一看，就给陈星夏来了一粒布洛芬，叫她要是实在疼得不行就吃，甭管什么副作用不副作用的，总好过活受罪。

"谢谢媛媛。"

宁歆也说："你从图书馆回来就什么都不要干了，热水我会打好。我那里也有红糖，你回去就喝一杯。"

看着室友们这么贴心，陈星夏想要上前抱抱。

梁亚楠第一个冲上来，笑道："团宠的待遇就是这样的，不用感动。有事微信哈，随时为你待命。"

陈星夏和严宵去了图书馆。

找了个偏角落的位置,陈星夏坐下后先趴了会儿。

严宵没打扰。

等过了一会儿,他感觉有人在拽他的衣角,转过头,就见陈星夏小半张脸埋在羽绒服里,只露出一双乌溜溜的大眼睛,看着自己。

严宵探身过去:"怎么了?"

"饿。"陈星夏小声说。

严宵拿来书包,拉开拉链,里面就跟百宝箱一样,装着陈星夏爱吃的各种小零食。

陈星夏补充了些能量,逐渐缓解过来,肚子没那么疼了。

她翻开《建筑学概论》,一边看,一边小口小口咬着饼干。

因为怕冷,陈星夏手缩在袖子里,只用了两个指尖去拈书角,有几次没拈起来,书页就乱了,害得她还得重新翻回去找。

早知道买个书签了。

陈星夏吸了吸鼻子,等吃完小饼干,她手指上粘了一点点榛子酱,那点特殊的洁癖毛病就又犯了。

正四下找纸擦手,同样在看书的严宵握住她的手腕,将她的手拉到卫衣上,给她擦了擦。

"纸巾借张明铭了。"他说,"将就一下。"

陈星夏抿抿唇,凑近些问:"你不嫌脏啊?"

"哪儿脏?"严宵看着她。

当然是她的手脏啊,沾着酱。

严宵明白过来,轻轻捏了下她的手,不言而喻。

陈星夏脸颊泛起浅红,将手抽出来时,用指尖扎了下某人掌心,扬着下巴说:"我当然不脏,是你衣服脏。"

严宵弯弯唇:"嗯,回去洗干净。"

余下的时间,两人各自安静复习。

老规矩,先专注个人专业,后面再一起看公共科目,互相考查。

等完成了今天的学习任务,他们从图书馆出来,再一道去食堂吃饭。

入了夜的北城更冷。

那种冷,令陈星夏深刻理解到什么叫作寒风似刀,每划一下脸,都感觉皮肤受到了一万点伤害。

拜这鬼天气所赐,学校里骑自行车的学生也大幅度减少。

但这点对陈星夏来说,其实还不成问题,因为她都是严宵载着,有人肉挡风板。

可虽说这个福利非常诱人,陈星夏也还是没同意,光她一个人暖和也不行啊。

幽静的校园小路上,陈星夏和严宵不急不缓地走着。

地上还残留了些许彩带和光片,都是前两天圣诞节,学生们为庆祝留下的。

其中还有一个被踩瘪的小礼盒。

看到这个礼盒,陈星夏反手摸了摸手包上的钥匙扣——一只圣诞小熊。

严宵亲手做的。

这是这段时间校园里流行的小物件,玩偶钥匙扣手工礼盒,很多小店都有卖。

里面配备了棉花、"皮肤"、针线、各种材料,以及说明书。

梁亚楠就买了一只水豚，做出来以后被齐媛先后猜出了臭袜子、变形便便、吃撑了的病老鼠……气得梁亚楠差点儿去找商家理论。

什么长了手就能做出来，你给我做一个看看！

陈星夏很有自知之明，没浪费那个钱，再者说了，她有"绣娘"。

张明铭把偷拍严宵缝小熊的照片发给宁歆，宁歆又发到315小群里。

梁亚楠当时一看，便说："这才是真学霸哈？缝纫也是一把好手！"

"你们不觉得这张好有人夫感吗？"齐媛说，"真没想到严宵还有这一面，我以为他是高冷男神。忽然这样，给我的感觉就像是那种哪怕老婆去外面鬼混，他也会做好饭等着老婆回来贴贴。"

陈星夏听到这个形容，心说什么鬼？

可看着照片里坐在灯旁捏着针线，一丝不苟做手工的男生，她又确实觉得好温柔。

严宵看陈星夏在摸钥匙扣，浅浅一笑。

刚想说话，又不知怎么的，忽然就想起很多年前，他们唯一的那次分别，他送给她的那只小熊崽。

既然想到，严宵也就问了问那只小熊还在不在。

陈星夏以为他明知故问，转而一想，又发现严宵好像自从上了初中以后就没进过她房间了。

从这点来看，某人还挺老古板。

"当然早就扔了。"陈星夏眨眨眼，"都多久了？坏了。"

严宵垂眸，过了两秒："回头再给你买只新的。"

陈星夏没接话。

想想，他送自己的东西还真不少，但她的回礼似乎不太够看。

可谁叫她没有奖金小金库呢，贫穷的她只能靠智慧来补救，不过——

马上就是讨厌鬼的生日了。

这次他的生日礼物，陈星夏绝对拿得出手！

想到这儿，陈星夏问："元旦回来没几天就期末了，你买好票了吗？"

"买好了。"严宵说，"我们一起回家。"

余下的日子过得飞快。

陈星夏紧锣密鼓地参加完考试，就又紧锣密鼓地收拾行李奔向火车站。

今年过年比较早，他们这时候放假已经算半只脚踏进春运，火车站那些人啊，看得人脑子发晕。

不过好在陈星夏还是有人肉挡板，一路无忧。

回到临饶后，陈星夏跟着夏女士投入置办年货的大业中。

母女俩在超市里大杀四方，购物车里的东西堆成小山。

"今年太赶了。"夏澜说，"你们放假晚，人家阿正都回来一周了。"

陈星夏说："没办法呀，我们军训时间长。"

夏澜回了句"也是"，拿了两包开心果，又说："今年除夕，你叫小宵上咱们家来。"

陈星夏一愣，随便戳了戳货架上的袋子，问："干吗啊？咱们一家人过节，叫他干什么？"

严歧因为今年升入企业高层，要代表企业去非洲分公司慰问员工，得大年初九以后才回来。

换句话说，今年严家过年没什么人。

"小宵他爸不在，梁慧婷肯定会叫她儿子和她母亲来东棠里过年。"夏澜说，"到时候人家一家子整整齐齐，不得叫小宵尴尬，不如上咱们家来。"

陈星夏"哦"了声，又拿了包开心果放车里。

夏澜问她拿这么多开心果干什么，她一看还真是的，便放了回去。

"对了，妈，"陈星夏挽上夏女士的手臂，"咱家今年初五的时候就不串门了对吧？也没亲戚来。"

夏澜问："初五几号？"

陈星夏别了下头发："17号。"

"嗯，没事了。"夏澜说，"你要是想和萌萌他们出去玩就去吧。"

陈星夏放下心。

东西买得差不多，排队结账是黎明前最后的黑暗。

陈星夏半靠着购物车，队伍就跟定格一样，一动不动。

夏澜中途想起没买黄豆酱，让陈星夏继续排着，自己折回去买。

陈星夏左右也没事，就找某人打发打发时间吧。

一闪一闪亮晶晶：我妈说让你除夕上我们家过，你来吗？

一闪一闪亮晶晶：别说什么麻烦不麻烦，就说你想不想来。

无敌讨厌宵：谢谢澜姨。

哼，就会在长辈面前卖乖。

一闪一闪亮晶晶：来了之后都得听我吩咐，知道吧？

无敌讨厌宵：知道。

无敌讨厌宵：你现在有吩咐吗？

现在啊，陈星夏想了想，倒也没什么太大吩咐，就是有点儿想吃甜宝栗子。

可她这人心善，也不想折腾某人，还是回复目前没有好了。

只是字还没打完，那边的消息就先到了。

无敌讨厌宵：我在甜宝栗子这里排队。

无敌讨厌宵：一会儿见面，好不好？

陈星夏这下再压不住，露出了笑容。

除夕这天，东棠里分外喜庆。

张大妈带头张罗，不管是福字还是平安结、大红灯笼，挂得哪里都是，务必把祝福传递到家家户户。

陈星夏早起帮着夏澜再收拾一遍屋子，外加又跑了两趟腿。

等午饭过后，严宵也来了。

"叫你早上醒了就来，非要等下午。"夏澜说，"就跟自己家一样，还客气。"

严宵倒也不是客气，只是该有的礼节还是得遵守。

本来除夕夜打扰就挺不合适了，哪里还能午饭也在陈家吃。

严宵把用奖学金买的礼品放在客厅，说："都不是什么值钱的东西，就为了过年给长辈送个祝福。您别拒绝。"

夏澜感念孩子的心意，拍拍严宵的背："好，阿姨都收着。小满和爷爷在屋里写字呢，你也去吧。等过一会儿，咱们一起包饺子。"

说完，夏澜又赶紧返回厨房忙碌。

严宵在陈家客厅里多站了片刻。

环顾屋子，窗户上贴的窗花，桌上摆的盛开的蕙兰，还有搬进来的"大阿哥"，时不时在笼子里蹦蹦跳跳，喊着"恭喜发财"。

这是一种久违的家的温暖。

毛茸茸的，惹得严宵心底发热，他已经很久没有这种感觉了。

严宵深吸口气，微微一笑，去了书房。

陈星夏正在桌旁帮陈沛山研墨。

她今天特意穿了一件樱桃红毛衫，也不知道落在某人眼里会不会奇怪，又会不会难看。

正想着，敲门的轻响传来，陈星夏扭头，看见严宵站在门外。

自己的这身红色好不好看，陈星夏不知道，但某人穿着的这件星空蓝卫衣是真不错。不仅衬出严宵皮肤的冷白，还特别显清冷的气质。

不愧是她选的圣诞礼物。

陈沛山笑了笑："小宵来了，看看爷爷这幅字写得怎么样？"

严宵先应了句"爷爷过年好"，然后走到陈星夏身边，目光不由自主地围着她打转。

她很少穿这么鲜艳的颜色，所以第一眼看过去，白皙无瑕的皮肤便晃了下他的眼。

——穿着樱桃红的她也像颗娇艳欲滴的樱桃。

严宵喉结滚动，强行把视线移到桌面的字上，说："爷爷的字一直苍劲有力，入木三分。"

陈沛山被夸赞，笑得皱纹加深。陈星夏一看，立刻抗议起来："爷爷，我刚才也这么夸您啊，怎么不见您这么开心？"

"你每年都说这两句。"陈沛山说，"没新意。"

那换个人说同样的话就有新意了？

陈星夏嘟嘟嘴，瞪了严宵一眼。严宵又看向桌上放着的另一幅字，说："这个写得也好，秀气飘逸，自然流畅。"

陈沛山一听，稍愣了下，随即大笑起来，看着孙女："也有人夸孙了啊。"

陈星夏可一点儿不高兴，打了严宵一下："爷爷刚说我的字退步了，写得不好，你就夸？你是不是糊弄我？逗傻子呢！"

严宵又被冤枉，看向陈沛山，老人存着玩心，故意不接茬儿，端起茶杯品茶，乐得看小年轻们斗嘴。

严宵没人帮，只能自己哄。

憋了一会儿，他拿起那幅字，眼睛却是看着陈星夏，认真地说："可我喜欢。"

窗台上落了两只小麻雀，叽叽喳喳叫得欢实。

陈星夏大概是被这声音干扰了，又或是心跳过快过重，就觉得耳边"嗡嗡"的，只有刚才那四个字格外响亮。

她也知说的字不是别的，可她还是不敢看说话那人，手里拿着研磨到一半的墨，刚才耍脾气的嚣张消失得干净。

呆站半天，陈星夏猛地想起陈沛山还在屋里，脸"唰"一下红起来，咕哝了句"有东西落在楼上"，就跑走了。

瞧着孙女落荒而逃的背影，陈沛山笑着又品着茶，冲严宵竖了竖大拇指。

回到房间，陈星夏把床上的抱枕撑得东倒西歪。

这讨厌鬼跟谁学的？

从前要么打死挤不出来一句话，现在话也不多吧，几个字几个字地蹦，但每次都蹦得那么……大。

陈星夏捂着发热的脸,揪起抱枕又要砸。

刚砸了两下,轻轻的敲门声及某人的声音一并传来。

"小满,澜姨让我们去包饺子。"

陈星夏"哦"了声,扔开抱枕,抹抹脸,过去开门。

严宵无意窥见一角女孩屋内的温馨,问:"东西找到了吗?"

"什么东西?"陈星夏没好气地说,"赶紧……"

"你不是说有东西落在楼上?"

陈星夏一愣,反应过来后,尴尬地抠抠脚趾,忙道:"啊,是啊!我还在找呢,你等等。"

她假模假样地返回屋里翻腾,门大敞着,也忘了关。

严宵站在门口耐心地等待,并不打算进去。

直到看到陈星夏差点被丢在地上的抱枕绊倒,才快步进了房间,及时扶住人。

陈星夏说了句"没事",心想戏就演到这里吧,便说:"找不着。我回头再找吧,我们先下去包……"

话又没说完,她发现严宵一直在盯着她的桌子看,就顺着他的视线也看了过去。

这一看,陈星夏差点儿一口气没捎上来。

小熊崽还放在桌上!

陈星夏冲过去要用身体挡住,严宵怕她又被绊,手不自觉地环了环女孩的腰,然后将抱枕捡起来,放到一边的椅子上。

屋里,陈星夏低头站在桌前,严宵站在她的面前。

将近半分钟过去,陈星夏听到一声极轻的鼻息,染着笑意,她稍稍瞄过去,就见严宵看着自己。

"干吗?"陈星夏挪挪身体,"没事少乱看!没有礼貌!"

严宵确实不敢乱看。

这房间里都是她的味道和痕迹,诱惑又危险。

严宵定了定:"我想起一件事来。"

陈星夏:"什么事?"

严宵不动声色地上前半步:"说了要教我写字,陈老师还记得吗?"

"这有什么不记得的?"陈星夏嘟囔,"我又不是七老八十。"

严宵再靠近半步,继续道:"可我觉得陈老师记性不太好。"

陈星夏最受不得激将:"我哪里记性不好?不就那次、那次在玩偶工厂,我说的……"

眼前光线忽而暗下来。

陈星夏一顿,抬眸时,先是鼻尖飞涌起一阵熟悉的皂香,再来便是眼前那一张熟悉的脸。

严宵弯下腰,两只手分别撑在陈星夏身后的桌沿边,和陈星夏保持了平视。

这样猝不及防的贴近令陈星夏呼吸一滞,上身下意识地往后仰。

那桌子是组合式的,上面有书柜,眼看她后脑要撞在柜子上,严宵却先一步伸手,让陈星夏磕在了他的掌心之中。

屋子里静得仿佛被人按下消音键。

陈星夏定定地看着严宵,微咬着的唇,使唇色变得更加红艳。

"你……你能不能……"离远些。

严宵眼波流转,目光快速掠过那一抹水光潋滟,声音有些沙哑地问:"不是说早就扔了吗?"

"什么啊?"

严宵抬起一只手,激得陈星夏心脏抽动了下,本能就要推开人。

可末了,对方只是将手落在她身后的玻璃罩上,点了点。

陈星夏没了声音。

那玻璃罩里,是当年他们分别时,严宵送她的那只熊崽。

这么多年过去了,即使小熊被洗得将将破烂不堪,她也没舍得扔,还想了玻璃罩这个办法将小熊保护起来。

严宵也没想到陈星夏会这样收藏着这只熊崽。

那天在学校偶然间提及,他本没抱多大希望,毕竟时间确实长了,这世上不可能有什么东西能一直留存。

所以,当陈星夏说扔了时,他心中固然有几分失落,却也接受。

眼下,能再次看到这只熊崽,这意外的惊喜让严宵油然生出一种幸福感。

原来,这世间也有东西可以抵御时间的侵蚀,最终被保护下来。

"其实吧,"陈星夏抿抿唇,"这不是你送我那只,这是……"

"我有说这只是我送的?"

严宵看女孩的脸又红了几分,嘴角轻扬:"不过看看就知道是不是我送的了。我当初有让卖家在小熊的耳朵后面绣字,绣的是……"

他作势要拿开玻璃罩,陈星夏急了,抬手就是一通乱拍。

"别动它!"她喊道,"再动真就烂了!不就绣了个'小满'吗?是是是!是你送的那只!你真是讨厌死了!"

陈星夏又一脚踢过去,转过身护着她的熊崽。

见状,严宵露出笑容。

他盯着女孩通红的耳垂,用手指撩了撩她颊边的碎发,说:"所以,陈老师记性不好。"

明明留着,却说扔掉。

陈星夏痒得缩了缩脖子。

就这么一会儿工夫,接连丢了两次脸,还是那种大脸,偏她又反驳不了,由着严宵看穿自己的那点儿小心思,无力抵抗。

"生气了?"严宵问,"我没别的意思,你还能留着这只小熊……"

"你闭嘴,再说一个字我就把你赶出家门!"

严宵言听计从,不再多言,刚直起身,楼下传来夏澜的声音。

"小满,去买瓶生抽回来。"

严宵想说他去,但陈星夏一把勾住了他的卫衣帽子,咬牙说:"少在我妈面前表现!"

能出来透透气,陈星夏也算是冷静冷静。

不然某人再说出点儿什么来,她怕自己真招架不住,到时候再被长辈看出什么,这个年就不用过了,光剩下丢脸玩了。

陈星夏长舒口气,忽而无比怀念曾经的那个哑巴精。

她握着凉凉的生抽瓶子给手心降温,快拐到骑士铜像,前面走过的一道背影有些眼熟。

不待她细想,那人似乎也发现了她,便退了回来,两人碰面。

是盛昊。

他穿了一条灰色卫裤,上身的黑色羽绒服又酷又飒,和他很配,近看远看都是妥妥一个大帅哥。

"是你啊。"盛昊笑着说,"我就觉得好像看见了熟人。"

许久未见。

陈星夏以为如果有一天他们重逢,她心里必定会翻滚起曾经的那些记忆,可现实就是平静,非常平静,没有任何波澜。

陈星夏也笑道:"我看你也眼熟。这块也没谁有你这身高了。"

盛昊一听,配合着抬抬大长腿算作展示,说:"放寒假了吗?听说你考上华凌大学,还没和你说声恭喜。太牛了!"

"谢谢。"陈星夏说,"我也听说你去了悟城体院,也很厉害啊。"

两人友好地商业互吹了几个来回。

除夕家家都忙,也不好聊个没完,盛昊最后说:"高考前说好暑假有空一起出去玩,但最后没去成。这次寒假,我一直在临饶待到假期结束,有空约啊。"

陈星夏一口答应:"叫上谢正他们,咱们还去吃烤肉。"

两人就此分别,一个向左走,一个向右走。

盛昊在拐弯前,不禁回头又望向女孩。

不知道为什么,他有冲动想再叫她一声,送上一句新年祝福。

可看到她接了电话,到底没有说出来。

心里莫名发空,盛昊无知无觉地走到了严家。

外婆正在客厅陪严宜画画。

严宜浪费纸很严重,满地的画纸扔得叫人下脚都困难。

外婆说:"小宜啊,慢些画。要不纸都不够了。"

"几张破纸而已。"严宜不以为然,"再说了,严宵房里有一堆,我想拿多少拿多少。"

听这语气,外婆也不好再说什么。

盛昊有心纠正这小丫头没大没小的臭毛病,可想想,又和他有什么关系?

他一阵烦躁,去外面透透气。

临近傍晚,陈慕桢也回来了。

陈教授每年这个时候都会去看望恩师,因为恩师无儿无女,他每次回来多少会感慨几分。

不过今年严宵在,家里比以往更热闹了些,倒也叫他无暇多想。

五个人聚在客厅,陈星夏和严宵帮着夏澜包饺子,陈慕桢则陪同陈沛山把新写的那些福字贴好。

临饶这边过年吃饺子有个习俗,就是往饺子里塞硬币。

如果吃饺子的人能吃到硬币,那么就预示这人这一年会交上好运,顺顺当当。

夏澜觉得这习俗寓意好是好,就是硬币不卫生。

所以,陈家这边换了个思路,把硬币换成开心果果壳,谁要是吃饺子时咬到,也能交上好运。

"妈,你今天放了几个开心果啊?"陈星夏问。

夏澜说:"六个啊,每年不都是六个?"

虽然每年都是六个,但今年家里不是多了个人嘛。

还吃六个，竞争就会变大，要是有人没吃到怎么办？

陈星夏想让夏澜再加两个，但又不好意思说，最后看着饺子下锅，心道那就看命吧。

六点半，陈家的年夜饭正式开动。

大家围在圆桌旁，举杯庆祝新年到来。

作为小辈，自是要给长辈说吉祥话，陈星夏一向是谁给的红包厚，就对谁说更多的吉祥话，所以陈沛山收获了一箩筐祝福。

等到严宵这里，他话没那么多，但都是针对每个人特意想的。

比如，陈沛山是健康为重，棋艺更强；陈慕桢是论文顺利，教书顺心；夏澜是没那么多加班，可以多多休息。

经他这么一对比，就显得陈星夏非常不走心，且像是掉进了钱眼里。

陈星夏说句吉祥话也被比下去，心里来气，在桌下踩了严宵一脚，示意他适可而止，不要一味卖弄。

夏澜猜到女儿的心思，说："你也给小宵送个祝福。都上大学了，还麻烦人家照顾，不得好好谢谢？"

陈星夏"哼"了一声，和爷爷撒娇说饿了，想赶紧吃饭。

夏澜瞪眼，还要说什么，严宵说自己也饿了，最终揭过这一环节。

吃饺子时，陈星夏一直观察，希望可以透过饺子形状来辨别哪个里面有开心果。

但她试了几次，都失败了。

眼看她家陈教授吃到两个，剩下那四个潜伏在茫茫饺海里，不知所终，陈星夏越发心急。

吃到后面，陈星夏实在是有些撑了，快要放弃时，严宵在她的碟子里放了一个饺子。

她又观察了下这个饺子，并无特殊之处。

这家伙该不会是故意撑她吧？

陈星夏犹豫了会儿，揉揉肚子，还是拿起筷子。

结果这次，她咬到了开心果。

陈沛山笑道："看来咱们小满今年要交上好运了，爷爷祝你大吉大利。"

"谢谢爷爷！"

陈星夏十分高兴，瞥到身边也在跟着笑的某人，又想他是怎么知道那个饺子里有开心果的。

还有，只剩下三个了，他还吃得到吗？

陈星夏紧迫感加剧，对着盘子里的饺子"扫描"，但很可惜，那么多饺子是不可能都吃完的，而那三个就被留下了。

饭后，大家一起看春晚。

快九点时，苏雨萌和谢正在四人群里叫陈星夏和严宵，问他们去不去骑士铜像放烟花棒。

临饶是不允许过年期间燃放烟花炮竹的，但对于那种很小的烟花棒，要是不太过分，也没人会严管。

陈星夏跟夏澜说了声，和严宵一起出门。

路上，陈星夏还好奇严宵是怎么知道那个饺子里有开心果的，就问了出来。

严宵也没想隐瞒："我留了记号。"

他趁着夏澜去厨房拿面粉的时候，在那个饺子的边上撕了一个开口。等煮熟了，只要看哪个饺子的边儿有裂缝就知道了。

"我回去就告诉我妈。"陈星夏说,"你作弊!"

严宵弯弯唇,知道女孩不过是开玩笑。

但即使她说了,也没关系,反正饺子她已经吃了,交上了好运,这就够了。

两人来到骑士铜像。

等了会儿,不见苏雨萌和谢正过来,又等了等,苏雨萌发来消息说她和谢正得晚十分钟出来,家里有小孩非要跟着,他们得甩掉。

干等也是无聊,陈星夏捏捏口袋里的东西,干脆就现在送了吧。

于是,严宵面前出现了一个红包。

"不是钱啊。"陈星夏穷得理直气壮,"但比钱可有用多了!是拿钱都买不到的。"

严宵接过去,拆开一看,是一张非常漂亮的卡片。

单单看画风,就知道出自谁的手。

而除了有画,卡片背面还写了五个字:心想事成卡。

"怎么样?"陈星夏问,"这个礼很贵重吧?你得到了本人的一次承诺。只要是你说的,我都能办到。"

严宵捏着卡片,看着女孩的目光带了几分直白的侵略:"什么都可以?"

陈星夏卡了下,转过头,改口改得比翻书还快:"到时候你先说,答不答应的,也得看我心情。"

料到会是如此,严宵没说什么,笑了笑,将卡片仔细地放进口袋,也拿出了一个红包。

"钱吗?"陈星夏立刻问,"这不合适吧?"

小财迷这么说,手却很诚实地打开红包,不想,里面是一枚纯银镂空雕刻的书签。

很精致,图案是一只小熊趴在星星上打瞌睡。

"好可爱啊。"陈星夏举到路灯下看,银质的书签闪闪发光,"这小熊还戴着睡帽呢。"

严宵望着女孩的背影,说:"以后看书可以用它,方便翻页。"

心头一动,陈星夏想起之前在图书馆她因为翻书总会有些不耐烦。

可因为懒,她一直没去买书签。

有人想你所想是一件很美好的事,而还有人在想你所想的基础上,还为你而做,那大概就是可遇不可求的幸运了吧。

看在这份礼物很合心意的份儿上,陈星夏做出一个重大决定。

"喂。"陈星夏杵杵严宵的胳膊,"我把我今年的好运分你一半。"

严宵一愣。

还未说话,女孩又笑了笑,小鹿眼眯成月牙:"你今年一定会一切顺利,心想事成。"

初一、初二这两天,陈星夏跟着家人去亲戚家串门。

严宵的话,梁慧婷提前订了温泉酒店,带严宜他们去休闲,要过几天才回来。

如此,严宵一个人待在严家,倒也乐得清闲。

忙完串门这事,陈星夏初三约了苏雨萌出门。

苏雨萌家里亲戚多,这几天被闹得苦不堪言,好不容易能和姐妹出去,想着怎么也得好好玩玩。

结果,陈星夏去的毛线城。

"好端端的,买毛线做什么?"苏雨萌纳闷,"这年头还有人自己织东西吗?我奶奶都不织了。"

陈星夏抿抿唇，说："那你该好好反思下自己。这是多么能锻炼动手能力的活动啊，还可以放松大脑，有益身心。"

苏雨萌心说织个毛线要有这功效，那广场上早就没大妈跳舞，改成织东西了。

不过，她记得纪录片里精神病院的病人好像就挺爱织东西的，莫非真的有益身心？

这么一想，苏雨萌也看起毛线来。

"你打算织什么啊，星夏？"苏雨萌问，"手套？"

陈星夏倒想，也得行啊。

"没有，围巾。"她说，"你别小瞧织东西，可难了。我总少针，要么就跳针，织错了好几回。然后又得拆了重新织。"

苏雨萌一听，有些奇怪："你已经在织了？"

陈星夏僵了下，支支吾吾"啊"了声，低头承认："快织完了，过来补些毛线。"

"过年这么忙，你还织？"

嗅到不一般气息的苏雨萌凑到姐妹身边蹭啊蹭："给谁织的呀？"

年前，谢正说今年大年初五是严宵十九岁生日，大家是不是得给庆祝一下。

苏雨萌当然愿意四人组一起出去玩，就让谢正私聊严宵，而严宵说的是不用麻烦，还说那天他有安排。

能有什么安排呢？

"严宵是不是有更重要的人陪啊？"苏雨萌挑眉，"所以不带我们玩呗，是吧？"

陈星夏红着脸，拒绝回答，边拽着闺蜜往前走，边说："这家没有我要的颜色。快快快，下一家。"

两人逛了将近一上午的毛线城。

等快到午饭时间，苏雨萌妈妈叫苏雨萌回去吃饭，说是她四大爷家的姑爷带着孩子来串门了，还特意给她买了东西，她不拜年不合适。

苏雨萌无语："我四大爷都去世六年了，他姑爷是谁啊？"

陈星夏没忍住笑了笑，拍拍苏雨萌的肩膀："别管是谁，你得接待就对了。"

苏雨萌回家后，陈星夏也回了家。

她才推开院子门，就听："姐，你回来了。"

陈星夏一看，是表姑一家来了。

"不是说初六过来的吗？"她问，"提前啦？"

轩轩表弟解释："我爸初六要去给领导们赔笑脸，就改今天了。"说着，又伸头看，"姐，你手里拿的什么啊？零食吗？"

陈星夏赶紧把袋子往身后放，说："不是。别一天到晚就知道吃。"

姐弟俩进了屋，夏澜和表姑正在客厅讲话。

"真不是我危言耸听，这种比家暴还厉害呢。"表姑眉飞色舞地说着，"这是心理折磨，更要命。"

夏澜问："那孩子抢救过来了吗？"

"没脱离危险呢。"表姑叹口气，"这大过年的，躺在医院里昏迷不醒，真可怜啊。"

表姑说的是轩轩表弟的一个同学。

这位同学平时在班里不怎么显眼，是个中等生，但他的爸爸在学校很有名，是临饶房管局的领导，每次开家长会时，一副精英模样，引得别家纷纷羡慕。

可就是这么一个成功人士，实际上是个冷暴力高手，动辄一两周不和妻子孩子说半句话。

除夕那天，轩轩表弟的这位同学因为忍受不了长时间的折磨，一时想不开做了冲动的事情。他妈妈也崩溃了，一夜之间失声，整个人三魂去了两魂半。

"这就是精神虐待。"轩轩表弟坐在藤椅上吃薯片，总结。

表姑点头："没错。"

"希望那孩子能挺过来。"夏澜说，"要不这么年轻，太可惜了。"

陈星夏放好毛线，听长辈们这么说，多少不太能理解冷暴力。

她的家庭环境一向温馨宽和，不管是爸爸、妈妈，还是爷爷，都给予了她很多的关心和爱护，她不知道冷暴力是什么样的。

不过想想，倘若她和家人分享一件很高兴的事，可家人都无动于衷，她应该会很难过。

"哎，今天吃饭让小满把小宵叫上吧。"表姑换了话题，"我给那孩子准备了红包。轩轩现在奥数进步好大，我得好好谢谢小宵。"

夏澜让陈星夏去叫人，陈星夏说："他现在不在家。"

之前七中的老师请他给自家孩子开小灶，严宵不好推托，就去了。

夏澜问："那几点回来啊？你问问。"

"下午一两点吧。"陈星夏说，"他说老师留他吃饭。"

表姑笑道："小满对人家的行踪很清楚啊，这么关注人家？"

她关注他？

明明那个讨厌鬼昨天晚上和她聊微信聊到半夜，最后主动和她交代的好不好。

但陈星夏肯定不能这么说，只好回了句凑巧知道而已。

过了会儿，差不多时间该吃午饭，夏澜和表姑去厨房再准备下，就可以开动。

陈星夏捧着手机打字，轩轩表弟凑过来，贼兮兮地问："姐，你快要拿下严宵哥了吗？"

"要我说，你沾了近水楼台的光，这要是都拿不下，该多栽面儿啊。"轩轩表弟"啧"了声，"也显得你太没有魅力了。"

陈星夏嘴角一抽："皮痒了是吧？"

轩轩表弟"嘿嘿"笑："实话总是难听的嘛。你就说，咱家谁能比严宵哥聪明？省状元啊，这不是学霸，是学神。"

"我学习也不赖好嘛！"陈星夏不服，"我这次期末考试专业前五呢。"

"哎哟，人家严宵哥呢？是不是第一？没话说了吧？"

陈星夏气得不行，抄起手机发了条消息：你以后少出现在我家人面前！不然我见你一次打一次！

无敌讨厌宵：你刚刚让我晚上去吃饭。

一闪一闪亮晶晶：吃什么吃！不许来！

发完消息，陈星夏把手机扔到一边。

没过半分钟，轩轩表弟手机响了下，他拿起来一看，脸色大变。

"坏了坏了，严宵哥是不是生气了？"轩轩表弟问，"姐，你快和严宵哥说我都是逗你的，开玩笑呢。"

陈星夏不明所以，拿来轩轩表弟的手机查看，就见严宵发来的微信。

严宵哥：最近给你布置的习题都做完了吗？有一些讲过很多次的，为什么还错？如果精力旺盛就去做题。

严宵哥：不许欺负你表姐。

陈星夏咬咬唇："他一直辅导你奥数？"

"对啊。"轩轩表弟说,"你不知道?"

当然不知道,他提都没提过。

"姐,你快和严宵哥说啊。"

作为严宵的终极迷弟,轩轩不能让偶像有一丁点儿不满,刚才语气还欠欠的,这会儿就又哀求上了:"姐,我真没欺负你,你快说嘛。"

"谁说你没有?"陈星夏"哼"了声,"你就有,让严宵好好治治你!"

轩轩表弟"哎呀"起来,知道软话没用,就火速当起表姐的小奴隶,只盼表姐能为自己美言几句。

陈星夏见这小子还算上道,使唤了一两回,就勉为其难回了一条微信。

无敌讨厌宵:还生气吗?

无敌讨厌宵:我可以去吃饭吗?

一闪一闪亮晶晶:你怎么就知道吃?

无敌讨厌宵:也可以不吃。

无敌讨厌宵:能见面就行。

看着最后这条消息,陈星夏跟被点了穴似的,半天没动。

轩轩表弟在一旁还等着"发落",见表姐没个反应,有些心急想拿手机看看严宵哥到底发的什么信息。

他刚碰了下手机壳,陈星夏就跳起来,死死攥着手机,说:"没事了。"

"严宵哥不生我气了?"

"嗯。"

轩轩表弟记吃不记打,这又得意忘形,打趣起表姐:"要这么看的话,姐你挺能拿捏严宵哥的嘛。"

午饭时,一家人聚在一起,有说有笑。

陈沛山尝了表姑炖的鸡汤,说是入味,忽然提出想吃小赵家的烧鸡。

家里就这么一个宝贝老人,他提要求,没有不应的。

所以一吃完饭,陈星夏就和轩轩表弟出门买烧鸡。

路过便利店时,轩轩表弟说今天进巷子的时候见到一位一米九的帅哥,那腿跟假的似的,长到逆天。

陈星夏一听这个描述就知道是盛昊。

可他不是和慧婷阿姨他们去温泉酒店了吗,怎么又回来了?

盛昊确实提前回了东棠里。

外婆身体不太适应温泉,一天下来出现了不舒服的症状,于是一行人就结束行程回来了。

这会儿,梁慧婷带着老人在医院问诊,盛昊则回严家看顾严宜。

他和严宜没话,严宜也不怎么搭理他,两人也算是变相的和平相处。

在客厅看电视时,盛昊接到梁慧婷消息,得知外婆没有大碍,松口气,起身去了卫生间。

等再出来,不见严宜在客厅画画,他立刻喊了一声,结果人正在严宵房间。

盛昊过去,就见小丫头将人家房间翻得乱七八糟。

他皱皱眉,说:"你要找什么啊?这么做不合适吧。"

"A4纸。"严宜说,"你少管我。"

盛昊心说 A4 纸而已，他去外面买好了，刚想叫小丫头别翻了，小丫头就把抽屉里的什么东西随手扔了出来。

正好甩到盛昊脚边。

他捡起来一看，人当场愣住。

小赵烧鸡平时排队的人就不少，更何况春节期间。

陈星夏等了将近一小时才买到烧鸡，见对面甜品店还有提拉米苏卖，就又过去买了一块提拉米苏。

严宵不喜欢吃甜食。

但前段时间他们出去吃饭，她见他对提拉米苏还行。

回去路上，陈星夏收到严宵微信，他说他回来了，问是直接去陈家还是怎么样。

陈星夏想制造一个惊喜，让他尝尝这家的提拉米苏，就骗他说她这边还在排队给爷爷买烧鸡，让他先回自己家，等晚些时候再见面。

看着"见面"二字，严宵心情晴朗。

他拎着刚出炉的蛋挞，按下密码锁，心中盘算把草莓汁从冰箱里拿出来缓缓，不让她喝着凉。

一开门，和坐在沙发上的盛昊，目光撞在一起。

两人都是一怔。

"回来了。"盛昊语气听不出端倪，"有空吗？想和你聊聊。"

严宵看看时间，将蛋挞放进厨房，出来后问："在这里聊？"

"外面吧。"

两人去了严家院子的后面。

严宵对于盛昊突然要谈话的行为一时摸不准原因，直到盛昊从口袋里掏出五封信，他顿时定在原地。

"能给个解释吗？"盛昊笑着问，"为什么陈星夏给我写的信会在你这里？"

今天是过年这几天难得的好天气。

没有风，还艳阳高照。

但对严宵来说，在听到盛昊的质问后，感到的是黑云压境。

两人沉默对峙。

盛昊眼中带笑，可笑不达眼底；严宵面无波澜，也丝毫没表现出畏惧胆怯。

片刻。

"你不说，那我来猜猜吧。"盛昊用信打打手心，"咱俩虽然不怎么熟，但因为我妈，好歹也是沾亲带故。陈星夏看到这点，就想着请你帮忙。毕竟你们青梅竹马，她很……信任你。"

"信任"二字狠狠戳了下严宵，他握紧拳，没接话。

盛昊继续拍着那五封信，又道："而你嘛，都是男人，我懂。你不想陈星夏和我有关联，所以你就骗了她，一封信都没给我。我说得对吗？"

严宵沉着脸："你想怎样？"

"我想怎样？"盛昊笑着反问，"我问你，你是不是认识符瑶？"

严宵眉头轻蹙，没应，但这一下便是默认。

盛昊当即敛去笑容，变了脸色，厉声说："是你告诉她我外婆家的地址的，是不是！"

在陈星夏给他的最后一封信的信封上明确写了她约他见面的时间，正好跟符瑶在他外婆家等他的日子重合。

他不信会有这么巧的事。

盛昊紧盯着严宵,仿佛下一秒就会出手,而严宵淡淡地回看他一眼,声音也淡:"是又怎么样?"

话落,盛昊甩手扔了那些信。

他一把揪起严宵的衣领,咬牙说:"你知不知道她那天有个很重要的比赛?就因为你告诉她我的行踪,她错过了那场比赛!导致她没有被她心仪的舞蹈学院录取!这么多年的努力全部白费了!"

严宵平静地说:"不知道。"

许是被严宵过于淡漠的反应刺激到,盛昊反倒是卡了下壳。

他松开严宵,转过身,双手叉腰走了几步,忽然又笑了起来。

"你当然无所谓,也不在乎。"盛昊说,"你连陈星夏都骗得团团转,更何况是其他人?我真想看看陈星夏要是知道你一直都在骗她,而且还是利用其他无辜的女孩去骗,会是什么反应。

"严宵,你就是个为达目的不择手段的小人!"

严宵心头猛地一缩。

但不是为盛昊的指控,是陈星夏如果知道一切的反应。

他双唇紧抿在一起,过去将那五封信捡起,说:"我可以想办法补偿你,请你不要告诉她。"

"补偿?"盛昊冷笑,"你拿什么补偿?符瑶她……"

话没说完,盛昊就见严宵突然僵住,神色也一下凝固,他下意识循着严宵的视线看去——陈星夏正站在拐口。

陈星夏只是来给严宵送提拉米苏。

她想,他可能会喜欢吃。

可不想会听到他们的对话。

陈星夏直直望着严宵,严宵也注视着她。

他们之间的距离很近,不过一百多米,但陈星夏又觉得有什么把他们一下子扯得好远,远得她看不清他。

"小满。"

严宵张了张口,因为口中过于干涸而使嘴唇黏连在一起,发音有些模糊。

陈星夏攥紧手里的袋子,抱着最后的希望,问:"严宵,你没骗我,是不是?你和盛昊有误会了,是吧?"

回答她的,是她习以为常的沉默。

只是这次的沉默和每一次都不一样。

陈星夏眼眶一酸,转身就走。严宵立刻追上去拉住,眼里带着祈求。

陈星夏这会儿理会不了这份祈求,她忍着眼泪说:"你从一开始就在骗我,对吗?说是怕影响我高考也在骗我,甚至你……你带我去盛昊外婆家也是你提前安排好的。

"为什么啊?你为什么一直骗我?"

"小满,我……"

"别,你还是别说了。"陈星夏挣开严宵的手,"我不知道你是不是又在编什么谎话。"

严宵一怔,只觉万箭穿心不过如此。

而陈星夏低下头,避开那双眼睛,见前面有垃圾桶,随手把提拉米苏扔进去,跑回了家。

院子里，轩轩表弟正叼着挖蛋糕的小勺，逗"大阿哥"玩。

听到门响，他兴奋地蹦下台阶，张口就是："严宵哥！"

可哪里有严宵哥？

"姐，你不是去……你怎么脸色不太好？"轩轩表弟顿了下，"出什么事了吗？"

陈星夏抿抿唇，喉咙堵得喘气都难受，但她还是维护了严宵："没事。严宵家里有人来拜访，来不了咱家了。"

"哦。"轩轩表弟点头，"那晚上……"

"晚上也不来了。"

说完，陈星夏快步进屋上楼。

关上房门，陈星夏才把憋了半天的眼泪倒出来。

她最恨欺骗。

可偏偏骗她的，还是她最信任的人。

上次在盛昊外婆家，严宵解释没有送信的理由是怕影响她高考，尽管她并不认为这种"为你好"可以作为骗人的理由，但她自认为了解严宵，所以理解他是出于善意，还是将那次欺骗揭过。

可事实上，上次的解释是为了欺骗的继续欺骗。

陈星夏不禁打了个寒战，当即掀开被子钻进去，给自己捂了起来。

盛昊也没料到陈星夏会听见。

他看着严宵呆站在陈星夏离开的地方半响，倒也并不后悔刚才把话都说出来。

每个人都该为犯下的错误付出代价。

不管出发点是什么。

盛昊走上前，想伸手拍拍人，又收回来："你打算怎么办？"

严宵捏着手里的信，耳边全是陈星夏离开时的那一句：我不知道你是不是又在编什么谎话。

在她心里，他信用全无了。

良久，严宵用袖子擦掉粘在信封上的沙土，说："抱歉，我不知道符瑶那天有比赛。"

交代了这么一句，他就绕过盛昊回了严家。

陈星夏把自己关房间里太久，渐渐引起家人的注意。

夏澜正想上楼看看怎么回事，苏雨萌来了。

"澜姨，给您拜年啦。"苏雨萌笑着说，"我家里小孩儿太多，闹得我脑袋疼，所以就想过来找星夏玩会儿，打扰您了。"

夏澜说不打扰，给她塞了好多吃的，让她找陈星夏随便玩。

苏雨萌上了楼，等夏澜下去看不见了才敲门，小声说："星夏，是我。你是不是不高兴了？跟我说说。"

过了几秒，房门打开，苏雨萌进去后又关上。

看到陈星夏通红的眼睛，苏雨萌吓了一跳，心说怪不得严宵会亲自给她打电话叫她来一趟。

认识这么久，这还是严宵第一次主动联系她。

"怎么了啊？"苏雨萌说，"咱们过年得开开心心的，别哭嘛。"

陈星夏都不知道该从哪儿说起，坐在床边，眼睛不受控地又开始发酸。

瞧她这个样子，苏雨萌虽然脑子不会拐弯，但又不是傻的，也猜到肯定是和严宵有关系。

"你和严宵谈上了吗？"苏雨萌问，"这次是情侣吵架？"

陈星夏摇头。

"那你……"苏雨萌挠挠头，"是不是还纠结要不要和他谈啊？星夏，说真的，我觉得严宵对你很好。"

陈星夏说："我知道他对我好。可现在，我有点儿分不清是真好还是假好了。"

"这还能分不清？"苏雨萌不明白，"这事当事人不该是最清楚的？"

有那么一下，苏雨萌想着要不给陈星夏看看当初他们去音乐节，她在火车上拍的那张照片，她觉得挺能说明问题的。

可苏雨萌转而又想，感情的事得靠自己去体会，她不想在这时候左右姐妹的想法。

苏雨萌忍下这股冲动，视线一瞥，看到陈星夏放在桌下的袋子。

她认识，就是她们上午去毛线城买的。

"后天严宵生日，你还给他过吗？"

"我不知道。"

陈星夏现在也没主意了。

按理说，严宵骗她骗到这个地步，换作别人，她绝对会断交。

可对方是严宵，她又迟迟做不了决定。

但她真的不明白他为什么要一直骗自己？

难不成是因为讨厌梁慧婷？所以事关盛昊，他就想恶作剧一次。

苏雨萌见陈星夏不说话，提了个建议："我二姑你还记得吗？那个丁克。她不是在乡下有个大院吗？我明天过去玩，当天去当天回，你也跟我去散散心，怎么样？除了我爸妈，就咱俩。"

"好。"陈星夏点头，"谢谢你，萌萌。"

两人又待了会儿，苏雨萌离开陈家。

之后，陈星夏强打精神和表姑一家吃饭。

表姑对于严宵没来这事还挺执着，总想着当面谢谢孩子，但无奈人就是不来，她也不能硬把人拽过来。

最后，表姑把红包转交给陈沛山，请长辈代为传达这份心意。

接红包时，陈沛山瞅了眼陈星夏。

他瞧出孙女不对劲儿，有心想和孩子聊聊。

但这次似乎和以前的任何一次都不同——陈星夏既不想和人沟通，自己也摆不平。

陈沛山有些担心。

一直踌躇到晚上，等临睡觉前出去给"大阿哥"放鹦鹉食时，听到院外似有动静。

陈沛山开门一看，严宵站在路灯下。

"小宵？"陈沛山惊讶，"这么晚了，你在这儿干吗？多冷啊。"

严宵上前一步，一张口，声音都像冻住了一样："爷爷。"

陈沛山忙说进屋，可严宵看了看楼上，没动。

见状，陈沛山让严宵等等，自己回去穿上厚外套，又给严宵拿了一件。

两人在陈家侧面的小巷里说话。

事到如今，瞒着也没用，严宵就把事情向陈沛山交代了一遍。

陈沛山听后也是半天说不出话来。

从前，他只当自己的孙女没开窍，所以严宵不得不暗恋，不想这里面还有这么多事。

"小宵，你怎么能这么做呢？"陈沛山问，"爷爷知道你的心思，但这么做是不是有些不道德？对人家慧婷阿姨的儿子也不公平啊。"

严宵垂眸："对不起。"

陈沛山叹气，背着手踱步。

他知道孙女的个性，最恨有人骗她。

这和她小时候的一次经历有关系，也算是她小时候挺大的一次阴影。

"你正好搬走了，所以不知道这事。"陈沛山说，"小满伤心坏了。"

在所有人眼里，陈星夏一直是个明艳温暖的女孩，所以街坊邻里也很少还有人记得小丫头很小的时候也是吃苦吃过来的。

那时，何筱桢病重，家里基本上是掏空了钱财给何筱桢治病。

治疗到后面，何筱桢说要放弃，不要再把钱扔进无底洞，可夏澜说卖房子也要给何筱桢治病。

何筱桢和夏澜一向感情好，不是母女，胜似母女。

但何筱桢没想到夏澜居然做到这一步，她为孩子的一片孝心感动，最终答应夏澜自己不会放弃，会继续治疗。

陈慕桢和夏澜卖了他们的婚房。

但即便是卖了房子，治病的花销也远远超过他们的想象，所以又和亲戚朋友借了很多钱，欠了不少债。

"那时小满还不到半岁，自然也不记得这些事。"陈沛山说，"一直到她三岁快四岁吧，家里的经济状况才稍微好了些。"

严宵也没有这些记忆。

但有个模糊的印象，似乎只要陈星夏来他家里做客，他的妈妈就会准备好多好多的零食和水果，说是让小满吃。

严宵不敢深想陈家欠债的情况下，陈星夏会如何，只有追问："后来又发生什么事？"

"后来啊……"陈沛山皱起眉，也是不愿多提这段。

当时，东棠里有户人家的女儿和陈星夏关系不错，两人经常一起玩。

严宵搬走了后，陈星夏因为想他，总是闷闷不乐，还好这个小女孩会围着陈星夏转。

陈星夏以为自己又交到了新朋友，很开心，也对小女孩很重视。

直到有一天，几个孩子玩捉迷藏，那小女孩为了赢过另一个小女孩，就把陈星夏骗到东棠里废弃的一个旧房子里。

为了防止陈星夏跑出来输了游戏，小女孩走时还锁了门。

陈星夏躲到天黑都没有人来找她，她也出不去，拍门拍得手都肿了，嗓子也哭到发不出声音来，彻底和外界失了联。

陈家一家急坏了。

他们跑去问小女孩把人关在哪里了？

那小女孩吃着鸡腿，俨然忘了陈星夏这档事，就说在一个破屋子里。

最后，还是母女连心，夏澜发现了昏倒的陈星夏。

因为这件事，陈星夏大病了一场，高烧烧了三天才退。

等她病一好，她就去找那个小女孩，问小女孩为什么要骗自己？

小女孩说："骗你怎么了？你以为我真的想和你做朋友吗？你们家那么穷，你看看你穿的这些旧衣服，丑死了！别人愿意跟你玩，你就真当自己是小公主啊？你也配！"

就是从那次起，欺骗成了陈星夏的第一忌讳。

尤其是她信任的人骗她，这无疑是在挑战她的底线。

唯一值得庆幸的是，陈沛山和陈慕桢都没把这件事当成一件小孩家玩闹的小事，他们一直开导陈星夏。

所以陈星夏在心理上没有受到太大伤害，等缓过来后，还是能和其他小朋友一起玩，也还能继续做她的东棠里的小皮猴。

只是"被骗"到底成了一个心结。

听完陈沛山这番话，严宵心口就跟有针在密密麻麻地扎一样，再想起欺负她的人，他眼里又划过寒光："那个女孩呢？"

"早搬走了。"陈沛山回道，"在你搬回来那年。"

难怪。

不然他一定……

"小宵。"陈沛山说，"我记得上次我们下棋时，我跟你说过该如何处理谎言。"

今天的事，稍一想，其实是根本不会发生的。

严宵明明在上次欺骗的时候已经过关，只要把那些信都毁了，以后不再犯，这件事永远不会有人知道。

"你为什么还要留着那些信呢？"陈沛山问，"你留着它干什么用？"

夜黑风高。

严宵的影子被拉得老长，映在地面上，黑漆漆的一条，仿佛向着孤寂的深渊在无限延伸。

他的脸快要冻僵了，无力地垂下了头，说："她的画，还在信封上。"

陈星夏跟着苏雨萌去了乡下。

严宵一直没给她发消息，她知道，他是不敢。

可事情拖着也没用，两人之后依旧抬头不见低头见，学校也还是同一所。

陈星夏烦心地叹气，苏雨萌见了，说："前面有个旧书店，我们要不要去逛逛？我记得有一年'谢歪'还淘到一本绝版的书呢。"

陈星夏说好，两人一道出门。

这家书店不大，但书几乎堆成了山。

陈星夏一进门，就闻到浓郁的纸张味道，以及弥散在空气中的咖啡香。

书店老板是个头发花白的老爷爷。

他端着精致考究的咖啡杯，坐在摇椅里，见有客人来，笑着说："随便看啊。"

苏雨萌先逛了逛小说区域，陈星夏没什么目标，跟着瞎看，结果发现一本《小王子》。

这本《小王子》有些年头了，是旧版，封皮也破损了些，不过不影响阅读。

要说《小王子》这个故事，陈星夏很小的时候就知道，陈沛山给她讲过。

等后来长大，她也买了双语版本来阅读，所以于她而言，已经没什么吸引力。

可因为这是某人最喜欢的书，她现下再捧起这本《小王子》，心里就有种说不上来的滋味。

"喜欢这本啊。"老爷爷过来整理书籍时说，"我总觉得喜欢这个故事的人，要么保留着童真，要么渴望着爱。"

陈星夏一愣:"渴望爱?"

老爷爷点头:"这本书不就是教人怎么爱人吗?只有渴望爱的人才会愿意去爱啊。"

在苏雨萌二姑这里待了一天。

晚上,陈星夏跟着苏雨萌一家返回临饶。

明天是初五,严宵生日。

苏雨萌一路上没提,但话里话外也暗示陈星夏得决定好去还是不去。

陈星夏是真不知道。

她想着自己该给严宵一个解释的机会,可不管他怎么解释,之前不也都在骗她吗?

陈星夏纠结不已,回了家也无精打采,惹得夏澜一头雾水。

好在陈沛山已经了解到来龙去脉,多少能为陈星夏遮掩一些,这样也给了陈星夏更多自己的空间。

临睡前,陈沛山敲了孙女的房门。

"爷爷。"

陈星夏叫人,语气里带着委屈。

陈沛山坐在一旁的转椅上,说:"还生小宵气呢?"

陈星夏没答。

这次说来也是奇怪。

明明被骗了会是一件让她无比生气的事情,可陈星夏到目前为止感到更多的是伤心,是失望。

陈星夏忍不住说:"他怎么能骗我呢?还一直骗,还利用人家盛昊的朋友骗……他有什么事不能和我说?是,我平时可能是有那么一点点欺负他,但是——"

"是一点点吗?"

"爷爷!"

老人皮一下很开心。

他摸摸孙女的脑袋,正经了几分,又说:"那爷爷问你,你在知道了原本你和盛昊的缘分都被小宵搅乱了,你心里……"

"等等。"陈星夏打断,"您怎么知道这些事的?他来找您了?"

陈沛山说:"小宵昨天在咱们家外面站了一晚上。"

心口一闷,陈星夏咬了咬唇。

陈沛山继续:"小满,你跟爷爷说,你在发现小宵隐瞒了你对盛昊的心意后,你更多是气愤你和盛昊错过了,还是说你更在意小宵骗了你?"

陈星夏想都没想:"您说呢?当然是他骗我!"

因为小时候的事,陈星夏确实有些一朝被蛇咬,十年怕井绳。

可她也不是惊弓之鸟,如果被骗,像是外人又或者像是普通同学,她不是不可以一笑置之。

但严宵不行。

这天下所有的人都能骗她,唯独严宵不行。

陈星夏不知道自己为什么对严宵要求这么高,可事实就是如此,他不可以。

"既然你更在意的是小宵,"陈沛山顿了顿,"那你觉不觉得这件事小宵心思不纯,甚至说,他可能心术不正?"

陈星夏愣了下,随即坐直了,说:"他不会。爷爷,您是看着他长大的,他这个人是话少，不怎么讨喜，但绝对不可能心术不正！他骗我或许是有什么理由吧，我估计可能是因为慧婷阿姨对他不好，所以他就想整整盛昊。但是这不代表他就……"

陈沛山忽而笑了起来，还是那种停不下来的笑。

陈星夏被爷爷笑得有些发蒙，问怎么了。

陈沛山摆摆手，转而道："小满，人都会喜欢美好。不管是美好的物件，还是美好的风景、美好的人，又或者是一闪而过的美好感觉。这些都会引起喜欢，也都会让你心跳加快，头脑空白。

"但喜欢一个人不单单如此。"

陈星夏立刻问："那喜欢一个人到底是什么样的？"

老人含笑望着孙女，叹了句："傻丫头。"

喜欢一个人就是明知道这人哪里不好，却还是偏袒于他。

——就像你刚刚说的那些话。

转眼到了初五这天。

陈星夏天不亮就醒了，之后再睡不着了。

趴在被子里，她眼睛望向桌下的纸袋，那里放着还差一点点就织好的围巾。

要不要织完呢？

陈星夏思来想去，没个结果，用被子把自己蒙了起来……憋了好半天，她决定约苏雨萌出去看电影，转移注意力。

另一边，这两天几乎没怎么睡的严宵也是天不亮就醒了。

他知道，这次的事，他去找她说是没用的。

他们彼此熟悉，很清楚对方什么时候动真格，什么时候闹着玩。

他犯了这样越界的错，只有她想通了，又或者说不需要想通，而是将天平稍往他这边倾斜，他才有可能翻盘。

不然，都是徒劳。

严宵叹了口气，起身打开衣柜。

他的衣服，颜色很单一，除了黑白基础款，只有蓝色，各种蓝色。

看了看，严宵挑了一件藏青色工装衬衣，为晚上的约会提前做准备。

尽管他不能确定她会不会去。

陈星夏和苏雨萌去新开的商场里玩了个痛快。

要说出来玩，还是得和姐妹一起才行，大家想法默契，一起疯一起笑，丢脸也一起丢。

玩完了蹦床，陈星夏和苏雨萌靠在一起喝奶茶补充体力。

"你说咱们是不是老了？怎么这么累啊？"苏雨萌咬着珍珠说，"我这还喘呢。"

陈星夏笑道："不是咱们老了，是咱们缺乏锻炼。严……"

话音戛然而止，苏雨萌拿肩膀拱拱陈星夏，说："我知道。我听'谢歪'说过，严宵常年锻炼。哎，那他身材好不好啊？"

陈星夏无语："你觉得我现在聊得了这个话题吗？"

"哎呀，这有什么的。"苏雨萌心大得很，"我跟你说了没？我们学院有个学长追我，可我一看他那快二百斤的身材，果断 Say goodbye！"

陈星夏又笑，也拿肩膀拱苏雨萌："你就一颜控。"

两人喝好奶茶，去看了贺岁档的喜剧片。

等看完出来，天也入了夜，该吃晚饭了。

苏雨萌让陈星夏去她家吃，她爸搞来一只羊，说是找饭店加工做了烤全羊，相当美味。

她们来到公交站等车。

过年期间，坐车的乘客不少，像陈星夏这样的年轻人更是成群结队出来玩，还有不少一家三口。

人群之中，陈星夏看到一对情侣。

女孩举着热狗，等吃完了，手上沾到了酱料，问男孩要纸巾。

男孩在玩手机，连头都没抬一下，叫她自己想辙。

女孩满手的酱，什么都摸不了，急得眉头紧锁，稍抬了抬手，男孩就嫌恶地躲到一边，警告："别弄我身上啊，脏死了。"

这话说完没多久，他们等的车来了。

女孩举着那只还脏脏的手，男孩也还捧着手机，两人上了车。

"咱们的车也快到了，还有两站。"苏雨萌说，"估计没座，能上……哎！星夏，你干吗去？"

陈星夏拦了一辆出租车，回头道："我去办点儿事，你放心。晚上微信聊。"

春节和晚高峰叠加，路上车流量激增。

平时不过十五分钟的路程，硬生生堵了快四十分钟。

陈星夏到餐厅时，比之前她约定的时间已经晚了快一个小时。

这家餐厅是陈星夏在网上找了好久才确定下来的一家，南方菜，口味偏清淡，符合某人的喜好。

陈星夏当时还想了，等吃完了饭，他们可以去附近的明日广场散步，那里过年会有免费表演，不少民间高手会去。

但现在，这些计划都泡汤了。

他俩现在这种情况，别说今天是严宵生日，就是他俩生日同一天，她也吃不下去。

可她就是想来看看，看看严宵还会不会来。

而不等陈星夏细瞧，一下了车，她就看到站在餐厅门口等待的严宵。

他穿着蓝色羽绒服，一动不动，站得很直。

成群结队的人从他身边经过，有说有笑地进了餐厅。

餐厅里灯火明亮温暖，与外面的寒冷形成鲜明对比，有服务员出来和他说了什么，他摇摇头，继续站着。

陈星夏藏在餐厅对面的小巷里，就这么看着严宵等她。

她也不知道自己在较什么劲儿，与其这么傻看，不如上去问问他为什么要骗她不是更好？

可她心里有些怕。

怕严宵真是为了报复梁慧婷才这么做，怕严宵真有那么一点点心理黑暗。

陈星夏搓搓手取暖。

还想要哈口气时，一只手搭在她肩膀上，黏腻腻地揉搓了下。

陈星夏顿时起了一身鸡皮疙瘩。

她当即跳开，转身看见一个油腻男色眯眯地看着自己。

"美女，大过年的没人陪啊？"油腻男说，"我陪你啊。"

陈星夏恶心："走开。不然我叫人了。"

油腻男并不怕，还往上贴："别这么凶嘛。咱俩交个朋友，等晚上我再好好'关心'

你，你就知道我——哎哟！"

都没自卖自夸完，油腻男就被猛踹了一脚，蹲在地上。

严宵挡在陈星夏身前，冷冷地睥睨着男人："滚。"

油腻男骂骂咧咧几句，想要掐架，但见严宵这气场一看就是个狠角色，最终夹着尾巴跑了。

陈星夏等恶心男走远，也转头就走，严宵握住她手腕。

陈星夏张口想说放开，严宵却先皱了皱眉："手这么凉。"说着，就要脱下自己的外套。

陈星夏因为他这句话，心里堵得慌，眼睛差点儿又要酸涩起来，忙说："不用，我不冷。"

她作势还要走，可严宵不放手，两人在马路上拉扯起来。

两个来回过去，严宵怕陈星夏着凉，见身后是家小商场，就拉着陈星夏进去了。

这家商场大概经营不善，过年期间居然没什么顾客，冷冷清清。

严宵和陈星夏去了更加安静的电梯间，挺大的空间，就他们两个人。

陈星夏挣挣手，没挣开，瞪了某人一眼，别过头。

严宵握着陈星夏的手，等感觉稍稍有些热了，才慢慢松开。

看看时间，他问："饿吗？去吃饭。"

"不饿，不吃。"陈星夏说，"我得回家了。"

她往门那边走，严宵快步过去挡着，两人你看我、我看你，僵持不下。

陈星夏告诉自己不要先说话，让严宵说，可严宵不知该怎么说，无言许久后，只叫了一声"小满"。

这一声，又让陈星夏没原则地妥协。

"还想蒙混过关是吧？"她说，"这么多年，你一惹我就是这样，有意思吗？每一次吵架，看起来好像是我在欺负你，可你看我看得透透的，我根本拿你没办法！"

"行吧。我本来不想来的，但既然来了，还又让你看见了，那就还是说吧。"陈星夏呼了口气，"你为什么骗我？既然你从一开始就不愿意帮我递信，你告诉我不就好了？为什么兜这么一个大圈子？难道骗我很有趣吗？"

严宵摇头。

"那是为什么？"

"说话！"

严宵垂眸，这是他沉默的前兆。

陈星夏撇撇嘴，一狠心，问道："是不是你想报复慧婷阿姨？如果是这样，你也可以告诉我，我帮着你出气，你为什么……"

"你觉得是这个原因？"

"难道不是吗？那还会是什么？"

又还能是什么？

除了这一点，陈星夏真的想不出来严宵这么大费周章地骗她一回又一回是为了什么。

两人再次陷入僵持之中。

陈星夏不管是勇气还是耐心都快消耗殆尽。

她想，如果严宵执意不说，她也勉强不了，只是这件事大概会成为他们的一个疙瘩，很难绕开。

甚至他们的关系也可能再回不到从前。

陈星夏叹了口气,低声道:"我回家了。"
她走到铁门旁,刚要开门,身后笼来一阵凉风,男生高大的身影顷刻间覆盖住她。
严宵按住铁门,冷白的手,手背上错绕着青筋。
"因为你。"他说。
陈星夏愣了愣,转过头,对上那双挑花眼。
此刻,这双眼睛里再次流动起暗涌的热浆,只是一贯极力克制压抑的情愫终于满溢出来,再无法隐藏。
"我不可能看着你和盛昊在一起,更不可能把你让给他。"
陈星夏脑子里"嗡"的一声,但又不觉得很意外,甚至那些没想通的事突然一下子开朗起来:"你难道……"
"是。"严宵干脆地承认,"我喜欢你。"
"小满,我喜欢你。"
这段时间的相处早已在陈星夏心里埋下了种子。
她猜到会有这么一天,严宵会对她说出这句话。
可她没想到会是在这样的情境下,更没想到他背地里做了那么多事,还骗她的根源是在这里。
但尽管如此,此时此刻,陈星夏也骗不了自己。
当严宵说出这四个字时,她无法避免地感到大脑缺氧,心率过快,全身的力气好像都被抽走了,像氢气球似的飘飘然。
飘到美丽的星空中。
陈星夏紧攥着门把,手微微发颤。
严宵见她手指骨节泛白,便将自己的手覆上去,无声安抚。
感受到熟悉的体温,陈星夏飘远的意识渐渐回笼,人更是从眩晕与喜悦之中清醒过来。
——喜欢,不是欺骗的理由。
想到这点,陈星夏心沉了下去,手从严宵的掌心中抽离。
没了她的温软,严宵空落落的,也垂下了手。
两人都没有说话。
他们都清楚对方想的是什么。
所以,严宵在说出藏在心里这么多年的话以后,感到的不是释然和放松,反而是忐忑。
时间一分一秒地溜走。
窗外车水马龙,年味儿十足。
本来他们也该是其中的一员,甚至还要庆祝生日,可现在,只剩下无言。
就在陈星夏想说"走吧"时,大门忽然弹开,严宵赶紧抱住她护在怀里,往后撤了两步。
来人是过来打扫卫生的大妈。
大过年的加班不说,且加班场地还是个快要倒闭的商场,这心情可想而知。
大妈见了这对俊男靓女,无语道:"你们这些个年轻人啊,过年非来这儿找刺激是吧?"
陈星夏脸爆红,拽拽严宵的衣角。严宵替她挡着大妈"审判"的视线,匆匆离开。
拦了一辆出租车,两人回到东棠里。
苏雨萌几分钟前给陈星夏发微信,问事情办好没有,需不需要帮忙。
陈星夏告诉她,自己已经回来了,苏雨萌没再多嘴。

快到陈家门口,陈星夏让严宵不用继续送了。

严宵沉默一路,这会儿再开口,声音沙哑得厉害,像是困在沙漠里的人许久未曾喝过一滴水,透着股对希望的热烈渴求。

"能不能再给我一次机会?"

陈星夏抿紧唇,喉间的哽咽差点儿叫她给了回答,可她硬是忍住了。

良久,她说:"你先回去吧。"说完,也不等严宵反应,转身就走。

等走到家门口,陈星夏余光就只能看到路灯下那抹孤独的身影,又冷又单薄,比寒冬还要萧瑟几分。

陈星夏接着忍,却到底没能绷住,说了句:"生日快乐。"

回到家,陈沛山正在客厅看电视。

今天陈慕桢和夏澜夫妻俩要单独约会,又甩下一老一小看家。

陈沛山见孙女回来,笑着说:"厨房有比萨,这次这个口味不错。"

陈星夏点头,说她洗完手就去尝尝。

陈沛山看出她兴致缺缺,问是不是有什么事。

能有爷爷开导自己,肯定是最好的,可这一次,陈星夏不想靠任何人,她想自己想通。

"没事。"陈星夏回以微笑,"我去吃比萨,然后陪您看节目。"

接下来的几天,非常平静。

严宵没来找陈星夏。

但是每天就跟写日记似的,会准时和她汇报自己今天都干了什么、人在哪里,还有就是化身天气小秘书,预报明日气温,提醒她增减衣物。

这天,陈星夏陪夏澜去商场。

夏女士下礼拜要参加同学会,这个年纪的聚会是大型面子比赛,里子姑且不说,外在绝对不能丢份儿。

夏女士先是给陈教授选了一条领带,再来就是给自己挑裙子。

试了几条,陈星夏觉得有两条不错,但夏女士没选,选了一条非常简约,甚至可以说简约到有些过于简单的直筒裙。

"会不会太素了?"陈星夏说,"没办法艳压群芳啊。"

夏澜麻烦导购员包起这条裙子,跟女儿说:"你挑的那两条,好看是好看,就是细节没有我选的这条好。"

"细节?"

"对。"夏澜点头,"细节呀,往往涵盖一切。"

闻言,陈星夏又去看了看那条裙子的样衣。

细看之下,这条裙子在袖口和裙边这些很细微的地方,不仅做到了针法别致,关键是上面刺绣的图案和陈教授的那条领带,相互呼应。

陈星夏笑道:"妈,你就是为了秀恩爱吧?"

夏澜也笑了:"真正的恩爱不是秀出来的,是刻在骨子里的细节。我时刻惦记着你爸,所以做什么自然而然都会想到他。"

陈星夏"哦"了声,凑到妈妈身边,好奇起来:"妈,你是什么时候觉得,嗯……怎么说呢?就是,就这个男人了。"

"你想说非你爸不可?"

"嗯嗯,是这意思。"

"这个嘛……"夏澜一把年纪,却还是会显露出几分少女的羞涩,"也是细节。"

"什么细节?"

"就是有一次我参加学校辩论赛,赢了。所有的同学和朋友都为我高兴欢呼,只有你爸,给我递了瓶热水。"

"然后呢?"

"没了。"

陈星夏还以为会是什么刻骨铭心的细节,结果就这?

夏女士捏捏女儿的脸,笑道:"你现在还不懂,但等你真遇上了,就明白了。"

真正的爱意是无处不在的细节。

逛完商场,母女俩在外面享受了一顿美食,等回到东棠里已经是午后。

两点整,陈星夏又收到严宵的点卯微信。

她看完之后照例没有回复,把手机装进口袋里,一抬头,有个女人站在骑士铜像前。东棠里的人即便是不认识,也起码能混个脸熟。

而眼前的女人,只一个挺拔修长的背影就展现出脱俗的优雅气质,这么显眼,陈星夏却没有印象,肯定不是东棠里的人。

夏澜也被女人吸引了下目光,和女儿交换眼色,两人一致认为是谁家过年来串门拜年的亲朋。

她们没当回事,继续往家的方向走。

快要走过骑士铜像时,女人的声音传来:"夏澜?是你吗?"

夏澜微微一愣,转头看去。

只见说话的女人面色苍白,眼角细纹有些深,但即便岁月在这张脸上留下了痕迹,依然挡不住骨相散发出来的美丽。

尤其那一双桃花眼,含情欲语,美得叫人移不开眼。

"丛凝?"夏澜不可思议,"你是丛凝?"

丛凝浅笑,眼里闪过泪光:"好久不见了。"

夏澜惊得一时不知该说什么好,瞥见陈星夏还不明所以,拉过女儿,说:"小满,快,叫人。这是你丛凝阿姨!"

"丛凝阿姨。"

陈星夏看着女人,准确地说,是看着那双桃花眼。

和严宵一模一样。

陈沛山正在家里研究棋谱。

见夏澜带客人来家里,不好意思地表示弄乱了客厅,可一听那声"陈叔",又是半晌回不过来神。

"小丛?"陈沛山也万分惊讶,"你这是……怎么突然回来了?"

丛凝略显拘谨,说没给长辈准备礼物,实在过意不去。

陈沛山叫她不要拘礼,又问:"是来看小宵的吗?这都过了多少年了啊,你……见过孩子了吗?"

"还没。"丛凝低下头,"我……我……"

夏澜端来一杯温水递过去。

都是有生活阅历的人了,她也不拐弯抹角,直问:"是不是遇上什么事了?都是老朋友了,你说,没事。"

丛凝握着水杯，目光带过陈星夏，夏澜便让陈星夏先上楼。

陈星夏顿了下，和丛凝告辞。

回到房间，陈星夏多少还有些蒙。

丛凝，严宵的亲生妈妈，消失了十几年后，突然又出现了。

还记得，当初严歧带着严宵重新搬回东棠里时，街坊邻里都在私下议论严歧和丛凝为什么会离婚。

不少人认为是丛凝嫌贫爱富，因为严歧去沿海做生意失败了，后续不知道还会有什么发展，丛凝怕被连累，所以就离婚了。

为此，很多小朋友瞧不起严宵，说他妈妈不是好人。

可陈星夏印象里的丛凝，漂亮、温柔，声音也好听，是个很好的阿姨。

只是那么好的阿姨为什么离婚后从来没看过严宵呢？

陈星夏在屋里徘徊，想不通的事很多。

她犹豫是不是和严宵说下这个事，可她也摸不准严宵知道后会是什么反应。

再者说，这算是严宵的家事，她也不好管太多。

但又实在不放心……

陈星夏皱起眉，打开了一点门缝，想偷听点儿楼下的谈话。

但大人们应该是去了书房，她一个字都听不到……

丛凝一直到傍晚才离开陈家。

其间，陈慕桢也回来了，连同夏澜，三人在院子里又多说了几句。

等丛凝走后，陈星夏终于能下楼，上来就问丛凝阿姨遇上了什么事。

陈慕桢和夏澜对视一眼，没回答，坐在藤椅上的陈沛山，脸色也不怎么好。

"到底怎么了啊？"陈星夏着急，"她该不会是得绝症了吧？"

夏澜一愣："你偷听了？"

"我是顺风耳吗？"陈星夏反问，"你们在书房关着门，我哪里听得见？我乱猜的，不会被我猜中了吧？"

夏澜走到沙发坐下，叹了一口气，说："是生病了。不过得病的不是你丛凝阿姨，是她儿子。"

陈星夏心下一紧，好在陈慕桢立刻又补了句："是和现在丈夫生的儿子，不是小宵。"

也是，丛凝不闻不问严宵那么多年，严宵要是生病，她又哪里会知道。

陈星夏松口气，刚刚差点儿吓死了。

"那丛凝阿姨现在的儿子生病，跟她回来有什么关系？"陈星夏又问，"咱们临饶虽然也是大城市，但如果真要是看病，还是北城那边权威医生多吧？"

夏澜说："孩子已经在北城住院，只是……"

夏女士不是吞吞吐吐的性格。

可就这么一会儿，说话堪比挤牙膏。

陈星夏性子急，眼看就要发脾气，陈沛山这时开了口，语气颇为严肃。

"她现在的儿子得了白血病，想找小宵配型试试。"

"凭什么？"

陈星夏脱口而出。

是啊，凭什么？

十几年没尽过半分做妈妈的责任，突然回来了，上来就让儿子救自己的另一个儿子。

陈沛山叹了口气，陈慕桢也是摇头。

只有夏澜说:"她也不容易。得了抑郁症,这些年刚好。"

陈星夏不听,也不管这套:"她得病和严宵有关?为什么……"

"小满。"陈慕桢制止,"爸怎么和你说的?未知全貌,不予置评。你忘了?"

当然没忘,可不管发生什么,这事就是轮不到严宵受伤害啊。

陈星夏不和爸爸顶嘴,靠墙站到一边,但表情明显带着不服。

夏澜知道女儿的心思,想她大了,都成年了,有些事知道知道也无妨。

"你丛凝阿姨当初不离婚,也没出路。"夏澜说,"要怪就怪小宵的爸爸。"

夏澜到现在都还记得丛凝知道那时陈家经济条件不太好,每次邀请她和陈星夏去严家做客,总会准备好多吃的和玩的,务必让陈星夏开心。

丛凝是个温婉善良的女人。

所以,当年严歧一个人带着严宵回来,街坊四邻都传是丛凝嫌贫爱富,见严歧生意失败就离婚了,夏澜一个字不信。

事实也证明,传言的确是假的。

丛凝原是临饶芭蕾舞剧院的首席,和严歧结婚后就暂时搁置了事业。

生下严宵之后,丛凝想继续工作。

但严歧说她当了妈妈就该有妈妈的样子,更何况因为生孩子,她身材走样,根本没办法跳舞。

因为这话,丛凝陷入自我怀疑,常常觉得自己不配再跳舞。

可看着昔日同事们在舞台上焕发光彩,她终究放弃不了心中的理想,还是想回归舞台。

就是从这时起,严歧开始冷暴力。

他先是态度冷淡地对待丛凝,无论丛凝如何努力,他永远都是泼冷水,一副漠不关心、甚至瞧不起的模样;再来,他开始不再回应丛凝,一个月下来,几乎不会和丛凝说话。

丛凝长时间得不到回应,精神逐渐恍惚。

更可怕的是,严歧把对丛凝的冷暴力开始转移到了严宵的身上。

每次严宵看见严歧,不管是高兴地叫"爸爸",还是和爸爸分享在幼儿园得了小红花的喜悦,严歧也从不回应。

久而久之,严宵变得不再爱说话,还经常问丛凝爸爸是不是讨厌自己。

丛凝心疼不已,最终妥协,打消了重新跳舞的念头,做了家庭主妇。

可即便是如此,之后的日子里,只要丛凝让严歧稍不舒心,严歧就会对丛凝展开冷暴力,连严宵也不能幸免。

"后来,你丛凝阿姨遇到了以前的追求者。"夏澜说,"那个人不忍心看她就这么活下去,就劝她离婚,和她开始了新生活。"

陈星夏听明白了,也非常同情丛凝阿姨的遭遇。

但还是那句话,这和严宵有什么关系?

更何况,从头到尾,严宵什么都没有做,可被扔下的那个人,是他啊。

"我知道你担心小宵。"陈慕桢说,"不过这个配型……应该也不会成功。"

就算是直系亲属之间,想要匹配都不一定百分之百合适,更何况还是只占了一半血缘关系的兄弟。

可话又说回来,哪怕不会成功,这个事只要让严宵知道了,不都是往他伤口上撒盐吗?

陈星夏红着眼睛："丛凝阿姨怎么能这么对严宵呢？她想过严宵的感受吗？"

夏澜和陈慕桢没办法接这话。

做父母的，手心手背都是肉，可要说一点儿偏心没有，根本不可能。

再者说了，严宵一直没养在身边，就是亲生母子，感情也早就淡薄了。

陈星夏见爸妈都不说话，跑到爷爷身边，拽着爷爷的手，求道："爷爷您想想办法啊！都说了没可能成功，为什么还要让严宵配型去？"

陈沛山长叹一声："那万一成功了呢？"

眼下，严宵就是唯一的救命稻草，丛凝根本不会放弃。

这件事只能伤严宵。

又过了两天。

丛凝没来过东棠里，但每天都会给夏澜打电话，哭着求夏澜帮帮忙，让陈家出面把严宵约出来见个面。

夏澜起初并不愿意。

但一来二回，她再心疼严宵，北城医院里躺着的也是一条命，她不得不狠下心。

夏澜约丛凝周三晚上来陈家，让他们母子见面。

黄昏的时候，夏澜准备去找严宵，计划先让孩子来家里吃饭，至于事情，缓缓再说。

不想，陈星夏拦下了，说她去。

"你去？"夏澜犹疑，"小满，很多事情不是……"

"我知道。"

陈星夏换好鞋："我不会在这件事上任性，但他有权先知道真相。"

陈星夏来到严家门口。

因为信的事，她和严宵有几天没见面了，没想到现在见面会因为这么一个原因。

陈星夏在门外走了几圈，踟蹰无用，她发微信告诉严宵自己在他家门外。

很快，严宵就出来了。

两人照面，也不知是不是心理原因作祟，陈星夏觉得严宵瘦了。

其实她没察觉而已，她自己也瘦了，原本的鹅蛋脸都快变成瓜子脸。

他们面对面站着，西边天际的红日散发着橘红色余晖。

"你……"

"你……"

严宵浅笑了下："你先说。"

陈星夏咬咬唇，编排了一夜的说辞就在嘴边，但看着那张脸，就是一个字说不出来。

她知道不能见死不救，也知道丛凝阿姨走投无路，更知道悲剧的始作俑者是严歧叔叔……可再多的理由，最后承担后果的是严宵。

"小满？"

听到他喊自己，陈星夏回神，心头酸涩难忍，说："一会儿，不管我和你说什么，我要你记住两点。"

"好。"

"第一，你做什么样的决定，我都会支持你。你不想的话，没人能勉强。"

严宵眉心微蹙了下，点头。

"第二的话……"

陈星夏觉得这句话现在说不太合适。

他们之间的问题还没解决,这么说显得过于暧昧。
可事情也是一码归一码,就算他俩的关系没走到这一步,又或者没有送信这件事,她也都会这么做。
这么一想,陈星夏上前一步,注视严宵的眼睛,告诉他:"我会陪着你的。"
严宵心尖狠狠一颤。
他极力克制住想要抱住女孩的冲动,用力握紧了拳头。
面对这样的一份赤诚,他为自己曾经对她的欺骗羞愧不已,更觉得这样的他,根本配不上她。
"小满,对不起。"
陈星夏吸吸鼻子:"那件事,我们回头再说。我现在要和你说的,是你的妈妈……"
"回来了。"严宵打断,"我知道。"
陈星夏一怔:"你什么时候知道的?你怎么会知道?"
严宵垂眸:"两天前。"
丛凝这趟回来,最先联系的其实是严歧。
严歧当时正在非洲慰问员工。
在听完丛凝的诉求,他表面上说不会同意让严宵去,实际上挂了电话第一时间就告诉了严宵。
严宵清楚,严歧就是想看他痛苦,想让他知道他心心念念那么多年的妈妈早就把他抛诸脑后,现在又有了儿子,要用他去救如今这个儿子的命。
严宵都知道。
"你怎么……"陈星夏眼眶酸涩,"怎么不告诉我啊?"
他想过要说。
甚至,严宵还想过发生这样的一件事,如果她还在意自己,她的同情说不定会帮他揭过送信这件事。
可他最后还是只字未提。
他已经骗了她那么久,不想还用心机,以后也都不想再用。
"我没想到会麻烦到你家。"严宵说,"你不用担心,我已经约了明早的检查。"
陈星夏心里一绞:"你决定好了?"
"嗯。"
胸口憋堵,陈星夏说:"那我陪你去吧。"
"不用了。"
"还是我陪你去,要不我……"
后面的话,没能说出口。
但严宵轻轻碰了碰陈星夏的手。
陈星夏也没躲,只觉得他的手好凉,凉到了心里去。

转天。
陈沛山特意在家门口等,知道有小满陪着,老人多少踏实些。
只是有些话,他想和孩子当面说。
"过去的事就是过去了。"陈沛山拍拍严宵的肩膀,"人不能自困。"
严宵点头,请爷爷放心。
陈星夏和严宵去了医院。

因为严宵已经同意帮忙，所以昨晚的饭并没有吃成，严宵也没有见到丛凝。

但母子终归是母子，在医院人来人往间，两人只是遥相对望了一眼，就有一根看不见的线把两人往一处拽。

等再走近了，丛凝眼泪顿时就涌了出来。

她想拉拉严宵，手伸出去又收回来，反复两次，最后还是没有握住，只是捂着脸无声哭泣。

陈星夏观察着严宵。

他倒是和往常一样，脸上无波无澜，神色淡漠。

只是如果仔细看看，就会发现他放在口袋里的那只手，在隐隐发抖。

三个人来到抽血室这边排队。

许是冬季流感高发，再加上春节走亲戚容易交叉感染，等待血液检验的人很多，孩子占了三分之二。

严宵到得早，距离叫到他还得等上一阵儿，陈星夏便找了几个空座位，坐下等。

陈星夏和严宵挨着坐，丛凝坐对面。

自见面起，严宵和丛凝还没说过话。

这种情况，陈星夏也不好开口，三个人只能这么扛着。

好在没过多久，丛凝情绪调节过来了，她擦干净眼泪，便温和地笑笑，看着严宵说："我都听说了，你考的是华凌大学，航天航空学院，国内最好的航空专业。"

严宵低着头，后背没贴到座椅，有些紧绷，声音也紧绷："谢谢。"

"这都是你自己努力的结果。"丛凝说，"我还记得你小时候，我喜欢带你去邓爷爷家做客，邓爷爷总是会给你讲那些航天知识，没想到你长大了居然也走了这条路。"

说到这里，丛凝似是非常怀念，眼里又蓄起泪光，说："邓爷爷和杨奶奶都还好吗？他们都得八十多了吧？"

严宵说："他们去世了。"

丛凝一顿，眼泪差点掉下来。

她及时控制住，沉默半天后叹了口气，转而看向陈星夏。

"小满也考上华凌了，学的建筑专业，是不是？"丛凝说，"这下陈叔后继有人了。你们这两个孩子都很棒，你们是最好的。"

"谢谢丛凝阿姨。"陈星夏说。

话头既然已经起了，陈星夏就努力延续下去，这样也可以让严宵多了解下妈妈这些年的生活。

"丛凝阿姨，您还跳舞吗？"陈星夏问，"我看您的体态，和专业舞蹈演员一样。"

丛凝感谢孩子的赞美，回道："体力大不如前了。这几年病好了以后……"

"你病了？什么病？"严宵问。

丛凝稍愣，微笑着说："不是什么大病，都好了，你放心。"

闻言，严宵又低下头，随后由丛凝和陈星夏继续说。

这些年，丛凝生活在一个三线城市青智市，离临饶不远不近。

因为身体条件不行，她回不了舞台，就在家附近开了一个工作室，教孩子们跳舞，在当地倒也是小有名气。

"青智市的城市发展一般。"丛凝说，"但有个景区还挺有名，你们放了暑假要是有时间，就过来玩啊。"

陈星夏看了眼严宵，有点儿说不出那个"好"字。

从青智到临饶，坐动车不过三个小时，这么多年了，丛凝都没来看严宵一眼。

即便是她得了抑郁症，可病好了以后，也不能来看看吗？

陈星夏心里不是滋味，想换个话题，再要开口，丛凝的手机响了。

她一看到来电显示，赶紧接通，声音温柔极了："旭旭。"

电话那边的人该是叫了"妈妈"，丛凝眼睛红红的，举着手机跑到前面安静的地方。

严宵眼睛一直跟着丛凝，见她进了安全通道，也还撤不回视线。

直到陈星夏捏了捏他的手臂，他才转回头，继续低头不言。

长长的走廊上，小孩子的哭声始终没断过。

哭声不断，家长的安慰也就不断，尤其是妈妈的声音，总是最能安抚孩子。

陈星夏看看严宵，问："丛凝阿姨离开以后，你很难受吧？"

严宵说："那时还小，也不懂……"

"你还骗我？"

严宵抿紧唇，几秒后，低声道："我一直在等她来接我。"

丛凝离婚时是要带走严宵的，可严歧执意不肯。

这可能是出于报复折磨，也可能是单纯因为严宵是严歧的儿子，反正严歧不同意丛凝带走严宵，如果丛凝必须带走，那他就不同意离婚。

双方为此争执了很多次，最后，丛凝放弃了严宵。

分别时，丛凝告诉严宵她一定会回来接他，叫他学着照顾自己，不要被爸爸影响。

严宵重重点头，说自己可以。

他每天等啊，等啊。

那时的严宵还是个小矮子，什么都够不着，就搬了板凳到窗户前，站到上面，趴在窗台上，巴望着路口，一站就是一天。

而丛凝，一次也没有回来过。

后来，严歧接受国企的邀请，带着严宵回到东棠里。

再后来，严歧认识了梁慧婷，组建了新家庭，又生了一个女儿。

每个人都在改变，都在前进。

唯独严宵，似乎被永远遗弃在丛凝离开的那个冬日午后。

丛凝这通电话打的时间很长。

等她回来，也差不多到严宵进去抽血。

还差一个号的时候，陈星夏看到丛凝紧张得双手交握在一起，那双漂亮的桃花眼既空洞，又好似窜动着丝丝缕缕的希望。

严宵也看到了，进去时说了句"很快"。

像是对陈星夏说，也像是对丛凝说。

抽血确实快，等抽完了，就是检测，最快也要下午出结果。

丛凝不回酒店，要在医院等报告出来。

不过中间这段时间，她说想请陈星夏和严宵在附近吃顿便饭，再说说话。

但这种情况又能聊得出什么？不过是一种客套罢了。

于是，陈星夏和严宵就先告辞了。

从医院出来，外面的天灰蒙蒙的。

陈星夏早就看到严宵眼底下的乌青，想他这段时间肯定睡不好。

等他一会儿回到严家，梁慧婷在，严歧慰问回来了，也在，他指不定又会面对什么。

陈星夏想了想，问："你要不要去我家休息下？"

春节假期已经结束，夏澜回事务所上班，陈慕桢今天则陪陈沛山去看望一位百岁长辈，是陈沛山过去的领导。

陈家没别人。

"你就在客房睡会儿。"陈星夏说，"被单什么的，我妈过年都换过。"

严宵点头："好。"

半小时后，两人回到东棠里。

院子里，"大阿哥"照旧见了陈星夏就喊。

陈星夏心情不怎么明媚，只觑了这鹦鹉一眼，就带着严宵上楼了。

打开门，客房整洁如新。

"你渴吗？"陈星夏问，"对了，抽完血得吃些东西吧？"

严宵摇头，也不知道是没胃口不想吃，还是不用吃。

陈星夏懒得再问，直接下去煮饺子好了。

才进厨房没多久，严宵跟了过来。

"我来。"

他卷起袖子，手臂关节处那一片冷白的皮肤泛着青紫色。

陈星夏瞥了一眼，说："还是我来吧。"

她从冰箱里拿出速冻起来的饺子，然后又用锅接了水，打开炉灶。

火焰升起，不大的空间迅速暖和起来。

陈星夏站在里面，严宵站在门边，腾腾飘起的水雾柔化着他们之间的距离。

"喝点儿水吧。"陈星夏忽然说。

她找出玻璃杯，给严宵斟一杯，又给自己斟一杯，正要转身递过去，严宵已经站在她身后。

陈星夏吓了一跳，以为严宵是要干什么，结果他只是从她身侧探出手去，摸了摸她的杯子，说："有些凉。"

就这三个字，有什么从陈星夏心里一下子流淌过去。

"你说什么？"她问，"再说一遍。"

严宵打开热水壶，说："水有些凉，再加些热水。"

陈星夏的心脏"咚咚咚"直跳。

等接过水杯，她喝了口水，那股暖流仿佛又瞬间浇灌到了她看不清又或者说犹疑不决的内心深处。

让一切变得清晰可见。

陈星夏小口小口喝完整杯水。

等回了魂，严宵早已经接替她煮好饺子，刚好一盘，两人去餐厅一起吃。

严宵吃东西一向慢条斯理，吃相文雅好看。

只是陈星夏想起严歧也一向绅士，又不禁觉得知人知面不知心。

"我想问你个问题，行吗？"陈星夏说。

严宵点头。

"冷暴力，是不是很痛苦？"陈星夏问，"之前表姑来，说轩轩有个同学的爸爸就对他冷暴力，轩轩同学最后受不了就跳楼了，现在都……"

陈星夏猛地打了个激灵。

严宵放下筷子，拍拍她的手，说："我没有过。"

严宵的确在很小的时候就已经感知到爸爸对自己的极度冷淡。

念幼儿园时，有一次一个同学把他姐姐四年级的数学作业本带了出来，上面有道数学题，因为画着漂亮的图案，小朋友们就围在一起讨论。

严宵也看了，并且在看过之后解出了答案。

老师当时很惊讶，不过也没认为他那么小能把题目做对了，只当孩子数学思维不错。可等仔细一看，就发现严宵的答案是正确的。

老师们啧啧称奇，都夸他是个数学小天才。

恰好那天是严歧接严宵回家，老师就跟严歧一通表扬严宵，还说："您家里肯定也有数学能人吧。这孩子怕不是遗传？太聪明了，您可得好好培养。"

严歧客气地向老师道谢，带着严宵离开。

等一脱离幼儿园的范围，严歧就松开了严宵的手。

严宵当时还没觉得有什么，只想着自己大了，爸爸不用再牵着他，仰着小脸说："爸爸，我今天不仅受到老师的表扬和小红花，我们班的倩倩老师还送了我一个笔记本，让我以后在上面写数学题。"

他以为爸爸会为他高兴，但严歧只说："很吵，闭嘴。"

严宵被这话喝住，半天没敢再言语。

后来，他再受到表扬，爸爸要么是敷衍地"嗯"一声，要么就是和他说走开，再要么连话都不说一句，回了书房，关上门。

日积月累，严宵便知道爸爸不喜欢自己，自己也开始不怎么说话。

可尽管经历如此，但要说他过得多么惨，也并没有那么严重。

因为丛凝很疼他，会陪他说好多好多话，也会鼓励称赞他。

只是等他们搬出东棠里到了沿海城市后，严歧生意失败，对丛凝的精神虐待不断升级，以至于丛凝有时也会控制不住，拿严宵撒气。

严宵连仅存的依靠也都没有了。

陈星夏问："那、那严叔叔不理你，慧婷阿姨也……你都干什么啊？"

她真的想象不到生活在冷暴力中会是什么感觉。

她和家人，不是没有过争吵，她皮，小时候挨骂简直是家常便饭，可爸爸、妈妈即便是说她，也都是为了她好。

严宵说："看书。"

"那他们总不理你，你不会难受吗？"

严宵摇头，淡淡道："习惯了。"

陈星夏鼻尖一酸，好奇心到此为止，不想再深挖下去。

她埋头搅了搅碗里的醋。

缓了会儿，她叫严宵趁热吃饺子。

陈星夏也吃，正要夹的时候，发现有个饺子长得十分古怪。

夏女士什么时候手艺退步成这样？

陈星夏再看了看，心中闪过一丝惊喜。

一定是包着开心果的漏网饺子！

陈星夏按捺下激动，和严宵说自己想喝水，让他去厨房给自己斟一杯。

等人一走，她便将这个饺子放到靠近严宵的那边。

果然，严宵再回来继续吃时，第一口就咬到了开心果。

陈星夏立马"哎哟"一声："看来你今年也很有运气嘛，就是到得稍微晚些，不能急。"

严宵看着女孩的眼睛，已然知晓怎么回事，压在心头的那块大石头登时消失了大半的重量。

他想说"你不是已经把你的运气分给我一半了吗"，话到嘴边，他又想起很久之前，他重新回到东棠里的那段光景。

那时候，他几乎到了一整天都不说话的地步。

小朋友不和他玩，他也不想和小朋友玩，就想把自己关起来，一个人待着。

可有个人非不肯。

不管他怎么拒绝、怎么不配合，她也明明气得不行，却还是执意要带着他一起，哪怕他就在一边干站着，她也觉得可以。

她总是有些凶巴巴的，还爱耍小脾气，但心肠是最软的。

她会在别的小朋友在背后笑话他时，为他出气；会把自己喜欢的零食分他一半；还会高喊这世上能欺负他的，只有她。

是她生生破开那扇沉重的门，把他从那个漫长的冬季里硬是拽了出来，让一缕光照进了他的世界。

没有她，不会有他。

严宵喉间翻涌着无数情绪，眼底也酸涩得厉害。

他低下头，夹了两次才将那个开心果壳夹出来，放到一边，然后一口吃掉了饺子。

陈星夏看他又不言不语的，想着自己哄人的伎俩是差了些意思，只好说："你别不信呢，我说话挺准的。过去的都过去了，得往前看。"

严宵："我信。"

她说的，他都信。

吃完饺子，严宵刷了碗，然后就被陈星夏勒令上楼休息。

分开之前，严宵叫住陈星夏，说有几句话想和她说。

陈星夏莫名想起他那天在商场里说的话，心中不由得打起鼓来。

"什么事？"她问，"你快点儿，我也有些困了。"

严宵停顿片刻，说："我会尽快找机会和盛昊道歉，也会和那个叫符瑶的女孩道歉。"

这是陈星夏第二次听到符瑶这个名字，她问："是盛昊老家的那位朋友？也就是那天在盛昊外婆家楼下的那个女孩？"

严宵点头。

陈星夏又问："你们是怎么认识的？"

严宵把那次在东棠里外偶遇符瑶的事说了一遍。

陈星夏听后，怎么说呢，也是有些无语。

要说严宵和盛昊也够有缘分的啊。

但凡对盛昊有好感的女孩都会找上严宵帮忙，可这位也根本没好好帮忙。

"我知道了。"陈星夏说，"这位符瑶同学没能参加比赛是很可惜，不过这事和你关系不大，是她自己的选择。在她心里，盛昊肯定比比赛重要。"

陈星夏能这么想，多少减轻了几分严宵的负罪感。

他确实不知道符瑶有重要比赛。

他们虽然留了联系方式，但交谈屈指可数，每次也都是寥寥数语，全部围绕盛昊。

只是比赛和他有没有关，该道的歉，他还是得道，等骨髓配型这事结束，他就会去。

"你想说的就是这个？"

"嗯。"

陈星夏点头:"那行了,你去睡会儿吧,我……"

"小满。"

陈星夏一顿,抬起头,看向严宵。

他面色依旧平静无波,唯独那双眼睛,在小心翼翼地试探着她的眼睛。

陈星夏忍不住想躲避,小声问:"还有什么事吗?"

严宵再度试探着上前半步,手指轻轻碰了下女孩手腕上的星想事成手链,诚恳道:"我知道错了,再也不会犯了。"

各自回到房间后,陈星夏坐在床边发了好久的呆。

等回过神,她看到床头柜上的那本从旧书店买回来的《小王子》,拿起来,随手又翻了翻。

卖书的爷爷说渴望爱的人才会选择去爱。

但她想,选择去爱的人未必会爱,所以在这个过程中,难免还是会犯错。

可这也没什么大不了,不会爱可以学着爱,就怕没有爱,那就会是一片荒芜,怎么浇灌也开不出花来。

陈星夏舒了口气,摸摸《小王子》的封皮,心说这故事她算是滚瓜烂熟的。

其中最深刻的,是狐狸教给小王子的那句:重要的东西,用眼睛是看不见的。

其实也并非看不见,而是融进了细节之中。

就像夏澜和她说的,细节往往涵盖一切,也藏着爱意。

一杯热水,足以说明。

陈星夏仰躺在床上,望着天花板,心底的那片清明越发强烈透彻。

傍晚,丛凝来了陈家。

她眼睛红肿得厉害,哭得嗓子也有些发不出声来。

严宵的配型结果不行。

意料之中,可到底还是无法接受。

丛凝问夏澜怎么办,她还能怎么办。

夏澜也想帮一把,可无奈这样的事除非天意允许,否则谁也帮不上。

夏澜提议要不再生一个孩子。

这个方法丛凝早试过了,可丛凝的丈夫身体不好,两人之前尝试试管,均是失败。

丛凝哭到眼泪都快干了,但再说下去,也是于事无补。

她订了明天一早的航班,飞北城,想先回去看看孩子,也和丈夫再商量商量别的对策。

她从屋里出来,陈星夏和严宵正站在院子里。

看见严宵,丛凝眼神陌生,就跟不认识自己的这个儿子似的。

等反应过来后,她也说不出话来,只有默默流泪。

两个儿子。

一个从小养在身边,万分宠爱,却得了重病;一个自小别离,没有来往,但优秀健康。

极致的对比让丛凝内心一片麻木。

严宵又何尝不是如此?

一直等待着的妈妈终于出现,即便是在他已经不需要她的时候,他也仍旧渴望妈妈的亲近。

可妈妈的心里早已经没有他的位置。

"保重身体。"

这是严宵主动说的唯一一句话，也将是未来漫长岁月里他们的告别词。

陈家一家送丛凝出了东棠里。

人走后，他们要回去时，陈星夏说想吃甜宝栗子，严宵陪她一起。

甜宝栗子离东棠里挺近的。

坐公交车两站地，步行的话，十五分钟也就到了。

以前，严宵经常骑车载着陈星夏去买。

每当那时，微风拂面，自行车穿过崇光路，街两旁各式各样的商店开得热闹。

要是等到三四月海棠花开，更会是一番欣欣向荣的景象。

这是陈星夏最熟悉的，也是严宵最熟悉的。

时间有痕。

这么多年，她和他早已经渗透进彼此的生命里，无论缺失掉哪一方，就会好比一本书少了其中一页，哪怕故事再精彩，也不再完整。

陈星夏知道严宵性格不太好，也知道严宵的欺骗行为不对，可她更知道自己放不下。

既然如此，又干什么总纠结，她自己也说了要往前看，那有一个崭新的开始不是更好吗？

陈星夏和严宵肩并肩走在崇光路上。

身边的商店亮起暖黄的光，把眼前的路照得清清楚楚。

陈星夏看了看还光秃秃的海棠树，说："应该再有两个月吧，就会开花了。但今年咱们看不到了。"

"清明回来，"严宵说，"还能赶上。"

陈星夏笑笑，看了眼少年的侧脸。

这张脸看了得有上万遍，熟悉归熟悉，但还是得说，这家伙的侧脸真是好看，鼻子又高又挺，睫毛还长。

这么一看，那可恶的严歧也不是一点儿好事没做。

陈星夏快步蹦到了严宵前面，转过身冲向他，背着走。

严宵下意识就要去扶她，怕她绊倒。

女孩却是故意和他对着干，躲了躲，晶亮的眼睛瞧着他，露出甜美的笑。

"严宵，我们和好吧。"

第四章

会有一颗星

丛凝的出现就像起风时,乱入眼睛里的黄沙。

会引起不适,会让人流泪,但也来得快、去得快,马上就消失不见,散回风中。

陈星夏陪着严宵跨过了这件事。

因为他俩的重归于好,苏雨萌和谢正终于可以大胆地出来撒欢。

四人组重出江湖,抓住过年的尾巴赶紧出去玩。

他们的想法是美好而正确的,只不过其他学生也和他们一样,所以那些能玩的地方,还是人满为患。

正月十三这天,谢正在网上团了几张游戏城的票。

因为价格实惠,再加上场地刚开业,陈星夏他们到时被人流吓了一跳。

不过好在排队进去之后,倒也没有那么夸张。

他们看了 VR 电影,坐了 4D 飞车,还玩了各种联机游戏,就是密室逃脱没能排上。

"不玩就不玩吧,这个看着就很 Low。"苏雨萌说,"北城那个好,回头去北城玩。"

话是这么说,可四个人开学的时间凑不齐。

谢正是假放得早,开学也早;陈星夏和严宵是假放得晚,开学也晚;而苏雨萌,介于他们中间,两头够不着。

"要我说,五一假期看看行不行。"谢正提议,"咱们提前一个月订票,还能订不上?"

苏雨萌觉得有道理,又把时间改为五一假期。

四人从游戏城玩完出来,正对面还有一长排娃娃机,今天团购,只要二十九块九就能得一百个游戏币。

谢正麻利地团了两张票,举着装有游戏币的小篮叫大家一起来玩。

对于抓娃娃,陈星夏同样有自知之明,把小篮塞到某人手里,说:"你来。"

严宵问:"想要哪个?"

陈星夏看了看,前面几台机器里都是那种市面上很常见的玩偶,没什么意思,只有一台娃娃机里装着的都是又看好又新鲜的玩偶。

陈星夏拉着严宵过去，正找着里面有没有小熊，旁边一个小姐姐说："又是你啊。"

陈星夏愣了下，以为对方说的是自己，可一看，又发现不是，是严宵。

"你们认识？"她问。

严宵摇头，小姐姐说："你忘了？在小动物集市。"

一提小动物集市，严宵想起来了。

小姐姐笑笑，看了眼陈星夏，揶揄："这次不会还是怒抓娃娃为红颜吧？"

严宵轻勾下嘴角，又不言语。陈星夏则是摸不着头脑，问了才知道是怎么回事……

说完这件往事，小姐姐离开前，搂着陈星夏肩膀到一边说小话："妹妹，别说姐姐没提醒你，这种男生现在可是稀有物种，遇上了，你得抓住啊。"

陈星夏还在琢磨刚才的话。

现在她知道为什么暑假里在严宵桌上看到的那只熊崽会觉得眼熟，原来就是当年小动物集市娃娃机里的那只。

那时，他们从集市回到东棠里，严宵说要去办事，她都没当事，结果居然是折回去抓小熊。

这家伙真能瞒。

"谢谢姐姐。"陈星夏侧头瞥了眼又在抓小熊的某人，"他啊，我还想再考察考察。"

小姐姐笑道："可别让他等太久咯。"

送走小姐姐，陈星夏回到严宵身边，杵杵他胳膊。

"原来你这么会抓都是那时候练出来的啊。"陈星夏说，"我还以为你有什么秘诀呢。"

严宵操控着方向，按下按钮，抓手向下，抓上来一只熊崽掉进通道。

他取出熊崽递给陈星夏，说："也看运气。"

陈星夏"哼"了声，拿走小熊崽，去一边找苏雨萌喝奶茶。

四人玩到将近傍晚。

从商场出来，去了公交站等车。

苏雨萌给陈星夏看在淘宝上选的裙子，陈星夏昨天也看上了一件，翻出手机让苏雨萌瞧瞧怎么样。

看到一半，陈星夏手机上方弹出来一条消息。

苏雨萌眼快嘴也快，喊了声："是盛昊。"

陈星夏下意识地看向严宵，他和谢正说话，看样子是没听见。

她冲苏雨萌使眼色，苏雨萌捂嘴，跟着一起看了盛昊的消息。

没什么，就是想约着单独吃顿饭。

陈星夏一想，也是该吃顿饭，把之前的事都说开，于是回复了"明天见"。

过了一会儿，公交车到站，四人上了车。

回到东棠里，大家还是老样子在骑士铜像分开，陈星夏和严宵一个方向。

等他们再到岔路时，陈星夏说："那我回去了。"

严宵看着她，在人要转身时，问了句："明天去图书馆吗？"

"明天不行。"陈星夏说，"有点儿事，过两天吧。"

严宵垂眸，点了下头。

转天，陈星夏比约定时间提前十分钟到的烤肉店。

她以为自己到得够早了，没想到盛昊到得更早，坐在位置上，插着口袋，冲窗外发呆。

陈星夏过去打招呼，他回过神，笑了笑。

盛昊把菜单给陈星夏，叫她点。陈星夏不太饿，象征性地点了两三样，又让盛昊继续选。

点完菜，两人相视一笑。

盛昊笑起来的时候有股痞劲儿，但又带着那种大男孩的爽朗肆意，特别有魅力。

"你和我出来，他不会吃味儿吧？"盛昊问，"我可是怕了他了。"

陈星夏笑道："放心，他不知道。"

盛昊点点头，给陈星夏倒饮料，说："其实我能理解他为什么这么做。虽然方式是错的，但他心也没那么坏。"

"谢谢你能谅解他。"陈星夏说，"对了，那位符瑶同学怎么样了？"

提及符瑶，盛昊的潇洒变得收敛迟疑："没考上想去的舞蹈学院。不过现在这个也不错，只是总归有遗憾。"

陈星夏懂。

一旦心里有了那个目标，其他的就会变得黯淡。

"我替严宵先……"

盛昊摆手："这事和他没关系。我那天那么说，也就是为自己开脱，想让我心里好受点儿。符瑶这样，都是因为我。"

看出他的自责，陈星夏犹豫了下，正好服务员这时候端菜上来，她就顺着说先吃东西吧。

盛昊点头，结束这个话题，帮陈星夏烤肉。

话说回来，这次的见面，盛昊的主要目的并不是想讲他和符瑶，而是他和陈星夏。

可眼下，盛昊一时不知道怎么开口。

陈星夏瞧出他可能是犯了难，便主动说："我之前是对你有好感。你不知道，你抓小偷那次有多帅。"

"帅吗？"盛昊问，"我以为你们女孩会觉得很中二。"

"你要这么说……好像也是。"

盛昊笑起来，刚才那点儿纠结化解掉，问："那我现在在你心里还帅吗？"

"帅啊。"陈星夏没犹豫，"不过不是那种帅了。"

盛昊明白。

回想和陈星夏不多的几次接触，她给他留下很深刻的印象。

他也不知道为什么，就觉得这个女孩身上好像有光，和她在一起，心里会变得很暖，人也会变得很轻松。

"如果，我说如果，"盛昊顿了顿，看着陈星夏，"没有严宵这手，我们有可能吗？"

陈星夏很坦荡："没可能。"

"为什么？"

因为她要的是唯一的爱，容不得一点儿杂质。

并且，她也肯定，盛昊同样是这样的人。

陈星夏指指盛昊的胸口，说："我觉得你还是戴着军牌时，最帅。"

盛昊微微一怔，随即笑着和陈星夏碰了碰杯。

从餐厅出来，盛昊说改天约着大家一起出去玩。

陈星夏笑他这话说好几次了，下回还是别说了，想玩直接约，不然准泡汤。

盛昊说有道理，再要说什么，目光扫过街对面，抬抬下巴，示意陈星夏往那边看。

陈星夏看过去，并没有看到哪里奇怪。

就一个女孩，冲着墙一直笑，还拿着手机，红着脸说什么。

陈星夏纳闷,再仔细看看,发现墙那侧露出的一点点蓝色羽绒服。
盛昊笑道:"也只有你能治他了。"
陈星夏无语:"我要是能治他,还会被他气吗?"
"那我给你支个招吧。"盛昊坏笑,"你要是想让他不好过,就别那么快答应他,保准能急死他。"

陈星夏过了马路,直冲某人方向。
那个还在要微信的女孩以为又来了竞争者,瞪着眼睛,警告:"先来后到啊。"
呵呵。
"那你问问你要微信的这位,我比你先了多久。"
陈星夏看向严宵,严宵抿抿唇,和女孩说:"她比你先了十八年。"
等小迷妹走远了,陈星夏问:"你怎么会在这儿?别说什么巧合啊。"
严宵又想靠沉默过关,不想盛昊过来插话:"还用问?他肯定一路跟着你过来的。"
一路跟着?
今天这么冷,就在外面站着啊?
陈星夏想要碰下严宵的手,严宵躲开。
太凉。
陈星夏立马拉下脸,严宵便和她说:"我不冷。"
看着这两人微小的互动,盛昊不禁想起他和符瑶以前在老家的日子。
他在心底叹了口气,说:"既然有人找上门了,我也不当电灯泡了。咱们下次约。"
盛昊挥手离开,严宵让陈星夏等一下,和盛昊两人去了一边。
"怎么,我们就吃顿饭,没挖你墙脚。"盛昊说,"你还要找我算账不成?"
严宵严肃道:"我欠你一句抱歉。"
盛昊笑了笑:"你之前在微信上不是说过了?"
"还是要亲口说。"
"行,我收到了,这事就过去吧。"盛昊说,"不过,我再多句嘴,你以后别再骗她,要好好珍惜。"
"我知道,谢谢你。"
送走盛昊,严宵回到陈星夏身边。
陈星夏管他三七二十一,抬手揪了下某人的耳朵,跟冰镇的似的。
"你抽什么风?过来干吗?"陈星夏问,"昨天二萌喊的那一声,你听到了是不是?"
严宵没答,他手太凉,不能碰她:"我们去前面那家甜品店坐坐。"
"你少转移话题!你是不是……"
"嗯。"
陈星夏叹了口气:"就吃饭,然后说说以前的事,没别的。"
"那说好了吗?"严宵看着她,"以前的事。"
瞧他这明问暗醋的架势,陈星夏故意说:"你猜啊。"
严宵垂眸:"说好了。"
"那你还来?"
陈星夏噘噘嘴,转身往甜品店走。
严宵快步跟上。
快进店的时候,陈星夏忽然说:"明天元宵节,你怎么过?"
严宵摇头。

"说话，"陈星夏气道，"少给我摇头。"

"不过。"

严歧和梁慧婷会带严宜出去，他一个人在家看书。

听了这话，陈星夏心里又隐隐发酸。

别人都是一家子热热闹闹围在一起吃元宵，可他总是一个人。

"来我家吧。"她说，"我表姑他们也来，上次没见你，我表姑一直念叨。"

严宵唇边有了笑意，点头："好。"

老人常说，过了正月十五元宵节，这个年才算是圆满过完。

所以即便元宵节这天不放假，大家也都非常重视，会拿出准备除夕年夜饭的架势来。

元宵节当天，严宵还是吃过午饭来的陈家，和表姑一家一前一后。

表姑一见严宵，比见了表姑父涨工资还高兴，不停谢他这么长时间以来不仅辅导轩轩奥数，还连带把其他理科都给辅导了。

轩轩表弟站一边，急切地想和偶像说说话，可无奈亲妈就是不给他插话的机会，不仅不给，居然还把他的《奥数思维拓展》拿了出来。

"小宵啊，难得见你一面，你要不再给他辅导一下？"表姑说，"这孩子过年心都玩野了，落下好多功课。"

轩轩表弟在一边跺脚，玩命地给陈星夏使眼色，陈星夏嗑着瓜子喜闻乐见这一幕。

末了，严宵和轩轩表弟去了一楼陈慕桢的书房，关上门，与世隔绝。

陈星夏一趟趟跟探监似的，时不时往里送些点心、饮料，顺便在表弟面前嘚瑟嘚瑟，再命令严宵好好教，严格教。

轩轩苦不堪言，等陈星夏一走，就和严宵抱怨："严宵哥，我姐这是虐待我啊！"

"她没有。"严宵说，"做题。"

轩轩快哭了："哥，你干吗这么听我姐的啊！"

"那我听谁的？"严宵铁面无私，还是那句，"做题。"

约莫过了半小时，轩轩笔头都快咬烂了的时候，陈家来了客人拜访。

夏澜纳闷这个日子谁会串门，开门一看，还是不认识的人。

"夏澜阿姨，我是唐晨，小晨。"对方说，"以前住 22 号的唐家，我爷过去还经常和陈爷爷下棋呢。"

夏澜惊喜："是小晨呀！快快快，快进来坐。"

陈星夏没想到唐晨会来。

她正端着一盘车厘子要给严宵和轩轩送进去，结果和唐晨在客厅撞个正着。

唐晨见了她，就是温柔一笑。

陈星夏也礼貌地回了个笑容，转头看去，严宵站在书房门口，脸又开始结冰。

唐晨这次过来是特意拜访。

他说本来应该早些的，可之前在国外念书的同学来了中国，他不得不尽尽地主之谊，就耽误到了现在。

夏澜说他有心了，还叫他回去一定代他们家给长辈带去问候。

"没问题。"说着，唐晨看向陈星夏，"星夏过年好。上次见面也没给你准备礼物，我这次补了一个。"

陈星夏忙说自己不能收，可唐晨已经拿出来，是一个玫瑰造型的水晶摆件。

"我让同学从国外带回来的。"唐晨说，"希望你喜欢。"

当着这么多人的面,陈星夏接也不是,不接也不是,尴尬极了。
一旁的夏澜问他们什么时候见的面,怎么都没听说过。
唐晨立刻解释了一下,随后又看向严宵,说:"我不知道小宵也在,没给准备礼物。不好意思。"
严宵低声回了句"没事",还挺给面子。
但陈星夏估计他是碍着长辈在,才没有表现出来什么,不过就算是这样,他那眼神也能冻死人。
大家聚一起多聊了几句。
之后,夏澜和表姑要去准备晚饭,陈沛山、陈慕桢、表姑父三位去钓鱼还没回来,客厅里只剩下唐晨和陈星夏。
严宵站在书房门后,透过门缝一直盯着唐晨。
轩轩表弟见状,嗅到解放的味道,凑了过去,小声说:"这人看着就烦,配不上我姐。"
严宵点头。
"可是他这么一直缠着我姐,万一油嘴滑舌地哄骗我姐怎么办?"轩轩摸摸下巴,"不如我去外面搅和他们吧。"
严宵问:"你可以?"
"这有什么不行的?"轩轩说,"就是我那些题……"
"我来。"
轩轩两眼欻地冒光,非常上道:"那就麻烦我的未来姐夫咯。"
说完,两人对视片刻。
严宵随即回到桌旁,开始写题。
又过了半小时。
轩轩不负所托,不仅给唐晨搅和散了,还把人给搅和走了。
作为今日的第一大功臣,他早把那堆烦死人不偿命的奥数题抛诸脑后,叼着车厘子,在院子里和"大阿哥"斗嘴。
陈星夏去书房收拾果盘,见轩轩那一摞习题都写完了,无语凝噎。
"表姑要是知道了,不得生气啊?"她说,"你怎么还当枪手呢?"
严宵说:"这些题型他其实会,就是注意力不在这里。"
"那你也不能这样啊,这不作弊吗?"
严宵又不言语,将习题收拾整齐,过去帮陈星夏。
陈星夏不用他,抿了抿唇,咕哝:"你是不是因为唐晨哥……"
最后一个"哥"字,在严宵的注视下,被陈星夏咽了回去。
严宵问:"他送你的东西呢?"
"客厅里了。"陈星夏说,"你干吗?那可是用钱买的,你不要糟践。"
严宵又问:"你喜欢玫瑰?"
"我……"
"你喜欢,我送你,不要他的。"
陈星夏服了这个醋缸了。
"人家那是水晶做的。"她故意气他,"不会凋谢,你送的能行吗?"
"行。"
严宵表情认真,丝毫没有玩笑的意思:"只要你喜欢,我每天为你准备一束新鲜的玫瑰。"

"一直送到我不在了的那一天。"

陈星夏一怔。

她本该说大过年的不许说不吉利的话，可想起陈沛山日日在何筱桢照片前送上的那一束玫瑰，就说不出来了。

何筱桢最喜欢玫瑰。

因为她喜欢，所以陈沛山坚持送给她。

而陈沛山这一坚持，就坚持了整整五十六年，哪怕在何筱桢去世以后，也没有一天间断。

东棠里外的那家花店，店铺转让四次，老板换了四回，不变的只有陈沛山风雨无阻的光顾。

每天一束，新鲜玫瑰。

严宵见陈星夏不说话，犹疑是不是自己话说得太满，她觉得不真诚，是在逗她。

可这就是他的真心话。

只要是她喜欢的，他都会为她办到。

"怎么了？"严宵问，"唐晨的玫瑰，我不会乱动。我只是……"

"你不能骗我。"

严宵立刻说："我再也不会骗你。"

陈星夏瞟了他一眼，背过身吸吸鼻子，放下手里的东西做甩手掌柜，叫他收拾剩下的残局。

临近傍晚，陈沛山他们满载而归。

夏澜和表姑又赶紧清蒸了一条鱼，等晚饭大功告成，也快七点了。

陈家的圆桌旁围满人，大家一同举杯，庆祝元宵节。

作为家里的大家长，陈沛山自然要在这时候说两句："希望年年有今日，岁岁有今朝。大家这一年都顺顺利利，身体健康。"

随后，大家坐下动筷。

有表姑父在，加上陈教授跟着互动，气氛活跃又温馨。

陈星夏的笑就没停过，她小碟里的吃的也没断过，只要吃完，总有人给她补上。

"哎，咱们一会儿是煮元宵还是炸元宵啊？"轩轩表弟问，"能不能炸几个？总吃煮的没意思嘛。"

表姑说："那有什么了？就给你炸几个呗。"

说完，表姑想起他们陈家有个不成文的规定，每年元宵都是小辈来煮，取个延续团圆的意头。

于是，表姑看向陈星夏："小满，炸汤圆会吗？"

陈星夏正吃虾呢，一听，虾掉到了碟子里。

严宵正给她剥下一只，一看便把她掉的那只放到自己碗里，新的给她。

陈星夏觑他，他也侧头看她。

两人一句话没说，但都知道彼此想到了之前那次。

在厨房，炸汤圆。

那个转瞬即逝的轻触。

"她哪会啊？"夏女士不客气地拆女儿的台，"也就煮点儿东西还凑合，那饺子还总煮破。"

表姑笑道："那今天就我来吧。"

陈星夏想说还是她来，结果严宵先她一步："我来。"

表姑一顿，目光立刻在两个小辈之间睃拿，堪比扫描仪。

陈星夏低下头，桌下的手狠狠掐住严宵的腿。严宵面不改色，伸手包住陈星夏的手，又说："我负责炸，小满负责煮。"

这么一说，表姑的视线又收回来，心中有些失望。

她还以为两个孩子终于有戏了呢。

吃完饭又看看节目、聊聊天，表姑一家走时正好九点。

陈星夏跟着爸妈送表姑他们出去，回来时，严宵也该告辞，但陈星夏偷偷给他递了句话，叫他在陈家旁边的小巷子等她会儿。

陈星夏进了家门，火速上楼。

路过陈沛山房间，她见爷爷正在擦拭奶奶的照片。

"爷爷，我来。"陈星夏过去，接过了布。

其实相框一点儿都不脏，陈沛山每天早中晚各擦三次，连个灰都没有。

陈星夏知道，爷爷只是想奶奶了。

越是这样热闹人多的场合，就会越想。

陈沛山坐在一边，舒口气："小满长大了，越来越懂事。"

"还越来越孝顺呢。"陈星夏说，"等我毕业挣钱了，我给您养老。"

陈沛山笑笑，说自己有小金库，告诉她："你给爷爷带回来一个孙女婿就行。"

陈星夏脸一红："您说什么呢？我才多大啊。"

老人拉着孙女坐到身边，问："和小宵和好了是吧？"

陈星夏捏着手里的布，"嗯"了一声。

"既然和好了，就好好相处。"陈沛山说，"要是小宵欺负你，尽管来和爷爷告状。"

有撑腰的那可好，陈星夏刚要点头，老人又补了句："但我觉得只有你欺负他的份儿。"

你们这些不明真相的人！

十五分钟后，陈星夏拎着一个纸袋下楼。

严宵站在她说的地方，背影挺拔。

陈星夏像小猫似的踮着脚尖过去，想拍拍人吓他一跳，严宵却早已经透过地上的影子看到某人的靠近。

他弯弯唇，没转身，只在陈星夏手伸过来时，一把抓住。

是暖的。

那就好。

陈星夏偷袭失败，咕哝了句"没意思"，将袋子递了出去。

严宵打开一看，是一条深蓝色的围巾，手工织的。

"本来是你的生日礼物，可是……"陈星夏懒得再提那个事，"你现在就把它当作元宵节礼物吧。"

严宵握紧袋子："什么时候织的？"

"就……我也忘了。"

实际没忘。

严宵给她过完十八岁生日后，她就一直在想等他过生日送个什么礼物好。

也想过用奖学金给他买些东西，可这讨厌鬼的喜好少得几乎没有，她苦思冥想半天也没个结果。

最后，想到了这个。

他生日那天，她早早地就醒了，一直望着还差一点儿织好的围巾。

那时心里乱，想放弃，可最终还是把东西都拿出来，又把差的那一小截给补上了。

当然，补的时候没少骂他，叫他撒谎！

陈星夏噘噘嘴，说："你试试，看看合适吗？"

严宵拿出围巾围上，颜色倒是一向和他配，尤其深色更衬他的白。

再加上他本身气质清冷，带着一股沉淀的书卷气，围上以后更加少年，特别有韩剧男主角伫立在雪中的唯美感。

只是这个长短……

陈星夏来气："我已经比普通围巾多织了快二十厘米，你怎么围着还是有点儿短啊？"

严宵低头看，自动忽略有一侧的围巾落在他胸口以上的位置，说："好看。"

哪里好看？

缺斤少两的，一看就是织的人没计算好。

"你摘下来，我再续一段。"陈星夏说，"我那里还有毛线。"

严宵后退一步，侧过身："我觉得很好。"

"你气我是吧？"陈星夏瞪眼，"要我给你拿镜子照照吗？傻里傻气的。摘下来。"

"不。"

"我再给你……"

严宵摇头，护着他的围巾。

他这样子，就像是小孩子得了心爱的玩具不肯撒手似的。

陈星夏看得心里发软，想着既然他不嫌弃，那干脆回头再给他织一条新的好了，到时候她的技法也更高超了。

陈星夏上前伸出手，严宵以为她还要摘他的围巾，躲了下。

陈星夏打他，说："不摘了，我给你弄对称一下，总行吧？"

闻言，严宵重新站好，弯下腰。

陈星夏踮着脚帮严宵整理围巾，两人挨得有些近，略热的鼻息交缠，拂过彼此面庞。

陈星夏知道严宵在目不转睛地看着自己，搁往常，她绝对狠狠地瞪过去，再补上一句：看什么看？

可这会儿，她没这心思。

她要做一件事。

按照之前的规划，她本想再延长一下这个时间，要不太快了，一是显得她脾气太好，二是怕某人高兴太早。

毕竟他之前骗了自己，也该受些惩罚。

可今天他说送她玫瑰的那些话，叫她改了主意。

反正这么多年都是她宽宏大量，也不在乎再多那么一回。

反正他讨人厌也不是一天两天了，她也习惯成自然。

又反正，就是他了。

陈星夏深吸一口气，抬眸，和严宵的视线碰撞。

空气里似乎有电流激荡。

严宵喉结滚动，下颌紧绷，想说剩下的他自己来。

还未开口，一个轻得不能再轻的吻，落在了他的侧脸。

今晚月光皎洁。

巷子里的路灯散发出莹白色的光，点点柔柔。

谁家的聚餐还没结束，正进行到兴头上，有人喊着："今天真高兴！好几年都没这么高兴过！来，再喝一杯！"

陈星夏听见了这话，也跟着高兴。

她这个吻一触即分，收回脚时，她不由自主地偷瞄了严宵一眼，想看看他的反应。

此刻的严宵，大脑一片空白。

只是女孩的这一眼，带着羞涩，带着探求，狠狠地勾住了他的心。

可他像是丧失了所有的力气，动弹不得，眼看着人一溜烟跑回了家，等反应过来时，身边只剩下萦绕着的玫瑰清甜。

陈星夏长这么大没跑这么快过。

快到什么程度呢？"大阿哥"的播报都没开嗓，她就已经进屋了。

一口气跑上楼，陈星夏赶紧关上门，还上了锁。

刚才是亲到了吧？

嗯，应该亲到了，空气没这个触感。

陈星夏捂着脸颊，靠门站着发愣，脑海里一会儿什么都没有，一会儿又是分别时某人透着茫然又清透的眼神。

她深呼吸，口渴得厉害，想去楼下斟杯水喝。

刚转过身，手机响了下。

像是有感应，她顿时知道是谁，迟迟不敢拿出来看。

而那边的人也没多给她纠结的时间，微信不成，很快就打来了电话。

陈星夏看着"无敌讨厌宵"的来电名，心脏都快跳出来了，一咬牙，接了。

一时间，听筒里只有微弱的电流声。

仔细听，还有略快的呼吸声。

"小满。"男生磁性的声音之中有些粗糙的颗粒感，莫名透出几分蛊惑，"下来。"

陈星夏只觉自己的脸要着火，立刻拒绝："不下。"

"听话，下来。"

"不然我翻你这边的阳台。"

他这语气不是那种带有威胁意味的商量，而是平淡直接地给出解决办法。

陈星夏赶紧跑到自己的小阳台上，就见某人已经要爬她家围墙了。

"你疯了是吗！"

陈星夏喊了一声，又捂住嘴，回头看了眼。

见家里人没有听到这声动静，她又转回来，看着楼下的人，压低声音说："你快回去！不许翻墙！"

"那你下来。"严宵盯着她，"我等你。"

几秒钟过后，女孩"哎呀"一声。

陈星夏探头探脑地从房间出来。

这个时间，陈沛山都是在屋里看书看报，陈教授有夏女士陪着，夫妻俩也不会多管旁的。

陈星夏蹑手蹑脚地下了楼。

快出门时，她想起自己还没喝水，又去了趟厨房。

桌上有温度合适的温水，可陈星夏口干舌燥的，就想喝点儿凉的，于是打开冰箱，把表姑今天专门送的果汁干了一杯下去。

等喝好了,实在没别的事可磨蹭了,陈星夏再次来到巷子里。

严宵还站在正对她阳台的那片位置,路灯投下一束窄细的光,落在他肩膀上。

听到响动,他转身。

四目相对,陈星夏的嘴像粘了胶水,怎么都张不开。

等严宵向她走来,她更是有想跑的冲动,往日里天不怕地不怕的嚣张气焰,半点儿都没有了。

严宵来到陈星夏身边。

他做的第一件事便是抓住陈星夏的手,以防她再跑。

陈星夏也没挣,就是有点儿抖,问:"干吗非叫我下来?时间不早了,我该休息了。"

"想问你。"

"什么?"

"刚才是什么意思?"

陈星夏一愣,差点儿反问:你说什么意思?

可严宵过于正经严肃的态度,又硬是叫她说不出来。

严宵上前,抓着陈星夏的手一点点试探着分开她的五指,再问:"小满,刚刚是什么意思?"

"你不知道?"

"我想你说。"

真是邪门了。

今天他俩的台词是调换过来了吗?

平时都是她叫他说,现在居然是他叫她说。

陈星夏抬起头,和他对着干:"我要是就不说呢?"

这下轮到严宵恢复正常,看着她,不言语。

只是他的眼神逐渐变得直白,带着侵略性,哪怕桃花眼最是深情,这会儿也瞧不出多少缱绻来了。

陈星夏背脊发紧,有些心虚,不由得又放软语气:"干吗非要我说?"

"我想听。"

你想听我就得说吗?

陈星夏憋憋气,觉得自己还是不能厌,不然以后的领导地位会受到动摇。

于是,她做了今晚的第二件事。

她再次踮起脚,双手突然抓着严宵胸前的衣服,用力将人向下一扯,对着他的唇,贴了上去。

还是一触即分。

可陈星夏收回时像是跑完八百米,喘了起来,等站好后,"呼哧呼哧"地问:"现在还用说吗?明白了吗?"

她觉得这样做还挺霸气,有种"小样儿,没想到我这么勇"的感觉。

这个想法持续不过一秒,陈星夏对上严宵的目光,便觉大事不妙。

不待她说话,严宵一只手臂箍住她的腰,向上一提,她整个人顿时双脚离地。紧接着,严宵低头,压下了吻。

陈星夏瞬间睁大了眼睛。

面前唯一的画面,是严宵合眼前,眼中弥漫开的浅红。

严宵死死抱着陈星夏,双臂在她腰间不断绞紧,容不得她和自己有丁点儿距离。

她的嘴唇比他想象中的还要柔软,带着甜味儿,叫他想起小时候她分给自己的果汁

206

软糖。

尝一口，就会叫人上瘾。

陈星夏被吻得大脑宕机，人完全没了反应。

她也幻想过自己的初吻。

看了那么多小说，就觉得该是很浪漫，心中满是粉红泡泡。

而此刻，她心里确实是粉红色的，但不是泡泡，是一波接着一波的巨浪。

她从没想过接吻会是这种感觉。

明明快要不能呼吸了，好像随时都要晕倒，可唇齿间是最包容契合的触碰。

她感觉到严宵克制又放肆的攻势，每一次步步紧逼，都会事先给她留有余地。她只要稍稍有那么一点回应，他就会霎时攻城略地，恨不得把她拆骨入腹。

陈星夏不是对手，彻底落了下风……

不知过了多久，严宵松开陈星夏。

陈星夏的腿早软了，双脚踩在严宵的鞋面上，一只手还抓着他背后的衣服。

两人都是呼吸急促，狂乱的心跳混在了一起。

严宵捧着陈星夏的脸，拇指抹去她唇间的水光，沙哑的声音里掺着轻笑："现在明白了。"

陈星夏想暴打他一顿，更想从他身上下来，可他抱得实在牢靠，一点儿空隙不留给她。

陈星夏上衣都被他弄得卷了起来，下巴那里也痒痒的，是她织的那条围巾的毛线蹭的。

没什么力气地捶了严宵一下，陈星夏刚要骂人，巷子外传来说话声。

她吓了一跳，好在严宵反应快，抱着她去了陈家后院那边。

这里是条死路，没有人会过来。

陈星夏松口气，探头看看，是邻居家吃完饭，出来送亲戚。

送就送吧，怎么在巷子口又聊上了？

陈星夏小声说："等他们走了，我们就出去。"

严宵还搂着人，不想放开，更不想出去。

他伸手捏了捏陈星夏的下巴，说："继续。"

继续什么继续，待会儿被人发现了！

陈星夏转头就要斥他一边儿去，结果一张口，他顺势抬起她的下巴，又用唇堵住了她的嘴。

陈星夏呜咽一声，闭上了眼。

不远处，邻居和亲友还聊得火热。

巷子里，一对年轻人吻得也火热。

陈星夏不敢出声，给了严宵乘人之危的机会。

严宵知道围巾扎得她痒，中途便把围巾扯下来，挂在身边废弃的自行车上。

整个过程，他的吻都没有停过。

事后陈星夏回忆起来只觉得匪夷所思。

终于，邻居送走了亲朋。

陈星夏逮准时机，咬了严宵一口。

这口咬得有些使劲儿，严宵下唇冒出小血珠，可他非但不觉得疼，还勾着嘴角笑起来，一副还要的样子。

陈星夏赶紧捂住他的嘴，嗔道："有完没完！"

严宵动了动，灼热的唇碾了下陈星夏手心。

陈星夏好像被火烫到，甩开手，还想再训上两句，却又察觉哪里不对。

不管是严宵的脸还是他的嘴唇，是不是都有些过于热了？

陈星夏立刻看了看，这边光线不佳，但她还是看到严宵脸上起的疹子。

"这……过敏吗？"陈星夏摸摸，"痒吗？"

严宵根本没感觉，抓住陈星夏的手，贴在自己脸上。

陈星夏想起来了。

表姑今天送来的饮料是葡萄汁！

她刚才太过紧张，喝时没滋没味，只觉得凉爽，全然忘了是葡萄！

"赶紧去医院！"陈星夏拉上严宵，"快点儿！"

东棠里附近就有个三甲医院。

陈星夏火速给严宵挂了急诊，并且告诉医生严宵的过敏原。医生对症下药，一针下去，先让脸上的疹子消下去大半。

接下来，就是输液。

陈星夏给夏澜发了消息，说严宵过敏，自己陪他在家门口的医院输液。

夏澜打来电话："好端端的，怎么过敏了？是不是你把表姑送咱们的葡萄汁给严宵喝了？"

陈星夏脸涨得通红，咬牙说："我不知道。"

"这还有什么不知道的？"

"……就是不知道。"

夏澜又嘱咐了几句，让她好好照顾严宵，有事随时给家里打电话；又说时间太晚，叫输完液后，必须得严宵送她回家。

陈星夏处理好夏女士这边，扭过头，见某人看着自己。

就严宵现在这副模样，清冷感和破碎感兼具，一双含着水雾的桃花眼更是楚楚可怜，谁看了都得迷糊。

但陈星夏不再那么傻了。

上当上了那么多次，还没吃够亏吗？

"你脑子呢？"陈星夏问他，"你尝不出……你感觉不出来葡萄的味道吗？"

严宵垂眸，嘴角轻轻一翘，似是在回味："只尝出来甜。"

"你闭嘴吧。"

严宵又是笑，靠在输液椅上，一点儿病患的自觉都没有。

这一通折腾，等结束时都快十二点了。

陈星夏知道夏澜等不到她回家不会睡，不敢耽误，赶紧和严宵回到东棠里。

快到陈家门口时，陈星夏让严宵也回家休息。

可严宵握着她的手，不放。

"都这么晚了，"陈星夏抿抿唇，"我妈还等着呢。"

严宵知道，说："就几分钟。"

他都这么说了，陈星夏也不催，让他牵着，等他接下来的话。

但等了有快两分钟，愣是一个字没听到。

"你不会是要和我干站着吧？那我可……"

"抱抱。"

"我想抱抱你。"

你直接抱不可以吗？

陈星夏无语，红着脸过去，靠进严宵怀里。

208

有了实在的触感，严宵飘浮一晚的心终于落地。

他多怕刚刚发生的一切是场梦。

万幸，是美梦成真。

"小满，我知道我性格不好，也知道这么多年都是你在包容我。我很抱歉，我总是不懂该如何表达。"

又或者说，因为童年的种种，他早已经丧失了表达的能力。

在陈星夏面前，他也想让她知道自己心中所想，可他又过于笨拙，词不达意。

"我对我的生活，对这个世界都没有什么感觉，考试成绩不错也好，别人称赞也好，或者家里无视我都好，我都没什么感觉。

"我的人生可能就是一条平铺的直线吧。"

这个形容让陈星夏感到一阵窒息。

严宵才多大年纪啊，却好似把自己的未来一眼望到了头，那该是多么残忍的一件事。

"那你和我在一起有感觉吗？"陈星夏仰起头，"每次我欺负你，你真不生气？"

"不生气。"

"那……"

"那是我为数不多的快乐。"

因为她的存在，他才有了各种感觉。

包括和谢正还有苏雨萌的友谊，以及她告诉自己要和室友搞好关系所带来的同学之谊，这些人际往来，带给了他不一样的感受。

但最强烈的还是——她。

他也不知道自己从什么时候对她有了不一样的感觉，只知道他发现这份感情的时候，他就再也看不到别人。

"既然我给你这么多快乐，那你还总叫我生气？"陈星夏声音越来越小，"还非得叫我说什么意思，你说什么意思？"

严宵浅浅一笑："那我们从今天起，正式交往，好不好？"

怀里的人没有立刻回答，但严宵感到她抓着自己的手在变紧。

过了会儿，便听她回道："好。"

"以后我罩着你。"陈星夏又说，"你家里的那些事、那些人你都忘掉，我也不会让他们再欺负你。

"你记着，能欺负你的，只有我。"

严宵眼眶一热。

他轻轻松开人，女孩眼里水亮亮的，看着他的目光，是心疼。

严宵帮她擦掉眼泪，说："我记住了。"

记一辈子。

尽管他不喜欢这个世界，对很多东西都无感，但他对她的喜欢一天比一天浓烈，这是他肯定到不能再肯定的事。

"上次和你说的时候，时机不好。"严宵握紧陈星夏的手，"现在，我想再说一遍。

"小满，我喜欢你。

"只喜欢你。"

陈星夏这一觉睡到日上三竿。

她也不想这么赖床，可问题昨天，不对，是今天，睡着得是快凌晨三点了，实在起不来啊。

就连夏澜几次过来敲门,都没能把她叫醒。

差不多十点半的时候,陈星夏终于睁开了睡眼。

她伸了个大大的懒腰,摸来床头柜上的手机,点开一看,就一条微信,九点时发的。

无敌讨厌宵:醒了联系我。

陈星夏揉揉眼,偎在被窝里打字。

几乎是"刚醒"这两个字发出去的一秒后,某人的电话就打了过来。

陈星夏顿时清醒不少,下意识清清嗓,划开手机:"喂。"

"醒了?"

"嗯。"

听筒那边有微小风声,还有电动车车铃的回响,陈星夏问:"你在外面?"

"嗯。"

"这么早你就……"也不早了,她又问,"你在外面干吗?"

"跑步。"

这可是真爱锻炼了。

严宵走到一处相对安静的角落,问:"一会儿要不要出去?"

"干什么去?"

"听你的。"严宵声音里带着期待,"干什么都可以。"

陈星夏捂着嘴笑笑,夹着被子翻了个身,说:"那先去吃午饭,然后再去图书馆,怎么样?"

"好。"

挂了电话,陈星夏起床洗漱。

等穿戴好下楼时,夏澜刚做完大扫除,正在客厅看音乐节目。

"我家懒虫真会挑时间啊。"夏女士"哼"了声,"活儿干完了,也醒了。"

陈星夏不好意思,想说明天她干,夏女士又说:"要出去?"

"啊。"陈星夏应了声,"就和……"

"小宵嘛,还用说?他过敏没事了?"

一提这事,陈星夏心里就跟揣了块热炭似的,烧得慌。

毕竟严宵这回过敏的原因……

"没事了。"陈星夏甩下一句,去斟水喝。

夏澜放下心,舒了口气:"这孩子平时挺谨慎的,怎么到这种大事上反而马虎呢?等开了学,你俩在北城,你也多关照关照他。"

"哦,行。"

陈星夏喝着水应道,夏女士却是卡了两秒,皱起眉:"稀奇啊。你不该说'他用得着我管'之类的吗?怎么今天这么听话?不对劲儿。"

陈星夏直接呛了一口水。

要不要这么明察秋毫啊?

夏澜见状来给女儿拍背,接着问:"你和小宵之间有事?闹矛盾了?"

"没有。"陈星夏立刻说,"你别瞎猜。"

"那你这么听话懂事?"

"那你希望我非和你顶嘴?"

夏澜也觉得大概是自己多心了。

只是想起昨天备菜时,陈星夏表姑说的话,又不免嘀咕。

在她看来,要是女儿真的和小宵走到了一起,那就好了。

小宵优秀踏实不说，关键知根知底，人品她信得过……可问题是这两人认识这么多年，没有那方面的意思啊。

"小满，你对小宵……"

"我晚了。"陈星夏打断，"先走了啊，妈。"

陈星夏逃荒似的跑出家门。

亏得她机智，也没让严宵在家门口等，而是约的骑士铜像见，否则让"福尔摩斯·澜"看见了，指不定又会发现什么。

陈星夏小跑着过去，拐过巷口，便见那人站在老桂花树下。

他该是运动完回去洗了澡，整个人透着一股清爽，颈间的那一条蓝色围巾，被他对齐了绕在脖子上。

陈星夏不禁翘了翘嘴角，又是学着小猫，踮着脚过去。

这会儿影子的方位照不到他的视野，陈星夏不信他还能发现自己。

眼看马上就要恶作剧成功，严宵突然转身。

陈星夏来不及刹车，正如严宵所料那般，身体朝着自己扑了过来，他顺势接住人，抱在了怀里。

"你这是偷袭！"陈星夏贼喊捉贼，"无赖！"

严宵并不反驳，低头看着女孩，唇边眉角都染着笑。

陈星夏被这双桃花眼注视着，顿时消了音，有些害羞，但也情不自禁地笑了笑。

这才刚见面，两人就这么不言不语地看了对方半晌，仿佛周围的一切都成了虚化背景，只有眼前的人是实在的。

就在陈星夏想说这样好傻时，身后有谁咳嗽了两声。

陈星夏瞬间收敛笑容，差点一掌将严宵推树上，麻利拉开距离站好。

严宵看看空了的怀抱，眼里划过失落。

路过的人是张大妈。

她眼神一向不好，并没有看清刚才抱在一起的小年轻，走近了才说："两人又结伴出去啊？"

"对。"陈星夏立刻说，"上自习去。"

张大妈"啧"了声，说自家孙子将来要有他们一半好学就好了。

陈星夏礼貌地笑笑，说他们就先走了，结果张大妈喊住严宵，打量了一番。

"这围巾买的儿童尺码？"张大妈说，"这围着多奇怪啊，赶紧换一条吧。"

一旁的陈星夏一听，低下头，揪了揪书包带。

严宵上前两步立在她的身前，说："谢谢张奶奶提醒，我就喜欢这样的。"

多丑啊。

张大妈心说：现在的孩子们的审美自己也是不懂了。

从东棠里出来，陈星夏闷闷不乐。

"你还是给我吧。"她没脸看那条围巾，"我剩了毛线，可以再补。"

严宵摇头："这样就好。"

"可是……"

"我喜欢。"

陈星夏起急："这条不好呀，你干什么……"

"好。"严宵说，"这是你第一次织东西给我，很好。"

陈星夏觉得他这就是选择性眼瞎，可心里又忍不住泛起丝丝甜意。

她故意问："那我要是又织手套给你，可只织了四根手指，你也戴？"

211

"戴。"严宵比画了一个"4","这样戴正好。"

陈星夏忍笑，打开某傻子的手。

两人来到公交站，准备坐车去市中心的商场吃午饭。

不巧他们到的时候，要坐的那辆车刚开走。

于是，两人又站到车站的广告牌后面，重新再等。

今天风有些大。

陈星夏走一步，严宵也走一步，替她挡着风。

看他这么亦步亦趋的，陈星夏觉得好玩，就跟他在广告牌后面走来走去，两人好像初学交谊舞的笨鸟学员。

而等陈星夏这次又跳到严宵面前时，严宵没再配合，伸手抱住了人。

广告牌替他们遮掩。

严宵的眼神里多了几分明目张胆的炙热，陈星夏不敢与他多对视，受不了就用手捂住他的眼睛。

严宵拉下那只手，攥在手心里，说："有个东西给你。"

陈星夏笑："什么呀？"

严宵单手拉开书包，取出一枝还沾着水珠的新鲜玫瑰。

"今日份。"他说。

陈星夏惊喜，接过去放到鼻子前嗅了嗅。

陈星夏问："听你这意思，是要天天送啦？"

严宵反问："不该是天天送？"

陈星夏压不住笑，又闻了闻玫瑰："那上学怎么办啊？"

"我有办法。"严宵肯定。

"其实不用这么麻烦。"陈星夏说，"你有这个心意就好，我不用每天……"

"不麻烦。"

严宵轻抚陈星夏的脸："能送你玫瑰，我很开心。"

"真的不嫌腻？"陈星夏还想再确定，"可是天天啊。"

闻言，严宵认真地思考了下这个伪命题，理工男的属性发作起来，严谨道："你永远和我在一起，就能验证我永远不会腻。"

"实践是检验真理的唯一标准。"

陈星夏"噗"地笑起来："那我不得永远都和你绑一起？"

"不行吗？"严宵问，"我就想永远和你在一起。"

陈星夏咬咬唇，脸颊发热，故意做鬼脸挤开严宵的手，背过身咕哝自己才不要和他锁死，还说："万一你对我不好，我还要去找别的帅哥呢，哪儿就在你这里……"

话没说完，严宵从背后抱住人，语气有些严肃地叫了一声："小满。"

"干吗？"陈星夏扭头，"你敢凶我？"

严宵语调立刻放轻下来："你不要找别的帅哥，我会一直对你好的。

"我保证。"

陈星夏再藏不住笑意，转回身，扎进温暖的怀抱里，说："信你一回。"

过了会儿，他们等的车也差不多快来了。

陈星夏正把玫瑰放进书包里，手机响了下。

苏雨萌在群里疯狂输出，说她之前买的打折电影票一直忘记看，今天最后一天，小伙伴们赶紧出来，速速去电影院。

严宵看完消息，问："你想去吗？"

"那就去吧。"陈星夏说,"正好有个片子口碑不错,我还没看呢。"

严宵点头,看了看陈星夏,想到了另一个问题。

陈星夏看出来他有话想说,让他直说,不许把话都憋在心里。

严宵犹疑了下,问道:"我们……公开吗?"

陈星夏稍愣,一时没回答。

见她这样的反应,严宵想起刚刚在骑士铜像,她那么快甩开自己的手,不禁低下头,掩盖眼中的失落。

片刻后——

"先不说,行吗?"陈星夏小声问。

她快速瞄了眼严宵,想解释下为什么要这样,可严宵很干脆地说:"行。"

没给她再说的机会。

十五分钟后,苏雨萌和谢正也到了公交车站。

陈星夏和严宵就跟平时一样,没有表现出任何特殊之处。

等到了商场,四人匆匆在麦当劳吃了些东西,就跑去五楼影城兑票。

距离电影开场还有十来分钟,苏雨萌拉着陈星夏去买奶茶和可乐,让谢正和严宵去买爆米花。

奶茶店得排队,陈星夏她们就多等了会儿。

"星夏,今天多肉葡萄第二杯半价,要不我们喝这个吧?挺合适的。"

苏雨萌说这话时,恰好严宵和谢正归队。

陈星夏挠挠额头,不敢往某处看,说:"我、我不太喜欢这个口味,还是算了吧。"

苏雨萌当然不会勉强,倒是谢正这个养生达人,今天想疯狂一把,问严宵他俩要不要凑个第二杯半价?

严宵说:"我葡萄过敏。"

"哟。"谢正拍拍脑袋,"我给忘了。"

苏雨萌"啧"了声:"之前那次,咱们和盛昊约饭,严宵不还葡萄过敏进医院了吗?你这中医学得记忆力减退啊。"

谢正"嘿嘿"笑:"老了,老了啊。"

谢正走到餐单前看起别的饮料,而陈星夏则看向严宵,严宵与她的目光轻轻一对,又移开。

买完吃的和喝的,苏雨萌临检票前还想去个卫生间,谢正也想。

他俩做伴一起去,陈星夏和严宵在检票口等。

因为苏雨萌和谢正刚才的话,陈星夏这会儿心里有个疑惑,必须得问。

"那次,就是盛昊要请咱们吃饭,你为什么会过敏?"陈星夏说,"真是因为饿了没注意?"

严宵抿抿唇。

陈星夏现在对他的心思摸得越来越准,立刻严厉道:"说话!"

"故意的。"严宵低头承认,"我不想你和他去吃饭。"

饶是陈星夏有心理准备会是这样,现下听到这个回答也是又惊又气,连话都说不出来。

他葡萄过敏那么严重,稍有不慎就会导致窒息或者休克,他就为了不让她见盛昊,这种事都做得出来?

严宵就知道陈星夏得生气,所以不想说。

这会儿看她紧咬着唇,眼睛都有些红了,他一阵心疼,想上前握住她的手。

可苏雨萌和谢正这时候回来，他的手只能硬生生地收拢在腿边，无法向前。

"时间刚刚好！"苏雨萌说，"咱们……哎，星夏你等等我啊！"

苏雨萌要追上去，严宵先她一步。

速度快归快，可她也不见严宵上前和陈星夏说话，就只是在陈星夏后面跟着。

"他俩又吵架了吗？"苏雨萌问，"星夏也是，让着点儿严宵呗。"

谢正直说快别开玩笑了，还说："严同学能解各种数学难题，就是拿夏姐无解。"

苏雨萌深以为然："这还真是一物降一物哈。"

座位是四个连座。

陈星夏最先进的放映厅，接着是严宵，再来是苏雨萌和谢正。

陈星夏肯定是要和苏雨萌挨着坐。

所以，当陈星夏要第一个进入座位的时候，严宵拉住了她的手腕，没让她进去。

陈星夏愣了下，转头瞪严宵。

严宵不为所动，看着谢正和苏雨萌进去落了座，才放开手，跟在陈星夏身后，进入座位，成功坐在陈星夏身边。

明白过来某人的这个小心机，陈星夏更是来气。

本想调换座位，但他们进来得比较晚，放映厅的灯已经灭了，不好再折腾。

而且一个座位而已，非要换也显得太刻意。

苏雨萌和陈星夏小声说："严宵旁边那个座好像没人。要不我们把外套和包都放过去吧？"

陈星夏压压气，点头。

可她交了外套，却没交书包。

苏雨萌说还有地方，能放下，但陈星夏想到包里的玫瑰，怕被压到。

正想说就放她腿上吧，严宵插话："我来拿。"

严宵接走陈星夏的书包放在身前，苏雨萌一看，也没再多嘴。

电影正式开始，大家的注意力集中到大银幕上。

陈星夏也想好好看电影。

无奈她三分之二的心思都放在旁边这个人身上，总是看一段忘一段，剧情衔接不上。

陈星夏越看越烦躁，手还忽然有些痒。

她凶巴巴地看过去，就见自己的书包不知道怎么往她这边移了好多，都快要放到两个椅子之间的扶手上了。

"你干吗？能不能好好……"

话没说完，严宵的手从书包下面伸过来，握住了陈星夏的。

陈星夏心跳漏掉一拍，第一反应是看向某人。

他倒是和平时没任何区别，表情淡淡，专注地看着银幕，好像多入戏似的。

陈星夏认识他这么多年，就是被他这张人畜无害的脸骗得找不着北的。

她咬咬牙，把手抽出来。

严宵预知到她会这么做，所以她一动，他就用力，说什么都不放手。

陈星夏和他叫板，更加使劲儿往外拽，动作一大，一来一回的，弄得座位跟着晃，惊扰了苏雨萌。

"怎么了？"苏雨萌问，"地震了？我这椅子怎么总动？"

谢正看看票根："哪儿震？咱们这不是4D票。"

苏雨萌纳闷地又嘀咕两句，陈星夏则一动不敢动，手心冒汗，和严宵的掌心贴在了一起。

等过了会儿，苏雨萌不纠结了，继续看电影，陈星夏便往严宵身侧靠了靠，低声说："放手。"

严宵摇头。

"放不放？"

摇头。

陈星夏一气之下，顾不了那么多，直接一指禅去戳严宵的腰。

严宵有痒痒肉这事，除了陈星夏，没人知道。

陈星夏以为严宵肯定受不住这一指，就会放手，可没想他硬是挨了。

陈星夏不服，还要再戳。

她这一蓄力，恰好和电影里的惊悚时刻重合。

苏雨萌本就心脏提到了嗓子眼，座位再冷不丁一颤，直接和影片里的受害者共情了，吓了个激灵，手里握着的爆米花杯顿时天女散花。

事发突然，四个人都有些蒙。

放映厅里黑漆漆的，什么也看不清，苏雨萌就感觉爆米花的白点点，撒得哪里都是。

"你和严宵干吗呢？"苏雨萌看向陈星夏，这下找到根源了，"你们俩怎么一直动啊？"

她才说完，前面的观众就扭头看了看陈星夏和严宵。

陈星夏尴尬不已，恨不得找个地缝钻进去。

拿指甲狠狠地扎了扎那个这会儿还不放手的某人，她"噌"地站起来，说去卫生间。

陈星夏埋头从放映厅出来。

她走得又急又快，不知道的还以为要去找人寻仇。

快到卫生间门口，陈星夏手腕一热，人先被拽到了旁边的安全通道里。

铁门重重合上。

陈星夏不用看，上手就打。

严宵不躲不闪随她，能消气就行。

"叫你不撒手！"陈星夏气道，"丢不丢人！这电影还怎么看啊？"

严宵不接话。

等陈星夏打累了，他上前试探着，先是碰了碰手，见不躲，就把人抱住了。

陈星夏呼哧带喘，本想咬严宵肩膀一口，可他今天穿的是蓝色毛衣，她怕咬一嘴毛。

"别生气了。"严宵轻声说，一只手抚着陈星夏的后脑，"那件事都过去了。"

陈星夏推开人："过去了？你葡萄过敏有多严重，还用我说吗？你脑子里是被废水冲了还是怎么着？这种办法你都想得出来，不要命了？"

严宵垂眸，说了句什么。

陈星夏没听到，叫他大点儿声，他抬眼看过来，说："是你。"

"什么是我？"

"我的脑子里，"他重新垂下眼，"是你。"

过敏的滋味有多难受，严宵再清楚不过。

可那次除了这个办法，他想不出来还有什么能挽留陈星夏，而如果要他眼睁睁看着陈星夏去和盛昊增感情，他情愿过敏。

"那我要是没留下呢？"陈星夏问，"我把你送进医院就走了呢？"

严宵很肯定："你不会。"

你的心肠，最软。

安全通道里一向阴凉。

严宵站在风口，替陈星夏挡住了大半凉风。

可就是这样，陈星夏还是觉得后背发凉。

"严宵，你以后别这样了，行吗？"陈星夏说，"你知不知道我多害怕你过敏？过敏是会要你命的，你怎么能……"

她眼睛一红，严宵心就被揪了下，立刻抱紧了人。

"再也不会了。"他说，"我说了不骗你，一定做到。"

陈星夏抓着严宵背后的衣服，想想还是后怕。

万一那次她晚去了严宵家一会儿，又或者她压根儿没去，结果会是什么样呢？

陈星夏吸吸鼻子，狠心道："再有一次，我绝对跟你分手。"

严宵一怔，心跳登时快了，郑重地保证："绝对没有下一次，绝对。"

严宵一遍遍拍着陈星夏的背，渐渐安抚好女孩的情绪。

陈星夏踏实下来，也开始了秋后算账。

"你刚才说什么？"她又推开人，"脑子里都是我？

"你以为这话很甜吗？我才说了你脑子里都是污水，你就说你脑子里是我，什么意思？说我是污水呗。"

看她又能耍无赖，严宵卡在心口的那口气才通畅。

他说："我不是这个意思。"

"那是什么意思？"陈星夏揪住严宵下巴，"解释不到位，你别想出去。"

闻言，严宵嘴角一扬："那不解释了。"

"你……"

严宵低头靠近。

陈星夏明白过来这是什么意思，害羞地躲避，这个吻就落在了她的嘴角。

严宵没有继续强势，而是抵着陈星夏的额头，长长的睫毛向下斜垂，说："小满，我知道你不需要我用这些不理智的方式留住你。以前是我不好，我只知道喜欢，却不会喜欢，以后——

"你教我，好吗？

"我好好学，一定不叫你失望。"

陈星夏心里又甜又酸，两只手绕到严宵腰后，轻轻拽着他的衣服，说："我也不会啊，我也是第一次恋爱。

"但我不会放开你，我们一起学习进步，好不好？"

严宵笑了笑，两个酒窝在脸颊绽开："好。"

陈星夏闭上眼，感受着熟悉的气息在贴近。

就差一点儿时，她手机响了。

苏雨萌问她去哪儿上厕所了，还问严宵怎么也不见了。

陈星夏回复马上回去，拉着严宵到门口，想起什么，又说："我先进。你过一分钟再进，不然惹萌萌他们怀疑。"

严宵顿了顿，点头说好。

这场电影给苏雨萌看得记忆深刻。

散场时，她顶着清洁大妈无声的指责，点头哈腰地出了电影院。

四人回到东棠里。

谢正下周一开学，他们打算周末再出去约次饭，还当是给谢正饯行。

敲定好这事,大家在老地方骑士铜像分开。

陈星夏一路时不时观察严宵,到了巷子岔路口,她没说分别,而是问严宵要不要待会儿再回去。

严宵说:"甜宝家新出了栗子口味的糖,尝尝吗?"

陈星夏说"好啊",和严宵又出了东棠里。

走在崇光路上,陈星夏问严宵怎么对甜宝家的动态这么清楚。

严宵说:"我有店长微信。"

店长?

陈星夏记得店长好像是一个四十多岁的胖阿姨,人总是笑呵呵的。

"你怎么会有人家的微信?"陈星夏问,"你说加,人家也同意?"

"是她加的我。"

因为总去甜宝家买栗子,店长阿姨就对严宵有了印象。

有一次,阿姨的儿子来店里找阿姨,当时严宵正好在排队。

男孩一看见严宵,就激动地和妈妈说这是省状元,之前来他们学校做报告,他听过。

阿姨一听,就和严宵交谈起来。

三言两语,"交易"就这么达成了。

严宵把自己高中的笔记复印了一套给店长阿姨的儿子,店长阿姨呢,就随时和严宵播报甜宝家的动态,有问必答。

"我说我最近怎么总能吃到刚出锅的栗子饼。"陈星夏笑道,"原来是你有内部消息啊。"

严宵弯弯唇。

他每次这样浅笑的时候,都给陈星夏一种干净清爽的感觉。

就好像初雪过后的清晨,虽然还是有些凉凉的,但是也融融的,带着软软的温柔。

陈星夏忍住没上手捏一把,又说:"你这个省状元就是这么行便利的是吧?瞧你这点儿出息。"

"这个是最好的。"严宵说,"幸亏我去那个学校演讲了。"

听听。

堂堂省状元的追求就是为了知道一家栗子店的消息。

这是人类的无知惰性,还是"凡尔赛"不自知?

陈星夏就不点评了,自己偷着乐吧。

买了最新的栗子糖,陈星夏和严宵又一次返回了东棠里。

又一次到了分别的巷子岔口,两人并排站着,谁都没先说出口那句"就到这儿吧"。

又不是见不到。

更何况回了家,他们肯定也是微信不断。

可也还是不想说分开。

"要不……"

陈星夏一开口,严宵便说:"我发现了一个安静的地方,去看看吗?"

"嗯!"

陈星夏跟着严宵在巷子里七绕八绕的,来到一处转租的小洋楼后面。

这座小洋楼之前经营一家书店,是他们这片住宅区域里少有的商业用地。

只可惜,还是经营不善。

目前书店等待转让,一直空着,前后左右都没有什么人会经过。

"你怎么发现的这里?"陈星夏找了个户外长椅坐下,"还挺隐蔽。"

严宵也过去坐下,说:"今早跑步发现的。"

一提这个,陈星夏又问:"昨天弄到那么晚,你怎么不多睡会儿?非得今天锻炼?"

严宵没答。

他是根本就没睡。

一是兴奋的;二是总怕是一场梦,怕睡醒了就又回到过去。

所以就保持清醒,等到可以再次听到她的声音,才算安心。

借着后院路灯的光亮,陈星夏打开袋子,看了看里面的栗子糖。

尝试过甜宝家这么多的东西,最好吃的,还是某人给她剥的栗子。

所以,他虽然会经常带她去尝新品,但坚持给她买的,还是栗子。

他很了解她。

那她,也同样了解他。

严宵见陈星夏迟迟不吃,问怎么了?

陈星夏反问:"你不高兴了,对吧?因为我不想我们公开。"

严宵微微一愣,一时没否认。

上午的时候,陈星夏就察觉出来一些严宵低落的情绪。

可她想着解释那么多说不定反而累赘,所以见他那么痛快地答应了以后,就没再多说。

而到了下午看电影,她说要和他分开回去,他眼里的失落就有点儿藏不住了。

"你不开心,为什么不和我说呢?"陈星夏问,"我们不是说好了,一起进步?你瞒着我,我怎么知道?"

严宵不是不想说。

是觉得只要她想好的,他都去达到就是。

哪怕他心里想的是最好是所有人都知道他们在一起。

陈星夏又问:"那你知不知道为什么我不想公开啊?"

严宵摇头,但他猜可能是她觉得刚在一起,还不稳定,没必要。

陈星夏叹了口气,把糖放到椅子上,说:"东棠里的人都认识我们,明白吗?还有我爸、我妈,他们要是知道咱俩在一起……"

光想想,陈星夏就头疼。

他俩一旦公开,那不管走到哪里,肯定都得有人说什么。

自然,街坊邻里,不会说什么不好听的话,可这样会不自由啊,就好比他们谈个恋爱,一举一动却有个放大镜在旁边随时盯着。

"才恋爱,我还想再多些二人世界。"陈星夏嘟嘟嘴,"我不想谁都来说一句'啊,你们终于在一起了'。那会贡献好多八卦谈资。"

听完这话,严宵嘴角不受控地扬起来:"这么说,你是想要更多的二人世界?"

不然呢?

谁想谈恋爱还要被当大熊猫围观啊?

陈星夏说:"我也不是不想告诉萌萌。可萌萌的个性你也知道,万一说漏嘴了就坏了。所以我想再晚一点儿,等他们五一去北城找我们再说,你觉得怎么样?"

"那大学里……"

"肯定得说呀。"陈星夏理所应当,"难不成回了学校你还要和我疏远?"

如此,大石头彻底落地。

严宵之前的那些失落一扫而空。

"嗯,你说得对。"严宵说,"晚些说,我们多过二人世界。"

倒也不必一直强调二人世界。

不过有什么事就立刻说开，也值得了。

陈星夏转过头去拿栗子糖，剥开一粒放进嘴里，问："还挺好吃的，你也尝尝。"

严宵摇头："我不太喜欢吃甜食。"

"哦，对。"陈星夏放回去，"那这些就……"

"但有一种，我很喜欢。"

陈星夏问："是之前的提拉米苏？"

说着，她掏出手机百度一下上次那家店的位置，说："还是哪种？我们去吃啊。"

话音刚落，严宵坐到了她身边。

突然围拢来的体温和气息让陈星夏手一颤，不小心弄倒了腿边的糖袋子。

她放下手机，作势去捡，严宵却已经捧起她的脸。

他的掌心很热，微微潮湿，略带粗糙感的拇指摩挲着她的眼角，力道很轻，却依旧带起她体内的一阵阵电流。

"你是不是捡……"

"等等。"

严宵看着陈星夏。

先是看她的眼睛，再来是鼻子、鼻尖、嘴唇。

陈星夏莫名觉得这个眼神仿佛他已经在一下一下吻着自己。

想起昨天他们接吻，她完全不是严宵的对手，就感觉自己体内的氧气都被他掏空了。那种快要被他溺死的感觉，既让陈星夏心惊，又让她迷恋沉沦。

陈星夏抵在严宵胸前的手，下意识攥紧了他垂下的那截围巾。

她正想说什么来缓解紧张，严宵侧着头靠近来。

他的眼神回归到陈星夏的眼睛上来，始终在凝视着她，原本捧着她脸的双手，不知什么时候变成一只手揉着她的耳垂，另一只手扣着她后脑勺。

陈星夏半分退路没有，眼看着他与自己的唇还有几毫米就要触碰上时，听他低声说道——

"你就是我唯一喜欢的那种。"

先后送走谢正和苏雨萌，陈星夏和严宵也要开学了。

回到学校，严宵先帮着陈星夏搬好行李。

等陈星夏这边妥帖了，严宵才离开。

齐媛和梁亚楠已经在宿舍躺尸，宁歆前几天在群里宣布自己恋爱了，对方也是北城本地人，两人不腻到最后一刻，估计不会回校。

"我给你们带了我妈做的酥糖。"陈星夏说，"还有我朋友从南城带来的一些特产，你们也尝尝。"

过个年，齐媛脸更圆了。

她本想拒绝美食诱惑，但看梁亚楠吃得那么带劲儿，最后也还是坐过去，吃了起来。

"星夏，你南城的朋友是不是学中医的那个？"齐媛问，"南城中医医学院的。"

陈星夏说是他，还说："我这个朋友，还有他表姐，我们几个人一起长大的。五一的时候他们来北城找我和严宵玩密室逃脱，你们要是到时候不回家，咱们一起啊。"

说完，她等着室友接话，可齐媛和梁亚楠你看看我、我看看你，半天不言语。

陈星夏以为这是出什么事了，结果齐媛长叹一声，给梁亚楠微信转了二十块钱。

梁亚楠仰天长笑："君子要钱，十年不晚啊！"

陈星夏有些无语。

"哎，星夏啊。"齐媛扶额，"你刚才和严宵在楼下的十八相送都被梁哥看见了！"

陈星夏一愣："那你们都……"

"除非是瞎子。"梁亚楠做个自戳双目的动作，"不然长了眼睛的都能看出来你俩有多腻味。"

"尤其严宵！盯你盯得那叫一个紧啊，我真怕他哪天血洗咱们宿舍，让我们给他腾地。"

陈星夏本来还不太好意思，一听这话又笑起来："他要是这样，你放心把我交给他？"

"不放心啊。"梁亚楠说，"可你看我打得过他吗？"

齐媛立刻捧哏："不仅打不过，你还会死得很惨。"

陈星夏服了这两个活宝了。

不过既然都撞见了，倒也省得她措辞公布了。

"等宁歆回来，咱们商量个时间。"陈星夏笑笑，"严宵说了，请大家吃饭。"

齐媛和梁亚楠鼓掌，梁亚楠说："孺子可教也，不错，不错！"

收拾好东西，还有不少时间。

严宵约陈星夏去图书馆，她问梁亚楠和齐媛去不去。

梁亚楠说："你俩不嫌我们这两个电灯泡，我们还怕影响严宵发挥呢。"

"就是就是。"齐媛笑道，"我俩还是自由飞翔吧。"

陈星夏独自去找严宵。

走在路上，两人正闲聊着，严宵的手机响起来，是学工办的老师。

这不是老师第一次给他打电话，昨天下午就打过，想让他在校庆的时候演奏钢琴。

他拒绝了。

"好事啊。"陈星夏说，"为什么不参加？"

"耽误时间。"

陈星夏笑："你找个音乐教室练几次不就好了，不耽误你看书。"

严宵摇头："耽误我恋爱。"

没过多久，陈星夏和严宵周围的人差不多都知道这两人恋爱了。

与此同时，开学前两周的适应过渡期也结束了。

陈星夏投入专业学习中，每天和一群学霸Plus争分夺秒，把图书馆自习室变成了她和严宵的约会地。

这天中午下课，陈星夏和室友们去学校后街吃鸡公煲。

如今已经快到三月中旬，北城气温却一点儿没见提升，更没有春暖花开的意思。

宁歆说这是倒春寒，年年如此。

吃饭时，宁歆向陈星夏请教个事儿。

"之前二月十四的情人节，你和严宵怎么过的？"宁歆问，"送礼物了吗？"

又是送礼物，陈星夏的痛。

不过要说过情人节，她和严宵没过。

"我们家那天来了几个远房亲戚，托我爸办孩子转学的事。"陈星夏说，"他们在我家待了整整一天，我哪儿也没去成。"

宁歆"啊"了一声："那多可惜，你和严宵的第一个情人节。"

可惜吗？

也还好吧。

陈星夏肯定是喜欢浪漫的仪式感，但她和严宵那么多年的感情，也不会特意揪着几个日子不放。

更何况，她觉得她每天都过得挺浪漫，不需要再过分在意情人节。

"她和严宵还过节呢？"梁亚楠吐了块鸡骨头，"天天送玫瑰！再过节，人类的爱情就管不了他们了！"

陈星夏脸一红，给梁亚楠夹了个大土豆过去，让她闭嘴。

齐嫒落井下石说活该，笑道："二月十四的没过好，你们过三月十四嘛。"

"我就是想过这个。"宁歆接话，"所以才问问星夏，看看有什么活动值得借鉴。"

陈星夏说："这个的话，看电影？吃饭？"

宁歆摇头，她想要特殊一些。

四个女孩由此讨论各种约会方案，聊到一半，有人来了她们这桌。

"你是建院的陈星夏吧？"

说话的人是位学姐，留着干练的短发，戴一副黑框眼镜。

陈星夏点头："学姐找我有事？"

"我是咱们学校话剧社社长，王薇，大三，念管理系。"王薇礼貌地笑笑，"学妹，我想邀请你参加我们话剧社的校庆大戏。"

陈星夏卡了两秒，看向梁亚楠这个开光嘴。

梁亚楠憋成河豚，脸快埋饭盆里，笑得肩膀直颤。

"学姐，谢谢你的邀请。"陈星夏说，"可我不是推辞，我从小就没表演天赋，上了台和僵尸一样，根本……"

"就是要你跟僵尸一样。"

"啊？"

王薇摆手："不是！不是让你演僵尸，你不演人。"

"哦，道具是吗？道具的话……"

"也不是道具。"

那是什么？

王薇卖了个关子，让陈星夏下午六点到话剧社活动的小礼堂，到时候再说。

王薇走后，陈星夏头痛。

宁歆劝道："这是好事啊。去参加个活动，拓展拓展人脉，而且不是有思政加分？一举两得。"

"就是。"齐嫒也说，"去看看呗。"

陈星夏叹口气，心想也是，那就去看看。

她给严宵发微信说了这事，严宵表示支持，还说下了课去接她。

华凌的话剧社是王牌社团。

很多超级学霸平日里勤于学习，学累了，就会来这边解放天性。

慢慢地，社团不断壮大，还真出了几位能人。

其中有个物理系学长就因为参加话剧社转型当明星了，现在在网上立的就是学霸人设。

陈星夏到了小礼堂，还没进去，就被里面气吞山河的高昂台词震了下。

是正在排练的原创话剧《李白不是仙》。

王薇站在台前指导，远远瞧见陈星夏来了，把活儿交给副导演，下了台，来找陈星夏。

"怎么样？"王薇问，"我们这班子是不是还挺像那么回事？"

确实。

没来之前,陈星夏以为学生话剧就那么回事,来了之后,发现很专业。

陈星夏说:"学姐,我们高中原来每年都会举办话剧节。可是我……"

"那是没有适合你的角色。"王薇打断,"跟着姐,包你火。"

王薇说,话剧社的校庆大戏也是原创剧本。

讲了一个大学生被大众误以为见义勇为后,让网络塑造成了全民英雄,又被网络推入深渊的讽刺故事。

里面加入了神话元素,而陈星夏就是演大学生梦中求助的仙女。

"到时候,你就站在高台上。"王薇举起手,"灯光'欻欻欻'对着你!仙气'嗖嗖嗖'吹着你!你呢,什么都不用干,一句台词没有,就笑。"

王薇咧嘴:"完事。"

陈星夏愣了愣,没忍住,笑出了声。

王薇非但没恼,还激动地拍手:"就是这个!你就笑!你的笑容特别有治愈力!"

了解完大致意思,陈星夏觉得这个任务倒也还能胜任。

王薇叫她考虑下,自己又回台上继续指导话剧。

陈星夏坐在观众席上一边看话剧,一边琢磨王薇的话……直到手被握住。

这是她再熟悉不过的体温,陈星夏都不用确认,转过头就是甜甜一笑:"你来啦。"

严宵因为这个笑一顿,克制了下,递去一瓶还热着的可可奶,舌尖轻抵下嘴唇,说:"告诉你演什么角色了吗?"

陈星夏点点头,尝了一小口可可奶,复述了一遍王薇的话。

"听着可以。"严宵说,"你感兴趣就试试。"

陈星夏嘟嘟嘴:"可每天都要排练啊,就算我戏份少,也得来。哪有那么多时间?"

"怕耽误学习?"

"不只是学习。"陈星夏说,"还有我和你也……"

严宵弯了弯唇。

这笑让陈星夏立刻想起某人之前说的耽误恋爱的话,掐了掐人。

严宵拉起那只暖暖的手,握在自己的两只手中,轻轻地搓搓,说:"我每天陪你来彩排。"

"那多耽误你啊!"

"这样才不耽误。"

陈星夏绷着嘴角,看看周围。

见没人注意他们这里,她便大着胆子凑上前亲了严宵一口。

严宵抓住机会搂住人不放,刚才想吻她的冲动,这下有些克制不住。

正想说出去,附近有人清了清嗓。

陈星夏赶紧坐直,严宵则没收回手,还帮她理理头发,才看向出声的方向。

那里站着个女生,身姿修长,气质和宁歆有几分相似,都是女神范儿的那种。

"不好意思,打扰你们啦。"女生吐吐舌头,"我是话剧社今年招的大一新生,在数科学院数学系,我叫孟聆。"

一听数学系,陈星夏很自觉地心生佩服。

她那个数学要不是靠某人一直给她辅导,最后高考得不了那么高的分。

陈星夏站起来,说:"你好。我是建院的陈星夏,我来这里……"

"我知道。"孟聆笑了笑,上前两步,"我们剧里的那个仙女简直是为你量身定做的,你一定要来帮帮我们呀!"

说着,孟聆还做了个拜托拜托的动作,和她的女神气质形成了反差,谈不上可爱,但也有一点点萌。

陈星夏对孟聆观感还可以,想再聊几句,不巧有同学这时喊孟聆去帮忙。

"那我先去了。"孟聆轻笑,"期待你的加入啊。"

随后,陈星夏和王薇说她再考虑一个晚上,明早一定回复,就和严宵离开了小礼堂。

走在去食堂的路上,陈星夏暂且放下话剧的事,想起中午宁歆她们说的话。

"马上就是3月14日了,我们过吗?"她问,"就下周五。"

严宵稍愣:"3月14日?"

"对啊。"陈星夏说,"你……不会不知道吧?"

严宵拿手机要查,陈星夏收过去。

本来想借机会嘲笑几句,但陈星夏转而一想,一个哑巴精能知道2月14日就不错了,还能指望他什么都知道?

她解释了一下,说就是白色情人节,没有2月14日那么重要,但也有人会过。

一听是情人节,严宵说:"我们过,你想去哪儿?"

陈星夏说不知道,还说:"那天你下午满课吧,不如就晚上出去吃顿饭好了?"

严宵思考起来,而陈星夏也不过随口一问,并没想多麻烦,就又转移了话题。

"你答应老师表演钢琴了吗?"她问,"我听宁歆说老师那边很执着,非要你上。"

宁歆会大提琴,这次校庆也要登台表演。

负责他们这些乐器演出的老师总和他们说航天学院的某个同学不得了,学习拔尖儿不说,钢琴水平也出众,不知道爸妈怎么培养的。

学校一向重视,也非常愿意向外界展示这样优秀又多才多艺的学生,几次给严宵打电话游说。

可严宵并不想参加。

他不愿意把时间浪费在这些事情上。

"不去。"严宵说。

陈星夏挑眉:"耍大牌呗?显摆你弹琴弹得好,人家都要你。"

看着那双小鹿眼里的狡黠俏皮,严宵捏捏女孩的手,说:"弹得不行,有人点评和猪叫一样难听。"

"哎,你可别侮辱猪。"陈星夏说,"猪叫多可爱啊。"

严宵又说:"那不知道我弹的《小星星变奏曲》,和猪叫比,哪个好听?"

陈星夏笑了:"你还记得啊。"

那时他在她家练琴,她天天去搅和骚扰。

直到有一天一首她最喜欢的《小星星变奏曲》响起,才叫她歇了捣乱的心思。

严宵牵着陈星夏的手,把人拉到身前,低头说:"关于你的,我都记得。"

陈星夏红着脸,点点严宵的脑袋,说他吹牛。

她挣开手走到前面去,又被严宵拉回来搂在怀里。

此刻夜色朦胧,街灯的光也朦胧。

光影落在严宵的脸上,渲染着那双深情的眼眸,温柔得快要把陈星夏融化了。

"没骗你。"严宵说,"我记得。"

不管是她的喜好、厌恶、习惯,还是她的一颦一笑……他都记得。

陈星夏沉溺在那双桃花眼中,伸手拨了拨严宵的耳垂,说:"你参加校庆表演吧。"

"嗯?"

"琴房和小礼堂挨着,你练习完就可以来找我。"陈星夏说,"什么都不耽误。"

"可是……"

陈星夏双手扶在严宵的肩膀上,踮起脚在他耳边说:"我好久没听你弹琴了。"

严宵一怔,张口要说什么,陈星夏一下抱紧了他。

陈星夏把半张脸埋在严宵的颈侧,声音有些瓮声瓮气的,还带了些小小的撒娇意味。

"你弹得很好听。

"样子也……特别帅。

"我想看。"

为着陈星夏一句话,严宵也踏上校庆表演这条不归路。

不过好在他是独奏,老师给了他一间琴房的钥匙,让他自主安排时间练习,但大彩排的时候必须服从集体安排。

周三,下午下课后。

陈星夏收拾好书包,准备和室友一起离开教室。

梁亚楠说:"你不等严宵来接你吗?他每天跨越千山万水不也得来勤学楼吗?"

从某种程度上看,严宵是个非常固执的人。

就好比接人这事,严宵认为要接陈星夏,就必须到陈星夏所在的地方才可以。

所以即便航天学院的蓝梦楼和建筑学院经常去的勤学楼是全校隔得最远的两栋教学楼,严宵下了课也要过来接陈星夏。

"太远了。"陈星夏说,"我们一人走一半,在进步碑见面正好。"

梁亚楠"哟"了声:"这不得影响严宵二十四孝好男友的考勤?他能同意?"

一开始是不同意。

但陈星夏说节约下来的时间可以多见面,严宵就又肯了。

陈星夏推梁亚楠这个洞若观火的大嘴巴,叫她快走,少贫嘴。

四个人出了教室,下楼时与正上楼的孟聆遇上。

孟聆看见陈星夏,很热情地打招呼,还做了个Wink,说:"今天彩排王薇学姐说是要晚些到,可以多偷懒一下哦。"

陈星夏笑了笑,和人家友好分别。

等出了教学楼,齐媛和梁亚楠嘀咕什么。

宁歆叫她俩别吃独食,有话说出来,齐媛便说:"我就是觉得这个孟聆好违和。"

明明是宁歆这种知性女神气质,却偏要做一些可爱俏皮的动作。

又或者要是像陈星夏这种天生灵动挂的也行,本身就和洋娃娃似的精致明艳,随便一个小动作也能甜到人。

现在这么一弄,就非常别扭。

"她可能是女神的外表,甜美的心吧。"陈星夏说,"个人习惯而已。"

倒是这么个道理。

齐媛也就是碎嘴了两句,没别的意思,又聊起别的。

四人有说有笑来到进步碑。

隔着一段距离,陈星夏就已经看到路边那抹挺拔的背影。

碍着室友都在,她不好飞跑过去,但梁亚楠这个大嘴巴又直接戳破:"想去就去呗,我们又不是没见过。"

陈星夏皱皱鼻子,在面子和男朋友之间犹豫不过一秒,还是压着笑跑了过去。

严宵就跟有心电感应似的,在陈星夏快到他身边时,转过身,张开双臂接住了人。

这一幕看得宁歆羡慕死了。

"我男朋友怎么就不能和我一起念书呢?"她说,"我也想这样。"

闻言，梁亚楠和齐媛一人架住宁歆一边。

齐媛："你还有我俩单身狗陪驾啊。"

梁亚楠："就是！走！摆驾三食堂！"

陈星夏今天想吃校外的一家焖面，严宵陪她。

两人手牵手走在校园小路上，周围有不少学生已经骑上自行车。

"等天气再暖和些，我也买一辆吧。"陈星夏说，"媛媛说她知道一家质量又好又便宜的店，离学校不远。"

严宵说："不用，我接送你。"

"那我早上的课呢？要是赶上你没课，你不睡了？"

"送完你正好去自习。"

陈星夏又开始压着想要翘起来的嘴角。

她最近几乎每天都要重复这个动作几十次，再这么下去，要是有了皱纹，她唯某人是问。

但话又说回来，航空航天专业的课程非常繁重，陈星夏实在不想严宵那么辛苦。可想要多些时间和他在一起的愿望又很强烈……

想了想，陈星夏觉得干脆不要送，就接好了，上课的时候她可以蹭梁亚楠的车去。

她刚要说，夏女士的电话打了进来。

"喂，妈。"

"下课了？"

"嗯，刚下，准备去吃饭，有什么事？"

夏女士"哼"了声："没事就不能给你打电话？"

夏澜最近觉得她家这款漏风小棉袄漏的风更多了。

以前还知道时不时和家里打打视频，现在连在家庭群里说话都少，问就是正忙。

一个大一学生能有多忙？

陈星夏冤枉，她是真忙。

忙着学习，忙着话剧彩排，当然，也忙着谈谈恋爱。

"我们四月底校庆过去了，就好了。"陈星夏说，"到时候晚上基本就没什么事了。"

夏澜一听，叹一口气："行吧。那这段时间忙归忙，也得注意身体，不许一懒了就不吃饭，知道吗？"

"知道，我最听妈妈话啦。"

明知小皮猴这话是哄人的，夏女士心情还是好了起来。

"去吃饭吧，注意休息。"

陈星夏应了一声，正要挂电话，腰间忽然一紧，脸边的头发被一阵呼啸而过的冷风吹起来。

严宵抱着陈星夏，护在怀里，扭头看向骑车过去的学生。

学生叫这冰冻眼神弄得后背一紧，抬抬手表示对不住。

"没事吧？"严宵问。

陈星夏摇头："这人怎么在人行道上骑车？"

"估计赶时间。"严宵重新牵住人，"之前说除了想吃焖面，还有什么？"

"奶昔，新口味，山楂的。"

"奶昔可以做热的吗？"

当然不能。

眼看着某人的爷爷属性又要复苏，陈星夏赶紧据理力争，说可以少冰，喝起来不凉。

225

严宵能不知道她的小心思吗,坚持说不行。

陈星夏见做不通工作,一着急就说别人的男朋友可不像他这样,人家都是跟着女朋友一起喝,就他非管着。

"别人女朋友吃凉的肚子不会疼。"严宵逻辑非常清晰,"而且,我也不是别人的男朋友。"

"是你的。"

陈星夏这下又绷不住笑,还想再胡搅蛮缠,就听哪里有人在喊"小满"。

严宵也听到了,和陈星夏四下寻找,发现声音来源在陈星夏的外套口袋里。

陈星夏拿出来一看,差点儿休克!

她没挂夏女士电话!

陈星夏头皮发麻,捂着嘴不敢说话。

而夏女士还在声如洪钟地喊道:"小满?你在哪儿了?小满!"

陈星夏太阳穴疼,颤悠悠地接上电话:"妈。"

"你刚才和谁说话呢?"夏澜立刻问,"我怎么好像听见什么男朋友、女朋友的?你是不是谈恋爱了?"

"没、没有啊!"陈星夏忙说,"你听错了,我那是……"

"和妈妈撒谎是吧?"

陈星夏秒怂,索性把手机丢给身边那位,说:"我和严宵在一块儿呢,你问他!"

严宵接过这个烫手山芋,礼貌地道:"澜姨好。"

"是小宵啊。"夏澜不由得放心了些,"刚才是怎么了?我这边也听不清,就听小满和谁说话。"

"是和我说。"

严宵解释两人就是闲聊,陈星夏说的男女朋友是其他同学。

夏澜还是很相信严宵的,听完不再多疑,松了口气:"小宵,你在学校里一定要替阿姨多盯着小满。她这孩子平时看着挺精,实际单纯得很。阿姨怕她被骗了。"

严宵看了眼在那儿捣乱戳他痒痒肉的女孩,深呼吸,说:"澜姨放心,我会盯着的。"

随后,夏澜又和陈星夏嘱咐几句,才挂断电话。

确定没有夏女士的远程"监听",陈星夏立刻恢复小霸王的做派,说:"真不公平!为什么你说的话,我妈就信,我说的她就不信。"

严宵说:"澜姨没有不信你,是不放心你。"

哼,可会向着长辈,在长辈那里卖乖了呢。

陈星夏噘噘嘴,看到严宵身上被自己弄皱了的衣服,又说:"你这痒痒肉是不管用了吗?"

说着,还往严宵腰间再摸了一把。

"不痒啦?"

严宵喉结滚动,攥住那只作乱的手。

痒还是痒的,但不是那种痒。

严宵沉沉气,转移话题:"你想什么时候和澜姨他们说?"

"再等等呗。"陈星夏觑着某人,"而且我爸妈一直以为我没谈,不还给了你机会多盯着我吗?"

严宵浅浅一笑:"机会本来就都是我的。"

陈星夏愣了下,立刻甩开手,跑到前面:"你现在太得意了!我决定……"

严宵上前把人拉回来,说:"我不同意。"

"你很厉害啊,还敢……"

"你不听,我和澜姨告状。"

陈星夏哭笑不得:"那你告去啊,告的就是你自己。"

严宵也笑,伸手别了别女孩耳边的碎发,手指绕着她圆润小巧的耳垂摩挲。

严宵知道,他们恋爱的时间还短。

女孩子都爱浪漫,不想那么快就有长辈盯着的束缚,所以尽管他内心急切地想以公开的方式把人圈牢,可更多的,他想她开心。

别的女孩可以甜蜜地恋爱,他的小满要比她们更甜。

"你想什么时候说都可以。"严宵说,"我听你的。"

陈星夏笑着抓住某人的手,对它各种揉捏搓圆。

严宵都随她,另一只手拥住女孩的肩膀,侧低下头对她说:"但只要你点头了,我就去揭发我自己。"

吃完晚饭,严宵陪陈星夏提早到了小礼堂彩排。

严宵今天不练琴,就在观众席后面找个位置看书,等着陈星夏。

陈星夏直奔后台去拿她的简易仙女服——一件破袍子,等一会儿到她登场,走位对了就好。

进化妆间时,王薇正和男主角说戏。

孟聆不是说王薇今天会晚到吗?

王薇时间观念非常重,最讨厌迟到,估计是自己也不想违背吧。

陈星夏和王薇打声招呼,就去找衣服。

她的袍子被压在好多道具服装下面,很难拽出来,一学长见了,就好心帮了一把。

不想有人说:"徐建,你挺热心的嘛。一个连龙套都跑不了的,还有心思管咱们的待爆小仙女?"

黄月秋手指卷着长发,颇为挑衅地看了陈星夏一眼。

要说陈星夏演的这个角色,别看是花瓶摆设,但等演出那天掀起的热度,说不定会盖过主角。

网络快时代,谁不喜欢看美女呢?

这也是王薇非要陈星夏来的原因,就为了到时候有话题好炒。

而据说,黄月秋和王薇争取了好几次仙女这个角色,都被王薇以"我要的是仙女,不是妖孽"为理由,拒绝了。

黄月秋心里一直恻着气。

从陈星夏第一天开始彩排,就和陈星夏各种八字不合。

徐建这人很实在,回道:"顺手的事,和我跑不跑龙套有什么关系?倒是你,这里好多衣服都是你乱丢的,是不是该收拾一下?"

黄月秋"喊"了声,就不收拾,转头走了。

陈星夏在徐建的帮助下拿到袍子,她和学长道了谢,就站到不碍事的角落,等着一会儿彩排。

这会儿空隙,她翻着手机背单词。

忽然手边一热,孟聆给她递来一罐咖啡。

"我刚才都听说了,黄学姐又阴阳怪气了是吧?"孟聆说,"你别往心里去,她这是嫉妒你。"

陈星夏觉得也未必是嫉妒。

换位思考，自己拼命争取的角色落到一个毫无表演经验的人身上，心里多少会有不服。

"谢谢你请我喝咖啡。"陈星夏说，"你的……"

那个"呢"字未出口，陈星夏稍愣了那么一下。

不为别的，就是孟聆穿的这件蓝色卫衣，和严宵的某件衣服很像……陈星夏由此回忆了下，惊奇地发现孟聆似乎也很喜欢蓝色系的衣服，前几天背的包都是蓝色。

陈星夏莫名有种微妙感。

孟聆笑了笑，说："你想问我的咖啡吗？刚才喝完了。"

陈星夏点点头："下次我请你喝奶茶。"

"好啊！"孟聆应道，"我先去忙，待会儿彩排加油哦！"

孟聆走后，陈星夏也没再多想孟聆喜欢蓝色系穿搭这事，毕竟蓝色又不是什么小众颜色，喜欢的人很多。

她继续背单词，背到卡壳，十分想骚扰一下场外的某人，但想到他好不容易可以安静地看会儿书，还是体贴一回吧。

观众席上，严宵几次看手机，没见有消息，也不好过分打扰。

他继续解上午和张明铭没讨论出来的那道力学题，身边隔着的几个座位，有人坐下。

"你是星夏的男朋友吧？"孟聆拿着两罐咖啡，"我多买了一罐，你喝吗？"

严宵道谢，说不用。

孟聆也没强求，自己开了一罐，喝起来。

因为喝得有些急了，不小心打了个嗝，她尴尬地赶紧捂住嘴，看向严宵。

严宵专注地解题，根本没听见。

孟聆握紧咖啡，酝酿着说些什么，这时，严宵的手机响动，他放下笔，接起电话。

"对，14号晚上七点。"

"两位，靠窗，靠钢琴。"

"谢谢。"

挂了电话，孟聆笑着说："14号啊，白色情人节。你要和星夏过节吗？"

一听"星夏"二字，严宵看了孟聆一眼，点头："是。"

孟聆双手合十，露出星星眼："好羡慕你们啊！你们感情好好！"

"谢谢。"

"听说你们还是青梅竹马呢，这种从小一起长大的感情是不是很特殊？有友情又有亲情，那你们的相处模式是不是也就跟家人似的？"

严宵扫着草稿上的数字，心算出一个数字，只回了两个字："不是。"

这种明显不想和陌生人多聊的态度令孟聆又吃了回闭门羹，她转而说："不过星夏真的好漂亮，我是男生我也喜欢。我们社学长徐建，外号黑脸包公，对谁都爱搭不理的，就主动帮星夏弄衣服。"

严宵拿笔的手一顿，语气冷淡道："同学之间帮忙，和长相无关。"

孟聆心里"咯噔"一下，忙说："我的意思是……"

话没说完，孟聆又微微一怔。

因为上一秒还生人勿近、气势逼人的男生，这一秒又温柔下来。

"但我的女朋友确实非常漂亮，各方面都完美无瑕。"

陈星夏跟着剧情走了遍台，就算完成彩排。

王薇对她也比较宽松，叫她走完台就可以先走，没必要干耗着。

陈星夏收拾好了东西去找严宵。

严宵看她手里拿着一罐咖啡,问是哪里来的?

陈星夏说:"孟聆给的,你喝吗?"

"给张明铭。"严宵接过去,"他喝了也能睡得着。"

严宵送陈星夏回了宿舍。

屋里,室友们都在温书。

她们宿舍的氛围一向是这样,该玩的时候痛快玩,该学的时候就踏实学。

见陈星夏回来,梁亚楠伸个懒腰,说"时间不早了,就看到这儿,洗洗准备睡吧"。

陈星夏脱下外套,问:"宁歆还在彩排?"

"在楼底下春风连廊里打电话呢。"梁亚楠叹口气,"你俩这恋爱谈得,完全不顾别人死活。"

陈星夏笑了笑,本想安慰下室友,齐媛忽然举着手机喊:"你看,星夏!告白墙上这张便利贴是你和严宵写的那个吧?"

之前陈星夏"恋爱脑"上头,在华凌的告白墙上和严宵搞了个高调官宣。

这一行为幼稚归幼稚,但也基本让全校都知道了两人在谈恋爱。

为此,不管是陈星夏还是严宵,身边很久都没有示好的异性。

可是眼前,就在两人的那张便利贴旁边,有人画了个箭头,写着:我觉得你们两个不合适,趁早分了吧。

"这谁这么缺德?"梁亚楠问,"人家恋爱轮得到你说合适不合适?男的女的?有病啊。"

齐媛说:"学校贴吧上不少人议论这事。星夏,你觉得是谁?"

陈星夏摇头。

她和梁亚楠一样,连是男是女都不知道。

陈星夏回床上拿来自己的手机看帖子。

从开贴到现在半个小时的工夫,就盖到三百多楼。

不少人和梁亚楠的想法一样,觉得在人家情侣旁边写这种话的是神经病,但也有一部分人认为陈星夏和严宵就是不配。

同学A就说: yx是省状元! cxx呢?最多在市里排靠上号吧,智力就不对等。

而同学B说: cxx哪点配不上?人家学习也不差,长得还漂亮呢!

同学C接话: 我听说cxx和yx从很小的时候就认识,这不就是近水楼台先得月吗? cxx捡了个大便宜!不然哪里轮得到她?

…………

双方争执不下。

"星夏,你要不要告诉严宵啊?"齐媛说,"这里好多都是胡说八道。"

陈星夏按灭屏幕,说:"应该是谁无聊闹着玩或者博人眼球吧,过几天就消停了,不用理。"

更何况严宵被教授赏识,最近进了实验室,每天挺累的,她不想给他添不必要的负担。

梁亚楠说:"也是。帖子过段时间也就沉了,不用上心。"

陈星夏确实没入心,也没当回事,放下手机去洗澡了。

转眼,14号到了。

这天是周五,陈星夏一下午没课,严宵满课。

两人约了六点宿舍楼见,一起去市里的一家西餐厅吃饭。

餐厅是严宵订的。

陈星夏问他是什么餐厅，他怎么都不肯说，对于制造惊喜非常执着。

陈星夏嘴上说他根本制造不出什么浪漫来，心里则满怀期待。

不过在享受情人节之前，她还得去小礼堂排练。

说来也巧，参与话剧演出的学生在周五下午居然只有两人有课。

这么好的排练机会，王薇自是不能放过，来不了的那两人，她一人分饰两角，推进剧情就是。

陈星夏这个花瓶又在漫长候场中等着走一遍台。

她利用没到她的这段空隙温书，时间倒也过得快，而且想想待会儿能见到某人，她就心情大好。

快背完十页单词的时候，休息室里起了争执声。

"明天我得代表学校参加比赛，你跟我说你忘了拿我的戏服？"黄月秋喊道，"现在的大一新生是都缺脑仁吗？这么简单的事都干不好，还能干什么！"

陈星夏看过去，就见孟聆脸色苍白，红着眼睛道歉。

"学姐，我不是故意的，我今天……"

"我不想听理由！"黄月秋很强势，"我就问你，我明天比不比赛？"

这周末，社团之前排练的话剧要参加市里的比赛，道具服是孟聆打理。

黄月秋真要怨起来，孟聆的确有责任，只不过——

"这个黄月秋也是的。"有社员小声说，"大家的衣服都是送到校外那家干洗店，就她特殊，一会儿要收腰，一会儿改裙长，非叫人跑去外面的服装店弄。"

"那谁叫人家有钱？衣服都是自带，金贵着呢。"

前面，黄月秋还在数落孟聆。

围观的人一多，有学姐出来劝和，黄月秋也不想太得理不饶人，说："现在还有时间，你把衣服给我拿回来，这事就过去。不然，我一定让你离开社团！"

大家散去，陈星夏给孟聆递去纸巾。

孟聆道谢，说自己时间不多了，得赶紧去拿衣服。

只是人才走出去几步，就忽然弯腰捂住了肚子，陈星夏过去一看，孟聆嘴唇上也没什么血色。

"怎么了？"陈星夏问，"生理期？"

孟聆点头："没事……我去……"她腿一软，人都要站不稳。

陈星夏扶着孟聆去一边坐下。

生理期的痛，陈星夏有过，她知道孟聆这会儿得多疼，不由得动了恻隐之心。

她看看时间，才四点，应该赶得及六点回来。

"我替你去吧。"陈星夏说，"你告诉我地址。"

"那怎么行？你还得彩排呢。"

陈星夏笑笑："没事。我和王薇学姐说一声，我就走个位，没那么要紧。"而且放眼整个社团，现在也就她这个闲人能跑这一趟了。

"那……麻烦你了。"孟聆感激道，"谢谢你，星夏！"

服装店离学校大概四十分钟的路程。

陈星夏给严宵发微信，告诉他自己要跑趟腿，叫他下了课直接去小礼堂接自己就好。

严宵当时正上系主任的课，看到这条消息时五点多了。

张明铭看他皱了下眉，问："怎么了？"

"没什么。"严宵说着，又给张明铭看了地址，"地方偏僻吗？"

张明铭无意间扫到小情侣之间的对话，笑了笑："不偏，这才哪儿到哪儿。"

不过,那片区域这两年进行旧房改造,还赶上新修地铁,交通情况比较差。
但按照陈星夏这个进度,赶不上晚高峰,倒也还好。
"放心,不耽误你们过情人节。"张明铭叹了口气,"甜蜜去吧。"
严宵没说什么,拿回手机给陈星夏发了消息,告诉她晚些回来也没关系,有事一定给他打电话……
陈星夏没遇上什么难事。
就是服装店的老板不在店里,而店员说黄月秋的那件衣服是奢侈品,锁在房间里,没有老板的钥匙,谁都进不去。
眼看已经五点二十分,陈星夏甩手不干走人不是,这么一直等着也不是办法。
"麻烦您再给老板打个电话问问行吗?"陈星夏说,"我待会儿还有事,拜托了。"
店员小姐看着新做的美甲,不耐烦道:"我一个打工的,怎么能老催老板呢?你也体谅我一下好吧。"
陈星夏无法,只能继续等。
五点半一过,严宵下课后前往小礼堂。
一下午的彩排已经结束,晚上不排,小礼堂这会儿空荡荡的。
严宵想发微信说他到了,又怕这样是变相催陈星夏,就默默找了个避风的地方耐心等待。
天色越发黯淡。
六点时,陈星夏说她拿到衣服,现在打车回学校。
严宵不想她折腾,想叫她直接打车去餐厅,自己也往那边走,可又摸不准路线和时间,怕陈星夏到早了等自己。
正犹豫,有人叫了他一声。
孟聆从小礼堂出来。
她穿了一件雾蓝色的薄款毛呢大衣,和陈星夏前段时间买的一件特别像。
还有发型。
陈星夏从小都是留长发,没染过,也没烫过。
但开学前,因为苏雨萌烫了头发,她也跟着烫了,又因为她发量多,不敢烫小卷,就烫了弧度很大的卷,时间一久,就变成微微卷的长发。
和孟聆现在一样。
"你是不是等星夏啊?"孟聆问,"都怪我。我之前不舒服,星夏就好心帮我忙,给你们添麻烦了。"
严宵并没有打量孟聆,但冰冷的眼神也着实叫人畏惧。
孟聆心跳加快,维持着笑容:"没什么事,我就先走了。你回头见了星夏,再替我谢谢她啊。"
说完,孟聆下了台阶,走出去一段后又转过头,挥手:"我听说你数学特别好,还拿过金牌呢。我以前也参加过数学比赛。"
严宵冷淡地点点头,一字都未回应。
另一边,远在市中心还堵着的陈星夏可是热得不行。
她擦擦额头的汗,问:"师傅,还有多久啊?"
"这我哪儿知道?"师傅烦躁道,"要不是看你顺路,我真不想拉。这下可好,还是堵在这里了。"
陈星夏给严宵发微信,说自己堵车堵得厉害。
严宵让她告诉师傅直接去餐厅,他现在也去,在餐厅见。

陈星夏和师傅说，师傅表示无语："青年路也堵啊！今天还是什么白色情人节，更没法儿开。你想去，一会儿下了车，另打一辆吧。"

陈星夏说："那我要不就在这儿下吧，我走出去……"

"同学，"师傅扭头，"合适吗？你让我堵这儿了，你自己走？"

这司机五大三粗，陈星夏又人生地不熟，不敢顶撞，只能吃了这个亏。

耗了将近半个多小时，车子终于开出最堵的这片区域。

陈星夏下车，照着导航的指示，想去好打车的地方重新叫一辆车。

可有时候就是这样，好的不灵坏的灵，她的手机没电了，她又不认识路，问了好多行人，才到了一片车子畅通的地方。

等到餐厅时，已经八点，早过了预订时间。

陈星夏到前台交涉，领班的服务生看她的长相和穿着，和之前听到的描述非常相似，就问是不是严先生的女朋友？

陈星夏点头："是我！他在里面了？"

"抱歉。"服务生说，"今天是用餐高峰，一旦超时，我们不保留座位。"

"不过严先生留话说您到了之后，请在这里等他。"

"他呢？"

"去找您了。"

陈星夏向餐厅借了充电宝，一开机，密密麻麻全是严宵的消息。

陈星夏来不及细看，忙拨过去电话，就听那边的人接通后喊了一声"小满"。

严宵很少情绪波动，声音也一贯如此。

可这会儿，陈星夏听出了焦急、惊喜、激动……多种情绪交杂在一起。

陈星夏鼻尖一酸，说："我在餐厅了，你在哪里？"

"别动，我过去找你。"严宵立刻说，"等我。"

一刻钟后，严宵也到了餐厅。

他头发都被汗濡湿了，冷白的脸泛着红晕，看不出是热的还是冻的。

他来到陈星夏身前，想要握住她的手，但想起自己手凉，又收了回去。

陈星夏见了，就立刻反抓住了他，握在掌心，帮他取暖。

"我手机没电了。"陈星夏解释，"我又不认识路，耽误了时间。对不起。"

严宵猜到是她手机没电。

可心里还是放不下，就给餐厅留了话，自己沿着服装店到餐厅的这段路找。

"不用道歉，你什么都没做错。"严宵说，"没事就好。"

陈星夏窝心，给严宵擦擦汗，严宵又说："饿了吧？"

闻言，陈星夏哭丧着脸，闷声说："吃麦当劳行吗？我还得赶紧回学校给学姐送衣服。"

悬着的心已然落地，严宵冻僵的脸也有了知觉。

他捏捏陈星夏的手，微笑着安慰："吃什么都好，我们下次再来这里。"

好好的一个情人节，过成这样。

陈星夏也是纳闷了，他俩是和情人节有仇吗？

怎么一要过节就有事呢。

陈星夏和严宵就近找了一家麦当劳。

其间，严宵一直哄陈星夏，怕她不开心。

陈星夏想他才是倒霉，本来都安排那么好了，因为她一时帮个忙，最后只能和她随便吃这些。

"明年！"陈星夏保证，"明年情人节我一定什么也不干，就等着和你过节。"

严宵问："只有明年？"

"还有后年、大后年……干吗这么看着我？"

严宵帮着又挤了袋番茄酱，递过去时，说："可以说从今往后。"

陈星夏听出这话里的意思，终于笑了："就你语文好！"

快速吃完东西，两人准备打车回学校。

临走前，严宵去趟卫生间。

陈星夏留在座位上，在小群里和梁亚楠她们发完消息，顺手点进朋友圈，看到建筑系二班一个同学刚刚发了个贴吧链接。

配的文字是：真有这么玄？

陈星夏好奇心重，点了进去，不想喂了自己一只苍蝇。

这个帖子的名字叫作《情人节都过不好的就是没缘分，趁早分了吧》。

今天正值情人节，这帖子一发，引发了许多同学讨论。

贴主说有些情侣明明设计好情人节该怎么过，但最后偏偏过不成，这就是种暗示，证明你和他成不了。

不少人问贴主是懂玄学，还是有经验。

而贴主甩下这些勾人的话以后，就没再出现过，倒是有些学生在底下发了自己的亲身经历，类似没过成情人节，很快就分手了。

有一个最夸张的，说自己和男朋友当时不管是烛光晚餐，还是海景酒店都预订好了，结果吃饭前遇到同学车祸，两人帮着送人去医院；等处理好医院的事，想着还能去酒店浪漫浪漫，结果酒店着火，封了。

两人最后随便找了个快捷酒店住下，晚上吵了一架，转天就分手了。

这个回复看得陈星夏浑身难受。

一个情人节而已，又不是月老下凡来绑红线，怎么没过成就会分手？

陈星夏皱着眉打字说请大家不要迷信，感情是自己经营的，和这些没关系。

她刚发出去不久，贴主突然冒了出来，回复她：你是不是就没过成？害怕分手啊？

就你有嘴会说？

严宵回来，就见陈星夏瞪着眼，一副快要把手机吞了的样子，便问怎么了。

陈星夏一向藏不住话，更何况是对着严宵，这就把帖子的事说了。

严宵拿走手机看了后，锁屏放到一边，说："无聊人的无聊话。"

话是这么说！

可陈星夏今天确实没和严宵过好情人节，之前2月14日也没过，万一……

严宵捏捏女孩快气成河豚的脸，浅笑着："情人节只要双方在一起，就是过节。"

话还是这么说！

陈星夏也还是别扭。

可她不想和严宵因为这个散发负能量，严宵又没做错什么。

于是，陈星夏忍下，点点头，说回学校吧。

陈星夏找王薇要的黄月秋电话，两人约在进步碑见。

那时已经九点多了，黄月秋很不耐烦，可她见来的人是陈星夏，又愣了愣。

"怎么是你去拿的？"黄月秋问。

陈星夏心情不佳，语气淡了许多："学姐看看对吗？"

黄月秋接过袋子查看，是这条。

"怎么是你？"她又问了一遍，"那个孟聆呢？"

"生理期，我帮下忙。"

黄月秋眉心微微一蹙，她看见等在不远处的男生，知道那是陈星夏航天学院的男朋友，再问："你们出去过节了？"

能不提这事了吗？

陈星夏烦得不行，撂下句"没事，我就先走了"便转了身。

黄月秋又叫住她，非得继续撒盐："节没过好？"

啊！毁灭吧！愿世上再无情人节！

"学姐，衣服给你了，我的私事还是……"

"你冲我撒什么火？我让你拿的衣服？"

"我……"

"行了，懒得听废话。"

黄月秋一向说话又直又冲，瞧不上的人，半分脸面也不会给。

但看着眼前的女孩，别的不说，那一双干净到像是被水洗过的眼睛，透着一股纯粹的真，这是被保护得很好的人才会有的单纯。

也难怪王薇那个人精找这么一位演仙女，说服力太高。

"喂，看在你给我拿衣服的份上，我就好心一回。"黄月秋说，"长点儿心眼。"

陈星夏一怔："什么意思？"

黄月秋挑眉笑笑，真跟妖精似的，特别媚："别被人耍了还替人数钱。"

回宿舍的路上，陈星夏一直琢磨黄月秋的话。

严宵看她低着头只顾朝前走，以为她还在为帖子的事生气，就将她领到了小凉亭。

"怎么了？"陈星夏问，"快到门禁时间了，你送完我还得回去，还是……"

"没关系。"

严宵原想礼物别送得太随便。

今天时机差了些，那就之后再找个机会送，可眼下，还是送了的好。

不然有人觉得他们的情人节不够好。

严宵从书包里取出来一个小丝绒礼盒。

陈星夏惊讶，说："我不是说这次不要送吗？"

严宵没接话，递出小礼盒。陈星夏打开一看，是一枚开口戒指。

指环上下错开，一边是用蓝宝石镶嵌的小星星，一边是小熊掌。

陈星夏一眼就喜欢上了，笑着说："好好看！还这么可爱！这就是你说的惊喜吗？不错呀。"

严宵看她开心，也开心。

坐到女孩身边，他取出戒指，看着人，问："我能为你戴上吗？"

陈星夏上一秒还笑着，这一秒心跳就漏了一拍。

她舔舔唇，有些控制不好表情，结巴道："能、能啊。"

一个戒指而已，又不是求婚用。

问题是某人说得太正式了、太认真了，搞得她招架不住。

严宵牵起陈星夏左手。

他查了资料，两只手的讲究不一样，每根手指的讲究也不一样。

严宵看了看女孩细白的无名指，嘴角微不可察地扬了下，然后将手中的戒指戴在了女孩的中指上，低声说了句什么。

234

陈星夏没听见，叫重新说。

严宵没应。

现在还不是时候，得再等等。

严宵捧起陈星夏的手送到唇边，低头轻轻一吻："情人节快乐。"

陈星夏一下心里甜得冒泡，立刻钻进温暖的怀里，仰着脸说："你还没回答我呢。不都说了？不用送嘛。"

上个月的2月14日，陈星夏和严宵也不是完全没过。

差不多晚上十点时，陈星夏从家里偷偷溜出来，和严宵去了那个秘密基地。

严宵送了她一支定制钢笔，深蓝色，上面有着金沙细闪，和星空一样漂亮。

陈星夏小时候经常看陈沛山拿着一支钢笔在设计图下面签上名字，所以就想着等自己将来成建筑设计师了，也得有支钢笔。

目前，她还在学习中，严宵就早早把钢笔送来了，希望她实现理想。

她也给严宵准备了一份礼物，是她在网上淘了好久才从私人收藏爱好者那里找到的《小王子》千禧年限量珍藏版。

两人在巷子的路灯下交换了礼物，算是度过他们的第一个情人节。

而鉴于2月14日已经送了这一波，陈星夏这次就不想严宵再破费，可不想他还是用心地准备了。

严宵说："你可能会喜欢。"

只要有那么一点点能讨她欢心的存在，他都会为她取来。

这和节日无关、和价钱无关、和任何都无关，只在于她是否喜欢。

听了这句话，陈星夏觉得她的哑巴精真是成精了。

虽然话依旧没有很多，但一两句就足以撩动她的心。

陈星夏戳戳严宵的肩膀，小声道："其实，我也给你准备了一份小礼物。"

说着，她松开人，从书包里拿出一个精致的心形礼盒。

说实话，某人的礼物真的太难送了。

他都没有喜好，除了《小王子》，可她也不能次次送《小王子》啊。

所以，陈星夏就选择了这次白色情人节女生回礼的通用招式，她找了一家甜品店，亲手做了巧克力。

"是黑巧克力。"陈星夏说，"不甜。"

严宵打开盖子，里面有九颗桃心形状的巧克力。

陈星夏拿了一颗喂他，他尝了，点头说好吃，陈星夏很满足地笑笑。

或许在别人看来，严宵每次准备的礼物会偏贵重一些。

可严宵非常清楚，他的小满不擅长做这些手工，一做不好还会烦躁，可她为了他，每次都耐心去做。

"前几天你说和室友逛街……"

严宵咽下巧克力，握着陈星夏粘上巧克力的手放到自己衣服上擦干净。

"就是去做这个？"

陈星夏点头，还说："'梁哥'也做了呢，没我这个好吃。"

她就跟小时候一样，做了好事求表扬，小鹿眼亮晶晶的，像是含了颗星星。

严宵笑着露出酒窝，抱紧人，说："不会有比这个再好吃的了。"

交换完礼物，陈星夏关于情人节没过好就会分手的郁闷也就都消散了。

谁说他们没过好？好着呢。

陈星夏在楼口和严宵分别。

她一路低头，回宿舍也是，拿了洗漱的东西就要往卫生间扎，可耳朵尖眼睛更尖的梁大嘴巴，还是看到她稍稍红肿的嘴唇。

"要不要这么难舍难分啊？"梁亚楠心梗，"严宵这还只使了一成功力吧？这要全使上了，是不是得把你吃了？"

陈星夏脑子爆炸，疯狂打人。梁亚楠边躲边笑，齐媛在一边看戏。

等陈星夏打累了，坐在椅子上，说："你们不知道，我和严宵今天根本没吃成饭，餐厅白订了。"

梁亚楠和齐媛都"啊"了一声，问怎么回事。

陈星夏简单说了说，不忘抱怨那个缺德帖子。

齐媛一听，觉得哪里不对，点进了贴吧，看完帖子说："你们不觉得奇怪吗？'趁早分了吧'又不是什么热梗，我记得上次在告白墙上捣乱的那个人，说的也是这句吧。"

陈星夏赶紧也看看，还真是的。

梁亚楠说："巧合吗？会不会太巧了？不过，也不排除这个人看过之前告白墙的帖子，所以就顺嘴了。"

齐媛摇头，答案不得而知。

陈星夏在一旁，则始终沉默。

她不禁又想起黄月秋和她说的话，心里慢慢浮现一种可能。

陈星夏没犹豫，用黄月秋的电话号码加了她微信好友。

黄月秋同意得很快，上来就问：有事？

一闪一闪亮晶晶：学姐，我想请问你一下服装店的事。

另一边，严宵也回到宿舍。

他们宿舍物理系的那位出去和女朋友过夜，只剩下张明铭这只单身狗徜徉在高数的世界里。

"回来了。"张明铭推了推眼镜，"正好我想问你怎么看……"

严宵把他的巧克力放在书桌正中间。

继上次坐窗边为了围围巾这事之后，张明铭还摸不准"严狂炫"的思路吗？

他想问，有意思吗？

在一个失去所爱、终日单身的人面前？

张明铭手里的笔都快被捏碎了。

可话又说回来，人家也确实有炫耀的资本，那小青梅对严宵就是用心。

"得意吧？"张明铭笑了一下，"她接受了你所有的爱意，你今晚睡得着吗？"

严宵睡不着也是顶着那张万年冷淡脸，问："你说接受什么？"

张明铭"哟"了声，抓紧挤对："搁那儿研究了一晚上戒指戴左手中指代表不是订婚就是热恋，结果不知道白色情人节女生回送男生巧克力，就是代表她接受爱意，要和你恋爱？"

严宵愣了几秒，掏出手机。

张明铭看他做功课认真，偷摸飘过去，想来一块巧克力，沾沾喜气。

刚伸手，某人就跟长了复眼似的，一把收走了巧克力，攥在手里。

"行，瞧你抠门的，你晚上就抱着盒子睡吧。"张明铭破罐子破摔，"我做题去，学习永远不会抛弃我！"

张明铭重新拿起笔，刚要写，严宵忽然又说了一句："你认识计算机系的人吗？"

巧了。

张明铭初中一铁哥们儿就读的华凌计算机系，专业强悍。

"怎么了？"张明铭问，"有事？难不成你还要把你和你青梅的事迹传网上去？"

严宵将巧克力放到床上，给张明铭发了帖子ID。

张明铭一看，皱起眉："这种人有病？人家过没过成节和ta有关系？"

严宵说："我想追踪地址。"

"啊？"张明铭挠头，"这人讨厌是讨厌，但也不至于吧……再说了，这个和你有什么关系？"

您这情人节过得还不情人吗？

严宵看到贴主给陈星夏的回复了。

他不相信那位贴主那么巧，谁都不回复，就回复陈星夏；又或者这是巧合，他也得证明这是个巧合。

否则，他不允许任何人故意惹她。

情人节过后的周末，陈星夏和严宵得了空，一直在图书馆里学习。

难得的二人时间，陈星夏心里却一直憋着火。

好几次，她都想直接上门问个清楚。

可到底不是小孩子，都已经成年了，做什么事不能完全由着脾气，也得讲策略、讲方式方法。

再者说，她主要是没有确凿的证据，闹也闹不硬气。

陈星夏就这么憋着，憋到周一晚上，来小礼堂排练。

作为花瓶的她还是利用等待的时间看书，看到一半，孟聆又来给她送咖啡。

今天的孟聆穿了一件baby蓝开衫，头上扎了个丸子头，青春洋溢。

"咖啡可不算我谢谢你啊。"孟聆笑道，"你帮了我那么一个大忙，我得请你吃饭。"

陈星夏也笑了下，视线扫过孟聆的美甲，问："你这个在哪儿做的？很漂亮。"

孟聆张开手给陈星夏看，说："你喜欢啊？你要是喜欢，下次我带你去这个店里。"

"谢谢。"

"别和我客气嘛。"

孟聆喝口咖啡，过了会儿，像是想起什么似的，又说："咱们吃饭，你把你男朋友也叫上吧。"

陈星夏捏着书的手一使劲，差点儿用内力把书震个粉碎。

"咱俩吃饭，带他干什么？"陈星夏扯着嘴角说，"多一个人就得多让你破费，算了吧。"

孟聆大方道："没事，我有零花钱。主要周五你帮我拿衣服时，我遇到你男朋友来小礼堂等你，看样子不太开心。我也该和他道个歉。"

说完，孟聆没再给陈星夏拒绝的机会，说自己还得去前台搬道具，就走了。

陈星夏拿着那罐咖啡，硌硬得不行。

几次想扔了，但又告诉自己不要冲动，更不要打草惊蛇。

黄月秋看她这副仙女变幽魂的模样，揶揄："真是给她脸了。你直接撕不可以吗？"

"无凭无据，怎么撕？"陈星夏说，"她演技这么好，万一反咬一口说我冤枉她，到时候给我自己惹一身骚。"

黄月秋挑眉："看不出啊，小白兔还有些脑子。"

"我不是小白兔。"

——我是东棠里的小皮猴！

陈星夏把咖啡随手扔进包里，继续温书。

半小时后，等走完台，陈星夏收拾好东西去老地方找严宵。

路上又遇到孟聆，她冲自己Wink，搞得陈星夏险些绷不住要抄家伙，好在严宵一握住她的手，让她正常了不少。

走在小路上，严宵余光一直落在陈星夏身上。

他看得出来，陈星夏这几天不太痛快。

要是因为情人节的事，应该不至于，他知道她的性格脾气，不是那种认死理的。

那是为什么？

难道是那人又来故意惹她？

严宵垂眸，眼中划过一丝阴寒，再抬眼看向陈星夏时，又温淡下来，问："剩下的人，话剧要排到几点？"

陈星夏稍愣："你问这个干什么？"

"随便问问。"

陈星夏没多想，回道："一般是九点前。"

现在八点刚过，严宵心里有了数。

两人穿过广场来到宿舍区域，再走五分钟就能到陈星夏的宿舍楼下。

经过一处类似观景小花园的地方，严宵停住脚步。

"怎么了？"陈星夏问，"有事呀？"

严宵看着女孩，仿佛怎么看都看不腻。

明明这张脸他从小到大看了无数遍——不管是光明正大地看，还是背地里偷偷地看。

"小满。"严宵握紧陈星夏的手，"我希望你和我在一起一直是开心的。"

陈星夏笑道："我很开心啊，你看不出来？"

严宵继续说："我的意思是我们见不见面，你都是开心的。"

闻言，陈星夏眯着眼睛上下打量严宵，在严宵还要再解释一句时，她突然蹦起来抱住他。

严宵顺势弯腰，双手搂住陈星夏的腰护好，听她说："可人活着，总会有不开心的事啊。"

"那你是为……"

"但是！"陈星夏打断，"我一想到你，就会开心啦。"

严宵微微一怔，控制不住翘起嘴角："真的？"

"我骗过你吗？"

严宵摇头："可如果你不开心了，一定要和我说。"

"我不要。"

每个人都是独立的个体。

能拥有和自己相知相爱的人固然幸运，但自己仍是自己人生的唯一经营者，如果遇到了困难一味依靠另一半，他也会累的。

严宵知道他的小满不是那种娇气的人，问题是——

"不能为你分担，要我有什么用？"

陈星夏"噗"地一笑："严学霸的服务意识很强嘛。"

严宵抿抿唇。

"别担心，你的用处还是很多的。"陈星夏踮起脚慢慢靠近，"比如这个。"

她亲了严宵的侧脸一口。

严宵喉结滚动，低下头就去寻陈星夏的唇，陈星夏果断避开："有人！"

严宵一听，拉着陈星夏的手到了某栋宿舍楼后面背人的地方。

才一站稳，他便将人拉进怀里，一只手扣住陈星夏的后脑，深吻了下去……

两人亲到气喘吁吁才缓缓分开。

陈星夏腿软，完全就是因为严宵抱着她才能维持站姿。严宵的指背扫着她的面庞，她绯红的脸就像是春天到来盛开的花朵，娇艳欲滴。

歇了片刻，陈星夏戳着某人硬邦邦的腹肌，小声嗔怪："你就是这么服务的？"

都不管客户还能不能喘气。

差评！

严宵低笑，胸腔的震动感染着陈星夏过快的心跳，他回道："这项服务比较生疏，勤加练习就好了。"

陈星夏想着要是孟聆还提请客吃饭的事，她只管拒绝就是；又或者即便再有什么举动，她就见招拆招，暗中搜集证据。

没什么好怕的。

可陈星夏没想到，从周二起，孟聆就没再来过话剧社。

起初，大家以为她是有私事，请假了，但一天、两天、三天过去，她都没来。

有社员碰上王薇，顺口就问了问孟聆怎么不来？

王薇看着剧本，漫不经心道："退社了。"

居然退社了？

陈星夏十分诧异，问黄月秋，她也是耸耸肩，表示不知道。

这天上午，下课。

陈星夏约了室友们去后街新开的米线店尝鲜，下楼时，遇上等在楼下的孟聆。

虽然有几天没见了，但只一眼，陈星夏就知道这才是真正的孟聆。

看似知性的气质下，是骨子里带出来的傲慢和清高，就好比花枝上的软刺，看着不扎手，但一碰，就会流血。

"聊两句。"孟聆说。

梁亚楠上前，想说你说聊就聊，你是谁啊？陈星夏拦下了，让梁亚楠别担心，冲孟聆点了下头。

两人来到教学楼一楼某间空着的教室。

梁亚楠她们守在门口。

宁歆不放心，说她去找严宵来，齐媛没让，说宁歆生理期，这跑腿的活儿还是交给她来。

教室里，陈星夏站在讲台前，孟聆则走到中间，手指点了点课桌。

"我小学的时候就拿过全国数学大奖。"孟聆说，"之后，就没再断过，一直拿。"

这点很厉害，陈星夏没什么可说。

孟聆转过头看着她笑笑，继续："直到我遇上严宵。"

孟聆自认是天赋型选手，悟性高于其他人。

虽然天外有天的道理她也懂，可没谁真的能让她服气，唯独严宵。

那是高二的一次数学竞赛，孟聆和严宵分别是各省代表队中的主要选手。

决赛团体战时，一道数列题难住在场参赛选手。

就在裁判要宣布过题的时候，严宵他们队派严宵出场。

严宵只用了不到一分钟就干脆利落地写出了答案，甚至他的解题思路比原答案要高明许多倍。

孟聆折服于严宵的数学才华，更纳闷，他既然会解，为什么刚才不去？

赛后，她才知道那是因为严宵认为这道题分值太低，不想浪费时间，要不是队长非让他上去，他才不去。

从这次起，孟聆有了崇拜的人。

"本来，我是可以直保北城数科的，"孟聆说，"但当我知道严宵要来华凌，我就义无反顾地来了华凌。"

孟聆以为只要他们上了同一所大学，就有了无数种机会。

可结果，陈星夏让所有机会变成了零。

陈星夏能理解孟聆这份暗恋心情。

可即便如此，暗恋一个人不是给这个人造成困扰，更不是在明知道这个人有了恋人的前提下，还挑拨离间。

喜欢一个人是很美好的一件事，它不该成为犯错的借口。

"我很感谢你那么欣赏我男朋友，"陈星夏说，"但他现在有我。如果你放弃不了对他的喜欢，就请把这份喜欢放在心里吧。"

孟聆嗤笑："你不就是占了和他一起长大的便宜吗？"

"没有这个，你都不配入他眼。"

门外，匆忙赶来的严宵正好听见这句话。

他面色一凛，想要推门而入，梁亚楠摆摆手，看热闹不嫌事大："别急嘛，先听听你女朋友怎么霸气护夫。"

从小到大，陈星夏一直被拿来和严宵做比较。

尤其是她的妈妈夏女士，总爱拿任性不安分的她，和严宵的稳重可靠对比，久而久之，她多少有些看严宵不顺眼。

可她从没嫉妒过严宵，更没有因此远离严宵。

严宵有的一切靠的是他的努力和付出，她想要，她自己争就是。

至于配与不配，她更没想过。

有人能给严宵的，严宵未必想要；而她给严宵的，别人未必给得起。

陈星夏笑了笑，丝毫没被孟聆激怒，淡声反问："你配？"

"当然。"孟聆点头，"我拿过全国数学竞赛大奖，还有物理、化学，我也非常擅长。我才是能和严宵思想上契合的人。"

陈星夏不否认孟聆的优秀。

但一个人的优秀不是为了用来匹配另一个人的。

优秀，仅仅是因为你自己的努力值得。

"孟聆，别再搞小动作了。"陈星夏好心劝道，"再搞下去，只会让你变得更可笑。"

孟聆喊道："你懂什么！你就是配不上严宵，为什么还要霸占他？你敢不敢和我公平地比一次，我绝对不会输给你。"

"我为什么要和你比？"陈星夏不理解，"我很闲吗？"

孟聆扬扬下巴："你是不敢。"

陈星夏轻笑一声。

这几天她和黄月秋走得挺近，黄月秋总说她就是只小白兔。

且不说她的外表有没有那么单纯，只说内在，陈星夏从来不是那么无害的。

她的父母教她要与人为善，凡事不能斤斤计较，但没教过她别人欺负到头上来，还要忍的道理。

更何况，就算她是只兔子，急了也会咬人。

陈星夏走到孟聆面前，冷淡的眼神气势强硬，她开门见山："我没时间和你浪费，既然大家都摊牌了，我也把话一次性说清楚了。"

"你再敢打我男朋友的主意,我要你好看。"

孟聆被陈星夏的气场压住了。

她紧咬着牙,眼中蓄起泪花,倔强中的楚楚可怜更加叫人同情。

可陈星夏不为所动,内心无波。

都什么年代了,哭,早不是女孩子的武器,大家靠的都是真本事。

陈星夏转身要走,孟聆突然吼道:"我已经退社了!你让严宵把东西都删了!"

什么东西?

陈星夏没明白,又要回头时,严宵进来了。

他第一时间拉住陈星夏,带到身后,冰冷的目光投在孟聆身上,孟聆眼泪一下子涌了出来。

"严宵,你为什么对我这么残忍?"孟聆问,"我喜欢你,也有错吗?"

严宵本不想说话,对于这种无感的人,他向来回以沉默。

可想到刚才她问陈星夏的话,他的脸色又冷了几分,语气更是如此:"喜欢和对错之间的逻辑都不明白,你还敢说在思想上和我契合?"

陈星夏从男生的肩膀后面探出一点儿脑袋,心说就是就是,契合什么啊契合。

孟聆止不住哭泣,两只手握成拳,梨花带雨的脸逐渐变得通红,说:"你……那你……你怎么才肯把贴吧上的那些东西删掉?"

陈星夏一愣,立刻明白过来——还真是孟聆!

之前她知道服装店里的猫腻后,就觉得贴吧的事十有八九和孟聆有关,可她没有证据,就只能看她在网上各种舞。

而听孟聆现在这话的意思,也就是说严宵有证据。

他怎么会有?他又怎么知道孟聆有问题?

陈星夏捏了捏严宵的手,严宵也轻轻捏了下她,算作回应,说:"只要你做到我说的要求,我保证不会泄露。"

"可是……"

"你没有讨价还价的权利。"严宵冷厉道,"蓄意破坏别人感情,就该付出代价。"

严宵牵着陈星夏离开教室。

门外站着的三人看见他俩,虽然心有疑惑,但也不约而同觉得此处该有掌声。

陈星夏急着了解前因后果,也就没折腾去后街,直接去食堂开始复盘。

从陈星夏的角度来看,她在情人节那天就开始怀疑孟聆在背后捣鬼。

那晚,陈星夏越想越觉得黄月秋的话还有一层意思。

于是,她就问黄月秋服装店里的奢侈品衣服是不是只有老板才能取。

黄月秋当时是这么回复的:你见过两千块钱的奢侈品吗?

黄月秋的那条裙子只能说和轻奢沾边,根本不值当锁在房间,所谓老板锁起来了,不过是个说辞。

既然不用锁,陈星夏又回忆她在服装店的种种,最后想到接待她的那位店员的美甲。

很漂亮,也有些眼熟。

陈星夏问黄月秋有没有服装店店员的微信。

黄月秋说有,陈星夏就麻烦她翻翻朋友圈,看能不能找到点儿蛛丝马迹。

结果,在那位店员的朋友圈里看见了孟聆。

陈星夏也终于想起来那个美甲在哪里见过,就是孟聆的手上。

孟聆和那位服装店店员是朋友。

知道这件事后,陈星夏就大致猜出孟聆是利用服装店的朋友故意拖延她,不让她和严宵过情人节。

至于为什么要这么做，不用想也知道。

可陈星夏没证据，更不能说孟聆和店员是朋友就认定她耍心机，也就不能质问孟聆，这股火一直憋在心里。

另一边，从严宵的角度来看，事情就简单很多。

张明铭在计算机系的朋友追踪到了孟聆的信息。

两个帖子，情人节和表白墙，都是孟聆自导自演，为的就是给陈星夏添堵，挑拨陈星夏和严宵的关系。

"还真是一个人啊。"梁亚楠"啧"了声，"招数够恶心，也够阴。"

作为宿舍里另一个有男朋友的人，宁歆代入陈星夏，已经气疯了。

这都什么人？

搞那么多小动作不说，还搅和了人家辛苦安排好的情人节。

这种人的喜欢与其说是喜欢，不如说是被她喜欢上了，真是倒了八辈子霉。

齐媛问："那听孟聆刚才的意思，她知道严宵有她发帖子做小人的证据……是严宵你告诉她的？"

严宵点头。

周一那晚，他送陈星夏回宿舍后，就返回小礼堂找到孟聆。

同学一场，他也不想搞得大家都下不来台，更不想事情闹大了，给陈星夏带来不必要的麻烦，所以，他警告孟聆只要退社，再也别让陈星夏看见，这件事就算过了。

可孟聆还是不甘心，也不放心。

学生之间的道德标准普遍偏高，要是让全校知道她明知对方有女朋友还搞这些，网友的唾沫能把她淹死。

所以，她来找陈星夏，摊牌是其次，主要还是想让严宵把证据毁了。

"你可不能毁啊。"宁歆说，"这种人没底线的，一旦手里没了筹码，还得变着花样地作妖。"

理完事情的来龙去脉，大家点的饭菜基本也凉了。

严宵把陈星夏餐碟里的食物都拨到自己盘子里，给陈星夏点了新的、热的。

至于三位室友，只能自行决定浪不浪费。

梁亚楠她们吃狗粮也不是一两天了，还怕吃凉菜凉饭吗？

不过，今天的事倒是刷新了梁亚楠她们的认知。

从前，她们都觉得在陈星夏和严宵的这段恋爱中，陈星夏是稍微弱势的那一方，毕竟严宵太过聪明强悍，根本不需要陈星夏做什么。

可通过这次，她们也看明白了，这里面没人是傻子。

陈星夏该忍则忍，该刚则刚，脑子始终在线，不然依着孟聆的阴坏，但凡陈星夏冲动一点儿，说不定就会被反杀。

而反过来再想一想，能考上华凌的学生，有几个可能是傻白甜？

有时人家不言不语地装糊涂，那是因为素质高，还真有人以为好欺负了。

五个人吃完饭，梁亚楠她们三个回宿舍瘫着，陈星夏则坚持送严宵去实验室。

路上，两人都没说话。

但陈星夏时不时就瞪严宵一眼，再要不就是不给他牵，弄得严宵心里七上八下。

一直走到生活超市，陈星夏没好气道："我进去买个东西，你在这里等我。"

严宵说好。

没过三分钟，陈星夏拿了几个口罩出来。

把严宵拉到一边,她先是给他戴上黑色口罩……不行,帅得有点儿过分。

再来是卡通风格……居然有种冷萌的感觉,也很戳人。

最后,她换了普通外用一次性口罩……很好,配个白大褂直接就是禁欲医生了。

陈星夏服了。

怎么就遮不住这家伙的魅力呢?

她觉得主要是这双桃花眼的问题,冷不冷的先放一边,关键自带深邃感,还有些含情脉脉,勾人勾得相当到位。

"要不你戴眼镜吧,挡挡眼睛。"陈星夏气道,"省得到处招蜂引蝶。"

严宵冤枉,想为自己解释几句,陈星夏又说:"不能戴眼镜!"

戴上了,肯定又会变成斯文败类,更勾人了。

陈星夏没办法了,破罐子破摔:"要不你剃个光头?"

"那你愿意看吗?"

不愿意。

从某种程度上讲,她能和严宵这么多年没断交,主要靠严宵这张脸。

不然就他那个哑巴精个性分分钟能气得她七窍生烟。

陈星夏"哎呀"一声,踢开脚边的石头:"烦死了!你为什么长这样?还有,以后干什么事,你能不能低调些!就你会得多是吧?就你会解数学难题?"

严宵被说得不敢吭声。

等陈星夏火气减了些,他才一点点靠近,抱住了人。

"不用管别人……"

"是我想管吗?"

"……不是。"

其实,从知道孟聆喜欢蓝色系穿搭时,陈星夏就有过微妙的感觉。

女生之间关于感情的任何总是机警又敏锐,可她不愿意把自己的同性往坏处想,结果就傻呵呵地叫人给耍了。

陈星夏越想越气,只能打身边现成的这个,等打够了,又抱着。

严宵刚想给她顺顺毛,她又"啪"地抬起头瞪着严宵,问:"你周一晚上单独见的孟聆?"

"好啊,真是长本事了呀。"

严宵以为她并不知道孟聆做的这些事,就想在事情进一步发展前,解决掉障碍,以免她又不开心。

谁知他们都心知肚明。

陈星夏无处发泄,只能自己消化这次的恶心。

"以后有事不许瞒着我。"陈星夏用力地揉搓严宵的脸,"还有以后不许给我招蜂引蝶!"

严宵点头,尽管他并不知道自己是如何招蜂引蝶的。

陈星夏见他低眉顺眼的样子,火气消了不少,也知道自己强词夺理了。

可人的心态在许多时候就是奇怪矛盾的。

就像是孟聆这件事吧,她一方面是骄傲的,她的男朋友那么优秀,大家有目共睹;可另一方面她也是郁闷自私的,不想别人都发现他的好,想让他只属于自己。

"我这样是不是不对?"陈星夏问,"应该你越好,我越高兴才对。"

严宵眉眼晕开浅淡笑意,语气稍显自嘲:"跟我见盛昊和唐晨时的心情比,还差了些。"

"好端端的，提这两个人做什么？"

不该提吗？

严宵从前对盛昊是极端的嫉妒，但因为陈星夏的在意，又不得不压抑。

对唐晨的话，他见唐晨一次，不对，他根本不想见唐晨。

他知道他的小满招人喜欢，男生对她有好感是再正常不过的，可也正因为如此，他才想把她锁起来。

是的，锁起来。

不让任何人看到她，也就不会有人跟他抢她。

"今晚不排练，对吗？"严宵换了话题。

陈星夏舒口气，点头："今天几个主角系里有重要活动，暂停一次。"

"那五点，我带你去个地方。"

"好。"

一下午的时间，陈星夏逐渐调整过来。

孟聆给她发了一条短信，大致意思是她会遵守严宵的要求，也希望严宵信守约定，不要公布帖子的事。

陈星夏没回复，但看见表白墙上，她和严宵的便利贴旁边终于清静了，还是心情大好。

等到了五点，陈星夏下楼和严宵碰面。

陈星夏本以为严宵是要带自己去尝尝美食，不想来的是艺术楼的音乐教室。

教室里空间不大，除了一架三角钢琴，就是几套桌椅。

"你平时就在这儿练习？"陈星夏问，"你还没告诉我你校庆上弹什么呢？"

"肖邦，《降E大调华丽圆舞曲》。"

陈星夏笑道："《猫和老鼠》！咱俩小时候总看呢。"

严宵点头，脱下外套，去拉上了窗帘。

陈星夏问他这是要干什么。严宵没答，又关了灯。

如今天黑得晚了。

此刻天空泛着黄昏初起的温韵，窗帘阻挡着外面的光线，教室里顿时暗下来，陈星夏想起高中时放学的时光。

那时，他总会在楼梯拐角那里等自己。

严宵为陈星夏拉出椅子，请她坐下，然后走到钢琴旁边，掀开琴盖。

"莫扎特，C大调作品第K.265/300e，《小星星变奏曲》。"

陈星夏一愣，随即便听到流畅动听的钢琴乐声飘了出来，连同严宵背后的黑板上方亮起了一串小星星灯。

眼前的场景和熟悉的旋律让陈星夏定定地坐在椅子上，一动不动。

她很久没听严宵弹琴了。

高中忙着复习，空余的时间少之又少，即便有，也会选择多睡一会儿。

所以，说来也有四五年了。

此刻，面前的男生微微低着头，侧脸轮廓冷峻立体，一道光透过窗帘缝隙穿过来，映在钢琴和他的左肩上。

随着琴键移动而流转的眼波，里面既含着光影，也带着他的专注与深刻。

陈星夏以为再看再听严宵弹琴，会很陌生，可事实恰恰相反，她觉得好熟悉，熟悉到仿佛他们的过去就在昨天……

"我发现你弹别的都跟猪叫一样，也就《小星星变奏曲》还将就，你也喜欢这首曲子吗？"

少年稚嫩又青涩，冷白的脸，乌黑的发，板正地坐在琴凳上，手指搭在琴键上，不言不语。

"说话呀。"陈星夏戳他，"人类长嘴就是为了交流的。"

少年垂着眼，还是沉默。

陈星夏"喊"了声，说他没劲，要去找苏雨萌玩。

刚要出屋，钢琴声响起。

陈星夏没有弹琴的天赋，但欣赏一点儿问题没有，她知道，严宵弹得很好，也知道他技术大于感情。

不过，这支《小星星变奏曲》，他弹得很灵动。

陈星夏小时候一听陈教授弹这支曲子就会跳舞，现在肯定是不能当着某人的面跳，但她可以留下听。

于是，她收回腿，以一副"我又懒得出去了"的样子坐回沙发上，听音乐。

听到开心时，她还会蹦蹦跳跳到窗户那里吹风，也就没看到弹琴的少年露出的笑……

一曲毕。

陈星夏抽回神时，不禁低头揉揉眼睛。

陈教授告诉过她，音乐是爱的语言，可以跨越语种，直达人心。

每当陈教授在家弹李斯特的《爱之梦》时，夏女士都会静静地坐在一旁听，听完之后久久不能回神。

她现在，也和她家夏女士一样了。

严宵走到陈星夏身前，问："好听吗？"

"一般般吧。"陈星夏吸吸鼻子，"比猪叫强点儿。"

严宵浅笑着，陈星夏又问："怎么想到带我来听你弹琴了？"

严宵坐到陈星夏身边，握住她的手。

这支曲子原本是要在白色情人节那天弹给陈星夏听的。

严宵订的那家西餐厅，是北城一家老牌西餐厅，里面最值钱的，是一架古董三角钢琴。

那是餐厅老板的太爷爷和太奶奶留下的，保存至今。

在那个战火纷飞的年代，两位老人被迫分开数十载，唯一能寄托相思的，便是这架钢琴。

后来，钢琴传到餐厅老板的手里，他一是为了经营噱头，二是为了纪念太爷爷和太奶奶风风雨雨长达七十年的爱情，就定下了每年两次情人节可以弹这架钢琴的规定。

自然，也不是随便谁都能弹的。

严宵之前特意去过餐厅，和老板说明缘由，并展现了钢琴水平，才可以预订成功。

"所以说，"陈星夏后知后觉地明白过来，"这个才是你想给我的惊喜？"

严宵看着她。

而她看向手上的戒指，觉得这就已经足够了，没想到……

"严宵，你对我是不是有些太好了？"

好到她都快觉得不真切，这世上真的有人可以这么喜欢她吗？

严宵扭过头，淡淡的橘黄色光落在他脸上，有种被岁月抚摸的虔诚感。

他说："不够。"

今天，孟聆和陈星夏说她配不上自己，他很想进去反驳。

自始至终，都是他配不上她。

严宵清楚，如果有那么一天，陈星夏没了他，也还会有人这么真心对她、爱护她；

可他要是没了陈星夏，就什么都没了。

陈星夏鼻尖一酸，扑过去抱住人："你不怕把我惯坏了吗？我妈常说我被我爸，还有我爷爷宠坏了，将来进了社会，没人能给我兜底。"

"我来。"严宵说，"你只管开心。"

陈星夏忍不住笑，得了便宜还卖乖："你还真拿我当小孩子哄啊？我可不傻呢。"

严宵也笑："所以，你不会被惯坏。"

呵，在这儿等着她呢。

"那听你这话的意思，也不会一直惯着我了呗。"陈星夏甩手，"亏我还以为又找了个撑腰的呢。"

又耍赖。

严宵无奈地叹了口气，把人抱回来："你就会欺负我。"

"你现在才知道？"陈星夏嘚瑟，"是不是太晚了点儿？"

严宵笑了笑。

如果说六七岁时就知道她能欺负自己这事也算晚，那大概这种"晚"就是他的命中注定吧。

"干吗不说话？"陈星夏揪住某人下巴，"难道你还委屈了？"

严宵说："不敢。"

她那么厉害，只允许她欺负，别人都不可以，不然她就要人家好看。

陈星夏没想到严宵居然听见了这话，面子有些挂不住。

"我那是为了气势，你可别多想。"

"嗯。"

"真别多想！换成别人我也……"

"嗯？"

陈星夏被桃花眼一看，又泄了气，红着脸承认："好吧，换不成别人。

"我只对我男朋友这样。"

听到她说"男朋友"三个字，严宵就藏不住笑意。

陈星夏见他这么好哄，这么容易满足，心软了那么一下，想着要不就让他再高兴一点儿吧。

她这种智慧型女朋友一向是软硬兼施。

于是，陈星夏两只手捧住严宵的脸，看着他稍有些疑问的表情，说："我是不是还欠你一句话？"

"什么？"

陈星夏又望向那双眼睛，笑得温柔："我喜欢你，严宵。"

严宵怦然心动，情不自禁地追问有多喜欢。

陈星夏摇摇头。

她不知道自己的喜欢止步于何种程度，只知道这份喜欢一天比一天多，多到她的生活里已经不能没有他。

孟聆从陈星夏和严宵的视线中彻底消失。

时间悄然滑走。

三月过去，四月来临，北城处处春暖花开。

清明节那天，严宵陪陈星夏回临饶给何筱桢扫墓。

这个日子多少会有些悲伤，但陈家人并没有，他们都明白一个道理：一个人只有被彻底遗忘，才是真正的死亡。

所以，不必难过，分别都只是暂时的，生命终会有重逢的那天。

因为假期就一天，陈星夏和严宵是当天来、当天回。

这么赶的情况下，陈星夏还说要吃甜宝栗子，被夏女士批评不分轻重，等暑假回来吃个够。

陈星夏噘着嘴，在院子里欺负"大阿哥"，没过一会儿，严宵骑车来到陈家门口。

四月的崇光路，海棠花盛开。

陈星夏坐在车子后座，伸手去抓和煦的春风，也抓飘落的花瓣。

抓到一瓣大的，她坏心眼地用花瓣挠严宵的后颈。严宵无法，只好抓住那只使坏的手，扣在腰间。

风吹得人很舒服。

严宵当时想，这样就好。

她去抓花瓣，他抓着她。

清明节过后，校庆迫在眉睫。

各个节目都在抓紧时间做最后的彩排，每个人绷着的那根弦，直到30号当天才算放松下来。

苏雨萌和谢正在30号都没课，特意过来凑热闹。

受陈星夏委托，苏雨萌给弹琴的严宵拍了好多照片，谢正也录了像。

姐弟俩的耳朵在严宵表演时就没闲着。

不管男生、女生，学长、学姐，就没有不拜倒在严宵的钢琴凳下的。

苏雨萌不由得为姐妹担心，这两人要是将来真谈了，男朋友这么招人，得多操心啊？

而等陈星夏饰演的仙女一登场，苏雨萌又心说这还指不定是谁操心谁呢。

为了贴近角色，陈星夏表演时穿了一条浅粉色薄纱仙女裙，发型是一位巧手学姐梳的双环髻，妆容则是特意化了柳叶细眉，凸显古典韵味。

陈星夏全程没有一句台词，出场就是走到舞台中心，然后站到升降台上，等灯黑下来之前，回眸一笑。

当时大屏幕上给了她特写，全场观众几乎是倒吸一口凉气，不约而同定了下。

等陈星夏消失时，现场爆发掌声。

王薇在台下就差老泪纵横，抱着副导演"哐哐"撞柱子——今年校庆的话题中心位，他们话剧社算是稳了！

校庆结束当晚，陈星夏和严宵这对校园情侣霸榜华凌。

也是这个时候，大家晚上聚在一起吃饭，苏雨萌和谢正知道他们四人组里的这两位，已经在恋爱了。

那种心情怎么说呢？

惊讶吧，实属也没多少，就感觉早晚的事；不惊讶吧，苏雨萌和谢正的嘴"O"得可以塞下一个鸡蛋。

梁亚楠喝着啤酒说："你们是不知道啊，我们天天吃他们多少狗粮！这再有不到两个月放暑假，你们快领回家吧！"

苏雨萌笑了笑，问陈星夏："澜姨他们知道了吗？"

"不知道。"陈星夏说，"萌萌、谢大爷，你俩可一定给我保密啊！我还不想那么快叫我爸妈知道。"

都是年轻人，懂。

这一晚，来自四面八方的人聚在一张桌子上，有说有笑。

大家既聊明天去玩密室的计划，也聊身边各种有趣的琐事，仿佛有说不完的话。

陈星夏喜欢这种朋友在身边的日子。

这么开心，她也想尝一口啤酒，偷偷伸出手，还没碰到杯子，就被握住了。

严宵给她剥了一碟虾，叫她吃这个。

陈星夏托着下巴装看不见，严宵又给她递奶茶和糯米小点心。

好吧，她也喜欢男朋友在身边的日子。

五一之后，诸事皆圆满，陈星夏也得开始好好复习了。

建筑系在大二的时候会有一个含金量极高的设计比赛，陈星夏想参加。

所以，她必须又要保证学业，又要分心思去筹划比赛，每天忙忙碌碌，和严宵一天也待不了多久。

又或者说，他们在一起，也都是在图书馆安静学习。

好在这样的日子没多久，就迎来了暑假。

回到临饶，回到家里，陈星夏他三七二十一，先当三天大爷。

夏女士对她的容忍度也就只有三天，要是时间到了，还么懒得没边儿，夏女士必定发威。

这天，陈星夏睡到日上三竿，无骨鱼似的下了楼。

夏澜瞟了女儿一眼，叹了口气，叫她过来帮自己择菜。

陈星夏打着哈欠点点头，一边看手机，一边来到客厅坐下。

"天天拿着个手机。"夏澜摇摇头，"以前也不见你这么手机控啊。"

陈星夏又打了个哈欠，放下手机，开始择菜。

母女俩边干活儿边闲话。

夏澜惦记严宵那边，说："我让你问的，你问了吗？"

如今，严歧已经在隔壁市扎根。

只有严宜因为学校没安排好，梁慧婷还留在东棠里住着，照顾女儿。

但最近传来的风声是严歧联系好了隔壁市的国际小学，等秋季再开学，严宜就会过去，严家便彻底空了。

"问了，是那么回事。"陈星夏说，"过两天，严宜也放暑假了，慧婷阿姨就带严宜搬到隔壁市。"

"小宵不跟着吧？"

"当然不跟。"

夏澜点点头："那以后一放假，你就让小宵来咱们家里吃饭。四个人的饭也是做，不差他一个。"

陈星夏"哦"了声，心道这可正合某人心意。

不然他天天还得来找陈沛山下棋，又下得不专心，惹陈沛山笑话。

不过，尽管严宵得了每天随时进出陈家的便利，有些事依旧不方便。

所以，陈星夏和严宵隔三岔五还是会出去。

有时是和苏雨萌、谢正一起四人组，有时是他俩单独约会。

陈星夏本以为她隐藏得很好，可再狡猾的狐狸也斗不过好猎手。

过了大概半个月。

某天晚上，夏女士关上房门后，和陈教授说了自己的猜测。

"谈恋爱？"陈慕桢"噌"地坐起来，"和谁？哪个小子！"

夏澜叫他小点儿声,说:"我也是猜的。她一天到晚拿着个手机,有时候还冲手机傻笑,症状不是很像?"

陈慕桢从床上下来,在床边踱步,声音很低:"北城的?"

"也未必。"夏澜道,"我看她时不时总出去,万一是咱们临饶的呢?"

要是临饶人的话,陈慕桢火气还能消那么一点。

可只消这一点,依旧抹不平他想削人的冲动……居然有人想偷他的宝贝女儿,吃了熊心豹子胆了!

夏澜看陈慕桢这样,就没聊天欲望了,无语道:"她再过年都二十了。"

"错!"陈教授纠正,"女儿十月的生日,现在不满十九周岁。"

"在古代,这都是孩子妈了。"

陈慕桢一愣,瞬间瞪大眼睛:"你说咱们女儿她、她……"

夏澜一脚踹过去:"想什么呢,我就这一说。"

陈慕桢松口气,坐到床边,问:"那会不会是你多心了?而且,她出去的话,不都是有小宵跟着吗?"

"你还不知道你女儿?"夏澜"哼"了声,"如果真谈了,那肯定是拉着人家小宵当幌子。"

陈慕桢还不能接受女儿恋爱,有些无助:"那怎么办?"

"再看看吧。"夏澜瞟了丈夫一眼,"也不一定就谈了。"

陈慕桢点点头,叹着气躺下来,拉着妻子的手不放……

还在房间和"幌子"聊天的陈星夏并不知道自己已经暴露了。

严宵最近在研究做草莓芝士蛋糕,说等做好了,让她尝尝。

一闪一闪亮晶晶:可不得了!

一闪一闪亮晶晶:你要是以后在厨艺方面也成了学霸级,不就打遍天下无敌手了?

无敌讨厌宵:这个没办法证明。

一闪一闪亮晶晶:为什么?

无敌讨厌宵:裁判只有你一个。

这潜台词。

陈星夏在床上扭成麦芽糖:我给你买的T恤,你试了吗?

无敌讨厌宵:看看吗?

她才不想看呢!

陈星夏抿抿唇:你要是非给我看,我也不是不能给你参谋下。但问题肯定不大,毕竟是我挑的。[酷.jpg]

无敌讨厌宵:等我。

陈星夏放下手机,从床上起来,走到书桌前坐下。

看着桌上的小熊,她心里跟揣着只小鹿似的,一下一下敲着玻璃罩,等照片传过来。

等了将近五分钟,陈星夏心说他这是还去化妆了不成?

正要问问,消息来了:你看。

陈星夏等着照片传送过来,结果又是半天没有。

一闪一闪亮晶晶:你发了吗?

无敌讨厌宵:来阳台看。

陈星夏一怔,明白过来,跑到小阳台,就见某人穿着她买的T恤,站在楼下。

陈星夏一时都不知道该说什么好,就觉得心里被什么填得满满当当的。

她张张嘴,又嫌压低声音费事,便打过去电话:"拍个照不就好了?你干吗还非跑过来?"

严宵望着她:"今天没见你。"

是,陈家今天去探望亲戚,晚上吃过饭才回来。

但也不用这么夸张吧?

陈星夏忍着笑:"你是不是太黏人了?"

"你会烦吗?"

"这个,可不好说。"

电话那头一时没了声音。

陈星夏以为是自己的话打击到了某人。

其实她并不烦黏人,只是偶尔担心他会腻,毕竟是看了快二十年的人,闭眼都知道对方的样子。

陈星夏琢磨把这话圆一下,省得有人伤心,就又听:"我偷偷看。"

思路绕了下,陈星夏懂了里面的逻辑。

看着楼下的人,有那么一瞬间,她想飞奔下去抱住他。

日子继续风平浪静地过着。

一周后的周六。

陈沛山和夏澜,还有陈慕桢要去乡下看一位长辈。

因为之前就没带陈星夏去过,这次也还不带,不然等见了面,长辈给红包什么的,给人家徒增负担。

这一趟过去,是早上去、晚上回,起码一天的时间。

夏澜让陈星夏找严宵一起解决吃饭问题,又嘱咐了一些安全常识,就和陈慕桢、陈沛山出了门。

他们前脚才走十分钟,严宵后脚就到了。

陈星夏给他开门,两人在院子里照面,都没说话。

就是"大阿哥"最近见严宵的次数实在太多了,认识了,这会儿看他俩一前一后,便喊道:"小满又去找小宵了!小满又去找小宵了!"

陈星夏抗议:"明明是他找我好吗!"

"大阿哥"歪头:"小满又去找小宵了!"

陈星夏不和一只鹦鹉掰扯,进了屋,直接去厨房拿餐碟。

严宵将拎着的袋子放在餐桌上,接过餐碟,取出里面的草莓芝士蛋糕。

陈星夏看看蛋糕,又看看做蛋糕的人,承认:"卖相还不错。"

"味道最重要。"严宵挖了一勺送过去,"尝尝。"

陈星夏仔细品了品。

严宵观察着她的表情,瞧不出端倪,不免有些紧张。

陈星夏就喜欢他这种面上平淡无波、实际心里打鼓的样子,慢悠悠地吃完,又去接了杯水再慢悠悠地喝下。

磨得严宵的视线一直跟着她。

等观赏够某人的这副样子,陈星夏返回餐桌,拿过小勺,说:"十分。"

严宵一顿,弯了弯唇。

两人分食这块蛋糕。

严宵让陈星夏自己吃,可陈星夏说这是他第一次做的蛋糕,必须一起分享。

他们一边吃一边斗嘴。

自然，都是陈星夏欺压严宵。

而斗着斗着，不知怎么就演变成了一个草莓味的吻。

小勺掉在地上。

严宵坐着仰着头，陈星夏站着低下头。

严宵几次想要站起来夺回主动权，陈星夏都不让，说："每次都是我抬头，累死了。"

"我抱你。"

严宵摸着女孩红润的耳垂。

陈星夏又是摇头。

每次那样，陈星夏就只能踩着严宵的双脚，整个人被牢牢禁锢，半点儿决定权都没有。现在这样就挺好。

陈星夏低头再度吻下去，严宵的手顺着她的耳朵穿入她的发丝……

椅子和地面发出摩擦的声响。

严宵越发克制不住，压着陈星夏后颈的手，掌心滚烫，烫得陈星夏微微颤抖。

正当严宵实在受不了，要起身抱住人时，大门那里忽然传来了响动。

"应该就放在我的镜台上了，我忘记放包里了……马上。"

夏澜回来了。

陈家客厅有一扇很大的窗户。

虽暴露不了餐厅的景象，但陈星夏做贼心虚，推开严宵时，后退撞到了椅子，幸亏严宵眼疾手快扶住。

不然夏女士听到动静只会进来得更快。

眼看夏澜经过休闲椅的区域，陈星夏急道："怎么办？"

严宵还有些喘，冷白的脸上是未退的红潮。他抽张纸给陈星夏擦擦嘴，哑声说："别怕，我去书房。"

话语间不过几秒，夏澜就进来了。

看到女儿背对着自己站在餐桌旁，她颇为惊讶："不是吃过早餐了？"

陈星夏吞了吞口水。

唇间弥漫着的草莓甜味儿叫她脑袋发蒙，她真怕自己转身即露馅儿。

可想想有人刚才都意乱了，还能那么快地清醒过来，陈星夏不想显得自己那么尿，抿抿嘴，扭过了头。

"是蛋糕。"陈星夏说，"我叫的外卖。"

夏澜急着上楼去拿给长辈的孙子准备的红包，一听，又稍稍愣了下："这才几点？甜品店就开门了？"

"昨天买的，我这才吃。"

夏澜点点头，来到楼梯这边。

目光扫了下，她看到餐桌上的两只小勺。

夏澜脚步未停，不动声色地收回视线。

等夏澜彻底上了楼，陈星夏抚抚心口，把桌面收拾了下，然后坐到客厅里装没事人刷手机。

夏澜拿了红包下来，随口道："小宵几点来？"

"还得等会儿。"陈星夏说，"我们去上自习，自习室十点以后才让进。"

夏澜没说什么，走到门口。

陈星夏余光一直跟着夏女士，见她要开门，悬着的心都要落地大半时，夏澜突然回头："你和谁吃的蛋糕？"

陈星夏卡壳，张张嘴："啊？"

夏女士不愧是"福尔摩斯·澜"，微笑地说："那个人就在咱们家吧？"

"妈不反对你谈恋爱。"夏澜说，"叫他出来，妈看看。"

有那么一秒，陈星夏想着要不就招了吧。

可东棠里父老乡亲的嘴皮子功力她太知道了，而夏女士，她的母亲大人，要是知道她的恋爱对象是严宵，搞不好今天就不走亲戚了，直接按着他们去民政局领证。

所以，陈星夏没有被迷惑。

"妈，你说什么呢？叫谁出来给你看？"陈星夏眨眨眼，"家里就我啊。"

夏女士多高冷，才不废话，返回客厅，环视一圈，目光精准锁定一楼陈慕桢的书房。

我去！要不要这么厉害啊！

陈星夏鸡皮疙瘩都起来了，在要跪地求饶和坦白从宽之间居然完全傻掉，眼睁睁看着夏澜去了书房。

算了，让严宵解决吧。

陈星夏倒在沙发上，爱咋咋的。

可将近半分钟过去了，书房那边不管是夏澜还是严宵，都是半点儿动静没有。

陈星夏心跳回来点儿，支棱起来，探头看。

夏澜仔细检查了一遍书房，确实没有藏人，只是窗户没关严，但那也应该是早晨通完风，她忘了关。

夏澜出来，看着陈星夏。

母女俩大眼瞪大眼，直到陈教授催促的电话打来，夏女士才有反应。

"真没人？"她问。

陈星夏"哎呀"一声："大早上的，谁来啊？"

"那刚才桌上摆着两个勺子？"

夏女士眼真尖。

"人家商家给了两个勺子啊。"陈星夏说，"我就顺手拿出来了呗。"

夏澜疑心消了些，又看看女儿，索性就问了："最近奇奇怪怪的，你到底是不是恋爱了？你成年了，可以谈，但得和我说。"

"没有。"

"那你总看手机？"

"我那是玩呢。"

夏澜又捋了一遍，想想女儿平时也没什么消遣，也就画画或者练字，可这又弄不了一天。

而现在的孩子除了捧着手机，确实也没什么别的喜好。

她稍松口气，说："那我去了，不然你爸怕被贴条。"

"嗯，叫我爸慢些开。"

夏澜从大门出去两分钟以后，陈星夏才敢动。

她冲进书房，小声喊着严宵，找了一圈，真没有人。

邪门了。

严宵刚刚就是进的书房啊。

陈星夏又跑到楼上拿手机打电话，拨了号后显示暂时无法接通。

陈星夏可是看过不少悬疑惊悚片和科幻片的，这下思路立刻歪了，严宵该不会是被吸到什么异次元空间去了吧？

她吓得够呛，回到书房，嘀咕着："严宵，我来救你了。你在哪儿了啊？给我一点儿提示。"

此刻的严宵正在巷子里和夏澜说话。

夏澜看到他的第一件事就是询问陈星夏的情况。

严宵说："没别人,就是上自习。"

这下,夏澜才真的确信之前是自己想多了,女儿并没有恋爱。

"这么早,你怎么从外面回来?"夏澜问,"又去锻炼了?"

严宵说："喂猫去了。"

夏澜笑道："是不是一只大橘猫?我在咱们巷子里见过好几次了。"

"是布偶猫。"

夏澜对这些品种猫不了解,但也知道布偶猫是很名贵的品种,怎么会去流浪呢。

严宵面带笑意。

他想起刚才有人害怕受惊的样子,小鹿眼瞪得圆圆的,和以前他路过宠物店看到的小布偶猫一样,招人心疼,也惹人怜爱。

"这只猫胆小。"

夏澜一听,心想那可能是走丢了,回不了家了。

赶明儿她要遇见了,也喂一喂。

陈星夏把家里里里外外搜一遍,没找到严宵,是真有些怕了。

那么大的一个人,能跑哪儿去?

陈星夏再打电话,这回倒是通了,人也回来了。

看着严宵从大门外进来,陈星夏惊讶万分:"你怎么从外面进来?"

其实,早在夏澜上楼时,严宵就从书房的窗户翻了出去。

他一直躲在院子里的背人处,等夏澜出门,他也跟着出门,反向绕了一圈,扮成和夏澜偶遇……彻底洗脱了陈星夏的嫌疑。

陈星夏听完后,对严宵佩服得五体投地。

"你怎么那么聪明啊!"她拉住人,"太厉害了!"

没有哪个男生不喜欢女朋友说自己厉害,严宵也不例外。

他揉揉陈星夏脑袋,说:"不用紧张了。"

陈星夏点头,挽着严宵进门。

不过虽然被夸很开心,但严宵也觉得总这么欺瞒长辈不好,更不是长久之计。

陈星夏喝着水,认同这个说法,想了想,说:"要不过年说?别,过完年说。"

"过年和过完年有区别?"

"有啊。"

陈星夏坐到严宵身边,靠在他肩膀上:"过年说的话,我妈肯定得告诉亲戚们。亲戚们到时候七嘴八舌的,我妈一看,说不定等过完年直接就给咱俩搞个订婚仪式什么的。"

严宵一听,心想他刚刚和澜姨说的话能全部收回吗?

他就是小满藏着的男朋友,可以办订婚仪式。

这次有惊无险后,陈星夏和严宵更加小心谨慎,顺利度过了暑假。

他们把公开的事提上日程。

两人除了恋爱,学业及未来的职业规划对他们也同样重要。

大二一开学,陈星夏就报名了全国大学生建筑设计比赛。

这个比赛含金量高,更是很多知名建筑事务所十分关注的一个赛事,不少毕了业能进大所的学生,都是得过这个奖的。
　　陈星夏每天学习学得脑仁疼,还要准备比赛,忙得不可开交。
　　严宵也没比她轻松到哪儿去,除了顾着实验室,他师兄还说要带他进一个项目,这事要是做成了,不仅国航局那边能挂上号,还会有一笔丰厚的报酬。
　　两人连轴转了好久,等到十一假期,终于可以稍稍休整一下。
　　今年的十一,陈星夏和严宵都不回临饶。
　　一是严宵的项目得随时进实验室,二是陈星夏也想留校好好修改设计作品,三就是夏澜被事务所评为资深优秀员工,给了一份双人马尔代夫游的奖励。
　　夏澜和陈慕桢商量,再出一份钱,带着陈沛山一起去度假。
　　大家各有各的安排,各自安好。
　　与此同时,陈星夏也迎来她的十九岁生日。
　　严宵原是想带她去周边的水镇散散心,好好休息一下,可陈星夏领了一个帮导师作图的活儿,假期基本贡献出去了。
　　再有就是,严宵租房了。
　　陈星夏要是有空余时间,得帮着采买布置。
　　说起租房这事,也是赶巧了。
　　严宵因为越来越忙,就听从师哥、师姐的建议,打算大二下学期在学校附近租个房子,这样不管在实验室待到多晚,也不用担心门禁。
　　严宵看中的是离学校步行十五分钟的青年公寓,是这片设施最好,也是租金最贵的房子。
　　陈星夏一开始劝严宵再考虑下,但严宵有个师哥家里条件好,直接在那里买了一间公寓,现下,这位师哥出国深造,房子空出来还得交物业费,不如便宜租给师弟,两全其美。
　　所以,这租房的事提前一个学期就给办妥了。
　　两人计划过完生日的周末去逛逛家具超市,把房子弄好。
　　生日那天,严宵订了空中花园餐厅的观景位,给陈星夏庆生。
　　他们先是去看了电影,然后又在北城的网红打卡地日落大道坐了海上缆车。
　　等要出发去餐厅时,陈星夏发现她忘了带预订卡。
　　那餐厅高级讲究,即便是预订了,也要持卡进入,而陈星夏瞧那卡片漂亮,就从严宵那里拿了过来。
　　这下可好。
　　她就不该多这道手。
　　好在发现及时,时间还很充裕,陈星夏和严宵再回趟学校就是。
　　两人折返回来,路过学校的后街,有家新开的甜品店在用最近特别火的黄油小熊做人偶招揽顾客。
　　陈星夏被勾起兴趣,拉着严宵过去看。
　　严宵看了菜单,问要不要尝草莓蛋挞,陈星夏说好。
　　两人排队……
　　距离他们一千米外,夏澜和陈慕桢下了出租车。
　　陈慕桢小心翼翼地拎着亲手做的蛋糕,看了看时间。
　　夏澜问:"我现在打电话?"
　　"那还叫惊喜吗?"陈慕桢说,"没惊喜,不浪漫。"
　　夏女士想想年轻时某人给她的那些惊喜,不禁一笑,挽着丈夫的手臂,向着学校后街走去……
　　因为开业酬宾,还有黄油小熊加持,这家甜品店可谓客流量爆棚。

排队到后面，人越来越多，严宵让陈星夏出去坐着等。

陈星夏无所事事，就给黄油小熊拍照片，想着回头她也买只玩偶回去，充实后宫。

她自己玩了会儿，严宵拎着甜品回来。

蛋挞刚好是新鲜出炉，严宵怕烫到陈星夏，就自己拿着让她直接吃。

陈星夏咬下去，嘴上沾了蛋挞，严宵用拇指帮她擦干净。

"你也吃啊。"陈星夏说，"不是特别甜。"

闻言，严宵照着陈星夏咬过的地方尝了一口。

"好吃吗？是不是还行？"

严宵点头："应该不难做。"

陈星夏笑道："干吗？你还想抢人家饭碗？"

严宵把剩下的喂给陈星夏，说："抢我女朋友欢心。"

哑巴精越来越懂语言的艺术了呢。

陈星夏嘴里甜，心里更甜，觉得可以表扬一下，勾了勾手指，示意某人过来。

严宵弯腰，侧脸，等吻。

不想一扭头，他先看到了目瞪口呆的夏澜和陈慕桢。

陈星夏差一点就亲到严宵。

见他突然愣住，她还纳闷，顺着严宵的视线看过去，结果……

论大型社死的震撼力有多强？

硬是让陈星夏成为哑巴精二代，一声不敢呛。

严宵也没想到这个时候会被叔叔、阿姨逮个正着。

但他看见陈慕桢手里的蛋糕后，明白长辈用心，便立刻调整好状态，将陈星夏护到身后，礼貌恭敬地叫人。

夏澜和陈慕桢也是久久缓不过神来。

想着刚才那一块蛋挞，两人你一口、我一口，竟是吃出了世间第一美味的架势。这对好歹也是恩爱腻歪了二十多年的中年夫妻，慢慢红了脸。

陈星夏躲在严宵后面不敢言语，手不由得拽了拽严宵的衣服，示意他快想办法。

事到如今。

只有请长辈坐下，一一交代清楚。

严宵刚要这么说，陈慕桢忽然眼睛瞪得像铜铃，目光落在陈星夏和严宵交握的手上。

陈星夏吓得要甩开，严宵却没放，说："陈叔、澜姨，前面有家咖啡厅，很清静。我们坐下说，好吗？"

夏澜杵了杵丈夫，提醒他不要在大庭广众下犯病，然后冲严宵点点头，让两个孩子带路。

进了咖啡厅，服务生给他们引到一处适合聊天的卡座。

陈星夏很自然地要和严宵坐在一侧，只是刚要进去，陈慕桢就清了清嗓子……她就又乖乖坐到爸爸身边。

陈教授平时儒雅谦和。

但多年教学，怎么也得有严厉的一面，不然镇不住学生。

此刻，他就肃着张脸，眼睛紧盯严宵，大有一副"这小子拐我女儿，看我怎么收拾他"的意思。

陈星夏掌心冒汗，求助夏女士。

夏澜这会儿工夫也明白怎么回事了，态度尚算温和，问："你们谈多久了？"

"也、也没……"

"八个月零十二天。"

陈星夏无语。

谈个恋爱,还天天撕日历吗?

但见他记得那么清楚,她心里又隐隐发甜,只得低着头抿水喝,给脸降降温。

一旁陈教授掐指一算,火气又涨了三分。

"你们谈了这么久,居然一直瞒着家里?"陈慕桢气道,"这简直……简直……"

夏澜递去眼色,叫丈夫安静点儿,然后又看向严宵。

严宵说:"是我的主意。我想和小满感情稳定了些,再向两位长辈说明。是我考虑欠佳,澜姨和陈叔别生气。"

夏澜没接话,淡淡地看了眼脸快钻杯子里的女儿,心下了然。

想再问,严宵的手机先响了。

是餐厅那边照惯例询问用餐情况是否有变。

严宵让工作人员稍等,和长辈请示:"今天小满生日,我们订了餐厅。正好澜姨和陈叔也在,我们一起庆祝?"

陈慕桢的脸拉得老长,不说话。

夏澜在桌下用脚尖轻轻碰了下女儿的腿,陈星夏心领神会,和老爸撒娇:"爸,我想吃您给我做的蛋糕。咱们去吧,我都饿了。"

看在女儿的面子上,陈慕桢沉沉气,拎起蛋糕,说:"爸给你做的草莓夹心,你爱吃。"

陈星夏可会来事了,立刻抱着陈教授的手臂,化身贴心小棉袄:"只要是爸做的,什么口味我都喜欢!"

陈慕桢一听,终十有了点儿笑模样,还颇为得意地觑了眼严宵,好像在说:在女儿心里,还是我位置最重。

旁边的夏澜叹了口气。

到了餐厅,严宵稳妥地照顾着两位长辈。

陈星夏得空去卫生间,第一时间就是打电话找陈沛山寻求场外支援。

陈沛山一把年纪了,虽说去马尔代夫是休闲放松,可长途飞机的劳顿叫他多少得缓上几天。

听到陈星夏说自己暴露了时,陈沛山愣了下。

等明白过来那对夫妻俩是去北城给孩子过生日,笑道:"爷爷不知道啊。你爸妈说的是去郊区农家院见朋友。"

"那现在怎么办?"陈星夏忙问,"我感觉他们好像不太高兴。"

一直以来,陈星夏都以为爸妈要是知道她的恋爱对象是严宵,肯定是赞同加放心。

尤其夏澜,她那么喜欢严宵。

可看现在的情况,虽说他们恋爱瞒着家里不对,那夏澜也不至于一点儿喜悦都没有啊,甚至对严宵还有些冷淡。

陈沛山说:"你还小,不懂做父母的心。"

陈星夏是不懂,这会儿心里更没了谱儿,跟爷爷也耍起小无赖:"您怎么也不帮着我盯住他俩呢?我和严宵都商量好过完年就说,就只有三个月了。"

陈沛山笑喷了声"你个小丫头",无奈地道:"你还想等爷爷怎么替你遮掩?"

就之前的暑假,严宵成日找他下棋。

下就下吧,看不见人的时候,水平还在线,可一旦某人晃悠下楼,那输得叫一个惨不忍睹。

更何况喜欢一个人，眼神根本是藏不住的。

严宵每次看向陈星夏时，尽管有在克制，但眼中流露出的在意和专注，要不是他这个老头子次次插科打诨，早被那两个过来人发现了。

"爷爷，"陈星夏不管，"您说我们能过关的吧？我爸妈就是气我没提前告诉他们，是不是？"

陈沛山沉默片刻，许多话，还是没和孙女点透，只说："你别太向着小宵就行。"

"为什么？"

"你爸的醋缸会裂。"

有了爷爷的指点，陈星夏回到餐桌后，收敛了不少。

这招也确实有用。

陈慕桢肉眼可见地和颜悦色了，就是一对上严宵，又严师范儿上身。

说来也是奇怪。

陈慕桢平时对严宵同样赞不绝口，怎么这会儿跟变了个人似的？

陈星夏看严宵在那里恭顺地哄着自己的爸妈，也不能帮衬他两句。

陈沛山说了，小不忍则乱大谋。

为了他们的以后，现在只能委屈严宵。

严宵丝毫不觉得委屈。

他虽然不善言辞，但也算洞悉人心。

长辈没心理准备，一时有些接受不了，很正常。

如果他们很客气，又或者和以前一样像疼惜世交家的孩子一样，那才麻烦了。

而且，他也知道夏澜和陈慕桢心里的顾虑。

没关系，他会做到让长辈满意。

吃完饭，四个人从餐厅出来。

夏澜和陈慕桢这趟来，就是想多陪陪女儿，两人在华凌附近的五星级酒店订了房间。

恰好明天周六，也没课，陈星夏跟着父母去酒店住，严宵一个人回了学校。

进了房间，夏澜和陈慕桢夫妻俩默契地交换眼色。

陈慕桢说他去前台再多要一间房，把空间留给母女俩。

陈教授一走，陈星夏就小星星眼巴望着夏女士。

夏女士可不像家里那两个昏庸的男人，不吃这一套，脱了风衣，坐到沙发上。

陈星夏狗腿地给母后拿矿泉水，坐到一边，娇声喊着"妈妈"。

夏澜喝口水，见女儿这黏黏糊糊的，也不绕弯子，先给了她一颗定心丸："你和小宵谈恋爱，我和你爸赞成。"

陈星夏压在心头的大石头可算是落地。

她八爪鱼似的抱着妈妈，蹭了蹭："我被你和我爸吓死了！还以为你们不愿意呢。"

这有什么不愿意的？

严宵是他们夫妻俩看着长大的，他们眼不瞎，知道孩子的人品。

虽说性格是寡言沉闷了些，但又不是说每天说个没完的就有多好了一样，任何事都有两面性。

而也正因为凡事皆有两面，夏澜和陈慕桢也有些顾虑。

陈星夏本来都高兴得飘飘然了，不想夏女士这儿还有"但是"等着她。

她问夏女士是什么。

她这么一个看严宵"不顺眼"的人，都挑不出来他的毛病，更何况夏澜和陈慕桢那么喜欢严宵。

"小宵这孩子是没得挑。"夏澜说，"可他家里呢？"

首先，严歧。

不说严歧这个父亲合不合格，对严宵感情又如何，严家的那些财产，严宵将来是第一合法继承人。

可梁慧婷也还有个女儿。

如果严歧自私到生前不顾身后事，那将来涉及财产分割，这就是笔烂账，是个隐患。

夏澜自认看人比较准。

梁慧婷，绝对不是个省油的灯。

为了钱，到时候必定会和严宵撕破脸，争得头破血流。

"他不会要那些东西的。"陈星夏笃定，"他不稀罕。"

夏澜笑了笑，看着女儿："你知道严家有多少财产吗？严家上面几代经商从政的，大有人在。单说东棠里的那套房子，和房子里的东西，就不是普通人能想象的。即便小宵和他爸关系不睦，可就该是人家小宵的东西，为什么不要？难道他不姓严？"

陈星夏没话接了，脸色沉下来。

夏澜揉揉她的脑袋，心道还有丛凝没提呢。

丛凝的第二个儿子现在怎么样了，丛凝一直没来过消息。

就说是上天保佑，孩子得救了，那他的身体就能和正常人一样了吗？后续的保养和再治疗又会是多少钱？

如果真到了拮据的那一步，丛凝又是否会向严宵求救？要求严宵赡养？

这些问题换作以前，夏澜会为严宵忧愁担心，孩子要是有需要，她也会全力帮助。

现在的话，她还是会如此。

可其中多了自己的女儿，那种感觉就又不一样了。

"小满，爸爸、妈妈不需要你大富大贵，只希望你以后的日子过得顺一些,开心一些。"夏澜略有哽咽，"我们不想看你受一丁点儿委屈。"

如果可以，他们多想一直陪着他们的小满，一直照顾她、爱护她。

可他们终究不是那个可以和她携手一辈子的人，所以在选择这个人的时候，他们必须慎之又慎。

万一有天他们走了，总还得有人爱着他们的小满啊。

陈星夏眼睛和鼻腔酸极了，依偎到妈妈怀里，默默掉眼泪。

她理解爸妈的苦心，但人生就是一条坎坷之路，不可能一帆风顺。

"爷爷和我说，我曾祖母以前也不同意他娶我奶奶，说我奶奶家落魄了，还欠了债，这些都是我爷爷的负担。"

尽管如此，陈沛山还是娶了何筱桢。

并且也用他们的幸福向曾祖母证明了他们的选择是正确的。

"妈，严宵他很好，特别好。"陈星夏红着眼睛，"你别因为他家里的事……嫌弃他。"

"我们不能因为别人有问题，就叫他来承担后果。"

"他没做错任何事。"

夏澜有些诧异女儿能说出这番话来。

这令她莫名觉得这两个孩子之间的感情是有重量的，不单单是源于青春年少的喜欢。

夏澜不禁笑道："你不是从小就看不惯小宵，还总欺负人家吗？怎么现在这么喜欢人家了？"

听了这话,陈星夏又有点儿脸红,吸吸鼻子:"欺负他怎么了?"
"但只能我欺负。"

这晚,陈星夏失眠了。
妈妈的话她有反复想,但想来想去,还是觉得这些和严宵比起来,无足轻重。
或许将来有一天,父母的担忧成真,严宵原生家庭的问题一一找上门来,可那又怎样?
她和严宵一起面对解决就是。
有困难不可怕,没方向和没希望才可怕。
陈星夏现在担心的是严宵要是知道她爸妈有这份顾虑,会伤他的心。
之前丛凝的那次,严宵表面上平静,可他心里搅起的伤痛不亚于丛凝当年的抛弃⋯⋯为着这些上一代的事,他现在又被自己的父母犹豫考量,严宵能受得了吗?
陈星夏叹了口气,想翻身,又碍着夏澜在身边,怕会吵醒她。
纠结了会儿,陈星夏轻手轻脚地下了床,去了卫生间。
关上门,她看看时间,快凌晨一点了。
坐在马桶上,陈星夏冲着手机上"无敌讨厌宵"五个字发呆。
她很想听听严宵的声音。
可这会儿人早就睡了,她还是不要打扰。
陈星夏又叹了口气,屈腿抱着自己,不想手指不小心碰到了拨号键。
她赶紧挂断,电话却在她按键前接通,里面传来严宵清醒的声音。
"怎么还不睡?"
陈星夏的眼眶蓦地一热,哽了下嗓子,说:"你不也没睡?"
那边没有回答,只有一声清浅却带着笑意的鼻息。
陈星夏又问:"你室友也没睡吗?有什么事吗?"
"睡了。"严宵说,"我在阳台。"
今晚风有些凉。
严宵站在宿舍楼走廊尽头的阳台上,抬头是一望无际的天空,不见有一颗星照亮夜的黑。
直到那一声"严宵"传进耳朵里。
"我爸妈他们⋯⋯"
"我知道。"
陈星夏一顿,皱了下眉,故意说:"你知道什么?我想说⋯⋯"
"我知道。"
陈星夏的心仿佛被狠狠拧了一把。
他在为不是他的错误承担后果。
明明他什么都没做错,可被推出来的那个永远是他。
"我会和爸妈好好说的,他们也同意我们在一起,就是⋯⋯"
"小满。"
严宵再次望向天空。
夜还是那么黑,没有一丝光亮。
曾经他的生活就如这黑夜一般,沉默孤寂,不见天日。
可如今,都不一样了。
"别担心,"严宵说,"我会让叔叔、阿姨放心地把你交给我。"

转天一大早，严宵就来了酒店。

他说附近有家地道的北城早点铺子，希望夏澜和陈慕桢能去尝尝。

经过一晚上的消化，夏澜差不多恢复过来，对着严宵又成了往日里的慈爱关心模样，而陈慕桢的醋性还是大，但也没那么严肃了。

四个人一起去吃早餐。

之后的时间，严宵和陈星夏就带着两位长辈在北城观光游玩。

谁都没提恋爱交往之事，一切就跟去年夏澜和陈慕桢送陈星夏和严宵来华凌报到一样。

可事实上，一切早已经不一样。

周日中午，夏澜和陈慕桢飞临饶。

到达机场，时间尚算充裕，他们便找了一处地方先坐坐。

中途，梁亚楠打电话来商量小组作业的事。

陈星夏和大家说了一声，举着手机去安静地方说。

借这个空隙，严宵和夏澜、陈慕桢说了几句话。

等陈星夏再回来，就见夏澜眼眶有些红红的。

她问怎么了。

夏澜摆手："没事没事，眯眼了。"说着，看了看陈慕桢。

陈慕桢从严宵手中接过手提包："我们差不多该过检了，你俩回去吧。路上注意安全。"

"干什么现在就走？"陈星夏纳闷，"这不还有二十分钟吗？"

夏澜乜她："走过去不要时间？排队不要时间？那么大人了，还不懂凡事得留余地。"

是是是，她就多余。

还以为爸妈愿意和自己多待会儿呢。

陈星夏和严宵送他们到安检口，排队前，陈慕桢又叫严宵到一边说话。

陈星夏心里"咯噔"一下，要跟上，夏澜拦住她："你过去干吗？"

"我听听啊。"

"听什么？"夏澜不让去，"你爸这醋味刚散了点儿，你别又给我招回来。"

夏澜拉着陈星夏也到一边。

陈星夏不放心，几乎是一步三回头，看得夏澜无奈。

"真是奇了。"夏澜笑道，"从前一提小宵就不耐烦，现在可好。"

陈星夏叫了声"妈"，又回了一次头。

夏澜嘱咐道："在学校里照顾好自己。你能依赖小宵，但不能事事依赖。他也有自己的事，你得叫他多注意休息。"

听这话，陈星夏似乎闻到了一丝松动的意味。

她想探探口风，话到嘴边，倒是想起一件更重要的事。

"妈，有个事儿我得和你坦白。"

夏澜惊讶："你还有主动认错的时候啊？说吧，什么事。"

"就是……"陈星夏咧咧嘴，"瞒着你们恋爱这事不是他的意思，是我的。"

夏澜还以为什么事，点点女儿的脑袋："我还能不知道主意是你的？"

"你知道？"

"哼！"夏澜抬抬下巴，"从小到大，小宵哪次不是一味地护着你？"

陈星夏吐下舌头，低头不语。

她以为夏澜和陈慕桢这次不高兴的原因里，他们恋爱不报占了60%。

可听夏澜现在的意思，爸妈知道都是她不让严宵说，那还这么不高兴干嘛呢？

"别把大人都想成老古板。"夏澜说，"别说我们也有过年轻时候，就说吃过的盐也比你吃过的米多。"

陈星夏挽着夏女士的手，再次祭出撒娇大法："那我妈慧眼识珠，肯定能看出来我挑的这个已经是最好的了。你和我爸就……"

话没说完，严宵和陈慕桢回来了。

之前是时间宽松，现在却得抓紧时间了。

夏澜和陈慕桢排队过安检，安全线一过，陈星夏和严宵就不能再往前走了。

陈星夏眼巴巴看着爸爸、妈妈，夏澜笑道："回去注意安全。等寒假了……"

她看向丈夫，陈慕桢拥起夏澜的肩膀，也笑了："你俩一起回家过年，我给你们做道拿手菜。"

直到夏澜和陈慕桢过完安检看不见了，陈星夏还在咂摸刚才的话。

严宵握住她的手，她问："这是不是……"

"嗯。"严宵点头，"陈叔和澜姨支持我们。"

陈星夏嘴角缓缓牵动起来，露出一个大大的笑容，扑过去抱住了严宵。

"太好了！我还以为……这两天闷死我了！"

严宵抱着怀里蹦蹦跳跳的人，笑着轻吻女孩的侧脸。

其实，夏澜和陈慕桢从来也没反对过，只是考虑到严宵的一些家庭问题，多少不放心，不敢完全由着两人。

现在既然叫他们一起回家过年，那就是全盘接受，陈星夏心里终于一点儿疙瘩都没有了。

陈星夏松开严宵，两只手紧紧抓着他，笑道："还有时间，我们去家居商店看看吗？"

严宵抚着她的笑脸："听你的。"

两人手牵手走出机场，另一边，夏澜却是一声叹息。

陈慕桢拍拍妻子的手，说："我刚才和小宵说了，这事还是得慎重。但孩子能有这份心，咱们也别太较真儿，是不是？"

夏澜点头，眼睛又红了一圈："我就是挺心疼这孩子的。"

"这不是把咱们女儿交给他了？"陈慕桢又开始发酸，"还要怎么心疼？"

夏澜抽出手："你别老这样，回头孩子难做。"

陈慕桢不敢反驳妻子的话，就是心里还是不适应。

他的掌上明珠，怎么疼都疼不过来，宝贝了十九年，这眼看就要成人家的了，怎么能舍得？

"你要不找个机会也和严歧谈谈？"夏澜说，"不负责也得有个度。"

陈慕桢拉回妻子的手握着："知道，放心。"

闻言，夏澜又是长叹了口气。

就在刚才——

严宵单独和夏澜、陈慕桢说清关于严家财产的问题，他在上大学前就和严歧谈过了，他都不要。

虽然严歧当时未给出明确态度，但严宵很坚决。

"我不会因为争财产的事给小满带来麻烦。"严宵说，"毕业后，我也会和严家逐步脱离。我爸有他的家庭，不需要我。"

夏澜听后，皱着眉看向陈慕桢，陈慕桢说："这是大事。小宵，你不该放弃本该是你的东西。"

严宵微笑:"没什么本该是我的,我从没融入过那个家。"

夏澜心里不是滋味,而严宵话没说完:"另外,关于我……"

他顿了下,夏澜明白,点点头。

严宵继续:"如果她未来需要我的帮助,我会在我的能力范围内,提供合理的赡养。这点,我不能骗二位长辈。

"她毕竟生了我。"

但无论如何,严宵不会愚孝,更不会愚蠢。

他不会因为任何事影响小满的生活质量,也不会为了任何人辜负小满。

"陈叔、澜姨,我真的很爱小满。"严宵诚恳道,"请你们给我一次机会,我一定会让小满幸福。"

陈星夏开心坏了。

虽然她不知道爸妈为什么一下子开明了,但她想本来他们也没想拆散他们,这下看到严宵全心全意对自己,也就放心了。

她拉着严宵去了她早就想去的家居商店。

这家商店主要卖陶瓷制品,各种杯子、盘子,还有小餐具,琳琅满目。

"你看这套蓝色的碗碟好看吗?"

严宵说"好",陈星夏就放进购物车里。

陈星夏还要继续往前逛,严宵问:"你的呢?"

"什么我的?"

"餐具。"

陈星夏一愣,脸上倏而热起来。

她背过身,盯着面前一个比自己脸还大的面碗,咕哝:"我又不住那里,要什么餐具?"

严宵松开购物车,站到陈星夏身边,斜侧着身在陈星夏耳边说:"有草莓芝士蛋糕。"

陈星夏笑了一下,赶紧抿住唇,反问:"就你那儿能吃?外面甜品店也有。"

"外面没有我好吃。"

严宵说这话时,眼睛直视着陈星夏。

那双向来深情缱绻的桃花眼里似蹿动着一股暗火,一下子烧到了陈星夏。

陈星夏此刻不仅脸热,心里也热,还浮荡起奇异的痒来。

多说两个字会死吗?

明明是外面的没有他"做的"好吃,可他偏偏不说。

"我不吃了。"陈星夏鼓着脸颊,"又不差你这一口。"

她说着,要绕开人出去。

家居商店里人不多,这个时间段更是顾客稀少,所以严宵大胆地把人圈在了怀里。

"你每天改设计图,有时宿舍网不好,可以来我这里。"严宵说,"九点前,我肯定送你回去。"

最后一句话,多少欲盖弥彰。

可要不明说,又总归像是有条看不见的线在他们之间拉扯。

陈星夏不是什么无知少女。

她瞟了眼某人,这高度恰好让她看到他凸起的喉结,还有他这具蓬勃的身体,哪怕不用力抱她,她也能感到强烈的力量感。

某人也早不是无知少年了。

陈星夏定定心，觉得扭捏无用，有些事该发生时就会发生，便说："那咱俩买这套吧。"

她指了下货架，严宵一看，是一套情侣碗，一只粉色，一只蓝色。

严宵弯弯唇："你喜欢粉色？"

"谁告诉你我用粉色啦？"陈星夏把两只碗放进购物车，"你用。"

因为购买的东西开始成对出现，严宵这个毫无购物欲的直男，突然喜欢上挑选物品。不管是碗筷、勺子，还是牙刷、水杯，他都选情侣款。

陈星夏眼看着购物车里的东西越堆越高，不得不提醒严购物狂适可而止，否则待会儿回去东西太多太沉，累赘。

等将该买的基本都买了，两人在日落黄昏时回到公寓。

屋内的卫生已经请阿姨打扫过一遍，现在就是往里添东西，添好了，随时入住。

严宵把东西放到客厅，陈星夏去整理。

"晚饭出去吃？"严宵问，"有想去的餐厅吗？"

陈星夏想了想，说："要不在这儿吃？"

她上礼拜刚在网上下单买的锅，也得用用嘛。

严宵思考了下："想吃什么？"

陈星夏笑道："别说得你好像什么都会做一样！而且这都几点了？方便面就好，你去楼下超市买。"

也只能这样了。

严宵去超市买东西。

陈星夏哼着歌儿摆放买来的东西，她惦记夏澜他们落没落地，时不时就看看手机。

母女俩心有灵犀，电话这就来了。

"妈，你和我爸到临饶了？"

"嗯，已经出机场了。"夏澜说，"现在在通道排队打车。"

"那等你们回家了再给我发个消息。"

夏澜笑了笑，觉得这小棉袄也还算保暖，又说："有个事，我和你爸想了一路，觉得还是得告诉你。"

陈星夏后背一僵，心想这二位不会坐个飞机又顾虑上了吧？

结果就听夏澜和她说了严宵对他们说的话……

"我和你爸是担心你将来会有不顺的地方，但也没那么自私，更没那么铁石心肠。"夏澜说，"你爷爷也说了，人有另一半，是为了相互扶持。"

陈星夏握着手机，说不出话。

而夏澜那边排队到了，陈慕桢打开车门让她上车，夏澜只好匆匆交代最后一句："财产的事，你务必让小宵考虑清楚。"

"你也告诉小宵，不管他遇到什么，我们也是他的后盾。"

电话挂了没多久，严宵回来了。

他除了买方便面，还买了火腿、酸奶和陈星夏爱吃的小零食。

午餐吃得草率，严宵怕她饿，问："要不要现在吃？"

陈星夏慢了半拍回道："行。"

严宵探身看去，女孩背对着他，正在摆弄桌上那些额外买的小摆件。

他多站了几秒，拎着袋子进了厨房，开始煮面。

没过一会儿,袅袅热气氤氲在不大的空间里。

严宵打开锅盖,正要放面,一双手臂缠在他腰间。

陈星夏侧脸贴着严宵背脊,想着他和爸妈立的保证书,心里酸酸涩涩的。

"以后丛凝阿姨如果需要你赡养,你该做的就去做。"陈星夏说,"她是你妈妈。"

严宵一顿,放下手里的东西,手掌包裹住陈星夏的手,捏了捏。

"还有那些财产,该是你的你就拿。"陈星夏又说,"就算慧婷阿姨真闹起来,你又不会占她便宜,干什么不要?"

"我……"

"我爸妈想得比较多,也比较远,但这些未必就会发生,你不用早早就把路堵死。"

说到这里,严宵解开陈星夏的手,转过身来。

陈星夏抬头看他,眼里尽是疼惜。

她总是会站在他的角度,为他着想,有时,严宵常常觉得自己无以回报她对自己的好。

"小满,我想我和你之间就是我和你。"

可人与人的交往相处,注定不可能那么简单。

其中是两个家庭的交叉,还有周围其他与之关联的形形色色的人。

既然这些无法避免,那严宵就尽可能把圈子缩小。

这是他一早就打算好的,即使没有夏澜和陈慕桢这次歪打正着得知他们恋爱了,他也是如此计划。

陈星夏说:"可那是很多钱吧?说不要就不要?"

严宵含笑:"那要?要来都给你花。"

陈星夏打他,她不是那个意思。

严宵拉住那只手,将陈星夏带到了怀里,低头去吻她的发顶。

陈星夏再度抬起头:"你希望我和你在一起时是开心的,我也一样。"

要你开心快乐。

严宵望着女孩眼里的水光,捧起她的脸,闭上眼,贴近过去。

厨房里的温度节节攀升,窄扇玻璃上结了一层细密的水珠,模糊了内里的交缠。

陈星夏被严宵圈在怀里,两只脚踩在她为他新买的拖鞋上,人就好比锅里沸腾的水,冒着泡,滚烫着。

严宵起初吻得小心温柔,后来就渐渐变得急切,双手在陈星夏背后不断绞紧,收缩。

陈星夏觉得自己变得越来越渺小,小到在严宵面前快要融化成一摊甜腻的糖水……

等到结束,陈星夏都不知道自己什么时候被逼到了墙角,整个人彻底被严宵封锁住。

严宵轻轻摩挲她火热的面庞,她微微颤抖,攥着他的衣角不放。

两人各自调整着呼吸和心跳,也在默默感受不用言说的温存。

直到那锅水都快烧干了,严宵又一次俯身轻吻陈星夏额头,灼人的气息拂过她。

严家的财产多也好、少也罢,这些严宵都不在乎,也都不想要。

他抱紧怀里的人,沙哑的声音中带着几分破碎和恳求,抵在陈星夏耳畔。

"小满,我只想要你。"

进入十二月,北城的凛冬如期而至。

大二上学期的课比大一多了很多,难度和专业性也大幅度增加。

陈星夏不敢懈怠,每天上课认真听讲,课后也坚持下功夫。

她的设计作品进了决赛,差不多等下学期一开学就能知道结果。

得不得奖的,到这会儿想也没用了。

不过通过这次比赛，陈星夏学到不少东西，最近还对维多利亚时期的建筑美学产生了兴趣，想借几本书看。

她列了书单，一共七本。

其中六本在华凌图书馆就有，还有一本得去市图书馆借。

严宵怕陈星夏冷，替她借了来，等到周六，陈星夏到公寓直接看就可以。

如今的周末，陈星夏差不多都是和严宵在公寓里待着。

严宵和师兄协商，换掉了以前的餐桌，买了一张更大的，够他和陈星夏铺开那些难啃的专业书。

这天中午，陈星夏窝在沙发上看严宵给她借的书，严宵在厨房里做午饭。

要说这人聪明，真就是干什么都一学就会。

严宵按着陈星夏的口味学了几道菜，试着做了两三次就有模有样的，还很美味，每次陈星夏都能多吃半碗饭。

这会儿，闻着从厨房隐隐飘出来的饭香，陈星夏叼着樱桃的嘴角不自觉翘了翘。

她继续翻页时，手机亮了下。

她用小星星熊书签别好书，点开手机查看，三秒后，爆出一声惊呼。

严宵放下锅铲出来，未来得及问，一只欢快的小鸟正向着自己飞奔而来。

严宵下意识地张开手臂把人接住托起来，陈星夏环住他的脖子，两只眼睛亮晶晶，笑成小月牙儿："学姐说峰桥建筑事务所有意通过我的实习申请！"

峰桥建筑事务所是北城赫赫有名的私人建筑设计公司，里面当代建筑设计大师云集。

华凌建院的学生不少都以进峰桥为目标，更是削尖脑袋想进这里实习。

陈星夏也不过是投个简历，当分母而已，压根儿没抱希望，没想居然有机会能成！

"恭喜你。"严宵也十分开心，"努力终有回报。"

陈星夏实在是太高兴太兴奋了。

抱着严宵就是一通憧憬，连以后建筑落成剪彩的开幕式都构思出来了。

严宵嘴角噙着笑，目光一扫，却轻蹙了下眉。

有人光着脚。

他抱着这只忘形的小鸟回沙发坐下。

茶几这里铺着羊毛地毯，是陈星夏亲自选的，毛茸茸的，踩着很舒服。

也正因为脚感不错，有人那活泼好动的性子就爱光着脚四处跑，也不怕着凉。

严宵找来珊瑚绒袜子，将那双还晃悠着的脚丫放到自己腿上，给它们穿上袜子。

陈星夏沉浸在喜悦中，等消停下来一些时，就见严宵正在给自己穿袜子，表情和每次看数据分析表一样专注认真。

陈星夏不禁屏住呼吸又去仔细看这张侧脸。

这家伙的睫毛和小时候一样，还那么长。

斜斜垂着，像柄小羽扇，有种安静温顺的感觉。

陈星夏没拿手拨，而是坏心眼地突然不肯配合，让严宵怎么都给她穿不上另一只袜子。

"听话，"严宵语气轻柔，"不然会着凉。"

陈星夏收回腿："我就不呢。这屋里一直开着空调，我都热死了。"

她说着，作势要爬下沙发。

严宵作为有爷爷属性的老古板，绝对不允许这种寒从脚底入的行为，抓住那只纤细滑腻的脚踝，往自己的方向带了带。

陈星夏没想到严宵会来这手，差点趴下。

她扭头说了句"你好大的胆子"，抄起手边的抱枕招呼了过去。

真打自是不可能的，不过闹着玩。

可严宵还是怕稍有不注意会误伤，所以任由某人耍小性子，任打任闹，执着地要去穿袜子。

陈星夏服了他。

抱枕一扔，她跪在沙发上，把人扑倒。

"你怎么回事啊？"陈星夏笑问，"是不是太夸张了？真不凉。"

严宵搂着细软的腰肢，拽来一旁的毯子盖在陈星夏腿上，说："取佛牌那次。"

"嗯？"

"你生理期。"严宵摸摸女孩的脸，"很疼。"

陈星夏从小贪凉，爱吃雪糕，爱喝冷饮。

全家都知道这事，也都时时为她着想，改正她这个毛病。

可作为小皮猴，偷吃什么的，不是手到擒来吗？

所以陈星夏要是在生理期前贪嘴吃了凉的，又或者不注意保暖，后果往往是疼哭。

偏她还是个记吃不记打的，好了伤疤忘了疼。

不过这两年，因为某人的严防死守，她肚子好像都没怎么疼过。

陈星夏垂眸，看着注视自己的桃花眼，心里又软又暖。

"就那么一次而已，你还记着。"她伸手去搔令他心痒的睫毛，"我就这么重要？"

严宵一动不动，目光黏在陈星夏身上，半分都移不开。

"你说呢。"

陈星夏脸热，眼波婉转，不经意就露出了女孩家的羞涩和娇媚。

严宵心弦收紧，下一秒起身反客为主，将陈星夏抱到了自己腿上。

毯子被挤到两人贴合的身体中间。

陈星夏承受热吻，手指埋进乌黑偏硬的发中，向后倾着身体，把重心移到严宵的手中。

严宵掌心滚烫，沿着她的背向下碾动，所到的每一处，都激起皮肤的战栗……

陈星夏还是放不开，也不好意思。

他们这速度是不是快了些？

可自从进了这间公寓，那些暧昧亲昵便多了旖旎的意味，她的身体产生了很多本能的反应。

就像此刻，她感受着严宵的克制和放肆，自己也在步步试探，手指跟弹琴一样，顺着那坚硬的脊柱一节一节弹奏下去，待弹到衣服边缘时，试图往里钻。

指尖的轻触令严宵浑身震颤，他睁开眼，一把攥住了那只即将点火的手。

陈星夏被抓得有些疼，望着严宵眼里浓稠的情潮，懵懂不知。

严宵喉结滚动，自制力仿佛下一瞬就会崩塌，哑声说："别闹，小满。"

谁闹了？

陈星夏莫名其妙，想要反驳，先闻到一股煳味儿。

严宵也闻到了。

他放下人，不忘把那只被挤到茶几下面的苦命袜子捡回来，给主人穿上。

厨房里，炒了一半的鸡丁已经成了炭。

严宵关火，开窗，收拾残局。

陈星夏懒洋洋地靠在门框上，揶揄："学霸这记忆力似乎不行啊，这都能忘？"

严宵挡着吹进来的风，身体的反应还没完全退下。

"说话啊。"陈星夏不肯放过，"你怎么忘了？待会儿我吃什么？"

"我重做。"

"那你为什么忘？不让我贪凉记得那么清楚，怎么炒个……"

严宵忽而转过身，搂着陈星夏的腰把人提起来，就跟提小猫似的，带出了厨房，并反手关上门。

陈星夏被逼到墙与严宵之间，顿时老实下来。

她缩着脖子往外钻，说自己要去看书，严宵岿然不动，目光压抑。

他知道她并非真的准备好，不过心血来潮，又或者是好奇心驱使下的逗弄。

可她自己搞不清，他不能搞不清。

严宵吸气，无可奈何。

只有把人紧紧抱在怀里，恨不得能将她按进自己的身体里才好，可又怕太用力了，弄疼她。

把头埋在陈星夏的颈窝，严宵低闷的声音里含着丝丝嗔怪："小满，你真磨人。"

陈星夏窦娥冤："我怎么就……"

"你确定要继续？"

陈星夏刚才是一时兴起。

如果真走到后面那一步，她未必就顺从，毕竟这事她还没做好心理准备，总差了那么一口气。

哑巴半天，陈星夏戳戳严宵后腰，撒娇："我饿了。"

严宵长舒口气，揉揉小无赖的脑袋，回厨房甘当煮夫。

转天，周日。

陈星夏想休闲半天，约了梁亚楠和齐媛去逛街。

今年过年还是一月。

不过相较去年，日子推后很多，得一月二十多号才除夕，可商家们的年货已经备得满满当当，看得人购物欲爆棚。

三人买了些东西，返回学校。

严宵知道上午的时间没他的事，就约了陈星夏下午去图书馆，或者回公寓。

陈星夏想着还得改作业，决定回公寓，网速快。

她和梁亚楠她们在后街分别，然后跟严宵手牵手往公寓走。

快走出后街时，严宵接到张明铭的电话，说忘带宿舍钥匙了，江湖救急。

严宵让陈星夏在甜品店等自己，陈星夏中午吃得多，多走走权当消食，就和严宵又一道返回了学校。

两人一路商量着晚餐菜单。

拐进九号宿舍楼时，听到有人颇为小心地问了一句："是严宵吗？"

严宵停下脚步，循声看去。

一个戴着眼镜的中年男人站在树旁，模样斯文忠厚。

陈星夏看向严宵，严宵摇头，表示并不认识。

男人颔首走出来，看着严宵，笑容有些僵硬："我是连征，你妈妈现在的丈夫。"

天寒地冻。

陈星夏想着要是谈事的话，还是找个地方坐下来说比较好。

可连征表示不用那么麻烦，他就说几句话，不会占用很多时间，马上就能说完。

第一个事，就是他们等到了骨髓移植。

目前移植已经完成快半年，因为担心感染，也因为排异等各种原因，他们一直没回青智，在北城儿童医院附近租了个小一室，陪伴孩子康复治疗。

第二个事的话……

"你妈妈很惦记你。"说这话时,连征拘谨的神态中带着试探,"她以前没能看你,也是因为生病,现在的话……如果你愿意,你妈妈看见你,一定很高兴。"

说完这两件事后,连征把手里的水果塞给陈星夏,便不再打扰。

陈星夏看着那抹逐渐远去的背影,又看看严宵,最后低头看手里的袋子。

看得出,连征是想买些高级水果。

只是里面占了大部分的青提,偏偏是严宵吃不了的。

陈星夏心里叹了口气,再一动,发现袋子里还放了张字条,写的是连征和丛凝在北城的住址。

"要去吗?"她小声问。

严宵自见到连征起,一个字都没说过。

陈星夏觉得他不是惊讶或怎样,只是性格使然的沉默,又或者他习惯把有些东西藏在心底。

陈星夏有时候会自私地想,丛凝既然当初已经选择一去不回头,为什么就不能干脆一点儿,再也不要回来呢?

这样时不时地冒出来一下,让人无所适从。

"去不去,看你。"陈星夏又说,"我都支持,也都陪着你。"

严宵垂眸,过了片刻,回道:"去看看吧。"

有些事装不了不存在。

这周是没时间了,两人定的下周六过去。

严宵提前给连征发消息,表明自己中午会过去一趟。

他没打算去医院看那位同母异父的弟弟,但在和陈星夏挑选礼品时,买了几本男孩子喜欢看的科幻故事书。

陈星夏则挑了些水果和营养品。

等快结账时,严宵又拿了几个新鲜的橙子。

刚才陈星夏也想买橙子,可以补充维生素,但想着在医院看顾孩子,橙子不太方便直接吃,就没拿。

既然严宵拿了,她问要不要再买点儿其他的。

严宵摇头,说:"我只记得她爱吃橙子。"

陈星夏心里一揪,接不上话,点了点头。

两人东西多,打了辆车过去。

房子租的是旧小区。

不仅老,还破,内里环境和设施都不怎么样,但胜在离儿童医院近。

丛凝从丈夫口中得知严宵要过来,几乎一夜没睡。

她今天没去医院,一早起来买菜,然后做饭,等准备得差不多了,就在楼下等人。

看到严宵和陈星夏一起出现时,丛凝露出笑容。

再看两人交握着的手,她更是欣慰又高兴,忙上前接过东西,说:"你们是孩子,怎么还花钱呢?"

陈星夏微笑:"都是严宵的奖学金。"

丛凝笑纹更深:"我听说有个特别漂亮的姑娘也在,就猜到了可能是小满。但没猜到你们……好!真好。"

三人进了楼栋,窄小的楼梯叫人有些憋闷。

严宵握紧陈星夏，怕她摔倒，手心里微潮的汗粘在陈星夏皮肤上。

陈星夏察觉到，反手捏了捏严宵。

屋里的情况更不必说。

本来也就是一个临时落脚的地方，一切从简。

折叠圆桌支好后，丛凝把菜一一端上来。

陈星夏和严宵都没打算在这里吃饭，可也冥冥之中感觉到这顿躲不过去，那就既来之，则安之。

丛凝又是兴奋又是紧张，端汤出来时，不小心跟跄了下。

好在严宵一向反应快，冲上去扶住了人，也稳住了汤。

就是这汤洒出来了些，全被严宵用手挡住，烫红了他的手背。

"都怨我，毛手毛脚！"丛凝自责，"来，快用凉水冲下。"

陈星夏抓过来严宵的手查看，吹了吹，说："我去楼下买烫伤药膏吧，我看见药店了。"

"没事。"严宵抽张纸擦了下，"别担心。"

陈星夏噘噘嘴。

"真的没事。"

坐下后，用餐气氛主要靠陈星夏和丛凝来维持。

也不知是不是错觉，陈星夏觉得这次再见丛凝，她老了些，眼里也混浊了些，想来照顾还需要治疗的孩子是个艰巨的事。

"你们尝尝我的手艺，"丛凝说，"给提提意见。"

她夹了一块排骨到严宵碗里，严宵没说什么，只是过了会儿，给丛凝夹了一只虾。

丛凝眼睛一下就红了，忙低下头去剥，直说"你们也吃"。

这副样子落在陈星夏眼里不太是滋味。

她瞥了眼严宵，猜他无波无澜的面孔下，内心也是酸甜苦辣一并翻搅着吧。

这顿饭吃得不咸不淡，倒没有想象中那么尴尬。

离开时，丛凝也没提去医院看看，只说如果有机会，下次还来吃饭。

陈星夏和严宵从小区出来，往公交车站走。

陈星夏没和严宵交流这趟的感觉，但她认为要是以后能以这种方式维持关系，虽然没有多么亲近，但对严宵来说，或许也是种不错的补偿。

反正只要严宵高兴就好。

来到车站，陈星夏口渴，去拿书包里的小吊梨汤。

这是严宵为她煮的。

北城冬季气候干燥，她有时会咳嗽，严宵煮一些放在保温杯里，让她喝一点润肺。

陈星夏这一翻书包，发现包里的小熊便利贴不见了。

"确定在包里？"严宵问。

陈星夏点头，这个便利贴是前段时间他俩在学校附近的文具店买的，她很喜欢，每天做笔记用。

"是不是掉哪里了？"严宵又问，"别急，回忆下。"

陈星夏想想，刚才在丛凝那里吃过饭后，她拿湿巾时，感觉有什么东西好像从包里滚动了一下，可她当时看看周边，没见有东西。

也许掉在不显眼的地方了。

严宵说："回去拿一趟。"

陈星夏和严宵返回老楼。

这边房子的门很多还都不是防盗门，而是过去那种直板木门，不好开，也不好关，

269

常常是不使些力气把门焊死,锁就会自己弹开。

陈星夏和严宵到时,见丛凝的门就没关严,正要敲门,先听里面传来了说话声。

"你不该联系他。"丛凝语气严肃。

连征刚从医院回来,正坐在板凳上吃饭,咽下嘴里的东西,回:"你是不是他的妈妈?没有你,就没有他。"

一阵沉默。

过了会儿,连征放下碗筷,继续:"旭旭幸运,等来了骨髓。可这也只是康复的开端,往后的路还有多少坎儿,我们都不知道。

"你这个儿子有本事,能力强,将来肯定不会差。他要是能为旭旭搭把手,我们不也就放心了?"

"可是……"

"你忍心看咱们的儿子受苦吗?"连征问,"咱们的儿子还不够苦吗?

"你和严宵维持着联系,就是对旭旭最大的保障。"

这次,丛凝的回答是更长久的沉默。

门外的陈星夏根本不敢看严宵的脸色,甚至不敢相信自己的耳朵。

她想推门进去,好好问问这对精明又自私的父母还要不要点儿脸了?

她才伸手,就被严宵握住。

他的手冰凉彻骨,只摸了她一下就收回,然后像是不知道该怎么触碰她,眼里划过一瞬的慌乱和迷茫。

陈星夏心口仿佛针扎似的,密密麻麻地疼。

她赶紧反握住严宵,眼神询问他想做什么。

他低下头,只说了两个字:"走吧。"

回去的这一路异常压抑。

陈星夏几次咬牙,几次克制,有时快绷不住了,她就想严宵还在自己身边,生生忍了下来。

她现在懂了。

为什么严歧这么多年的冷暴力没有打垮严宵,因为比起严歧,更加残忍的是丛凝。

陈星夏说不出安慰的话,就后悔自己干吗不拦着严宵来这一趟,也后悔去拿什么便利贴……没听见这话,严宵心里起码能存个关于母爱的残影。

两人无言地下了车。

来到岔路口时,严宵牵着陈星夏往左走。

陈星夏问:"不回学校吗?"

严宵说:"卖便利贴的文具店在这边。"

很神奇,听到"便利贴"三个字,陈星夏以为自己会爆,会现在就冲回去大闹居民区,可事实上,她平静得出奇。

她看着同样平静的严宵,忽然就觉得没必要了。

"哪天路过再买就好,"陈星夏说,"不急。"

严宵顿了下,还要说什么,实验室的师兄这时打电话来,说有个数据计算卡壳,得他亲自来一趟才行。

陈星夏点头:"你去吧,我回宿舍。"

"我送你。"

"不用,我自己……"

"二位约会回来啦?"

梁亚楠抱着个哈密瓜过来，一看就是刚从学校那条小吃街尽兴而归。

陈星夏和严宵说："我和'梁哥'一道回去。"

严宵确实赶时间，和梁亚楠道了声"麻烦了，先走一步"。

梁亚楠叼着棒棒糖："我不也得回去？麻烦什么啊？学霸真有意思。"

陈星夏帮忙拎抽纸，和梁亚楠聊着天往回走。

梁亚楠这人看着大大咧咧的，实际心细如发，没过一会儿就问："你是不是有不高兴的事？和严宵闹矛盾了？"

"没。"陈星夏说，"就是看明白点儿事。"

她的愤怒，毫无用处。

伤害已经造成，她不是严宵，替他分担不了一点儿。

她唯一能做的，就是陪他把伤口熬成伤疤。

这次过后，丛凝联系了夏澜。

夏澜知道丛凝见了严宵，丛凝也说严宵和陈星夏在一起，是严宵的福气，两个孩子都那么优秀，做家长的很放心。

而后，丛凝找夏澜要了陈星夏的联系方式。

话里话外的意思是自己和严宵不亲近，有什么事要是能通过陈星夏传达，会好些。

都是在社会上摸爬滚打过来的中年人，能不懂？

夏澜给陈星夏打电话问情况，陈星夏不想多聊，只说要电话就给。

夏澜叹了口气："是太过了，也太伤人了。你多陪着点儿小宵。我想她也就是想给儿子留个后手，不会真的多纠缠。"

"上次也是为这个儿子。"陈星夏冷笑，"严宵不是她生的？想利用他了，就拿出来用用；不需要的时候，就扔到一边。"

夏澜身边坐着陈慕桢，陈慕桢立刻说："小满，别这样。"

陈星夏知道，未知全貌，不予置评嘛。

她也就是不知道丛凝的全貌，才让严宵又上一次当，不然……

想起什么，陈星夏忙问："爸、妈，你们不会因为丛凝阿姨就对严宵又有顾虑吧？"

夏澜和陈慕桢齐声叹了口气。

上次撞见他们在一起，他俩一时没心理准备，再加上想得比较远，就没太表现出喜悦。

可再没喜悦，也从没说过不让他们谈恋爱啊。

这两位，一个缠着父母撒娇，一个干脆利落表决心，弄得跟多大事似的。

要不要这么难舍难分？

陈慕桢这股醋劲儿登时蹿起来，正要说话，夏澜赶紧捂住他的嘴。

"没顾虑！"夏澜说，"你记着多陪着安慰小宵。"

陈星夏这才放心地"嗯"了了声。

又过了十来天，很快就是圣诞节。

这段时间，陈星夏和严宵一切如旧，两人默契地都当作丛凝的事没发生过。

一直到周五。

大二上学期的周五，陈星夏和严宵都是上午满课，下午没课。

陈星夏原打算下午就到公寓和严宵复习，不想系主任临时倒了节课，把周五下午的时间给占了。

系主任的课一向是建院学生们的噩梦。

不仅讲课跟倒豆子一样又多又快，还爱拖堂、爱提问，一句"说说你的看法"令学生们闻风丧胆。

所以,陈星夏绝不敢开小差,等解除手机的飞行模式,看到丛凝的短信时,已经快四点。

丛凝说他们给孩子转院到了儿童医院的新院区,原先的地方不住了,要是陈星夏和严宵有空,可以去新地址找他们。

陈星夏跟宁歆提了地名,宁歆说:"都快到隔壁省了。怀粮是北城最远的一个区,得坐大巴过去,至少两个小时。"

这么远。

陈星夏琢磨怎么回复丛凝。

退出短信,她看到微信那边也有未读消息,又点了进去。

大概一个半小时前,严宵和她说要去怀粮区办事,傍晚左右回来,到时回学校接她去外面吃饭。

陈星夏皱起眉。

都是怀粮区,会不会太巧了?

陈星夏越想越不放心。

她怕是丛凝约了严宵过去想私下谈话。

母子之间,谈什么按理说都是应该的,可问题就是丛凝的所作所为已经称不上是严宵的妈妈了。

陈星夏给严宵打电话,想问问他去怀粮是做什么。

要是她误会了,那严宵该办事就办事;可如果就是去找丛凝,她得陪着。

高速公路上一向信号不好,几次拨号,都是无法接通。

眼看天色发沉,陈星夏不是坐以待毙的性子,就问宁歆能不能帮忙问问张明铭的远方亲戚在不在学校附近。

张明铭的这位亲戚是个专车司机,之前严宵带陈星夏去天涯海角公园看星星,就是租的人家的车。

宁歆问了,正巧,人就在学校门口。

严宵坐大巴来的怀粮。

一路上,手机信号全无,等进了怀粮城区都还断断续续,好一会儿才接收稳定。

他看了陈星夏发的消息,得知她也往怀粮来,立刻拨去电话,想和她说明情况。

可两人这次完全走岔了。

严宵有信号的时候,陈星夏又没信号了。

就这样,严宵也没心思再去找丛凝,找了城区里的一家麦当劳,给陈星夏发了定位。

快六点时,陈星夏和严宵碰面。

严宵看陈星夏急匆匆又担心的样子,更加后悔没和她说清楚。

他不是想瞒着她,只是觉得有些事他该自己解决,不给她添不必要的麻烦。

可也奇怪,她怎么一听自己来怀粮就这么紧张?

"丛凝阿姨给我发了信息,说他们搬来这边了。"

"她有你电话?"

"问我妈要的,我就……"

严宵脸色冷下来,陈星夏自知说漏嘴,拽住某人衣角晃晃。

严宵不是冲陈星夏。

他只是没想到有人把算盘还打到了她身上。

"两位同学啊!"司机赵叔喊道,"你们是在怀粮有事吗?我刚听天气广播,说是今晚有大雪，你们要还跟我的车回去，咱们就快些吧！这要是被撂在高速上，可不是闹着玩的。"

陈星夏看向严宵，严宵说："回去。"

"那你的事……"

"晚些跟你解释。"

这么一搞，事情成了半个乌龙。

不过陈星夏只要严宵好好的，其余的都没所谓。

回去的路，赵叔一直在提速。

可老天才不管你赶不赶时间，该下雪就下。

临饶冬天也会下雪，但陈星夏还没见过这样的大雪，她看着窗外，白纷纷的一大片，也不知是该兴奋还是害怕。

反正赵叔只有害怕。

冲着张明铭经常给介绍生意，两人又是亲戚，赵叔咬牙将陈星夏和严宵送到青年公寓门口。

再远一点儿，他都不开。

就这雪势，车子随时可能熄火停雪地里。

陈星夏和赵叔道谢，严宵多付了两百块，两人下车直奔楼里。

也就十几秒的工夫。

陈星夏因为被严宵用外套护着，身上还没沾上多少雪，严宵则快成了雪人。

两人进屋之前在门口不停跺脚，等一进去，严宵就让陈星夏脱掉防寒服，自己也脱掉，然后抱着人去沙发上用毛毯裹住。

陈星夏笑道："你又夸张了不是？没多冷啊。"

"冷了就晚了。"严宵说，"我去煮红糖姜水。"

严宵在厨房忙碌起来，陈星夏望着窗外更大的雪势，想到了一个问题。

她抿抿唇，看着身上的毛毯，向上拉了拉。

严宵做好红糖姜水，又开始煮面。

这会儿已经九点，陈星夏都有些饿过劲儿了。

可要说严厨子手艺真不错，她一闻到番茄面那酸酸甜甜的味道，就又有胃口了。

两人吃了两大碗面，身体彻底热起来。

陈星夏说她来刷碗，严宵不让，和她交代了去怀粮的事。

连征是上午给严宵发的短信，说他们搬到怀粮，叫他有时间来玩。

自从上次在门口听到那些话，严宵想了很多。

他不否认内心还有对母爱的渴望和憧憬，但现实摆在面前，如果一味活在自己编织的梦里，就是愚蠢。

"我想把这个还给她。"

严宵从包里拿出一个发夹，很简单的一字式，上面用仿珍珠的塑料镶嵌做装饰。

"她走时，什么都带走了。"严宵说，"这个是我偷偷拿的。"

很多个日夜，严宵把这个发夹当作"妈妈"。

他睡觉攥着它，吃饭也攥着它，告诉自己再等等、再等等，妈妈就会来接自己了。

可发夹怎么会是妈妈？

所以，妈妈不会来。

陈星夏知道严宵这段时间不会好受，但她还是低估了童年遗弃带给他的伤害程度，真的是烙印一生的阴影。

"那你把这个还给丛凝阿姨,是有什么打算吗?"

严宵看着桌上的发夹,上面的假珍珠布满黑色细缝,那是怎么都无法弥补复原的。

就像人与人的关系,一旦出现裂痕,破镜难圆。

严宵说:"和过去了断。"

陈星夏一怔。

说这话时,严宵的表情平静且淡漠。

那不是被伤害后哀大莫过于心死的认了,反倒像是真正的放下,也是真正的释然了。

陈星夏天天揪着的心不由得也跟着松弛下来。

她还以为严宵是丛凝约过去的,也以为严宵一时心软又要上当,没想到严宵其实是彻底放下了,想做个最后的告别。

这走向陈星夏没想到,咕哝:"那我……岂不是打乱你的计划了?"

"没关系。"严宵拿起发夹,随手就扔进了垃圾桶,"形式而已。"

"要不我陪你再去一次?"

说着,陈星夏要过去把发夹再捡出来,严宵拉住她,有些好笑:"不嫌脏?"

"垃圾桶里也没别的啊。"陈星夏说,"怕什么?"

严宵将人抱到腿上:"害你跑一趟,这形式不走也罢。"

陈星夏为着自己本来要去撑腰的幼稚想法而不好意思,皱了皱鼻子,不说话。

"是我不好,"严宵又说,"应该和你说清楚就好了。"

他也知道最近陈星夏一直都在小心照顾他的心情,两人表面和平常一样,实际都有所避讳。

所以他也才不想她再多操心,想直接解决好事情,恢复他们平时的生活。

陈星夏垂着眼,乖乖的,想说也是自己想太多了,可没开口,严宵补了句"但是"。

"电话的事,怎么没告诉我?"

他非常不喜欢有人打陈星夏的主意,不管好的坏的,都不行。

陈星夏嘟囔着:"长辈要我一个电话而已。再说了,我要是成了中间桥梁,有些事就能帮你避免了。"

省得他总上当。

她一说完,揉捏着她耳垂的手稍稍使力,陈星夏皱了下眉,眼睛无辜地看着严宵。

严宵盯着她:"以后有事不许瞒着我。"

这台词怎么这么熟悉呢?

陈星夏咬咬唇,乖巧不过一会儿,立刻就又变身小霸王,反问:"谁给你的胆子叫你和我这么说话的?我就瞒你了,怎么着?你能把我怎么样?"

严宵也是霸气不过一会儿,女朋友一噘嘴,立刻就顺从:"我担心你。"

瞧他这副秒变大狗狗的样子,陈星夏又有点儿想笑,忍住,说:"你也知道担心啊?从前你瞒着我时,我的心情你知道了?"

"以后都告诉你。"严宵保证,"不让你担心。"

"就会嘴上说得好听。"

陈星夏蹂躏着某人的脸,揉扁搓圆一通操作。

某人从来都是由着她,只是他们忘了他们现在的姿势和位置。

陈星夏坐在严宵腿上,随便动两下,就会蹭到不该蹭的地方。

感到腿间那里有什么顶着自己,陈星夏起初还不明白,又动了下,严宵倒吸口气,她才顿时僵住。

尴尬和暧昧一下凝固住了氛围,又仿佛让空气里起了静电。

陈星夏的手还揪着严宵的下巴,进退两难。

严宵心里似有火花"噼啪"作响,他压下去,将陈星夏打横抱起,放回原来的位置,然后背过身收拾桌上的碗筷。

陈星夏揪着衣摆,眼神不自觉地往某处瞄。

严宵说:"还回宿舍吗?"

陈星夏做贼心虚,立马坐得笔直。

接着看向窗外的大雪纷飞,再看看时间,心说:这怎么回?

明知故问。

"我去洗碗。"严宵也知道了答案,"你看会儿电视,我回来给你拿换洗用品。"

"……嗯。"

严宵揉揉女孩的脑袋,快步进了厨房,关上门。

陈星夏在群里和室友说自己今晚不回宿舍了。

雪下这么大,人之常情,梁亚楠和齐媛破天荒什么也没说,更没调侃,贴心得不行。

陈星夏找了一档综艺节目打发时间。

严宵从厨房忙完,就在卫生间和卧室之间穿梭。

公寓是小户型,一室一厅。

严宵自是把卧室让给陈星夏。

他给她换了新的被罩床单,又拿了自己洗干净的T恤,至于毛巾、牙刷什么的,当时采购就有陈星夏一份,这下正好拆封。

等这些都做好了,严宵额头上生出一层薄汗。

他用手背蹭了蹭,又去了卫生间,看看浴室暖风把温度烘上来没有。

暖和了,他来到客厅,问陈星夏要不要洗澡。

陈星夏装着一直在看电视,实际耳朵和余光始终围着严宵打转。

眼下,该来的总是要来。

陈星夏放下抱枕,点头,从沙发上起来,往卫生间走。

路过严宵身边时,她尽可能目不斜视,也尽可能自然坦然。

严宵目光跟着她,在她要和自己擦身而过时,手指轻轻勾了下女孩的手腕,低声嘱咐:"有事叫我。"

陈星夏心脏差点因为这一下跳出来,干巴巴地"哦"了一声,脚底抹油进了卫生间。

女孩子精致细心,洗澡肯定是要慢些。

可这是不是有点儿太慢?

严宵在客厅踱步几十次,时不时就看看钟表。

都快一个小时了,光吹风机的声音就响了得有二十分钟。

严宵知道陈星夏发量多,但也不用这么久吧?

严宵不放心,敲了敲门。

正好陈星夏关了吹风机,听到声音就来了个立正站好:"什么事?"

"没什么。"严宵说,"我怕你待太久憋气。"

"这就出来了。"

陈星夏包好头发,看了眼镜子里的自己,深呼吸,从卫生间出来。

严宵正往客厅走,听到响动,转头看去。

缭绕白烟从门缝飘散出来,淡淡的薄荷清香令人神清气爽。

只是清爽一瞬过后,迈出来的白皙纤细便将清爽搅浑,连空气都燥热起来。

陈星夏向下拽了拽严宵的深蓝色 T 恤。

其实这衣服又宽又大，已经是裙子的长度，可她总觉得短。

看见严宵就站在前面，她有冲动再回卫生间待着，好在忍住了，不然显得她也太矫情。

"我用完了。"陈星夏说，"你去洗吧。"

不知是不是被水汽蒸太久的缘故，女孩声音也湿哒哒的，透着软糯。

严宵并不擅长文学方面，也想不出多好的形容词来，就觉得眼前人和外面的雪一样，洁白无瑕，轻盈娇小，仿佛他摊开手接住，就会融化在自己掌中。

只是雪是冷的，她是暖的。

严宵走到陈星夏身边，视线不敢在那双笔直的腿上多停留，可向上看，又不经意扫过那一截白玉似的脖子。

严宵耳热，稍别过头，问道："没吹头发？"

陈星夏背抵着门框，轻轻"嗯"了声。

"那吹风机怎么……"

严宵明白过来，又说："怎么不给我？我帮你烘干。"

陈星夏想说不用麻烦，这点儿小事她可以，可话到嘴边，意识到哪里不对。

她慢慢瞪大眼睛，不可思议地看着严宵，随即推了他一把，甩下句"流氓"，跑进了卧室。

严宵还在回味她娇嗔的那一眼，后知后觉自己不小心把心里话说了出来。

他有心解释，走到门前要敲门，又忍不住牵起嘴角，转而说："头发一定要吹干。"

要你管！

陈星夏觉得这可能就是天意吧。

人家本来是要去斩断过去，偏她电视剧看多了，非得阴谋论不可，着急忙慌要给人家坐镇去……弄到现在，把自己给坑了。

陈星夏欲哭无泪地吹干头发，而后发现手机没拿，在门口探头探脑一会儿，溜出卧室。

卫生间水声不断。

陈星夏心乱如麻，本想拿了手机就跑，可见沙发上铺好的被褥，又不知是该松口气还是怎么样。

陈星夏帮着把被角再折了折。

今晚气温骤降，也不知道这一床薄被抗不抗冻。

她正想着，身后传来"咔嗒"一声门响。

严宵也洗完澡出来了。

他头上顶着毛巾，长手长脚，黑衣灰裤，有些酷酷的同时，还有一种干净爽朗的少年气。

两人照面，目光猝不及防地对接了下，又弹开。

继而再试探着对接，还是弹开……反反复复几回，欲语还休。

严宵喉结微滚，随意擦擦脑袋，将毛巾搭在一边，问："吹干了吗？"

陈星夏摸了下头发，点头，然后指指被子："会不会冷？"

"不会。"

两人以这句话为终结，各怀心思，各回各屋。

躺在松软舒适的床上，陈星夏翻来覆去睡不着。

这床单上皂香的味道，和严宵身上的很像，扰得她清静不下来。

窗外依旧大雪簌簌。

漫漫长夜，似乎才开始。

也不知道熬了多久，陈星夏口渴得不行。

哪怕外面没有严宵,要是现在不让她喝水,她都会睡不着。

在渴死面前,陈星夏选择爬下床,又一次在门口探头探脑。

外面黑漆漆,还没卧室里亮。

陈星夏轻手轻脚地出了房门。

餐桌上放着水瓶,餐厅和客厅是一体的,她打算把水瓶抱回屋里慢慢喝。

不想刚握住瓶把,一道低沉清冷的声音就蓦地响起:"等一下。"

陈星夏吓一跳,险些甩出去水瓶:"你没睡啊?"

沙发那边隆起人影。

严宵掀开被子下地,回道:"我去烧热水,等下。"

他很快就进了厨房,陈星夏还有些蒙,摸了摸瓶子,确实是凉水。

片刻之后,严宵端着热水出来,和瓶子里的水一兑,温度适中,陈星夏喝了一大杯。

而等她喝完了,房间里就像是被有心人按下了消音键。

严宵站在陈星夏斜后方,也没靠得很近,但陈星夏依旧感到源源不断的热量在向自己涌来,烧得她心跳加快。

电流从一个不清白的对视开始就已经在流窜拉锯,只是谁都没向前一步。

怕戛然而止,也怕一发不可收。

陈星夏说不出话,想逃,刚转身,那人说:"你没穿鞋。"

"啊?"

"穿我的。"

严宵脱下拖鞋,放到陈星夏面前。

陈星夏脑子都快烧干了,他就给自己一双拖鞋?

陈星夏也不知道自己是该生气还是夸他细心,迷迷糊糊放下杯子去穿鞋,因为没看清,还踏空了一脚,人晃了下。

严宵见状赶紧扶住,又是这一下,彼此肌肤相贴,体温交换。

那一条紧绷着的无形的线,就这么断了。

火势燎起。

陈星夏被抱到桌上,拖鞋甩出去好远,两条腿悬空在严宵腰侧,嘴唇被狠狠吮着。

严宵像是忍了一晚上,就等这会儿释放出来,以至于每一次唇舌的交锋都像是一场搏命进攻。

陈星夏连人带桌子被逼得向后退。

她本能地想抵抗,严宵察觉到,搂着人的手加重使力,带了几分惩罚的狠劲儿。

陈星夏闷呜一声,还想跑,严宵就吻得更过分……

这T恤虽然长,但到底不是真的裙子,被某人这么暴力地弄了之后,陈星夏后背镂空,微凉的空气灌进去,激得她打了个哆嗦。

这一下唤回严宵的理智,他急刹车,松开了人。

陈星夏大口大口地喘气,像是离了水的鱼在旱地上扑腾。

严宵看着女孩那一汪水亮的星眸,把手从T恤下摆退出,还帮着往下拉拉,哑声说:"对不起,我抱你去休息。"

这怎么休息?

陈星夏大脑"嗡嗡"作响,垂在桌边的两条腿还打着战。

严宵作势抱她起来,她转过脸,头搭在他肩膀上,声如蚊蚋:"你想吗?"

背脊猛然鼓起。

陈星夏放在背上的手随之起伏,脸庞骚动起更加灼烧的鼻息。

就这么静了三四秒。

严宵站在桌边,弯下腰,一只手撑着桌沿,额头抵着陈星夏,问:"是安慰吗?"

陈星夏没明白:"什么安慰?"

"这段时间的事。"

陈星夏这才懂,不禁有点儿恼怒:"你想什么呢?我、我……会用那种事安慰吗?"

"哪种事?"

这个浑蛋!

陈星夏气得要跳下桌子,严宵早料到了,提前扣住她的小腿,叫她动弹不得。

陈星夏不上不下,人慌了神。

严宵把女孩的样子尽收眼底,勾了勾唇,黑暗中,那双含着光的桃花眼竟染上坏坏的邪气,看得人莫名心痒。

他说:"想。"

可她不点头,他什么都不会做。

陈星夏看出他对自己的渴望,也看出他对自己的服从和自抑,心中不免得意。

她骄傲地扬着下巴,指尖在他胸前作画,听着他的呼吸随自己的指尖变轻,变重,变急……最后,指尖点在了他心上。

如愿听到他的心跳和呼吸一起变乱。

严宵抱着陈星夏回卧室。

相较刚才,现在的吻温柔太多,也更容易麻痹人。

陈星夏被吻得云里雾里,身上一轻,就见严宵后退下去,站到床边。

修长的手臂绕到了颈后,严宵拽出领子的一角,肩胛隆起,T恤向上,顺着他的脑袋滑出,被扔到地上。

卧室里没装窗帘,装的百叶窗。

陈星夏不喜欢屋子里太黑,就没合上百叶窗。

此刻,窗外月色和雪色交融,透过玻璃洒在严宵身上,让紧致的肌肉垒块和流畅的腰线好似发着淡淡的柔光。

陈星夏觉得眼前的人就是个矛盾体。

看面庞,他清冷得不像凡人,更像是误入凡间的神明,有着不可侵犯的神圣和高洁;看身体,他又有着最纯粹原始的野性,好似一头蓄势待发的野兽。

雪还在下,室内一派旖旎缱绻。

陈星夏睡到快中午。

严宵几次进来看人醒没醒,不敢打扰。

这会儿见人终于动了,他便进入屋里,想看看情况。

对上那双湿漉漉的小鹿眼,他展颜一笑,绽开的酒窝既腼腆又迷人。

陈星夏在某人开口前,下了禁言令:"不许说话。"

娇滴滴,软绵绵,半张小脸还埋在被子里,一点儿威慑力都没有。

严宵眼中含着柔光,点头,掏出手机打字:好。

摸摸女孩脑袋,他继续打字:去洗漱?

陈星夏噘噘嘴,有点儿不好意思,又有点儿爱娇,磨蹭了会儿,伸出白花花的手臂,红着脸说:"抱。"

严宵二话不说把人捞出来,搂在怀里,抱着人去了卫生间。

牙膏已经挤好了。

陈星夏没穿拖鞋。

严宵那老古板上头，为了不让她踩地，硬是单手抱着她，然后扯来一条毛巾铺在水台上，把陈星夏放上去。

"我坐在边上，怎么刷牙？"

严宵想想，又抱着人下来，叫她踩在自己脚上。

严宵贴着陈星夏站在她身后，陈星夏又觉好笑："那我怎么弯腰啊？"

严宵打字：我和你一起弯。

那得是什么诡异画面。

陈星夏实在忍不住，笑了起来。严宵看着镜中她粉红的面颊，也跟着笑。

最后，严宵公主抱陈星夏刷的牙。

这画面更诡异了，还幼稚。

可陈星夏还是这么做了，和严宵把一个普通刷牙弄了快十五分钟才刷好。

等洗漱完，陈星夏解开严宵的禁言。

严宵重获话语权的第一句话就是叫了一声："小满。"

语气带着不符合他清冷人设的甜腻。

紧跟着第二句又是平铺直叙的单刀直入："我想吻你。"

陈星夏想说你还是做回哑巴精吧，不要……话没出口，严宵已经含住了她的唇。

好在陈星夏才不是恋爱脑，在某人想深吻时，一把捂住对方的嘴，说："你看看这是哪里？"

闻言，严宵把她抱出卫生间。

百叶窗是早上严宵合上的，怕光照进来晃陈星夏的眼。

这会儿外面大概天光强烈，窗户的轮廓被光镀上一圈亮线，卧室里似明非明，似暗非暗，有一种朦胧美。

严宵让陈星夏坐下，然后单膝跪在床上给她穿袜子。

穿好之后，他跟讨赏似的，又来找陈星夏索吻。陈星夏不给，他就追着她，两人抱在一起，怎么都分不开。

严宵抚抚陈星夏柔顺的发，再摩挲她的唇。

他本想给她煲鸡汤，可公寓里没有鸡，外面冰天雪地也暂停了外卖业务，只能是冰箱里有什么吃什么。

好在陈星夏也确实饿坏了，不挑嘴，还夸了严厨子的手艺，吃了好多。

吃完之后，两人窝在沙发上看电影。

看到一半，陈星夏心血来潮，说想下楼堆雪人。

听到这个想法，严宵没立刻执行，陈星夏问他怎么了。

他犹疑："会不会冷？"

陈星夏有理由怀疑念中医院的不是谢大爷，而是严大爷。

末了，陈星夏穿了一件大出自己体形三倍的鹅绒服，充绒量高达 500 克以上，才被允许下楼。

站在雪地里，她有种下一秒就要勇闯南极的感觉。

严宵牵着他家气鼓鼓的小企鹅来到公寓的小花园。

这边的住户大多是学生，没有爱玩好动的小孩，茫茫一片白雪没什么人踩踏，像一床蓬松的雪被覆盖在地上。

陈星夏想抓捧雪玩，可她穿太多了，弯腰都费劲儿。

"你故意的是吧？"她气道，"我怎么堆？"

严宵本来就不想她碰那些凉的，说："我堆，你看。"

陈星夏脾气算不上特别好，但也绝对不差，对着朋友长辈，都挺温和。

唯独面对严宵不同。

有时明明严宵做得没错，可她要是想要小性子就不管不顾，毫不讲理。

眼下，她就开始欺负人了。

严宵辛辛苦苦在那里按雪球，她就去给人家踩碎了。

严宵也不恼，见她裤脚上沾了雪，还帮她掸下去，问她脚凉不凉。

一来二去，陈星夏便也使不出小性子了。

其实回顾他们这么多年的相处，看似是陈星夏次次占上风，实际严宵始终掌握着哄她的开关，从没叫她真的生过气。

陈星夏站在一边看严宵堆雪人，时不时和他聊天。

半个小时后，午后阳光过去，化雪的阴寒席卷了上来。

严宵速战速决，堆好雪人，叫在楼里避寒的陈星夏出来看。

是一只胖乎乎的小白熊。

陈星夏喜欢得不行，围着拍了好几张照片。

严宵想起什么，找到一根小木棍，在小熊肚子那里写上：小满熊。

陈星夏甜甜地笑："和你以前送我的那只一样可爱。"

提到那只小熊，严宵脑海里划过一个想法。

"我听说有种职业叫玩偶医生，"他说，"专门帮人修复老旧的玩偶。"

陈星夏点头："我也听说过。但国外才有吧？国内没见过这样的店呢。"

严宵若有所思："我回头问问。"

陈星夏并不知道严宵想的是什么事，她拍好照片，琢磨发个朋友圈。

只是既然提到了那只小熊，她就又顺口问了句："你走时送我那只小熊，是不是觉得我们不会再见了？"

严宵一怔，思绪轻飘。

分别时，他五岁，她不满五岁。

那时的他已经多少知晓爸爸对自己的不喜欢，也知道妈妈在爸爸身边活得很辛苦。

他也辛苦。

可他有小满，小满总是会带着他，陪着他。

知道要搬走，毫不夸张，对年幼的严宵来说，是世界级的毁灭崩塌。

他请求丛凝带他去商场，用自己的压岁钱买了最可爱最贵的一只小熊，要送给小满。

大人们都以为他这么做是代表他和小满的友谊，也是为友谊留下纪念。

只有他自己知道，他是希望有这只小熊陪着小满，那样，小满可能就不会忘记他……

"有些吧。"严宵说，"那时还是太小。"

陈星夏"哼"了声："太小怎么了？我有印象呢。"

"什么印象？"

自己哭成泪人儿的印象。

除此之外，还模模糊糊记得自己抱着小熊去追车，喊着"小宵哥哥别走"之类的。

但愿这最好是个加工过的偏差记忆，不然太丢人了。

严宵待手恢复温暖，上前牵住陈星夏的手，塞到自己口袋里，说："我觉得那只小熊教会我一个道理。"

陈星夏问："什么道理？"

"人要有梦想。"

也许哪一天就实现了。

就像此刻。

这次放假回到临饶,陈星夏和严宵彻底公开了。
现在的严宵可以随时去陈家,不用再各种找理由,能光明正大看他的女朋友。
而陈星夏也不用提心吊胆,生怕家里的"福尔摩斯·澜"会发现什么。
夏澜才懒得侦查什么,她现在每天都特别高兴,别人夸一句两个孩子般配,她得回十句都是缘分,挡不掉。
唯一有些闷闷不乐的,是陈教授。
但陈星夏天天都哄着,严宵更是供着,没个两三天,一家人其乐融融。

今年除夕,表姑一家来陈家过年。
轩轩表弟的爷爷、奶奶和小儿子一家去外地旅游,表姑这个儿媳妇乐得轻松自在。
中午一过,表姑一家就到了。
作为得知陈星夏和严宵恋爱,全家最高兴的人,轩轩表弟进门第一件事就是喊姐夫。
可惜,他姐夫还没来。
陈星夏脸红,叫轩轩别瞎喊,轩轩不以为然,陈星夏就让表姑管管他。
表姑明白,立刻批评:"喊什么?到日子了吗?等以后领了证再喊。"
陈星夏有些无语。
表姑笑笑,拍拍宝贝侄女的肩膀,心道这家里以后所有孩子的奥数,不对,是所有理科的学习就都不用愁了啊。
"小宵怎么还没来?"表姑问,"赶紧叫他过来啊。"
陈星夏不愿意理她这一家子胳膊肘往外拐的亲戚,噘噘嘴,拒答,回屋自己玩去。
夏澜解释:"见律师去了。"
"律师?"表姑惊讶,"大过年的,见律师做什么?"
"外国律师,不过咱们的年。"
之前,严宵说放弃严家的财产后,陈慕桢找机会和严歧聊了聊。
重视这个事,倒不是说孩子有了这钱就能一辈子高枕无忧了,只是严宵本来就没得到过家庭温暖,该他的东西,哪怕捐了,那也得先给他才行。
顺带的,陈慕桢也提了两个孩子交往的事。
严歧得知严宵和陈星夏恋爱了,也没说什么。
至于财产,严歧说轮不到他给,严宵的继承问题,早有安排。
"你是说小宵爷爷去世前,已经都给小宵安排好了?"表姑问,"之前都没听提过呢。"
夏澜说:"小宵自己都不知道。"
前两天,严宵接到一通海外电话。
打电话的人是严宵的奶奶,章玉安。
章玉安早在严宵三岁,也就是严宵爷爷严骥去世后,就移民到了瑞士,定居苏黎世。
这么多年,章玉安很少有消息传回来,严宵也没去看望过奶奶,只有严歧独自去过国外,见过几次面。
章玉安突然打电话来,就是委托律师将东棠里的房子移交给严宵,包括房子里的所有古董和字画。
这是严骥死前立好的遗嘱,严宵满二十岁就可以继承。
除此之外,还有信托管理下的一大笔资金,也将交由严宵。
"这么看的话,小宵的爷爷是疼小宵的啊。"表姑说,"光东棠里这个房子,不得值这个数？"

表姑比画了下，夏澜却是叹口气："与其说疼，不如说是弥补吧。"

因为财产这事，陈沛山便也提了提严骥和章玉安。

章家书香世家，名门望族。

可俗话说，三十年河东，三十年河西，章家日渐式微，只有靠章玉安和严家联姻来维持体面。

章玉安那时有恋人，是初恋。

她原想和初恋远走高飞，却不想初恋为钱屈服，还是放弃了她。

最后，章玉安听从家里的安排，和严骥结了婚。两人可谓各取所需，珠联璧合，不仅严骥的官声响了，章玉安的事业也更上一层楼。

只是利益有了，感情却是半分没有。

"我爸说小宵爷爷是个要强的，对子女的教育非常严格。"夏澜说，"小宵他爸从小就活在精英教育里，也是压抑，偏父母还都不怎么关心。"

尤其章玉安。

对严歧几乎没母爱，成日醉心工作。

想来严歧冷漠自私的极端性格，就是这么一步步养成的吧。

陈沛山还说，晚年的严骥很后悔没有教育好严歧，可性格已经铸成，为时已晚，所以就把忏悔寄托在了严宵身上，希望孙子余生可以好一些。

表姑一听，也是叹了口气。

但不管怎么说，严宵没长歪就行，要不她家小满不得跟着受罪？

"这个最不用担心。"夏澜笑道，"比她爷爷和她爸还宠呢。"

"被宠"的陈星夏同学可没觉得自己哪里受宠。

昨天，他们四人组一起出去玩。

遇上商场里新开的意大利冰激凌店，苏雨萌说尝尝，陈星夏也跃跃欲试。

可某讨厌鬼硬是不让！

她跟他说生理期还有四五天呢，完全没问题。

但"严大爷"说她有提前的情况，现在要是吃了，到时肚子绝对得疼。

苏雨萌和谢正就在一边看他俩掰扯，狗粮管够。

末了，严宵买了陈星夏想吃的花生巧克力口味，就给她舔了一口，剩下的他三下五除二地给吃了，完事还皱着眉点评了一句：太甜。

气得陈星夏差点儿当场揍人。

"又想小宵呢？"陈沛山瞟了眼孙女，"你们这些小年轻啊。"

陈星夏正给爷爷研墨，闻言立刻反驳："谁想他了？想打他还差不多。您不知道，他事儿可多呢，管东管西的。"

陈沛山笑着摇摇头。

过了会儿，轩轩跑进来报信，说严宵来了。

陈星夏研墨的手一顿，当作没听见，该干吗干吗。

严宵在外面先是问候长辈们，然后跟夏澜和陈慕桢交代了跟律师谈话的事，再来又听轩轩掰那儿吹牛。

磨磨叽叽没完。

陈星夏"哼"了声，手下动作加快。

陈沛山被摩擦的声音吵得头疼，刚要说两句，严宵进来了。

"爷爷。"

严宵叫人，目光却落在陈星夏身上。

陈沛山看得真真儿的，老小孩玩心又起来，故意不给两人亲近的机会，招手让严宵过来看自己的字。

严宵说爷爷的字又精进了。

他背后的一只手去寻陈星夏手指，勾了勾，被无情地打开。

严宵再去勾。

陈星夏看他贼心不死，行啊，等他摸到她，她反手就拿指甲狠狠扎下去。

疼死他。

严宵面无表情，就着这小性子，把人攥进手里。

"老咯，再过几年啊，眼更花，怕是写不了了。"陈沛山拿起一幅字看看，"现在得多写些。"

陈星夏不爱听这话，说："您老当益壮，身体健康，怎么就写不了？写到一百岁都没问题。"

陈沛山摸摸孙女的脑袋，也不当这个电灯泡了，让他俩把桌子收拾了，自己出去喝茶。

陈星夏整理着纸张，严宵过来帮忙，她不让。

严宵凑过去，问："还生气呢？"

"我哪敢啊。"陈星夏说，"我们全家都那么喜欢你，我要是生你的气，不就是我不懂事？"

一边是陈星夏的家人，一边是陈星夏，严宵一时不知道怎么哄。

瞥到桌上废掉的宣纸，他灵机一动，拿着陈沛山刚才用了一半的毛笔，想在纸上写：小满别生气。

可无所不能的严学霸真是一点儿书法天赋没有，拿起笔的那一下，先滴了一个大黑点儿在纸上。

陈星夏这下笑了，嘚瑟："不行了吧？"

"陈老师教我。"

"你说教，我就教？"陈星夏扬起下巴，"我学费很贵的。"

严宵听了，垂眸思考片刻，很认真也很正式地说："我把东棠里的房子送给你。"

陈星夏惊了下："什、什么？"

"东棠里的房子。"严宵说，"还有里面的古董，以及信托基金，全部给你。"

"你……你开什么玩笑呢。"

严宵没开玩笑。

那些东西既然是爷爷要他继承的，他继承就是。

可这些并不是他真的想要的，但从世俗和现实的角度上讲，有钱总比没钱强，那他就都给小满。

"别胡说了，"陈星夏拿走严宵手里的毛笔，"那都是你的。"

"可我是你的。"

换句话说，那也就都还是陈星夏的。

逻辑没毛病。

陈星夏辩不过某人，挤了他一下，叫他别妨碍自己收拾东西。

严宵写字哄人失败，送房子送基金也失败，只好启动 plan C——从口袋里掏出一条软糖。花生巧克力口味的。

"冰激凌真不行。"严宵说，"吃颗糖，好不好？"

陈星夏看着他手里的软糖。

说实话，比那些财产加起来还要贵重。

晚上，大家围在一起吃年夜饭。
今年人多热闹，餐桌氛围格外好。
而涉及开心果好运饺子，因为多了三位竞争对手，现场赛况尤为激烈。
轩轩表弟是吃了秤砣铁了心，非得吃到有开心果壳的饺子不可，连陈教授和他爸都被比下去了。
表姑担心轩轩回头吃撑了大过年的挂急诊，就叫他别吃了，可轩轩不听，还在吃。
陈星夏也不知道孩子这是有什么迫切的愿望等着要今年实现，拽拽严宵的手，在他耳边问："你作弊了吗？"
严宵摇头。
今年表姑在，不好下手。
陈星夏爱莫能助，她自己都没吃到呢。
等还剩下一盘饺子的时候，表姑说什么都不让轩轩吃了。轩轩瞪着眼说他可以，正要夹，严宵往他碗里放了一个饺子。
轩轩看了下，没觉得这饺子有哪里不同。
但冲着对姐夫的信任和崇拜，轩轩一咬牙，吃！
结果还真吃到了！
陈星夏惊讶："你不是没作弊吗？"
"猜的。"严宵说，"那个饺子的肚子颜色深了些。"
陈星夏"哦"了声，嘀咕："那带着开心果的饺子就剩下一个了，谁都没吃到。"
吃完年夜饭，一家人在客厅看电视。
陈星夏他们都大了，不能还天天叫爸妈伺候，主动揽了刷碗的工作。
轩轩表弟也想表现，可他饺子实在吃太多，不得不在院子里多动动，好消化一下。
陈星夏和严宵在厨房刷碗。
严宵不想陈星夏沾水，就给她擦盘子的任务，两人搭配起来，活儿干得倒也快。
等收拾得差不多，陈星夏说他们也去看春晚吧，严宵却盯上了剩下的那盘饺子。
陈星夏纳闷："你想干吗？"
严宵找了双筷子："你还没吃到。"
"可我吃不下了啊。"陈星夏摸摸滚圆的小肚子，"现在还撑着呢。"
严宵弯弯唇，说："我替你吃。"
——等他交上了好运，就全部送给她。
于是，年夜饭散场后，严宵一个人又吃上了饺子。
陈星夏知道之前他为了给自己找开心果饺子，已经没少吃了，这再吃，还是凉的，胃不舒服怎么办？
"别吃了。"陈星夏说，"就是一个习俗，没什么的。"
严宵摇头。
他这人有时候很固执，认定的事，怎么都改变不了。
陈星夏看得着急："真别吃了，我不……"
"小满，"严宵轻声打断，浅笑了下，"我很久没有过年的感觉了。"
又或者说，没有家的感觉。
每次春节，严歧再不爱说话，也会陪着梁慧婷和严宜。
而他就一个人在房间里，要么写题，要么看书。窗外偶尔有谁家亲戚拜年说的吉祥话传来,他说不上多么羡慕,但心里总归有一个地方是空的。

直到去年除夕,他体会了一次。

又何其有幸,今年的他还能拥有。

"以前没试过,不知道是这样的。"

说着,严宵破开一个饺子,露出里面的开心果壳。

他放下筷子,转头看向陈星夏,终于满足了,说:"现在才知道原来这么好。"

初五过后,年虽还没过完,但年味儿没那么浓了。

亲戚之间门也串得差不多,大多数人都是在自己家中休闲放松。

可陈星夏闲不住,她想起高三那年寒假他们四人组在院子里的露天影院,就又约上苏雨萌和谢正,打算再来一场。

时间定在下午。

上午的空闲时间,陈星夏和严宵去市图书馆借书。

回来路上,两人互相抽背了彼此专业相关的英语词汇,不得不说,真是一个比一个拗口难记。

"我们宿舍,'梁哥'说不考研了,齐媛要考,宁歆没想好。"陈星夏忽然提起来,"我也没想好。"

严宵向上拉了拉女孩的围巾:"爷爷怎么说?"

前两天,陈星夏和陈沛山探讨过考研的事。

陈沛山的建议还是要读,现在和过去的年代不一样了,要是不趁着年轻时多储备知识,将来想补就难了。

陈星夏觉得有道理,可读研的话,在国内还是国外?

想到这里,陈星夏又想起严宵的读研问题。

他的能力和优秀有目共睹,学院里的教授更是想要重点培养,他十有八九得去美国的顶级学府念研究生。

要是这样,她也去国外吗?

可她觉得中国的建筑学丝毫不比国外逊色,甚至有些建筑构造和理念中国才是开山鼻祖,留在国内读研也是个不错的选择。

陈星夏靠在严宵的肩膀上,不由得有些愁。

等下了车,陈星夏不想把烦恼还带回家,就说想去便利店买零食,待会儿看电影时吃。

严宵陪她,两人经过东棠里北侧入口时,遇上了一个熟悉的身影——丛凝。

突然的重逢令在场人都别扭了下。

陈星夏愣了愣,看了眼严宵,然后说道:"阿姨过年好。"

丛凝笑着说"小满过年好",便看着严宵,欲言又止。

严宵看向前面的咖啡厅,陈星夏心领神会,说自己先回家。

"我稍后就到。"严宵捏捏女孩的手,"等我。"

"嗯。"

严宵和丛凝找了一个安静的角落说话。

丛凝是回青智处理些事情,去北城前,临时决定来的临饶,想看看严宵。

"小满和你说了吗?"丛凝问,"我搬到儿童医院的新院区,在怀粮。"

严宵淡淡道:"你的丈夫告知我了。"

丛凝眉心微蹙,要说什么,严宵又道:"以后任何事都不要找小满。"

这语气生冷又严厉,听得丛凝心里莫名发颤,就好像她不过随意做了件小事,却碰了他的逆鳞一样。

两人相对无言了片刻。

服务员送来点心饮料，丛凝缓过神，让严宵吃。

严宵扫了眼蛋糕上的新鲜葡萄。

这次，没再选择沉默。

"我葡萄过敏，"他说，"就不吃了。"

丛凝又是半晌说不出话，脸上似有火烧，烧红了眼睛。

严宵看看时间，觉得没必要再这么耗下去，说："等我正式工作后，如果你需要赡养，就让律师来联系我。"

"只要合理合法，该我担负的责任，我担。"

丛凝握着杯把，颤抖的嘴角牵出一丝干笑："那天吃饭，你是不是听到什么了？"

她一直不敢确定。

但在家门口，她看到地上遗落的印花纸巾，知道是陈星夏用过的。

"听没听到都无所谓，"严宵说，"把问题处理好就可以。"

丛凝有些激动："你听我说，不是你想的那样！连征是想让旭旭有个保障，但那得是到万不得已的情况下！我知道我亏欠你很多，我不可能还那样利用你，你信我！"

这番话，或许是丛凝的真心话，至少在严宵看来，是情真意切。

只不过于他而言，已然无感。

"你怎么想和我无关。"严宵说，"该我尽的义务我会尽，让律师来联系我。"

说完，他起身告辞。

也是到了这一刻，丛凝终于喊出了那一声"小宵"，也终于道出了她的身份。

"妈妈不是故意不要你的。"她哭着说，"是你爸爸，你爸爸他……我不离开他，我就活不了了。"

"对不起，真的对不起！

"你能不能不要恨妈妈？"

严宵垂在身体一侧的手指，轻轻颤了颤。

他知道，他并不是为丛凝的话动容，只是想起了曾经的自己。

那个傻傻站在窗台边，眼睛一眨不眨望着路口，时时刻刻盼望着妈妈来接自己的男孩。

妈妈没有来，一通电话都没有。

日子一天天熬着，他被带回过去的家，一个人待在空空的屋子里，一个人吃饭，一个人度过那漫漫无尽的长夜。

直到——

严宵眼眶一湿，视线朦胧中，看到马路对面站着的女孩。

她在巷口徘徊，跑出来的小孩冲她打招呼，她甜甜地笑，从口袋里掏出糖果分给他们。

严宵沉下了气，不知何时紧握的手又松开了。

他侧头看着哭泣不止的丛凝，把该说的话说了出来："以后，不要再见了。"

丛凝猛地一愣，顾不得周遭人的目光，站起来说："我是你妈妈啊！你怎么能不要妈妈呢？你、你……你就原谅我一次，好吗？妈妈求你了。"

严宵轻叹着笑了下，声音淡漠："我从来没恨过你，又谈何原谅？"

丛凝像是没懂这话，脸上斑驳的泪痕看起来无助又脆弱，与严宵记忆中的妈妈，既像又不像。

大概是那时的妈妈即便遭受冷暴力，可她依旧想把温柔强大的一面留给自己的儿子。

而现在，他已经不再是她唯一的儿子。

甚至除了那一层血缘关系，他们再无其他联系。

因为,他,从来不在她的选择中。
回想起那次的骨髓匹配,严宵事后也问过自己,万一配对成功,他会不会捐?
他以为自己会纠结很久,可实际答案很快浮现心中:不会。
他是可以不拿自己的生命当回事,但他不能辜负真正关心在意他的人,不能让她为自己担心难过。
严宵递去纸巾,心中释然:"我只是不需要你了。"
——你也不再是我的选择。

严宵从咖啡厅出来。
今天风大,但阳光灿烂。
严宵看向马路对面,刚才还在的女孩这会儿又不见了。
他上前两步查看,没一两秒,巷口那里探出个小脑袋,两人视线对接。
陈星夏吐吐舌头,小鹿眼透着点儿尴尬,她还以为自己没被发现。
严宵穿过马路来到陈星夏身边。
握住女孩的手,严宵把它塞进自己口袋里取暖,说:"不是说好在家等?"
陈星夏嘟嘟嘴,她不放心嘛。
虽说是亲母子,丛凝给了严宵生命,有什么要求都不为过,可她不想看严宵伤心。
他被伤太多次了。
"丛凝阿姨和你说什么了?"陈星夏小心翼翼地问,"你没事吧?"
严宵窝心,握着女孩的手紧了又紧,说:"没事。没被欺负,放心。"
陈星夏这才松口气。
讲真,要做到这辈子只能她一个人欺负哑巴精,其实挺难的。
但既然她都许诺了,该欺负还是得欺负。
"我想吃甜宝栗子。"陈星夏说,"你买来给我剥。"
严宵说好,牵着人往崇光路走。
这条路他们走过无数遍了,沿途的一草一木都再熟悉不过。
陈星夏不老实,看地上有小孩玩剩下的彩色光片,非得踩着走。
严宵被她带动,路线走得七扭八歪,有一两次还差点儿被绊倒。
可陈星夏非但没觉得抱歉,还认为自己被束缚了,不高兴起来,怪他一点儿不灵活。
严宵无法,只得更加努力配合。
陈星夏看出他的无可奈何,霸道劲儿上来,说:"你是不是不耐烦啦?"
"没有。"
"有也给我忍着。"小霸王厉害道,"你就算活到九十了,也照样得被我欺负,知道吗?"
严宵很乖:"知道。"
陈星夏颇为满意:"这还差不多,保持啊。"
严宵继续低眉顺眼:"不只是九十,要是能活到一百岁,我也让你欺负。"
"你这……"陈星夏笑了笑,"觉悟高得是不是有点儿过头了?"
她说完,也不知严宵在想什么,就见他嘴角渐渐扬起好看的弧度,是那种干净温柔带着点儿孩子气的笑。
看得人心里软软的。
严宵说:"那样,我们就是白头偕老。"
他也就再不是一个人了。

第五章
小满星

时光飞逝。

一转眼，这是陈星夏和严宵第四次共同毕业。

想想，要不是那时严歧举家搬到沿海城市，他们还能再多一次幼儿园毕业典礼。

陈沛山、夏澜和陈慕桢从临饶过来，和他们一起庆祝。

作为这一届本科生优秀代表，严宵在主席台上发表了演讲。

师生们听得认真，三位长辈更是看着自己的孩子一样，与有荣焉又热泪盈眶。

陈星夏也很骄傲，可这骄傲里更多的是即将分别的愁绪。

读研这事，陈星夏和严宵再三商量后，各自选择了最利于自己的方案。

——严宵去国外深造，陈星夏留本校保研。

这个决定对他们来说做得并不容易。

不是没想过迁就彼此，留住这两年时光，可他们都不愿对方为了自己将就，所以分开是唯一的办法。

处理好毕业的相关事宜，陈星夏和严宵回到临饶。

如今的严家只剩下严宵。

严歧带着梁慧婷和严宜在隔壁市定居，非特殊情况，基本不会回来。

陈星夏有时实在不懂严歧为什么那么狠心，严宵是他亲生的儿子，却不如陌生人。

陈沛山说还是因为童年经历，严歧恨父母对自己的不闻不问，却也在无形中变成了他们那样的人。

把痛苦施加在孩子身上，是对过去的报复。

只是这种做法除了让无辜的严宵备受折磨，其他作用是半分也没发挥，委实可笑。

严宵请家政公司将严家的二楼打扫封存，只留下一层，供他回来住时使用。至于其他，陈星夏有完全的支配管理权。

这个暑假天气格外热。

陈星夏从北城回来后，一直在忙。

严宵去国外的东西必须亲自经过她的手才行,她也是这时候明白了为什么她家夏女士那么热衷给陈教授买衣服。

贴身穿着,就好比贴身陪着。

这天,苏雨萌和陈星夏约着逛商场。

他们四人组中,谢正也要继续留本校读研,而苏雨萌考进了临饶市电视台,说自己读了十六年的书,杨过都见到小龙女了,也该让她脱离苦海,就不再念了。

闺蜜俩顺着商场一层层地转。

转到男装时,苏雨萌果断挡住陈星夏视线:"再买,严宵就得拎四个箱子去美国了。"

陈星夏噘噘嘴,不死心又看了看。

"要我说,你也是的。"苏雨萌挽住姐妹的手,"其实严宵真留下来读研,也挺好的。是金子在哪里都能发光嘛。"

话是这么说。

可能在大舞台发光,为什么不去大舞台?

陈星夏不想聊这话题,苏雨萌也没再多嘴,两人去楼上选餐厅。

选好了,谢正和严宵也来了。

谢正前段时间扭到了手腕,今天复查,严宵陪着一起去。

看着谢大爷那弱不禁风的样子,苏雨萌叹了口气:"就你这身子骨,怎么那么脆呢?以后患者遇上你,能信任你?"

谢正笑道:"我脆不脆,和医术没关系啊。这就是人脆艺胆大。"

苏雨萌回他个白眼,还要说什么,想起来个事,便换了话题:"你们还记得抢'谢歪'佛牌的岑璐吗?还有她那个表哥……叫什么来着?郭什么?"

"郭俊琨。"谢正说。

苏雨萌拍手:"是他!你知道这两人现在干什么了吗?"

陈星夏和严宵对视一眼,等着答案。

苏雨萌笑道:"在咱们七中门口开了家牛肉面馆。"

说到牛肉面,四个人不约而同想到了他们曾经的周一"牛肉面时间"。

那时简单美好,不管是不是被周末作业写废了手,还是不想面对新一周班主任的唠叨,一碗牛肉面抚慰你的小心灵。

谢正笑着叹口气:"赶明儿咱们找机会回学校再吃一顿?"

"好啊。"苏雨萌点头,"三位,在下不才,就等你们光荣学成归来,带我飞!"

四人组说说笑笑进了餐厅。

吃完饭,四人又随意逛逛,便返回东棠里。

快出商场时,严宵看了谢正一眼。

谢正点点头,又看了苏雨萌一眼,苏雨萌挑眉。

"星夏,这周六上午,你陪我去做美甲吧。"苏雨萌说,"我新找的一家,口碑不错。"

陈星夏纳闷:"你不是上周刚做完?又换?"

苏雨萌解释:"换个花样就是换个心情嘛,我这马上就去电视台扛机子去了,不得再美美?"

"行。"

陈星夏说着,却是看了看严宵。

周六之后没几天,他就要走了。

日子一天接一天，没做什么就过去了。

陈星夏不知道第几次清点给严宵准备的东西，每整理一次，心里就酸楚难过一分。

陈沛山从屋外经过，见孙女红着眼睛，敲敲门，进去。

陈星夏吸吸鼻子："爷爷。"

陈沛山摸了摸孙女的脑袋，懂她的心情。

"小满，很多时候，分别才是人生的常态，"陈沛山说，"你要学着适应。"

陈星夏点头："我知道。可是我……还是难受。"

除去小时候那两年，她和严宵就没分开过。

她也时常想，以他们在一起的这些时间，分开一下，说不定更能提升新鲜感。

她把这个想法告诉了严宵，严宵当时听了，脸色一下就沉下来，告诉她："我不需要新鲜感。"

他要的，他们要的，就是时时刻刻在彼此身边。

"爷爷。"陈星夏坐到陈沛山跟前，"您和奶奶分别的那几年，一定很难熬吧？"

陈沛山笑了笑，回忆过往，眼底潮湿："那是我第一次理解古人说的肝肠寸断是什么滋味。"

不过，离别的底色从不是悲伤，而是重逢时的美好和珍贵。

所谓爱情，不经历离别又谈何真正的厮守？

周六这天，天气晴朗，微风几许。

苏雨萌一大早就来到陈家找陈星夏，两人坐地铁去了特别远的一个商场。

陈星夏佩服苏雨萌找美甲店的能力，有这距离，去外地做都行了。

苏雨萌笑着说这家做得好，远也值得，然后便开启漫长的变美过程。等做完了，时间都过了下午一点。

苏雨萌又赶紧缠着陈星夏去吃午饭。

两人已经很饿了，苏雨萌却偏挑那家需要排队的。

陈星夏莫名觉得有些不对劲。

"哎哟，你想多了啊。"苏雨萌说，"这家推荐的人多！你要真这么饿，咱们去别家？"

这么一说，陈星夏又觉得是自己敏感了，说没事，等这家就好。

结果眼看还有两个号就要叫她们，苏雨萌看了眼手机，突然瞪眼："换一家！饿死老娘了！"

那之前浪费那么多时间等号是为什么啊？

陈星夏和苏雨萌耗到了傍晚。

等回到东棠里，天已经擦黑。

苏雨萌和陈星夏在骑士铜像分别，陈星夏拐到自家巷子时，遇上在外面蹦跶的轩轩表弟。

"你怎么来了？"陈星夏问。

轩轩龇着牙："这不暑假闲着也是闲着吗？"

陈星夏"哦"了声，轩轩又说："我在院子里搞了个大动作。"

"你拔了'大阿哥'的毛？"

"……我这么没品吗？"

那你以为呢？

陈星夏奇怪地看了眼轩轩，要去开门。

轩轩赶紧拦着，从口袋里掏出一条他妈妈的丝巾，说："我真搞了个大动作，绝对惊喜！你围上再进去。"

"你这犯的什么病？"陈星夏无语，"是不是期末考砸了？"

"没有！你就听我一回不行？我是你弟，还能骗你？"

"没少骗。"

话虽这么说，但陈星夏最后还是听话围上了丝巾，她倒要看看是什么了不得的惊喜。

轩轩扶着陈星夏进了院子，告诉她说数十个数就摘下丝巾，然后一溜烟跑走了。

陈星夏站在院子中心，傻傻地数到七，忍不住扯下了丝巾。

映入眼帘的画面直接让她定在了原地。

她家的院子上空居然长出来一片星空顶，还有这围着院子一圈又一圈的玫瑰，以及地上撒着花瓣的红毯。

陈星夏彻底蒙了。

她张张嘴，都不知道该发出什么音。

这时，院墙上的幕布也有了动静，那首她特别喜欢的 *Let It Be Me* 响起，幕布上随之出现她和严宵不满一岁时的第一张合影。

那时的他们就是两个粉白团子。

再后面，他们刚会爬、刚会走，一起滑滑梯、一起吃西瓜……好多合影。

陈星夏怔怔地看着一张张照片，仿佛她之前人生的重现。

她这才惊觉原来他一直在她的时光里，从未离开。

当歌曲唱到"let it be me"时，严宵从屋内出来。

他穿着她给他买的深蓝色衬衣、黑色西裤，曾经的少年已经完全褪去青涩，挺拔高大，有着成熟男人的稳重和魅力，英俊的面庞更是叫人移不开眼。

严宵怀里抱着一只熊崽。

就是他们五岁那年分别时，他送她的那只。

早在一年半之前，严宵说他找到了一位老师傅，手艺了得，就把小熊崽带去给老师傅修补。

带回来之后，熊崽背后多了一条拉链。

严宵说是老师傅往里面填充了新的棉花，还说熊崽实在是时间太久了，修补后也十分脆弱，让陈星夏还是放在玻璃罩里继续保存。

陈星夏很小心，一次都没有折腾她的小熊崽，想看了，就去敲它的玻璃罩。

而此刻，它静静靠在严宵手中。

严宵向着陈星夏走来，眼中浮现温柔笑意："还喜欢吗？"

陈星夏似乎猜到了什么，可她脑子里就跟小熊崽似的，都是软绵绵的棉花，一团团的，把她的心都给填满了。

"喜欢。"她讷讷地抬头看了看璀璨星空，"很漂亮。"

严宵浅浅一笑，然后单膝跪地，跪在了那些玫瑰花瓣上。

"小满，原谅我等不到两年后。

"与你分别，每一秒都会令我度日如年。

"我请求你体谅我的心情，让我在接下来的日子……那些没有你的日子，可以稍稍好过一些。"

说着,严宵眼尾泛起水红。

他低头拉开小熊崽背后的拉链,从里面取出一枚戒指。

"这是我用第一次参与项目挣来的奖金买下的。"严宵说,"整整五百五十五天,它一直在里面,等着它的主人。"

严宵将戒指举到陈星夏身前,郑重地说:"小满,请你嫁给我。"

陈星夏视线早就花了,眼泪糊得满脸都是。

所有人从房子里出来。

苏雨萌刚才从陈家后院翻进来的,衣服差点儿都要勾破了,她激动地大喊着:"嫁给他!嫁给他!"

闻言,其他人,陈星夏的爸爸、妈妈、爷爷、表姑一家,还有单手也要疯狂拍照的谢正……他们全部在。

就连"大阿哥"也在蹦蹦跳跳地说:"嫁给他!"

陈星夏又笑了。

她看着严宵:"你怎么不早说?我好歹换条裙子啊。"

"不用。"严宵定定地望着女孩,"你什么样都好。"

陈星夏擦擦眼泪,深呼吸。

心跳太快,她又抚抚心口,目光瞥到旁边的幕布上正好播放到她和严宵那次在煦柔音乐节上的合影。

有一张是在火车上,她靠在严宵的肩膀上睡觉,严宵小心翼翼地用手托着她的脸。

苏雨萌忙说:"我照的!不错吧?严宵爱你的见证呢。"

陈星夏又要哭。

她赶紧忍回去,再次擦掉眼泪,看向了妈妈。

夏澜正依偎在陈慕桢身边,夫妻俩看着女儿,都是欣慰又感动地笑。

再看向爷爷。

陈沛山戴着那副何筱桢送他的玳瑁小圆片眼镜,点了点头。

陈星夏又一次深呼吸,最后看向严宵,伸出了手。

"我愿意。"

话音刚落,严宵便迫不及待为陈星夏戴上了戒指。

轩轩高兴地放出彩带,表姑父跟着一起,周围欢呼声一片。

在最重要的亲人和朋友的见证下,陈星夏被严宵紧紧抱在怀里。

他埋首在她的颈间,呢喃着什么。

陈星夏听不到,只感觉脖子那里有一道湿凉滑过。

五天后,机场。

陈星夏拽着严宵的手,一一询问东西都带了没有。

严宵一一点头,叫她放心。

陈星夏又说:"落地就给我打电话,到了学校也给我打电话。"

"好。"严宵说,"你在学校也要照顾好自己,不要太辛苦。有什么事都要告诉我,不要管时差,随时找我。"

陈星夏"嗯"了声,两人拥抱。

没过一会儿,广播里开始催促飞往波士顿的乘客请尽快办理登机手续。

严宵松开陈星夏,牵起女孩的左手。

中指上原来的那枚开口戒指终于被换掉。
这次再不是热恋中,而是宣告所有人:他们订婚了。
"等我回来。"
严宵低头吻上那枚戒指。
"我们结婚。"

严宵没有回头,陈星夏也没有哭。
两人一南一北,各自前往不同的方向。
陈星夏回到东棠里。
她走过崇光路,走过骑士铜像,走过以前他们分别的巷口。
来到自家门外,陈星夏正要进去,旁边等了一会儿的快递员问道:"是陈星夏吗?"
她愣了愣,转过头:"是。"
"麻烦签收一下。"快递员递来一个盒子,"这是重要快件,必须本人签收。"
陈星夏签了字,拿着东西回家。
来到卧室的小阳台上,她把快递拆开,发现里面是一个非常精致复古的木盒,而木盒里面放着一封信,信封上写"小满亲启"。
陈星夏打开了信。

我的小满:
　　当你收到这封信时,我应该已经坐在飞往美国的飞机上。
　　请你相信,尽管我的人远在异国他乡,但我的心始终在你这里,矢志不渝。
　　两年的分别令我痛苦不已,我求助了爷爷,希望爷爷可以开导我。
　　爷爷同我说了很多道理,我都理解清楚,但一想到你不在我身边,那些道理在我看来不过是空话。
　　爷爷笑我儿女情长,又教给我另一个方法:写信。
　　爷爷说,他与奶奶分别时,就是靠这个办法度过那段难挨的岁月,我希望这于我而言同样有效。
　　今天是我们分别的第一天,我在昨晚再次温习了《小王子》。
　　我想告诉你,我找到了小王子说的那颗星星。
　　这颗星星温暖明亮,光芒万丈,是她的出现照亮了通往属于我的星球之路。
　　未来的每一步,我都将迎着这颗星星前进,永不改方向。
　　你是那么聪明,肯定已经知道我说的是哪颗星星了。
　　我的这颗星,叫小满星。

陈星夏把这封信反反复复读了无数遍。
窗外阳光明媚,巷子里孩子们嬉笑打闹的声音一遍遍回荡。
陈星夏将信叠好放进木盒里,然后坐到书桌前翻出信纸和信封。
她先是在信封上画了骑士铜像旁边的老桂花树,接着又在上面写:

　　无敌讨厌宵亲启

★独家番外

时光

两年的时间对恋人来说,就像冰冻住的河流,通向看不到头的荒芜山谷。其中连惶恐担忧都充满未知。

所以,等回过头来看,真不知道是怎么熬过来的。

但也确实都过去了。

严宵完成学业回国,陈星夏接机,久违的拥抱满是踏实的归属感。

严宵心心念念:领证。

只是在那之前,他不得不和陈星夏先去瑞士探望奶奶章玉安。等之后回来,陈星夏又听了张大妈念叨,觉得还是要挑个吉利日子才好。

严宵又开始"熬",熬得每天肉眼可见的消沉。

陈星夏一边心疼,一边觉得好笑,渐渐起了玩心,就这么磋磨起某人,找找乐趣。

这天,严宵处理好单位报到的事宜,拎着甜宝栗子来陈家吃饭。

陈星夏在院子里闲晃,听到响动回头。"大阿哥"率先喊了句:"小满去找小宵了!小满又去找小宵了!"

这只笨鹦鹉,这么多年还闹不清楚主被动关系,明明是小宵找小满嘛。

"事情都办好了?"陈星夏过去。

严宵点头:"下个月一号正式上班。"

他特意强调了"一号",意味明显,陈星夏装聋卖傻,勾了下栗子袋子:"我想吃。"

第 N 次试探失败。

严宵垂眸,长睫毛盖住眼里的情绪,牵着人进屋。

夏女士和陈教授在厨房准备晚餐,顺带搞搞中年夫妻的恩爱日常,严宵问:"爷爷呢?"

陈星夏也纳闷,刚还在客厅看电视,这会儿不见了。

两人找了一圈,发现人正在书房翻箱倒柜。

"您找什么呢?"陈星夏问,"我来找,您别闪着腰。"

陈沛山笑笑:"刚看电视里播老照片,我又想起来小宵奶奶送你们的那本相册,总感觉我收着的那本还在,就是不知道放哪儿了。"

严宵说:"会不会在陈叔书房?"

"应该不会。"

有时候,老人念起过去,如果不能好好回忆完,心里就跟揣着坨棉花似的,堵得慌。

陈星夏和严宵联合搜找相册,左翻右翻,上翻下翻,还真找到了。

陈沛山赶紧戴上老花镜,迫不及待翻开,迎面第一页,就是他和何筱桢及陈星夏的合影。

当时陈星夏才满月,而何筱桢的身体已经不好,能留住照片里轻松慈爱的笑容实属难得。

陈沛山爱惜地摩挲妻子的脸,又看看陈星夏,说:"你的眼睛和奶奶一个模子刻出来的。"

陈星夏笑,抱住爷爷的手臂。

她和严宵搀扶着老人到一旁的小沙发坐下,共同翻看起相册。

和章玉安送的那本相近,这里面也有很多陈星夏和严宵小时候的合影,自然,无一例外都是陈星夏笑得像朵太阳花,严宵则是小雪人冰糕,奶乎乎,也冷冰冰。

"爷爷您看啊。"陈星夏指着小小宵,"严肃得像个大爷,您和我爸妈怎么放心让我跟他玩的?"

严宵坐在陈沛山右边,不方便有动作,只好看着得意挑眉的某人,眼神无奈又宠溺。

陈沛山说:"这话可就错了。我们没特意让你和小宵做伴,是你总找小宵。一出去玩,你就吵着要去找小宵哥哥,还说……"

"爷爷!爷爷!"

陈星夏瞧见严宵撇过头笑,心说这打脸速度委实够快,忙转移话题:"这张是什么时候拍的?我怎么还化妆了?"

陈沛山眯着眼睛凑近了看,想了想,说:"好像是一年级表演节目那次。"

话音刚落,在门口站了有一会儿的夏澜接话:"就是那次。"说着,和陈慕桢一道进来。

沙发位置有限,陈星夏和严宵自觉让位。

陈星夏坐在沙发扶手上,严宵站后面给她当靠背,一家人围一起继续看照片。

相册是陈沛山亲手制作的,照片按照时间排列,何筱桢只占了前面几页,后面就再没出现。

而当时间来到陈星夏五岁到七岁之间时,也再没有严宵的身影。

拍照的时候不觉得有什么,如今再看,少了的那个人就像是时间被锯掉了一块,并且再无法修补。

陈慕桢感慨:"岁月不饶人啊!"

陈沛山"哼"了声:"我都没感叹,你倒是先叹上了。"

陈慕桢笑着推推眼镜,忽地冒出个想法:"咱们一家哪天去拍个全家福吧。"

"这主意好。"夏澜说,"正好庆祝一下小宵成为咱家一员。"

陈星夏咕哝:"还没成呢。"都没领证。

说完,严宵轻轻捏了下陈星夏手指,看着她,表情好像在说:带上我。

陈星夏忍笑,也不逗他:"去哪儿拍?我来预订。"

"龙凤影楼吧。"陈沛山合上相册,交到陈慕桢手里,"老字号了。他家第一任老板在你满周岁的时候给咱家拍过。"

陈慕桢微微一笑,点了点头。

一周后,陈星夏也去办入职,严宵来建筑院接她。

到了停车场,陈星夏心血来潮:"萌萌说有次出采访,在这附近吃过一家特别好吃的米线。要不咱们也去尝尝?"

严宵没意见,陈星夏就找苏雨萌萌要了地址。

路程不远,两人步行过去,中间穿过小巷,绕得陈星夏七荤八素,好在严宵方向感强。

还有三百米到地方时,陈星夏停住脚步:"我感觉这里有点儿眼熟呢。"

"爷爷带你来过?"毕竟陈沛山过去也是建筑院的人。

陈星夏说不是:"原来建筑院不在这儿,在兴开路。这里是……"

她找到路标,恍然大悟:"我幼儿园在这里念的呀。"

严宵更加不解。

陈星夏解释:"我读大班的时候,咱们的幼儿园搬家了,就在隔壁街。不知道现在还在吗?"

"去看看。"

严宵牵着陈星夏绕过去,红星幼儿园外的五彩小旗,迎风飘扬。

"还在呢!"陈星夏有些兴奋,"一点儿没变样子!"

她多少记不太清幼儿园的事,但莫名地,一股亲切感油然而生,好像幼儿园门口的地砖都比别的地方顺眼。

严宵则没什么感受。

因为念大班的时候,他没在。

"是不是觉得有些遗憾啊?"陈星夏"嘿嘿"笑,"要说咱俩也是幼儿园直通大学没分开过,可偏偏就断了这么两年。"

这话玩笑成分偏多,严宵听了,目光却是黯淡了下来。

就差了那么一点点。

要是没有那两年的分别,他和她,就是真正的"从小到大"。

陈星夏看出严宵的落寞,敛了笑,戳他的脸颊:"怎么了?我随口一说而已。"

严宵拉下她的手紧握住,想起那天看相册,中间两年的空白,心里越发不是滋味:"是我错过了那段时光。"

闻言,陈星夏顺着他的视线落在幼儿园五彩斑斓的壁画上,心被戳了下。

又过了几天,该是约好去照全家福了。

陈沛山非常重视,提前一天让陈慕桢带着去老师傅那里理发,夏澜一看也去做个美容,家里只剩陈星夏。

严宵上午有事,本来说下午去找陈星夏,可陈星夏中途给他打电话,叫他能多早回来就多早回来。

严宵便加快速度,中午就回了东棠里。

他现在有陈家的钥匙,畅行无阻,"大阿哥"有时还会通报两嗓子——这待遇之前只有陈星夏和夏澜有。

进了屋,严宵喊了声"小满"。

没人应,他以为人在楼上,准备上去,就见茶几上摆着一本相册。

这段时间相册高频率出现,严宵都有本能反应了,坐下就开始翻。

这一翻，半晌没能回过神来。

相册里记录了陈星夏和严宵自出生来所有的合照。

包括他们长大后在校园里的各种合影，以及严宵出国这两年，陈星夏去美国找他，又或者他回来找陈星夏的自拍。

同样按照时间顺序排列，同样缺失了五到七岁那两年。

不同的是，陈星夏把那两年画了出来。

她画自己一个人吃栗子、一个人骑脚踏车，还有一个人第一次登台演道具。

到了严宵这边，没那么丰富，只有一个孤独的小男孩站在窗边，望着远方的背影。

只是昔日现实中远方的空无一人，变成一个小女孩抱着小熊崽冲他挥手。

那熊崽不必说，是他送她的那只……

严宵眼前模糊一瞬，再抬眼，某人手肘支着栏杆，正看他。

"看不出啊，严学霸也有这么感性的一面。"陈星夏说，"我就随便一画，不用太感动。"

严宵低头弯唇，举了举相册："送我的？"

陈星夏故意不答，从楼上下来，严宵注意到她穿的是高中时的夏季校服。

白T恤、深蓝运动裤。

"你的在这儿了。"陈星夏指指沙发，打量某人的身材，"还穿得了吧？会不会小？"

严宵有些蒙，放下相册："为什么要穿校服？"

陈星夏又不答，看看时间，催促："快点儿啊，搞不好得排队。"

"你是不是傻？"陈星夏抿唇，"真不懂？"

陈星夏"哎呀"一声，抄起校服丢过去："明天拍全家福，你不和我领证，不算我家人！"

转天，一家人去拍照。

夏澜和陈慕桢这才知道陈星夏和严宵昨天去领证了。

夫妻俩也是有够无语的。

之前叫他们领，陈星夏矫情什么黄道吉日，说不急。

行吧，做爸妈的连夜翻黄历，找出来一个大好日子，在下个月月底……现在可好，不管日子吉时，又领了。

"有没有个准儿啊？"夏澜批道，"人生大事，搞那么随便？"

陈星夏不说话，躲在严宵身后，没个站相。

"您别气，"严宵说，"是我心急，我想和小满早些领证。"

夏澜点点这个没原则的女婿，叹气："惯吧惯吧，我反正是不用管了。"

陈慕桢赶紧哄人，象征性说了小辈两句后，摄影师请他们就座，准备拍照。

陈星夏想着不要太死板，就事先安排了场景。

很简单，陈沛山坐正中，陈星夏和严宵给老人磨墨，陈慕桢和夏澜站在一旁观看。

布置好，摄影师叫他们放松，待会儿听他口令就拍。

陈星夏抓紧时间，先帮陈沛山整理衣着，再来是严宵。

她今天穿的是新中式杏色旗袍，温婉典雅，又带着几分女儿家的娇俏，给严宵扣纽扣时，面颊泛着淡淡粉红，犹如桃花。

严宵忍不住问："为什么送我相册？"

昨天因为领证太过激动，他现在才想起来这事还没问清楚。

"你说呢。"陈星夏嗔他，"不就离开了两年？瞧你这几天失魂落魄的样子，恨不得时间倒回给补上。"

　　严宵抿唇，正想说什么，陈星夏又说："你一直都在我的时光里。"
　　——从前在，以后在，永远都在。
　　视线相接，心有灵犀。
　　严宵下意识低头轻轻碰了下陈星夏的额头。
　　摄影师在这时提醒准备，他们仿若回神，纷纷摆位站好。
　　陈沛山看着这两个年轻人，想起过去的时光，忽而笑道："还差个小的。"
　　"什么小的？"陈慕桢问。
　　陈沛山指了指前面："他们俩的小的啊。"
　　"爷爷……"
　　"到时候啊，咱们一家子再来拍。"
　　老人一锤定音。
　　几年后，真就来了个小的坐在他的膝头。
　　然后再过几年，第二个小的也来了，弯着小鹿眼，笑嘻嘻地坐在老人怀中，喊着"太爷爷"。
　　照相机"咔嚓"一声，时光因此烙印。

—全文完—